○ 胡世厚 主编

○ 校理 杨波

第二卷 明代卷

三國戲曲集成

复旦大学出版社

| | |
|---|---|
| 元代卷 | 胡世厚 校理 |
| 明代卷 | 楊　波 校理 |
| 清代雜劇傳奇卷（上下） | 胡世厚　衛紹生 校理 |
| 清代花部卷 | 衛紹生　楊　波　胡世厚 校理 |
| 晚清昆曲京劇卷 | 胡世厚 校理 |
| 現代京劇卷（上中下） | 胡世厚 校理 |
| 山西地方戲卷 | 王增斌　田同旭　啜希忱 校理 |
| 當代卷（上下） | 胡世厚 校理 |

## 《三國戲曲集成》編委會

**顧　問**　劉世德
**主　任**　胡世厚
**副主任**　范光耀　關四平　鄭鐵生　衛紹生　張蕊青
**委　員**　（按姓氏筆畫排列）
　　　　　王增斌　毛小曼　田同旭　啜希忱　康守勤
　　　　　張競雄　楊　波　趙　青　劉永成


**主　編**　胡世厚

◎畫像　明雜劇《狂鼓史》作者徐渭◎

◎插圖　明徐渭雜劇"四聲猿"之一《狂鼓史漁陽三弄》◎

◎清楊柳青年畫 《二顧茅廬》◎

◎清楊柳青年畫　戲曲《長坂坡》◎

◎插圖　明刊《古城記》第三齣《興師》◎

◎插圖　明刊《古城記》第十一齣《秉燭》◎

◎**插圖** 明刊《古城記》第十四齣《投紹》◎

◎**插圖** 明刊《古城記》第十六齣《斬將》◎

◎**插圖** 明刊《古城記》第二十四齣《救羽》◎

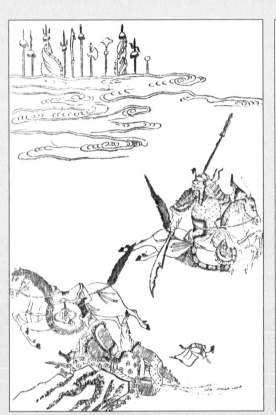

◎**插圖** 明刊《古城記》第二十八齣《助鼓》◎

◎插圖　明刊《草廬記》第二折◎

◎插圖　明刊《草廬記》第三折◎

◎插圖 明刊《草廬記》第六折◎

◎插圖 明刊《草廬記》第十二折◎

◎插圖　明刊《草廬記》第十五折◎

◎插圖　明刊《草廬記》第十七折◎

◎**插圖** 明刊《草廬記》第十九折◎　　◎**插圖** 明刊《草廬記》第二十二折◎

◎插圖 明刊《草廬記》第二十三折◎

◎插圖 明刊《草廬記》第二十八折◎

◎插圖 明刊《草廬記》第三十折◎

◎插圖 明刊《草廬記》第三十一折◎

◎插圖 明刊《草廬記》第三十四折◎

◎插圖 明刊《草廬記》第三十六折◎

◎插圖 明刊《草廬記》第三十九折◎

◎插圖 明刊《草廬記》第四十三折◎

◎插圖　明刊《草廬記》第四十四折◎

◎插圖　明刊《草廬記》第四十六折◎

◎**插圖** 明刊《草廬記》第四十九折◎

◎**插圖** 明刊《草廬記》第四十八折◎

◎插圖　明刊傳奇《七勝記》第二齣《慶賞端陽》◎

◎**插圖** 明刊傳奇《七勝記》第六齣《鄧芝躍鼎》◎

◎插圖　明刊《七勝記》第十二齣《妻妾問數》◎

◎**插圖** 明刊《七勝記》第十六齣《孟獲舞劍》◎

◎**插圖** 明刊《七勝記》第二十一齣《楊鋒捕賊》◎

◎**插圖**　明刊《七勝記》第二十六齣《花亭拜月》◎

◎插圖　明刊《七勝記》第三十二齣《海島驕兵》◎

◎插圖 明刊《七勝記》第三十六齣《孟獲進寶》◎

連環記傳奇卷上

明烏程王 濟雨舟撰

第一折 家門

（沁園春）王允司徒太原人氏懷誠朝野馳名為奸雄董卓劫遷天子虐臨職寧荼毒生靈呂布助威虎添雙翼篡逆心生亂雨京司徒歎前除無策四海動刀兵。家庭義女娉婷小字貂蟬多智能定連環之計先許呂布後獻董卓兩下牽情親能制剛遂威嬌隙反閒裙釵事竟威除奸惡司徒妙討海宇慶昇平

第二折 從駕

引高調（高陽臺冠蓋蟬聯簪纓櫛比慶源不斷遺澤一脈書香光

連環記

◎書影　明萬曆間刻《玉谷調簧》之《三國記·河梁》◎

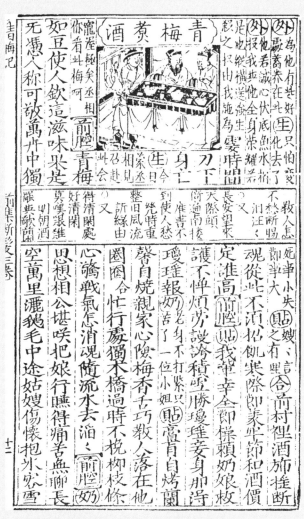

◎書影　明本《樂府萬象新》之《青梅記》◎

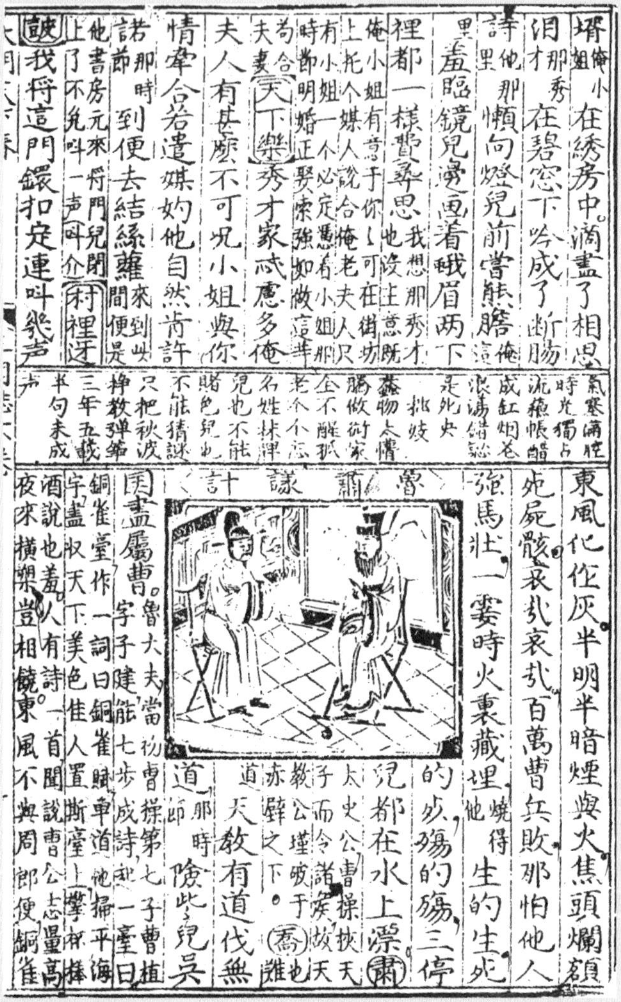

壻俺小姐在綉房中，淌盡了相思
泪。那秀才在碧窗下吟成了断腸
詩。他那里懶向燈兒前嘗熊膽，俺這
里羞臨鏡兒邊画着蛾眉。两下
裡都一樣費尋思。我想那秀才既
俺小姐有意于你，可在街坊上托个媒人說合。俺老夫人只
有小姐一个，必定憑着小姐。那時節明婚正娶，恁強如做這事
爲合夫妻。【天下樂】秀才家忒應多。俺
夫人有甚麽不可？况小姐與你
情牽合着，遣媒妁他自然肯許
諧。那時節到便去結絲蘿。來到此間便是
他書房，元來將門兒閉上了。不免叫一声。（叫介）【村裡迓
鼓】我將這門鐶扣定，連叫幾声。

氣塞滿腔
時光獨占
流蘇帳暗
成缸烟卷
浪蕩錯認
是死央
批枝
蠢物太情
騰做衒家
全不離孤
老个个忘
名姓抹殫
兒也不能
賭色兒也
不能猜謎
只把秋波
掙教弹第
三年五載
半句未成
声

〈曹誦謀計〉

東風化作灰。半明半暗煙與火，焦頭爛額
死屍骸，哀哉哀哉。百萬曹兵敗，那怕他人
強馬壯。一霎時火裏藏埋。燒得他生的生，死
的死，殤的殤，三停
兒都在水上漂。（肅）
太史公：曹操挾天子而令諸侯，故天教公墐破于赤壁之下。（喬）難也
道天教有道伐無
道。那時節險些兒吳
困盡屬曹。魯大夫當初曹操第七子曹植字子建，能七步成詩，他一臺曰
銅雀臺，作一詞曰銅雀賦，單道他掃平海宇，盡收天下美色佳人，置斷臺上攀擁
酒說也羞。人有詩一首：聞說曹公志量高，
夜來橫槊豈相饒。東風不與周郎便，銅雀

◎書影　明刊《大明天下春》之《三國志》◎

# 總　　序

　　魏、蜀、吳三國形成經鼎立至滅亡，即從漢靈帝中平元年(184)黃巾起義起，到吳亡於晉武帝太康元年(280)一統，共九十七年，是我國歷史上一個獨具特色的時代。這時期，漢室傾頹，天下大亂，群雄爭霸，割據稱強，戰爭頻仍，生靈塗炭，然而時勢造英雄，湧現出一大批文韜武略功績卓著的英雄人物。他們南征北戰，鬥智鬥勇，演繹出了一場國家從統一到分裂再從分裂到統一的可歌可泣、有聲有色、威武雄壯的活劇。

## 一

　　記載這一段歷史比較完整的史書，有晉陳壽的《三國志》和南朝宋裴松之的注、南朝宋范曄的《後漢書》、北宋司馬光的《資治通鑑》以及南宋朱熹的《通鑑綱目》。西晉以來，豐富多彩的三國故事在民間流傳。魏晉六朝的筆記小説，如裴啓的《裴子語林》、南朝宋劉義慶的《世説新語》和南朝梁殷芸的《小説》都記載了不少有關以三國人和事爲對象的故事，特別是有關曹操、諸葛亮、劉備等人的故事。到了唐代，三國故事已很流行。唐初道宣的《四分律删繁補闕行事鈔》、唐開元時大覺的《四分律行事鈔批》和晚唐景霄的《四分律行事鈔簡正記》，都記述了忠貞智慧的孔明爲劉備重用和"死諸葛怖生仲達"的傳説故事。到了宋代，三國故事流傳更廣，而且出現了專門說三國故事的藝人。宋蘇軾的《東坡志林》、孟元老的《東京夢華錄》都記有專門"説三分"的，但脚本沒有流傳下來。今天只能看到宋人話本中提到的三國人物和事件。

　　中國戲曲從萌芽到成熟的各個時期，三國歷史故事都是重要的題材來源，作品數量衆多，影響巨大，搬上舞臺也較早。據舊題顏師古《大業拾遺記·水師圖經》記載，隋煬帝時，就已用木偶戲的形式扮演三國故事。唐人李商隱《驕兒詩》"或謔張飛胡，或笑鄧艾吃"的詩句，說明當時已使用某種藝術形式表演了三國故事，爲兒童所模仿。宋人高承《事物紀原》與張耒《明道雜志》都記載有傀儡戲、影戲表演情節連貫、人物形象鮮明的三國故事戲。隨着宋雜劇的出現，由藝人扮演三國人物的三國故事登上了戲曲舞臺。今見最早著錄三國劇目的是陶宗儀《南村輟耕錄》，記載金院本三國戲劇目有 5 種：《赤壁鏖兵》《刺董卓》《襄陽會》《大劉備》《罵呂布》；宋元南戲三國戲劇目中有 10 種：《貂蟬女》《甄皇后》《銅雀妓》《周小郎月夜戲小喬》《關大王古城會》《劉先主跳檀溪》《何郎敷粉》《瀘江祭》《劉備》《斬蔡陽》。然而這些作品的劇本都沒有流傳下來，今僅存宋元南戲 3 種劇本的幾支殘曲。儘管如此，從中也可以看出金、南宋時代的戲曲藝人，根據史書記載和民間傳說，已把三國故事搬上了戲曲舞臺。

　　元代，雜劇已經成熟，出現繁盛景象。元代戲曲作家特別是戲曲大家關漢卿、王實甫、高文秀、鄭光祖等對三國故事題材十分青睞，他們在宋、金三國戲文和院本的基礎上，以三國史籍和廣爲流傳的三國故事以及稍後的《三國志平話》爲題材，以自己的歷史觀、社會觀、戲曲觀、審美觀創作了大量的三國戲，曲折地反映了元代現實生活，具有鮮明的時代精神。據元鍾嗣成《錄鬼簿》、明賈仲明《錄鬼簿續編》、明朱權《太和正音譜》、清黃丕烈《也是園藏書古今雜劇目錄》和近人傅惜華《元人雜劇全目》、邵曾祺《元明北雜劇總目考略》、莊一拂《古典戲曲存目彙考》、陳翔華《三國故事戲考略》等記載，元代（含元明之間）三國雜劇有 62 種，現存劇本有 21 種：關漢卿的《關大王單刀會》《關張雙赴西蜀夢》、高文秀的《劉玄德獨赴襄陽會》、鄭光祖的《虎牢關三戰呂布》《醉思鄉王粲登樓》、朱凱的《劉玄德醉走黄鶴樓》、無名氏的《錦雲堂暗定連環計》《諸葛亮博望燒屯》《關雲長千里獨行》《兩軍師隔江鬥智》《劉關張桃園三結義》《關雲長單刀劈四寇》《張翼德大破杏林莊》《張翼德單戰呂布》《張翼德三出小沛》《莽張飛大鬧石榴園》《走鳳雛龐統掠四郡》《曹操夜走陳倉路》《陽平關五馬破曹》《壽亭侯怒斬關平》《周公瑾得志娶小喬》。又存劇本殘曲 7 種：高文秀的《周瑜謁魯肅》、王仲文的《諸葛亮軍屯五丈原》、武漢臣的《虎牢關三戰呂布》、花李郎的《相府院曹公勘吉平》、無名氏的《千里獨行》《斬蔡陽》《諸葛亮挂印氣張飛》。今存劇目 34 種。在這 62 種今存劇目中，三國時期的重要歷史事件和重要人物劉備、關羽、張飛、趙雲、諸葛亮、孫權、周瑜、魯肅、曹操、袁紹、董卓、呂布、馬超、蔡琰、貂蟬、王粲、司馬懿、司馬昭等都被寫進了劇本，登上了戲曲舞臺。從這些劇目敷演的故事來看，元代的戲劇作家已把最精彩的三國故事搬上了戲曲舞臺，而且以蜀漢爲正統、尊劉貶曹抑孫、崇尚仁義忠孝智勇的思想傾向已很突出，故事情節已相當連貫和完整，人物形象亦相當鮮明，特別是一些主要人物性格特徵、造型已定格，成了範式，如劉備、關羽、張飛、諸葛亮、曹操、周瑜等。

明代三國戲，在繼承元雜劇、宋元南戲的三國戲的基礎上又有了新的發展，尤其是生活於元明之際羅貫中《三國志通俗演義》在明代中期刊刻問世後，不僅給廣大讀者提供了喜愛的讀物，而且爲戲曲作家提供了創作三國戲的素材。據《古典戲曲存目彙考》、陳翔華《明清三國故事戲考略》記載，明代雜劇寫三國故事的有18種，今存劇本有5種：朱有燉《關雲長義勇辭金》、汪道昆《陳思王洛水生悲》、陳與郊《文姬入塞》、徐渭《狂鼓吏漁陽三弄》、無名氏《慶冬至共享太平宴》；今存殘折1種：丘汝成《諸葛平蜀》；今存劇目12種：張國籌《茅廬》、諸葛味水《女豪傑》、凌濛初《禰正平》、蔣安然《胡笳十八拍》、凌星卿《關岳交代》、鄧雲霄《竹林小紀》、無名氏《銅雀春深》《黃鶴樓》《碧蓮會》《竹林勝集》《斬貂蟬》《氣伏張飛》。明傳奇寫三國故事的32種，今存劇本7種：王濟《連環記》、鄒玉卿《青虹嘯》、無名氏《古城記》《草廬記》《七勝記》《東吳記》《三國志大全》；今存殘曲14種：無名氏《桃園記》（七齣）、《草廬記》、沈璟《十孝記》中的《徐庶見母》（一齣）、《古城記》、《連環記》、無名氏《青梅記》（一齣）、《赤壁記》、《單刀記》（一齣）、《三國記》、《四郡記》、《關雲長訓子》、《魯肅請計喬公》、《五關記》（一齣）、《興劉記》（一齣）；今存劇目14種：馬佶人《借東風》、金成初《荊州記》、長嘯山人《試劍記》、許自昌《報主記》、王異《保主記》、穆成章《雙星記》、黃粹吾《胡笳記》、彭南溟《玉珮記》、汪宗臣《續緣記》、劉藍生《雙忠孝》、孟稱舜《二橋記》、無名氏《猇亭記》《射鹿記》《試劍記》。

從現存的三國戲劇本內容和劇目可以看出，明代的三國戲又有了新的發展，不僅內容豐富，而且表現形式也有突破，出現了敷演複雜故事的多達幾十齣的傳奇，其故事情節更加曲折動人，結構更加緊湊出奇，人物形象更加生動鮮明，曲文典雅富有文采，念白通俗易懂。

二

到了清代，三國戲呈現出相當繁榮的局面，編演三國戲的不僅有雜劇、傳奇，還有花部各種地方劇種，衆多的劇目，幾乎把《三國演義》的主要人物和精彩情節都改編爲戲劇，搬上了舞臺。清代的三國戲，思想内容更加豐富，人物形象更加鮮明，藝術樣式更加多樣，觀衆更多。據《曲海總目提要》

《清代雜劇總目》《古典戲曲存目彙考》記載，清代雜劇三國戲有 22 種，其中存本 15 種：南山逸史的《中郎女》、來集之的《阮步兵鄰廝啼紅》、鄭瑜的《鸚鵡洲》、尤侗的《弔琵琶》、徐石麟的《大轉輪》、嵇永仁的《憤司馬夢裏罵閻羅》、邊汝元的《鞭督郵》、唐英的《笳騷》、楊潮觀的《諸葛亮夜祭瀘江》《窮阮籍醉罵財神》、周樂清的《定中原》（《丞相亮祚綿東漢》）、《真情種遠覓返魂香》（《波弋香》）、黃燮清的《凌波影》、無名氏的《祭瀘江》《耒陽判事》；存目 7 種：萬樹的《罵東風》、許多崙的《梅花三弄》、張維敬的《三分案》、張瘦桐的《中郎女》、無名氏的《反西涼》《文姬歸漢》《黃鶴樓》。清傳奇三國戲有 25 種，其中今存劇本有 13 種：范希哲的《補天記》、曹寅的《續琵琶》、夏綸的《南陽樂》、維安居士的《三國志》、無名氏的《錦繡圖》《平蠻圖》（中國國家圖書館藏清鈔本）、《西川圖》、《賢星聚》、《雙和合》、《世外歡》、《平蠻圖》（綏中吳氏藏鈔本）、《樊榭記》、周祥鈺的《鼎峙春秋》；今存劇目有 12 種：劉晉充《小桃園》、李玉《銅雀臺》、劉百章《七步吟》、容美田《古城記》、雲槎外史《桃園記》、鳳凰臺上吹簫人《斬五將》、顧彩《後琵琶記》、石子斐《龍鳳衫》、無名氏《八陣圖》《青鋼嘯》《三虎賺》《古城記》。

　　有一些劇作家，不滿於現實，不滿於《三國演義》三分一統於晉的結局，他們為泄胸中之氣，翻歷史事實及小說所寫的結局，創作了一些補恨翻案戲。如周樂清的雜劇《丞相亮祚綿東漢》，范希哲的傳奇《補天記》，夏綸的傳奇《南陽樂》，漢為正統的思想與擁劉貶曹抑孫傾向明顯加強。《丞相亮祚綿東漢》讓諸葛亮滅魏、吳統一天下，《補天記》讓曹操下阿鼻地獄受苦，《南陽樂》讓諸葛亮殺司馬師、擒司馬懿、下許昌囚曹丕、戮曹操屍、收東吳、囚孫權，劉禪禪位給北地王劉諶、諸葛亮功成辭歸南陽。

　　還有一些劇本，取三國時人名，杜撰故事，反映社會生活，抒發胸中塊壘，曲折地反映針砭時弊的情懷。如嵇永仁的雜劇《憤司馬夢裏罵閻羅》與楊潮觀的雜劇《窮阮籍醉罵財神》。

　　縱觀清代雜劇、傳奇三國戲，繼承了元明雜劇、傳奇三國戲傳統，但又有自己的特點。這些劇本大多是清初至道光間文人創作的作品，雜劇多側重抒情，表達劇作家的思想理念；傳奇則長於敘述故事，特別是情節複雜、人物眾多、跨度時間長的內容，寫成多本百餘齣甚至二百四十齣劇本。然而，清代的雜劇、傳奇僅知《鼎峙春秋》在宮廷全部連演過兩次，宮廷與民間則選演過其中的一些單齣戲，《南陽樂》及少數劇目演出過，大多未見演出的記載，實際成為案頭戲曲文學。

上述元明清雜劇、傳奇三國戲的收錄情況，囊括了今知的全部劇本，是戲曲文學的珍貴文獻資料。

## 三

清初，我國戲曲除以昆腔、京腔演唱傳奇之外，又出現了許多新興的聲腔劇種，據乾隆六十年(1795)，李斗《揚州畫舫錄》載："兩淮鹽務，例蓄花雅兩部，以備大戲。雅部即昆山腔；花部爲京腔、秦腔、弋陽腔、梆子腔、羅羅腔、二簧調，統謂之亂彈。"花、雅兩部，後來演變爲對一類劇種的總稱，雅部專指昆曲，花部成爲新興的地方戲。花、雅經歷了長期的競爭，儘管宮廷官府崇尚保護昆曲，但難阻慷慨激昂、通俗易懂的花部贏得廣大民衆的喜愛，蓬勃興盛，昆曲則逐漸衰落。而傳統三國戲，亦爲花部諸腔青睞，尤其是花部諸腔以老生爲主，因而改編、創作了許多以老生、武生爲主的三國戲，使花部三國戲更爲豐富興盛。花部三國戲劇目衆多，且都是經過舞臺實踐、邊演邊改的演出本。據金登才《清代花部戲研究》"花部劇作"考查，乾隆年間三國戲有5種：《斬貂》《博望坡》《漢陽院》《龍鳳呈祥》《截江救主》；嘉慶年間三國戲有21種：《桃園結義》《四(汜)水關》《賜環》《戰宛城》《白門樓》《白逼宮》《斬顔良》《關公挑袍》《過五關》《薦諸葛》《三顧茅廬》《長坂坡》《三氣周瑜》《黃鶴樓》《單刀會》《祭江》《斬馬謖》《葫蘆峪》《五丈原》《鐵籠山》《哭祖廟》；道光年間三國戲有59種：《溫明園》《捉放曹》《虎牢關》《磐河戰》《借趙雲》《戰濮陽》《轅門射戟》《奪小沛》《鳳凰臺》《許田射獵》《聞雷失箸》《擊鼓罵曹》《臥牛山》《馬跳檀溪》《金鎖陣》《漢津口》《祭風臺》《舌戰群儒》《臨江會》《群英會》《借箭打蓋》《祭東風》《赤壁記》《華容道》《取南郡》《取桂陽》《取長沙》《戰合肥》《討荆州》《柴桑口》《斬馬騰》《反西涼》《戰渭南》《西川圖》《取雒城》《冀州城》《戰歷城》《葭萌關》《獻成都》《百壽圖》《瓦口關》《定軍山》《陽平關》《收龐德》《玉泉山》《戰山》《受禪臺》《興漢圖》《造白袍》《伐東吳》《白帝城》《英雄志》《渡瀘江》《鳳鳴關》《天水關》《罵王朗》《失街亭》《隴上麥》《葫蘆峪》，三朝共有三國戲85種，其中有一種《葫蘆峪》相重。這些劇本大多收錄在《故宮珍本叢刊》《昇平署檔案集成》《車王府藏曲本》與《楚曲十種》中。我們從中得到88種，另有5種劇目內容相重未收，而《花部戲曲研究》考查的劇目，尚有24種，而未找到劇本。從搜集到的花部三國戲劇本看，劇本都是鈔本或轉錄本，大多無標點，文字差錯較多。劇本有長有短，長者有十本九十六齣，短者一齣。其思想傾向，仍然繼承了以前雜劇傳奇的宗漢尊劉、貶曹抑孫，頌忠義仁孝智勇，斥奸佞專橫殘暴不仁不義；在藝術上突出的是"音樂慷慨動人，文詞直樸易懂"，舞臺動作性強，人物性格鮮明。

　　清乾隆五十五年（1790），四大徽班中的三慶班首先進京，爲慶祝乾隆八十大壽演出之後，留京演出，徽班的四善班、和春班、春臺班亦相繼進京演出。徽班以唱二簧、昆腔爲主。19世紀初的嘉、道年間，湖北漢調藝人進京加入徽班，漢調以唱西皮爲主，於是出現了徽、漢合流。徽班爲了與昆曲、秦腔、京腔爭勝，在繼承徽、漢二調基礎上，廣泛吸取其他聲腔劇種之長，於道光二十年（1840）前後，逐步形成了藝術風格和表演方式相當完整的皮黃戲，即後來的京劇。同、光年間，京劇已經趨於成熟，呈現出繁榮局面。三慶班主程長庚請盧勝奎執筆，據《三國演義》和其他三國戲，編寫了連臺戲三十六本的京戲《三國志》，從劉備投荊襄起到取南郡止。遺憾的是劇本未能全部保留下來，留藏在藝人之手的尚有十九本。這些劇本，經多年舞臺實踐，邊演邊改，如今已成京劇經典作品。除此之外，四大徽班還各有自己名伶擅演的代表性三國劇目，收錄在《梨園集成》《醉白集》《繪圖京都三慶班真正京調全集》中。清末京劇改良先驅汪笑儂還改編創作了四部刺世貶時富有時代精神的三國戲：《獻西川》《受禪臺》《罵王朗》《哭祖廟》。

　　我們從上述京劇集中選錄京劇三國戲47種，這些劇本有一個非常突出的特點，是伶人編寫、演出的文本，代表了京劇形成繁榮時期的文學藝術水平，起着承前啓後的作用，既將傳統三國戲整飾加工，使其更加精彩，又針對現實創作了一些針砭時弊、喚醒民衆發奮、救亡強國的戲曲劇本。這些劇本不僅爲現代京劇和各種地方戲提供了文學劇本和創作經驗，而且有許多劇至今仍活躍在舞臺上。

　　昆曲到晚清，已呈衰落之勢，三國戲雖未出現有影響的新創劇作，但藝人們從元雜劇關漢卿的《關大王單刀會》和明傳奇王濟的《連環記》、無名氏的《古城記》等傳統劇目中，選擇一些精彩片段改編爲單齣戲，常演出於宮廷與民間戲曲舞臺。流傳下來的劇本，均係手鈔本，收錄在《故宮珍本叢刊》《昇平署檔案集成》《車王府藏曲本》等戲曲文獻中。我們從中收錄三國戲30種。雖然多是單齣折子戲，但匡扶漢室、擁劉貶曹的思想傾向突出，故事情節生動精彩，人物形象性格鮮明，言語文雅，唱腔動聽，不僅是流傳下來的藝術精品、珍貴的戲曲文獻，而且有些戲如《單刀會》《貂蟬拜月》《梳妝擲戟》《灞橋餞別》《古城相會》《徐母擊曹》等仍演出於當今舞臺。

## 四

　　從1919年五四運動起，到1949年中華人民共和國成立，這一時期，文學界多稱爲現代。這一時期的二三十年代，京劇名家輩出，流派紛呈，是京劇的鼎盛時期。就是在八年抗日戰爭期間，有些京劇名家爲抗日明志罷演，但京劇仍然活躍在國統區、淪陷區、敵後抗日根據地的解放區。抗日戰爭勝利之後，京劇舞臺又活躍起來。因此可以説，這一時期，京劇興盛繁榮，流布於大江南北、長城内外，被譽爲"國劇"。在舊中國日漸淪於半封建、半殖民地的境况下，長於急管繁弦、慷慨激越的京劇，在民生凋敝、國勢艱危、日寇入侵之際，承擔起"歌民病""唤民醒"的重任，湧現出許多借古諷今、切中時弊的優秀劇目，生動、深切地折射出國家政局的演變與廣大民衆的心聲。而三國故事尤爲京劇作家和藝人青睞，他們在繼承前代三國戲的基礎上，改編、移植、創作了許多三國戲。據陶君起《京劇劇目初探》著録三國戲劇目有154種，曾白融《京劇劇目辭典》著録三國戲劇目511種（其中有一些是一劇多名）。流傳下來的三國戲劇本極其豐富。從這一時期前後出版的劇本集來看，1915年的《戲考》，收録三國戲劇本77種；1933年的《戲學指南》，收録三國戲劇本23種；1948年的《戲典》，收録三國戲劇本18種；1955年的《京劇叢刊》，收録三國戲劇本20種；1957年的《京劇彙編》，收録三國戲109種；1957年的上海市《傳統劇目彙編》京劇集，收録三國戲劇本42種；1962年的《關羽戲集·李洪春演出本》，收録關羽戲27種。此外，尚有民國年間出版的《京調大觀》《戲曲大全》《舊劇集成》等京劇劇本集，也收録一些三國戲劇本。有些劇本集，雖然是中華人民共和國成立以後出版的，但收録的却是民國年間的藝人演出本。現從衆多刊印的京劇劇本集中遴選出146種。這些劇本中有許多是清代名伶編演，傳給弟子、家人或戲班，爲現代京劇名家演出所用而收藏。並且京劇名家在演出過程中，根據本人及時代情况，又進行加工修飾，使情節更加合理，結構更加緊凑，人物性格更加鮮明，語言更加曉暢易懂，且不失文采。

　　這一時期劇本創作出現了一種可喜的新情况，劇作家與藝人合作編劇，而且是一位劇作家專爲某位名伶或幾位名伶編劇。他們量體裁衣，針對某個藝術家的特點，創作出適合該藝術家演出的劇本，這不僅提高了劇本的文學性，也增强了劇本的動作性。比如劇作家齊如山，專爲梅蘭芳寫戲，爲梅蘭芳改編、創作了30多個劇目，其中有三國戲《洛神》。作者依據《洛神賦》和明雜劇《陳思王洛水生悲》、清雜劇《凌波影》進行改編，塑造了超凡脱俗、冷艷情深的宓妃，鑄造了宓妃與曹植"若有情""似無情""欲笑還顰，最斷人腸"的境界。又如劇作家金仲蓀專爲程硯秋寫戲，針對程硯秋的特點量體裁衣，特別注重立意，反映現實。1931年，金仲蓀針對蔣、馮、閻、桂軍閥開戰給民衆造成的災難，創作了《春閨夢》，描寫漢末公孫瓚與劉虞爲爭疆土開戰，强徵兵丁，迫使新婚的王恢從軍戰死。其妻張氏獨守空房，思念丈夫，憂思成夢。夢見丈夫回來，夫妻重温舊情；又夢見戰場刀光劍影、尸横遍野，丈夫戰死沙場。劇作家借此情揭露痛訴軍閥戰爭的殘酷與罪惡，深切同情遭受苦難的民衆。1933年，金仲蓀針對"九一八"事變之後，國民政府實行不抵抗政策，東北三省很快淪入敵手的情況，根據地方戲《江油關》改編爲京劇《亡蜀鑒》，批判了蜀漢江油守將馬邈在強敵壓境之際，不思抵抗、投敵叛國的罪行；歌頌了馬妻李氏深明大義，苦苦勸夫抵抗，後得知丈夫出城投降、江油失守，悲傷欲絶、自盡而亡的民族氣節和愛國情懷，表達了對日本侵略者必須抵抗的决心，唤起民衆反對投降、寧死不做亡國奴的愛國思想，反映了當時民衆的心聲。

　　山西地方戲歷史悠久，源遠流長，從漢代到宋代，經過一千多年的孕育演變，戲曲日趨成形。北宋時晉南、晉東南的一些鄉村已出現了大戲臺專供演員演戲。元代雜劇盛行，山西的平陽（今臨汾）與大都（今北京）是並列的雜劇藝術中心，平陽的雜劇演出盛况無與倫比。

　　山西地方戲劇種，有50多種，居全國省市之首。然最著名的有四大梆子：蒲劇、中路梆子（晉劇）、北路梆子、上黨梆子。山西地方戲劇目甚多，傳本亦豐，三國戲亦然。據《山西地方戲彙編》收錄三國戲147種。另有一些劇本收藏在某劇團或藝人手中。今從《彙編》和劇團、藝人所藏中遴選三國戲64種，其中有晉劇、蒲劇、北路梆子、上黨梆子、郿鄠、鐃鼓雜戲等。這些劇本的寫作年代不知，大多是清代、民國流傳下來的傳統的三國戲，也有新改新編和創作的三國戲，其思想傾向爲尊劉貶曹、張揚忠義，貶斥奸佞不道之行。而部分新改新編的劇本如晉劇《關公與貂蟬》《貂蟬軼事》，描寫細膩，注重心理刻畫，與傳統三國戲以叙述故事情節爲主、粗綫條表現人物有所不同。

　　中華人民共和國成立之後，我國戲曲文學在"百花齊放，推陳出新"方針和"發展現代戲，改編傳統戲，創作歷史劇"三並舉政策的指導下，前十七年出現了繁榮的喜人局面，可以說是我國戲曲發展的黄金時期。"文革"期間，我國戲曲遭受嚴重摧殘，新創作的現代戲、已經改編出新的傳統戲和新編歷史劇統統成爲"封、資、修"的東西，遭到批判和禁演。各地京劇和地方戲改編、新創的劇本極少，除八個樣板戲之外，幾乎無戲可演。粉碎"四人幫"之後，特別改革開放以來，我國戲曲又迎來陽光明媚的春天，戲曲文學呈現出百花爭艷的繁榮景象。這期間儘管受到影視藝術、通俗歌曲的影响，戲曲文學仍然改編創作出一批反映生活貼近時代的優秀劇目。

三國戲隨着時代的變化，戲曲的發展，也出現了令人欣喜的繁榮景象，改編整理許多傳統三國戲，新創作一批富有時代精神的三國戲。我們從1949年中華人民共和國成立到2014年六十五年間出版的戲曲文學書刊中，遴選出18個劇種改編或創作的39部三國戲。其中改編的19部、新創的20部。無論是改編傳統三國戲，還是新創三國戲，劇作家都以現代觀念、審美理想，觀照歷史，既尊重歷史事實，又虛構歷史細節和人物，力求在思想內容、人物形象方面出新、創新，使其貼近生活，貼近時代，寓教於樂，以古鑒今，給人以新的認識和啓迪。當代這39部戲，突破了以往以蜀漢爲主的題材，改變了尊劉貶曹抑孫的思想傾向，給曹操、周瑜以公正的評價，擦掉了曹操臉上的白粉，去掉了周瑜心胸狹窄、妒賢嫉能的性格缺陷，並且塑造了許多新的女性形象。

## 五

綜上所述，我們從歷代三國戲中，彙集587種，其中完整劇本471種，殘曲、存目116種，編爲《三國戲曲集成》，內分八卷：《元代卷》、《明代傳奇卷》、《清代雜劇傳奇卷》（上下卷）、《清代花部卷》、《晚清昆曲京劇卷》、《現代京劇卷》（上中下卷）、《山西地方戲卷》、《當代卷》（上下卷）。縱觀《三國戲曲集成》，亮點有三：

第一，開荒創新，填補空白。我國古代長篇小説有四大名著：《三國演義》《水滸傳》《西遊記》《紅樓夢》，編演、留存戲曲劇本最多的是三國戲。然而，《水滸戲曲集》《西遊記戲曲集》《紅樓夢戲曲集》都已先後出版，唯獨《三國戲曲集》没有問世。也許因爲歷代三國戲多，版本複雜，存本分散，搜集整理難度大，工程浩繁，因而學界無人問津。如今，《三國戲曲集成》的整理出版，作爲一項拓荒創新性的工作，填補了這一領域的空白。

第二，劇本衆多，彙集完備。元代以降的三國戲曲存本、存目衆多。存目分別著録在許多古籍、書目著作中，有的未見著録。存本分藏全國各地，版本十分複雜，有刻本、覆刻本、鈔本、轉鈔本，其中有許多是罕見的善本、孤本。有的孤本長期深藏某地書庫，幾乎没人見過。我們從北京、上海、南京、杭州、鄭州、太原等地的圖書館、博物館，查遍記述戲曲劇目及學界研究論著，搜集劇本的各種版本。因而，該集元明清雜劇、傳奇搜集齊全，清花部、京戲、現當代戲曲甚多難以盡録，即便如此，也是當今彙集三國戲最多、最全、最爲完備的一部文獻價值極高之書。

第三，版本較好，校勘精細。今存劇本，元雜劇有所整理，但其版本較多，校勘甚難。明清三國戲劇本刊本少，鈔本多，僅有個別劇本經過整理，絶大部分未經整理，因而，曲白異文多，錯别字多，簡寫字不規範，文字有脱落、字迹漫漶不清、錯簡缺頁，多未斷句標點。因而，我們選用較好的版本作底本，精細審慎，務求存真地進行校勘，凡屬異文、誤字、漫漶、空缺、墨丁、脱漏、衍文、倒錯、妄增、誤删等處，皆分別校正，記入校記。凡不明者，注明待考。該集可謂是一部版本較好、校勘精細、存真少誤、可讀可用的戲曲集，而且又具極高的學術價值。

我國人民群衆了解三國歷史、三國人物，並非是因爲讀過陳壽《三國志》和羅貫中《三國演義》，大多是從看三國戲而獲知的。因而，我們校勘整理《三國戲曲集成》，是一件功在當代、澤被後世的工作，將爲繼承傳統優秀文化遺産、爲廣大專家學者提供寶貴的研究文獻資料，爲全國衆多的戲曲劇團和戲曲作家提供資料創作、改編、移植、演出的劇本，爲廣大戲曲愛好者及廣大群衆提供一個完備的三國戲曲讀本，爲衆多文藝形式提供創作素材，爲繼承弘揚優秀傳統戲曲文化，促進當代戲曲振興，推動文化大發展大繁榮都有重要意義。

鑒於我們的學識水平、時間精力所限，收録劇本或有遺珠，校勘有不妥之處，懇請學界專家學者和廣大讀者批評指正。

# 凡　　例

　　一、本書所收劇本敷演三國故事的時間自東漢靈帝中平元年(184)黄巾起義起,至晉武帝太康元年(280)吴亡三國統一于晉止。凡敷演這段歷史故事的戲,統稱三國戲。本書廣泛搜集三國戲曲資料,訂其訛誤,補其缺佚,爲廣大讀者和研究者整理出一部完整的《三國戲曲集成》。

　　二、本書校勘,以保留原本面貌爲主要原則,訂正文字時,既校異同,又校是非。即從諸本中選用善本作爲底本,以其他版本作爲參校本,對於確屬訛誤衍脱需要校訂改正者,均出校記。若原本有塗改之處,且不知何人所校,未睹真迹,不辨朱墨,又須採其説入校者,均稱"原校"。殘本處理情况同上。劇本若僅存孤本,無他本參校,則用本校法、理校法進行校勘。

　　三、校勘過程中出現的訛、脱、衍、倒等情况,採取統一格式處理。凡認爲某字爲訛字,則于正文中直接訂正;凡認爲某字脱去,則在正文中增加此字;凡認爲某字爲衍字,則删去;凡出現文字前後倒置的現象,則直接在對應處乙正,上述情况均出校記加以説明;凡是不辨正誤者,則一律注明待考。

　　四、劇本作者,依前人考定,一一補題。原本劇本多用簡稱,今均依題目正名改用全稱。原本未標楔子、折數、唱詞宫調曲牌名者,一仍其舊,一般不出校記。有些劇本過長,未分折、齣,今依劇情分折、分齣,出校説明。唱、白、科介或曲牌等提示,置於括弧之内。

　　五、區别對待異體字、通假字和通用字。全書中異體字加以統一。通假字不校不改。反映元明時期特殊用字習慣的通用字,如"們"作"每","杖"作"仗","賠"作"倍"或"陪","跟"作"根",等等,一般不作改動;若爲避免發生歧義而有所改動,則一律出校記説明。

　　六、關於劇中角色的唱詞、賓白和科介的次序,一般按照"××唱""曲牌名""唱詞"(或"唱詞＋賓白")的格式處理。若賓白或科介未標明所屬角色者,則需補充清楚並出校記;若遇"××唱"置於"曲牌名"之後,則在校記中注明"依例前移"。

七、本書採用通行的新式標點符號，版式爲繁體橫排，曲、白分開排。曲牌用黑月牙【　】；唱詞用五號宋體，賓白用五號仿宋體；襯字一般不特別標出，與唱詞字體同，若原本已標出，則用五號仿宋體；上下場詩同唱詞，用五號宋體；唱、念、白、科介等説明性文字用五號仿宋，置於圓括弧之内。

八、曲文斷句，均以曲譜定格，間遇文義斷裂之處，酌情改從文讀。雜劇、傳奇、花部、昆曲唱詞與賓白自然分段；同一支曲，唱中有夾白不分段，换曲牌則另起一段。京劇、現代戲唱詞與賓白，則按《後六十種曲》中京劇《曹操與楊修》體例分段分行。

九、劇本按元、明、清、現、當代分卷，若一卷劇本多，則分上、下册。每卷先雜劇，後戲文、傳奇；先完本、殘本，後存目。元、明、清雜劇傳奇諸卷每卷均以作者年代先後爲序。清代花部、晚清昆曲京劇、現當代京劇及地方戲諸卷，以三國故事發生的時間先後排列。有的劇本時間跨度較長，或故事發生時間難以考定，則酌情處理。

十、每劇解題，略述劇種、作者姓名及其簡介、劇目著録情況、劇本内容、本事來源、版本情況、以何種版本作底本、參校何種版本、歷年校點情況等，力求簡明扼要。戲曲存目，則須寫明作者、年代、著録、劇情、本事、版本情況等。清代部分某些劇目聲腔不詳者，一律按花部處理。

十一、每劇均按劇名、作者、解題、正文爲序排列。作者不知姓名者，清代之前署"無名氏"，現、當代署"佚名"。

十二、歷代三國人物故事畫、劇本書影，置於每卷正文之前，作爲扉畫，不作插圖，標明出處。

2015 年 7 月 31 日　校理者識

# 《明代卷》前言

楊 波

丹納在其《藝術哲學》中曾有過這樣一段精闢的論述："要了解一件藝術品、一個藝術家、一群藝術家,必須正確地設想他們所屬的時代精神和風俗概況。這是藝術品最後的解釋,也是決定一切的基本原因。"①有明一代,文人士大夫的文學創作心態也與跌宕的政局一樣,幾經起伏,波折不斷。明末陳子龍對明朝三百年間的詩壇風氣變化及其深層原因有着較爲深刻的理解:"國家右文之化,幾三百年,作者間出,大都視政事爲隆替。孝宗聖德,繼美唐虞,則有獻吉、仲默諸子,以爾雅雄峻之姿,振拔景運。世宗恢弘大略,過於周宣、漢武,則有于鱗、元美之流,高文壯采,鼓吹休明。當此之時,國靈赫濯,而士亦多以功名自見。至萬曆之季,士大夫偷安逸樂,百事墮壞。而文人墨客所爲詩歌,非祖述長慶,以繩樞甕牖之談爲清真;則學步香奩,以殘膏剩粉之資爲芳澤。是舉天下之人非迂朴若老儒,則柔媚若婦人也。是以士氣日靡,士志日陋,而文武之業不顯。"②士人"大都視政事爲隆替",政事的興衰同時也導致了士人精神境界的變化,儒家傳統中影響深遠的建功立業願望逐漸被耽於聲色的現實享受思想所取代。在這種情況下,"有明承金元之餘波,而尋常文字,尤易觸忌諱,故有心之士,寓志於曲"③,以往被視爲"末技""小道"的戲曲逐漸成爲文人雅士寄託審美情趣和人生理想的一種主要文學樣式。

## 一、明代三國戲的存佚情況

明代雜劇與傳奇兩種戲曲形式並存,共同推動着明代戲曲的發展進程。

---

① 丹納《藝術哲學》,人民文學出版社1981年版,第7頁。
② 陳子龍《安雅堂稿》卷一八《答胡學博》,孫啓治校點,遼寧教育出版社2003年版,第346—347頁。
③ 吳梅《顧曲麈談:中國戲曲概論》,上海古籍出版社2000年版,第151頁。

臧晉叔《元曲選序》說過："詩而變詞,詞而變曲,其源本於一。"明人呂天成《曲品》對雜劇和傳奇的發展軌迹進行過一番比較："自昔伶人傳習,樂府遞興。爨段初翻,院本繼出;金、元創名雜劇,國初演作傳奇。雜劇北音,傳奇南調。雜劇折惟四,唱止一人;傳奇折數多,唱必匀派。雜劇但摭一事顛末,其境促;傳奇備述一人始終,其味長。無雜劇則孰開傳奇之門?非傳奇則未暢雜劇之趣也。傳奇既盛,雜劇浸衰,北里之管絃播而不遠,南方之鼓吹簇而彌喧。"①

中國戲曲界有這樣一句諺語："唐三千,宋八百,演不完的是三國。"據《中國古典戲曲論著集成》著錄的情况來看,以三國故事為題材的明雜劇尚存劇本5種,分别是朱有燉《關雲長義勇辭金》、汪道昆《陳思王洛水生悲》、陳與郊《文姬入塞》、徐渭《狂鼓史漁陽三弄》和無名氏的《慶冬至共享太平宴》;今存殘曲1種,即丘汝成《諸葛平蜀》;存劇目12種,其中無名氏《茅廬》著錄於《今樂考證》,諸葛味水《女豪傑》、凌濛初《禰正平》、凌星卿《關岳交代》、無名氏《竹林小記》、無名氏《銅雀春深》《黄鶴樓》《碧蓮會》《竹林勝集》《斬貂蟬》《氣伏張飛》等10種劇目著錄於《遠山堂劇品》,蔣安然《胡笳十八拍》見於《祁忠敏公日記》;而以三國故事為題材的明傳奇保存更多,其中劇本尚存者有王濟《連環計》、無名氏《古城記》《草廬記》《七勝記》《錦囊記》《青虹嘯》《三國志大全》等7部;今存殘本14種,分别是沈璟《十孝記》,無名氏《草廬記》、《桃園記》、《赤壁記》、《青梅記》、《古城記》、《連環記》、《單刀記》、《四郡記》(又名《三國志》)、《五關記》、《興劉記》、《三國記》、《關雲長訓子》、《魯肅請計喬公》,其中《草廬記》《古城記》《連環記》的殘曲,是明代戲曲選本的折子戲。今存劇目14種,分别是馬佶人《借東風》、金成初《荆州記》、許自昌《報主記》、長嘯山人《試劍記》、無名氏《試劍記》、王異《保主記》、穆成章《雙星記》、黄粹吾《胡笳記》、彭南溟《玉佩記》、汪宗姬《續緣記》、劉藍生《雙忠孝》、無名氏《二喬記》、狄玄棐《猇亭記》、無名氏《射鹿記》等,大多收録在《遠山堂曲品》《傳奇彙考》《傳奇彙考標目》《重訂曲海總目》等戲曲文獻中。另有屠隆的傳奇《曇花記》僅在三十二齣寫曹操杖殺伏后,汪廷訥的傳奇《義烈記》,劇中人物雖有孔融、董卓,但主要寫漢末黨錮之禍,均未收録。在現存數百種明代戲曲目録中,三國故事以其衆多的傳播途徑、廣泛的傳播範圍、深遠的社會影響、層出不窮的故事受衆脱穎而出,成為中國古代戲

---

① 呂天成《曲品》卷上,《中國古典戲曲論著集成》第六册,中國戲劇出版社1959年版,第209頁。

曲寶庫中不可或缺的重要組成部分。

## 二、明代三國戲的著錄情况

　　章學誠《校讎通義》有云："古人著錄，不徒爲甲乙部次計……蓋部次流別，申明大道，叙列九流百氏之學，使之繩貫珠聯，無少缺逸，欲人即類求書，因書究學。"目錄學著作實爲治學之門徑，所謂一代學術之風貌，一部典籍之流播，一位作家之旨趣，盡在其中矣。明代三國戲遺存劇目多，完整劇本少，除了有一些單行本傳世外，更多的劇目只見於一些典籍的簡單著錄，給人們留下幾許悵惘。總體來説，明代三國戲集中著錄在以下幾部文獻典籍中。

　　一是明人祁彪佳的《遠山堂曲品》。祁彪佳(1602—1645)，丁虎子，字幼文，又字弘吉，號世培，别號遠山堂主人。山陰(今屬浙江紹興)梅墅村人。著名藏書家祁承㸁之子。天啓二年(1622)進士，崇禎四年(1631)擢任御史，後受權臣排斥歸家，崇禎末年復官，力主抗清，任蘇松總督。清兵攻佔杭州後，於當年閏六月初六日自沉殉國，卒謚忠敏。他幼年聰敏，著有《祁忠敏公日記》《祁忠惠公遺書》，另有戲曲傳奇《玉節記》、戲曲批評著作《遠山堂曲品》《遠山堂劇品》存世。

　　《遠山堂曲品》是祁彪佳根據吕天成《曲品》擴展而成，分爲妙品、雅品、逸品、豔品、能品、具品六類，但著錄的戲曲劇目較吕書的"未滿二百種"，"倍是而且過之"，目的就在於"要亦以執牛耳者代不數人，慮詞幟之孤標，不得不獎詡同好耳"①。此書不僅對劇作進行簡要介紹，而且時有考證，真知灼見一一現於筆端。如《雅品殘稿》下記載："《連環》：元有《奪戟》劇，云貂蟬小字紅昌，原爲布配，以離亂入宫，掌貂蟬冠，故名；後仍作王司徒義女，而連環之計，紅昌不知也。"②再如《具品》下記載："《草廬》，此記以卧龍三顧始，以西川稱帝終，與《桃園》一記，首尾可續，似出一人手。内《黄鶴樓》二折，本之《碧蓮會》劇。"③又："《桃園》，《三國傳》中曲，首《桃園》，《古城》次之，《草廬》又次之；雖出自俗吻，猶能窺音律一二。"④《雜調》下記載："《荆州》：金成初撰。關公之傳，有桐柏先生壯闊宏詞，真足配銅琵琶鐵綽板。若《大江東》

---

① 祁彪佳《遠山堂曲品叙》，《中國古典戲曲論著集成》第六册，第5頁。
② 祁彪佳《遠山堂曲品》，《中國古典戲曲論著集成》第六册，第129頁。
③ 同上書，第84頁。
④ 同上書，第85頁。

及《義勇辭金》二劇,則具體而微耳。此記不知何謂爲南北,又何必問其工拙也。"①

二是祁彪佳《遠山堂劇品》。《遠山堂劇品》是祁彪佳著錄明人雜劇的專書,體例和《遠山堂曲品》相同,計有妙品 24 種、雅品 90 種、逸品 28 種、豔品 9 種、能品 52 種、具品 39 種,共有 242 種。其中諸葛味水《女豪傑》、凌濛初《禰正平》、凌星卿《關岳交代》、無名氏《竹林小記》、無名氏《銅雀春深》《黃鶴樓》《碧蓮會》《竹林勝集》《斬貂蟬》《氣伏張飛》等 10 種劇目,此書均有著錄。此本雖著錄簡潔,然很多作品賴以留名後世,大致反映出明代戲曲的流播情況,自有其特殊的學術價值。如《遠山堂劇品·能品》載:"諸葛味水《女豪傑》,南北四折。諸葛君以俗演《斬貂蟬》近誕,故以此女修道登仙,而於蔡中郎妻、牛太師女相會,是認煞《琵琶》,正所謂弄假成真矣。乃其爲詞盡可觀。"②《雅品》載:"凌濛初《禰正平》,北一折。《漁陽弄》之傳正平也以怒罵,此劇之傳正平也以嘻笑,蓋正平所處之地、之時不同耳。"③再如無名氏所撰《銅雀春深》,《具品》載:"《銅雀春深》,南一折。二喬數語,殊無情致,遂使雀臺之春,寂寞千載。"④其評言簡意賅,三言兩語,精髓畢出,令人嘆服。

三是明末清初無名氏編撰的《傳奇彙考》。《傳奇彙考》八卷,撰人不詳,共收集 263 種傳奇曲目的相關資料,其中對很多曲目考鏡源流,引經據典,條分縷析,兼具文獻價值和文學批評的意義。如同樣是對無名氏《射鹿記》一劇的記載,《遠山堂曲品》和《傳奇彙考》一略一詳,一批評一考證,各有千秋,《傳奇彙考》因其詳實的考證而略勝一籌。祁彪佳《遠山堂曲品·雜調》下記載:"《射鹿》:無名氏撰。曹操之殺董妃,令人憤;馬超之敗阿瞞,令人喜。惜構詞錯雜,遂不足觀。"⑤《傳奇彙考》卷四亦著錄有《射鹿記》,首先對此劇的主要情節進行了簡單概括:"《射鹿記》,不知何人所作。凡演三國事者,俱各題一事爲走,此則據演義'曹操、許由射鹿'一段以作根柢,而要緊人物則劉備、馬超,謂其初董承、劉備、馬超等合謀圖操,其計不就,演至馬超歸先主。以結局與正史離合參半,不可盡信,亦不爲無本也。"接着又將劇情與正史進行了較爲深入詳盡的考證,指出《演義》中有些情節與史實不符,如

---

① 祁彪佳《遠山堂曲品》,《中國古典戲曲論著集成》第六冊,第 117—118 頁。
② 祁彪佳《遠山堂劇品》,《中國古典戲曲論著集成》第六冊,第 188 頁。
③ 同上書,第 155 頁。
④ 同上書,第 195 頁。
⑤ 祁彪佳《遠山堂曲品》,《中國古典戲曲論著集成》第六冊,第 113 頁。

"史無皇叔之稱","許由射鹿,正史所無,'圍羽'一段,實有其事","正史但載王服種輯劉備,而馬騰事蹟不載與董承共謀","中間關羽、張飛等事多載《古城記》中";通過比較劇本與《蜀志·先主傳》《蜀志·關羽傳》《蜀志·馬超傳》《後漢書·獻帝紀》《通鑒綱目》《典略》等相關內容,指出此劇部分情節與正史記載相吻合,如"董承與先主協謀圖操,具見於此劇,與史合","《演義》射鹿本此不爲無因,但未嘗有並馬遮帝等事,係增飾也","《演義》與正史大段相合","《演義》大段相合,但馬騰無與董承密謀事,乃附會也"等①,考證更精審,評價更客觀,結論更可信。

　　四是清代無名氏編撰的《傳奇彙考標目》。該書二卷,編撰者不詳。此書並非《傳奇彙考》之目錄,而是一部獨立的曲目。此書内容與吕天成《曲品》、高奕《新傳奇品》相類,所收作家止於孔尚任、洪昇、萬樹等,則其成書時間大約在康熙末年或雍正初年。王國維作《曲錄》時自稱多次引用《傳奇彙考》,然其內容却與《傳奇彙考標目》相吻合,如《奈何天》《雙錘記》等不錄別名,合錦傳奇並不單列等,似乎是另一個稍有殘缺的本子。《中國古典戲曲論著集成》第七册將其收錄在内,使用較爲方便。此書著錄明代三國傳奇凡4種,姑列相關條目如下,以示其價值。《傳奇彙考標目》卷下"明人"記載:"馬佶人,字亘生,吴縣人。有《梅花樓》《荷花蕩》《十景塘》。"②另,《傳奇彙考標目》別本著錄有《借東風》,載第一百七十七卷:"(馬佶人)所著《餐霞館傳奇》五種。字吉甫,一字更生,號斐堂,別署擷芳主人。"同卷"許自昌"記載:"許自昌,字元祐。吴縣人。有《報主記》《靈犀佩》《弄珠樓》。"其中《報主記》下自注:"趙子龍事。"③同卷"汪宗姬"條記載:"汪宗姬,字師文。徽州人。有《丹管》。"④另,別本著錄《續緣記》。同卷"明人"記載:"劉藍生,未詳其字里。有《雙忠孝》《半塘會》。"⑤

## 三、明代三國戲的故事流變

　　明朝存續的約三百年間,雜劇與傳奇猶如秋月春花,一直點綴着芸芸衆

---

① 參見無名氏《傳奇彙考》,書目文獻出版社1993年版,第334—339頁。
② 無名氏《傳奇彙考標目》,《中國古典戲曲論著集成》第七册,第226頁。
③ 同上書,第234頁。
④ 同上書,第215頁。
⑤ 同上書,第232頁。

生的社會生活,伴隨着不少明代士子的心路成長。有人把明雜劇看作元雜劇式微的產物,認爲其處於元雜劇和明傳奇兩大高峰之間的低谷,學術界歷來對其關注度很低,因而在文學史上的地位相當尷尬。① 但正如徐子方先生在《明雜劇史》中所說的那樣:"失去舞臺優勢並不意味着失去自身的存在價值。"作爲兩種文學樣式,明雜劇和明傳奇無論在題材内容還是在文本體制上,都具有獨特的學術意義。

從現存劇本和劇目來看,明代三國戲主要依據西晉陳壽《三國志》及南朝宋裴松之注,元代講史話本、《三分事略》《三國志平話》,元末明初長篇章回小說《三國志通俗演義》,元代三國戲以及民間傳說等題材加以改編和敷演,大多表現以劉備爲核心的蜀漢集團主要成員的英雄壯舉和思想傾向。尤其與《三國志通俗演義》中傳達出來的"擁劉反曹"思想傾向基本一致,故事情節也有着驚人的一致,充分說明《三國志通俗演義》在當時的廣泛傳播和對明代三國戲的深遠影響。現存三國題材明雜劇中,朱有燉《關雲長義勇辭金》和無名氏的《慶冬至共享太平宴》是兩部很有代表性的作品。劇作分別選取了劉備稱帝以前和稱帝以後的兩大標誌性事件,以劉備生命中最重要的兄弟關羽和最倚重的丞相諸葛亮爲主人公,刻畫了蜀漢集團上下團結、心歸劉備的狀況。

諸葛亮是現存明代三國戲劇目中出場最多、刻畫最豐富的人物形象。明代諸葛戲共有雜劇 2 種,即丘汝成《諸葛平蜀》和無名氏《茅廬》;傳奇 6 種,分别是馬佶人《借東風》、無名氏《草廬記》《赤壁記》《四郡記》《錦囊記》《七勝記》。古往今來,讚賞諸葛亮的聲音不絕於耳,除了正史裏的諸葛亮形象,民間傳說和戲曲作品的傳播和影響也不容忽略。如丘汝成《諸葛平蜀》僅存殘曲一折,却交代了諸葛亮在劉備建立政權過程中發揮的獨特作用:一曲【點絳唇】,唱出了諸葛亮爲劉備政權巧妙造出的聲勢,"秦失邦基,漢劉爭利,施謀智,倚仗權威,天命歸仁德";而【油葫蘆】和【天下樂】兩支曲子,客觀地分析了魏、蜀、吳三個政權"鼎足三分漢社稷"的形勢,"占天時曹孟德,他則待令諸侯施權柄逞奸回,事無成一命歸泉世。廢獻帝做山陽公便把曹丕立。論東吳孫仲謀,據長江十萬里,倚仗着龍韜虎略多雄勢,得地利可料敵","劉先主人和是國戚,占了西蜀建帝基。山河帶礪殷富國,他則待復故邦雪舊耻,不能勾統乾坤同混一";接着,曲作家再次强調劉備占據的"人和"

---

① 參見瞿慧《明嘉靖至萬曆時期雜劇分析》,重慶工商大學 2011 年碩士學位論文。

優勢,"若論着智謀有軍師孝直,若論着威武有雲長翼德,若論着英勇有子龍孟起,老將軍黃漢升多剛毅,一班兒將先生扶持",並反復渲染諸葛丞相運籌帷幄、決勝千里的超群智慧,"雖然是將勇兵強,虧軍師妙策神機","習韜略善說兵機,憑丞相妙策深奇",一個"沉酣六經,翩翩文雅,其出奇製勝如風雨之飄忽,如鬼神之變怪"(屈大均評語)的諸葛亮形象躍然紙上。從"三顧茅廬"到"火燒赤壁",從"巧借東風"到"預伏錦囊",從"四番用計"到"七擒孟獲",現存諸葛戲劇目大致重現了《三國志通俗演義》中相關的精華内容,幾乎囊括了諸葛亮一生的傳奇經歷,刻畫出諸葛亮的"智絶"形象。難怪近代錢穆以"有一諸葛,已可使三國照耀後世,一如兩漢"之語,給予其如此高的讚譽。

關羽也是明代三國戲中着墨較多的人物形象。《關雲長義勇辭金》、《古城記》、《單刀記》、《四郡記》(又名《三國志》)、《結義記》、《興劉記》、《三國記》、《桃園記》、《三國志大全》等劇目中,都有關羽忠義無雙的身影。明代藩王朱有燉所撰雜劇《關雲長義勇辭金》,是一部相當經典的雜劇作品。此劇事本《三國志》,《今樂考證》有著録,詳述關雲長在劉備與曹操交戰兵敗逃走後,爲保全劉備的兩位夫人,權且歸降曹操,待知悉劉備下落後,毅然挂印封金,辭曹歸劉的忠義故事。關羽抱着"忠臣不事二君"的思想,漢室血統觀念非常堅定,對時局的動盪憂心忡忡,"想當日四百載華夷歸正統,到後來兩三番跋扈立朝綱";面對甘、糜二夫人勸他暗殺曹操後再逃走的建議,他以"大丈夫行事當轟轟烈烈,明如日月,豈可暗算人命,自爲逋逃之子"作答,宣稱"我子待播英風萬古傳,立芳名百世揚,憑着俺取群雄如運掌";面對張遼等人用黄金、美女、高官、美酒等展開的誘惑,關羽認爲自己只"是個飄零在孤館客中人,一任他闌珊了竹葉樽前唱",表現出超乎尋常的冷静;面對曹操的求賢若渴,關羽用上陣殺敵的方式去回報曹操的知遇之恩,稱"我不比跋扈奸雄黑肚腸,我子待立功勳盡節朝綱,守忠良青簡傳芳,雄赳赳的威風膽氣剛",在矛盾衝突中刻畫出關羽"心懷節義,志守孤忠"的英雄形象和義薄雲天的英雄氣概。明祁彪佳《遠山堂劇品》將此劇列爲"雅品",並評論説:"不但關公之義勇,千古如見,即阿瞞籠絡英雄之技倆,亦現之當場矣。每恨關公未有佳傳,得此大暢。"①

"擁劉反曹"傾向是明代三國戲的一大主題,也是劇作家們寄托自己正

---

① 祁彪佳《遠山堂劇品》,《中國古典戲曲論著集成》第六册,第147頁。

統理想的生動體現。如《慶冬至共享太平宴》第二折中,劉備一登場就極力強調其正統地位:"創業開基四百年,子孫承繼主中原。方今鼎足三分定,獨占人和霸蜀川。某姓劉名備字玄德,乃大樹樓桑人也。是景帝之玄孫,中山靖王之後。"再如《劉玄德三顧草廬記》第二折劉備上場後自我介紹説:"小生姓劉名備,字玄德,中山靖王劉勝之後,景帝十七代孫,現爲豫章牧。只今天下分崩,群雄角逐,俺定欲恢復漢業,怎奈無用兵之人。"思想是行動的先導。蜀主劉備高瞻遠矚,善於借勢而爲,哪怕處於人生的低谷,仍然隨時隨地爲將來可能的大有作爲做好鋪墊。這是時代賦予文學作品中劉備的責任,也是無數下層百姓在自己内心深處演繹出來的劉備。正如何滿子所説:"哪怕從唐朝算起,從三國故事流傳至羅貫中寫定小説爲止,已有六七百年的歷史。在這樣悠長的年代中,人們在傳述三國故事的過程中,已經將各種歷史時期的思想意識,政治、倫理、歷史評價標準,人生價值觀統統附益在歷史故事之中。"①這段用來評價《三國演義》主題傾向的話語,用於明代三國戲的思想評價也極爲精當。

## 四、明代三國戲的體制特徵與深遠影響

戲劇是一種綜合的表演藝術。從文本體制上來看,明代中葉以後,興盛一時的北曲雜劇在故事内容與創作風格方面都產生了深刻的變化,抒寫個人性情的作品日漸多了起來。祁彪佳《遠山堂曲品・能品》下"凌雲"條記載:"《曲藻》云:'北字多而調促,促處見筋;南字少而調緩,緩處見眼。北則辭情多而聲情少,南則辭情少而聲情多。'故自南辭易諧於耳,而北音亡矣。天遊子力返於古,爲司馬長卿作北曲,詞不易宫,宫不易調,入明以來,僅見於此。但其爲詞有蕪雜處,而流利覺少;且一折中用兩人唱,亦非舊式。"②同書《具品》下"玉丸"條記載:"作南傳奇者,搆局爲難,曲白次之。此記局既散漫,且詞不達意;意既蒙晦,而詞遂如撞木鐘,扣石鼓,雖填得暢滿,亦何益哉。"③上述兩段文字,可以窺一斑而知全豹。

三國故事到底在何時何地被搬上表演舞臺,今天已無從稽考,但至少在南宋時期已有人廣泛演出三國戲。宋蘇軾《東坡志林》載:"北宋有塗巷中小

---

① 何滿子《〈三國〉文化形成探源》,《古典文學知識》1994年第6期,第17—18頁。
② 祁彪佳《遠山堂曲品》,《中國古典戲曲論著集成》第六册,第62頁。
③ 同上書,第102—103頁。

兒薄劣,其家所厭苦,輒與錢,令聚坐聽説古話。至説三國故事,聞劉玄德敗,頻蹙眉,有出涕者,聞曹操敗,即喜唱快。"宋洪邁《容齋隨筆·三筆》卷二"平天冠"載:北宋徽宗時,有村民入"勾欄""瓦舍"觀優,歸途見匠者作桶,乃模擬演員扮蜀先主劉備戴平天冠之相,取桶戴於首,曰:"與劉先主如何?"於是被箍桶匠人所擒獲。高承《事物紀原》卷九載:"宋朝仁宗時,市人有能談三國事者,或采其説加緣飾作影人,始爲魏、蜀、吳三分戰争之像。"化妝的舞臺表演,與演員同悲同喜的孩子,被箍桶匠人擒獲的戲迷,從不同側面反映出當時三國戲演出的影響之大。究其原因,不外有二:一是文體學自身發展的結果。北宋時期,中國的經濟社會和民間曲藝相當發達,畫家張擇端《清明上河圖》中描繪的世俗生活場景,孟元老《東京夢華録》中記録的民俗風土人情,都是最好的例證。二是宋金之間、宋遼之間連年不斷的戰争,朝廷内部腐敗不堪的吏治,動蕩不安的社會生活,激發了百姓的人生理想,他們渴望有個像諸葛亮一樣智慧超絶的政治家來解救天下蒼生於水火之中。在這種境况下,"事狀無楚漢之簡,又無春秋列國之盛,故尤宜於講説"的三國故事,成爲宋代南戲、金元院本最經常表現的主題,而三國戲情節曲折、便於演出的優點也極大地促進了三國戲文劇目的發展,並直接催生了元雜劇的繁榮。

據《録鬼簿》《太和正音譜》等文獻記載,元雜劇中的三國戲大約有60種,其中30多種已佚。明代三國戲上承宋金元詩文劇本,下啓清代花部和傳奇,在内容主題和曲調體制上爲同類題材的作品提供了借鑒。再如明代王濟創作的傳奇《連環記》和無名氏創作的雜劇《董卓戲貂蟬》,都是以美女貂蟬爲題材的作品。收入《元曲選》的《錦雲堂暗定連環計》(《今樂考證》題作《錦雲堂美女連環計》),作者不詳,一本四折,題目正名爲:"銀臺門詐傳授禪文,錦雲堂暗定連環計。"《曲海總目提要》云:"其事虚實各半,後來撰《連環計》者以此爲椄本,又復翻换增添,互有同異。"從人物身份來看,小説《三國演義》中,貂蟬是吕布後娶之妾。元雜劇《連環計》中,貂蟬本是吕布之妻,因黄巾作亂,夫妻失散,二人並非素不相識,且聽第二折貂蟬對王允所言:"您孩兒不是這裏人,是忻州木耳村人氏,任昂之女,小字紅昌。因漢靈帝刷選宫女,將您孩兒取入宫中,掌貂蟬冠來,因此唤作貂蟬。靈帝將您孩兒賜與丁建陽,當日吕布爲丁建陽養子,丁建陽却將您孩兒配與吕布爲妻。後來黄巾賊作亂,俺夫妻二人陣上失散,不知吕布去向。您孩兒幸得落在老爺府中,如親女一般看待,真個重生再養之恩,無能圖報。"前有金院本《刺董卓》

和元雜劇《錦雲堂美女連環計》，後有諸葛味水創作的雜劇《女豪傑》，各本在內容和主題上即是一脈相承的關係。再如明代無名氏的傳奇《古城記》，就是根據元雜劇《關雲長千里獨行》、元明間雜劇《關雲長古城聚義》《關大王獨赴單刀會》《劉先主馬跳檀溪》《瀘江祭》《斬蔡陽》《赤壁鏖兵》《襄陽會》《刺董卓》《罵呂布》等作品改編而成。正如清焦循《劇説》引《知新録》所云："元曲有呂布、貂蟬及奪戟爭鬥事……元曲所云必有所據。"上述情況再次説明，優秀的文學作品從來都不是憑空降臨，而是作家精神勞動的創造。

　　如果説明代三國戲對清代以後三國題材的作品産生影響是正常現象的話，那麼明代三國戲對同時期文學作品的影響則更有意義。《鼎峙春秋》是清代著名的宫廷大戲，相傳是乾隆年間由莊恪親王允祿主持編寫的連本大戲，共有 240 齣，其中多有與赤壁之戰相關的劇目。據李小紅《〈鼎峙春秋〉與〈古城記〉》一文考證，明傳奇《古城記》全本 29 齣，其中有 25 齣被《鼎峙春秋》所承襲，同時明傳奇中的民間情趣削弱不少，而宫廷大戲的莊重色彩增加幾分。① 三國戲中的人物主要是出於作家的藝術創造，是劇作家"雜取種種人，合成一個"的結果，是"七分實事，三分虛構"的産物。誠如徐子方先生所言："作爲創作主體，低層次的生存、安全和歸屬需求已不再是他們創作心理結構中的自然趨向了。決定其創作動機的是強烈地追求尊重和自我實現的需求，他們迫切需要通過創作來排遣自己内心的鬱悶。"這恐怕也正是三國戲曲歷代相傳、不絶於耳的深層原因吧。

---

① 李小紅《〈鼎峙春秋〉與〈古城記〉》，《中國典籍與文化》2013 年第 1 期。

# 目録

## 雜劇

### 今存劇本
| | | |
|---|---|---|
| 關雲長義勇辭金 | 朱有燉 撰 | 3 |
| 陳思王悲生洛水 | 汪道昆 撰 | 16 |
| 文姬入塞 | 陳與郊 撰 | 20 |
| 狂鼓史漁陽三弄 | 徐渭 撰 | 24 |
| 慶冬至共享太平宴 | 無名氏 撰 | 31 |

### 今存殘本
| | | |
|---|---|---|
| 諸葛平蜀 | 丘汝成 撰 | 45 |

### 今存劇目
| | | |
|---|---|---|
| 茅廬 | 無名氏 撰 | 47 |
| 女豪傑 | 諸葛味水 撰 | 47 |
| 禰正平 | 凌濛初 撰 | 47 |
| 關岳交代 | 凌星卿 撰 | 48 |
| 竹林小記 | 無名氏 撰 | 48 |
| 銅雀春深 | 無名氏 撰 | 49 |
| 黃鶴樓 | 無名氏 撰 | 49 |
| 碧蓮會 | 無名氏 撰 | 49 |
| 竹林勝集 | 無名氏 撰 | 50 |
| 斬貂蟬 | 無名氏 撰 | 50 |

氣伏張飛　　　　　　　　　　　　　　無名氏　撰　51
胡笳十八拍　　　　　　　　　　　　　蔣安然　撰　51

## 傳　奇

**今存劇本**

連環記　　　　　　　　　　　　　　　王　濟　撰　55
古城記　　　　　　　　　　　　　　　無名氏　撰　101
草廬記　　　　　　　　　　　　　　　無名氏　撰　150
七勝記　　　　　　　　　　　　　　　無名氏　撰　233
東吳記　　　　　　　　　　　　　　　無名氏　撰　273
青虹嘯　　　　　　　　　　　　　　　鄒玉卿　撰　290
三國志大全　　　　　　　　　　　　　徐文昭　輯　337

**今存殘本**

桃園記　　　　　　　　　　　　　　　無名氏　撰　350
草廬記　　　　　　　　　　　　　　　無名氏　撰　354
十孝記　　　　　　　　　　　　　　　沈　璟　撰　357
青梅記　　　　　　　　　　　　　　　無名氏　撰　359
古城記　　　　　　　　　　　　　　　無名氏　撰　362
連環記　　　　　　　　　　　　　　　無名氏　撰　367
三國記　　　　　　　　　　　　　　　無名氏　撰　368
關雲長訓子　　　　　　　　　　　　　無名氏　撰　372
魯肅請計喬公　　　　　　　　　　　　無名氏　撰　375
五關記　　　　　　　　　　　　　　　無名氏　撰　378
赤壁記　　　　　　　　　　　　　　　無名氏　撰　383
單刀記　　　　　　　　　　　　　　　無名氏　撰　385
四郡記　　　　　　　　　　　　　　　無名氏　撰　388
興劉記　　　　　　　　　　　　　　　無名氏　撰　391

## 今存劇目

| | | |
|---|---|---|
| 借東風 | 馬佶人 撰 | 394 |
| 荆州記 | 金成初 撰 | 394 |
| 試劍記 | 長嘯山人 撰 | 394 |
| 試劍記 | 無名氏 撰 | 395 |
| 報主記 | 許自昌 撰 | 395 |
| 保主記 | 王異 撰 | 396 |
| 雙星記 | 穆成章 撰 | 397 |
| 胡笳記 | 黃粹吾 撰 | 397 |
| 玉佩記 | 彭南溟 撰 | 397 |
| 續緣記 | 汪宗姬 撰 | 398 |
| 雙忠孝 | 劉藍生 撰 | 398 |
| 二喬記 | 無名氏 撰 | 399 |
| 猇亭記 | 狄玄棐 撰 | 399 |
| 射鹿記 | 無名氏 撰 | 399 |

# 雜　　劇

今存劇本

# 關雲長義勇辭金

朱有燉　撰

## 解　題

　　雜劇。明朱有燉撰。朱有燉(1379—1439),號誠齋,又號錦窠老人、全陽道人、老狂生、全陽子、梁園客、全陽翁等,安徽鳳陽人。明太祖朱元璋第五子朱橚的長子。洪武二十四年(1391)册封爲周世子,就藩開封。洪熙元年(1425)襲其父周王封號。卒後追諡憲,世稱周憲王。朱有燉自幼勤學好古,通曉音律,創作了大量詩文、散曲、戲劇等,總稱《誠齋集》,是明代雜劇作品保存最多的作家,因其作品均由周藩刊刻,故能完整流傳至今。

　　高儒的《百川書志》成書於明嘉靖十九年(1540),是明代較早著録朱有燉雜劇的私家書目。此書卷八《史編》"外史類"下列朱有燉雜劇31種劇名,其中包括"關雲長義勇辭金傳奇一卷",注曰:"皇明周府殿下錦窠老人全陽翁著。各具四折,詳陳搬演科唱,或改正前編,或自生新意,或因物生辭,或寓言警世,或歌唱太平,或傳奇近事,密異或駭人心,烟花不污人志。蓋處貴盛之時,消磨日月,故發此空中音耳。凡三十一種,總名誠齋傳奇,異樂府行也。"

　　明代著名學者王世貞(1526—1590)《藝苑卮言》附録云:"(周憲王)所作雜劇凡三十餘種,散曲百餘。雖才情未至,而音調頗諧,至今中原弦索多用之。李獻吉(夢陽)《汴中元宵絶句》云:'齊唱憲王新樂府,金梁橋上月如霜。'蓋實録也。"明沈德符(1578—1642)《顧曲雜言·填詞名手》亦云:"本朝填詞高手,如陳大聲、沈青門之屬,俱南北散套,不作傳奇。惟周憲王所作雜劇最夥。其刻本名《誠齋樂府》,至今行世。雖警拔稍遜古人,而調入弦索,穩葉流麗,猶有金元風範。"今存雜劇31種,《關雲長義勇辭金》堪稱其中的佼佼者。

　　《關雲長義勇辭金》簡稱《義勇辭金》,撰於明成祖永樂十四年(1416)。

《今樂考證》有著錄。全劇四折一楔子,述劉備與曹操交戰兵敗逃走,關雲長爲曹操斬了袁紹的大將顏良,得知劉備的下落後,毅然挂印封金,辭曹奔劉,刻畫出關羽剛直不阿、忠義節烈的英雄形象。該劇現存明宣德間周藩刻本、《古今雜劇殘存十種》刊本、誦芬室影印明刊《雜劇十段錦》本,均爲同一版本系統。明嘉靖年間郭勛所輯《雍熙樂府》卷五收錄《義勇辭金》第一折曲調。另有 2000 年華夏出版社出版的《中國古代戲曲經典叢書·明清雜劇卷》本。今以誦芬室影印明刊《雜劇十段錦》本爲底本,以《雍熙樂府》、《中國古代戲曲經典叢書·明清雜劇卷》(簡稱《經典叢書》本)爲參校本,加以校點整理。

## 第 一 折

(外扮張遼上,開云)漢國三分魏蜀吳,英雄鼎峙運機謨。平生武勇存忠義,真是人間大丈夫。自家乃曹公部下蕩寇將軍張遼的便是。自從建安五年曹公東征,得了劉玄德虎將關雲長,封爲偏將軍,禮待甚厚。想這一員猛將,喑啞叱咤,有萬夫不當之勇,心懷節義,志守孤忠。今日曹公安排了酒食茶飯,選了美女十人,黃金百鎰,教我將去探望他一遭,酒席中將幾句言語勸他。他若肯一心奉侍曹公,不思劉玄德呵,這天下不足平也。俺今日便索去走一遭。(下)

(正末扮關雲長上,云)吾乃漢將關羽,字雲長,河東解良人也。自從與左將軍劉玄德結爲兄弟,在於軍中寢則同牀,食則共几。近日不幸下邳失守,同嫂嫂甘夫人引着侄兒到於許昌,一宅分爲兩院居住。曹公待我甚厚,封爲偏將軍,寵任無比。我想"忠臣不事二君",當日桃園已將此身許事玄德,又豈肯別事他人?嫂嫂不知就裏,只道我真個順了曹公。等我再見嫂嫂,一發說開,也知我的忠心。我想當初光武皇帝開國興劉,也不容易呵。(末唱)

【仙吕·點絳唇】我子願國祚靈長,本朝興旺。要俺驅兵將,竭力勤王,久已後圖寫在雲臺上。

【混江龍】自從那秦嬴天喪,東西兩漢高祖光。保障着山河錦綉,倚賴着城郭金湯。想當日四百載華夷歸正統,到後來兩三番跋扈立朝綱。纔除了宦官近習,早寵着外戚椒房。恰誅了強梁董卓,又遇着奸詐曹瞞。只因爲董承種輯泄機謀,到惹得衣帶中密詔添愁況。逗引起群雄逐鹿,空教我獨自亡羊。

（旦扮甘夫人引俫上，做與末相見科）（旦云）叔叔，這幾日可曾打聽得劉皇叔在於何處？（末云）近日知得兵散之後，在冀州牧袁紹處。袁紹好生以禮相待。嫂嫂放心！（旦云）聽得人說已亡故了，未知虛實。（末云）嫂嫂休信。古人有云："王者不死。"又云："吉人天相。"俺哥哥身長七尺，手垂過膝，寬仁大德，養士親賢，經營王業，戰爭方始，必不得死。嫂嫂，你試聽我說一遍！（末唱）

【油葫蘆】有德服人世必昌，怎得亡？俺哥哥身材七尺，貌堂堂，氣昂昂，命世英雄像，性謙謙得衆寬洪量。俺哥哥仁義又純，智慮又長，他生得手垂過膝奇形狀，須有日定伯與興王。

（旦云）既是俺劉皇叔有德呵，叔叔怎地順了曹公？（末云）嫂嫂，你正不知"大丈夫以義氣相許，成名天下"，豈似匹夫匹婦，自經溝瀆而人不知者哉！想着我要害了曹公，脫身去了，亦有何難？（旦云）叔叔既說不難，怎地不害了曹公，脫身走了，却不是好？（末云）大丈夫行事當轟轟烈烈，明如日月，豈可暗算人命，自爲逋逃之子？嫂嫂，你聽關羽說咱。（末唱）

【天下樂】子這暗地裏謀人不算強，便將他殺傷，有甚的好智量？我怎肯做劫賊爲刺客的歹勾當？我子待播英風萬古傳，立芳名百世揚，憑着俺取群雄如運掌。

（旦云）叔叔，既是知得劉皇叔實信時，我却放心也。（外引衆旦捧盒上，云）張遼今引美女黃金，就將茶飯，來到關將軍門前。叫守門的替俺通報者！（小軍做跪門報科）（旦云）曹公的人來了，俺回宅去也。（旦、俫下）（外與末相見科）（外云）俺曹公自得了將軍，心中十分喜悅，正如龍之得雲，虎之有翼。深念將軍在於旅邸之中，無人奉侍，又乏日用所資，謹以美女十人、黃金百鎰少效誠款，望將軍受之。（末云）自念關羽下邳失守，來從曹公。相待甚厚，踰於衆人。又封爲偏將軍，受恩足矣，安敢又受美女黃金？願相公領回，以全關羽忠義之行。（外云）俺曹公養賢之心，靡不周悉。今以將軍無家，故選美女爲贈，何苦見辭？（末云）你說曹公養士呵，你試聽說說咱。（末唱）

【那吒令】想曹公養士呵，把賊擒寇攘；想曹公立節呵，正三綱五常；想曹公盡忠呵，肯勤王定邦。（外云）俺曹公丹心耿耿，不敢失禮。同是漢朝之臣，將軍如何不受此贈？（末唱）我爲甚露丹衷將美女辭，却厚惠把黃金讓，這的是於曹公寵愛增光。

（外云）想俺曹公機深智廣，善察知人。識拔奇才，不拘微賤。三軍未食，自不言飢。三軍未營，自不歸帳。待將士如腹心，與士卒同甘苦。朝中將相握雙權，天下英雄都領袖。將軍何以懷疑，苦苦辭阻其恩惠乎？（末唱）

【鵲踏枝】你休要苦相央，我和你好商量。你要我痛飲黃封，醉倚紅妝。你子待掉三寸舌尖伎倆，絮叨叨數黑論黃。

（外云）小人不敢來遊説將軍。今有筵席排定，請將軍略飲數杯。（美人每做送酒科）（末唱）

【寄生草】列羅綺排佳宴，擁笙歌到畫堂。新醅綠蟻玻璃盎，滿斟玉液葡萄釀，高擎春色珍珠醠。我是個飄零在孤館客中人，一任他闌珊了竹葉樽前唱。（外又遞酒科）

（末云）酒已勾了，散了罷！多謝曹公厚意！（末唱）

【醉中天】囑付您酒盡休重蕩，醉後早擡羊。（外云）將軍再用一杯！（末唱）休子顧指點銀瓶索酒嘗，多謝你曹丞相！（末云）黃金百鎰，謹當奉還。（外云）曹公誠心奉上，請將軍收用！（末唱）何必黃金滿箱？（末云）美女十人亦不敢領。（外云）曹公特爲將軍無人奉侍，送此十女，不必謙退。（末唱）子俺客中情況，休想咱匹配鸞凰。

（外云）將軍不受女子也罷，只似這金是財物，便受了有甚污辱令德？（外跪捧金科）（末唱）

【金盞兒】細裁量，自參詳，三回五次難敵當，浮名薄利受何妨。我子是守誠心思故主，怕甚麼受虛位在朝堂。好教我歎孤忠隨日落，悲離恨與天長！

（末云）罷罷罷！這金我受了罷！（做接金科）（外云）將軍之名，天下所懼。今日受了曹公深恩，大丈夫以義氣相許。雖是左將軍劉皇叔結義深密，然而往來二國之間不憚頻煩，亦非得計。孰若舍彼就此，爲自固之計以成功名，不亦可乎？（末云）極知曹公以赤心待我，我雖深感其義，但昔在桃園與劉皇叔誓同生死，不可背之。你聽我説咱！（末唱）

【醉扶歸】自結義平原相，誰承望有參商。子俺生死之交不可忘。盟誓在，難虛誑，空教我望斷愁雲故鄉，都撮在雙眉上。

（外云）將軍既是在此無久留之意呵，怎不辭了曹公去尋劉皇叔去？（末云）我多受曹公之恩，必要立功相報，去之未晚。（外云）今天下英雄豪傑，各據地方。將軍欲於何處立功以報曹公？（末唱）

【金盞兒】不是我自誇強，敢承當，直等我立功名以報曹丞相，鋗鋗烈烈尚鷹揚。試看我金鎗明曉日，寶劍掣秋霜。一任他延津屯沮授[1]，（外云）

近聞袁紹差大將顏良在官渡搦戰哩,將軍敢就此立功麼?(末唱)怕甚麼官渡有顏良?(末云)俺爲臣盡忠,皆爲劉漢天下。劉玄德與曹公雖各統兵征討,同爲漢室之臣也。(末唱)

【賺尾】憑着我扶持社稷功,包括乾坤量,一片心天青日朗。我不比跋扈奸雄黑肚腸,我子待立功勳盡節朝綱,守忠良青簡傳芳,雄赳赳的威風膽氣剛。我如今暫留許昌,心情悒怏。我子怕困塵埃空自老干將。(末下)

(外云)我將筵席勸了關將軍一日,全不動心,又將美女辭還了,只得回去稟知曹公也。(外下)

## 校記

[1] 沮授:底本作"祖授",今據《雍熙樂府》改。

# 第 二 折

(淨扮夏侯惇上,云)排兵布陣不曾贏,對壘相持諕了魂。敵國要知吾姓字,我是畏刀避劍夏侯惇。自家在曹公麾下,官封建武將軍。今有冀州牧袁紹,軍馬屯住官渡,要與俺廝殺。蒙曹公差俺與盪寇將軍張遼、偏將軍關羽迎敵。俺十八般武藝到有十九般不高,怎生是好?(扮小軍上云)報報報,報將軍得知,袁軍中大將顏良搦戰!(淨做慌問云[1])那顏良使甚兵器?(小軍云)手執丈二點鋼鎗,身挂七星烏油鎧,頭戴三尖紫金冠,腰繫八寶獅蠻帶。不知將軍使甚兵器?(淨云)他不濟,他不濟,你聽我說!我的軍兵呵,也不被衣袍鎧甲,也不戴皮盔鐵面,也不用金鼓旗幡,也不使鎗刀弓箭。不與他對壘相持,不與他苦爭鏖戰。便點起十萬兵卒,一個人與他一瓣大蒜。(小軍問云)你不和他廝殺,却與他一瓣大蒜怎地?(淨云)你不知兵法,不曾看孫子書。孫子曰:"多算勝,少算不勝,而況於不算乎?"這不是有蒜多的便勝了?(打住)(外扮顏良上,云)自家是袁本初手下上將顏良,今日統領大軍到於白馬之地,與曹軍對敵。那陣上強將出馬!(淨上,做對敵科,淨做敗走科)(外虛下)(末扮關雲長上,云)聞知顏良戰敗夏侯惇,俺到陣前試看一回。(淨急走上,云)關大王!關大王!你若殺了顏良,趕退了他的軍馬,小人備辦猪頭三牲謝將。(末云)你如何這等慌張[2]?我覷顏良如同小可也呵!(末唱)

【雙調・新水令】料顏良不是萬夫敵,迎着我三停刀,敢教他擁葱般人脆。我這裏歡騰施武略,談笑說兵機。欲待解白馬重圍,向陣前獨自立。

【駐馬聽】也不索後擁前揮,整頓下猩血征袍烈火旗。我子待一人一騎,披挂了絳紅鎧甲滲金盔,寶雕鞍轡赤狻猊,朱纓鎗插絨條繫。我若是展雄威,便是鐵叉山也蕩做平川地。

(末云)我也不用兵卒,自去陣前觀看一遭去也。(淨云)苦也苦也!俺千百萬軍尚且被他殺敗,你只一人一騎,如何去得?(末笑云)你好無膽量也!(末唱)

【喬牌兒】你說的膽太虧,我看來較容易。他便有貔貅萬隊成何濟,有幾個會相持,能對壘?

(末云)你看他那邊陣勢已擺定了,不知顏良可在中軍哩?(末唱)

【平沙奏凱歌】我子見擺鎗刀雁翅齊,列戰馬魚鱗砌。喊征卒猛虎聲,佈陣脚長蛇勢。鼕鼕地擊征鼙,豁豁地摩征旗。一任他元帥千兵擁,俺這裏將軍八面威。(淨云)他百萬軍中,只怕你獨自進去不得!(末唱)你莫得遲回。試看我萬隊裏施英藝。(淨做怕科)(末唱)也不索驚疑,管教你三軍中奏凱歸。(末、淨虛下)

(外上,云)自家是上將顏良。早間一陣,把曹軍殺敗了;如今不免再擺陣勢,等待曹軍搦戰咱。(末急走上做刺顏良科)(衆軍喊散科)(末挺盔場上轉,唱)

【沽美酒】入袁軍陣隊裏,刺顏良若兒嬉。我將這帶血兜鍪手內提。只一人一騎,回到俺大營內。

【太平令】殺的他敗殘軍明幌幌鎗刀滿地,丟棄的亂紛紛衣甲成堆。逃命的俏沒促林中藏避,投降的戰篤速馬前齊跪。快疾忙說知就裏,向軍中慶喜,早報了曹公恩義。

(淨上,笑迎末云)百萬軍中刺了顏良,早解了白馬之圍也!(末唱)

【川撥棹】你恰纔笑微微,蠟鎗頭不似你!聽的道吶喊搖旗,擺動征鼙。戰馬頻嘶,信砲如雷。呀!早諕的蠟柤般黃了面皮。到如今剗地說甚兵機?

(末云)上緊收軍回去!將搶的那圖書輜重車輛器械,都隨營便回者。(末唱)

【七弟兄】莫遲收拾把軍催,將圖書輜重隨營內。奏一曲鐃歌鼓吹振兵威,使兩個佳音報捷飛塵騎。

(末云)衆軍!可喜可喜!今日凱還,正值三月春天。路上好景致也!(末唱)

【梅花酒】領兵卒得勝回,恰節近寒食。在官路驅馳,正溫暖天氣。柳亞著金線重,草長的翠茵齊。聽樹裏囀黃鸝,看花底燕爭泥。孤村外暖烟迷,小橋畔水平堤。倚雕鞍醉春暉,卸袍鎧換單衣。

【收江南】望元戎寶寨勢巍巍,鞭敲金凳凱歌歸,子我這胸中豪氣吐虹霓。於國家濟困危,只願得太平無事罷征旗。

(末云)俺方纔斬了顏良,卻早又想起哥哥在於袁紹處,不知何日相見也!(末唱)

【離亭宴煞】英雄自有英雄對,知恩怎肯忘恩義,不由人不自顛自摧。孤忠常把人心繫,憶玄德空垂淚,欲待向曹公拜啓。今日個斬上將,解重圍,便是我報深恩建勳績。(下)

## 校記

[1] 慌問:底本作"荒問",今從《經典叢書》本改。本劇下同。
[2] 慌張:底本作"荒獐",今從《經典叢書》本改。

# 第 三 折

(外扮曹公上,云)短甲征袍可體輕,戎鞍小鞦座紅纓。軍前露布馳星騎,試聽轅門報捷聲。自家姓曹,名操,字孟德,官封奮威將軍、兗州牧。今有冀州牧袁紹,令上將顏良引軍來攻白馬。俺差建武將軍夏侯惇、蕩寇將軍張遼、偏將軍關羽去抵敵去了,未知勝負何如?等待探子到來,便知分曉。(扮四個探子上,云)好一場廝殺也呵!(各唱)

【越調‧鬥鵪鶉】驟雨似捷音,流星般報馬。泥浣了征袍,繺鬆了鐵甲。走的我滿口烟生,渾身汗灑。人又困,馬又乏。恰來到寶寨轅門,謾問俺相持廝殺。

(做見外科,云)報報報,報捷探子回來了也!(外云)猛見了四騎馬星馳雨驟,四面旗雲卷風飛。坐下馬渾身血汗,恰便是廣澤龍興雲離海內;鞍心將掇肩喘息,不弱如四天王仗劍下雲端。你四個探子且歇定氣!兀的又有一個來也!(正末扮探子上,云)這一場廝殺,多虧了關雲長。好將軍也呵!(末唱)

【前腔】人走的力盡筋輸,馬驟的沾泥帶土。恰離了鏖戰沙場,早來到元戎帥府。想著他雨點似交兵,雷鳴般擂鼓。俺這裏得勝軍,他那裏戰敗卒。戰敗的舍死亡生，得勝的爭先快睹。

（末做見外科，云）報報報，報捷探子都到了也！（外云）探子，你謾謾喘息定，細說怎生對敵交兵。那一邊勝，那一邊輸，俺這裏試聽！（末云）好一個關將軍也！（末唱）

【紫花兒序】憑着他一人勇猛，撞入那萬隊軍營，到強如十面埋伏。看了他氣昂昂施呈武藝，雄赳赳幹運機謨。喑嗚，半坐雕鞍探虎軀，把敵軍輕覷。他那裏忙拂金鞭，急驟龍駒。

（外云）那關將軍怎生披挂？（末云）未見雲長武藝，先觀關羽儀容：紅顏綠鬢美髯公，雙眼修長若鳳。寰內出群丰彩，人間蓋世英雄。身長七尺氣如虹，他是個架海擎天梁棟！（末唱）

【小桃紅】他披挂縷金鳳翅錦兜鍪，鎖子鎧猩袍護，鑌鐵長鎗滲金鍍。跨龍駒，翻江攪海噴雲霧。雕弓樺鋪，鋼鞭銀鑄，寶鞘掣昆吾。

（末云）關將軍這一弄兒披挂，實是雄壯也。（外云）怎生雄壯？你再細細説與我聽者！（末云）我子見兩陣上擺開旗幟，列放兵卒。俺建武將軍夏侯惇首先出馬，與那顏良交戰，無一二合，早敗了夏侯惇。關將軍正在大軍陣裏勒馬遥觀，只見那夏侯惇被顏良趕的袍鬆玉帶，盔落紅纓。袍鬆玉帶汗淋漓，盔落紅纓髮披散。關將軍見了，忽地生嗔，氳地發怒，揣地心焦，烘地面熱。緊緊地扣了雕鞍，急荒忙把衣袍束結。我子見金鳳盔，明如雪。金鎖甲，玲瓏結。紅錦袍，染猩血。昆吾劍，秋霜掣。鵲樺弓，絲弦赭。雕翎箭，純鋼鐵。青龍刀，偃新月。赤兔馬，乖龍劣。子見他長伸虎臂捋髭髯，蠶眉鳳目紅腮頰。他是個天官位下正直神，人間萬古真豪傑！（末唱）

【金蕉葉】把這柄青龍刀連忙便舉，撞入那七重圍中軍帳去。吼一聲威風似虎，將一個血瀝瀝的人頭便取。

（外云）是好關雲長！他既在百萬軍中斬了顏良，料他那軍卒呵！正似水漂螻蟻亂紛紛，鑼鼓無聲鎧甲昏。昨夜旌頭星殞後，轅門失却舊將軍。探子！你且説我這邊得勝軍士，怎生殺他那敗軍來？（末云）我子見亂營中人呼馬喊，敗軍隊棄甲遺刀。逃命的丟了靴襪，投降的只叫擔饒。驚天般砲響，震地似鑼敲。簪偏了鐵帽，甲掙斷絨縧。昏靄靄霧罩，黑黯黯雲高。撲鼕鼕鼓噪，忽刺刺旗摇。骨魯魯盔落，可擦擦刀着。忽突突血冒，番滾滾成壕。從來有兵鏖戰，不也似白馬坡前這一遭。（末唱）

【調笑令】猛然間望處，他那邊亂了兵卒。我子見黃蓁蓁的塵埃遮了太虛，關將軍馬上頻回顧，將一領錦征袍鮮血模糊。夏侯惇陣前觀了歎吁，道是六丁神見也伏輸。

（外念云）鑼鼓聲中戰馬嘶，旌旗影裏甲光輝。將軍得勝歸來晚，笑坐雕鞍把劍揮。紅衲襖，錦征衣，追奔逐北日平西。恰便似戰退玉龍三百萬，敗殘鱗甲滿川堆。探子，你再說一遍，我這裏試聽。（末唱）

【禿廝兒】都棄了強弓硬弩，丟下些衲襖征服。俺這裏亂紛紛馬蹄追敗虜，一個個傍林麓入深蒲潛伏。

【聖樂王】我子見雲氣敷，山澗阻，滿川衣甲錦模糊。聲叫呼，着箭鏃，抵多少滿身花影倩人扶，羞的那袁紹嘴盧都。

（外云）既是贏了他呵！兵法云："窮寇勿追。"恐他捨命復來，我這裏可曾收軍來？（末云）俺這裏殺的他星離霧散，逃生不迭，豈敢又來對敵？聽我說咱！（末唱）

【麻郎兒】傷輕的潛身在民屋，着重的橫倒在荒墟。得勝的揮戈跳舞，敗殘的魂魄俱無。

（外云）可曾搶得他些財寶？（末唱）

【么】載輜重遙貢內府，得了些寶貨圖書。收拾的營中物足，齊唱着凱歌歸去。（末云）直殺的他無些蹤影，到晚方纔收軍。（末唱）

【黃薔薇】摩旗幟忙收隊伍，擊金鉦聚點兵卒。積京觀高堆數畝，歸附的居民按堵。

【慶元貞】子這中軍寶帳獻獲俘，論功行賞到皇都，只有這雲長功業最爲初。他更有佳謀，武藝熟，論英勇世間無。

（外云）探子，你辛苦了也！賞你十羫羊、十墰酒，營中歇息去罷！（末唱）

【尾聲】若再來聽的道關將軍臨陣也，戰欽欽早自袁軍懼，怎敢又憑勢力揚威耀武。再遇着青龍刀，赤兔馬，黃金甲，絳紅袍，交那廝卷了旗，收了陣，拱着手，低着頭，早歸降盛明主。（下）

（外云）探子去了也！我想關雲長，今日解了白馬之圍，斬了他一員上將，立了偌大功勢，必然思他舊主，不肯久留在此。我不免一發將金銀賞了他，憑他心意去留便了。（下）

## 楔　　子

（淨扮夏侯惇上，云）自家便是夏侯惇。前日與袁軍相持，我不曾得一些便宜,到被那紅臉漢得了大功。我心中好生不忿!今日不免將些讒諂言語,著曹公害了那廝,便是平生願足。(做入見外科)(淨云)主公今日要賞關羽。我想此人,十分本事高強。常思劉備,不肯久留麾下。倘若一朝走了,便如放虎入山,縱龍歸海,是自遺害也。主公何不早早除了他,免得後悔。(外云)不可不可!他若要走歸劉備,也是人各為其主。他是個忠義之人,怎地要害他?你去請他來者!(淨做請科)(末上)(淨見末,云)將軍的功勞,小人備說與曹公知道了。以此請將軍受賞。此間已是帥府,請入相見!(末做與外相見科)(外云)將軍不以孤為不肖,勇立戰功。深入虜營,斬獲上將,遂解重圍。信義昭明,豈勝感佩!謹將黃金百斤,白銀千兩,封將軍為關內侯爵。少酬厚德,幸勿見拒!(小軍跪獻金科)(末云)念關羽自下邳失守,來事明公,少效忠勤,以報恩惠,豈敢又當此厚爵重賞也!(末唱)

【後庭花帶過柳葉兒】[1]想着我報深恩略盡忠,怎當得贈金銀重爵封。我子待與丞相全忠義,向朝堂立大功,播清風。只願的干戈休動,罷征伐息戰攻。(末背云)雖然我受了爵賞,正不知我心中好是艱難呵!(唱)好教我感舊恨淚珠如迸,憶劉張何日相逢。這的是千里關山有夢通,自別後更無蹤。空教我望孤雲目斷歸鴻。(俱下)

**校記**

[1] 後庭花帶過柳葉兒:此曲牌名後原有"楔子"二字,今據文意移在賓白之前。

## 第 四 折

(旦扮甘夫人引俠上,云)自從跟了叔叔來到許昌,半年有餘,不知劉皇叔實信。近日叔叔戰敗袁軍,得了他的軍卒,方知皇叔果在袁紹軍中,今又將往汝潁。俺叔叔封了府庫,還了曹公賞賜,要出許昌尋皇叔去,又恐曹公差人來追。等叔叔來時,與他商量則個。(末上,與旦相見科)(旦云)叔叔今要出許昌尋你哥哥,只恐曹公知得,差人追趕,俺母子性命兀自難保!(末云)嫂嫂放心!曹公雖則譎詐,必不殘害忠良。嫂嫂試聽關羽說者!(末唱)

【正宮·端正好】憑智力將俊材收,假仁義把民心結。各施呈英雄豪傑,亂紛紛據地圖功業。恰便似鬧穰穰蠅爭血。

(末云)昔人有言:"秦失其鹿,天下共逐。"今時亦然。袁紹在北,劉表在

南。英雄各據，非止一方。今日俺尋歸舊主，智者彼必不留，愚者吾無所懼。（末唱）

【滾綉球】智的他見得別，愚的他不敢惹。若去呵，稱了我一生心，百年名節。欲留下一封書，與曹操辭別。（末做取紙筆科，唱）我這裏取雲箋做書簡疊，染霜毫將真字寫。一星星把志誠實說，墨花新運動龍蛇。（旦云）叔叔！若你哥哥與三叔往汝南去了呵，這千里路途，你獨自引着俺怎地行？（末唱）子我這半年兄弟音書阻，怕甚麼千里關山道路賒，豈憚跋涉！

（末做寫書科）（末云）辭曹公書已寫就了也！（旦云）叔叔試念一遍聽咱！（末念書云）漢偏將軍關羽拜上，漢兗州牧丞相曹公府下。竊以日在天之上，心在人之內。日在天之上，普照萬方；心在人之內，以表丹誠。丹誠者，信義也。羽昔受降之日有言曰："主亡則輔，主存則歸。"丞相新恩，劉公舊義。恩有所報，義無所斷。今主之耗，羽已知之。刺顏良於白馬，誅文丑於南坡。丞相新恩，滿有所報。劉公舊義，終不能忘。每留所賜之資，盡封府庫之內。伏望台慈，俯垂照鑒。羽頓首再拜。（末云）今將曹公所賜，盡封府庫，將此書放於廳事之上。如今便行也呵！（末唱）

【倘秀才】將書與曹公告別，把府庫封緘密者。尊嫂賢姪穩上車，遠尋鴻雁侶，跳出虎狼穴。關雲長去也！（末、旦、俫虛下）

（外扮曹公上，云）爲因關雲長建立了功名，此人必不肯在此久留。我今做好了絳紅袍、白玉帶、遠遊冠、乾皂靴，等他臨行贈與他去也！（副末扮張遼、淨扮夏侯惇將書上，云）好教主公得知，關羽引着劉備妻子出城去了，留下一封書在此。賞賜金銀，都封在府庫，不曾將一些去。俺門領了軍馬趕他回來，不可放了他去！（外念書科）（外云）好將軍！好將軍！若是你每被劉備得了，受了他如此厚恩，也還有念孤之心麼？（副末、淨云）俺受明公恩寵，生死不忘，豈有敢背之理！（外云）既然如此，人各爲其主，你每又要趕他怎地？你每二人，就將送別筵席與那做的一套衣服，趕上送與他，以爲餞行之禮。不可有違！（副末、淨領命下）（末引旦、俫上云）行了一早晨，兀的望見的是八里橋也呵！（末唱）

【轉調貨郎兒】涼時候秋風八月。向郊外車兒慢拽，遠山遙望曉雲遮。楓林赤，雁行斜，極目向天涯一望賒。

（旦云）這郊外秋景淒涼，好生傷感人也！（末云）過了八里橋，都是荒草坡。嫂嫂且自寬懷者！（末唱）

【二轉】光閃閃晴霞暉照，清湛湛寒波浩渺。的溜溜風吹落葉飄，乾些剌枯荷被霜凋。静巉巉遍野連天草,鬧呀呀斷鴻哀叫,急穰穰心隨落日遥。

（末云）言語中間,早來到八里橋了。嫂嫂侄兒且歇車一歇,早膳了再行。（末唱）

【三轉】我子見青蔭蔭柳垂兩岸,下征驄遲遲意懶。看了他數十間茅屋枕河灣,小車兒纔歇住,將玉勒快疾拴。向店房中收拾一間,松寬馬鞍,何曾得閑。玉粳自揀,請阿嫂侄兒將美饌餐！

（末云）已將乾糧與嫂嫂侄兒吃了。不免叫酒保打些酒吃如何？酒保有麽？（净扮酒保上應）（末云）有好酒打二百文錢來！（净云）有有！（做遞酒科）（末做飲科）（末云）酒雖好,只有些冷。你與我再蕩一蕩來！（净做戲旦云）央此位大姐蕩一蕩罷！（末做怒打净科）（末唱）

【四轉】打這厮舌剌剌狂言作戲,口叭叭全無道理。握雙拳待打這潑東西,引起咱氤氲氣！你正是衝着魔祟,撅了太歲。打的你忍不的,吃不的,就地下彎拴着睡。磕損頭皮,掂折大腿。（净倒個云）憑着你力氣打死人也！（末云）誰着你調戲人家婦女來！（唱）這是伊念彼觀音力,着重委的難掙起。再若恁的,便休想漢將雲長饒過你！

（净大叫云）呀,元來是關大王。你要逃走,我去對曹丞相説去也！（净下）（副末、净上）俺將的茶飯衣服,來趕雲長,到此不見,想是去的遠了。和你且在此酒店歇一歇馬再趕。（做入店相見科）（副末、净云）元來雲長在此！曹公知將軍行了,特令俺二人將茶飯衣服到此餞行。（末云）匆匆不能面辭曹公,深知傲慢！豈敢又勞二位將軍遠來相餞？（末唱）

【五轉】餞行酒多勞禮厚,更將這衣服拜留。這其間遠路途霜降正逢秋,恰便似堪禦冷鵝鸛裘。殷勤賜來祇領收。厚感恩榮,北瞻頓首。您衆將軍遥送勞台候,餞行酒席前何須又？待不受呵,越顯的雲長話不投。相談相笑,相勸相酬,將美酒連斟五六甌。

（旦云）叔叔少要吃酒,恐生歹心。（末云）不妨！曹公知我信義,必無他意。（末唱）

【六轉】寬度量能容小忿,廣機謀方爲大臣。設筵宴開懷列芳樽。（副末勸酒科）（末云）我醉了也。（唱）醉時您將水輕輕噀,我這裏眼交睫將盹。（副末云）關將軍醉了也！俺們扶他歇息去！（净云）張將軍好不達機變,不趁此時下手,更待何時？（副末云）使不得！曹公怎生分付你來？（净云）你不要管我,我自做自當！（净做意科）（末警覺喝住科）（唱）好也囉,夏侯惇心毒狠。（末拔劍科）（净做怕科）（副末做解釋科）（末唱）不由我氣撲撲惡發生

嗔忿。將你那血瀝瀝六陽，浼了我明滉滉鋼刀，敢恰證本。（末拿住淨，淨做跪科）

（末云）夏侯惇，我與你平生無怨，往日無讎，怎生便要害我？想是你不知關羽之名，試聽我從頭說者！（末唱）

【七轉】關羽自河東來聚，奔涿郡相從舊主。但交兵對壘呵不曾輸，馬到處便伏。自玄德昔爲平原相，共張飛多曾禦侮。我和他知心可腹，他委俺統領兵卒。襲邳城，誅車冑，占青徐。敢揚威，能耀武。你待來口兒甜，心兒苦，惡狠狠的生嫉妒，引得我面皮紅、胸中熱，氣撲撲的生嗔怒。我這裏向腰間掣寶鞘，支楞楞的執昆吾。（末做要殺淨科）（副末跪云）將軍請看曹公之面，饒了夏侯惇這遭！（末云）張將軍請起。夏侯惇，一來曹丞相日前恩義，二來張將軍跪膝告饒，且放了你者！（末做放了科）（副末、淨做謝科）（末唱）若不是且看曹公深恩義，我着你潑性命登時血濺土。

（副末云）多承將軍恕罪，俺二人辭了將軍，回去覆曹公去也！（末云）且住！俺關羽有幾句言語，說與將軍知道，將軍替俺關羽轉達曹公。俺想光武創業開疆，也非容易。今日群雄各據，非止一方，正是臣子盡忠之日。（末唱）

【八轉】炎漢室衰微時世，爲臣子須當盡職。想中興光武建皇極，一統萬里，萬里。舉英賢端士立綱維，後來有明章能承繼。慶豐年也哥，太平時也哥，自東自西，鑿井耕田，樂着雍熙。庶民心那喜，那喜！到末年傳及桓靈，任着奸回不把朝綱治。黨錮興也哥，私賣官也哥，因此上逗引的鬧穰穰群雄鼎沸起。

（末云）吾聞君子相別，贈之以言，況我受曹公厚賜，無以爲報。今日別去，有幾句勸諫之言，煩二位將軍回去，說俺關羽多多拜上曹公。（末唱）

【九轉】誰肯立孤忠直烈？更無個冰清玉潔。重拜覆曹公自思些，將忠厚言語聽者，尊帝室職分休奢。俺劉玄德，雖然衰懦，終則是漢家枝葉。一星星君前細說，一句句你索知耶！見如今魚龍入海混豪傑，誰肯立芳名建節？學宣尼尊王賤伯成功業，學齊桓諸侯九合歃盟血，學伊周忠誠輔相永無別。說來的幾般兒隨公擇，休把做不經意的常談不記者。

（副末、淨做拜別科）（末云）多勞二位將軍遠來，俺關羽饒舌了也！（副末、淨下）（末云）嫂嫂姪兒上車趲行！（末唱）

【煞尾】愁隨烟柳千絲結，悶擁雲林萬仞疊。來到這荒郊曠野，感歎傷嗟。極目山遮，早十里長亭路兒也。

　　　　正名　曹孟德奸雄待士
　　　　題目　關雲長義勇辭金

# 陳思王悲生洛水

汪道昆　撰

## 解　題

　　雜劇。明汪道昆撰。《遠山堂劇品》《重訂曲海總目》《曲目新編》著録，題《洛水悲》，署作者汪道昆。《今樂考證》著録，題正名《陳思王洛水生悲》。叙寫甄后之魂"托爲宓妃，待之洛浦"，與陳思王曹植"邂逅逢東都才望，殷勤獻南國明璫"，但因爲"神人異道，不得相干"，"好似天邊牛女遥相望"，最終惆悵分離的傷感愛情故事。

　　汪道昆（1525—1593），又名汪守昆，字伯玉，號南溟，又號太函。初字玉卿，改字伯玉，號高陽生，别署南溟、南明、太函氏、泰茅氏、天遊子、方外司馬等，徽州歙縣西溪南松明山（今屬安徽黄山）人。嘉靖二十六年（1547）進士，歷任義烏縣令、襄陽知府、福建副使、兵部左侍郎等職。汪道昆武略超群，文韜出衆，既是抗倭名將，又是詩壇領袖。他擅長古文，工詩詞，詩文理論宗前、後七子，世稱"後五子"之一。隆慶、萬曆之際，以汪道昆爲首的新安詩派人才濟濟。萬曆三年（1575），因言官糾劾告歸。汪道昆里居近二十年，致力詩文，率"後五子"與衆人詩酒唱和，聲名與王世貞相埒，並稱"南北兩司馬"。爲文簡而有法，作詩風骨俱佳，著有《太函集》120卷（今存明刻本），另有《北虜紀略》1卷、《數錢葉譜》1卷等。《明史》卷二八七《文苑傳》三、《明史稿》卷二六八、《康熙徽州府志》卷一二、《嘉靖揚州府志》卷五一均有傳。

　　汪道昆精通音律，戲曲方面的創作影響很大。其所創作的雜劇清新俊逸、詼諧多姿，傳世有《高唐夢》《五湖遊》《遠山戲》《洛水悲》《唐明皇七夕長生殿》五種。其中前四種雜劇都是一折短劇，借神話或傳説叙寫歷史人物的愛情故事，假戲曲創作以遣興娱情，合稱《大雅堂樂府》。版本今傳明萬曆間《大雅堂雜劇》本，卷首題《洛神記》；《盛明雜劇》本，卷首題《洛水悲》。今以《盛明雜劇》本爲底本，加以校點整理。

陳思王悲生洛水

（末上）（臨江仙）金谷園中生計拙，高陽池上名流。山公任放是良謀。歌聲中夜發，酒債幾時勾。漢水悠悠東到海，繁華總是浮漚。趁他未白少年頭。樽前宜粉澤，座上即丹丘。部中更有一段新詞，名《洛神記》。小子略陳綱目，大家齊按宮商。

　　　　帝子馳名八斗，神人結好重淵。
　　　　鄴下風流遺事，郢中巴里新篇。

（旦扮洛神上）

【步步嬌】白蘋紅蓼清川上，風起濤聲壯。懷人各一方。脈脈窮愁，昭昭靈響。何處斷人腸，斜陽烟柳憑欄望。

美女嬌且閑，高門結重關。容華豔朝日，誰不希令顏。佳人慕高義，求賢良獨難。眾人徒嗷嗷，安知彼所觀。妾身甄后是也。待字十年，傾心七步。無奈中郎將弄其權柄，遂令陳思王失此盟言，嘉偶不諧，真心未泯。後來郭氏專寵，致妾殞身，死登鬼錄，誰與招魂？地近王程，寧辭一面。將欲痛陳顛末，自分永隔幽明。畢露精誠，恐干禁忌。如今帝子已度伊闕，將至此川，不免托爲宓妃，待之洛浦。正是：漢主不須求地下，楚妃准擬到人間。明珠、翠羽何在？（小旦二人上）川上孤鴛鴦，哀鳴求匹儔。我願執此鳥，惜哉無輕舟。不知娘娘有何懿旨？（旦）今日渡河，欲與陳思王相會。你每捧百和香，持七寶扇，同我去走一遭。（小旦）理會得。（旦）我想那陳思王呵！

【好姐姐】他是皇家麒麟鳳凰，華國手還須天匠。建安詞賦，伊人獨擅場。（合）長瞻仰，歸來旌節雲霄上，悵望關河道路長。

（小旦）曾聞織女渡河，不意今日有此良會。

【前腔】天孫離居自傷，弄機杼含顰悽愴。牽牛幾許，今來河漢旁。（合前）

（旦）遠看後車數十乘，從者數百人，想是帝子車從。我與你且在江湄緩步，慢慢等他。也知行路難如此，未會牽牛意若何。（虛下）（生陳思王，淨、丑中涓，外、末力士上）

【神仗兒】王程鞅掌，王程鞅掌，君恩駘蕩。歇馬登高馳望，極目雲沙烟莽。山歷歷，水湯湯。

謁帝承明廬，逝將歸舊疆。清晨發皇邑，日夕過首陽。伊洛廣且深，欲濟川無梁。泛舟越洪濤，怨彼東路長。顧瞻戀城闕，引領情內傷。

寡人應詔入朝，言歸東國，方從伊闕，來到洛川。你看白日西馳，黃河東逝,車煩馬斃,前驅不行。不免在此假宿一宵,多少是好。扈從諸臣,各宜就舍,明日早行。(眾應介)謹奉旨。(外、末同下)(生)你看雲光未暮,風致頗佳。只着中涓二人,隨我到陽林之下,縱步一會,散悶則個。(淨、丑)理會得。(生)

【好事近】千騎出長楊,回首五雲天上。孤身去國,伊闕幾重巖障。臨淵望洋,見沙頭鷗鳥閑來往。想我半生枉過,百事無成,怎如得那鷗鳥。(合)問何如機事渾忘,一任取烟波消長。

行到陽林,足力稍倦,不免在此倚杖片時。(生、淨、丑下)(旦引小旦上)侍兒,我和你到洲上,采芝去來。(應介)(旦)

【前腔】徜徉,步屧水雲鄉,且和伊采、采中洲平莽。雲英五色,芝草叢生彌望。猗蘭暖香,折芳華欲寄同心賞。(合)涉江流已沒紅梁,具河舟又無蘭槳。

(生、淨、丑上)(生)豎子,那河洲之上有一麗人,你得見否?(淨、丑)不曾見。(生)你每且猜他是何等女子?直恁如此娉婷。(淨)我猜他又抱琵琶過別船,想是潯陽妓女?(生)不是。(丑)羅綺晴嬌綠水洲,想是江漢遊女?(生)不是。(淨)清江碧石傷心麗,莫不是浣紗烈女?(生)也不是。(丑)環佩空歸月夜魂,定是嫁河伯的鬼女!(生)胡說!你每凡胎肉眼,怎得見國色天香!你看那女子,翩若驚鴻,婉若游龍。榮曜秋菊,華茂春松。穠纖得中,修短合度。芳澤無加,鉛華弗御。踐遠遊之文履,曳霧綃之輕裾。體迅飛鳧,飄忽若神。凌波微步,羅襪生塵。仿佛若輕雲蔽月,飄飄若流風廻雪。動無常則,若危若安;進止難期,若往若還。含辭未吐,氣若幽蘭。華容婀娜,令我忘餐。若非水月真人,定是玉天仙子。他在那壁廂立地,不免斂容少進,存問一番。(旦)侍兒,帝子玉趾親來,妾身且立下流,待他相見。(生)豎子,你傳言與仙子:寡人欲接令顏,傾蓋數語,肯相容麼?(傳介)(旦)侍兒,你傳與君王,既辱先施,願承顏色。(傳介)(生)如此,就請相見。(相見介)(生)久抗塵容,叨陪文履。幸茲神遇,甚愜夙心。(旦)雅聞令譽,快睹光儀。敬拜下風,願當末照。(生)寡人陳思王曹植,應詔入朝,畢事之國,願聞仙子起居。(旦)妾乃洛水之神,居此數千年矣。(生)吾聞洛水之神,乃伏羲氏之女,名曰宓妃。不知是否?(旦)王言是也。(生起介)靈妃安坐,寡人少違。(旦)請王自便。(生背語)你看宓妃容色,分明與甄后一般。教我追亡拊存,好生傷感人也。

【泣顏回】歸路洛川長,見佳人姣麗無雙。蛾眉宮樣,容華如在昭陽。

你看雎鳩尚然有偶,吾曹何獨無緣?臨風悼亡,怵愁心匹鳥河洲上。(合)歎陳人何處歸藏?對靈妃願與翱翔。

(旦)你看帝子一見顏色,十分沉吟,教我無語自傷,有懷莫吐。

【前腔】悲涼人世苦參商,想當初呵,心違鳳卜,寵奪椒房。(生)吾聞神人異道,不得相干,不意寡人有此良覯。(旦)妾慕君久矣,多君倜儻,照人前玉質金章。論君家文藝呵,真個是人文紀綱,發天葩揚馬還誰讓。(合)幾年間展轉興思,一霎時盼睞生光。

(生)子好芳草,豈忌爾貽。此間既無紹介,又乏寒修。羈旅之人,無以為好。願解懷中佩玉,少效區區。(旦)美人贈我瓊瑤琚,何以報之明月珠。妾身願奉明璫,以酬令德。(生)得此簡珠,敢不懷德。(旦)服茲良玉,豈敢忘情。(生收介)呀,是好明珠也呵!

【解三酲】誰探取玄珠象罔,抵多少雜佩琳琅。我比他英英玉色連城賞,他比我炯炯珠胎照乘光。且休疑江妃曲渚遺交甫,端的是神女陽臺薦楚王。(合)分明望,猶疑夢寢,恐涉荒唐。(旦)

【前腔】邂逅逢東都才望,殷勤獻南國明璫。我思他懷中密意頻觀望,他思我耳畔佳音遠寄將。只怕他洞房珮冷愁無極,幾能勾合浦珠還樂未央?(合)分明望,心同澤畔,迹異潯陽。

(小旦)告娘娘,你看空山晚翠,古渡昏黃,日雲暮矣。請娘娘還宮。(生)纔得相逢,安忍遽別?(旦悲介)妾身雖以私心自效,終難以遺體相從。侍人促行,就此告別。幸王自愛,永矢不忘。(拜介)

【五更轉】意未申,神先愴,東流逝水長。晨風願送,願送人俱往。落日泣關,掀天風浪。丹鳳棲,烏鵲橋,應無望。夢魂不斷,不斷春閨想。妾身從此別去呵!(合)寂寞金鋪,蕭條塵網。

(生)呀,靈妃端的去了。離別永無會,執手將何時?(旦)王其愛玉體,永享黃髮期。君王尊重。(旦、小旦同下)(生)可憐素手明於雪,只恐回身化作雲。洛神既去,寡人神馳力困。我想那孤館獨眠,怎捱到曉?

【前腔】結綺窗,流蘇帳,羈棲五夜長。無端惹得,惹得風流況。半晌恩私,千廻思想。想那洛神臨去之時呵,顰翠眉,掩玉襦,增惆悵。他既去呵,好似天邊牛女遙相望。(合)一葦難杭,無如河廣。豎子,今宵無限憂思,應難成寐。你每與我秉燭達旦,待我作賦一篇。(淨、丑)只今深宮傳燭,別院焚香,已多時了,請大王早回。(生)是如此。欲歸忘故道,顧望但懷愁。誰令君多念,自是懷百憂。

# 文姬入塞

陳與郊　撰

## 解　題

　　雜劇。明陳與新撰。陳與郊(1544—1611)，原姓高，字廣野，號禺陽、玉陽仙史，亦署高漫卿、任誕軒，海寧鹽官(今屬浙江)人。萬曆二年(1574)進士，累官至太常寺少卿，後上疏乞歸鄉里，隱居鹽官隅園，埋頭著述。陳與郊工於樂府，雅好戲曲，著有傳奇 4 種，即《寶靈刀》《麒麟罽》《鸚鵡洲》《櫻桃夢》，合稱《詅癡符》；撰有雜劇 5 種，今存《昭君出塞》《文姬入塞》《袁氏義犬》3 種，收入沈泰《盛明雜劇》初集；輯有《古名家雜劇》《古今樂考》等 10 餘種，對整理、發展中國古典戲曲貢獻頗大。本劇《遠山堂劇品》著錄，題《蔡文姬》，注云："南(曲)一折。"《重訂曲海總目》《曲目新編》《今樂考證》著錄，題《文姬入塞》。均署作者陳與郊。本劇故事背景是：曹操讀了文姬從漢入胡時題寫在驛壁上的半段小詞後，認爲"中郎有女，蔡琰無辜。待移糞上之英，仍作匣中之玉。續成青史，完一代文章；免陷黃沙，恨千秋羅綺"，故而派人去胡地贖她。原劇一折，專述蔡文姬離胡歸漢之際與兒子分別的悲慘場景，刻畫了主人公面臨祖國之愛與母子之情兩難選擇時的矛盾心境。這部雜劇和陳與郊的另一部雜劇《昭君出塞》一樣，既洋溢着思戀祖國故土、渴望遊子歸根的愛國情懷，又包含着對無法掌握自己命運的現實境況的千般無奈，同時也表露出蔡文姬對"腹生手養"的胡兒的深深眷戀與濃濃母愛。事見《後漢書·烈女傳·董祀妻》。版本今有《盛明雜劇》本。今以《盛明雜劇》本爲底本加以校點整理。


　　(生扮官服小黃門持節，引侍女、從人上)風勁角弓鳴，軍麾動渭城。人驚青鳳去，天借白雲迎。下官是漢朝曹丞相門下走動的一個小黃門是也。則爲蔡中郎單生一女，名喚蔡琰，字曰文姬。前日亂軍中，没入左賢王帳下。

俺丞相近日從一驛中經過,見壁上有半段小詞,却是那蔡文姬從漢入胡,題愁寫恨者。那詞道:"初離漢甸心將碎,幽恨綿綿,春日如年,馬上時時聞杜鵑。"俺丞相看罷此詞,不覺感歎了一回,當時也作一歌行,傷其流落。中間有兩句道:"敲乾鸞鳳和膠髓,撲碎驪龍照乘珠。"那一日門下官員,好些流淚,好些太息。昨日俺丞相又道"中郎有女,蔡琰無辜。待移糞上之英,仍作匣中之玉。續成青史,完一代文章;免陷黃沙,恨千秋羅綺",奏過官裏,差下官帶着侍女,賫着黃金百鎰,錦緞千端,贖取蔡夫人還朝,不免走一遭也。蔡夫人!

【紅衲襖】你只合弄璚簫,貯着帝子臺。却緣何抱冰弦,守着夫人砦。便有碧玉蹄,飛不出黃龍界;紫貂裘,溫不透紅杏腮。塞鴻書,何處裁;胡笳淚,何處灑。蔡夫人,蔡大人,你本是翠帷班馬,到做了玉帳姬姜,可不道埋没了豐城貫斗才。想古人那有這般堪恨來!

【前腔】怎比着閉長門生綠苔,怎比着嫁穹廬啼紫塞。可知你冰雪懷,洗向琉璃海。那裏管鷓鴣天,吹翻鸚鵡杯。你肯把曲河腸在絃上摔,大刀心做爨下灰。因此上俺丞相呵,使我向離騷買將蘭蕙回。(下)(旦扮蔡文姬引婢上)

【齊天樂】蛾眉自困龍城也,怕問洛陽枝葉。匣玉墻英,胡霜漢月,總是命兒薄劣!(貼)雁兒嘹亮,風兒叫吼,夢兒虛怯。(合)忽報春雷,乍驚春燕也驚蛇。

(浣溪紗)(旦)絃上依稀見淚痕,王庭風雪易黃昏。遠情深恨與誰論。(貼)記得當年寒食近,延秋門外卓金輪。(旦)日斜人散暗消魂。(貼)娘娘,叩頭!(旦)青衣起來!妾乃蔡文姬是也。自墮軍中,辱在左賢王帳下,偷延數載,豈惜一生。則爲先中郎蘭玉蕭條,琴書散失。因此上強厚春風之面,丐命穹廬;圖歸月下之魂,致情丘壟。青衣,倘終已矣,寧不悲哉!(貼)娘娘省煩惱。見說南朝差一官員,來請娘娘去也。(旦)那裏有這等事?這話從那裏來的?(貼)昨日前帳傳來,有一位官員,來見大王爺。他說道奉着漢天子詔令,車金輦綉,贖取娘娘還朝。(旦)果有這等事來,謝天謝地!得還鄉井,到先中郎墓下,便一盂麥飯,也不枉了幾載偷生。青衣,你看我漢家裝束來!(更衣冠介)(旦)

【紅衲襖】我則道綉羅襦疊破了褶,翠雲翹斷送些。苜蓿驚沙,葫蘆亂雪,拚結果異鄉日月。誰知道丹鳳書從天上跌,似黃粱夢向枕上撒。這般天大樣一椿喜事,若不是些個惱人腸,把滿鏡愁都掃徹。(貼)

【前腔】娘娘，往常時則見你望秦關，傷漢月。今日裏可待離龍城，還鳳穴。一聲聲剛歇着咨嗟，一點點又濕着腮頰。待青衣猜一猜。前者珠玉泥沙，人懷痛恨。今番歸國，未免到添了些些。敢怕爲道路流傳似畫蛇？（旦）也不是！（貼）玉帳貂裘，倘亦有并州故鄉之意，早難道邯鄲喚醒還迷蝶？（旦）一發不是。則這小王子放心不下，以此痛心！（貼）元來爲這根苗。母子天性，可知那腸兒有一萬結。

（旦）你再去打聽那官員消息是實否？（應介）（生仍持節帶侍女從人上）

【霜天曉角】侵星際夜，踏遍關山月。莫道黃金賤也，狄宮曾把春賒。

（相見拜叩頭介）（旦）大人何來？（生）蔡夫人，下官是漢使小黃門。曹丞相因念先君是絶代儒宗，夫人是名公愛子，不忍埋没這白草黃雲之外。以此奏過官裏，差下官賫帶黃金百鎰，錦緞千端，贖取夫人還朝。適間已送上左賢王，都收下了。分付駕車一輛，射手百人，送夫人歸國。（旦）大王爺怎麼說？（二卒）啓娘娘，大王爺傳令，漢天子有詔，不敢不從。今日恰好是大單于誕日，隨班進賀，不得親送娘娘，着把都兒護送到關。（旦）知道了。如此上謝大王，下謝曹丞相。先中郎雖在九泉之下，不忘結草銜環。只一件，奴家有個孩兒，與他一別，即便上車。把都兒，前帳去請小王子來！（衆應介）（生）蔡夫人，這也不須留戀了！（旦）黃門大人！

【青衲襖】我待把孽根兒抛棄者，淚珠兒搵住些，爭奈母子心腸自盤桓。也知道生得胡兒羞漢妾，話到舌尖兒，又待說，又軟怯；待要歇，怎忍歇。一寸柔腸便一寸鐵也，痛的似癡絶。（生）

【前腔】蔡夫人，勸你把一天愁，替咱打疊。直恁的越情牽，楚思結，送將歸的流水漫鳴咽。蔡夫人，你既痛小王子，到不如不見他罷。見他還痛嗟，你待覓半緘離恨赦，却早領一道追魂索命牒，枉了那些周折！便把百般心，千遍說，只落得人不去將愁去也！

（小旦金冠抹額扮小王子上）（衆報）小王子來也！（小旦作跪抱介）娘娘，你這般裝束，待往那裏去來？（貼）漢朝中差一位近臣，請取娘娘回京。（旦）孩兒！

【二郎兒慢】歸朝者歎嬰兒向龍荒割捨，我一霎地衷腸亂似雪。這地北天南，可是等閑離別。渺渺關山千萬疊，便是夢魂兒飛不到也！（生）蔡夫人，你是南國名家，小王子是北胡孼子，那裏苦苦戀他！（旦）任胡越，手中十指，長短終疼熱。（小旦）

【鶯集御林春】却纔的說得傷嗟，野鹿心腸斷絶，母子們東西生死別。

（旦）你自有你爹爹在哩。（小旦）父子每覺嚴慈差迭。娘娘，腹生手養，一步步難離，怎向前程歇？明夜冷蕭蕭，是風耶雨耶？教我娘兒怎寧帖？（生、貼）

【前腔】夫人，剛道是舊恨纔平，這新恨又疊，梓里沙場難兩撇，怕斷送恁弱枝衰葉！我相看淚灑，你自合不啼清淚啼清血。離和合，死和生，總是你娘兒那前劫！

（旦）黃門大人，我那孩兒呵。

【前腔】他須是黃口雛兒，怎解人羅網下設。青衣，他水草牛羊漂泊夜，怕不免臥冰餐雪。（生）不是下官勸夫人，今日呵，正是寒泉更洗沉泥玉，明燭重燃煨爐灰。悲喜重輕，自當排遣。（旦）黃門大人，似這樣燈兒再爇，到不如煨爐從灰滅。孩兒，常言道："一息不相知，何況異鄉別。"正生死不相知，何處娘兒恁磨折！（小旦作牽衣介）

（旦）你放手者。（小旦）娘娘。

【前腔】我落得哭哭啼啼，你則待閃閃撇撇。（貼）娘娘這般樣痛着王子，王子又這般樣戀着娘娘。只是今日哩劍合珠還，也顧不得許多了。王子，你放手罷！（小旦）天，娘娘去後呵，那時節兩兩攢眉空向月，爭得似手持衣拽。娘娘，你此去家山那些，把姓名枝派從頭說！待刺血寫書兒，倘上林有雁飛越，與孩兒寄紙問安帖。（旦）

【四犯黃鶯兒】孩兒，你一點類癡呆，却十分能哽咽。到此也不得不說了。家住陳留，身名蔡琰。俺爹爹蔡中郎，是漢室大儒。陳留蔡氏中郎舍，兒生為別世之人，死為異域之鬼。你那裏寄甚麼書？枉問半歇，怎寄半摺？你還有你爹哩！我此去北里無賢兄，東鄰無小姑，痛煞我月明烏鵲無枝葉，腸似亂結，心似攪切。從今後，你則知你苦，我則知我苦，說也沒用，一星星向伊浪說。（生、貼）

【前腔】蚤駕着碧油車，曉光寒，塞路賒。請夫人早早登程！今夜裏河津只尺參商別。夫人挾不飛鴻鵠這孽，小王子跳不出豺虎那穴，死別生離，總是付之無奈，死前何異生前別！（衆報）已到玉門關了！（生、貼）玉關免涉，淚珠省諁，兩下打開憂怯。（旦、小旦作哭介）天那！

【尾聲】一聲痛哭咽喉絕，蘸霜毫把中情曲寫，便是那十八拍胡笳還無一半也！

（生）憐君何事到天涯，（旦）結子翻教怨落花。（貼）臨水自傷流落久，（小旦）馬蹄今去入誰家。

# 狂鼓史漁陽三弄

徐　渭　撰

## 解　題

　　雜劇。又作《狂鼓史》《漁陽弄》《漁陽三弄》，一折。明徐渭撰。徐渭（1521—1593），初字文清，一字文長，號天池生，晚號青藤道人，或署田水月、田丹水、青藤老人、青藤居士、天池漁隱、金壘、金回山人、山陰布衣、白鵬山人、鵝鼻山農等，山陰（今浙江紹興）人。爲諸生，天才超逸，詩文書畫皆工，知兵好奇計，壯年時爲總督胡宗憲幕僚。擒徐海，誘王直，皆預其謀。胡宗憲下獄後，徐渭懼禍發狂，自戕未成，遂殺其妻，罪當致死。後靠友人張元忭奔走營救纔免死罪，下獄七年。徐渭後來蔑視功名，寄情山水，窮困終生。徐渭嘗自言書第一，詩二，文三，畫四，識者韙之。著有《路史分釋》《筆玄要旨》《徐文長集》，於三教及方技書，多有箋注。與解縉、楊慎並稱"明代三大才子"。《歇庵集》卷一二、《徐文長文集》卷首、《國朝獻徵錄》卷一一五、《袁中郎全集》卷一一、《明史》卷二八八均有傳。
　　本劇《遠山堂劇品》《也是園書目》著錄，題簡名《漁陽三弄》；《重訂曲海總目》《曲目新編》《曲錄》著錄，題《漁陽弄》；《今樂考證》著錄，題正名《狂鼓史漁陽三弄》。此劇一折，爲作者《四聲猿》第一種。劇作本自《後漢書》卷八十下《禰衡傳》，劇情却與史實不同，講述禰衡升天之前在地府擊鼓痛罵曹操之情節，將禰衡的凛然正氣與曹操嫉賢妒能、陰險奸詐形成鮮明的對照，影射出明代中後期奸相嚴嵩把持朝政的社會環境，具有鮮明的現實意義。版本現存萬曆二十八年（1600）陶望齡校刊《徐文長三集》附刻本，萬曆間刻本，明崇禎間刻澄道人評本，崇禎間沈景麟校刻本，《盛明雜劇》本，崇禎間《新鐫古今名劇酹江集》本，《古本戲曲叢刊四集》本（據明萬曆刻本影印）。另有1984年上海古籍出版社出版了周中明校注本。今以《盛明雜劇》本爲底本，以《新鐫古今名劇酹江集》本（簡稱孟評本）、《古本戲曲叢刊》四集（簡稱戲曲叢刊本）爲校本，參以周中明校注本（簡稱周校本），加以校點整理。

　　（外扮判官引鬼上）咱這裏算子忒明白，善惡到頭來撒不得賴。就如那少債的會躲也躲不得幾多時，却從來没有不還的債。咱家姓察名幽，字能平，别號火珠道人。平生以善斷持公，在第五殿閻羅天子殿下，做一個明白灑落的好判官。當日禰正平先生與曹操老瞞對訐那一宗案卷，是咱家所掌。俺殿主向來以禰先生氣概超群、才華出衆，凡一應文字，皆屬他起草，待以上賓。昨日晚衙，殿主對咱家說："上帝舊用一夥修文郎，並皆遷次别用。今擬召劫滿應補之人，禰生亦在數中，汝可預備裝送之資。萬一來召，不得有誤時刻。"我想起來，當時曹瞞召客，令禰生奏鼓為歡，却被他橫睛裸體，掉扳掀槌，翻古調作《漁陽三弄》，借狂發憤，推啞妝聾，數落得他一個有地皮没躲閃。此乃豈不是踢弄乾坤、提大傀儡的一場奇觀！他如今不久要上天去了，俺待要請將他來，一併放出曹瞞，把舊日罵座的情狀，兩下裏演述一番，留在陰司中做個千古的話靶，又見得善惡到頭，就是少債還債一般，有何不可？手下與我請過禰先生，就一面放出曹操，並他舊使喚的一兩個人，在左壁厢伺候指揮。（鬼）領台旨。（下）

　　（引生扮禰，净扮曹，從二人上）（曹從留左邊）（鬼）禀上爺，禰先生請到了。（相見介）（禰上座，判下陪云）先生當日借打鼓罵曹操，此乃天下大奇。下官雖從鞫問時佐證得聞一二，終以未曾親睹為歉。（判立云）又一件，而今恭喜先生為上帝所知，有請召修文的消息，不久當行。而此事缺然，終為一生耿耿。這一件尚是小事。陰司僚屬并那些諸鬼衆，傳流激勸，更是少此一椿不得。下官斗膽，敢請先生權做舊日行徑，把曹操也扮做舊日規模，演述那舊日罵坐的光景，了此宿願。先生意下如何？（禰）這個有何不可？只是一件，小生罵坐之時，那曹瞞罪惡尚未如此之多，罵將來冷淡寂寥，不甚好聽。今日要罵呵，須直揭到銅雀臺分香賣履，方痛快人心。（判）更妙，更妙。手下帶曹操與他的從人過來。曹操，今日要你仍舊扮做丞相，與禰先生演述舊日打鼓罵坐那一椿事。你若是喬做那等小心畏懼，藏過了那狠惡的模樣，手下就與他一百鐵鞭，再從頭做起。（曹衆扮介）（禰）判翁大人，你一向謙厚，必不肯坐觀，就不成一場戲耍。當日罵坐，原有賓客在坐，今日就權屈大人為曹瞞之賓，坐以觀之，方成一個體面。（判）這也見教得是。（揖云）先生告罪，却斗膽了也。

（判左曹右舉酒坐，禰以常衣進前將鼓）（曹喝云）野生，你爲鼓史，自有本等服色，怎麼不穿？快換！（校喝云）還不快換？（禰脱舊衣，裸體向曹立）（校喝云）禽獸，丞相跟前，可是你裸體赤身的所在？却不道驢臕子朝東，馬臕子朝西？（禰）你那頹丞相臕子朝南，我的臕子朝北。（校喝云）還不換上衣服，買甚麼嘴！（禰換錦巾、繡襖、扁縧介）

【點絳唇】俺本是避亂辭家，遨遊許下。登樓罷，回首天涯。不想道屈身軀扒出他們胯。

【混江龍】他那裏開筵下榻，教俺操槌按板把鼓來撾。正好俺借槌來打落，又合着鳴鼓攻他。俺這罵一句句鋒鋩飛劍戟，俺這鼓一聲聲霹靂卷風沙。曹操，這皮是你身兒上軀殼，這槌是你肘兒下肋巴，這釘孔兒是你心窩裏毛窾，這板杖兒是你嘴兒上獠牙。兩頭蒙總打得你潑皮穿，一時間也酹不盡你虧心大。且從頭數起，洗耳聽咱。（鼓一通）

（曹）狂生，我教你打鼓，你怎麼指東話西，將人比畜？我這裏銅槌鐵刃，好不利害。你仔細你那舌頭和那牙齒！（判）這生果是無禮。（禰）

【油葫蘆】第一來逼獻帝遷都又將伏后殺，使郗慮去拿。唉，可憐那九重天子，救不得一渾家。帝道："后，少不得你先行，咱也則在目下。"更有那兩個兒，又不是別樹上花。都總是姓劉的親骨血，在宮中長大，却怎生把龍雛鳳種，做一甕鮓魚蝦。（鼓一通）

（曹）説着我那一樁事了？（禰）

【天下樂】有一個董貴人，是漢天子第二位美嬌娃。他該甚麼刑罰，你差也不差。他肚子裏又懷着兩三月小哇哇。既殺了他的爺，又連着胞一搭，把娘兒們兩口砍做血蝦蟆。（鼓一通）

（曹）狂生，自古道風來樹動，人害虎，虎也要傷人。伏后與董承等陰謀害俺，我故有此舉。終不然是俺先懷歹意害他？（判）丞相説得是。（禰）你也想着他們要害你，爲着甚麼來？你把漢天子逼遷來許昌，禁得就是這裏的鬼一般，要穿没有，要吃没有，要使用的没有；要傳三指大一塊紙條兒，鬼也没得禮他。你又先殺了董貴人，他們急了，不謀你待幾時！你且説，就是天子無故要殺一個臣下，那臣下可好就去當面一把手采將他媽媽過來，一刀就砍做兩段？世上可有這等事麽？（判）這又是狂生説得有理，且請一杯解嘲。（禰）

【那吒令】他若討吃麼，你與他幾塊歪剌。他若討穿麼，你與他一疋縩麻。他有時傳旨麼，教鬼來與拿。是石人也動心，總瘝人也害怕，羊也咬人

家。(鼓一通)

(判)丞相,這却說他不過。(曹)説得他過,我倒不到這田地了。(禰)

【鵲踏枝】袁公那兩家,不留他片甲。劉琮那一答,又逼他來獻納。那孫權阿,幾遍幾乎,玄德呵,兩遍價搶他媽媽。是處兒城空戰馬,遞年來屍滿啼鴉。(鼓一通)

(曹)大人,那時節亂紛紛,非只我曹操一人如此。(判)這個俺陰司各衙門也都有案卷。(禰)

【寄生草】仗威風只自假,進官爵不由他。一個女孩兒竟坐中宮駕,騎中郎直做了侯王霸。銅雀臺直把那雲烟架,僭車旗直按倒朝廷胯。在當時險奪了玉皇尊,到如今還使得閻羅怕。(鼓一通)

(判低聲吩咐小鬼,令扮女樂鼓吹介)(判)丞相,女兒嫁做皇后,造房子大了些,這還較不妨。打鼓的,且停了鼓,俺聞得丞相有好女樂,請出來勞一勞。(曹)這是往事,如今那裏討?(判)你莫管,叫就有。只要你好生縱放着使用他。(曹)領台命。分付手下叫我那女樂出來。(二女持烏悲詞樂器上)(曹)你兩人今日却要自造一個小令,好生彈唱着,勸俺們三杯酒。(禰對曹蹋地坐介)

(女唱)那裏一個大鵜鶘,呀一個低都,呀一個低都。變一個花猪,打低都,打低都,唱鷓鴣。呀一個低都,呀一個低都。唱得好時猶自可,呀一個低都,呀一個低都。不好之時低打都,打低都,喚王屠。呀一個低都,呀一個低都。

(曹)怎説喚王屠?(女)王屠殺猪。(進判酒)

(又一女唱)丞相做事心太軟,呀一個蹺蹊,呀一個蹺蹊。引惹得旁人蹺打蹊,打蹺蹊,説是非。呀一個蹺蹊,呀一個蹺蹊。雪隱鷺鷥飛始見,呀一個蹺蹊,呀一個蹺蹊。柳藏鸚鵡蹺打蹊,打蹺蹊,語方知。呀一個蹺蹊,呀一個蹺蹊。

(曹)這兩句是舊話。(女)雖是舊話却貼題。(曹)這妮子朝外叫。(女)也是道其實,我先首免罪。(進曹酒)

(一女又唱)抹粉搽胭只一會而紅,呀一個冬烘,呀一個冬烘。(又一女唱)報恩結怨烘打冬,打冬烘,落花的風。呀一個冬烘,呀一個冬烘。(二女合唱)萬事不由人計較,呀一個冬烘,呀一個冬烘。算來都是烘打冬,打冬烘,一場空。呀一個冬烘,呀一個冬烘。

(二女各進酒)(判)這一曲才妙,合着咱們天機。(曹)女樂且退,我倦了。(判笑介)(禰起立云)你倦了,我的鼓兒罵兒可還不了。

【六么序】哄他人,口似蜜,害賢良,只當耍。把一個楊德祖立斷在轅門下,磣可可血唬零刺。孔先生是丹鼎靈砂,月邸金蟆,仙觀瓊花。《易》奇而法,《詩》正而葩。他兩人嫌隙,於你只有針尖大。不過是口嘮噪,有甚爭差。一個爲忒聰明參透了"雞肋"話,一個則是一言不洽,都雙雙命掩黄沙。

(判)丞相,這一椿却去不得。(曹)俺醉了,要睡了。(打盹介)(判)手下采將下去,與他一百鐵鞭,再從頭做起。(曹慌介,云)我醒我醒。(判)你纔省得哩。(禰)

【么】哎,我的根芽也没大兜搭,都則爲文字兒奇拔,氣概兒豪達,拜帖兒常拿,没處兒投納。綉斧金撾,東閣西華,世不曾挂齒沾牙。唉,那孔北海没來由也。説有些緣法,送在他家。井底蝦蟆,也一言不洽,怒氣相加。早難道投機少話,因此上暗藏刀,把我送與黄江夏。又逢着鸚鵡撩咱,彩毫端滿紙高聲價。竟躬身持觴勸酒,俺擲筆還未了杯茶。(鼓一通)

(判)這禍從這上頭起。咳,仔細《鸚鵡賦》害事。(禰)

【青哥兒】日影移窗櫺,窗櫺一罅。賦草擲金聲,金聲一下。黄祖的心腸太狠毒,陡起鱗甲,放出槎枒。香怕風刮,粉怪娟搽,士忌才華,女妬嬌娃,昨日菩薩,頃刻羅刹。哎,可憐俺禰衡的頭呵,似秋盡壺瓜,斷藤無計再生發,霜簷挂。(鼓一通)

(判)這賊原來這麽巧弄了這生。(曹)大人,這也聽他不得。俺前日也是屈招的。(判)這般説,這生的頭也是自家掉下來的。(曹)禰的爺,饒了罷麽!(判)還要這等虚小心,手下鐵鞭在那裏!(曹慌作怒介)狂生,俺也有好處來。俺下令求賢,讓還三州縣,也埋没了俺。(禰)

【寄生草】你狠求賢爲自家,讓三州值甚麽大,缸中去幾粒芝麻罷。饞猫哭一會慈悲詐,饑鷹饒半截肝腸挂,凶屠放片刻猪羊假。你如今還要哄誰人,就還魂改不過精油滑。(鼓一通)

(判)痛快,痛快,大杯來一杯,先生盡着説。(禰)

【葫蘆草混】你害生靈呵,有百萬來的還添上七八。殺公卿呵,那裏查借廒倉的大斗來斛芝麻。惡心肝生就在刀鎗上挂,狠規模描不出丹青的畫,狡機關我也拈不盡倉猝裏罵。曹操,你怎生不再來牽犬上東門,閑聽唳鶴華亭墻?却出乖弄醜,帶鎖披枷。(鼓一通)

(判)老瞞,就教你自家處此,也饒自家不過了。先生盡着説。(禰)

【賺煞】你造銅雀要鎖二喬,誰想道夢巫峽羞殺,靠赤壁那火燒一把。

你臨死時,和些歪剌們話離別,又賣履分香待怎麼?虧你不害羞,初一十五教望着西陵,月月的哭他。不想這些歪剌們呵,帶衣麻就搜別家。曹操你自說麼,且休提你一世的賢達。只臨了這一椿呵,也該幾管筆題跋。咳,俺且饒你吧,争奈我《漁陽三弄》的鼓槌兒乏。

（末扮閻羅鬼使上）手下,快把曹操等收監。（鬼）稟上老爹,玉帝差人召禰先生,殿主爺説刻限甚急,教老爹這裏逕自厚賚遠餞,記在殿主爺的支應簿上。爺呵,會勘事忙,不得親送,教老爹爹上覆先生,他日朝天,自當謝過。（判）知道了,你自去回話。（鬼應,下）（判）叫掌簿的,快備第一號的金帛與餞送果酒伺候。（内應介）（小生扮童,旦扮女,捧書節上云）漢陽江草搖春日,天帝親聞鸚鵡筆。可知昨夜玉樓成,不用陝西李長吉。咱兩人奉玉帝符命,到此召請禰衡,不免徑入宣旨。那一個是第五殿判官?（判跪介）（二使）有旨召禰衡先生,你請他過來,待俺好宣旨。（禰同判跪,二使付書介）禰先生,上帝有旨召見,你可受了這符册自看,臨到却要拜還。就此起行,不得有違時刻。（童唱）

【耍孩兒】文章自古真無價,動天廷玉皇親迓。飛鳧降鶴踏紅霞,請先生即便登遐。修葺了舊銜螭首黃金閣,准辦着新鮓麟羔白玉叉,倒瓊漿三奏鈞天罷。校書郎,侍玉京香案,支機女,倚銀漢仙槎。（内作細樂）（女唱）

【三煞】禰先生,你挾鴻名懶去投,賦鸚哥點不加,文光直透俺三臺下。奇禽瑞獸雖嘉兆,倚馬雕龍却禍芽。禰先生,誰似你這般前凶後吉?這好花樣誰能撾。待棗兒甜口,已橄欖酸牙。（禰）

【二煞】向天門漸不遙,辭地主痛愈加,幾時再得陪清話。歎風波滿獄君爲主,已後呵,倘裘馬朝天我即家。小生有一句説話。（判）願聞。（禰）大包容,饒了曹瞞罷。（判）這個可憑下官不得。（禰）我想眼前業景,盡雨後春花。（判）

【一煞】諒先生本泰山,如電目一似瞎。俺此後呵,掃清齋圖一幅尊容挂。你那裏飛仙作隊遊春圃,俺這裏押鬼成群鬧晚衙,怎再得邀文駕?又一件,倘三彭誣枉,望一筆塗抹。

這裏已到陰陽交界之處,下官不敢越境再送。（禰）就請回。（判）俺殿主有薄贐,令下官奉上,伏望俯納。下官自有一個小果酒,也要仰屈三杯,表一向侍教的薄意。（禰）小生叨向天廷,要贐物何用?仰煩帶回。多多拜上殿主,攜櫝該領,却不敢稽留天使。（判）這等就此拜別了。（各磕頭共唱）

【尾】自古道勝讀十年書,與君一席話。提醒人多,因指驢説馬。方信

道曼倩詼諧不是耍。(禰下)

（判白）看了這禰正平漁陽三弄,笑得我察判官眼睛一縫。若沒有狠閻羅刑法千條,都只道曹丞相神仙八洞。(下)

# 慶冬至共享太平宴

無名氏　撰

## 解　　題

雜劇,明無名氏撰。《也是園書目》"本朝教坊編演"雜劇目著録正名《慶冬至共享太平宴》。《今樂考證》《也是園書目》《曲録》著録,均未署作者。劇述劉備在諸葛亮等人輔佐下獨霸西川後,國泰民安,時逢冬至令節,於是大宴功臣,其間遣張飛、馬超去荆州請關羽赴宴,途中大敗周瑜人馬而歸,共賀佳節,激勵將士爲蜀漢建功立業之事。版本今存明萬曆間(1573—1620)脈望館鈔校内府本,據脈望館鈔本影印的《古本戲曲叢刊》本、《全明雜劇》本。另有王季烈據脈望館鈔校本整理的《孤本元明雜劇》本。今以《古本戲曲叢刊》本爲底本,以《孤本元明雜劇》本(簡稱孤本)爲參校本,加以校點整理,并據《孤本》補角色。

## 頭　　折

(冲末扮諸葛領卒子上,云)晦迹韜光爲隱居,結茅成舍自耕鋤。只因先主春秋訪,用盡心中智術謀。貧道覆姓諸葛,名亮,字孔明,道號卧龍先生。修真於江夏,養性在南陽。胸藏孫武之策,腹隱吕望之機。平素樂於耕鋤,蒙主公三顧任用[1],算天下鼎足三分,按陽數九九而定。敗曹操於赤壁之間,扶主公西川獨霸。麾下英雄,赤心輔佐。俺主公自得西川,民殷國富,黎庶謳歌,皆托主公洪福,共用太平之序。今時遇冬至令節,偏邦小國,盡來納貢;百司文武,皆行慶賀。貧道啓過主公,欲行慶賀。主公之命,令貧道會合衆將,排設筵宴,名曰太平宴。一來慶賀冬至令節,第二來宴享有功之人。左右,門首覷者,若衆將來時,報復貧道知道。(卒子云)理會的。(黄忠同趙雲上,黄忠云)刀法精嚴武略通,扶持主公鎮江東。征袍常染敵兵血,曾向升仙立大功。某姓黃名忠字漢升，此位將軍姓趙名雲字子龍。俺二將輔佐主公，累建奇功。方今天下，鼎足三分。運籌仗諸葛孔明，征戰倚衆將驍勇。今日軍師陞帳，須索赴帳下走一遭去。（趙雲云）既有軍師呼喚，不知有甚事，須索走一遭去，可早來到也。小校報復去，道有黃忠、趙雲二將來了也。（卒子云）理會的。喏！報的軍師得知，有黃忠、趙雲來了也。（諸葛云）着他過來。（卒子云）理會的。着過去。（二將見科）（趙雲云）軍師，黃忠、趙雲二將來了也。（諸葛云）黃忠、趙雲，您二將來了也。一壁有者。（馬超同劉封上[2]，馬超云）累代簪纓保漢朝，飛撾起處破凶曹。扶持主公登龍位，播得清名萬古標。某姓馬名超字孟起，此位將軍乃是劉封。某祖居西涼人氏，累代簪纓，閥閱繩武，自幼讀韜略之書，既長習兵戈武事，臨陣能左右開弓，上馬使飛撾無對，曾與百萬軍中鏖戰。今因奸雄曹賊，謀殺某父。某投於劉主公麾下，累建奇功，殺曹兵連敗數陣，未報稱殺父之讐，以雪終天之恨。今日軍師陞帳，聚俺衆將，須索赴帳前聽令。走一遭去！（劉封云）馬孟起，今日軍師陞帳，則怕有軍情之事。俺衆將須索行動些，可早來到也。報覆去！道有馬超、劉封二將來了也。（卒子云）理會的。（報科，云）喏，報的軍師得知，有馬超、劉封二將來了也。（諸葛云）着他過來。（卒子云）理會的。着過去。（二將見科）（諸葛云）馬超、劉封，您二將來了也。一壁有者。（簡雍同鞏固上）（簡雍云）虎將精忠定四方，全憑武略立朝綱。三分天下英雄竟，唯有西川傑士強。某姓簡名雍字憲和[3]，此位將軍乃是鞏固。某幼習韜略，頗曉兵書，輔佐西蜀先主，保助無虞。今日軍師陞帳，俺衆將須索赴帳下走一遭去。（鞏固云）簡憲和，俺西川之地，自從主公建都，恩垂黎庶，永享太平。今日軍師陞帳，須索見軍師去。可早來到也。小校報復去，道有簡雍、鞏固來了也。（卒子云）理會的。（報科，云）喏！報的軍師得知。有簡雍、鞏固二將來了也。（諸葛云）着他過來。（卒子云）理會的。着過去。（二將見科）（諸葛云）簡雍、鞏固，您二將來了也[4]。一壁有者。（糜竺同糜芳上）（糜竺云）鐵甲籠猿臂，征袍罩虎軀。扶持西蜀郡，保助帝王都。某糜竺是也，此位將軍乃是糜芳。俺二將扶持先主，輔弼西川，多有功勞汗馬，深蒙主公之恩。今日軍師陞帳，須索赴帳下走一遭去。（糜芳云）既有軍師呼喚，不知有甚事，須索走一遭去。可早來到也，小校報復去，道有糜竺、糜芳來了也。（卒子云）理會的。着過去。（二將見科）（糜芳云）軍師呼喚俺衆將，有何事商議？（諸葛云）糜竺、糜芳，您二將來了也。一壁有者。待衆將來全時，貧道自有軍令也。（正末扮姜維上，云）某姜維是也。輔佐主公，因某膽略過人，敢勇當先，不辭艱險，皆呼某爲大膽姜維。方今天下，鼎足三分，俺主公占其人和。今日軍師陞帳，不知有甚事。須索走一遭去。（正末唱）

【仙吕·點絳唇】俺主公他布德施仁，撫安州郡，謙和遜。他須是漢業宗親，因此上天下忠臣順。

【混江龍】坐籌帷運，仗軍師用計妙如神。雖然是精兵猛將，更那堪天意隨人。見如今霸業西川豐稔歲，歌謠道泰四時春。皆遵守吾皇命，如今這疆封寧静，不能勾一統乾坤。

（正末云）可早來到也。小校報復去，道有姜維來了也。（卒子云）理會的。（報科，云）喏，報的軍師得知，有姜維來了也。（諸葛云）着他過來。（卒子云）理會的。着過去。（正末做見科）（諸葛云）您衆將都來了也，貧道無事也不會您衆將。今主公自得了西蜀，軍民樂業，五穀收成，百姓共用太平之福。今主公治過堯舜，德邁禹湯，寬厚仁慈，恩垂四海。今時遇冬至節令，聚集您衆將，一來與主公慶賀，第二來就當宴享您這有功之人。貧道與您衆將會議已定，然後請主公慶賀。（正末云）軍師，似這等年豐歲稔，時遇佳辰，正當開宴慶賀功臣，共用昇平之世也。（唱）

【油葫蘆】似這般歲稔年豐節令新，賀皇朝盛世穩。（馬超云）軍師！今主公自立西蜀以來，萬民仰望，四海來夷，感應的風調雨順，當以宴樂功臣也。（正末唱）恰逢這陽和初動景縈分，見如今樂雍熙四海來歸順，理合當慶佳辰宴享功臣論。（諸葛云）冬至令節，陰極陽生，寒威春信。你看那岸容待臘將舒柳，天意衝寒欲放梅。（正末唱）梅綻開送暗香，柳初舒陽轉春，則被這天時人事相催近，端的是寒意漸回人。

（諸葛云）您衆將不知，此非貧道主意。宴享您功臣，乃是主公之命。故設一宴，乃是太平宴，宴享您這有功之人也。（正末唱）

【天下樂】我這裏感謝吾皇宴宰臣，垂也波恩，與萬民，則俺這衆英雄效勞當報本。（諸葛云）您衆將不知，俺主公思念您衆將，南征北討，東蕩西除，多有勞苦。時遇仲冬節令，天時人事，律吕調陽，故設一宴，慶賞昇平之世也。（正末唱）今日個定太平，扶持的基業穩，不負俺這有功臣，心内忖。

（趙雲云）軍師且休說俺衆將之勞。則說三將軍三出小沛，借曹兵十萬，戰吕布大敗而歸，那一場功勞，非同小可也。（諸葛云）想張飛委實是一員虎將，威伏曹操，累敗孫權，旗開得勝[5]，馬到成功，多有汗馬之勞也。（正末云）軍師乃能用武之人，深知俺衆將勞苦，想三將軍張飛，真乃人中傑士也。（馬超云）軍師，若說三將軍英雄用計如神，世之罕有也。（正末唱）

【那吒令】若論着張翼德能驅兵列軍。（馬超云）三將軍威武相持，可是如何？（正末唱）若論他敢戰敵用機謀若神，曾記的他當曹賊斷橋水滾。（諸葛云）想當日張飛，領十八騎烏馬長鎗，在當陽橋上，當住曹操百萬人馬，端的是好威風也。（正末唱）十八騎烏馬強，都一般齊臨陣，端的是建立功勳。（趙雲云）有三將軍雖勇，二公子也不弱也。（正末唱）

【鵲踏枝】俺主公用賢臣，愛生民。想着他結義桃園，不辯疏親，今日個享榮華同心的報本。

（諸葛云）想當日桃園結義之時，有官同做，有馬同騎。似此結義，人間少有也。（正末唱）他每方知道一在三存。（馬超云）軍師，恰纔趙雲所言二公子雲長，鎮守荊州之地，許久與主公不會。今欲慶賀冬至佳節，一陽生處，萬物敷榮，宴賞臣僚，當可請二公子雲長，與主公、軍師，龍虎風雲，君臣聚會，共樂太平之時，同享履長之宴，有何不可也。（諸葛云）馬超你不題起來，貧道也有此心。主公常念二公子，不能相會。今慶賀冬至，宴享臣僚，當可請二公子雲長，與主公一會也。（正末唱）

【寄生草】主公他思昆仲念故人，二將軍久鎮荊襄郡，間別來兩處絕音信，要相逢實是難親近。（諸葛云）二將軍受命於君，威震蕃邸，勇耀八方。到來日差人直到荊州，請雲長來，一同共賞昇平之世也。（正末唱）則除是慶冬開筵請雲長。若不是無君命[6]，焉敢來朝覲。

（諸葛云）一來主公想念，第二來貧道與您眾將，都要與二公子相會一面。馬超，你便說與張飛，等他巡邊回來，不必見貧道，就着他往荊州，去請二公子來赴宴也。（馬超云）軍師！馬超得令也。（諸葛云）既是這等，您眾將且回去，待二公子到時，您眾將便來赴宴，請主公慶賀冬至令節。（正末云）軍師，姜維無甚事，該往邊上巡綽事情，走一遭去。（諸葛云）姜維，你往邊上打探軍情，小心在意，疾去早來。（正末唱）

【尾聲】爲鼎足定三分，各顯志侵州郡。劉皇叔施仁布恩，愛惜軍卒養下民。（馬超云）將軍，此一宴會，慶冬良辰，皆因是軍師之功，知往鑒今[7]，驅曹蕩吳，非同小可也。（正末唱）用軍師妙策如神，但行軍料定亡存，殺的那曹操孫權喪了魂。都則爲節逢着美辰，時遇着冬近，來日個大開筵宴賀功臣。（下）

（馬超云）軍師，馬超等張飛巡邊境回來，就着他星夜往荊州去，相請二公子赴宴。小將無甚事，且回私宅中去也。軍師傳令與張飛，領本部人馬奔馳。赴荊州相請公子，慶冬至同飲尊席。（同劉封下）（諸葛云）黃忠、趙雲，您二將且各守信地,待冬至令節,君臣慶會,共用太平筵宴,勿得有違!(黃忠云)得令。俺衆將無甚事,且歸私宅去來。直至仲冬節令,俺同來赴宴。感主公宴享功臣,開筵宴致酒排樽。節逢着一陽冬至,吹葭管信透初春。(下)(趙雲云)黃將軍去了也。某領軍師將令,若到冬至令節,慶賀赴宴。俺且回私宅中去來。太平年豐稔時光,會宰臣宴賞賢良。民安樂風調雨順,慶九五萬載遐昌。(下)(諸葛云)簡雍、鞏固,您二將且守信地,待冬至令節,君臣慶會,共用太平筵宴。勿得有違!(簡雍云)得令。鞏固,俺二將無甚事,領了軍師將令,如到冬至令節,慶賀赴宴。俺且回私宅中去來。錦乾坤萬里昇平,賀西川海晏河清。逢冬至開筵慶賞,宴功臣社稷當興。(同鞏固下)(諸葛云)糜竺、糜芳,您二將且守信地,待冬至令節,君臣慶會,共用太平筵宴。勿得有違也。(糜竺云)得令!糜芳,俺無甚事,且回私宅中去來。大設明良會,新冬萬物鮮。開筵宜玩賞,慶賀太平年。(下)(糜芳云)糜將軍去了也。某亇小敢久停,且回私宅中去來。國泰民安輔聖君,賢臣秉政賀昇平。排筵慶賀一陽節,赴宴歡娛樂歲登。(下)(諸葛云)衆將去了也。等張飛往荊州,請將二公子到來,正是冬至令節,貧道與衆將請主公慶賞太平之宴也。貧道保主公位享人和,今日個鎮西川平定干戈。開筵宴功臣慶賞,賀皇朝百二山河。(領卒子下)

**校記**

［1］主公:底本作"先主",今從孤本改。下同。按,此時劉備尚在,稱先主不妥。
［2］劉封:底本作"劉峰",據陳壽《三國志》,從孤本改。下同。
［3］憲和:底本作"獻和",孤本作"憲和",今改。下同。
［4］簡雍、鞏固:"鞏固"二字底本無,據孤本補。
［5］得勝:底本作"德勝",據孤本改。
［6］若是:"若"下,原本有一"不",衍。據文意改。按:孤本同底本,但下有自注:"不字疑訛。"據文意,當爲"若是"。
［7］知往鑒今:底本作"知往見今",據孤本改。

## 第 二 折

(劉末引卒子上,云)創業開基四百年,子孫承繼主中原。方今鼎足三分定,獨占人和霸蜀川。某姓劉名備字玄德,乃大樹樓桑人也。是景帝之玄孫,中山靖王之後。數載失業,流於庶民,與關張二弟,結義於桃園,宰白馬祭天,殺烏牛祭地,不求同日生,則願當日死,一在三在,一亡三亡。感二弟赤心輔佐,大破黃巾,擒伏呂布。有奸雄曹操,又識某機。他舉薦我入朝,見了聖人,叙其宗派。曹操不忿某,他心懷謀害。俺弟兄三人,定栽花柳之計,私出許都,霸業西川。某想來若不是軍師運籌帷幄,衆將汗馬之勞,豈能得西川之地[1]。某自得了西川五十四州,民殷國富,萬姓咸寧,皆是衆將與軍師輔弼。如今時遇冬至令節,有軍師啓知某,他欲行慶賀。某今得了西川,皆是衆將之功。某今軍師排設筵宴,一來慶賀冬至令節,第二來就宴享有功之人。又遣張飛邀請二兄弟去了,若來呵,俺共同宴享,有何不可?想當初結義桃園[2],宰白馬設誓盟言。慶冬至若無兄弟,有何樂排宴開筵?(同下)(關末領關平、關興、周倉、執刀卒上,關末云)武略精通氣勢強,丹心耿耿顯忠良。匡扶漢室三分定,坐享封侯姓字香。某姓關名羽字雲長,幼習《春秋》《左傳》,精通武略,性秉剛柔,忠心正大,與先主、張飛結義於桃園,赤心保助主公。後因曹操舉俺弟兄入朝,有心要圖於麾下,與張飛威鎮天下諸侯。不想俺主公乃漢室之宗,劉之苗裔。此奸雄不忿,反意爲仇,在於清風嶺失散,將某説説入許都,要某輔佐。某已棄印封金,辭曹歸漢。多虧軍師用計,俺衆將之勢,今主公霸業於西川之地,命某鎮守於荆州。與主公許久不會,某但常想念,未敢擅離信地,疑怪昨夜燈花結蕊,今日有佳音到此。左右轅門首望者,如有一應軍情之事,便來報某知道。(卒子云)理會的。(正末扮張飛同馬超、劉德然、范羌珊馬兒上)(正末云)某姓張名飛字翼德,乃涿州范陽郡人也。與主公並雲長,自桃園結義之後,軍師用計,衆將成功,扶持主公,霸業於西川。某手下有十八員上將,乃是劉德然、范羌、張達等。這十八騎烏馬長鎗,每隨臨陣,與某協力成功。今俺主公,因爲冬至令節,欲要宴享功臣。某在邊上巡綽已回,有馬超奉軍師將令,命某往荆州,相請俺二哥,前來西川飲宴,須索走一遭去。(馬超云)三將軍,主公與二公子、三將軍,情同骨肉,因此上想念二公子久別,所以軍師着馬超與三將軍同往荆州,相請二公子去也。(正末云)馬孟起!你那裏知道俺主公之意也。(唱)

【中呂·粉蝶兒[3]】想着俺數載相交,起初兒對天曾道,則願俺弟兄每永遠堅牢。俺也曾受貧寒,居縣道,那其間綠襴烏帽。(劉德然云)三將軍,請了二公子,同赴太平宴去也。(正末唱)想張飛受過的劬勞,我也曾做微官施威顯耀。

（馬超云）三將軍，你當日破黃巾賊百萬，戰將千員，多有功勳也。（正末唱）

【醉春風】憑着我能戰討，快相持，有機謀，膽氣高，破黃巾百萬建功勞，端的是好好。今日個位列三公，驅兵領將，顯出俺半生忠孝。

（范羌云）三將軍，俺來到這荆州也。（正末云）可早來到也。令人接了馬者。左右報復去，道有張飛等衆將來了也。（卒子云）理會的。喏！報的將軍得知，有三將軍張翼德同衆將到此下馬也。（關末云）張飛兄弟，他無事可也不來。道有請！（卒子云）理會的。有請。（正末領衆將見科，云）哥哥，許久不會，間別無恙也。（關末云）三兄弟，你無事可也不來，必有甚軍情之事也。（正末云）哥哥，您兄弟此一來，別無甚軍情之事。今因冬至令節，主公命軍師排宴慶賞功臣。軍師的將令，命張飛特來相請哥哥，赴西川飲宴去也。（關末云）三兄弟，某則這等要與主公兄弟每相會一面，不能得去。今既有主公之命，軍師將令，某便索往西川赴宴去也。（唱）

【紅綉鞋】則因這時歲稔佳辰初到，俺哥哥宴功臣慶賞功勞。（關平云[4]）父親，今西川已定，節遇冬至，正當慶賀也。（正末唱）今日個撫西川帝業永堅牢，時逢着昇平日，節遇着太平宵，因此上請哥哥同宴樂。

（關末云）三兄弟，某自到荆州，無一日不思念哥哥與兄弟，今日幸得主公之命，請賀冬至令節，某有不勝之喜也。（正末云）二哥，俺主公因哥哥久鎮荆州，許久不會，若無君令，焉能得會一面也。（唱）

【快活三】弟兄情想念着，阻隔着路迢遥，每朝思念恨無憀，咱弟兄每難得同歡樂。

（關末云）三兄弟，俺弟兄三人，兩處分守，也則爲漢室天下也。（正末唱）

【朝天子】阿哥，張飛曾想着，在桃園那朝。（關末云）三兄弟，可怎生想起俺初結義的事來也。（正末唱）俺可也對上天分明道，同心合意輔劉朝，俺哥哥得志也興王道。（馬超云）此荆州之地，乃西蜀根本咽喉，最爲衝要。若不是二公子，難以撫鎮也。（正末唱）今日霸業西川，當行忠孝，則俺這弟兄情關愛着。俺二哥志高，比張飛氣豪，因此上竭力扶廊廟。

（馬超云）二公子，俺主公思念之情，不忘結義，况常念荆州之地，實難鎮守，若不是二公子英名義勇，威鎮於此境，其間被東吳侵奪久已也。（正末云）此荆州之地，若不是哥哥威真，這其間已被東吳國侵擾也。（唱）

【上小樓】俺哥哥能征慣討，端的是深知遠略。（馬超云）三將軍，若論二公子之勇,拒吳兵有如屏息,滅曹賊趼然重足[5],能征慣戰,善使軍卒,真乃世之虎將也。(正末唱)若論着蓋世英雄,能欺吳地,善敗雄曹,今日個用六韜,使計較,恩恤軍校[6],因此上保荊州永無兵到。

(關末云)三兄弟,既是哥哥令你來請某。關平,你與關興謹守這荊州!周倉,你便點五百校刀手,跟着某往西川赴宴,走一遭去來。(周倉云)得令!周倉便點五百校刀手,跟隨將軍去也。(正末云)哥哥,您兄弟聞知這五百校刀手,委實是英雄好漢也。(唱)

【十二月】這軍卒能征慣討,他每都仗劍提刀,跟隨定征驍,左右簇捧着,猛將週遭,點整他衣袍戰襖,更和那盔鎧鎗刀。

(馬超云)三將軍,今請二公子往西川,慶賀一陽節令,正是君臣際會之日也。(正末唱)

【堯民歌】呀,請哥哥赴西川,飲宴會知交,與功臣相見賀皇朝,慶一陽初動雪初消。正是煖從節屆漸生交,擺列着佳餚。今日會將校,俺可便賀一統華夷妙。

(關平云)住住住!父親此一去慶賀冬至節令,飲宴已畢,則是早些兒回來,則怕東吳國知道父親不在,發兵來搦戰,您孩兒須索與他拒敵也。(正末云)關平,你則謹守荊州之地,量那東吳國,決然不敢來侵犯這荊州之地。哥哥,俺則今日便索往西川去來。(唱)

【尾聲】快疾忙,點士卒,赴西川筵宴了。弟兄每遇節逢時樂,你與我便同共登程,自將那路兒繞。(同馬超、劉德然、范羌衆將下)

(關末云)關平,你謹守荊州。周倉,你領五百校刀手,跟某赴西川慶賀冬至飲宴去來。守荊州數載功勞,鎮東吳保助劉朝。逢冬至排宴慶賀,弟兄情恩義難消。(同下)(關平云)關興,父親往西川慶賀冬至飲宴去了也,俺二將謹守着這荊州之地,若有東吳兵犯境,某殺他片甲不歸也。將平生武藝滑熟,臨戰敵統領貔貅。鎮東吳周瑜大將,隨父親保守荊州。(衆同下)

(周瑜領甘寧、卒子上)(周瑜云)腹隱兵書鎮朔方,胸懷韜略佐吳王。三分天下非爲定,異日興兵立大邦。某姓周名瑜字公瑾,乃廬江舒城人也。幼而能文,長而通武;每讀孫吳之書,長觀姜呂之策;坐籌帷幄之中,決勝千里之外。今輔佐主公,乃江東孫仲謀,不辭艱險,立成勳業。今蒙主公可憐,加某爲大帥,統制諸軍部將,委以大任。今有哨馬來報,道有關雲長離了荊州,往西蜀去了,其中必有緣故。想荊州本是俺江東之地,劉玄德問俺主公暫借屯軍,今各霸其業,荊州久索不還。今關雲長西蜀去了,必令關平守把。某今乘此機會,統大勢雄兵,覷荊州一鼓而下,有何難哉?小校與我喚的手將于覆來者。(卒子云)理會的。于覆,元帥呼喚。(净扮于覆上,云)我做將軍心不足,每日家裏則是哭。哥哥叫做俊俏眼,則我便是傻于覆。自家大將軍于覆是也。我有個哥是于返,俺哥兒兩個,他返我覆,就是一對雙生兒一般相似。他便喚作俊俏眼,我便喚作喜笑臉。除了他的眼,就是我的臉。若還惱起來,我搗他的眼,他打我的臉,俺兩個上天平對分毫不差。今佐與公瑾麾下爲將,正在家中學騙馬耍子,元帥呼喚,不知有甚事,須索走一遭去。可早來到也,小校報復去,道有老子來了也。(卒子云)理會的。報的元帥得知,有于覆來了也。(周瑜云)着他過來。(卒子云)着過去。(净于覆見科,云)元帥呼喚在下,有何屁放?(周瑜云)于覆,某喚你來不爲别,今關雲長離了荊州,往西蜀去了,不知爲何?荊州原是江東之地,累索不還,某如今乘此機會,領兵截殺關雲長,如若取勝,何愁荊州不歸俺也。(净于覆云)元帥,老關,你莫惹他,張飛又不是個好性的人,引起他來,和你了不的。(周瑜云)于覆,撥與三千人馬,與關雲長交戰,小心在意者。(净于覆云)你說這元帥沒正經,惹他做甚麽,閑着啃馬槽不是?罷罷罷,我也去了罷。今說周瑜也無賽,我看他生的古怪,覷他似個夾腦風,原來是個真腦袋[7]。(下)(周瑜云)甘寧,此事不可延遲,您衆將則今日跟隨某教場中點軍,截殺關雲長夫來。雄糾糾敢建奇功,氣昂昂顯耀威風。遇雲長必分取勝,我着他荊州地獻與江東。(同下)

## 校記

[1] 豈能得:"得",原本無,今據孤本補。
[2] 桃園:"園",底本作"源",今據孤本改。
[3] 中呂:"呂",底本作"宫",今從孤本改。
[4] 關平:"平",底本作"末",今從孤本改。
[5] 跈然:"跈",底本作"斥",今從孤本改。
[6] 恩恤:"恤",底本作"惜",今從孤本改。
[7] 腦袋:"袋",底本作"大",今從孤本改。

## 第 三 折

(周瑜領净于覆、甘寧、卒子躧馬兒上)(周瑜云)某乃周瑜是也,領着大勢人馬，截殺關雲長去。大小三軍，擺開陣勢，塵土起處，敢是關雲長來了也。（淨于覆云）元帥，你的對手來了也。老關和他兄弟張飛，又是馬超，都是些不難當的。不是我惹的禍，你和他纏去。（同下）（正末同關末、衆將躧馬兒上）（正末云）哥哥，俺行動些，則怕主公與軍師盼望俺也。（關末云）三兄弟，想某與主公間別許久，謹守信地，不能相會。今日主公有命，宣詔雲長，共賞冬至令節。與主公相見一面，也非同容易也。（正末云）哥哥，此是君義臣賢，似俺三人結義，古今少有也呵。（唱）

【越調・鬥鵪鶉】俺哥哥恩似同胞，親如共乳。則爲俺義氣相投，豈有那纖毫間阻？俺哥哥今日個霸業西川，分疆定土，不負俺汗馬勞陣面苦。太平年慶賀新冬，排美餙相酬俺宰輔。

（馬超云）三將軍，想軍師未出茅廬，鼎足三分，曹操占其中原之地，俺主公居於西川，孫權霸住江東，軍師真乃神機妙策也。（正末唱）

【紫花兒序】曹操孟德占天時，中原獨霸；俺主公受人和，平定了西蜀；孫仲謀興地利，威鎮東吳。（馬超云）三將軍，雖然三分天下，俺主公曾言，曹操、孫權，實爲漢之奸賊也。俺主公劉之苗裔，漢室宗支，君臨天下，理之當然也。（正末唱）想孫權曹操，用盡機謀，窺圖漢室江山劉帝都。三分了猶然思慕，恨不的一統乾坤，四海歸伏。

（關末云）兀那校刀手，與某擺佈的嚴整者，慢慢的行將去。（馬超云）二公子，三將軍，兀那塵土起處，大勢人馬，打着東吳旗號，則怕是周瑜領兵，與俺拒敵也。（周瑜云）漢兵慢來，某周瑜久等多時也。（關末云）三兄弟，可知是周瑜的人馬哩。這廝因何領兵與俺拒敵也？（正末云）哥也，您靠後，我與周瑜答話。（見科，云）兀那周瑜，你因何領兵至此也？（周瑜云）兀那張飛，您兄弟二人都在此，好說話。想荆州原是東吳之地，您主公暫且屯軍，今日三分了天下，俺東吳家累次索取不還，某今聞知關雲長往西蜀去，故某親自率領三軍，特來截殺。如將荆州獻還，某收兵回營；如若不與，某領大勢人馬，必殺你片甲不歸也。（淨于覆做扯正末科，云）老三，你是個直人。俺魯大夫一場事，安排了酒，問老關索取荆州，到了不還，又噇了一日酒，包了一張卓面去了，俺大夫至今餅錠鋪裏，還少他一錢二分銀子哩。（正末云）哥也，周瑜這匹夫，好是無禮也呵。（唱）

【金蕉葉】他將俺二哥哥張飛間阻，領軍兵相攔住去路。（關末云）三兄弟，周瑜這廝，聞知某往西蜀去，他以此領兵截殺，乘機而取荆州，量你個匹夫，到的那裏也。（正末唱）他待要乘此機關大舉，這廝他豈是個英雄丈夫？

（周瑜云）關雲長，及早將荆州獻還與某者。（關末云）三兄弟你靠後，某殺這匹夫。（正末云）不用哥哥臨陣，張飛殺這匹夫。兀那周瑜，你要荆州呵，與某略戰三合，如贏了，張飛便將荆州獻給與您；如若勝不的張飛呵，某決斬你個匹夫也。（周瑜云）既是這等，于覆出馬，與張飛交戰咱。（淨于覆云）元帥，我與張飛交戰，可不是老鼠和猫鬥哩，你送我這條性命罷了。（周瑜云）于覆，你若不成功呵，某決斬你個匹夫也。（淨于覆云）元帥，我假乖哩，張飛則是個名頭罷了，我于覆是個怕人的人？看我與他略戰三合。張飛出馬來。（正末云）這匹夫敢來與某拒敵也。三軍操鼓來。（戰科）（正末唱）

【調笑令】頗奈這匹夫，這廝他敢敵吾。呀！我這裏躍馬橫鎗出陣去。（淨于覆云）八十歲老兒做强盜，我則這等也要死哩。（正末唱）這廝他未交鋒又早相遮護，我則道怎生般武藝滑熟，若中我鎗尖兒，管教他一命卒。

（淨于覆云）這事不中了。三十六計，走爲上計。也不歸本陣，打着坐下馬，我先家去也。（做敗科）（下）（正末唱）則見他蕩征驂身恐遭誅。（關末云）兀那周瑜，有何名將出馬，與吾交戰來。（周瑜云）我與你決戰三合。（正末云）哥也，俺衆將一齊臨陣，殺這匹夫咱。（衆戰科）（正末唱）

【禿廝兒】張翼德如狼似虎，周公瑾定計鋪謀。則見俺雲長覷的來有若無，馬孟起掣錕鋙，都要斬周瑜。

【聖藥王】則我這丈八矛無面目[1]，斟量的真準刺周瑜。（周瑜閃科，云）張飛刺將來也，某若不放過鎗去，必被這大眼漢刺中我也。（正末唱）則見他閃過去，把鎗放出，諕的江東軍將五魂無。

（周瑜云）我兵勢敗，不敢取勝，衆將跟某殺出陣去逃命。走走走。（領衆將下）（正末唱）則見他逃性命各奔途。（關末云）周瑜敵不住俺，領兵敗走了也。三兄弟，俺往西蜀赴宴去來。（正末云）哥也，周瑜那匹夫不走了呵。（唱）

【尾聲】我就在兩陣間決把那廝生擒住，索綁繩纏匹夫，我直東吳國盡屬劉，小可的孫權做不的主！（同衆下）

## 校記

[1] 丈八矛："矛"，底本作"毒"，今從孤本改。

# 第 四 折

（劉末同諸葛、卒子上）（劉末云）某劉玄德是也。今日是冬至令節，軍師與衆將欲行慶賀之禮。軍師，怎麼不見二公子雲長與張飛來到也？（諸葛云）主公，今日是一陽令節，貧道啓過主公，遣三將軍張飛同馬超往荊州，請命二公子雲長去了，未見回還。衆將在此，則等二公子與三將軍同馬超來到，就行慶賀之禮。（劉末云）軍師排下筵宴，等雲長與張飛、馬超來到，方可行盞。（諸葛云）貧道理會的。左右一壁廂排下筵宴者。（卒子云）理會的。（諸葛云）雲長與張飛、馬超，這早晚敢待來也。（正末同關末引周倉、馬超、校刀手上）（正末云）哥也，離西川不遠也，俺行動些，見主公去來[1]。（關末云）三兄弟，若不是周瑜兵阻呵，俺見主公多時也。今日正是冬至令節，則怕軍師等候，須索赴宴去來。（正末唱）

【雙調新水令】今日個仲冬天氣一陽生，我可便善調和宰臣德政。陰陽無返復，造化有均平。托賴着聖主仁明，登龍位得安靜。

（關末云）可早來到也。左右報復去，道某同張飛、馬超來了也。（卒子云）理會的。（做報科，云）喏，報的元帥得知，有二公子同張飛、馬超來了也。（劉末云）道有請。（卒子云）理會的。有請。（正末同關末、馬超做見科。正末云）主公，張飛奉軍師將令，與馬超前往荊州，請俺二哥回來了也。（關末拜科。云）關某奉主公之命，撫鎮荊州，常思主公，未敢擅離信地。今蒙軍師將令，取某臨朝，與主公相會一面，臣有不勝之喜也。（劉末云）二兄弟，某有心待着你在此，俺弟兄每相會一處，况荊州之地，無人保守，今遇冬至令節，軍師與衆將欲行慶賀之禮，某想來自得西蜀，民心歸伏，各安其業，某思您衆將之功，汗馬之勞，故命軍師設一筵宴，名曰太平宴，宴享您這有功之臣，俺共樂昇平之世也。（正末云）主公，今日得了西川，非俺衆將之能也。（唱）

【喬牌兒】上托着宗廟靈，下賴着主人聖。（諸葛云）貧道未出茅廬，算九九三分已定也。（正末唱）俺軍師在茅廬先把江山定，今日個取西蜀帝業興。（諸葛云）住住住。三將軍，貧道觀您三人面上，俱有征戰之氣，可在那裏每遇着敵軍來？（關末云）軍師你是強也。某與三兄弟並馬超，行至半途，不想周瑜領兵截殺，要奪取荊州之地，俺與他大戰了一場。（劉末云）三兄弟，有江東周瑜，因何領兵截殺您也？（正末云）主公不知。周瑜聞知俺二哥前往西川來，那厮乘此機會，領兵截殺，欲要復取荊州，被俺二哥與馬超、張

飛，則一陣殺的他喪膽亡魂也。（唱）

【雁兒落】俺這壁交鋒準備着贏，他那壁出戰安排着勝，不是這張飛武藝強，殺的他首將忙逃命。（諸葛云）三將軍，周瑜如何勝的你三人也？（正末唱）

【得勝令】呀，指望待一鼓取州城，因此上奮怒統雄兵。周瑜見勢敗也親臨陣，建功勳相併個贏。（正末云）周瑜被某一鎗，（唱）險送了殘生，縱馬登途徑，將往日聲名，史書中怎贊稱？（劉末云）小子周瑜枉用了心機，此一場惹天下英雄耻笑也。（諸葛云）主公，衆將在此，筵宴擺設停當也，着衆將先行慶賀，然後宴享。（劉末云）任軍師主意也。（諸葛云）您衆將望主公行禮慶賀咱。（正末云）理會的。（正末同衆將做行禮科）（正末唱）

【落梅風】一壁廂鈞天奏九成。（諸葛云）一壁廂動樂，一壁廂行酒，慶賞冬至節令也。（正末唱）遇新冬理合當慶。百司官趨侍祝聖明，保江山萬年昌盛。

（劉末云）您衆將慶賀已畢，軍師行盞，着衆將依次序而坐者。（諸葛云）理會的。將酒來！此一杯酒，主公飲過，然後賜衆將飲。（做遞酒科）（衆將做跪科）（劉末云）怎的呵，某先飲過者。（劉末飲酒科了，云）將酒來！這一杯酒軍師飲過，然後着衆將飲。（諸葛云）上命所賜，臣下焉敢固辭，貧道飲。（飲科了，云）將酒來！此一杯酒，先從二公子雲長來。（關末云）主公，關某飲酒也。（飲科）（諸葛云）將酒來！此一杯酒可是三將軍飲過者。（正末接酒科，云）軍師，今日冬至令節，太平時序，俺君臣理當慶賀也。（唱）

【殿前歡】俺今日個賀升平，托賴着當今天子重群英，感功臣勞苦忘生命，今日個宴享非輕。（劉末云）軍師，着衆將都飲一杯，務要盡醉而歸者。（諸葛云）理會的。您衆將都飲一杯，主公的命，務要沉醉而歸也。（衆將做飲酒科）（正末唱）主公你便掌西蜀錦繡城，將百姓皆安靜。從今後無士馬，干戈定，保護的江山永固，社稷長興。（關末云）筵宴已畢，某辭別了主公，回荊州去。（劉末云）二兄弟，你不必往荊州去也。某留你在此西蜀，俺弟兄每常常相守者。（諸葛云）主公如留二公子在此西蜀，荊州必歸江東也。（劉末云）既然如此，二兄弟，你還歸荊州去者。（關末云）理會的。（諸葛云）筵宴已畢也，主公在此，您衆將近前，聽貧道將令。感明主聖德寬仁，掌西川撫恤黎民。時逢着冬至令節，行慶賀朝會明君。不負您君臣勞苦，排筵宴犒賞群臣。念雲長當時結義，勝五服骨肉之親。遣張飛馬超宣命，路逢着大勢吳軍。與周瑜交鋒廝殺，談笑間取勝如神。至西蜀君臣相會，賜宴享共飲金樽。慶新令筵宴已畢,臣不勝感戴天恩。則要您衆英雄赤心輔佐,舍性命建立功勳。都着您享榮華封妻蔭子,坐都堂列鼎重裀。保護着千千年江山社稷,扶持着萬萬載錦綉乾坤。

    題目 感功臣勞苦定西川
    正名 慶冬至共用太平宴

## 校記

［1］見主公去來:"見主",底本作"主見",今從孤本改。

今存殘本

# 諸葛平蜀

丘汝成　撰

## 解　題

　　雜劇《諸葛平蜀》（殘），丘汝成撰。今存第一折。丘汝成，明宣德年間人，曾作《嬌紅記雜劇序》。王國維《曲録》著録此劇簡名《諸葛平蜀》，列入明無名氏目。馬廉《録鬼簿新校注》所附《〈雍熙樂府〉無名氏雜劇》目亦著録此簡名。《雍熙樂府》卷四録有此曲，題作《點絳唇・諸葛平蜀》，未署作者。《盛世新聲》《詞林摘豔》亦收録此套，後者署作者"皇明丘汝成"、"咏三分"。此兩種比《雍熙樂府》少【尾聲】一曲，曲文少有不同。此劇當叙諸葛亮平定夷虜事。版本今有民國時期上海商務印書館據明嘉靖四十五年刻本加以影印，《續修四庫全書》第1740册亦收録。今以《雍熙樂府》本爲底本，校點整理。


　　【點絳唇】秦失邦基，漢劉争利，施謀智，倚仗權威，天命歸仁德。
　　【混江龍】君臣際會，豪傑英俊似雲集。張子房運籌帷幄，韓元帥戰勝迎敵。蕭丞相輔弼國家遵法律，不絶糧草撫黔黎。整頓的江山鞏固，揩磨的日月光輝。肅静了亡秦宇宙，扶立起炎漢華夷。調鼎鼐，理鹽梅。播星斗，吐虹霓。逼的個秦子嬰係頸獻降符，逼的個楚重瞳自刎在烏江内。一來是天上差命，二來是臣宰扶持。
　　【油葫蘆】鼎足三分漢社稷。占天時曹孟德，他則待令諸侯施權柄逞奸回，事無成一命歸泉世。廢獻帝做山陽公便把曹丕立。論東吴孫仲謀，據長江十萬里，倚仗着龍韜虎略多雄勢，得地利可料敵。
　　【天下樂】劉先主人和是國戚，貼了西蜀建帝基。山河帶礪殷富國，他則待復故邦雪舊耻，不能勾統乾坤同混一。

【那吒令】若論着智謀有軍師孝直，若論着威武有雲長益德，若論着英勇有子龍孟起，老將軍黃漢升多剛毅，一班兒將先生扶持。

【鵲踏枝】沙場上慣驅馳，陣面上惡迎敵。雖然是將勇兵強，虧軍師妙策神機。想當初赤壁下鏖兵對壘，片時間檣櫓灰飛。

【寄生草】丞相要平夷虜，我待要除逆賊，剿遏荒強暴無遺類。見如今曹丕虎踞中原地，我則乘虛鼠竊西蜀地。軍師前論黃數黑說兵機，正是班門運斧誇強會。

【六么序】擎天柱堪稱許，棟樑材衆所知。習韜略善説兵機，憑丞相妙策深奇，雄斷無疑，曉天文地理精微。堪爲舟楫能經濟，敢當先斗膽誰及，共軍師報國把功勞立。他則待心存漢室，振撫華夷。

【么】若到那邊陲，兩陣迎敵，砲響春雷，鼓噪征聲，馬驟狻猊，耀武揚威，斬將奪旗，剿捕渠魁，將他那小丑妖氛靖洗。喜孜孜得勝回，四海傳檄，萬國皆知。奏鑾輿獻俘丹墀，玳筵開慶賞風雲會。麒麟殿圖寫容儀，功勞顯耀英雄輩。笑吟吟加官賜賞，喜孜孜的蔭子封妻。

【尾聲】點士馬便興師，按遁甲擇良日，打磨了鎗刀劍戟，挪立起中軍帥字旗。快疾將糧草收拾，莫要稽遲。托賴着聖主洪威，你若是得勝先將露布齎，削平了寇賊，撫安了邊地，恁時節班師得勝凱歌回。

今存劇目

# 茅　　廬

### 無名氏　撰

　　無名氏撰。《今樂考證》著錄。據莊一拂《古典戲曲存目彙考》"茅廬"條考證,《今樂考證》誤題爲清張國壽作,《曲錄》同。此劇簡名並見《曲考》及《章丘縣誌》,題目正名無考。明初戲文有《劉玄德三顧草廬記》,或與此劇情節相類。①

# 女　豪　傑

### 諸葛味水　撰

　　諸葛味水撰。諸葛味水,里籍生平不詳。祁彪佳《遠山堂劇品》著錄,《讀書樓目錄》亦載之。《遠山堂劇品·能品》載:"《女豪傑》,南北四折。諸葛君以俗演《斬貂蟬》近誕,故以此女修道登仙,而於蔡中郎妻、牛太師女相會,是認煞《琵琶》,正所謂弄假成真矣。乃其爲詞盡可觀。"②元明間闕名同題材雜劇,有《關公月夜斬貂蟬》。

# 禰　正　平

### 凌濛初　撰

　　凌濛初撰。凌濛初(1580—1644),字玄房,號初成。又名凌波,字波厈,

---

① 參見莊一拂《古典戲曲存目彙考》,上海古籍出版社1982年版,第438頁。
② 祁彪佳《遠山堂劇品》,《中國古典戲曲論著集成》第六册,第188頁。

别署即空觀主人。烏程（今浙江吴興）人。十八歲補廩生，四中副榜舉人。曾任上海縣丞、徐州判。工詩文，精曲學，著述甚豐。《遠山堂劇品》著錄，《讀書樓目錄》亦載之。祁彪佳《遠山堂劇品·雅品》載："凌濛初《禰正平》，北一折。《漁陽弄》之傳正平也以怒駡，此劇之傳正平也以嘻笑，蓋正平所處之地、之時不同耳。"①劇演補衡事。據莊一拂《古典戲曲存目彙考》考證，此劇本事出自《後漢書》："曹操欲見禰衡，衡不肯往。操懷忿。聞衡善擊鼓，乃召爲鼓吏。因大會賓客。諸吏過者，皆令更着單絞之服。次至衡，方爲《漁陽》摻撾而前。吏訶之改裝，衡於是先解袒衣，次釋餘服，裸身而立。徐取單絞而著之，摻撾而去，顔色不怍。操笑曰：'本欲辱衡，衡反辱孤。'"②

# 關 岳 交 代

凌星卿　撰

凌星卿撰。凌星卿，里籍生平不詳。《遠山堂劇品》《讀書樓目錄》著錄。劇當演關羽轉世爲岳飛事。本事不見史傳。祁彪佳《遠山堂劇品·具品》載："《關岳交代》，南北四折。關壯繆、岳武穆生平，大略相類；但謂其一爲天尊，一爲天將，交代如人間常儀，則見屬俚穉。惟勘檜、卨一案，或可步《曇花》後塵。"③

# 竹 林 小 記

無名氏　撰

無名氏撰。《遠山堂劇品》著錄，《讀書樓目錄》著錄，僅存略名，題目正名不詳。本署作者《遠山堂劇品·能品》載："《竹林小記》，南北十一折。腔調不明，南北錯雜。以嵇叔夜挾妓登仙，亦未盡竹林諸賢之趣。惟其文彩燁

---

① 祁彪佳《遠山堂劇品》，《中國古典戲曲論著集成》第六册，第 155 頁。
② 莊一拂《古典戲曲存目彙考》，第 494 頁。
③ 祁彪佳《遠山堂劇品》，見《中國古典戲曲論著集成》第六册，第 192 頁。

然，盡堪藻飾。"①

# 銅雀春深

### 無名氏　撰

　　無名氏撰。《遠山堂劇品》《讀書樓目録》著録，題目正名不詳。未署作者祁彪佳《遠山堂劇品・具品》載："《銅雀春深》，南一折。二喬數語，殊無情致，遂使雀臺之春，寂寞千載。"②考宋元戲文有《銅雀妓》一本，清代闕名有《銅雀臺》傳奇，均爲同類題材的戲曲作品。

# 黄　鶴　樓

### 無名氏　撰

　　無名氏撰。祁彪佳《遠山堂劇品・能品》著録："《黄鶴樓》，北三折。淺近亦是詞家所許，但韻致不適上耳。北詞有一定之式，後二折删去數套，當不得爲全調。"③題目正名不詳。未署作者。該劇可能與元朱凱《劉備醉走黄鶴樓》敷演同一題材。其事與史無考。

# 碧　蓮　會

### 無名氏　撰

　　無名氏撰。《鳴野山房書目》著録。《遠山堂曲品》雖未著録，但在"草廬"條下載："内《黄鶴樓》二折，本之《碧蓮會》劇。"又"試劍"條下載："此以劉

---

① 祁彪佳《遠山堂劇品》，見《中國古典戲曲論著集成》第六册，第189頁。
② 同上書，第195頁。
③ 同上書，第182頁。

先主爲生者，内一折，全抄《碧蓮會》劇。"《讀書樓目録》亦載此劇簡名，其他情況不詳。考元雜劇《劉玄德醉走黄鶴樓》第一折，稱周瑜趁諸葛亮率領衆將往華容路追趕曹兵，乘機"設一計，俺這江東有一樓，名曰是黄鶴樓；設一會，乃是碧蓮會"，邀請劉玄德過江赴會，打算陷害劉玄德，故有此名。

# 竹林勝集

### 無名氏　撰

　　無名氏撰。《遠山堂劇品》著録，《讀書樓目録》亦載之。僅存略名，題目正名不詳。祁彪佳《遠山堂劇品·具品》載："《竹林勝集》，南一折。如此雅集，而腐爛板實，豈不令竹林諸公笑人！以《水底魚》作結曲，亦非是。"①據莊一拂《古典戲曲存目彙考》考證，此劇本事出自《晉書·嵇康傳》："康所與神交者，惟阮籍、山濤、向秀、劉伶、籍兄子咸、琅琊王戎，遂爲竹林之遊。世所謂'竹林七賢'。"清孤嶼學人有《賢星聚》傳奇，亦演七賢軼事。②

# 斬貂蟬

### 無名氏　撰

　　無名氏撰。祁彪佳《遠山堂劇品·具品》載：《斬貂蟬》，北五折。《莊岳委談》云："《斬貂蟬》不經見，自是委巷之談。然《關公傳注》稱：'關公欲娶布妻，啓曹瞞。曹疑布妻有殊色，因自留之。'則非全無謂也。"③

---

①　祁彪佳《遠山堂劇品》，見《中國古典戲曲論著集成》第六册，第195頁。
②　莊一拂《古典戲曲存目彙考》，上海古籍出版社1982年版，第566頁。
③　祁彪佳《遠山堂劇品》，見《中國古典戲曲論著集成》第六册，第192頁。

## 氣伏張飛

### 無名氏 撰

無名氏撰。祁彪佳《遠山堂劇品·能品》下記載:"《氣伏張飛》:北四折。有數語近元人之致,惜有遺訛。"①事出《三國志平話》,亦見演義。《今樂考證》《也是園書目》《曲録》著録有《諸葛亮挂印氣張飛》,《寶文堂書目》著録有《氣張飛》和《三氣張飛》,或與此劇有淵源。

## 胡笳十八拍

### 蔣安然 撰

蔣安然撰。蔣安然,名不詳,紹興人,生平事迹不詳。明祁彪佳《涉北程言》記崇禎四年閏十一月十八日事云:"愁恩聖鑒、安然兩兄作此劇,以資諧笑,蓋兩兄以能詞嘖有聲也。偶閲《蔡文姬傳》,因以《胡笳十八拍》令安然譜之。"此後未記其已否譜成。此亦雜劇也。又十月十九日記云:"安然歌一曲而罷。"蓋亦能度曲者。另,據莊一拂《古典戲曲存目彙考》考證,《遠山堂曲品》著録有明傳奇《胡笳記》,云"《琵琶》之妙,在不拾中郎一事,能於空處現精神。此記以蔡琰結局,遂稱《續琵琶記》",亦爲一例證。

---

① 祁彪佳《遠山堂劇品》,見《中國古典戲曲論著集成》第六册,第182頁。

# 傳　　奇

今存劇本

# 連 環 記

王　濟　撰

## 解　題

　　傳奇。明王濟撰。王濟(1474—1540)，字伯雨，一字伯禹，號雨舟、紫髯仙伯、白鐵道人，烏程(今浙江湖州)人。一説浙江嘉興烏鎮人。以太學生授廣西横州判官，攝理州事。家富好客，國史鼎彝充棟。嘗采其風土物宜與域中異者類爲一編，曰《君子堂日詢手鏡》。後以母老乞休歸，與劉麟、孫一元、張允清等結峴山社，登臨觴詠，與名士祝允明、文徵明等俱有往來。著有《碧梧館傳奇》三種(現存《連環記》一種)，詩文集《白鐵山人詩集》《浙西倡和集》《谷應集》《水南詞》《和花蕊夫人宫詞》等。焦竑《國朝獻徵録》卷一〇一收録有劉麟撰《王君墓誌銘》和張寰撰《王君行狀》，是關於王濟生平事迹較爲詳細的文獻記載。

　　此劇《太和正音譜》著録爲《王允連環説》(注云"嘯餘譜"本作"記")，《也是園書目》著録其正名，《元曲選目》《寶文堂書目》《曲海總目提要》俱作簡名《連環計》。此傳奇據元雜劇《錦雲堂暗定連環記》改編，劇述董卓脅迫群臣、劫遷天子，王允與貂蟬定美人計離間吕布與董卓，最終除掉董卓的故事。劇情與元雜劇《錦雲堂美女連環計》情節關目大致相同，略有改换。吕天成《曲品》將《連環記》列爲"妙品"，稱其"詞多佳句，事亦可喜。原有《奪戟》劇，亦妙"。祁彪佳《遠山堂曲品·雅品殘稿》"連環"條下記載："元有《奪戟》劇，云貂蟬小字紅昌，原爲布配，以離亂入宫，掌貂蟬冠，故名；後仍作王司徒義女，而連環之計，紅昌不知也。"《連環記》文辭本色，適合舞臺演出。明萬曆二十六年有"小戲子"演出，而其中《起布》《議劍》《問探》《拜月》《小宴》《大宴》《梳妝》《擲戟》等齣，至今仍在昆曲舞臺上上演。另，據莊一拂《古典戲曲存目彙考》"連環記"條考證，劇中所演繹的"懷劍刺卓"情節，"乃越騎校尉汝南伍孚事,世傳操,非也"①。

版本現存明繼志齋刊本、清內府抄本、清抄本,均藏國家圖書館。《古本戲曲叢刊初集》收入此劇,卷首題作"《連環記傳奇》,明烏程王濟雨舟撰",係據長樂鄭氏藏抄本影印(簡稱《戲曲叢刊》本)。國家圖書館所藏清抄本,似爲演出本,與《戲曲叢刊》本多有異文,《續修四庫全書》據以影印,收入"集部"《戲劇類》(簡稱清抄本)。另有1988年中華書局出版的張樹英點校的《連環記》(未見)。今以《戲曲叢刊》本爲底本,以清抄本爲參校本,加以校點整理。

## 第一折 家　門

(沁園春)王允司徒,太原人氏,懷誠朝野馳名。爲奸雄董卓,劫遷天子,虐臨職宰,荼毒生靈;呂布助威,虎添雙翼,篡逆心生亂兩京。司徒嘆,剪除無策,四海動刀兵。家庭。義女娉婷,小字貂蟬多智能。定連環之計,先許呂布,後獻董卓,兩下牽情。柔能制剛,遂成嫌隙,反間裙釵事竟成。除奸惡,司徒妙計,海宇慶昇平。

## 第二折 從　駕

(生扮王先上,唱[1])

【商調引·高陽臺】冠蓋蟬聯,簪纓櫛比,慶源不斷遺澤;一脈書香,光前無忝疇昔。願爲報國攄忠藎,振頹綱平孚奇績。敢安然尸位素餐,曠官瘝職。(畫堂春)宅揆補袞贊皇猷,兢兢取法伊周。自知庸陋非留侯,空運吾籌。怪底妖氛蕩日[2],誰將寶劍橫秋。通宵夢繞鳳凰樓[3],廊廟擔憂。下官姓王名允,字子師,太原并州人也。閥閱世家[4],繼美足徵於文獻;詩書戶牖,傳芳久著於鄉邦。抱志操,嫉惡親賢;立朝綱,犯顏固諍。曩爲別駕從事,今任相國司徒。元冕赤舄,在帝左右,愧難托六尺之孤;紫綬金章,秉國權衡,職非寄百里之命。叵耐董卓弄權,劫遷天子,臣服諸侯。區區雖有忠藎之心,乃無計可施,只收斂蘭臺秘典,從駕長安而去。除君之惡,且徐圖

---

① 莊一拂《古典戲曲存目彙考》"連環記"條,上海古籍出版社1982年版,第99頁。

之。正是挺松柏於歲寒,屹砥柱於中流。言之未已,夫人梁氏、義女貂蟬早到。(老旦上)

【南吕引·挂真兒】花冷閑階春寂寂,東風軟遊絲無力。(旦上)綉榻纔離,殘絨漫吐,羅袖上唾花凝碧。

(老旦見生介)相公。(生)夫人。(旦)貂蟬叩頭。(生)起來。咳!(老)相公爲何如此長嘆?(生)夫人,即今董卓弄權,劫遷天子,西幸長安。下官收斂國家蘭臺秘典,扈從鑾輿而去。(老)相公收斂蘭臺秘典何用?(生)要篡輯漢史。(老)相公,妾聞危邦不居,亂邦不入。當此權奸肆志之秋,若不告歸林下,恐墮其坑塹。那時節既不能修國史,又不能保身家,悔之何及!(生)夫人説那裏話。寒門累受漢家寵渥,恨不能磔殺董卓,以快民心。聖駕既已蒙塵,微軀何足爲惜。(向旦介)你可伏侍夫人,待遷都已定,我就差人來接你們便了。(旦)謹依嚴命!老爺從駕而去,明修國史,暗逐權臣,以窺動静,則忠義之心藹然。貂蟬又有一言相告。(生)起來説。(旦)老爺,忠奸雖分兩途,薰蕕固難同器。倘與權臣並立朝端,當和光同塵,逢其喜怒,危行言遜,免其猜疑。孔子之遇陽貨,隨問隨對;孟子之待王驩,不惡而嚴。以此聖賢爲法,何小人之不可交,何國難之不可排?屈節事之,無以爲詔。尺蠖之屈,以求伸也。(生)夫人,這妮子所見,甚合我意。咳,只是國步艱難,如何是好?(老)請免愁煩。

【高陽臺】(生)鹿走秦臺,鼠窺神器。奸雄跋扈之日,漢室顛危。深慚袖手無策,悲戚。翠華西幸長安遠,嘆蒙塵寢不安席。事邊征逆流砥柱,盡心匡國。(老)

【前腔】安逸,早卸朝簪,急流勇退,琴尊適意泉石。大廈將傾,一木料難撐立。(旦)何必,潔身退歸林下也,那漢家仗誰扶翊?早難道危邦不居,亂邦不入。(生)

【前腔】端的劍仗青萍[5],心傾丹藿,待時剪艾荆棘。萬乘遷都,微臣豈辭勞役。貂蟬,與我收拾,圖書秘典珍藏好,封固了蘭臺石室。一心去火燎昆岡,不分玉石。

(雜扮院子暗上)(雜扮中軍四小軍上)天子遷都去,軍民滿道愁。(中軍)門上有人麽?(院子)是那個?(中軍)長安衆將迎接老爺起馬。(院子)住着,啓爺,長安衆將迎接老爺起馬。(生)着他們外厢伺候。(院子)啊,外厢伺候。(衆)是。(生)夫人,下官就此拜别。

【尾】春閨話别愁如織,回頭花柳無顔色,爲國忘家休淚滴。

從駕西安臣侍君,敢醉寋寋走風塵。仰天大笑出門去,我輩豈是蓬蒿人[6]。

(老)相公請自保重。(生)貂蟬好生伏侍夫人。(旦)曉得。(同老旦下)(衆)中軍帶領衆將官叩頭。(生)就此起馬。(衆合)啊!

【神仗兒】旌旗閃閃,干戈撩亂,滿地黎民嗟怨。回首洛陽遙遠,齊促駕往長安,齊促駕往長安。(同下)

## 校記

[1] 生扮王允上,唱:此六字,原無,今從清抄本補。并依例置曲牌前。下同。
[2] 日:底本作"目",今從清抄本改。
[3] 夢繞:"繞",底本作"遠",今從清抄本改。
[4] 世家:"世",底本作"書",今從清抄本改。
[5] 劍仗:底本作"仗劍",今從清抄本改。
[6] 蓬蒿:"蒿",底本作"萊",今從清抄本改。

## 第三折　觀　燈

(净上)

【雙調引·夜行船】玉帶衮衣身炫耀,决大事始往趨朝。落落襟懷,嚴嚴氣象,劍佩班雄廊廟。

氣吐虹霓吞宇宙,手提長劍破乾坤。洛陽眼底無天子,金塢行中多玉人。自家姓董名卓,字仲穎,隴西臨洮人也。官居極品,位冠群僚。壯志吐而星斗寒,迅令發而雷霆吼。天子劫遷於長安,諸侯聽命於左右。郿以黄金築塢,積穀爲三十年糧儲。我想事成,雄據天下;若事不成,足以娛老。(笑介)李肅、李儒何在?(外、末上)來了。紫府潭潭畫戟長,太師行樂五雲鄉。門迎朱履三千客,屏列金釵十二行。李肅、李儒叩頭。(净)起來。所喜天子西幸長安,今乃上元佳節,準備筵宴。已曾分付洛陽城中,遍挂花燈,着光禄寺治酒,教坊司演樂,請太奶奶觀燈。(外、末)理會得。仰承台旨去[1],排設綺筵來。傳話後堂,請太奶奶上堂。(二梅香隨丑上)

【雙調引·寶鼎兒】上元堪賞玩,佳節屆,黎民慶賀豐年。(衆)太平人物,分明是閬苑神仙。

(净)母親拜揖。(丑)我兒少禮。(净)母親,孩兒在齠齡封爲列侯,女兒在襁褓封爲邑郡，金紫之榮，富貴極矣。（丑）我兒，天子定都長安，無人秉鈞當軸。何不早去？（淨）待孩兒掠盡城中婦女金帛，賞過了元宵，燒了洛陽宮闕，就同母親返駕長安便了。（丑）兒啊，近聞得長安國政，皆托與王允了。（淨）母親不足爲慮。孩兒一到長安，王允等若不下車迎接，即時斬首，猶鼓洪爐以燒毛，傾泰山而壓卵，何足道哉？看酒過來。（梅香）有酒。

【仙吕犯調・錦堂月】（合）火樹星橋，新正好景，人間喜事燈宵。五夜風光，晴明信是難討。莫言道玩賞如何，自古道豐年佳兆。（合）花燈照，人月團圓，漫同歡笑。

【前腔】（丑）燈宵猶勝花朝，良時美景，丹青妙手難描。那彩飾金貂，絨剪錦裝花草。頃刻間玉漏催籌，開遍了金蓮池沼。

（雜扮報人上）有事忙傳報，無事不亂傳。那個在？（末）什麼人？（報）報軍情事的要見。（末）住着。啓太師爺，報軍情事的要見。（淨）着他前廳見。（末）嗄，着你前廳見。（報）報事的叩頭。（淨）所報何事？（報）稟爺，那黃巾賊作亂，被劉關張收了。如今赤眉賊又起，甚是猖獗。請太師爺定奪。（淨）再去打聽。（報子下）（淨）李儒，傳令去，分付門下曹操，領兵剿捕回話。（外）得令。（下）（又暗上）（淨）請太奶奶觀燈。（末）請太奶奶觀燈。

【仙吕過曲・醉翁子】（合）市朝。逞社火獅蠻舞跳，看鬼臉狰獰，胡歌兌調[2]。歡笑。愛婪兒童，竹馬能騎過小橋。（合）喧聲擾，聽鑼鼓頻敲，共鬧元宵。

【前腔】誇豪，翠擁的紅駝錦貂。閑浪蕩，風流隊許多年少。妖嬈，那女伴相逢，輕步香塵鬥楚腰。

【僥僥令】水犀燃寶炬，燈光迓星橋。只見霽霽澄澄連巷陌，綵結翠巍巍山勢巧。

【尾】良宵三五風光好，金尊莫惜燈前倒，那管玉漏頻敲出麗譙。（丑）銀燭燒殘欲換時，（淨）醉扶方覺夜眠遲。（丑）料應歌舞留人久，（衆）月落烏啼總不知。

（淨）母親請。（丑）我兒生受你。（下）（淨）分付燒了洛陽宮闕，返駕長安。着飛騎往城中，遍請文武百官，到温明園中會議，不得有違。（末、外）曉得。（下）

# 校記

［1］台旨去：底本作"臺旨命"，今從清抄本改。

［2］胡歌：底本作"朝歌"，今從清抄本改。

## 第四折　起　布

【南宫引·生查子】(雜扮四小軍引小生上)膂力過凡流,浩氣衝牛斗。談笑覓封侯,回首功名就。(臨江仙)未表食牛豪邁志,沉埋射虎雄威,封侯畢竟遂吾圖。雲臺諸將後,廟像許誰摹。到處争鋒持畫戟,怒來叱吒喑嗚。千人辟易氣消磨,不須黃石略,只用論孫吳。自家姓吕名布字奉先,本貫西川五原郡人氏[1]。幼習武藝,頗有兼人之勇;欲慕封侯,不辭汗馬之勞。遠投并州刺史丁建陽麾下,爲驍騎都尉。名雖部將,情同父子。正是:欲圖遠建奇勳,不愧蠅隨驥尾。道猶未了,主帥早到。(四小軍引外上)

【前腔】河内擁貔貅,胸次羅星斗。劍斬賊臣頭,誓補蒼天漏。

(生)主帥在上,吕布甲冑在身,不能全禮。(外)我兒少禮。(衆)衆將叩頭。(外)起過一邊。(衆)啊。(外)吾乃并州刺史丁原,字建陽,才兼文武,任治藩籬。近因董卓弄權,劫遷天子,塗炭生靈。我欲會合諸侯,征討此賊,吾兒意下如何?(小生)布聞"亂臣賊子,人人得而誅之",主帥既有忠義之心,吕布敢不奮勇相隨。(外)吾兒言之有理,衆將官。(衆)有。(外)今乃黃道吉日,就此起兵前去。(衆)得令。(合)

【中吕過曲·泣顔回】羽檄會諸侯,運神機陣擁貔貅。多要同心戮力,斬權臣拂拭吴鈎。嘆蒙塵冕旒,起群雄雲擾齊争鬥。(合)看長江浪息風恬,濟川人自在行舟。(小生唱)[2]

【前腔】恢復舊神州,想何時得遂奇謀。奸雄肆志,把輿圖一統全收。俺志吞虎彪,大丈夫肯落他人後。(合前)(外)欲誅奸佞賊,(小生)非武不能克。(外)眼望捷旌旗,(衆)耳聽好消息。(同唱)看長江浪息風恬,濟川人自在行舟。(外下)

(小生)好嚴整人馬也。(笑介)(衆擁下)

## 校記

[1] 西川五原郡人氏:此句底本作"四川五郡人氏",今從清抄本改。

[2] 小生唱:底本無,據清抄本補。

## 第五折 教　　技

（丑上）

【雙調北曲·清江引】百花庭院重門閉，鼓瑟人妍麗。素手按宮商，秋水搖環佩。響冰弦和瑤笙聲清脆。老身乃王府中一個女教師，喚作柳青娘是也。今早老爺分付，要在百花亭上賞春。不免喚貂蟬等一班女樂，演習歌舞，好生伺候。呀，進得園來，你看好花魁也。但見萬花樓前，栽的是石榴花、金雀花、紅梅花、歲寒松、十二紅；燕子樓前，栽的是瑞霓羅、柴香囊、錦雲裘、繡雙球、九蓮燈、續情燈；五福堂中，供着美人圖、吉慶圖、畫山圖、五代榮、長生像；千祥軒內，攏着一捧雪、琥珀匙、石凌鏡、金鈿盒、碧玉串、檀香扇。我家老爺腰懸金印吉祥兆，雙捷長報着萬年歡。（笑介）你看這些丫鬟們，都在後花園中嬉遊，待我叫一聲。貂蟬等女樂走動！（三雜旦、小旦上）

【前腔】海棠花下華筵啓，整頓歌金縷。舞袖漫安排，繡褥重鋪砌。歌一回，舞一回，唱一回。

（衆）柳青娘萬福。（丑）哎，萬福萬福，打得你啼啼哭哭。你們這些丫頭跪着。（衆）爲何要跪？（丑）不跪麽？（作打介）（衆）就跪。（丑）好啊，你們還不知麽？今日老爺分付灌園的，打掃梅花樓，收拾望湖亭；兩班合從狀元旗，投筆燕子箋；十義女開科，路受雙金榜，還帶着眉山秀。老爺八月十五日，要看三星照，月華圓，此乃長生樂，四時歡。你一行不打點，拿着紅拂，插在銀瓶，拿着琵琶，彈一種情。都像你們這等懶惰，誰賞你們鮫綃帕，賜千金，贈玉環，付玉簪。若還唱得好，還有荊釵雙珠，紫釵合釵，兼釵衣珠，明珠鸞釵，金剛鳳，太平錢，珍珠衫，龍鳳錢。莫說一匹布，就是一文錢，也是好的。帶累老娘賞塊蕉帕羅羅頭，何算快活三。你們這起丫頭，一個在翠屏山後，思想願相；一個在荷花蕩內，跳上跳魚船，要拿黑魚；一個在拜月亭上，焚香祈禱畫中人；一個在滿床笏上，夢裏意中緣，思想雙和合，養個兒孫福。你們這起丫頭，竟入邯鄲夢。教你們演一演歌舞，猶如殺狗一般，玩到西樓，又到西廂。你可曉得花園賺那邊，有個井中天，你若掉下去，思想還魂，除是炎天雪，軟藍橋，竹葉舟，救得你奈何天。叫雙紅三貴，到麒麟閣上，取我的桃符板、鴛鴦棒過來，待我各打十錯認，一個個做缺不全。（打介）（小旦）只因扶得夫人梳妝來遲，望柳青娘恕罪。（丑）罷啊，動不動要你推在面前；啐罷麽，看貂蟬分上，起來演樂。（衆應起介）（丑）昨日新上熟了麽？（衆）還不熟。(丑)還不熟麼？待我再念與你們聽。(唱)四尺上尺。六凡工尺工尺上尺。上乙五六六五五六凡凡六五六凡工尺。凡六凡五六凡工尺。工尺上尺。(衆照前)四尺上尺。六凡工尺工尺上尺。上乙五六六五五六凡凡六五六凡工尺。凡六凡五六凡工尺。工尺上尺。(丑)好,這是了。老爺來時,好生承應,要舞就舞,要唱就唱,要吹就吹,不要累我老娘受氣。待我打個盹兒就來。你看：歌舞般般會,吹彈件件能。成人不自在,自在不成人。

## 第六折　大　議

(净上)

【高平調曲·三棒鼓】洛陽宫闕已凋零。如今天子遷都也,花錦城。長安地窮,皇圖氣凝。盜已寧,兵息征。朝廷鈞軸吾操持,公卿奉迎,公卿奉迎。殿上袞衣明日月,空中旗影動龍蛇。縱橫禮樂三千字,獨對丹墀日未斜。我自燒了洛陽宫闕,返駕長安,你看公卿將相,無不迎迓,朝政悉歸吾掌。如今欲乘此機會,假意立陳留王爲名[1],自謀篡位,今日設宴在温明園中。昨差飛騎往城中,遍請文武百官到來。他若從俺的,加官進爵；阻俺的,剜目斷舌,决不饒他。且待飛騎回來,便知分曉。(小生上)飛騎城中去,相邀將相來。飛騎叩頭。禀太師爺,領命去請文武百官,俱已到了。(净)如此傳我令去,衆文武排班進見。(小生)得令。(生上)

【南宫調·一剪梅】欲誅大惡抱深憂。(末上)空畫嘉謀,未遂嘉猷。(外上)在他門下且低頭。(付上)欲脱羈因,又被羈留。

(生)下官王允是也。(末)下官袁紹是也。(外)下官蔡邕是也。(付)下官曹操是也。(衆)請了。(小生)太師有令,文武百官俱要排班進見。(末)他纔到,就有什麽令？(付)啊,有了。司徒大人與袁將軍一班,曹操與學士一班便了。(生末)如此占了。(外、付)豈敢。(生、末)太師在上,王允、袁紹參見。(净)司徒、袁將軍少禮。(外)太師在上,蔡邕參見。(付)曹操參見。(净)學士、驍騎少禮。列位請坐。(生、末)太師在上,不敢坐。(净)二位乃文武之領袖,豈有不坐之理？(生、末)如此告坐了。(净)請啊。學士、驍騎,爲何不坐？(外、付)小官等列於太師門下,焉敢望坐？(净)我命你坐,就坐罷了。(外、付)告坐。(净)驍騎,我前日着你掃捕赤眉,得勝有功,還未升賞。(付)全仗太師虎威。小官領兵前去,馬到成功,俱已剿盡了。何勞太師挂懷？(净)好,吾當升賞。(付)多謝太師。(衆)我等尚未奉賀。(付)不敢。

（眾）小官等蒙太師寵招，不知有何台旨？（淨）今日請眾文武到來，議天下大事。眾官悉皆聽者。（眾）是。（淨）俺想為天子者，乃萬乘之尊，四海之主，威行天下，福布八荒。今上無威儀，不可以主奉宗廟社稷。況先帝有密詔，言劉辨輕浮無智，不可為君；次子劉協，聰明好學，可承大漢宗廟。吾欲效伊尹、霍光故事，廢帝為王，擬立陳留王為天子，以掌大漢宗社。你等諸大臣，以為如何？（眾）太師妙算，允協輿情。（淨）我主張之事，豈有差誤。袁將軍何獨無言？（末）太師差矣。自古太甲有罪，放之桐宮；昌邑有罪，霍光廢之。今上富於春秋，未有不善，太師欲廢嫡立庶，意欲反耶？（淨）袁紹休得無狀。天下事在我，我今為主，誰敢不從，將謂我匣中劍不利乎？（末）你劍雖利，我劍獨不利乎？（眾）袁將軍請息怒。（末）嘎，列位嘎，你看這廝，纔得一朝權在手，如何便把令來行。請了。（下）（淨）啊喲啊喲，好惱好惱。（眾）太師請息怒。袁將軍自知有罪而去了。（淨）他去了，難道我這裏便罷了不成。看酒來。（同）

【仙呂過曲・園林好】治天下太師主張，代幼主令行四方，孰不欽遵敬仰。（合）勝周旦相成王，勝周旦相成王。（淨）

【前腔】誰能舉朝廷大綱，（眾）全仗太師。（淨）全仗我匡扶廟廊。我定國易如反掌。（合前）（同）

（報子上）奔馳如過電，倏忽似流星。報事的叩頭。（淨）報什麼事？起來講。（報子）

【江兒水】那兵馬臨城外，（淨）主帥何人？（報）并州丁建陽。道太師呵，把朝綱濁亂多欺妄，志謀篡逆張羅網。為此鴻門突入來相抗，聲聲嚴嚴難狀。早早提防，免使烟塵蒼莽。丁建陽不打緊，他有個義兒呂布，有萬夫不當之勇。（淨）怎麼見得？（報）

【前腔】他束髮金冠耀，方天畫戟長。唐猊鎧甲軍威壯，獅蠻寶帶征袍晃。十圍腰大身一丈，弓馬熟嫻行狀。早早提防，免使烟塵蒼莽。（淨）再去打聽。（報）得令。（下）（眾）

【五供養】那廝不知分量。率爾提兵，遠到洛陽。寡不能敵眾，起意敢爭強。馮河暴虎，不量力徒誇骯髒。笑看車轍下，怒臂擁螳螂。（眾）小官等告回。（淨）列位各去保守城池，我自有破敵之策。（眾應介）（合）速整王師，用心提防。（眾下）（淨）

【前腔】我中心自想，這王國大業，舍我誰當。我如今發兵去，先擒了呂布，那丁原不戰而自服矣。射人先射馬，擒賊必擒王。龍鱗誰敢逆，逆者定淪亡。李肅何在？（末上）（合）速整王師，用心提防。

李肅叩頭。（淨）李肅，那丁原領着呂布，前來犯我。我欲先擒呂布，那丁原不戰自服。你道如何？（末）主公在上，肅聞呂布有萬夫不當之勇，若要交鋒，恐不能勝，莫若使一伎倆，制他來降，主公何患不得天下？（淨）此計雖好，怎生制得他來助我？（末）主公勿憂。肅與呂布同鄉，足知其人，勇而無謀，貪而無義。肅憑三寸不爛之舌，當說呂布拱手來降主公也。（淨）將什麼東西去說他？（末）主公將赤兔馬、白玉帶二物，重利以結其心，呂布必反丁原，自然投主公也。（淨）既然如此，你就將赤兔馬、白玉帶再加些金珠，一一領去。（末）是。（淨）嗄，李肅。

【川撥棹】你持玉帶，跨赤兔，投虎帳。這些東西，不要說是我的，只說道你的微忱，只說道你的微忱，叙鄉情言詞抑揚。（合）物相留，人可降，纔說出我行藏。

（末）曉得。（淨）轉來。

【尾】臨行再囑中郎將，教他棄暗投明早酌量。

（末）主公，憑着我頰舌雌黃是智囊。手中奇貨口中詞，管取英雄志轉移。正是得他心肯日，果然是我運通時。（淨）李肅，你成事之後，重重有賞。（末應介）（下）

## 校記

[1] 陳留王："王"字底本無，今據清抄本補。

## 第七折　說　　布[1]

（眾小軍引小生上）

【仙呂引·天下樂】自擬鷹揚志欲酬，遠馳車馬下并州。斬關試展英雄手，不殺奸邪誓不休。

我自與主公提兵到此，將欲誅討叛逆。我既任先鋒，敢不盡心行事。軍士們，你們去打聽，那一處可以進兵攻擊，我這裏就起兵便了。（眾）得令。（末上）

【中呂引·菊花新】赤兔玉帶說相知，利動他心便着迷。

有人麼？（雜）是那個？（末）煩你報上，說鄉親李肅求見。（雜）住着。啟爺，外面有個鄉親李肅求見。（小生）李肅是我鄉兄，有請。呀，鄉兄請。

（末）賢弟請。（小生）鄉兄請上，小弟有一拜。（末）賢弟請上，愚兄亦有一拜。久別尊顏，常懷渴想。（小生）萍水相逢，不勝欣躍。鄉兄久別，現居何處，何便至此？（末）自別之後，忝居朝列。聞賢弟領兵到此，匡扶社稷。李肅偶得良馬一匹，日行千里，渡水登山，如踏平地。（小生）此馬可有名？（末）嗄，名曰赤兔。肅不敢乘坐，特獻與賢弟，以助虎威。（小生）多謝。可借來一觀？（末）軍士們，帶馬過來。（雜）來了。奔騰千里蕩塵埃，渡水爬山紫霧開。掣斷絲韁搖玉轡，火龍飛下九天來。馬在此。（末）賢弟，你看此馬身上，火炭一般，並無半根雜毛；頭至尾長一丈，蹄至頂高八尺；嘶叫咆哮，有騰空入海之狀。（小生）果然好馬。帶在後槽去。（雜應介）（下）（小生）但受此龍駒，將何以報？（末）肅爲義氣而來，豈望報乎？賢弟，但不可將此馬對令尊說是我送的。（小生）鄉兄差矣。先父去世多年，對誰說來？（末）我說令尊丁刺史。（小生）軍校回避。（衆應下）（小生）鄉兄，我拜丁建陽爲義父，出乎不得已耳。（末）賢弟，我想你威武絕倫，有擎天架海之才，四海孰不畏服？功名富貴，如探囊取物，豈可鬱鬱久居人下。良禽且擇木而棲，人豈可不擇主而事。請自三思。（小生）布欲大展其能，恨不逢賢主。鄉兄在朝，觀何人是蓋世英豪？（末）李肅遍觀大臣，皆不如董太師禮賢下士，寬仁厚德，賞罰極明，終成大事。軍士們，取玉帶、金珠過來。（雜上）玉帶無瑕疵，金珠有現光。玉帶、金珠在此。（小生）鄉兄何故又賜此物？（末）皆是董太師仰慕賢弟雄名碩望，特令李肅持獻。赤兔亦是董太師之所賜也。（小生）我聞太師奸惡，與丁建陽引兵來此征討。他原來是個好人，咳，我此來差矣。（末）請受了禮物。（小生）此禮却之固不恭，受之無以報。（末）請收了。（小生）請坐。（末）有坐。（小生）鄉兄在朝，官居何職？（末）我李肅這等不才，尚爲虎賁中郎將之職。若賢弟到彼，貴不可言。功名在反掌之間，賢弟自不肯爲耳。（小生）鄉兄，我與丁建陽爲父子，每受其侮謾，待我如僕隸，驅我如犬羊。今聞太師汪洋度量，敢不敬從所招？（末）賢弟。

【中呂過曲·駐馬聽】你若肯棄暗投明，歸輔當朝第一人。此去呵，管取登壇拜將，金印腰懸，手握重兵。一似遷喬出谷鳥嚶嚶，皂雕翅展滄溟勁。（合）報此洪恩，把甲兵收斂，疾忙前進。（小生）

【前腔】深感慇勤，鬱鬱迷途指教明。受此帶圍白玉，馬稱赤兔，數笏黃金，冒干師相莫生嗔，汪洋度量當尊敬。（合前）

（末）賢弟，就此同去如何？（小生）待我處置了丁建陽，收斂了甲兵，然後就來也。（末）賢弟，禁城甚嚴，你可將此銅符，到禁門比號，方可放你入城。(小生接介)多謝了。(末)相逢機會建奇功,龍遇祥雲虎嘯風。(小生)今日得君提拔起,免教人在污泥中。(末下)(小生)軍士們,傳令各營,今晚不可進兵。(下)

## 校記

[1]說布:"說",底本作"起",今據底本目錄、清抄本正文改。

## 第八折　刺　父

(雜扮小軍,引外上)

【越調引·霜天曉角】屯營左右,父子分前後。奈爾城池堅守,征誅未遂吾謀。

仗劍到長安,亂臣早防禦。兵雖貴神速,無由破堅銳。軍士們,爾等四下遠遠巡更,敲梆擊柝,或歌或唱,不可睡熟了。倘有緊急軍情,可報與前營呂將軍便了。(衆應下)(外)不免把兵書展開一看,多少是好。

【仙呂過曲·桂枝香】兵攢甲冑,聲喧刁斗。燈前漫展兵書,虎略龍韜參究。聽樹林鳥囀,聽樹林鳥囀,惡聲相鬥,想是爭巢先後。嘆淹留,孽畜呵孽畜,上苑多喬木,你如何不先去投。

這一回心神恍惚,身子困倦,不免進帳中少息片時。暫拋黃石秘,且去夢周公。(作入桌睡介)(小生上)

【前腔】更深時候,燈輝如晝。聽營中鼻息如雷,想已安然睡久。我以父待他,他不以子待我。我乃人間丈夫,人間丈夫,枉作兒曹相守,何日功名成就。我如今直入帳中去,殺了他,然後獻功與董府。仗吳鉤,頃刻三魂喪,從教萬事休。

(作進見介)(外驚醒介)你是呂布嗄?(小生)我是呂布。(外)你爲何不在前營巡哨,擅入我帳中何幹?(生)你不識英雄,將我輕覷。我今取你首級,棄暗投明。(外)嗳呀,畜生反了。(小生)

【玉枝帶六么】你將人僝僽,久埋藏何時出頭。(外)畜生嗄,和你本爲父子反成仇,敢恃勇,蓄奸謀。(小生)青鋒落處如摧朽,青鋒落處如摧朽。(趕外下介)

(雜扮二更夫上)夜深霜重鐵衣寒,巡哨敲梆手臂酸。傲然子城裏,人家無事正好困,算來名利不如閒。呀,營中燈火尚明,裏面什麼響?想是主帥起身了。(小生提首級上)竈突已炎上,燕雀猶未知。軍士們聽令。(二雜)將軍有何分付?(小生)那丁建陽有反叛之心,我已殺之。你等從我者在此,不從者散去。(二雜)願從將軍。(小生)既肯從我,三日後自有犒賞你等。(二雜應介)(小生下)(一雜)噲,我有只新山歌哩,唱給你聽聽。(一雜)好嗄。(一雜)將軍不會殺強人,只會欺瞞自家屋裏人。夏至前頭個鯽魚骨裏臭,相殺無過父子兵。(虛白)(同下)

## 第九折 反　　助

(雜扮小軍,引外上)

【中呂過曲·縷縷金】遵號令,守城樓。晨昏防出入,恐奸謀。職分雖卑陋,也有兵權在手。(合)過關誰敢不低頭,軍法聽搜究,軍法聽搜究。(小軍引小生上)

【前腔】忙策馬,過荒丘。鴉鳴天漸曉,露華收。寶劍虹霓現,血腥猶臭。一朝恩義變爲仇,靈臺忽生垢,靈臺忽生垢。城門緊閉,待我叫開城關。守門的開城。(外)呔,什麽人大膽叫門?(小生)我乃呂參軍,要往董府去的。你是何職?盤詰阻擋。(外)我乃守城校尉,奉虎賁中郎將之令,入城要有銅符比號,方可放入。(小生)有銅符在此,拿去比號。(外)比驗相同。軍士們,開了城門。(二雜應介)(小生)請了。(同唱)過關誰敢不低頭,軍法聽搜究,軍法聽搜究。(同下)

## 第十折 拜　　印

(淨上)

【正宮引·縹山月】洗眼看旌旗,機密事有誰知。欲圖呂布作吾兒,天下事共謀爲。

自家正圖篡逆,忽爾丁原提兵前來犯我。誰敢撩蛇虺之頭,踐虎狼之尾。我正欲與他交鋒,有虎賁中郎將李肅,説他手下呂布,有萬夫不當之勇,只可智取,不可力敵。況李肅與他同鄉,足知其人勇而無謀,貪而無義。我就着李肅,將良馬、金珠、玉帶去説他來降。待他來時,我恩結父子,圖他一臂之力,助登九五之位。且待李肅回來,便知分曉。(末上)

【南吕引·生查子】猛士遂招邀,進步忙前報。

太师,李肃参见。(净)李肃,你回来了麽?事体如何?(末)李肃领命,去说吕布。他欣然从之。(净)爲何便肯相從?(末)我说他威武绝伦,有擎天架海之才,四海孰不畏敬?取功名富贵,如探囊取物,岂可鬱鬱久居人下?良禽且择木而棲,人岂可不择主而事?请自三思。(净)他怎麽说?(末)他说,布欲大展素志,恨未逢贤主。他就问我,朝中何人是盖世英豪?(净)你说谁来?(末)李肃对他说,天下英豪,无如董太师,宽洪大度,赏罚极明。太师闻知足下英雄过人,爲此着我来送良马、金珠、玉带,聊爲聘仪。倘肯俯從,功名富贵,易如反掌。他欣然喜悦,说"太师不责我提兵犯境,反加厚赐,如此汪洋度量,敢不敬從所招"。(净)既如此,何不與他同来?(末)他说要處置了丁建阳,收敛了甲兵,然后来也。(净)可喜。等他来时,我当恩结父子,托以心腹,仗他一臂之力。快整治筵席,少间赐你一坐。(末)多谢太师。(净)叫官伎們过来。(末)是。官伎們走动。(二旦扮官伎上)團團鏤月爲歌扇,片片裁雲作舞衣。官伎們叩头。(净)起来。少间吕将军来时,好生承應。(二旦应介)(小生上,丑随上)

【前腔】良禽择木喬,木豈能尋鳥。

(末)贤弟爲何来迟?(小生)杀了丁原,收敛甲兵,故此来迟。望乞引进。(末)这是何物?(小生)是丁原首级。(末)既如此,先献首级,然后进见。(丑随末进介)(净)这是什麽东西?(末)这是吕参军杀了丁建阳,将此首级献上,以爲进献之功。(净)这是丁原首级麽?杀得好,杀得好。咳,丁原嘎丁原。(丑)有。(末)怎麽答应起来?(丑)死人身边有活鬼。(净)你如此强梁,也有今日。(丑打介)(末)怎麽打他?(丑)打个死个,不勒活的看。(净)胡说,拿去号令。(丑应下)(净)快请吕将军相见。(末应介)贤弟,请进相见。(小生)太师在上,待吕布参见。(净)不劳罢。久慕英名,如渴思水。何缘得济,足慰平生。(小生)轻犯虎威,反蒙厚赐,侯门辄入,谨当待罪。(净)多蒙足下杀了丁原而归我。我心甚喜,欲攀足下,恩结父子,早晚托以心腹,幸勿固辞。(小生)布闻君之视臣如手足,则臣事君如腹心。既蒙太师以子相待,敢不尽心以父事之。凡有所托,尽心报效。(净笑介)妙嘎,得黄金百斤,不如烈士之诺。请坐。(小生)告坐。(净)李肃,吕将军在丁原處是何职?(末)是参军之职。(净)嘎,是参军之职麽?想足下如此大才,怎麽只做个参军?那丁原就该死了,他不会用人。啊,前日闻报在温明园中,今日又在温明园中结义,也罢,就封你爲温侯之职便了。(小生)多谢太师。(净)分付尚宝司,铸温侯印。(末传介)(净)看酒过来。(二旦送酒定席介)

（同唱）

【南吕過曲·梁州序】君如良驥，日行千里，步驟須人乘馭，互相扶翊。傾心喜你來歸，壓倒三千珠履，百萬貔貅，唾手山河取。爲兒忘彼此，兩無疑，内外朝綱仗你總護持。（外、中軍捧印上，衆扮小軍同上）龍虎合，風雲會，看非常爵祿身榮貴。爲將相，拯顛沛。（拜印，吹打，小生轉場，吹打住）

（小生）太師請上，受吕布一拜。

【前腔】受聘來棄暗投明，再拜下某爲人子。托朝廷大事，共維綱紀。私喜碧桃天上，紅杏日邊，早已盤根蒂。天恩雨露荷沾衣，變作奇花入品題。（净）李肅，帶領儀從，送温侯入府。相府筵開樂事賒，情同父子兩堪誇。休戀故鄉生處好，受恩深處便爲家。（净）官伎們，好生伏侍温侯。（二旦）曉得。（净）不得奉陪。（下）（末）送歸府第。（小生）不敢當。（唱，合前）龍虎合，風雲會，看非常爵祿身榮貴。爲將相，拯顛沛。

（末）衆將回避。（衆下）（末）官伎過來進酒。（二旦應介）

【節節高】紅裙進綠醅，翠眉低，芙蓉掌上金珠麗。歌喉脆，調轉奇，歡聲沸。雙雙勸酒沉沉醉，醉來斜把雕欄倚。（合）玉簫風送出屏幃，彩雲深處嬌鶯語。

【尾】重移綺席花間去，半天銀燭雲霞紫[1]，從教月轉西樓斗柄低。

（末）賢弟，明日奉賀。官伎小心伏侍。請了。（末下）（小生）請了。

## 校記

[1]雲霞："雲"，底本作"紅"，據清抄本改。

# 第十一折　議　　劍

（生上）

【南吕引·步蟾宫】官僚不合生矛盾，漫教晝夜縈心。上方假劍斬奸臣，何日礪吾霜刃。

赤手難將捋虎鬚，勞心焦思日躊躇。亂臣賊子《春秋》例，記得人人盡可誅。下官王允，前日在温明園中，聞報丁建陽與吕布領兵來此，征討董賊，兩日不曾聞報，今已差人前去打聽。待他回來，便知分曉。（外上）有事忙傳報，無事不亂傳。老爺。（生）你回來了麽？（外）是回來了。（生）着你打聽的事體，怎麽樣了？（外）老爺，不好了。那吕布殺了丁建陽，反投入董府去了。(生)怎麼講?(外)那吕布殺了丁建陽,反投入董府去了。(生)嗄,那吕布殺了丁建陽,反投入董府去了?(外)是。(生)這樣事情,何必大驚小怪。(想介)過來,你到書房中,去取古史一冊,寶劍一口,一壁廂請曹驍騎前來議事。快去。(外)曉得。(下)(生)阿呀,罷了啊,罷了。吾聞吕布有万夫不當之勇,殺了丁建陽,反投董卓,正所謂虎添雙翼也。

【正宫過曲·錦纏道】滿胸臆,抱國憂頭將變白。他收勇士有萬人敵,怪奸賊猶如虎添雙翼。我欲斷海中鰲撑持四極,又欲煉火中丹補修天隙。這嘉謀,漫籌劃,夢常繞洛陽故園,仰天空淚滴。想鬼燐明宫庭草碧,老天嗄老天,嘆中原恢復是何日。

(外上)青鋒劍可磨,古史書堪讀。老爺,書劍有了。(生)安置内書房。曹爺到時,即忙通報。(外)曉得。(下)(衆引付上)

【南宫引·步蟾宫】匏瓜不食人休訝,我壯懷自惜年華。

下官曹操。適纔王司徒這老兒見招,不知爲何事,不免去走遭。打道。(二雜)這裏是了。(付)通報。(二雜)門上有人麽?(外上)是那個?(二雜)曹爺到了。(外)住着。(二雜)通報過了。(付)回避了。(二雜應下)(外)老爺有請。(生)怎麼説?(外)曹爺到了。(生)道有請。(外)家爺出來。(生迎介)驍騎。(付)老大人。(生)驍騎請。(付)曹操年少職微,深荷相招,恐拂台命而來,安敢僭越?(生)一則太師門下,二則漢相之後,非比其他。請。(付)如説漢相之後,實切惶恐。若論太師門下,斗膽了。(欲走介)沒有這個理,還是老大人請。(生)不必過謙。(付)如此從命。(生)豈敢。(付進介)老大人。(生)驍騎,驍騎請。(付)老大人,這坐是那個坐?(生)是驍騎坐。(付)曹操坐?司徒大人乃當朝元老,曹操侍立不當,焉敢望坐。(生)豈敢。相邀到此,未免有幾句話兒叙叙,那有不坐之理?(付)如此,待曹操旁坐便了。(生)那有此理。(付)是怎樣好?(生)不必太謙。(付)如此告坐了。(生)豈敢。(付)曹操本欲叩問,誠恐老大人不暇。適蒙差官來呼唤,曹操不勝之喜。今日到來,一定要奉領這些大教。(生)説那裏話。茶來。(外應介)(生)我與驍騎,還是在那裏一會,直至今日。(付)在那裏會過直至今日,還是在温明園中一别,直至今日。嗄,是嗄,在温明園中一會,直至今日。我想起那天,袁將軍也忒性急了些。(生)袁本初是個有肝膽的丈夫,見太師言語忒過分了,所以有此一番。(付)彼時若没有老大人在彼,宛轉調停,險些做出事來。(生)還虧驍騎在内周全。(付)曹操濟得甚事?還虧老大人調停。(生)豈敢。請。(外收茶,下)(生)驍騎,這兩日外面可有什麽新聞?

（付）新聞到也沒有，老大人還不曉得。（生）下官不知。（付）那呂布殺了丁建陽，反投入董府去了。老大人竟不知？（生）啊，那呂布殺了丁建陽，反投入董府去了。（付應介）（生）人師又添一員虎將，我等明日去賀。（付）賀，賀什麽？這叫做"塞翁失馬"，吉凶未定。（生）好個吉凶未定。（付）今日蒙老大人見招，不知有何台諭？（生）下官近得一劍，不知何名；古史一册，蠹損了一句。驍騎聞識淹博，敢以請教。（付）老大人又來難學生了。我曹操志在安飽，不過吃些酒肉而已。那古董行中，竟不知道。前日有個人拿兩幅畫來賣。（生）那兩幅？（付）一幅是那馬，一幅是那牛。我就對那賣畫的人説，那馬又騎不得人，無非張挂而已；那牛又耕不得田，要他何用。我對那人説，這東西我這裏用他不着，若有站得起的牛糞馬糞，我倒用得着。（生）要他何用？（付）拿來肥田。（生）休得取笑，請到內書房少坐。（付）請。（生）敢問此劍何名？（付）借來一觀。（生）請觀。（付）好劍。（生）何以見得？（付）僕雖不識，曾聞純鉤之劍，紋如星行，光如波溢，昔吳國姬光之用刺王僚。今觀此劍，非豪曹之比，真乃純鉤之寶也。（生）豪曹是何物？（付）亦是劍名，但不如純鉤削鐵如泥，故可以透甲傷人。（生）如此説，豪曹不能透甲傷人，是無用之物了。（付）怎麽説無用，只是欠剛而已。（生）好個欠剛。古史一册，蠹損了一句。（付）不消看得，蠹損是上文下文？（生）是下文。（付）上文如何道？（生）上文是"城門失火"。（付）這有何難？下文是"殃及池魚"了。（生人笑介）是"殃及池魚"。（又笑介）（付）呀，這老兒好古怪。老大人，明人不用細説，我曹操都已曉得了。（生）驍騎曉得什麽來？（付）古語云：以往察來。適聞所言，僕在董府，彼爲惡不悛，必至殃及池魚，且笑吾徒豪曹，不如純鉤透甲。實不相瞞，僕非池中之物，因見董卓肆志無已，幾欲招集義兵，以圖明正其罪。昨聞呂布歸順了他，所以遲遲行事耳。（生）妙嘅。我想，足下既在他門下來往，何不以此寶劍行事，免勞紛擾軍兵，則執事之功居多矣。（付）既如此，所觀寶劍，借來一用，自有處置。（生）驍騎若有此心，下官理當跪送。（付）老大人請起。董卓近日行事如何？（生）驍騎嗄，那董賊呵。

【正宫過曲·四邊静】他公然出入伴鑾駕，龍袍恣披挂。六尺擅稱孤，一心要圖霸。（合）純鉤出靶，風雲叱咤。乘隙刺奸邪，成功最爲大。

【前腔】（付）承歡順志防疑訝，（笑介）我曹操謙謙實爲詐。兵甲藴胸中，眉睫仰人下。（合前）

（付）告辭了。（生）驍騎，他那裏李肅能謀呂布雄，（付）紛紛爪牙護身龍。（生）敵國舟中難恃險，（付）那知殺羿有逢蒙。請了。（生）驍騎轉來。

（付）老大人有何分付？（生）驍騎，你到那裏，須要小心。（付）曉得。請了。（走轉身介）老大人請轉。（生）驍騎，怎麼説？（付）内事在曹操，那外？（生）禁聲。（付、生看介）（付）外事全仗老大人。（生）曉得。（付）老大人，此事只有你知我知哪。（指天地介）（生）我曉得。請請。（付下）（生）我王允日夜焦勞，思殺董賊，幸遇曹孟德，慷慨前往。嗄，蒼天蒼天，他此去若能一劍誅却此賊，上以肅靖朝廷，下以奠安黎庶，使漢家四百年社稷，永保無虞，我王允就死在九泉之下，也瞑目了。正是：眼望捷旌旗，耳聽好消息。

## 第十二折　獻　劍

（付上）董卓操心荆棘生，王家拔樹要連根。庖丁割肉須刀刃，樵子入山操斧斤。我曹操，昨蒙王司徒着我幹事，悄悄來到此間。太師尚未出來，且將此劍藏在外面，待他出來，見機行事便了。正是：獵者裝猢窺虎出，漁翁垂釣待魚來。（暗下）（净上）

【南宫引·浣溪紗】人蟻附，騎雲屯，大業堪誇羽翼成。

國士無雙只一韓，田文何用客三千。吾兒吕布誰能及，曹操從來智勇全。（付）方纔説曹操，那知曹操來到。太師。（净）驍騎，你每日來遲，今日爲何來得恁早？（付）僕每日因馬瘦來遲，恐誤祗應，今日故此早來伺候。（净）嗄，原來因爲馬瘦來遲。（付）是。（净）嗄，我兒吕布何在？（小生上）來了。麟閣森森劍戟排，威風凛凛實奇哉。從來董府多心腹，孤立秦王實可哀。太師。（净）過來，見了驍騎。（小生）是。驍騎。（付）吕將軍。（小生）太師呼唤，有何分付？（净）驍騎説，爲因馬瘦來遲。你在殿中，取一好馬與他。（小生）鹽車困騎無人識，伯樂相逢便解嘶。（下）（付）太師賀喜。（净）有何喜可賀？（付）看吕温侯威風凛凛，殺氣騰騰，是一員虎將，豈不大喜？（净）驍騎，我有一事問你。（付）太師垂問，當竭其愚。（净）我欲登東山而小魯，此間山皆小，不足以觀四方，如之奈何？（付）待曹操想來。（净）你去想來。（付）嗄，有了。啓太師，有一座好名山，若尋最高之處，可登武當山。（净）可有風景？（付）有風景。嗄，有一處名曰捨身臺，視下深有萬丈。（净）可上去得？（付）怎麼上去不得？只是有些險。此臺可容一人，前無去路，後難回步。（净）去者如何？（付）這叫做不知進退。（净）倘使跌了下去？（付）這就不知生死了。（净怒介）（付）想是太師早起久話，貴體多勞，僕出外厢伺候。（净）你且暫退。（付出，拿劍介）（净）連日不曾對鏡，不知我的龍影如何,待我一照。(照鏡介)(付上,拔劍作刺介)(小生內白)好馬。(淨)嘎,驍騎。(付)太師。(淨)你去了,怎麼又轉來?(付)曹操昨得一劍,欲獻府中,適逢太師有事相問,以此忘了,今復來獻。(淨)嘎,你來獻劍麼?(付)是。(淨)此劍何名?(付)太師聽稟。

【雙調過曲·鎖南枝】聽拜啓,恩相前,寒儒一介蒙俯憐。(淨)取上來。(付)重價買龍泉,掣時電光現。奇異物,非玉炫。特持上,府中獻。(淨)

【前腔】門下士,惟汝賢,爲咱求劍費萬錢。早晚去朝天,腰懸上金殿。吾總攬,文武權。仗威風,助八面。

(小生上)客豈登龍客,翁非失馬翁。啓太師,馬已牽在府門首了。(淨)驍騎,你就乘了去。(付)多謝太師。(出門介)阿喲,我曹操好似鰲魚脱却金鈎去,擺尾搖頭再不來。(付回身看下)(小生)太師,適纔曹操到此何幹?(淨)在此獻劍。(小生)太師,此人奸詐,實有刺太師之心,如今乘馬而去,料不再來也。(淨)他好意獻劍,不要錯怪了他。(小生)太師。

【孝順歌】他知機密,難隱言。曹瞞早入洞府間,他假意獻龍泉,其心亦不善。(淨)我與他接談,甚是有理。(小生)這廝隨機應變,欲刺太師,被咱窺見。(淨)是了,我方纔驚見鏡中形影,必此人心懷不良也。(小生)多感天相吉人,鏡裏龍光現。這廝乘馬決不還,從今後太師要防範。

(淨)吕布過來。(小生)有。(淨)分付門下李肅,帶領三千人馬,將曹操斬訖報來。(小生)嘎。(淨)吾兒,自今以後入朝,緊隨左右,不可離開。(小生應介)(淨)不信城中有虎入,(小生)果然人熟不相親。(淨)曹瞞學得商鞅術,(小生)爲法從來自害身。(淨)我兒,分付畫影圖形,遍挂四方[1]。如有拿住曹操者,千金賞,萬户侯;如藏匿者,與本人同罪。(小生)嘎。(淨)快去。(小生)嘎。(淨)快去。(下)(小生)得令。(下)

## 校記

[1] 遍挂:"挂",底本作"訪",今從清抄本改。

## 第十三折　賜　　環

(生上)

【黄鐘引·西地錦】草表初完未奏,花亭且聽歌謳。(老旦上)婦隨夫唱意綢繆,丹鳳彩鸞佳偶。

（生）夫人，下官從駕長安，迎候夫人來此，不覺又經兩月矣。（老）相公連日不理朝綱，退歸林圃，其意如何？（生）夫人，你還不知麼？董卓未來，那朝廷政令，內外大小，皆託於下官。董卓一來，公卿將相，下車迎迓，朝廷鈞軸，皆讓於他掌握。因此下官稍閑。（老）如此，你也這等屈節與他？（生）你那知就裏。（旦、衆暗上）貂蟬等一班女樂叩頭。（生）起來。翠環奉酒，貂蟬唱曲。（旦）

【商調過曲[1]·二郎神】朝雨後，看海棠似胭脂濕透，笑眷戀花心蝴蝶瘦。繁華庭院，春來錦簇香浮。這檀板金樽雙勸酒，好風光，怎生能勾。（合）慕什麼仙遊，羨人間自有丹丘。（老）

【前腔】清謳，珠璣落吐，櫻桃小口。聽響遏行雲音律奏。及時行樂，浮生此外何求。傲煞那長安公與侯，高尚志，問君知否。（合前）

（生）貂蟬，你方纔唱的曲兒，還是新上的，是舊有的？（旦）是新上的。（生）夫人，這到也虧他。（老）賞他什麼便好？（生）只是沒有什麼賞他，怎麼好？（老）相公，你隨意便了。（生）嘎，有了。下官偶帶得玉連環在此，賞了他罷。（老）這也使得。（生）貂蟬，我有玉連環在此賞你，今後用心學習。（旦）曉得。（生）

【集賢賓】這無瑕白璧真罕有，冰肌潤澤溫柔。宛轉連環雙扣鈕，這圈套誰能分剖。也是姻緣輻輳，果然是陰陽配偶。（合）你知東西就，圓活處兩通情竇。（旦）

【前腔】連環細玩難釋手，教人背地含羞。此語分明求配偶，奴家若與老爺成就了此事呵，樂琴瑟便抛箕帚。（生）貂蟬你沉吟差謬，留此物，他日自有應驗，久以後自知機縠。（合前）

【猫兒墜】錦茵蹙損，羅韤步香鉤。裊娜腰肢舞不休，三眠宮柳午風柔。（合）進酒。直飲到月轉花梢，漏滴譙樓。

【前腔】輕翻彩袖，舞罷錦纏頭。笑整雲鬟映碧流，鈿蟬零落倩誰收。（合前）

【尾】玉山自倒扶紅袖。（生作醉介）（老）相公，敢是你醉了麼？（生）夫人，思沉沉非關殢酒。（老）却是爲何？（生）端只爲憂國憂民志未酬。

（老）相公你，花前歌舞且盤桓，國步艱難敢盡歡。朝夕焚香拜天地，願祈國泰與民安。（生）衆丫鬟明日領賞。（下）

## 校記

[1] 商調過曲："商"，底本作"高"，據清抄本改。

## 第十四折 起 兵

【仙吕引·卜算子】歃血訂深盟,奮勇披堅甲。共扶漢室起頹綱,有事於征伐。

（白）（蝶戀花）[1]壯軀空有將誰托。嘆因循空勞引領,數載江湖落魄。英雄萍水相逢着,結義桃園,戮力除奸惡。行看一戰凱歌還,形容擬畫麒麟閣。自家姓關名羽,乃蒲州解梁人也。因殺本州豪霸,逃匿江湖,五六年矣。痛惜國勢分崩,民心離叛。內有董卓弄權,外有曹操肆志。上無匡君柱石,下無決策棟梁。黃巾滅後,赤眉又起。正似狐狸得以逞奸謀於風雨之晦,螢火得以弄微明於腐草之間。我自幸遇涿州劉玄德、燕城張翼德,在桃園結義爲兄弟,同心合力,去斬奸邪,少伸素志。且待大哥、三弟到來,商議起兵便了。（末上,小軍隨上）

【前腔】餘燼藉吹噓,高誼逢豪傑。（付上）嚶嚶有鳥茂林中,求友聲相洽。

大哥、二哥。（末、外）三弟。（外）大哥、三弟,且喜大商張世薊,雙贈大哥金銀馬匹。何不募兵前去,殺那董賊,共立奇功。（末）二弟、三弟,那董賊勢焰滔天,虎鬚未可輕捋。聞得曹操亦有討董卓義舉,吾等莫若募兵助彼,庶易成功。（付）大哥差矣。那曹操假爲義舉,實有反叛之心,我等豈可助他爲虐。你們去,俺老張不去。（外）三弟,不是這等講。爲今之計,權且歸附曹操,借他兵力,殺了董卓,然後再殺曹操,未爲晚也。（付）好嗄,二哥說得是,如此老張亦去走遭。（末）既如此,眾將官,今日乃黃道吉日,就此起兵前去。（眾）得令。（同）

【正宮過曲·玉芙蓉】金蘭契可誇,鐵石盟非假,論英雄豈肯沉埋林下。蛟龍得雨離滄溟,騏驥騰空起渥洼。（合）人驚訝,看我義兵一舉破奸雄,任他戈戟亂如麻。

【前腔】（外）豺狼逞爪牙,當道張威霸,怎禁俺刀耀青龍叱咤。試看海內民除患,絕勝山中斬巨蛇。（合前）

【前腔】（付）山城咽暮笳,苜蓿餐胡馬,把三軍蓄銳暫停披挂。管教一統歸天下,剖破藩籬是大家。（合前）權附曹驍騎,如狐假虎威。情知不是伴,事急且相隨。

校記

［1］（白）（蝶戀花）：此四字，底本無，據清抄本補。

## 第十五折　嘆　環

（旦上）

【仙呂過曲·一江風】綺羅叢，宮樣新妝擁，歌舞時承奉。似芙蓉生在秋江，冷淡霜華重。任東風桃杏濃，任東風桃杏濃。深紅間淺紅，恨無緣不得相隨從。

碧樹黃鸝聲巧，報道瑣窗春曉。攬鏡試新妝，釵壓綠雲繚繞。起早起早，喜見海棠開了。奴家貂蟬是也。昨日在百花亭上，老爺賞我玉連環，雕琢精巧，其實可玩，但不知要他何用。記得老爺說，日後自有應驗，因此奴家隨身佩帶。

【南宮過曲·二犯朝天子】白玉連環製作工，不解其中意，思轉濃。看他分心眷戀兩和同，嘆成功。連環連環，受了多少磨礱，兩頭又空。將似那冤孽相逢，倩誰來解鬆，倩誰來解鬆。

呀，你看春歸花落，好不傷感人也。

【前腔】一片西飛一片東，有意情思軟，牽落紅。可憐花落任東風，有一等花開得好的，入簾櫳，銀瓶錦帳璚宮。有一等花開得不好的，失身溷中，沾泥與逐水飄蓬。況人無定蹤，況人無定蹤。

眼底春光去也，不堪愁緒如麻。分付金鈴小犬，休教踏亂飛花。

## 第十六折　問　探

（淨上）

【粉蝶兒】將相當朝，號令聽吾宣調。（小生上）爵位崇高，身勢恍登蓬島。（見介）太師拜揖。（淨）吾兒到來。呂布，你自與我為子，內外大小，皆托於你。俺好快樂，高枕無憂矣。（小生）自古道"安不忘危"，太師高枕無憂矣，不想曹操會合各路諸侯，前來交戰，太師還不知道。（淨）我怕他則甚？這瑣瑣小事也，也來絮絮叨叨。（小生）太師不必發怒，呂布已分付能行快走探子去了。待他回來，便知端的如何。（末扮探子上）

【醉花陰】虎嘯龍吟動天表，黑漫漫風雲亂擾。覷兵百萬逞英豪，唬得俺汗似湯澆，緊緊的將麻鞋捎，密密悄悄奔荒郊[1]。聲喏轅門，報，探子回來，聽小校說分曉。

（小生）探子，看你短甲隨身衲襖齊，曹兵未審意何如。兩腳猶如千里馬，肩上橫擔令字旗。你且喘息定了，漫漫的說來。（末）

【喜遷鶯】打聽得各軍來到，展旌旗將戰馬連鑣。只這周遭，鬧嚷嚷爭先鼓噪，盡打着白旂將義字標。聲聲道，肅宇宙斬除妖孽，奮威風掃蕩塵囂。

（小生）白旗標姓氏，各路合兵戎。屯營在何處，那個是先鋒？（末）

【出隊子】俺只見先鋒前導，猛張飛膽氣高，却是黑煞神降下碧雲霄。手執着點鋼鎗長蛇矛晃耀，怎當他光掣電鋒芒纏繞。

（淨）你可認得那張飛麼？（小生）呂布認得。那張飛豹頭環眼，聲若巨雷，會使丈八蛇矛。何足慮哉！不知後隊是誰？（末）

【刮地風】後隊關雲長氣勇驍，倒拖着偃月長刀，焰騰騰赤馬紅纓罩，跳霜跑突陣咆哮。劉玄德弓箭能奇妙，發一矢可射雙鵰。這壁廂，那壁廂，金鼓齊敲。天聲振，星斗搖，地軸翻沸起波濤。中軍帳號令出曹操，中軍帳號令出曹操，他掌握三軍展六韜。

（淨）呂布，那劉玄德、關雲長你可認得他麼？（小生）呂布也知道。這關雲長身長一丈，鬚長三尺，面如重棗，丹鳳眼，臥蠶眉，會使青龍偃月刀。那玄德身長八尺，兩耳垂肩，雙手過膝，龍目鳳準，會使百步穿楊箭。何足慮哉！共有多少人馬？（末）

【四門子】亂紛紛甲冑知多少。擺行伍，分旗號，步隊兒低，馬隊兒高，把城池蟻聚蜂屯繞。左哨又攻，右哨又執，滿乾坤煙塵暗了。

（淨）呂布，快快披上紅錦戰袍，手提畫戟，騎着千里赤兔馬，統兵前去，與群雄交戰。得勝回來，另行升賞。（末）

【古水仙子】忙忙的挂戰袍，忙忙的挂戰袍，呂將軍領兵須及早。快快快，騎駿馬，走赤兔，持畫戟，鬼哭神號。緊緊緊，虎牢關堅守着；狠狠狠，看群雄眼下生驕傲；蠢蠢蠢，這奸雄不日氣自消；趲趲趲，截住了關隘咽喉道；望望望，策應助神勞[2]。

（淨）呂布，兵者凶器也，戰者危事也，然須為國家排難，不可因循畏怯。領兵前去，得勝回來，重加爵位。（小生）呂布此去，功在必成，賞何望焉。（末）

【尾】俺這裏得勝軍兵盡受賞，一個個都要展土開疆。呂將軍騎赤兔馬,破曹操名揚。

## 校記

［1］覷兵:"覷",底本作"歔",據清抄本改。密密悄悄:底本作"密悄悄",據清抄本改。

［2］快快快:底本作"快快的",據清抄本改。狠狠狠:底本作"很很很",據清抄本改。

## 第十七折　三　　戰

（衆小軍引末上）

【仙吕北曲·點絳唇】誓逐豺狼,兵驅虎豹。（外上）忙征討,（付上）奮起威風,試把狼烟掃。

（末）二弟、三弟,我想欲殺董卓,必須先擒吕布。吕布領兵據虎牢關上,要與俺交戰,正中下懷。翼德突陣,雲長接應,愚兄乘機合後便了。（外、付）大哥說得有理。衆將官,就此起兵前去。（同）

【南吕過曲[1]·金錢花】旌旗義勇翩翩,翩翩。亂臣膽喪心寒,心寒。先擒惡黨戰三番。扶國難,免摧殘。升麗日,倒冰山。（小生引衆小軍圍上,衆殺介）（付）

【越調北曲·二犯沽美酒】門旂下交起,門旂下交起。（小生）吓,來將何名?（付）大哥、二哥,那廝與俺殺了半日,還不知俺張爺爺的名姓。問俺姓甚名誰,呀,俺是你吕布的爺爺張翼德。他戴一頂紫金冠,手持着方天畫戟,驟征鞍來往疾如飛。大哥,（殺介）雙股劍飛龍陣勢,二哥,（殺介）三停刀虎向奔馳,則某丈八矛與他無些面皮。（殺介）趕向東來殺向西,殺得手忙脚亂怎支持,來來來,敢衝破七重圍。（殺介）（小生敗介）

（付挑金冠介）大哥、二哥,吕布的紫金冠,被俺挑在此了。（内）曹將軍有令:吕布棄盔,詐敗佯輸,恐有埋伏,暫且收兵。（末）衆將官,就此班師。（衆應介）

【雙調過曲·五馬江兒水】進退乘機施,智戰三番竟伏輸。可笑兼人之勇,力憊奔馳。（小生衝上殺介）（小生敗下,付追介）（小生）衆將官,把虎牢關緊閉者。（付）大哥、二哥,殺得他虎牢關忙緊閉,俺欲得勝回歸,奏凱旋師。暫且傍觀袖手,待他蕭墻禍起,羽翼自離披,羽翼自離披。真是個玉壺

傾石壘之恥。(下)

校記

[1] 南吕過曲：底本無，今從清抄本補。

## 第十八折　拜　　月

（生）

【西地錦】爲國憂心悄悄，妖氣塞滿天朝。厭聽上林樹杪，爭喧惡吻鴟梟。事不關心，關心者亂。前日以純鉤寶劍，着曹操去刺董卓，被呂布衝破。曹操潛歸故里，檄會諸侯，率同劉關張合兵，將謂明正其罪。又奈呂布當關三戰，棄冠偾輸，將士恐墮其計，漸漸解體。刺又不成，戰又不克，如何是好？我今心想一計，董卓、呂布，皆爲好色之徒。下官有一義女，名曰貂蟬，聲色俱美。欲將此女，先許呂布，後嫁董卓，使其內禍自作。不知此計得遂否，又不知貂蟬肯否。正是：心懷丘壑念，眉鎖廟堂憂。（暗下）

（旦上）清夜無眠暗自吁，花陰月轉粉墻西。欲知無限含情處，斜倚闌干不語時。奴家貂蟬是也。自幼蒙老爺教養成人，學習歌舞，粗知文墨，感恩萬千。這兩日老爺眉頭不展，面帶憂容，想因朝廷有難決之事，奈府中無個得力之人。只我是個女子，若有用我之處，縱不能如西子，報君恩而酬苦志，亦當效緹縈，救父罪而去肉刑。雖然如此，老爺面前，不敢明言，徒懷鬱鬱而已。看此月明良夜，不免取香到瑤臺上，拜禱則個。

【南吕犯調·羅江怨】荼蘼徑裏行。香風暗引，天空雲淡籟無聲。畫闌干外，花影倚娉婷也。環佩丁當，宿鳥枝頭醒。鳳頭鞋步月行，鳳頭鞋步月行。移步上瑤臺，焚香拜明月。恩主劍如霜，早把奸邪滅。螺甲香拜明月，頓忘却風透羅襦冷。

（生暗上，聽介）哎。（小旦跪介）（生）夜靜更深。

【仙吕過曲·園林好】你長吁氣在荼蘼架邊，有所思在牡丹亭畔，何處追尋劉阮。這裏不好講話，隨我到亭子上來。（小旦應，走介）（生）這裏是百花園，你休錯認武陵源。你快説真情，饒你的打。（小旦）

【嘉慶子】偶來拜月還自遣。（生）敢爲麗情麽？（小旦）端不爲麗情相牽。（生）却爲何來？（小旦）連日呵，不忍見爹行愁臉，因此上告蒼天，凡百事遂心田。

（生）你自幼在我府中，怎生看待你？（小旦）

【尹令】蒙養育深恩眷戀，（生）我着柳青娘教你的歌舞。（小旦）教技藝安居庭院。（生）我也不曾凌賤你，（小旦）幾曾把奴凌賤，（生）也未曾輕慢，（小旦）未曾把奴輕慢。自小相隨，嫡女相看已有年。

（生）咳，好悶人也。（小旦）

【品令】爹行為何，鎮日兩眉攢。形容憔悴，有時雙淚懸。莫非為國難，運籌除奸險。奴不敢問，只得禱告蒼穹憐念，武偃文修，免得忘餐心不安。（生）

【豆葉黃】這國家大事，兒女們休言。看多少元宰勛臣，無計把奸雄驅遣，任他圖篡，有誰擅言。你是個閨中弱質，你是個閨中弱質，怎分得君憂，解得黎民倒懸。（小旦）

【玉交枝】不須愁嘆，獻芻蕘乞采奴言。論來男女雖有別，盡忠義一般休辨。西施興越敗吳邦，緹縈救父除刑患。（生）倘有用你之處，你可推辭麼？（小旦）倘用妾決不畏難，這賤軀何惜棄捐。（生）

【二犯六么令】你肯為國家排難，頓教人憂懷放寬。念君臣有纍卵之危，時刻熬煎；百姓有倒懸之苦，不能瓦全。兒啊，你有忠義之心，適纏我做爹爹的，枉把你埋怨，恕急遽言詞倒顛。

（小旦）老爺請尊重。倘有用妾之處，萬死不辭。（生）你聽我道。那董賊呵！（生）

【江兒水】他篡奪機謀遠，他有個義兒呂布，呀，助惡羽翼聯。（小旦）何不遣人刺之？（生）禁聲。（看介）兒嚛，我也曾令人暗刺，反失純鉤劍。（小旦）那些諸侯便怎麼？（生）諸侯合陣空勞戰。我觀董卓、呂布，皆是溺於酒色。你做爹爹的，（住口介）（小旦）爹爹就說何妨？（生）兒嚛，權把你做紅裙女陣生機變。將你先許呂布，後獻董卓。兒嚛，你可就中取便，反間他父子分顏。那時令呂布殺卓，（笑介）方遂我平生之願。（小旦）

【川撥棹】將奴獻，便隨機行反間。（生）向與你玉斷連環。（小旦）令可驗計設在連環。（生）我的兒嚛，洩漏風聲，我當滅門罪愆。（跪介）（小旦扶起生介）（小旦）不須憂，請放寬。領嘉謀，當曲全。（同）

【尾】陰柔用事消陽健，重把山河來建，遠大奇功達九天。

（生）貂蟬，計已定了，只是不能致呂布來此相會，如何是好？（小旦）便是，怎得他來？（生）嚛，有了。聞得呂布在虎牢關上，失了金冠。我把明珠數顆，嵌一金冠，差人送去，他必來謝我。我就留在後堂飲宴，那時喚你出來奉酒,我假說有事而去,你可將機就計,私結其心。我來時自有分曉。(小旦)曉得。(生)奸惡雖強酒色徒,(小旦)只有舌劍用機謀。(生)要離漫說能行刺,(小旦)不及吾家女丈夫。(生)好啊,好個"不及吾家女丈夫"!隨我進來。(同下)

## 第十九折　回　軍

(淨上)

【高平調過曲·哭岐婆】兵戈前往,虎牢關上。慮他愚莽,不知趨向。旌旗捷報杳茫茫,教人朝夕空懸望。

氣吹簷瓦非為勇,手抓飛燕未為能。帶劍入朝天子懼,文武見我也心驚。昨差呂布往虎牢關禦敵,未聞捷報,好生悶懷。(付上)啓上太師,溫侯得勝回府。(淨)溫侯得勝回府了?可喜之至。分付簷門結彩,後堂排宴,報人明日領賞。(付)謝爺。(下)(雜扮小軍引小生上)(小生)

【越調引·霜天曉角】重關緊閉,任你誇英銳。(見介)

(淨)吾兒,聞你得勝回來,可喜。(小生)太師請上,待呂布拜見。(淨)交戰辛苦,只行常禮罷。(小生)從命。(淨)看坐。(小生)告坐了。(淨)我兒,你把交戰之事,說與我知道。(小生)布賴虎威,連退曹兵二陣。第三陣不意伏兵四起,劉關張勇冠三軍,銳氣正盛。布聞兵法云"避其銳,擊其歸",故爾暫且收兵。(淨)好個"避其銳,擊其歸",為將者正當如此。吾當論功升賞。(小生)多謝太師。(淨)嗄,我兒,你平日所喜戴的金冠,為何不見?(小生)呂布自知有罪。(淨)你是有功之臣,又有何罪?(小生)金冠失却在戰場之內了。(淨)嗄,金冠失在戰場之內了,怎麼反說得勝而回?好惶恐,好惶恐。(小生)他身入重地,不能漕挽;關道險阻,相持甚難,料他不日兵自潰散矣。(小生)

【仙呂過曲·桂枝香】曹劉勇悍,連兵合戰。(淨)雖然如此,無功而報有功,難以壓服人心。方纔是那個來報的?(付譚介)(淨)記打四十。(小生)從來銳氣難當,只得收兵暫轉。(淨)你無功來獻,你無功來獻,旋師何面?不慮他又生機變。人人說你有萬夫不當之勇,那劉關張三人,你還戰他不過,你勇在那裏?喂喂喂!(冷笑介)好羞慚,空使方天戟,只怕你難尋束髮冠。

(末上)手捧紫金冠,忙投溫侯府。門上有人麼?(雜)是那個?(末)王司徒差人送紫金冠與溫侯爺的。(雜)住着。啓上太師,王司徒差人送紫金冠與溫侯爺的。(淨)着他自去打發他。(下)(雜再念介)(小生)着他進來。(雜)着你進來。(末)是。差官叩頭。(小生)起來。到此何幹?(末)家爺聞溫侯失了金冠,謹將明珠數顆,嵌一紫金冠,特遣小官送來。(小生)我正失了金冠,蒙你老爺送來,收了。回去多多拜上,説我明日來面謝。(末)是,曉得。口傳溫侯語,回報俺爺知。(下)(淨上)呂布,那王司徒差人送什麽金冠與你?你受他不受?(小生)受了。(淨)你道他送來,是好意,還是歹意?(小生)他送來自然是好意。(淨笑介)蠢東西,那王司徒乃奸詐之人,他送金冠與你,反説什麽好意,明明嘲笑着你。

【商調過曲·猫兒墜】(淨)在虎牢關交戰,失却紫金冠。回首望城何見淺[1],干戈重整防謀變。(合)思算,須殺却曹劉關張,方免後患。(小生)

【尾】太師且把愁眉展,我堅壁他怎生攻戰,論成敗總由天判。

(淨)失却金冠戰敗歸,諸侯耻笑志灰頹。(小生)虎牢關險難攻敵,且請開懷莫皺眉。(淨)那個皺眉?你自己失了金冠,倒説那個皺眉?劉關張三人,戰他不過,哘,羞也不羞?做老子的説了你幾句,就是這等發惱使性。雖然如此,後堂有宴。(小生不應介)(淨下)(小生)打道回府。(衆應走介)(小生)回避了。(衆下)(小生)可惱可惱。就失了金冠,也不爲大事,怎麽在衆軍面前,把我耻辱這一場。咳,正是:人情若比初相見,到底終多怨恨心。(下)

**校記**

[1]淺:底本作"識",今從清抄本改。

# 第二十折　小　　宴

(生上)

【南宫引·步蟾宫】今朝西閣開尊酒,那人怎解吾謀。

風前鬧引迷魂陣,錦綉妝成陷馬關。上智怎開金串鎖,搜尋難解玉連環。下官欲致呂布來此相會,聞得他在陣前失了金冠,我已差人送去,他今日必來謝我。官兒。(末)有。(生)少間溫侯來時,我就留他後堂飲宴,着貂蟬奉酒。待酒酣之時,只説西府差人,請我商議機密事。連報幾次,我自有道理。(末)曉得。(生)溫侯到時,疾忙通報。(末)嘎。(下)(雜扮小軍引小

生上)(小生)

【前腔】柳營夜寂懸邊柝,正朝廷無事之秋。

(小軍)有人麼?(末)是那個?(小軍)溫侯到了。(末)住着。老爺有請。(生)怎麼説?(末)溫侯到了。(生)道有請。(見介)溫侯。(小生)司徒。(生)溫侯請。(小生)不敢。司徒請。(生)請。(小生)司徒請上,小將有一拜。(生)老夫亦有一拜。(小生)蒙賜金冠,壯我威武,特此造謝。(生)微物拜瀆,何勞致謝。近聞曹劉兵敗,實乃溫侯堅守之妙策也。(小生)惶恐惶恐。(生)溫侯馭敵遠勞,且喜凱旋。幸蒙枉顧,聊備小酌,與溫侯洗塵。看酒來。(末)有酒。(生定小生席介)(小生)呂布乃相門將佐,司徒乃朝廷大臣,過蒙錯愛,豈敢僭越?(生)説那裏話來。方今天下,別無英雄,惟將軍耳。非敬將軍之職,乃敬將軍之才也。(小生)忒過獎了。(定席介)

【黃鐘過曲·畫眉序】美酒泛金甌,小集畫堂洗塵垢。喜雄兵四散,高出奇謀。據虎關氣吐虹霓,標麟閣名垂宇宙。(合)洞天深處同歡笑,直飲到月明時候。

(生)溫侯,眾將有餐小飯,請出軍令。(小生)眾將過來,謝了王老爺。(眾)嗄,多謝王老爺賞。(生)起來,到前廳酒飯。(末)列位隨我同來。(末引眾下)(生)請問溫侯,前日在虎牢關交戰,老夫願聞其詳。(小生)司徒聽禀。

【前腔】三戰怯曹劉,莫笑收兵落人後。把邊疆固守,高擁貔貅。看拔寨席捲囊收,司徒,不是小將誇口,我殺得那十八路諸侯呵,盡倒戈雲奔電走。(合前)[1]

(末上)啓爺,西府差人在外,請爺議事。(生)回他去,説我就來。(末)嗄。(小生)司徒,告辭了。(生)酒還未飲,請坐。溫侯,前日送的金冠,可製度得好麼?(小生)妙得緊,勝似我舊時戴的。不知那個良工所製?(生)那裏什麼良工,就是小女所製。(小生)嗄,就是令愛小姐所製。天下有這等聰明智慧的?(生)女工是他本等,又且善於音律。待我喚他出來,奉敬溫侯一杯。(小生)何敢當此?(生)過來,叫翠環伏侍小姐出來。(末)曉得。分付翠環,伏侍小姐出來。(丑內應,隨小旦上)白雲本是無心物,又被清風引出來。(丑)老爺,小姐來哉。(小旦)爹爹。(生)過來見了溫侯。溫侯,小女拜見。(小生)小姐。(生)我兒一曲一杯,奉敬溫侯。(小生)豈敢。

【前腔】妝罷下紅樓,笑折花枝在纖手。惹偷香粉蝶,飛上枝頭。捧霞觴琥珀光浮,敲象板宮商迭奏。(合前)

（末）啓爺，西府差人請老爺，議什麽機密事。（丑）啐，小姐來哩啊，還勿來走。（小生）司徒，什麽機密事？（生）嗄，就是令尊大人，要我議事。嗄，我若去了，温侯在此，沒人奉陪；我若不去，又違了太師。怎麽處？（小生）小將告辭了。（生）豈有此理。酒還未飲，怎麽就去？就是令尊大人那裏，量也不多幾句話，老夫去去就來。只是去了無人奉陪，事在兩難。怎麽處？有了。我兒，你在此奉敬温侯一杯，我去去就來。（小生）這却怎敢？（生走介）（小旦欲走介）（丑）老爺，小姐像是怕面光了。（生）嗄，温侯，我家小女害羞，隨了老夫就走。我兒，我與温侯是通家，坐坐何妨。這原來老夫不是，待我先吃個告罪杯。（吃介）阿呀，酒寒了。翠環，快換暖酒伺候。温侯，失陪，請了。（生虛下）（小生）請便。（小旦）温侯請一杯，待奴家再唱一曲。（唱合前）洞天深處同歡笑，直飲到月明時候。（坐介）（小生）妙嗄，唱得好。此乃詞出佳人口。請問小姐，方纔令尊説，金冠是小姐製造的麽？（小旦）正是。只是不佳。（小生）妙得緊。小姐可識字否？（小旦）識得不深。（小生）女兒家不深到好。尊庚多少？（小旦）一十八歲。（小生）曾適人否？（小旦）還未。（小生）青春正當十八，爲何錯過佳期？（小旦）《易經》有云："遲歸終吉。"（小生）小姐但曉得《易經》上"遲歸終吉"，那知道《詩經》云"窈窕淑女，君子好逑"。（小旦）温侯言及至此，使奴家肺腑洞然。温侯若未娶妻，奴家願侍巾櫛。（小生）小將並未娶妻。（小旦）既如此，何不着人與我爹爹説合？（小生）多承小姐厚意。小將先把鳳頭簪爲記便了。（小旦）妾聞"投之以木瓜，報之以瓊瑶"，既蒙温侯先把鳳頭簪爲聘，奴家豈無所答，就把玉連環爲贈。（小生）多謝小姐。如此大家同拜天地。（小旦）有理。（同唱）

【滴溜子】連環結，連環結，同心共守。鳳頭簪，鳳頭簪，雙飛並偶。密意深情相媾，調和琴瑟絃，休停素手。海誓山盟，天長地久。（生暗上看介）（小旦見生急下，又上）（生）咦。

【前腔】男共女，女共男，立不接肘。怎生的，怎生的，駢肩並首。我女兒嗄，豆蔻含香色秀，休猜墻外枝，章臺楊柳。把這妮子跪着，可怪當場，出乖露醜。

阿呀，你是人間大丈夫，世上奇男子，怎麽行此苟且之事，竟把我女孩兒戲謔，分明欺壓老夫。我好意喚他出來奉酒，反行無狀之事，是何道理？哎哟，氣死我也。（小生作醉介）吕布酒醉，一時錯亂，非敢無理，望乞恕罪。（跪介）（生）請起，你也忒醉了些。（小生起介）（生）不是嗄。你是個男子漢，行此苟且之事，却不壞了自家行止？你若看得這妮子中意，就明對老夫説，我豈惜一女子？況從幼與他算命，説他日後富貴無極。我看你燕頷虎頭，封侯萬里，若不嫌小女貌醜，願操箕帚相從，終身有託，我也可以無憂矣。（小生）司徒如此，不可戲言啊。（生）決不戲言。（小生）幾時送來？（生）今日是十三。（小生）就是今日罷。（生）那裏來得及？明日十四是月忌。（小生）就是月忌也不妨。（生）豈有此理！嘎，後日十五，是團圓之夜，我送小女到府成親便了。（小生）嘎，得成鸞鳳之交，願效犬馬之報。岳父大人請上，受小婿一拜。（生）老夫也有一拜。（小生）

【雙聲子】拏雲手，拏雲手，反做了偷香手。洗塵酒，洗塵酒，倒做了合歡酒。（生接）開笑口，笙歌奏。看乘龍佳婿，喜氣盈眸。

【尾】天緣兩地誇輻輳，佳期准擬在中秋，月正團圓照彩樓。

（小生）告辭了。指日門闌喜氣濃，（生）定教女婿近乘龍。（小生）有緣千里來相會，（生）無緣對面不相逢。（小生）請了。（下）（生）匹夫那知先入吾彀中矣。喜侶過來，你明日去請太師飲宴，説我多多拜上，旬日之間，必登九五之位，則君臣之分隔絶，難以聚僚寀之情，再難敍會，爲此是以必請屈過一敍，伏乞俯臨。就去。（末）曉得。（下）（生）連環施巧計，麗色滅奸臣。（下）

## 校記

[１]合前：底本無，今依曲譜補。

# 第二十一折　大　　宴

（净上）

【高平調過曲・雙勸酒】群雄解圍，邊關無事。朝思暮想，謀爲不遂。令行海宇好雄威，看朝内於今有誰。

聞得曹劉兵散[１]，果中吾兒吕布之計，可喜可喜。今日又遣他往虎牢關上，收兵去了。待他回來，勞而賀之。（末上）開宴待元宰，特入畫堂中。手捧泥金帖，殷勤謁相公。有人麽？（太監）什麽人？（末）王司徒差人要見。（太監）住着。王司徒差官要見。（净）着他進來。（太監）差官，着你進去。（太監）是。太師爺，家爺説，旬日之間，太師必登九五之位，則君臣之分隔絶，難以聚僚寀之情，欲屈車駕一敍，伏乞俯臨。（净）席上可有女樂麽？（末）有本府女樂伺侯。（净）回去，説我就來。（末）嘎。（下）（净）擺駕。（衆

太監走介)(净下)(生上)

【玩仙燈】香餌設絲綸,下金鉤游魚堪引。

院子。(末上)有。(生)太師爺邀過了麼?(末)邀過了,即刻就來。(生)到時即忙通報。(末)曉得。(生虛下)(衆引净上)(净)

【前腔】儀從集如雲,聽驄聲通衢肅静。

(太監)有人麼?(末上)什麽人?(太監)太師爺到了。(末)是。老爺有請。(生上)怎麽講?(末)太師到了。(生)道有請。(出迎介)太師請。(净進介,生禮介[2])太師。(净)司徒,今日此酒,爲何而設?講得明,領你的情;講得不明,我就駕返了。(生)太師旬日之間,必登九五之位,則君臣之分已定,恐不能叙僚寀之情,爲此屈駕一叙。(净)只怕到不得這個地位嗄。(生)王允自幼頗習天文之書,夜觀乾象,見漢家氣數已盡。太師功德巍巍,天下仰望,若舜之繼堯,禹之繼舜,正合天心人意。(净)這等忒過分了。(生)天下者,非一人之天下,乃天下人之天下。自古有道伐無道,無德讓有德,何爲過分?(净)果然天命歸我,司徒當爲元宰。(生)王允願效犬馬。(净)司徒,你這老兒,爲人最謙,我到敬你。有多少抵抗我的,盡皆挖目斷舌,都被我壞了。你謙謙終吉,舌柔常存,司徒之謂也。(生)多謝太師海涵。(末)酒完了。(生)看酒來。(定席介)(净)司徒,來人説席上有女樂,何不爲我一奏?(生)過來,簾下奏女樂。(末應,照念介)(旦、小旦、付、丑上)(净)好會受用。我到學你來,是那個教的?(生)是個女教師。(净)叫什麽名字?(生)叫柳青娘。(净)明日送到我府中來,也教他幾十名頑頑。(生)是。(净)何不在中間選一名奉酒?(生)但憑太師揀選。(丑)奴家如何?(净)唔,就是中間穿紅打板的罷。(生)這是小女。(净)是令嬡麽?使不得,別選。(生)小女正該奉陪。我兒過來,拜見了太師。(小旦)

【雙調引·海棠春】舞態與歌喉,且向筵前獻醜。

(净)内侍取一錠金子過來,送與小姐買脂粉。(生)我兒過來,謝了太師。(小旦)多謝太師。(净)扶起來。(生)太師,還是先歌後舞,先舞後歌?(净)先歌後舞罷。(生)我兒先歌後舞。(小旦)

【仙呂過曲·惜奴嬌】綉幄銀屏,看筵開玉饌,酒泛金樽。且從容勸酒,高歌白雪陽春。總關情,檀板輕敲揚清韻,動群仙停杯聽。(合)快賞心,恰似天風兩腋,跨鶴登瀛。

(净)司徒。(生)太師。(净)酒來得太驟,大家散一散。

【前腔】櫻唇,吐出新聲,愛溫香軟玉,體態輕盈。漫嫣然一笑,果然有

傾國傾城。籌論[3],眼角傳情秋波炯,頓教人心猿引。(合前)

(淨)我看妮子,貌如滿月,光彩動人,不由人不神魂飄蕩。我若要他,不怕他不肯。我有個道理,嗄,司徒,你知道我近日的行事麼?(生)王允不知。(淨)我如今要選燕趙之女,鄭衛之音。(生)要他何用?(淨)你好不着人嗄。我既有扛不動的金銀山,須要走得動的肉屏風。你去想來。(生)嗄,是,待王允想來。太師,小女頗知音律,願奉備數。(淨)司徒,不可戲言嗄。(生)王允尚且仰賴太師提攜,豈惜一女子?斯言既出,怎敢追悔。(淨)幾時送到我府中來?(生)就是明日中秋夜送來。(淨)如此說,你就是我的國丈了。(生)不敢。不要說是小女。

【越調過曲·鬥寶蟾】就是微臣,尚仰洪恩,況裙釵弱女,豈敢惜吝。娉婷,使操持箕帚,灑掃空庭。甘心,承歡按錦箏,鋪床疊綉衾。(合前)

(淨)內侍,我解下腰間玉帶為定。冠服之類,明日送到你家來。(生)孩兒收了帶,謝了太師。(小旦)曉得。

【前腔】深深,下禮殷勤。嘆兼葭何幸,相依玉樹瓊林。喜門迎百兩,户耀三星。欣欣,鸞釵壓鬢雲,猩紅點絳唇。(合前)

(淨)分付打轎。(生)太師,酒還未飲,再請少坐。(淨)既如此,令愛也坐了。(生)王允尚且不敢坐,小女焉敢望坐?(淨)許了我,今日就是我家的人了,便坐何妨。(生)過來,告坐了。(小旦)告坐了。(淨)你這個老兒那裏,倒要告坐的。(小旦告坐,淨、生各坐介)(生)請太師起一令如何?(淨)要我行令,喚一名巡酒的過來。(丑)奴家會巡酒。(淨)你叫什麽名字?(丑)我叫翠環。(淨)那一個翠字?(丑)啊,青翠之翠,頑劣之頑。(淨)這個丫環,倒也乖巧。你如今巡酒,那一個不乾的要罰。(丑)曉得。(淨)司徒,今日是個喜日,要個喜字打頭。喜酒一乾。(生)喜酒二乾。(小旦)喜酒……(作住口介)(淨)三乾三乾。(小旦)三乾。(丑)帶吃喜酒四乾。(生)哎。(丑)等我看,太師的必卜,老爺的精焦,小姐的有點濕搭搭。(淨)看酒來,先吃個記心杯。(淨)

【仙吕過曲·錦衣香】酒重傾,盟重訂,步相隨,聲相應。只見細雨噴檀,花前勾引,靈犀一點暗通情。令人渺視,富貴浮雲,看鸞鳳比翼,佳期正中秋美景。天上銀河耿耿,牛女暗哂,鵲橋高駕,早先歡慶。

【漿水令】水沉烟香消寶鼎,碧梧桐月懸秋景。笙歌一派鬧黃昏,兩行紅粉,萬盞花燈。憐嬌怯,花弄影,涼飈侵鬢雲鬟冷。瑤臺上,瑤臺上,徘徊花影。粉牆外,粉牆外,犬吠金鈴。

【尾】興闌珊,人酩酊,漏催銀箭影沉沉,滿地清輝月墜銀。(小旦下)

(淨勾丑介)貂蟬。(丑)有。(淨)你到了我府中,你就造化了啊。(丑)只怕奴家没福。(淨)到了我府中,就是有福的了。(丑)只怕奴家皮膚粗糙,蹭壞了太師尊體。(淨)擡起頭來。(丑)貌。(淨)咦。(下)(生)嘎,好了,太師在此,一些規矩也没有。偷酒吃,是何道理?(丑)吃口酒高興點嘎。(生)拿板子來打。(丑)打那個?(生)打你。(丑)我到要打你兩記。(生)為何?(丑)一家因兒吃子兩家茶,打你個做大不尊。(譚下)

## 校記

[1] 兵散:散,底本作"敗",今從清抄本改。
[2] 净進介,生禮介:底本作"净進禮生介",據清抄本改。
[3] 籌論:底本作"疇論",據清抄本改。

# 第二十二折　送　　親

(老旦上)

【仙吕引·似娘兒】巧計設連環,烟花陣布機關。今日相公將貂蟬送到董府去,準備妝奩伺候。(生、小旦同上)

【雙調子·意遲遲】心事叮嚀都打疊,休向旁人説。

(生)夫人。(老)相公。(生)妝奩首飾,俱完備了麽?(老)都完備了。(生)翠環,與小姐好生妝束齊整。(丑)曉得。小姐戴了翠冠兒。(小旦)這不是翠冠兒。(丑)不是翠冠兒,是什麽呢?(小旦)

【高調過曲·山坡羊】是鐵兜鍪,誰人能辨?(丑)小姐穿了這件緋袍。(小旦)這緋袍是金鎖鎧,誰人能見?排兩行金釵寶簪,看將來總是鎗和劍。八雲環分明是九里山,鈿蟬也是弓和箭。有智誰知,中間機變。(合)羞慚,教奴家難上難。花顏,當昭君馬上看。

(生、老)時辰已至,快些上轎罷。(小旦)就此拜别。(衆合)

【越調過曲·憶多嬌】將拜别,休涙血。生怕爹行心似鐵,九曲柔腸千萬結。離情慘切,離情慘切,涕涙西風哽哽咽。(生、老)

【鬥黑麻】你去東畔留情,西邊掉舌。不是義結朱陳,要他仇分吴越,使他每如火烈。這等機關,萬無漏洩。(合)因伊冤孽,看他取亡滅。禍起蕭墙,禍起蕭墙,冰消瓦裂。

（手下吹打上介）（末）請小姐上轎。（生）兒啊，樂人催促，快些去罷。（小旦哭拜）（合）

【哭相思】莫惜微軀探虎穴，只愁難得成功業。（小旦）不是爹爹將奴輕拋撇，（生）看你一似親骨血。

（小旦、眾下）（老）相公，今送貂蟬與董卓，倘然呂布在府中，如何是好？（生）夫人還不知道，八月十五日，正輪着呂布值禁，又聽得太師差他往虎牢關上，收兵去了，今日回來也遲了。（老）倘關上回來，有何抵釋？（生）這話我已思之熟矣，不必多慮。連環施計漫沉吟，只恐機謀禍患深。好似和針吐却綫，刺人腸肚繫人心。（下）

## 第二十三折　納　妾

（净上）

【高平調·普賢歌】王家有女貌傾城，歌舞當筵妙入神。縱教鐵石人，一見也留情，意馬心猿都被引。專房那裏？（旦）來了。（旦）

【前腔】湘裙楚楚出香閨，銀鑰金牌裙上垂。重門啓閉時，晨昏勞不辭，掌管金釵人十二。

專房叩頭。（净）起來。今日中秋節，團圓好明月。司徒送女來，與我爲侍妾。後堂忙傳報，早把華筵設。（旦）那王司徒家貂蟬小姐，可曾看見？（净）我已見來。（旦）他把什麼筵宴款待？（净）他昨日請我去呵！

【中呂過曲·泣顏回】開宴出紅妝，論姿色絕世無雙。溫柔嫋娜，花前解語生香。把奇珍比方，似珊瑚初出在滄浪。（旦）且喜又有個鋪床疊被的來了。（净）但侍我勸酒持觴，怎教他疊被鋪床。（眾吹打引小旦上）（合）

【賺】一路輝煌，滿地紗燈奪月光。笙歌響，聲聲漫唱賀新郎。且聽響丁當，湘裙環珮鳴聲響，迎迓天仙入畫堂。（净）銷金帳，相携共飲葡萄釀，淺斟低唱，淺斟低唱。

（眾）樂人叩頭。（净）幾百人在此？（眾）二百名。（净）每人賞他個元寶。（眾）多謝太師。（眾下）（眾侍女）侍女每叩頭。（净）幾十名在此？（眾）二十名在此。（净）每人賞他一把金豆。（眾）多謝太師爺。（眾下）（净）侍女們掌燈。（合）

【仙呂過曲·掉角兒】浸樓臺瑤天月上，喜嫦娥早從天降。生香塵羅韈輕盈，曳清風絳裙飄蕩。翠眉纖，秋波瑩，內家妝。嬌模樣，魂魄飛揚。（合）

兩情歡暢，和鳴鳳凰。休傳報漏催五鼓，雞鳴三唱。

【尾】携雲握雨歡初暢，倒鳳顛鸞樂未央。直睡到紅日瞳瞳上瑣窗。（下）

## 第二十四折　激　　布

（雜扮四小軍引小生上）

【仙呂引·阮郎歸】中秋淑女定于歸，關上事相羈。歸心急急馬行遲，又見月上瑤天際。

自家領太師軍令，往虎牢關上收兵，猶恐敵人未盡，四下搜捕，以此歸遲。今夜王司徒送貂蟬與我爲妻，因此急急趕回。嗄，爲何閉門太早？喚門上的。（小軍）把門的，溫侯爺回來了，快些開門。（付扮門軍醉態上）那個那個？（小軍）溫侯爺。（付）溫牛嗄，拿得去殺哉。（小軍）呔，是溫侯爺在此，快些開門。（付）嗄，是溫侯爺。（開介）把門的叩頭。（小生）呔，怎麼吃得爛醉？（付）吃得喜酒。（小生）什麼喜酒？（付）太師爺納了丁東。（小生）嗄，敢是新寵啊？（付）正是哉。（小生）是誰家的女子？（付）王司頭亂個刁舌頭小姐。（小生）可是王司徒家的貂蟬小姐麼？（付）正是正是。（小生）喂，這老兒好沒理嗄，前日將貂蟬親口許我爲妻，如何又送與太師爲妾？嗄，我如今就到王司徒家去便了。把門的，閉上了門。（付）嗄，勿進來哉？（閉門下）（小生）帶馬。（衆應介）（小生上馬介）（小生）

【仙呂過曲·六么令】我心中懊惱，這其間做得蹺蹊，鴟鴞占了鳳凰巢。迷楚岫，斷藍橋，焰騰騰火起祆神廟，焰騰騰火起[1]祆神廟。

（小軍）嗄，有人麼？（丑扮值役上）來哉來哉。當值輪該我，叫門却是誰？（小軍）報去，溫侯爺在此。（丑）嗄，老爺有請。（生急上）裏王已熟陽臺夢，神女應傾雲雨情。溫侯請。（小生）咳，請什麼？你好沒理嗄。前已將貂蟬許我爲妻，如何又送與太師爲妾，豈是人之爲？人而無信，禽獸不若。（生）溫侯且息怒。老夫因爲此事，惱得幾死。老夫平日所爲之事，未常有不可對人言者，亦未曾失信於人。前日自許溫侯之後，心甚喜悅，以爲小女所歸得人。令尊大人昨日來議天下事，議畢之後，説及小女許嫁溫侯，令尊十分之喜，説令愛過門，當開筵以待。老夫不合喚小女出來，拜見公公，蒙令尊賞金一錠。今日如期送去，不料溫侯未回。誰想令尊邀入府中，强納爲妾。非老夫之罪也。（小生）嗄，原來如此。咳，可恨這老賊，不念父子之情，奪我

夫妻之愛。如此說，倒錯怪了你，容當謝罪。司徒。（小生）

【玉胞肚】你的言猶在耳，將貂蟬許我爲妻。爲官差錯過佳期，這良緣是禍胎胚。那老賊呵，綏綏狐行豈人爲，不管旁人講是非。（生）

【前腔】教人怒起，見嬌娃心動意移。全不顧父子人倫，恁胡行不畏人知。想我小女此時呵，無端懊恨淚雙垂，船到江心補漏遲。

（小生）既如此，告辭了。（生扯住介）豈有此理。夜靜更深，莫若在寒家草榻一宿，明日回府如何？（小生）也罷，今晚到他府中，也難爲情。借宿一宵，明日去罷。司徒請。（生）此見甚高。不得奉陪了。相思相見知何日，此時此夜難爲情。嘎，小厮烹茶，到書房中去。（下）（丑扮書童上）曉得。洗硯魚吞墨，烹茶鶴避烟。溫侯，茶在此。（小生）你自回避。（丑）溫侯爺，你若是夜頭冷靜，還是我相伴相伴嘎。（小生）唔，快走。（丑）是勿愛此道般。（下）（小生）咳，貂蟬貂蟬，今晚教我怎生睡得去也。

【正宮過曲・普天樂】意孜孜把銀燈剔盡渾忘寐。貂蟬貂蟬，曾把連環爲盟誓。咳，我也休怪他，只恨我關上來遲了些，嘆明月烏鵲南飛，繞樹三匝無依。堪憐你歸非主，還堪笑踏枝不着空歸去。聞洛陽如錦花枝，偏我來時不遇。恨無緣對面，空自傷悲。

佳人不遇惱人腸，悶對孤燈懶上牀。呀，雞已鳴了，我也不便辭別王司徒，不免逕回董府去了便了。信彼歡娛嫌夜短，憐予寂寞恨更長。

## 校記

［1］火起："火"字，底本作"大"，據清抄本改。

# 第二十五折　梳　　妝

（旦上）紅英帶雨濕胭脂，嫋娜凭欄映日輝。小鳥怕驚香閣夢，多情不向瑣窗啼。奴家是董府中一個專房是也。太師夜來納了一個新寵，午時尚未起身。不免分付這些女使，安排早膳。正是：有福之人人伏侍，無福之人伏侍人。（下）（小生上）恨小非君子，無毒不丈夫。可恨這老賊，不念父子之情，奪我夫妻之愛，不勝焦愁。夜來司徒之言，未可遽信。探得老賊未起，我如今不免潛入後堂，打聽貂蟬動靜則個。（小生）

【仙吕犯曲・醉羅歌】轉過轉過雕闌去，花軃花軃露華滋。宿花蝴蝶夢猶迷，惹起人愁思。未審玉人留意[1]，爲東爲西；他把連環爲記，念玆在玆。

教人空嘆英雄氣。華堂後,翠幙裏,相看試探意如何。

(旦上)花間粉蝶迷香夢,樓上銅龍報午籌。(見介)呀,溫侯爺那裏來?(小生)虎牢關上回來。(旦)敢是要見太師麼?(小生)太師在何處?(旦)太師還睡着。(小生)嘎,門外挂了午時牌,太師爲何還不起來?(旦)嘎,你還不知道?太師夜來納了一個新寵,正好睡哩。(小生)是誰家女子?(旦)是王司徒家貂蝉小姐。他也方纔起來。(小生)嘎,如今在那裏?(旦)在梳妝樓上。(小生)他生得如何?(旦)生得停當,且喜好個性兒。你且聽我道。(旦)

【前腔】嬌媚嬌媚真無比,柔潤柔潤解歡娛。只是錯配了對頭,可惜老藤纏住嫩花枝,早已紅香褪。情深力怯,侍兒扶起。脂憔粉悴[2],鬢雲半敧。妝臺對鏡羞無語。三竿日,花影移,剛剛淡掃遠山眉。

(淨內)專房取補陰丸與我吃。(旦)曉得。太師要補陰丸吃,我要進去了。陰柔制陽健,假藥補陰丸。(下)(小生)老賊,老賊,你要吃補陰丸,我倒有一味絶命丹在此與你吃。方纔專房説,小姐在梳妝樓上,不免前去探望一回,有何不可。(小生)

【南吕過曲[3]·懶畫眉】只因淹滯虎牢關,失却明珠淚暗彈,好姻緣反做惡姻緣。潛身掩入雕闌畔,探取貂蝉有甚言。(虚下)(旦、小旦上)(小旦)

【前腔】輕移蓮步出閨房,見紅日曈曈上瑣窗。昨宵雲雨會襄王,嬌姿無奈腰肢怯,瘦損儷兒淺淡妝。(小生上)

【前腔】日移花影上紗窗,一陣風來粉黛香。呀,那人在窗下試新妝,分明是一枝紅杏在墙頭上,惹得遊蜂特地忙。(小旦)

【前腔】錦雲挂鏡整殘妝,只見鬢亂釵橫分開雙鳳凰。香消色褪減容光,呀,是誰窗外行蹤響。(小旦)是那個?(小生)小將吕布在此。(小旦)阿呀天嘎!不覺羞慚難躲藏。

(淨內)貂蝉,梳洗完了,隨我前廳吃早膳。(小旦應介)(小生躱下)(淨上)

【二犯朝天子】殢雨尤雲一夢回,日轉瑶階去。始起來,漫携仙子下瑶臺,覷香腮,猶思枕上情懷。貂蝉。(小旦)太師。(淨坐笑介)好風流快哉,好風流快哉。

(小生上)盡日覓不得,有時還自來。(淨見小生介)(淨)回避了。(看小旦下)(淨)吕布,你回來了麼?(小生)唔,回來了。(淨)爲何來遲?(小生)

四下搜捕,因此歸遲。(淨)你幾時去的?(小生)十三去的。(淨)十三去的?(小生)嗨。(淨)待我輪一輪。十三、十四、十五,那十五日該你值禁,因你不在,我差李肅替了你了。(小生)咳,禁中豈宜替宿?(淨)不是嘎。因你不在,差李肅替了你,也不妨嘎。(小生)咳,他那裏曉得我的事嘎。(淨)嘎、嘎、嘎,我好意叫李肅替了你,怎麼倒來挺撞我?誰幹壞了你的事?自己就彌縫了。做老子的,是你使性得的麼?嗨,正是:酒逢知己千杯少,走來,就是他幹。(住口介)咳,話不投機半句多。(小旦復上)太師。(淨搜小旦下)(小生欲將戟刺,小旦搖手介,下)(小生)老賊,老賊。

【前腔】你説什麼"話不投機半句多",肆意胡為事,奈若何?簾間隱約露姮娥,轉秋波。甚時再得便相過,把心來試他,把心來試他。

一段姻緣不得成,可憐美女侍奸臣。侯門一入深如海,從此蕭郎是路人。

## 校記

［1］未審:底本無此二字,據清抄本補。
［2］脂憔粉悴:底本作"脂憔粉憔",今從清抄本改。
［3］南呂過曲:"南",底本作"仙",據清抄本改。

## 第二十六折　擲　　戟

(小旦上)

【仙呂引·探春令】一顰一笑總關情。暗自傷神,棋邊袖手看輸贏。車馬空馳騁。

這兩日,太師身子勞倦,不時高卧。適喜他又睡了,且往後園一步,少展悶懷,多少是好。此間已是鳳儀亭,待奴家口占一詞:"嗟哉鳳儀亭,四繞梧桐樹。鳳凰不見來,烏鴉日成隊。"(小生噭介)(小旦)呀,來的好似溫侯。我且躲過一邊,待他來時,將言語打動他便了。(小生)偶來鳳儀亭,閑把闌干倚。欲采芙蓉花,可憐隔秋水。那邊好似貂蟬模樣,不免躲過一邊,聽他説些什麼。(小旦)

【雙調過曲·鎖南枝】妾命薄,淚暗流,無媒徑路羞錯走。勉强侍衾裯,見人還自醜。嘆沈溺,誰援救。我欲見溫侯,溫侯嘎,怎能彀。(小生)

【前腔】青青柳,嬌又柔,一枝已折他人手。把往事付東流,良緣嘆非偶。簪可惜，雙鳳頭。這玉連環，空在手。

（小旦）溫侯嗄，你好負心也。（小生）是你爹爹失信，送與太師，如何倒說我負心？（小旦）天嗄。中秋夜，是奴爹爹送奴與溫侯成親，不知你那里去了，乃見狂且。（小生）狂且是誰？（小旦）就是太師。他起不仁之心，將奴邀入府中淫污，恨不得一死。今日得見溫侯，死也瞑目矣。（小生）嗄，王司徒之言，與小姐無二。小姐，你意怎麽？（小旦）奴家有死而已，願從溫侯。（小生）咳，罷罷，只恨我虎牢關上來遲了。

【南吕過曲·紅衲襖】只指望上秦樓吹鳳簫，却緣何把琵琶彈別調。香褪了含宿雨梨花貌，帶寬[1]了舞東風楊柳腰。不能畫春山眉黛巧，羞見你轉秋波顔色嬌。早知道相見難爲情思也，何似當初不見高。（小旦）

【前腔】你只圖虎牢關功業高，頓忘了鳳頭簪恩愛好。同心帶被他急攘攘扯斷了，玉連環屹崢崢想已槌碎了。（小生）你好生伏伺太師去罷。（小旦）若不與溫侯同偕到老，就死在池中恨怎消。（作跳小生抱住介）（小生）我今生不得你爲妻，非世之英雄也。（小旦）溫侯請上，受奴一拜。（小生）小將亦有一拜。（小旦）若念夫妻情義也，把我屍骸覆草茅。

（净内）貂蟬。（小旦急下）（净上看介）不要跑，慢慢走。（見小生介）嗄，你、你、你是吕布。（小生）是吕布。（净）你不在虎牢關上理正事，反在鳳儀亭上戲吾愛姬，是何道理？反了反了。（小生）反了。王司徒將貂蟬送與我爲妻，被你占奪爲妾，反說我戲你的愛姬。（净）嗄，我把你這畜生。（小生）老賊。（净）呀呸。（净）

【中吕過曲·撲燈蛾】你潛身鳳儀亭，潛身鳳儀亭，將我愛姬來調引。巧弄如簧舌，禮義全不思忖也，做出這般行徑。畜生，我與你什麽相稱？（小生）不過是父子罷了。（净）阿呀，可又來，你既稱父子昧彝倫，頓教人心中發憤，把方天戟擲下了殘生。（擲戟，小生避介）（小生）

【前腔】你錦屏多玉人，錦屏多玉人，珠翠相輝映。瑣瑣裙釵女，何必欺心謀占也。（净）啊，倒說我謀占。（笑介）（小生）老賊，休得要笑中藏刃，使我百年夫婦割恩情。頓教人心中發憤，把方天戟擲下了殘生。（净又擲戟，小生奪戟，净跌介）

（外上）不要動手。（小生下）（净打外介）（外）李儒。（净）就是李儒，拿刀來。（外）不要打，我是李儒嗄。（净看介）罷了罷了，反了反了。（外）主公爲何這等大怒？（净）就是那吕。（外）主公，吕什麽？（净）就是那吕布。（外）那吕布怎麽觸犯主公，這等大怒。（净）他不在虎牢關上理正事，反在鳳儀亭上戲我的愛姬，是何道理？（外）原來如此。主公請息怒，有一言告稟：天下諸侯不敢犯者，非懼太師之威，乃懼呂布之勇。主公富貴已極，何惜一女子？既呂布所愛，何不賜之？彼必傾心從事。（淨）唉，放你娘的屁。你的老婆，肯讓與人麼？（外）這個使不得。（淨）快喚李肅過來。（外）嗄，曉得。李肅，主公喚。（下）（末上）來了。勸君行正道，莫使念頭差。主公有何分付？（淨踢打介）（末）阿喲阿喲，主公為何如此大怒？（淨）你薦得好人啊。（末）沒有薦什麼人嗄。（淨）那呂布可是你薦的？（末）那呂布薦得不差。（淨）他不在虎牢關上幹正事，反在鳳儀亭上戲我的愛姬，是何道理？（末）既有此事，何不殺之？（淨）着着着。我的兒，你可頂盔帶甲，去問這老兒，說貂蟬送與我，就說送與我，說送與呂布，就說送與呂布，一個人送得來不明不白，使我父子在家，吃醋撚酸，是何道理？講得是，罷了；講得不是，抓頭回來。（末）是。領着太師命，去問王司徒。（下）（小旦上）

【賺】掩袂悲啼，舊恨新愁眉鎖翠。阿呀，太師嗄。（淨）看你淚珠垂，似梨花一枝輕帶雨。貂蟬，為何的低頭倒入人懷裏。（小旦）太師爺嗄。（淨）唔，全不顧禮義綱常是與非。（小旦）太師爺嗄，妾將謂溫侯乃太師之子，甚是敬重。誰想今日乘太師高臥，持戟直入後堂戲妾。妾逃鳳儀亭，他又趕來；妾欲投水，他又抱住，正在生死之際，幸得太師救了性命。（淨）阿喲阿喲。性狂且，敢探虎穴尋鴛侶，使人驚愧。（小旦）不須驚愧。

（淨）呂布好，我老了。（小旦）我爹爹只教奴家伏伺太師，並不曾許呂布。（哭介）（淨）

【仙呂過曲・長拍】咍，拂拭啼痕，拂拭啼痕，重施脂粉，新郎再嫁。休辭改弦再續，憐新棄舊，把恩愛付與天涯。（小旦）此話不須提，我終身願託，誓無他意。此心今日惟有死，妾豈肯暫時相離。一馬一鞍立志，願鳥同比翼，樹效連枝。

（淨）罷罷罷，你伏侍呂布去罷。（小旦跪介）太師爺嗄。（淨）起來，後不為例嗄。（小旦起介）（淨）早是你立志堅貞，不然被他淫媾了，可不玷辱了我。（小旦）但恐此地不宜久居，必受呂布之害。（淨）也說得有理。我和你往郿塢中去罷。（小旦）郿塢中可居得否？（淨）那郿塢中有三十年糧儲，門外有數十萬軍兵。我和你到彼，守此足以娛老。

【短拍】往郿塢繁華，郿塢繁華，妝成金屋貯玉人。翠繞珠圍，花木總芳菲。長春景物，另是一壺天地。（眾暗上）（淨）左右，與我排駕，往郿塢中去。（眾應介）儀從隨行前去，看搴帷歡笑漫同車。

【尾】百花裳,香旖旎,遊蜂偏近好花枝,空逐東風上下飛。(下)

## 校記

[1]帶寬:底本作"帶完",據清抄本改。

## 第二十七折　計　盟

(生上)

【仙吕引·卜算子】一餌藉羶腥,二虎張饑吻。老夫近聞吕布與董卓,兩心共生荆棘,總爲貂蟬之故,想連環之計成矣。古云:"兩虎共鬥,勢不俱生。"吾見其亡矣。今已差人去請吕布到來,問個分曉,然後行事。(衆小軍引小生上)(小生)

【前腔】離思與幽情,戀戀縈方寸。

(衆)吕將軍到。(衆下)(生)温侯請。(小生)司徒請。(生)温侯請坐。老夫連日聞得温侯與太師甚是相合,但不知小女在左右懷抱如何?(小生)我與老賊有甚相合?令愛我也曾見來。(生)那裏見來?(小生)

【黃鐘過曲·啄木兒】閑消悶,信步行,邂逅貂蟬在鳳儀亭。(生)曾説甚來?(小生)他訴衷情涕淚交零,方信你不改初心,(生)可憐所見,不背前盟,老夫豈肯説謊?(小生)不料他們睡起竊偷聽。(生)嘎,聽見便怎麽?(小生)他猛然一見生焦忿。(生)可曾爭論麽?(小生)那時呵,擲戟三番,險些喪了身。

(生)咳,反行無狀,這也可惡。温侯嘎!

【前腔】只是我老矣,不足稱,只可惜將軍播大名。(小生)我也曾替他一臂之力。(生)人都説你蓋世英雄,不能保閨閫佳人,那老賊,不由人不可恨,他公然奸占圖僥幸。(小生)我要殺這老賊,方雪此恨。(生)禁聲。倘所事不成,反累我也。(小生)嘎,争奈有父子之情,不忍下手。(生)温侯差矣。分明董吕非同姓,擲戟焉能有甚父子情。

(外)禀爺,虎賁中郎將李肅,打進來也。(生)這是太師差來的,温侯少退屏風後,聽他説些什麽來。(小生)是。(暫下)(衆扮小軍引末上)(同)

【歸朝歡】太師的,太師的,山嶽令行,肅敢不欽遵順承。(衆)李將軍到。(生迎介)李將軍請了。(末)咳,請什麽。太師差我來問你,那貂蟬的,貂蟬的,姻緣已成,却緣何又納了温侯之聘?(生)李將軍,你有所不知,實是先許温侯,被太師謀占也。(末)就是主公占了,吕布也不該與他争論纔是。(生)連你也差了。(末)怎麼倒説是我差了?(生)將軍,假若君家以禮先爲聘,豈肯容人奸占爲妾媵?(末)嗨,是嘎。(生)將軍,你與温侯爲弟兄,温侯與太師是父子。假如將軍定下一房妻室,也被太師占了,你心下如何?他竟占了温侯的妻室,將軍有何面目?正所謂"兔死狐悲,物傷其類"。你若體察其情怒亦增。

(末)是嘎,不差。告辭了。(生)往那裏去?(末)去尋温侯,殺那老賊。(生)温侯已在此,待我請他出來。(末)嘎,有此奇遇,快請出來。(生)温侯有請。(小生上)鄉兄請了。(見介)嘎,鄉兄,那老賊奪我妻室,不聽李儒之言,領了貂蟬,竟往郿塢中去了,我欲殺之,鄉兄意下如何?(末)此情委實可惱。若賢弟果要殺他,李肅願助一臂之力。(生)二位將軍,王允有一言相告。(末、小生)有何見教?(生)古人有歃血訂盟,出王允之口,入二位將軍之耳,只可三人知之,不可洩漏。明日令百官俱朝服於午門等候,着幾個大臣,持矯詔去請太師入朝受禪,等他來時,待我懷中取出詔書,高聲言道:"天子有令:着中郎將李肅,誅殺董卓,並夷三族。餘黨不問。"不知二位將軍意下如何?(末、小生)司徒之計甚高。此盟既設,金石不移。(生)三人同心,其利斷金。若有負盟,天必誅之。(小生、末)我等告辭了。(生)明日早早到朝門相會。(小生、末)謹依尊命。(合)計就月中擒玉兔,謀成日裏捉金烏。

## 第二十八折 假 詔

(净上)

【小石調過曲·望吾鄉】纔上鸞輿,頻頻望愛姬。(小旦内)貂蟬送太師爺。(净)好生伏侍太奶奶。(小旦應介)(净)聽他嬌聲細語情猶麗,教人怎不心縈繫,頃刻難相離。(作車折介)

(外)主公,車輪折,乃不吉之兆,不可前去。(净)李肅,怎麼講?(末)車輪折,此是最吉。此去自有龍車鳳輦,要此車何用?(净)説得是嘎。(外)主公,車輪折,乃是不吉之兆,何故反聽李肅之言?還是不可去。(净)嘎、嘎、嘎。(末)此去主公受禪,乃棄舊迎新之兆。(外)還是不可去。(净)休得多言。(外)主公不聽李儒之言,吾不如撞街而死罷。(撞下)(净)這等没福小人。看馬來。(衆應介)(净騎馬介)(合)

【尾】車輪折,步難移,心下增疑慮。(下)

## 第二十九折　誅　卓

（生引百官上）

【黃鐘過曲·神仗兒】胸藏[1]詔旨，身隨武士，出朝門迎伺。一見登時斬取，將屍骸棄街衢，將屍骸棄街衢。

（淨、末上）（生念詔介）聖旨已到，跪。（淨）怎麼要我跪？（末）皇天后土，只跪這一次。（淨）只跪這一次。（生）大漢龍興二年，有奸臣董卓，欺君誤國，殺害良民。着中郎將李肅斬首。（生）呂將軍，你領五千人馬，到郿塢中，夷其三族便了。（末應，殺淨。小生應，領兵下）（生、眾合）

【香柳娘】論賊臣妄爲，論賊臣妄爲。劫遷天子，令行海內諸侯懼。把黃金築塢，把黃金築塢，樂極定生悲。基業成底事，嘆奸雄已死，嘆奸雄已死。市曹暴屍，萬民歡喜。（下）（小旦上）

【前腔】嘆堂前燕子，嘆堂前燕子。呴呴樂意，不知竈突烟將至。我潛歸故里，我潛歸故里。鸚鵡脫羈縻，舊林且飛去。

（生上）那邊來的，好似貂蟬模樣。待我看來，果是我兒。呀，你怎生出來的？（小旦）孩兒聞得董卓已誅，兵馬將到郿塢，爲此孩兒打扮做軍士，混出來的。（生）就此回去罷。（合前）（下）

（小生同眾上）叫眾將官。（小生）

【前腔】把郿塢四圍，把郿塢四圍。甲兵如蟻，剿除族屬難回避。眾將官。（眾應介）（小生）問貂蟬在何處，問貂蟬在何處。（眾）可有貂蟬？（內）沒有。（眾）稟命，沒有。（小生）天那，想已喪溝渠，空庭委珠翠。（合前）（下）

## 校記

[1] 胸藏：底本作"身藏"，從清抄本改。

## 第三十折　團　圓

（末上）門闌多喜氣，女婿近乘龍。自家王司徒府中一個院子是也。今日小姐與溫侯成親，着我去叫掌禮人。此間已是，不免打叫一聲。有人在家麼？（淨上）

【窣地錦襠】方巾大袖氣昂，方巾大袖氣昂。撒帳結親爲主張，歡喜唱唱劉阮郎。落得鼻子花粉香，落得鼻子花粉香。

大哥何處來的？（末）我是王司徒府中來的。今日呂溫侯與小姐成親，特來喚你。（淨）兩個在鳳儀亭那話兒了，又做什麼親，獻什麼世？（末）休得胡說，去見老爺。（行介）老爺有請。（生上）

【女冠子】除君大惡，海宇皆歡樂。（老旦上）女歸香閣，宜歸溫侯，亦宜量度。（見介）

（末）稟老爺，喚掌禮人來了。（淨見介）（生）退去伺候。（淨下）（生）夫人，且喜大惡已除，城中百姓，皆踴躍歌笑，貧者典衣沽酒，以賀太平。（老）相公，雖是你有忠肝義膽，剪除奸黨，若非貂蟬，焉有今日？（生）只待溫侯到來，成就此親。我已着人去請，怎不見來？（小生上）

【前腔】拔去眼中釘，失却掌上珠。（見介）司徒拜揖。（生）溫侯休怪。入門休問榮枯事，觀着容顏便得知。且喜大惡已除，爲何眉頭不展，敢爲父子之情？（小生）我與老賊，有何父子之情？昨蒙分付到塢中，夷其三族，府庫金珠，一半封記，一半賞軍，老少盡行誅戮。只不見令愛，又不知被人擄去，又不知死於鋒刃，以此不樂。（生）這個不須煩惱，且喜小女見機逃回來了。下官已將溫侯之功，與小女親事，奏知聖上，聖上大喜。今日良時，溫侯換了衣裝，與小女成親。（小生）家室歡已就，金石盟愈堅。良緣終允諾，喜今宵得遂幽懷，不勝雀躍。（淨）琴瑟移商又換宮，新愁舊恨盡銷鎔。今朝騰把銀釭照，猶恐相逢是夢中。吉日良時，還當贊請新人來到。（小旦上）喜不忘舊約，喬木挺挺，絲羅堪托。（淨唱，拜天地介，進酒介）

（淨）撒帳已畢，閒人請出。（衆下介）（小生）

【排歌】記得當年，相逢綺筵，幽盟與我連環。一對鏡破失青鸞，今日誰知再得圓。（合）鸞膠再續斷弦，惡姻緣做好姻緣。好姻緣事非偶然，數皆前定聽於天。（小旦）

【前腔】留盟心，雙鳳簪，今宵配就良緣。中間離合不須言，好事多磨自古然。（合前）（生）

【前腔】光耀門楣，扶持暮年，簪纓賴你相傳。移桃接李逞春妍，受蔭沾恩雨露偏。（合前）

【前腔】玉潔冰清，令人美觀，一家文武兼全。溫侯此日配貂蟬，深愧山雞逐彩鵷。（合前）（外上）

【菊花新】天子沛恩施雨露，山林草木盡光華。

（讀詔介）聖旨已到，跪聽宣讀。（跪介）皇帝詔曰：朕實不明，夙遭多難。外則黃巾，內則閹豎，隨當剪除。維茲逆賊董卓，劫遷鑾輿，燒毀宮闕，濁亂四海；竊窺神器，不即滅亡，幾移漢祚。賴爾司徒王允，心多忠義，智運奇謀；將官呂布、李肅，能知順逆，振播雄威；誅滅大寇於掌握之間，莫安宗社於瞬息之際，厥功大哉。其賜王允盡忠公，總理朝政；其賜呂布爵兼威武將軍，同理朝政兵馬都元帥；李肅賜奮武將軍，統領內臺兵馬都元帥；王允女貂蟬，其間亦展勳勞，封一品夫人；其餘文武衆官，各各論功升賞，叩頭謝恩。（衆）萬歲萬歲萬歲。（衆）

【大環著】捧鸞章光炫，捧鸞章光炫。美女欣然，仰沾厚恩知脽腆。喜今朝君側除大惡，士民皆歡忻，文修武偃。看一輪紅日麗九天，浮雲收斂。爭誇運轉雍熙，郊野麒麟現。瑶階芝草，生香靉靆祥雲燦，繚繞金鑾殿。

【越恁好】夫妻重相見，夫妻重相見。看明珠合浦還，似延平太阿，劍合龍泉。花重開，月再圓，屛開孔雀排佳宴，洞房花燭鴛鴦現。

【紅綉鞋】司徒計設連環，連環。貂蟬心解機關，機關。反間始分顏。消叛亂，息烽烟，息烽烟。息烽烟，安社稷，定山川。

【尾】女忠旌表班恩典，貂蟬從此多榮顯，萬古教人作話傳。

董卓無知擅大權，燒焚宮殿害英賢。兩朝皇帝遭磨障，四海生靈盡倒懸。力斬亂臣憑呂布，舌誅反逆賴貂蟬。善惡到頭終有報，上有無窮不老天。

# 古　城　記

無名氏　撰

## 解　題

　　傳奇。明無名氏撰。《遠山堂曲品》《今樂考證》著録。祁彪佳《遠山堂曲品》有兩處關於此劇的記載：其一見於《具品》"桃園"條下："三國傳中曲，首《桃園》，《古城》次之，《草廬》又次之；雖出自俗吻，猶能窺音律一二。"①其二見於《雜調》"古城"條下："三國傳散爲諸傳奇，無一不是鄙俚。如此記通本不脱'新水令'數調，調復不倫，真村兒信口胡嘲者。"②對其評價相對客觀。

　　《古城記》講述三國時劉備、關羽、張飛在徐州失散後，張飛據古城稱王；劉備先投袁紹，後與張飛會合；而關羽爲維護兩位嫂嫂，暫降曹操，得知劉備、張飛下落後，便挂印封金，護衛嫂嫂、侄兒到古城與劉備、張飛聚義之事。全劇以關羽爲中心人物，通過秉燭待旦、挂印封金、千里獨行、過關斬將等一系列的英勇行動，寫出了他大義凛然的英雄氣概。據莊一拂《古典戲曲存目彙考》"古城記"條考證，《三國志》中關羽實奔劉備於袁軍，並無至古城會張飛之説；張飛亦但言其隨劉備依袁紹，不載其據古城事；而《秋夜月》於《古城記》收《張飛祭馬》，其内容則並非演義所有的情節。元明時期，另有同題材闕名雜劇《關雲長千里獨行》《關雲長古城聚義》。版本現存明萬曆間金陵文林閣刊本、明萬曆間刊本。《古本戲曲叢刊初集》據鄭振鐸藏明刊本影印，今以該本爲底本，加以校點整理。

---

① 祁彪佳《远山堂曲品》，《中國古典戲曲論著集成》第六册，第85頁。
② 同上書，第112頁。

## 第一齣　始　末

（末）

【順水調頭】往事如夢幻，富貴如浮雲。前朝後漢，興廢總關心。多少英雄豪傑，用盡龍韜豹略，四海亂縱橫。何當太平日，相共賞花辰。逢三昧，集二難，兼四美，移宮換羽，歌白雪陽春。惟願朝廷有道，偃武修文，更躋羲皇世，萬國樂昇平。

請問後房子弟，今日搬演誰家故事，那本傳奇？（內應科）今日搬一本劉先主徐州失散，曹孟德獨霸中原，關雲長秉燭達旦，古城中聚義團圓。（末）原來此本傳奇。待小子略言數句，便見戲文始末。（沁園春）漢室玄孫，孤窮劉備，德性自天成。關張結義，誓同死同生。不意彭城失計，旅雁分飛異處，蹤迹逐飄萍。雲長能義勇護嫂，拒曹軍遭勢窘。明降漢，暫安身，接光待旦，凜然大節震乾坤。斬將報恩，奔主古城，相會聚義表前盟。來者非別，劉玄德是也。交過排場，緊做慢唱。

## 第二齣　賞　春

（生）

【點絳唇】漢室摧殘遍乾坤，干戈争戰，常只是砲響連天。只因獻王軟弱，又遇奸臣，董卓弄朝權。喜得皇家有慶，幸逢曹相佐中原。上薦書，遺賤簡，俺弟兄方上虎牢關，纔把英雄顯。擒了呂布，斬了貂蟬，直殺得眾將銷魂，諸軍喪魄，一個個膽寒心顫。

（鷓鴣天）裔本朝，後代孫，樓桑大樹有聲名。兄弟關張同結義，大破黃巾百萬人。擒呂布，顯奇勳，威名赫赫震乾坤。胸中試展安邦策，定把山河一掃平。孤家姓劉名備字玄德，自從與關、張二弟桃園結義，破黃巾，擒呂布，建立奇功，聖上封爲平原縣令。又蒙曹魏公舉薦，引見獻帝，認爲皇叔，監儀承廷侯，豫州牧，左將軍。只因曹相專權，是我兄弟不忿，帶了三千人馬，私下徐州。且喜物阜民安，干戈稍息。今乃豔陽天氣，景物融和，不免請甘、糜二夫人出來，玩賞片時。左右敲雲板，請二位夫人上堂。（左右請科，下）（旦、貼）

【菊花新】睡覺海棠未醒，朝筵又早頻迎。綺羅擺列畫堂春，猶勝蓬萊

仙境。（相見科）

（旦、貼）玄德公呼喚妾身，有何話説？（生）今見春光明媚，景色堪描，特請二位夫人玩賞片時。（旦、貼）如此，謹當陪奉。（轉行科）魏紫姚黃豔，名園景色新。歲月頻遷換，好景莫如春。（生）

【惜奴嬌】春日舒遲，邀佳人同遊玩賞，萬花叢裏。向庭前擡望處，珠璧聯輝疊翠。蛾眉映遠山，纖腰怯柳枝，真嬌媚。好似月裏嫦娥，降臨凡世。（旦、貼把盞奉酒，同唱）

【前腔】聽啓。生長深閨，慚如鳩拙婦，何幸鸞鳳偶配於飛。喜琴瑟和鳴，更綢繆情同魚水，融和百事宜。但只願功顯名成，早居尊位。地久天長，永同歡聚。（貼）

【錦衣香】花陰裏，鶯聲細。風乍暖，羅衣試。只見香靄玲瓏，晴雲乍雨，池塘雨過灑魚兒。馨香乍暖，滿池春水。趲東君去速，趲東君去速，縱千金難買佳致，休把閒愁繫。滿拚沉醉，金樽謾倒，何妨狼藉淋漓。（衆）

【漿水令】是誰家王孫士女，打秋千半天耍戲。高挑一架鬧竿兒，高歌暢飲，萬花叢裏。天將暮，日墜西。無情杜宇催春去，咱和你，咱和你，雙雙醉歸。明日裏，明日裏，再排佳會。（合）

【尾聲】一年好景春明媚，今日花前盡醉歸，不惜燒燈繼興餘。

禹貌湯肩八彩眉，登基只恨運來遲。正是酒淹衫袖濕，果然花壓帽簷低。

## 第三齣　興　師

（曹）

【出隊子】官居冢宰，官居冢宰，百萬貔貅掌握中。胸藏韜略賽姜公，不羨孫龐減竈功，一點丹心貫日吐虹。

華髮衝冠減二毛，西風吹透紫羅袍。仰天不敢長吁氣，化作虹霓萬丈高。孤家姓曹名操字孟德，官拜當朝魏公，執掌貔貅，運籌帷幄。雙目橫睜，諸侯畏懼，令言之下，無不欽伏。只是一件差池，向舉劉關張，立其大功，又引玄德朝見聖上，實望封其官爵，歸吾調用，誰知獻帝認爲皇叔，反封他爲豫州牧、左將軍、監儀廷侯之位。我爲兗州牧、右將軍，他到官居吾上。向在許田射鹿，事事皆□。吾欲害此三人，奈何詭計賺吾三千人馬，私下徐州，使吾不忿；欲舉大兵，未擬勝負。不免叫張遼、許褚出來，商議定奪。手下，令召

張遼、許褚上堂議事。（雜叫科）（遼上科）（遼）

【鷓鴣天】自小生來膽氣高，誰人不識喚張遼。曾當虎隊千層陣，不怕龍頭萬丈高。披金甲，挂征袍，離離西州便助曹。雖無呂望行兵法，頗效孫吳展六韜。（褚上科）許褚聲名號螭虎，霸業功高誰不數。中原橫擾壯威風，臂力千斤惟有我。

（見科）主公在上，張遼、許褚打恭。（曹）只因劉關張梅亭宴上帶領三千人馬，私下徐州，使吾心中不忿。欲舉大兵征討，汝等意下如何？（遼）主公要他三人歸伏，有何難處？主公傳令，帶十萬之衆，圍住淮徐，約定八月十五日小溪山下大戰，使他兄弟兵微將寡，不能明戰，自要投降。（曹）此言正合吾意，就此起兵前行。（曹）

【皂羅袍】點起雄兵百萬，盡同心戮力，奮勇爭強。七星皂纛爪牙郎，旌旗閃閃當頭上。（合）令行閫外，兵如虎狼。計從心用，掃蕩犬羊，凌烟閣上圖形像。（遼、褚）

【前腔】我等皆爲名將，恁披星帶月，臥雪眠霜。收降劉備與關張，徐州管屬明公掌。（合前）

百萬雄兵起，徐州即便圍。劉備關張輩，插翅也難飛。

## 第四齣　迎　敵

（生）

【引】氣卷江淮，乾坤度量，擬把江山執掌。（關）忠心耿直漢雲長，方顯男當自強。（張）憑咱威勇鎮邊疆，豈懼奸邪惡黨。（相見科）

（生）弟兄三姓各遐方，義結桃園果勝常。（關）兀兀擎天碧玉柱，（張）巍巍駕海紫金梁。大哥，我和你私帶三千人馬，下了徐州，恐曹瞞不忿，必來爭戰。已後分付小校打探消息，至今未見回報。（丑扮報子上）兩脚流星不落地，猶如弩箭乍離弦。稟爺爺，小人是曹爺差來的，八月十五小溪山下大戰。（譚科）（張怒）好，老張買賣上門了。（生看書）曹操戰書字數行，拜上劉備與關張。早早投降來拱伏，免教親身下教場。（生）

【滾綉球】恨只恨曹操強梁，頓教人心下驚慌。猛然兵圍徐州地，好教我疑思沒主張。兄弟呵，我本是弄毛錐儒生伎倆，說甚麽筆尖兒橫掃了五千行。論武藝全賴伊行，急點精兵，及早提防。（關）

【前腔】恨曹瞞直恁猖狂，他待學漢高祖霸業圖王。他把許褚比作樊噲

忠良,他把張遼比着子房。似這等賣狗懸羊,殘害賢良。曹賊啊,你瞞得誰行,你瞞得誰行。(張)

【前腔】俺大哥是文業嚴廊,二哥是武略無雙,我張飛是殺人的領袖,一衝一撞。笑曹瞞些些狗子拳頭大,自是駱駝雖小勝豺狼。誰知我虎瘦雄心壯,踹一脚踹開了千層地府,吹口氣吹開了雲霧穹蒼。左右,你擡我的鎗過來,殺曹瞞何用商量,殺曹瞞何用商量?

(關)大哥在上。兵法云:"將在謀而不在勇。"曹操有雄兵百萬,戰將千員,我和你將寡兵微,焉能對敵,必須用計行之。(張)大哥,二哥,老張有一計,名爲蜘蛛破網計。他那裏遠來,人困馬乏,稱此無備之時,今晚偷他營寨,明日大戰,此計何如?(關)偷營劫寨,古亦有之,須要一人保守家眷,兩個偷營。(張)大哥保守家眷。(關)軍中無主,不能行兵,還是三弟保家眷。(張)我昔年端陽飲酒失守了,被你每埋怨不了,老張只要去殺人。(關)某若保家眷,大哥誰保?(張)大哥是我保。(關)言定了。(張)是。我保家眷往下邳,偷營自有漢張飛。好對好時歹對歹,高對高時低對低。

## 第五齣　預　兆

(曹)

【出隊子】英雄猛壯,英雄猛壯,(遼)百萬精兵如虎狼。(褚)叵耐劉備與關張,教他降時不肯降,這樣村夫惱人肚腸。

(卒報科)稟丞相爺知道,旋風折斷帥字旗竿。(曹)張遼,旋風折斷旗竿,主何吉凶?(遼)左右是那一邊風來?(卒)東南風。(遼)東南風,此乃賊風也,今晚主有劫寨偷營之人。(曹)計將安出?(遼)今晚扎下空營,四旁俱用草人,手執明燈器械,中軍帳扎一草人,如主公模樣,案桌上明燈徹亮,在彼看書,分兵四下埋伏,待劉關張至此,以砲爲號,砲響一聲,四下伏兵齊起,活擒他兄弟三人,有何難處?(曹)分付三軍,依令而行,不可有誤。(衆應科)(曹)

【清江引】叵耐關張沒道理,展轉教人氣。要來偷我營,枉用牢籠計。他若來時,一罟擒拿住。

暗地機關孰可窺,安排鈎線釣鰲魚。四方埋伏人和馬,一匝空營任所爲。

## 第六齣 偷　　營

（劉張戎妝潛行上科）（生）

【五言律】他覷我爲怨，我視他爲仇。（張）若逢老張手，性命總難留。大哥，你要做皇帝，只在今晚黑夜之中，不要呼名，你只叫我做老張，我只叫你做老劉，帶了火砲入營，砲響之時，只管砍頭。（生）言之有理，須各準備。（內吹畫角響科）（又發擂科）（生）三弟，譙樓上已起更了，就此披挂前行。（合）

【駐雲飛】譙鼓初催，兩步那來一步移，闖入曹營內，取勝當斯際。嗏，惱得咱怒如雷，大哥，你就緊相隨，殺却曹瞞，纔把干戈息，正是炎劉創業時。（並下）

## 第七齣 待　　劫

（遼褚戎妝上科）（合）

【駐雲飛】他那裏詭計施爲，俺這裏殺氣騰騰八面威。設下牢籠計，肯落他圈圚，嗏，暗地把兵圍。細思之，虎落深坑，教他插翅難飛去。暗送無常死不知。（劉張復潛行上科）（生）

【前腔】露濕征衣，冷冷清清越慘淒。三弟，我心下不定，恐曹瞞有準備。（張）大哥，你幹事如兒戲，只可進前，不可退後，退走傷身已，嗏，躧足更摳衣。意遲遲，不殺曹瞞，怎雪我心中氣。正是炎劉建業時。

（張作向內望科）大哥，你可看見麽？（張）

【四邊靜】你看刀鎗燦燦魚鱗砌，悄沒人蹤跡。大哥，你看曹賊在那燈下看書，是他該死的時刻了。曹操看兵書，要誅他首級。三軍努力，各施妙策，殺却那奸賊，纔把干戈息。

（張殺進營）（大叫科）原來是空營，燈下看書的是草人。老劉，中他的計了，快走快走！（許褚上）賊子走那裏去？（褚、飛對殺，飛下科）（遼、劉對殺，劉下科）（飛又對遼殺，遼下科）（劉又對褚殺，劉下科）（遼上，與褚混殺科）（曹執令旗上科）咦，住了，你每怎麼自家相殺？（遼、褚）黑夜之間不分皂白，因而混戰了。（曹）劉關張三人，可都來否？（褚）只遇着劉備、張飛，關羽不曾見。（曹）日前探子來報，說雲長保家眷屯在下邳城中，此言是矣。彼兵既已潰散，兵法有云"歸師勿掩，窮寇勿追"，傳令拔寨，回兵勿趕。惟有雲長，孤甚愛慕其形貌武藝，若得此人相助，則中原大事濟矣。諸將有何高議？（褚）主公若愛此人，待小將即去擒來。（曹）此非爾能所敵也。（遼）主公既愛慕雲長，末將昔日在虎牢關上，曾與他有一面之雅，莫若前往下邳城中，用三寸不爛之舌，去說雲長來降，未知主公意下何如？（曹）張遼，若得如此甚妙。我今一面發兵，把下邳城圍了，你單人獨馬進城，去見雲長。若還說得他來歸降，即封你為蕩寇將軍。就此起程前去，我在此處立等你回音。

藏機前去說雲長，管取雲長即便降。全憑三寸斑爛舌，方信遊絲縛虎狼。

## 第八齣　逃　生

（內作喊殺科）（張持鎗慌走上科）你來你來，一個來時一個死，兩個來時湊一雙。自家止望偷營成功，剿除曹賊，誰料反中他計，殺了一晚，黑洞洞不辨東西南北。大哥不知走在那裏去，叫聲看。老劉老劉。（張）

【端正好】殺得我兄弟驚慌，徐州失散好悲傷。我偷曹瞞營帳，怎知殺敗老張。走一步回顧望，不知俺大哥落在何方？望後看只見旌旗閃閃，望前看又沒個旅店招商。憑着俺單人獨騎，此行全靠這一根鎗。老張，一時間思想起來，大哥不是落下的。俺大哥他生得有湯肩禹背，俺二哥英勇無雙，咱張飛也是個英雄好漢。蒼天不負桃園義，三人重會，恢復舊邊疆。（內復喊殺科）

（張持鎗回頭望科）你來你來，殺死你。（下）

## 第九齣　困　野

（劉走慌上）（衆隨科）（劉）

【紅衲襖】趕得我汗津津濕頂門，喘吁吁力不勝。他那裏急嚷嚷將咱趕，俺這裏眼睜睜沒處存。恨張飛劫寨營，致令我弟和兄四散分。怎生脫得天羅也，却似火裏蓮花重再生。但不知三弟消息何如？

（丑扮敗兵上科）報大爺，三爺被曹兵殺了。（劉作悶悲哭科）三弟真個可傷。（劉）

【駐雲飛】痛苦嚎啕，怎不教人珠淚拋。枉把兵來叫，到此無歸落，嗏，哭得我淚痕交,恨難消。三弟呵,你向前行,我也隨後到。漢室江山漸漸消。

（衆）大爺,不須啼哭。三爺生死未明,徐州雖然失去,還有二爺在下邳城,足以安身。（劉）

【前腔】棄了鋼刀,一旦英雄在這遭。除去三尖帽,脫下這蟠龍襖,嗏,不如一命喪荒郊。（衆下跪勸住科）大爺,你快不可如此！你若是一命喪荒郊,枉了桃園結義,生死相交。萬民塗炭,江山難保。老卒殘兵,却把誰來靠。却不道有上稍來沒下稍。

（衆）大爺,天下英雄無數,各霸一方,雖然失陷徐州,何不投奔他州,求兵借將,以報此仇？豈可自尋短計,輕喪萬金之軀？望爺聽衆軍所勸。（劉）也罷,我如今依你衆人所勸。只有冀州袁紹,地廣民稠,兵多糧足,可以拒敵曹操。我如今不免急往河北,相投於他,借兵前來,以復此仇罷了。（劉復上馬科）（衆）

【煞尾】急投河北依袁紹,捲土重來破阿曹,復整炎劉立漢朝。（並下）

## 第十齣　權　降

（旦、貼同上科）（旦）

【菊花新】兒夫一去戰曹兵,教奴展轉憂心。（貼）烏鴉喜鵲共枝鳴,吉凶禍福難憑。（相見禮科）

（七言律）（旦）樹頭樹尾覓殘紅,一片西飛一片東。（貼）自是桃花貪結子,錯教人恨五更風。（旦）妹子,自玄德公與三叔去偷曹兵營寨,未知勝負若何,使我心下十分憂慮。（貼）姊姊,自古道"吉人天相",自然取勝,不須挂慮了。（合）

【端正好】若還提起吉和凶,好教我心如醉。只愁他弟和兄兩三人,將少兵微,終朝排兵佈陣耽驚畏。何日裏取得個安居之地,常只是撲鼕鼕擊陣征鼙。都只爲獻帝軟弱,奸臣弄權,致使天下紛紛,兵戈競起。想是君王欠主爲,何日得旗收刀棄,那時節國治家齊。呀,忽聽得鴉鳴鵲噪連聲急,莫不是虎鬥龍爭有外非,好教奴仔細猜疑。

（關上,衆隨立科）（關）

（集日句）姓關名羽字雲長,家住蒲州及解梁。自從桃園三結義,白馬烏牛一炷香。左右報與皇夫人知道,說二爺至此問安。（衆作進跪稟科）（旦、貼）只說大爺不在,此處無人相迎,請進。（關）左右將馬喂料披鞍伺候,倘大爺有報到，即要出兵接應。（進，相見禮科）（旦、貼）請二叔端坐。敢問曹操兵下徐州，所爲何來？（關）劣叔不說，皇嫂不知。當初曹相舉薦我兄弟三人，上長安擒了呂布，建立大功，引見獻帝，聖上認俺大哥爲了皇叔，封爲豫州牧、左將軍之職，故此他心不忿，舉兵來戰，要俺兄弟歸順於他。想俺大哥乃漢室宗枝，豈居曹瞞之下。聽我道。（關）

【油葫蘆】好笑曹瞞見識低，俺三人怎肯歸伊。一個貌堂堂待要扶持社稷，一個雄糾糾氣吐虹霓。一個惡狠狠破了百萬黃巾賊，一個氣衝衝虎牢關上打落呂布紫金盔。一個是漢家後代孫，一個是蓋世英雄輩。俺三人都是一樣好男兒。

（丑扮探子上報）禀二爺，大爺與三爺同去偷營，被曹兵用下埋伏之計，大爺、三爺盡皆殺了。小軍特來報知。（旦、貼哭科）（關倒悶坐科）（旦、貼）

【泣顏回】聽說淚交頤，嚇得我魄散魂飛。無端曹賊，平地便把波濤起。望二叔念取桃園義，到沙場收取身屍，免得他朽爛塵泥。（關）左右帶馬來。（作怒上馬虛下科）（旦、貼哭）頓教人默默嗟呀，眼睜睜怎忍分離？

（關持刀走馬上科）左右，與我帶住了馬。古語云：「三思而行，再斯可矣。」想俺大哥兩耳垂肩，雙手過膝，真乃帝王之相，豈今一旦落在曹兵之手？大哥切莫說，就是俺三弟張飛，生得豹頭環眼，燕頷虎鬚，破黃巾，擒呂布，這等樣蓋世英雄，便做今日殺曹兵不會殺，難道他走也不會走？（沉吟科）我曉得了。想是曹兵用計，詐言俺大哥三弟被他所殺，道我必念桃園結義之情，一壁廂興人動馬索吾大哥，家眷亦未可知。倘家眷有失，却不是關某耽錯。兵法云：大將不可以怒而興師。左右，帶馬轉來。（下馬科）叫適纔那探子過來。（丑跪科）探子在。（關）探子，你可曾親見大爺與三爺被曹兵殺了不曾？（丑）小人跟隨大爺三爺出兵，三爺傳下令，不可叫名字。大爺叫三爺做老張，三爺叫大爺做老劉。一更無事，二更悄然，三更時分，只聽得一聲砲響，裏面營中喊聲叫殺殺。只見大爺慌了，叫三爺「老張、老張」，後來聲音低了，想是一個開交了。三爺又殺慌了，叫大爺「老劉、老劉」，後面聲音也低了，想是一個又開交了。張死了一個，劉死了一個，小人就走了來報。（關）你只聞得聲音低了，就說是被曹兵殺了，不曾親見麽？（丑）是不曾親見。（關）唗，這等不中用的狗才，險些誤了大事。再去仔細打探。（丑下科）（關轉身入見旦科）（旦、貼）二叔，爲何轉來？（關）非是劣叔出兵去而復返，适纔審問報軍情的小卒，他跟隨大哥出兵，未曾臨陣，是耳聞說被傷，未曾親眼見來。古言道得好：「耳聞者是虛，目睹者是實。」想吾大哥乃漢室宗枝，真爲帝

王之相，又道是"王者不死"，豈落曹兵之手乎？（旦、貼）此事也難料。（關）皇嫂免憂。（關）

【前腔】我這裏勸尊嫂不必恁傷悲，聽雲長一言咨啓。詳其事察其情，若是曹操用計偷我這裏的營寨，不曾提防，萬一有失，也未可知。如今到是我這裏用計去偷曹操的營寨，縱有準備，殺曹兵不會殺，難道走也不會走？這樁事關某明明知道了。想着他去偷營劫寨，兄弟每真將少失了機，被他們趕散東西。無端曹賊，賊，你平白地用下了瞞天計。若是俺大哥三弟失散了，久已後必有相逢之日。萬一不幸果被曹兵所傷，我那大哥三弟呵，（作悲淚科）謾教人默默嗟呼，也難免兔死狐悲。

（丑上報科）二爺，曹兵殺來了。（關）既是曹兵殺來，可有多少人馬？（丑）只一個。（關）這賊弟子，一個曹兵來，怎麼就懼怕他了？是甚麼人？叫甚名字？（丑）說是張遼。（關）還是文來武來？（丑）手無寸鐵，冠帶而來。（關）既是張文遠獨自前來，分付四城門大開，容他進見。左右，把頭門、二門一齊與我開了，看張遼來意若何？皇嫂請回避。（旦、貼下科）（張遼上科）纔離虎隊貔貅帳，來到龍蟠雉堞城。全憑三寸班爛舌，打動關家一個人。你看雲長，好一副□□門大開，並不畏懼，這纔是大丈夫也。我這裏也不須通報，徑進便了。（關作□□科）是誰？（遼）是小弟。（關）原來是張文遠，請。（作揖□□科）張遼，你不思昔日虎牢關上我兄弟三人幫你解危，今日爲何用計殺散我兄弟，是何道理？久聞張遼立地有三計，今日關某擒住你在此，有甚計策施來我看？（遼）小弟縱有甚計，也不敢在仁兄眼前賣弄。（關）莫非來擒我？（遼）非也，小弟無霸王之勇。（關）敢是來助我？（遼）亦非也，小弟無韓信之能。（關）既不擒我，又不助我，我曉得了，你來說我了。（遼）又無酈通之舌。（關）左不是右不是，你今日到此何幹？（關放，遼揖科）小弟告回了。（關）半言未說，怎麼就要辭去？（遼）小弟昔日承仁兄活命之恩，久未相見。今日一來問安，二來報喜。半言未說，仁兄就將三罪罪我，縱然有話，也不敢說了。（關）適纔小校來報，說俺大哥三弟陣上有失，性頭之上，一時火起，賢弟至此，語言冒瀆，甚勿記懷。請上作揖。（遼）各事其主，不由仁兄不疑，小弟焉敢記意。（相笑揖，坐科）（遼）小弟今特到此報喜，令兄令弟失散是實，並無所傷。（關）承報了。小校傳與皇夫人知道，大爺失散情真，被傷是假。（卒應科，向內說白如前）（遼）仁兄，目今曹兵層層圍匝，下邳城小，糧料不足，仁兄有何主意？（關）關某無甚主意。來日早披挂，出城交鋒，曹勝則羽必亡，羽勝則曹必敗，生死存亡，只在旦夕之間。（遼）久聞仁兄飽讀

《春秋》，深明《左傳》，爲何逞一匹夫之勇，而無高遠之謀？若依小弟所言，略有一德於仁兄；不依小弟之言，到有一笑於天下。（關）何爲"一德"？何爲"一笑"？請道其詳。（遼）想令兄失散，他日豈無相會？今仁兄權且降吾明公，保全二房主母，異日訪知令兄令弟消息，尋歸舊主，再整桃園，凡百如故，可謂"一德"。（關）何爲"一笑"？（遼）若仁兄恃血氣之勇，逞一己之能，衝鋒死戰，冒險乘危，古道"寡不能敵衆，弱豈能勝強"，縱然不敢攔擋仁兄，倘若二房主母失守，萬一落於曹兵之手，此罪誰歸？可不爲一笑於天下乎？張遼愚言，仁兄高明，龍腹中請自參詳。（關）文遠，你所言雖是，我關某寧可死戰沙場，漢將決不降曹。（遼）仁兄差矣。大丈夫貴在通時，不可固執。曹相今統雄兵百萬，戰將千員，兄止一人，能敵幾許？請三思。（關）

【勝葫蘆】誰教你驅兵將，誰教你亂舉刀鎗。四下裏埋伏都是兵和將。你今日在俺跟前絮叨叨假意兒說什麼商量，豈懼他百萬兵，不怕他千員將。自古兵法云："將在謀而不在勇，兵在精而不在多。"憑着咱一人一騎，也有擔當。咱若是怒時呵，只教他渾身是鐵皆齏粉，咱若是展開時，他擋不住明晃晃三停偃月光。（遼）仁兄，軍情緊急，乞回一言。（關）且住，待關某思忖，然後回話。（背語科）人說道張遼是說客，我到不信，今見他舉止，果然名不虛傳，但他的言語到也可當。若論關某一人，殺出重圍，量無人敢當；萬一二位皇嫂有失，可不遺笑於天下？若依他言語，降了曹操，却把俺漢將銳氣失與他人。關某今日處在此兩難之地，咳，老天老天，非是我無能怯戰將身抗，只爲我二房主母沒處潛藏。與其全一時之節，莫若達萬世之權。罷罷罷！且假作癡呆懵懂降曹相，久已後訪知大哥，再作商量。

文遠弟，我明知你來說吾。若要我歸降曹相，先要他降我三樁事；若不依我三事，寧可死戰，決不肯降。（遼）不知是那三樁事？（關）第一來，主亡則輔，主存則歸。早上知道仁兄消息，晚上辭別就行，毋得攔阻。此是一也。二則降漢不降曹，此乃大節也。三者許昌要蓋一所新宅，與二位皇嫂一宅分爲兩院而居；照給大哥俸米供奉，皇嫂不食曹家之食；無問大小將官軍卒人等，不得擅入吾門，有犯者殺戮不禀；不與老相建立大功，來不參，去不辭。依此數件，權允一字；如若一件不依，賢弟不勞再說。（遼）有小弟在，莫說是三件，就是三十件，見了明公，一一依從。請上馬。（關怒）我纔允一字，你便催促登程，要脅制於我麼？（遼）非也。仁兄一日不登程，明公一日不散兵。一者騷擾黎民，二者驚嚇皇夫人。將軍既肯歸降，何在其遲一兩日之上？（關）既如此，煩文遠與我多多拜上老相，請速退兵，先回許昌，某即刻登程。

（遼）仁兄既允登程，小弟告辭先去。（作辭揖禮科）

　　暫離此地且寬心，戀戀難忘兄弟情。皎翎鸚鵡權棲樹，困龍不久上天庭。

## 第十一齣　秉　燭

　　（關吊場科）左右，請皇夫人出來。（衆請科）（旦、貼同上科）（相見禮科）（旦、貼）二叔，適纔何人到此？（關）是曹將張遼。（旦、貼）到此何幹？（關）他以故舊之交來説劣叔歸曹。（旦、貼）二叔如何主意？（關）權允他一個降字去了。（旦、貼）二叔，你歸降了曹操？（關不語科）（旦、貼哭科）（關長吁科）（旦、貼）叔叔既然降曹，借你身旁寶劍，待我姊妹二人自刎而死，免得二叔心挂兩頭。（關向天跪科）二位皇嫂在上，關羽若有真心歸降曹操，天地神明鑒察。俺本欲一人殺出，曹兵無敢攔抵，只是萬一二位皇嫂有失，落在軍卒之手，豈不遺笑於萬民？因此上假意歸降，日後訪知大哥消息，依舊尋歸舊主。況曹操一一應承，以客禮相待，久後去留，悉憑在我，並不拘留。（旦、貼）我姊妹乃是婦女之流，識見淺陋，錯怪二叔，請起計議。（關起科）二嫂可即收拾，同上許昌，別有良圖。（旦、貼應科）（關）左右，碾車過來。（作妝車輪科）請皇嫂登車。（旦、貼上車科）（丑扮驛丞捧金上，跪科）奉曹丞相嚴命，着驛丞送關爺上馬一蹄金。（關）你爲我多拜上丞相爺，説道我這裏權時收下。（丑應下科）（關）左右，帶馬來。（上馬科）（七言句）（關）桃園生死義難忘，徐州失散倍情傷。順時假意歸曹操，纔離虎穴與龍潭。（關）

　　【村裏迓鼓】纔離了龍潭虎穴，早不覺心中勞役。遠觀青山，自泗西風葉、南來雁，似碧澄澄遠水連天無際。呀。自古道災來災來怎避。望中無極，見了些柳岸桃蹊，走了些古道長堤。昨日在困裏，今日在路裏，一路上辛勤勞役，笑曹瞞爲人好不自恥，怎能勾成得個大器？有一日逢伊遇伊，休想我饒伊恕伊。早知今日禍及吾兄弟三人，當初許田射鹿，任從三弟張飛一劍誅之，可不好也，那有今日？悔不過當初就裏。曹操呵，看你似螃蟹橫行，到有幾多時日，幾多時日。（旦、貼）（合）

　　【北寄生草】那堪金蓮小，心急步行遲。露珠濕透幫和底，思知，姊妹們受盡了腌臢氣。有朝夫君相會時，細把從前説與知，管教報復那從前事。（衆扮八從將上迎科）（關、旦、貼内轉走科）（衆外旋轉走科）（大衆）（合）

　　【前腔】流水漢潭清，暮靄山光紫，只見村深茅屋掩柴扉。（衆相見科）

請了。眾等是曹家八健將，奉明公之命，特來相迎。（關）料關某有何德能，敢勞列位將軍遠來？奈二位皇嫂在車，不及下馬，待至館中相會，免勞台候。（眾先下科）（關）暫同驛舍裏安置。（旦、貼）真個是路中人，愁殺了有誰知？

（卒稟科）稟將軍，來此已是許都館驛了，請下馬。（旦、貼下車，先虛下科）（關下馬，作進驛吊場科）（淨扮驛丞進見科）（出復進稟科）張將軍求見。（關）請進相見。（遼小進，關接，見禮科）（遼）新府蓋造未完，仁兄權在館驛中暫宿一宵，明早入新府。（關）多勞賢弟了。（遼辭下科）（驛稟科）八健將求見。（關）請進相見。（眾將上，相見禮科）（關）念關某有何德能，敢勞列位將軍垂愛。念關某咋到許昌，不及造拜，容另日潔誠請罪。（眾）請二位皇夫人拜見。（關）不勞了。（眾）恕罪了。（關送眾下科）（褚作吊場科）驛丞過來，聽吾分付。今晚關羽在此安歇，你止送一床鋪蓋，一枝小燭。此處外面兩間門面，內通一室，待等燭盡，高聲喊叫："嫂叔通奸！"來日重重有賞。（驛）倘關爺見罪，誰保我這顆頭？（褚）有我許爺在此，不妨。（驛應科）（褚下科）（驛作跪稟科）下程進、柴米進、花紅進、紙劄進、鋪蓋進、燈燭進。（驛見科）（關）你是本驛的驛丞，須要小心俟候，少刻喚你來領封條。（驛應虛下）（卒跪見科）（關）你眾人是我隨行的軍校，只在驛前店中安歇，我這裏喚你，可即來聽用。（眾應下）（旦、貼同上科）（關）皇嫂，事曹如同伴虎，二嫂請正堂尊坐，借燈與劣叔兩廊尋哨而來。（旦、貼）燈燭在此，二叔須用小心。（關執燭看科）原來這些賊弟子用計害我，外厢兩個門面，內通一室，一床鋪蓋，一枚蠟燭，待等燭盡之時，要來拿我個嫂叔通……（住口叫科）張文遠、許仲康、驛子、小校。（內俱作不應科）（關怒）他將我手下所用的人都調在遠處去了，本待要打將出去，有何難處？所見關某智短。我就在此廊下站到天明，看你這些賊子，明日有甚麼臉嘴來見我。本待要對皇嫂說知此事，他是女流之輩，聞得此事，安身不穩。我且含忍在心，又作道理。（轉身科）皇嫂二人今日車上勞頓，請安置罷。借燈與劣叔，看一卷《春秋》。（旦、貼）二叔馬上勞苦，請自安置。姊妹二人，少坐一會者。（關）皇嫂既然愛坐，此處自有個圍屏，待我撥將過來隔斷了，以分個內外之理。（撥圍屏遮科）（關作燈下看書科）想我桃園結義兄弟三人，止望重興漢室，復佐炎劉，誰想着被曹兵殺散，大哥三弟不知去向，關某與皇嫂今夜棲止驛舍之中，真好淒慘人也。（關）

【點絳唇】想驛舍光寒，（內作喊科）四下裏干戈撩亂。（內叫苦科）可憐民塗炭，似這等長夜漫漫。

你看這小小銀燭,怎麼熬得到天明去呵?

【混江龍】(關)待旦何時旦?我想曹相不以兵勢相加,命張遼説我歸降,焉有害吾之心?張文遠虎牢關曾有八拜之交,説吾降曹,決無暗害之意。關某知道了,想是許褚等,那八健將道吾假意歸曹,要壞吾之名節,做不得個好人,歸不得漢主,將我流落在許昌了。想都是許褚這些潑妖蠻,没來由將咱盤算。呀,倘關某一時愛睡,打滅了燈,却從那裏去討火?待我來,(作怒拔劍刺股科)只待要攖鋒刺股恁摧殘。差了,自古道:"身體髮膚,受之父母,不敢毀傷。"怎知道,吾詩書富廣,武藝周全。老天,我若真心降曹,忘了昔日桃園結義之情,關某久已後必遭萬劍之誅,身爲齏粉。憑着俺凛凛鋼刀扶社稷,燈燭呵,咱關某一點誠心,只有你我知之,還有這一枝明晃晃銀燭,照見咱赤膽忠肝。俺自有魯男子雅操,待學取柳下惠同班。一個坐懷不亂,一個閉户無干,一恁他訂下了清白千年案。俺轟轟烈烈,要把那古人扳。(内作擂鼓科)(作初更點鼓科)

(關)呀,樵鼓已傳初更了。(關)

【駐雲飛】樵鼓初更,(内作鳥鳴科)我道是甚麽鳥,原來是孤雁,忽聽孤鴻塞外鳴。想他失散同行陣,惹起我頭悶。嗏,淚濕透衣襟,細評論,久別仁兄,一晌無音信。(合)終日思兄不見兄,終日思兄不見兄。

(驛丞、衆卒上科)一更牌誰家收得放出來,謹慎火燭,謹防奸細。(驛)牢子,許爺適纔分付,送關爺處一枝銀燭,待燭盡之時,齊聲高叫,説道他嫂叔通奸,明日大家有賞。(衆卒應科)(衆)

【鬧更歌】一更一點,正好子眠也。忽聽得黄犬叫聲喧,叫得傷情,叫得動情,叫得相思夜冷也思情。小娜問道耍子叫,狗兒汪汪,狗兒汪汪,叫到天明。(衆打號虛下科)(内打二更鼓點科)(旦、貼)鼓轉二更了。(旦、貼)

【駐雲飛】二鼓聲頻,想起夫君珠淚零。指望同歡慶,誰想分鸞鏡。嗏,好教奴痛傷情,淚盈盈,若不是二叔維持,姊妹們無投奔。(合)終日思君不見君,思君不見君。(衆又上科)三更牌誰家收得把出來。(照前白科)(驛)三更了,裏面燈尚未滅,你每衆人到後街去,待我在此間伺候滅燭之時叫一聲,你每一齊前來吶喊,明日許爺有賞。(衆應科)(又唱歌科)(衆)(歌)三更三點,正好子眠也。忽聽得寒蛩叫聲喧,叫得傷情,叫得動情,叫得相思夜冷也思情。娘問那裏耍麽子叫,蟋蟀蟋蟀,蟋蟋蟀蟀,叫到天明。(衆打號下科)(驛獨守場科)(關聽外更夫已傳三更了)(關)

【前腔】三鼓鼕鼕,(做風吹燭,關舉手遮科)險被風來吹滅了燈。關某看起，此燭已盡，不免對皇嫂說作何計較。唔，到是關某錯矣，此事豈可對他所說，失打點。常言道"嫂叔不通問，恐惹旁人論"，嗟，燭盡怎支撐，自思尋。（執燭照四旁科）原來這驛舍四旁俱是蘆柴鍬的泥壁，喜得天從人願，不免打將下來，以接燭光，待旦天明，以顯大節，不墮奸謀。多少是好。（打壁科）我只得破壁為光，方表雲長性。（合）把火天明只為兄，天明只為兄。（驛探視驚科）原來那燭盡了，他把兩廊的壁打將下來，接光待日，以表其心。真個是好人！快去稟過曹爺，說明此事。關爺秉忠心，把火到天明，報與曹丞相，分外敬此人。（虛下）（內打四鼓科）（旦、貼）樵樓上已傳四更了。（旦、貼）

【前腔】四鼓頻頻，頓足搥胸長歎聲。失散在徐州郡，曹丞相呵，却把二叔相欽敬。嗟，二叔秉忠心，暗沉吟，你本是幹國忠良，青史標名姓。（合）孤枕無眠夢不成，無眠夢不成。（內打五更科）（眾復如前說白科）（眾）（歌）五更五點正好眠，忽聽烏鴉叫得鬧聲喧。叫得傷情，叫得動情，叫得相思夜冷也思情。小娜問道那裏耍麼子，叫烏鴉啞啞，呱呱啞啞，叫到天明。（眾打號下科）（內作雞鳴科）（關）

【前腔】五更天明，喔喔金雞報曉聲。漸覺東方映，頓起征人悶。嗟，（內做喊科）又聽得門外亂紛紛，想是曹公遣將來相問。（合）一夜無眠至五更，無眠至五更。

（驛丞同眾上科）（唱，開門科）（眾見科）（驛跪叩頭科）（關）階下跪的是誰？（驛）是小驛丞。（關）好個大膽驛丞，叫左右與我打二十。（眾作打科）（關）你且說，昨晚此計是誰用的？（驛）不敢說是許褚將軍分付如此。（關）左右與我再打。（又打科）（關）驛子的狗官，在先二十是打你不小心，後來那二十是打你寄與那用計之人。（驛應科）（關）住了。你可聽我分付？倘許爺問時，不要說我怪他，只說關爺多多感戴他。起去。（驛）小驛子理會得。（倒戴紗帽出，遇張遼，跪科）（遼）調轉來。（驛）調轉又是二十。（遼）講甚麼？叫你把紗帽調轉。（驛）打慌了。（遼）打那一個？（驛）是關爺打驛丞。（遼）為何事打你？（驛）夜來是許將軍分付，止送一床鋪蓋、一枝小燭，待等燈盡之時，高聲叫他"嫂叔通奸"，要壞他名節。誰想關爺將兩旁蘆壁打將下來，接光待旦，坐至天明，因這些事打驛丞。（遼）狗官該打，打少了，怎麼不來報與我知？（驛）許爺分付得嚴切，報不及了。後關爺問是誰用的計，驛丞只得明說，又打了二十，說道寄與用計之人。（遼）切不可對許爺說，只是難為你些。（驛）正是蛟龍相戰，驛丞魚鱉遭災。（遼）閑話少說，快去報說張爺來見。（驛稟科）張爺求見。（關）請進。（出接相見科）（遼）小弟連日監造新府，以致失於陪奉，多多有罪了。(關)文遠弟說那裏話，多勞厚情了。(遼)啓仁兄，新府已完，今乃黃道吉日，請進新府。(關)賢弟先回，待我稟知皇嫂，即便進新府。(辭別禮科)暫時相別去，少刻又相逢。(遼下)(關收圍屏，見旦、貼禮科)曹丞相蓋造新府已完，請二位皇嫂同進新府。(旦、貼應科)(旦、貼上車，關上馬，作進府科)

　　曹丞相枉施奸計，二夫人玉潔冰清。關雲長堂堂大節，秉銀燭直至天明。

## 第十二齣　落　草

(張)

　　(七言句)三國紛紛似局棋，誰人不識漢張飛。其間只爲些兒錯，難免徐州一着輸。老張與大哥偷劫曹操營寨，指望殺賊成功，誰想奸雄將人兵四面埋伏，被他殺得東逃西竄，膽落心慌，亂軍中不見了大哥，這幾日四下裏跟尋，並無消息。我如今又不敢回下邳城去見俺二哥，單人獨馬在此，好凄慘也。且信步前行而去，又作道理。

　　【端正好】俺本是轟轟烈烈人，又不是蠢蠢癡癡漢。一雙眼常觀陣，兩只脚不離鞍。殺人心常挂英雄膽，兩只手將丈八神鎗隨身伴。不怕行路難，只奔前程趕。大哥呵，又不知他投北投南，望雲氣直尋到芒碭山間。心兒裏不閑，馬蹀躞不懶，這幾日不見大哥哥，委實凄慘。想當初結義一似棋盤，俊麟兒多疑難。戰場中無有月光明，埋没殺英雄好漢。一肩挑着英雄擔，暫時落泊何足歎。兀的不是氣殺人也麼哥，惱殺人也麼哥。我老張呵，猶如那雲端内叫聲哀離群雁。只見前面有個農夫在那裏，不免下馬問他一聲。農夫，你可曾見個大耳的皇帝過去麼？(内叫怕科)(張喊科)(内叫走科)(張笑科)這狗娘養的，我適纔不喊，他還不走，我這裏越喊，他那裏越走，却怎麼樣好？問莊農知也不知，就如是問流水，他全然不管。滚。問山山不應，問水水潺潺。瞻前顧後没主張，又没個商量，怎生去提防？兀的不是埋没殺英雄好漢？(内扮强人吶喊科)(張聽科)忽聽得摇旗吶喊，想只是曹兵追趕。(内叫科)那漢子不要走，我每乃是古城中有名的大王，快留下買命錢。(張笑科)呵呵，我只道是曹兵，原來是古城中强盗，他若來，也不須我動手，只須把我這環眼兒睜，長鎗用幾番，直教那廝們唬破了膽。

　　你看那些强盗耀武揚威，要趕下山來，我老張不免先上山去，看他如何。

（衆扮强人上科）兄弟快來。（衆）

【金錢花】前面有個經商，經商。即忙趕上何妨，何妨。猶如猛虎啖豚羊，有財寶放還鄉，無財寶見閻王。

（衆見張科）那漢子你要往那裏去？快上山來。花兒是我栽，路兒是我開。留下錢買路，任你戴花回。若無錢寶獻，目下受凶災。（張）你這些人是無理。路是你開的，何不擡回去，藏起來？（衆笑科）嘎嘎，那裏有個路擡去藏得？這漢子好大膽。且說你是何等之人？（張）是我是我真是我，你來尋我我不躱。若要問咱名和姓，黑臉閻王便是我。（跳下科）（衆驚科）兄弟敢是竈神菩薩出現了？（張）胡說。我且問你，那裏有多少人？（衆）嘍囉有三千，頭目只有四十。（張）你快去拿四十兩金子來買，免你這些狗命罷。（衆）兄弟好笑，我每打了半世劫，不曾見過路人討貼。（小）是。天下不曾見，打鼓弄草薦。我到問他討，他反問我騙。大哥，做强盜的，人不殺銀子不來，殺他娘！（衆混殺，俱跌倒科）都是你鑼鼓打得不好，致令我每輸了。不停當，不停當，好手段，好手段。思想起來，我你城中少了個英雄頭目，不免請他上山去做個頭目。（張）快把過山錢來。（衆）不要忙，將軍，我和你商量說話。我山寨中少個頭目，要請將軍上山去做個頭目，意下何如？（張背科）老張尋思起來，自別了大哥二哥，無有棲身之所，不去權借古城之衆，招軍買馬，積草屯糧，日後訪知大哥的消息，再聚桃園，有何不可？（轉身科）衆嘍囉，此去到山寨有多少路？（衆）不遠，只有五里之程。（張）既如此，且到寨中去着一個有力的與我扛鎗來。（衆作重扛不起科）（張）你這些狗才，一根鎗也扛不動，做甚麼强盜？看我一手拿起來。（衆）是好大力氣。（衆作行科）（叫殺科）（張持鎗轉身怒視衆科）要殺誰來？（衆伏地科）做强盜的人殺聲爲號。今日將軍初上山，殺猪殺羊，與將軍作賀。（張）怎的饒了你，起去。（張左右看科）好所在，好所在，正好屯兵行事。（頭目同上坐科）（張推跌下科）自古道："天無二日，國無二主。"我今做了頭目，你快剝下那些衣妝來，只許兩班站立，再亂規矩者，梟首示衆。（衆推舊頭目下，剝衣帽站在旁科）（張）你衆人去取一匹黃布過來，造下一面大旗，待我標一個年號在上。（衆應科）（張背科）到是老張差矣。若標了我真名在上，日後中原曹操聞知，未免取笑，說我老張去做强盜，不如混標一名在上，日後見了大哥，再作道理。（衆）稟大王，黃旗已成，就請標題。（張轉書科）快活元年無名大王建。（衆嚷科）因爲無名，請你上山，怎麼又標個無名？（張）你每不要慌，我還是無名的，過幾時還有個有名的來了。（衆應，作扯旗科）（張）你每今後聽吾分付。（張）

【耍孩兒】衆軍小卒聽吾道，法令嚴明須聽着。一匹黃布爲旗號，上寫着攏統年和月，無姓無名把字標；中間寫着豐年號，左邊寫着"民安國泰"，右邊寫着個"雨順風調"。

衆嘍囉聽我分付，每日輪流供膳，切不可有違。（衆應科）（張）我一日也吃不多。（張）

【前腔】一日三斗白米飯，餐餐要把細茶澆。饅頭蒸餅時時要，一埕老酒開懷抱，五六斤猪蹄爛爛熬。你每休違拗，一年四季，要整頓衣袍。（衆應科）

（張）我還有軍令事分付汝等：倘下山打擄，一不許殺害孝子順孫，二不許傷殘孤兒寡女、忠臣義士、烈女節婦，三不許殺害姓劉姓關的，若遇見個大耳朵的，便請上山來。有敢違者，即按軍法。今後汝等皆爲臣子，呼孤爲千歲。（衆拜舞呼科）願大王千歲千歲千千歲。（張）衆卿平身。（笑科）嘍囉下山寨，刀環帶血腥。兒郎數百個，盡是不良人。（衆呼千歲送科）（張下科）（衆推駡舊頭目科）（插諢科）（衆下科）（舊頭目吊場科）你看這些狗娘養的，好欺負人，有了那黑臉賊上了山，便把我推將出來，有何臉嘴？罷罷罷。（丑）

【清江引】命裏悔氣真悔氣，平天冠蟒龍袍都剝去，今日有了他便丟我在屹落裏。也罷也罷，且退入在逍遥宫，讓你做皇帝。

## 第十三齣　却　印

（遼）

（五言律）奉領明公命，筵宴待雲長。可欽全大節，立義正綱常。左右，禮物、印信、美女、筵席俱齊備了麽？（衆）俱已完備，專候張爺指揮。（遼）既然如此，分付美女同候，關爺開門即時通報。（關）

【點絳唇】國祚延長，須要忠臣良將。憑智勇協力扶匡，久已後圖像在凌烟閣上。只爲着獻皇軟弱，四下裏亂舉刀鎗，纔誅了強梁董卓，又遇着權奸曹相，好教我費盡了思量。（衆唱，開門科）

（稟科）張爺在府門求見。（關）是那個張爺？（衆）是遼爺。（關）既是文遠，請進。（相見禮科）（遼）小弟奉主公嚴命，今乃小宴之日，特來奉陪。俺主公已奏聞獻帝，封仁兄爲壽亭侯之職，請受下印信。左右，捧印過來。（丑捧印跪科）（關看印科）賢弟，某當初所降之日，有言在先，賢弟怎麽就忘了？

（遼）仁兄不受此印，小弟適纔思到了，莫非少了個"漢"字？（關）然也。（遼）左右，將此印收下，來日稟知丞相，送到尚寶司去，重加一"漢"字在上。（關）如此足見相知。（遼）主公念仁兄客旅孤單，謹具綠袍金帶、黃金百鎰、美女十人，望仁兄笑納。（關）念關某有何德能，敢承老相之恩？（遼）俺相公非特待仁兄如此，他待上將猶如手足，待士卒勝如骨肉；三軍未歸，自不敢安；眾人未食，自不言食。正是：朝廷宰相握乾綱，天下英雄都領袖。（關）關某盡知恩相待人之公也。文遠弟。（關）

【倘秀才】想曹公養士呵，他將賊寇擒攘；想曹公盡忠呵，便扶皇定邦；想曹公盡節呵，正三綱並五常。你道我爲甚的丹衷將美人辭却厚惠把黃金讓？美女、黃金等物一概不受，借賢弟金言拜上丞相，道關某感荷大恩，增光寵愛極矣。這的是感曹公寵愛增光，感曹公寵愛增光。

（遼）仁兄尊坐。左右，喚美女來叩見關爺。（卒應科）美女快來。（旦、貼夫）（丑扮四女上科）（眾女）

【傍妝臺】意綢繆，終朝賣俏逞風流。紅衫兒舞動翩翻袖，迎新送舊幾時休，客來客往不斷頭，全憑簫管度春秋。（眾美女叩頭，關、遼相推遜科）

（卒）關爺分付起來。（女應科）（遼）左右，擡酒席來。（卒應科）（遼把盞宴席科）（美女歌舞）（美）

【杏花天帶過梨春調】打一會雙陸，卜一會棋，又何須苦推辭？功名二字非容易，白髮老來催。光陰能有幾，遇酒不喫笑你癡，不喫笑你癡。（美）

【前腔】擲一會硃窩，抹一會牌，又何須苦癡呆？功名二字天排在，遇酒飲三杯。青春不再來，遇酒不飲笑你呆，不飲笑你呆。

（遼）仁兄請酒。（關舉杯飲科）（遼）眾美女再歌舞，輪流送酒。（美女奉酒歌舞科）（美）

【前腔】要解愁腸，除非是酒，常將美酒解離愁。醒時節，醉時節，還依舊，離恨愁。酒在心頭事也在，哎哦又自哎哦咳呀，事在心頭，事在心頭。（美）

【前腔】要解愁腸，除非是你，你生得一貌賽花枝。眼兒裏覷着，心兒裏喜，笑嘻嘻。娶到家中咱兩個，哎哦又自哎哦咳呀，做對夫妻，做對夫妻。（美）

【前腔】要解愁腸，除非是他，他生得一貌賽如花。眼兒裏覷着，丟他不下，俏冤家。娶到家中，咱兩個，哎哦又自哎哦咳呀，成就渾家，成就渾家。

（關）左右，分付樂人停奏，美女不須歌舞了。（眾應止科）（關）

【北寄生草】列羅綺，排佳宴，擁笙歌，到畫堂。新醅醱醲玻璃盞，滿斟玉斝葡萄釀，高擎琥珀珍珠漾。（搵淚科）（遼）仁兄爲何不樂？（關）賢弟，俺本是飄零孤館客中人，何勞你闌珊竹葉在樽前暢？

（辭酒科）文遠弟，你素知關某酒後狂亂，今不勝酒矣，請收拾罷。（遼）仁兄天量，再飲幾杯。（關）

【前腔】你那裏休得要苦相央，咱和你是故友之情，兩個也好商量。（遼）仁兄，今只飲酒，無別商量。美女，取兩個大觥來，我陪關爺同飲。（關）既承賢弟厚情，莫說某量窄不能容物，我和你立地而飲，三杯就散。（遼）要仁兄飲十杯。（關）只是三杯。（作對飲三杯酒完科）（遼）再斟上酒。（關）住了，賢弟。適所言在先，三杯就散，你只管苦苦勸我飲酒，我知道了，你又是一計來也。（遼）仁兄差矣。小弟勸酒，乃是敬愛之意，並無有何故。（關）賢弟，你見曹相送有美女在此，你將酒灌得關某沈醉，待吾醉後，納了這些美女，以爲帳下；你回到老相跟前，逞你一己之能，道某貪酒好色。（遼）小弟焉敢如此？（關）賢弟，你只待俺痛飲皇封醉，倚紅妝，你調着三寸舌尖兒伎倆，絮叨叨賣弄你數黑論黃。

（遼）左右，再換過熱酒來。（關）

【前腔】囑付他酒盡休重燙。（遼）仁兄，你醉後免推詳。（暗使美女進酒勸科）（關）賢弟，我說開了不飲，你把那眼皺一皺，手指一指，所爲何來？（笑科）你可有失官體。休只管指點銀瓶索酒嘗。賢弟，我當日在下邳城所降之際，有言在先，主亡則輔，主存即歸，不與丞相建功。今到許昌，蒙老相待吾恩厚，悔却前言。倘有險隘去所，略建些小微功，以報老相之恩。望賢弟於丞相處，代某一言。（遼）仁兄，此莫非酒後戲言耳？（關）大丈夫安有戲言？我這裏啓煩伊，多多拜上曹丞相。（遼）左右的，把那黃金擡將過來。（衆應擡科）黃金現在。（關笑科）要此金子何用？（遼）此乃丞相送仁兄，以實內帑。（關）關某一身是寄，月俸自足其用，何須此物？我決不受。又何必黃金滿箱？（遼）美女過來。（衆美女跪科）（關）叫這些美女去，我這裏一概不受。（丑）望關爺收一兩個，在此疊被鋪床。這個叫做賽牡丹，這個叫做花不如。他便叫做一戲酥，有人戲在他身上去，就雙雙酥了去，好得緊。奴家叫做酸似醋，孤老沒主顧。關爺會騎騎騾子，會歇歇婆子。乾薑與瘰棗，越老越更好。關爺臉上赤，奴奴臉上黑。若是做夫妻，一生有醋喫。（關）胡說。左右，取十兩銀子來，賞與他衆人去。你可聽我說，俺本是客中情況，休想咱與你匹配鸞凰。（衆美女苦纏科）（關作怒科）（衆美女驚慌科）

（遼）既關爺不肯收留你，衆美女去罷。（衆應科）自古紅顏勝人多薄命，腰間有貨不愁貧。（下）（遼）仁兄美女黃金俱不肯受，教小弟如何去回覆明公？（關）且少待。（關）

【滾遍煞】自參詳自忖量，他那裏三回五次難抵當，這些浮名薄利受何妨。辦志誠尋歸舊主，怕什麼受虛名位列朝堂，我自結義平原相。哥豈知道有參商，空教我望斷愁雲思故鄉，愁饜在眉尖上。我這裏抱孤忠隨日烈，懸離恨與天長。

文遠賢弟，美女發還曹相府，黃金遺下作軍糧。賢弟，請轉受關某一禮。（遼）小弟豈敢？（關）此一禮不是拜賢弟，煩你與我多多拜上曹丞相。賢弟，恕關某不及遠送了，久後相逢，我和你恩義長。

## 第十四齣　投　紹

（夫扮袁紹，净、丑扮顏良、文丑，戎服同上）（衆）

【點絳唇】帝德隆興，干戈寧静，八方盡已安寧。民歌堯舜，樂業慶豐登。（七言句）（袁）四境無虞海甸清，兵戈戰罷樂升平。英雄各自分王霸，願得乾坤日日新。（顏、文行參禮相見科）（袁）孤者非別，冀州牧袁紹是也。四世三公，代食漢禄。只爲群雄角立，大下瓜分。曹操近據洛陽，挾天子而令諸侯；孫權見居江東，意在相時而動；吾弟袁術，坐享青州之富；荆王劉表，不顧家國之非；東西兩川劉璋，懦弱不克自振；左道張魯，斗米害人。孤想天下英雄，獨有豫州劉備乃人中龍虎，可成大事，更兼關張爲佐，非久居人下者，孤甚愛慕。若他兄弟三人皈服於我，何愁天下不濟。昔在長安，曹操薦備擢用，近來懷隙，攻破徐州。聞他三人失散，並無消耗。孤已四下着人密訪，若知玄德去向，孤以書去請來商議，一同破曹，方遂吾之願也。消息來報。（劉妝騎馬快走上科）（劉）

【前腔】自歎孤窮，飄蓬斷梗，軍中失散各逃奔。夫妻兄弟，何日得相親。來此乃是冀州袁紹盟主處。把門的通報，只説豫州牧劉備求見。（左右報科）（袁）既如此，快請進來。（請科）（進相見禮科）（尊坐相遜科）（袁）近聞賢昆玉得了徐州，使孤不勝之喜。今日爲何一人來求見孤？（劉）盟主端坐，聽劉備一言相告。（袁）皇叔請道。（劉）

【北雁兒落】説起那徐州珠淚抛，提起來令人笑。你道咱爲何獨自行，只爲着剗地裏分鵬鶚，恨曹瞞没來由，終日把戰旗摇，一心心要將漢室江山調。

　　那日曹操親統大軍，殺至徐州，我兄弟商議衆寡莫敵，意欲設險以老其師，奈三弟張飛不由節制，夜半偷營，反遭其敗。那其間也是俺張飛錯，因此上弟和兄，在百萬軍中失散了。（袁）玄德公，你雖遭此變，不須過憂。今兄弟失散，不久終當復聚。聽吾一言。（袁）

　　【前腔】你好一似龍逢淺水，未得遇波濤，且修鱗暫隱潛蛟。有一日風雲會合，崢嶸頭角，重整桃園，復把三軍調。攪亂中原，殺却曹瞞，此恨方消。何必傷心把珠淚抛。

　　（劉）念備孤窮，兄弟徐州失散，今特遠投明公麾下，只有二弟雲長，今在下邳保守家眷。敢借大兵，以圖恢復，取回二弟，歸於明公駕下，以扶社稷。不知明公可允納否？（袁）久仰賢昆玉威名振世，孤意欲屈至小郡，同興大業，一向不能親近。今得皇叔至此，如龍得水，似虎加威。況曹瞞逆賊，宜當剿除，以清漢室。就差河北大將顏良爲正，文丑爲副，帶領雄兵十萬，玄德公押兵在後，以爲救應，扎兵在于官渡，立取雲長早歸河北，共圖大事，有何不可？（劉）若得明公如此周全，當效犬馬之報。（袁分付顏良、文丑科）你二人用心領兵，前去剿除曹操，取回雲長，是汝之功。（顏、文）得令。（袁）玄德公，若一見令弟，須將好言勸慰，招回孤處，另有好處。（劉）理會得。（袁）三軍猛烈如豺虎，管取中原一掃空。（先下）（劉、顏、文吊場科）（劉）二位將軍請了，有勞提戈，備之罪也。（顏、文）玄德公休說此話，皆是爲主出力。我和你興兵前往官渡，但不知令弟雲長，生得什麽模樣？（劉）我二弟雲長，生得臥蠶眉，丹鳳眼，面如重棗，鬚分五髯，手持偃月鋼刀，愛穿綠袍盔甲。顏將軍可在官渡搦戰，文將軍領兵迎敵，若遇二弟，不可戀殺，一陣退一陣，引至白馬坡前，待吾親身答話。我見他之時，必然傾心歸助。（顏、文）如此却好。（齊上馬科）（衆）

　　【水底魚】戰鼓鼕鼕，旌旗映日紅，三軍猛勇，把中原一掃空。

## 第十五齣　賜　　馬

（曹）

　　【出隊子】中原宰相，中原宰相，凛凛威風震四方。挾令天子把名揚，八路諸侯皆喪膽，妙策神機有誰比方？昨着張遼去宴雲長，送他錦袍、金帶、美女、黃金、壽亭侯印信，不知受否？待張遼來問他。（遼）

【前腔】心中自想,心中自想,可羨雲長節義剛。丹心一點徹秋霜,念念桃園志不忘,禀覆明公可加嘉獎。(相見禮科)

(曹)昨日去宴雲長,何如?(遼)啓明公,關羽果是忠義之人,可欽可敬。(曹)怎見得他忠義?(遼)他止受黃金、袍帶,將印信、美女俱各發回,纔見他忠義。(曹)爲何不受此印?(遼)印上少了個"漢"字,故此不受。(曹)果是忠義。可速送到尚寶司重鑄,加一"漢"字在上。他再說什麼?(遼)雲長道,所降之日言過不與丞相建功,今蒙主公待他恩厚,改却前言,願建一微功,以報主公之恩。(曹)既如此,他說幾時與孤相見?(遼)他說今日自來謝宴。(曹)他既來此,整宴伺候着。(扮探子上報科)有事不敢不報,無事不敢亂言。報報報!(見科)(曹)報那一路的軍情?(探)冀州袁紹見差兩員上將,名曰顏良、义丑,身長丈二,膀闊四圍,頭如斗大,聲響洪鐘,眼似銅鈴,面如鍋底,鬚似鋼針,貌像靈官,手提大刀一百二十餘斤,立在陣前,一往一來,一衝一撞,口稱天下有一無二,特來搦戰,要取關羽回去。(曹)可令衆將出馬,何如?(探)魏績、宋憲俱被斬首,八員健將盡皆輸了,無人敢去。(曹)張遼,河北袁紹與俺許昌久不交接,且無夙仇,今無故興兵,是何主意?(遼)依末將所見,莫非是劉備投奔冀州,借此兵來取回關羽?(曹)既如此,怎生退敵?(遼)禀主公,此人來得正好,不免將計就計,瞞着關羽,莫說顏良兵是劉備借來的,等他來此謝宴,飲酒之間,連報數次,可極稱顏良之勇,無人敢敵,假說顏良聞俺丞相新收一員將,名曰關羽,慣用大刀,特來與他比力比力,二來要活捉他回去,袁紹處獻功。此爲激將斬將之計。若雲長出馬,斬了顏良,是除外侮;如顏良斬却關羽,是平內災,一舉兩得。不知明公以爲何如?(曹)此計甚妙,可令探馬來分付他。(探子上跪科)(遼分付科)少刻關爺來此飲酒,中間連來飛報數次,只說河北顏良英雄蓋世,無人敢敵,站在陣前,要索關爺比試刀法,口口聲聲說要取他首級,活活捉回河北請功。(探)倘關爺見怪,罪及小人,如何了得?(遼)有丞相爺在此,不妨。(探應下)(衆隨關上)
(關)

【前腔】教人叵耐,教人叵耐,叵耐張遼太弄乖。終朝設計把筵排,怎忘得桃園結義來,丹心不改,終脱却地網天災。

(卒)禀二爺,來此乃是曹爺相府門首了。(關)可去通報,道關爺來見丞相。(卒進禀科)(遼[1]出見禮科)(關)請問賢弟,老相可在堂否?(遼)專等多時。(關)煩賢弟引見。(行科)(曹出接見科)(關)老相正道面上,容關某耳門進叩。(曹)孤乃漢朝一相,公乃漢朝一將,將相相同,雖爵祿不同,孤無非敬將軍威德耳。(進見禮科)(關)老相請端坐,容關某參見。(曹)說那裏話,請賢侯升堂作揖。(關)念羽乃敗軍之將,荷蒙老相垂視重視,大恩未獲寸報,參拜稽遲,甚勿見責。(曹)孤聞賢侯惠然光降,如龍得水,似渴遇梅,乃幸之幸也。(關、遼相見禮科)(曹)左右看胡床,請賢侯得坐。(關)老相請坐。(關)某侍立請教。(曹)將軍是客,不須過謙。(並坐科)(曹)吾觀賢侯,為何臉上淚痕尚在?(關)實不敢瞞,夜來二位皇嫂夢見仁兄身落土坑,疑為不祥之兆,慟哭不止。適某前去問安,聞說此言,不覺吊下幾點血淚,以此未乾。(曹)張遼,昨皇夫人得此一夢,你試圓來,主何凶吉?(遼)人以土為安,且土主必旺之兆,若依皇夫人此夢,玄德公必居樂土,而身安無事。(曹)賢侯,張遼圓得極是[2],賢昆玉不久相逢矣。(關)多謝多謝。(曹)左右,擡印過來。賢侯,此印已鑄過,加有"漢"字在上,請受下。(關)承老相之恩,非關某不受此印,仁兄止受豫州牧,末將受了漢壽亭侯,官居吾兄之右,故此不敢受職。(曹)明日待老夫上表,加封令兄官爵就是。(關)如此,待末將上朝謝恩。(曹)老夫代謝便了。(關)也不須老相代謝,奉印在前,吾王萬歲萬歲!(請曹謝禮科)多蒙老相薦拔,末將實所不堪,萬望老相恩宥。(曹)說那裏話。老夫昨日送有袍帶與賢侯,為何不穿?(關)已穿在內。(曹)為何愛惜此袍而穿在內?(關)外面舊袍,乃吾仁兄所賜,自從失散未得相逢,故將此袍穿在外面,見袍如見仁兄。倘異日別了老相,見了仁兄,再將老相所賜新袍穿在外面,見袍如見老相。老相新恩,仁兄舊義,恩有所報,義無所斷也。(曹)好,忠義之將,世人不能比也。欽羨欽羨!張遼說賢侯今日降臨,孤特掃門拱候,為何來得恁遲?(關)非關某來遲。古云:"人久不戰,必生疾病;馬久不跨,必致羸疲。"賤軀頗重,馬瘠不能負戴,故此來遲。(曹)孤廄中有外國進來的馬,請賢侯一觀如何?(關)久聞老相廄中良驥甚廣,敢借一觀?(同出看科)(關)老相果然好馬,名不虛傳。這青驄馬是誰乘的?(曹)是孤家自騎的。(關)好名馬,捷影追風,日行千里。此點斑的?(曹)乃張遼所騎。(關)這棗騮?(曹)許褚。(關)那海騮?(曹)夏侯惇。(關)金駞驥?(曹)夏侯淵。(關)銀駞驥?(曹)吾弟曹仁。(關)荔枝黃?(曹)曹洪。(關)兔耳黃?(曹)于禁。(關)鐵烏騅?(曹)徐晃。(關)好,老相良將既多,良馬又廣,以此出兵,無不勝矣。(內作馬嘶科)(關)老相,那匹紅馬為何懸蹄縛在柳陰之下,可是誰乘的?(曹)賢侯可認得此馬之主否?(關)待關某仔細一看。老相,末將認得。此馬進自西羌,董卓賜與呂布,呂布白門失守,侯成盜來獻上。老相,可是否?(曹)然也。(關)如今此馬還是何人能服?(曹)

此馬性烈，不食草料，又會傷人，所以棄爲廢馬，無人乘服。（關）老相千軍萬將，豈無一人能服此馬？末將手下一個馬頭卒，可服此馬，待我叫他降此馬，來與老相看。（叫科）（丑跪科）（關分付科）馬頭，曹爺那柳陰之下一匹紅馬，無人可降。此馬乃是龍種，專食魚蝦。你可兜着魚蝦近前放料，分鬃三把，隨他進前三步，退後兩步，任他跑跺一番，洋洋的將他帶過來，便可服他性子。須當仔細依令而行。（丑應，作服馬狀，帶馬近前科）（關）老相，吾小卒已降此馬。若不怪責，可將原鞍轡披整在上，待末將到前面沙堤之上出一馬來，與老相看。（曹）左右，取過此馬原鞍轡來，待關將軍加鞍出馬。（關披鞍出馬科）（遼）主公，你看關羽乘了此馬，好比天神下降。（曹）果然是人馬廝稱，且看他回馬如何？（關跑馬上科，下馬科）老相，果好馬。此馬自頭至尾長一丈，從蹄至首高八尺，身如炭火，眼似銅鈴，上高山如登平地，渡溪河似跨蛟龍，步疾如風，可愛可愛！（曹）賢侯既愛此馬，老夫即當相送。（關）老相莫非戲言？（曹）大丈夫一言爲定，豈有戲弄之理？（關）是了。老相以信義服天下，安肯失信於孤軍？請上端坐，容關某拜謝。（跪拜科）（曹）賢侯差矣。吾待汝上馬蹄金，下馬蹄銀，錦袍金印，美女十人，三日小宴，五日大宴，全未見下大禮。今贈汝一馬，便俯伏下拜，何輕人貴畜如此也？（關）老相，非是關某輕人貴畜，此馬有一日千里之能，可負八百餘斤之重。今某蒙老相賜此一馬，異日訪知仁兄消息，早上辭別老相，晚上就得與仁兄相會；見了仁兄，不能見老相，打聽得老相出兵在五百里之外，早上辭兄，午上就得見老相；相見了老相，復轉至晚，又得與兄弟相聚，所以感恩不淺，故此拜而受之。（遼附曹耳語科）（關）老相，文遠附耳低言，莫非悔馬之故？（曹）一言既出，（關）駟馬難追。（曹）好忠直之人。叫左右擡酒過來。（關）末將何當賜酒？（曹）聊伸亦敬。（曹）

【畫眉序】壯志小英武，拜將登壇一丈夫。論分爲困越，莫學馬武臧宮，須效那廉頗李牧。（合）赤心定把真明輔，全家永食天祿。

（探子上報科）禀丞相，河北袁紹差遣一員大將，名喚顏良，面如鍋底，眼似銅鈴，頭如斗大，聲響洪鐘，身長丈二，膀闊四圍，用百三十斤大刀，擺陣官渡，口口聲聲説要與一個甚麼關羽比刀賭力，要生擒活捉他，以往河北請功受賞。（曹）哦，住了。傳令，教夏侯惇出馬。（探）得令。（虛下）（關）文遠弟，將酒過來，待吾回敬老相一杯。（關）

【前腔】解梁一勇夫，殺却貪淫爲報國。想桃園結義，豪傑同圖，實指望地久天長，又誰知河翻海覆。（合前）

（探子又上，照前白報科）（曹）夏侯惇出馬何如？（探）敗陣而回。（曹）着夏侯淵去。（探）得令。（虛下）（遼）小校斟上酒，待小弟敬仁兄一杯。（遼）

【前腔】才藝動皇都，殺却顏良顯英武。不枉了區區舉薦將功報主，也見得義勇忠心爵位高，豈肯相辜？（合前）（探照前白，又報科）（曹）夏侯淵出馬何如？（探）敗陣而回。（曹）叫群刀手將探子拿去殺了。（關）老相刀下留人，待某問他個明白。（衆推探轉跪科）（關）你是探子，不要驚慌，把陣前事慢慢說來。（探）顏良果梟勇，魏續、宋憲皆被斬首，八員健將敗陣而回，無人可敵。（關）住口。丞相爺自督兵何如？（探）去不得。（關）張將軍可去得麼？（探）一發不濟了。（關怒科）俺關爺可去得麼？（探）也怕去不得。（關）咄，這探子長他人志氣，滅自己威風。若非行軍之際，一刀兩段。（遼）仁兄休罪細人，久聞顏良果是天下名將。（關）賢弟，顏良有甚手段，便稱得個天下有一無二？俺想昔日呂布，身長丈二，膀闊三停，能占三美，也可稱得第一，還敗在我兄弟三人之手，虎牢關上險些性命難留。（關）

【前腔】笑呂布那家奴不識人，他豈強吾？罵他個欺君賣國，殺父糊塗，俺定要濟困扶危，決不學張威嚇虎。（合前）

（關）文遠弟，顏良排陣在那裏？（遼）在官渡。（關）那裏看得見？（遼）土城上望得見。（關）既如此，同丞相去看來。（衆行轉身上椅立望科）（顏帶衆上排陣科）（顏）擺下個長蛇陣勢在此。（衆作一條鞭帥字後吶喊請戰科）（曹）賢侯，孤觀河北人馬，果是雄壯。門旗之下那員大將，像似靈官，好怕人也。（關）老相，那人馬不在話下。可識得此陣否？（曹）孤家一時失記此陣。（關）文遠可曉？（遼）小弟不知道。（關）文遠乃詐說不知，昔日汝舊主呂布善排此陣，名曰長蛇陣。（曹）果是長蛇陣。（關）陣到排得好，只是少了一件。（曹）少了那一件？（關）少了日月二旗，列在蛇頭之上，以爲雙眼，便是活蛇，破他不得。（曹）頭上去破？（關）尾來護了。（曹）須從尾上去破？（關）頭來護了。（曹）從中間去破？（關）首尾俱來護了。（曹）依將軍說，還要怎麼纔破得他？（關）吾觀此陣少了二旗，乃是無目之蛇，外實內虛，正所謂"土雞瓦犬，金弓玉矢"，破之易耳。（曹）何謂"土雞瓦犬，金弓玉矢"？（關）土雞不能鳴，瓦犬不能吠，金弓不能張，玉矢不能射。他在那中軍帳內揚威耀武，吶喊請戰，我道他在那裏插標賣首。可惜吾弟張翼德不在此間，若在此處，鼓響頭到。（曹）張遼，你可分付大小三軍，自後衣袍之上，俱要刺"張飛"二字爲記，若遇之時，不可輕敵。（遼應分付科，曹）孤觀此陣，縱千軍萬馬破他不得。（關）老相，非關某[3]誇口，只是不去便罷，若去破陣，何用人馬，只消俺一人一騎，手提三停偃月刀，直奔中軍帳內，蛇頸七寸之間，刀起處人頭落地。（曹）賢侯，軍前無戲言。（關）且看他收陣如何。（顏）曹兵不敢出戰，且收了陣勢着。（收陣下科）（關）請老相一齊下了土城去。（衆行轉坐科）（關扯遼背科）賢弟，小宴之日曾對你所說的言語，可對丞相說否？（遼）劣弟爲軍情緊急，未曾言及此事。（關）既如此，待吾自稟。老相在上，末將當日所降之時，曾有言在先，"不與老相建功"。今承老相待吾之恩甚厚，悔却前言，建一功以報恩相。今顏良兵臨官渡，末將願往，取他首級來此，權爲相報。（曹）此乃孤家之事，怎敢勞動賢侯？（關）念關某屢蒙老相厚恩，未獲寸報，這些小事，何出此言。恩相呵！（關）

【北得勝令】你從容少待免心焦，何須老相費勤勞。蒙賜我三朝五日醉酕醄，更有那上馬金下馬銀，美女十人錦征袍。這還是老相識英豪，又賜我驊騮赤兔駿馬添膘。封俺爲漢壽亭侯，真個是爵祿官高。此恩德何日將來報？忽見顏良親引兵來到，不由人笑臉開喜上眉梢。老相還不曾見末將的披挂，老相恕罪了呵。且待咱披挂錦征袍，跨上胭脂馬，橫擔偃月刀，奮勇平生志，威風透九霄。老相呵，俺這裏斬顏良，只當做銜環結草。（關下）（曹遼吊場科）

（遼）主公可傳令與許仲康，帶領三千鐵騎兵，相助雲長。倘然得勝，分他功勞，不顯雲長之勇，輸則由他。（曹）言之有理。傳令與許褚知道。（關戎妝復上科）老相，末將的披挂如何？（曹）好披挂，甚是嚴整，就如天神下降一般。（關）末將恐老相等久，止披得半副小妝，俺若是正甲披挂全了，站在陣頭上，也當得一員末將。（曹）乃世之名將，何出此謙遜之言？但賢侯當日有言，不與孤家建功，今又輕身出馬，况顏良非小可所比，恐勞動不當穩便。（關）老相，那顏良不在話下。非關某有失前言，今欲建此微功者，一來爲老相新恩未報，二來爲舊主消息未知，我三來時節呵！

【滾綉球】（關）只待要扶持社稷功，保漢乾坤量，一片心天清月朗。又不比那跋扈强梁黑肚腸，立忠節汗簡傳芳，雄糾糾威風膽氣剛。我如今暫離了許昌，心懷怏怏，怎肯效困塵埃，老死干城將。

（曹）孤家酌酒在手，與賢侯壯行。請飲。（關）前兆又到了。（曹）有何應兆？（關）昔日關某在虎牢關上斬華雄之時，乃是老相把我一杯餞行；今日斬顏良，又是老相餞行。非是關某誇口，老相將此酒斟了，放在石欄杆上，試看吾斬了顏良回來，此酒尚未冷耳。（曹）賢侯做來纔見，休得要太誇張了。

(關)老相！(關)

【前腔】非是咱自誇強，敢承當。只待要立功勳以報曹丞相，轟轟烈烈尚鷹揚。試看金刀明曉日，寶劍徹秋霜，怕什麼官渡有顏良。(曹)賢侯此行，須要仔細。久聞顏良乃河北名將，非等閒可比，休小覷他。聞道顏良武藝強，老相不必挂心腸。酒斟未冷頭先到，單刀匹馬斬顏良。(關提刀上馬跑走下科)(曹)張遼，你看雲長，真個好威勇也。(遼)主公，今者二虎相鬥，必有一傷。可着小軍打探來報。(合)正是：不使萬丈深潭計，怎得驪龍頷下珠。

## 校記

[1] 遼：底本作"關"，今據《三國志·魏書·張遼傳》改。
[2] 圓：底本作"員"，據文意改。
[3] 關某："某"，原作"共"，今據文意改。

# 第十六齣　斬　　將

(顏同衆上)

(中引)騰騰膽氣衝天，兵機文武雙全。人如猛虎豹狼般，要把中原侵占。(五言律)戰鼓轟雷急，征袍映日紅。人如跨澗虎，馬似出潭龍。我夜來夢見火星下界，未知今日有何應驗。俺受了玄德公再三囑托，雲長之事，不免分付一聲。大小三軍聽吾號令，今日曹軍陣上，若有一赤面長鬚綠袍紅纓單刀獨馬入我陣營來者，休要攔阻，放他進營答話。(衆應科)得令。(關提刀，一卒帶馬隨上科)(關)心慌擒玉兔，意急捉顏良。小校，你帶馬緊緊跟着我，待爺衝進營去，斬了顏良，你拿着首級，帶馬就跑。(卒)爺，你看顏良果然威勇，不去罷。(關)我的兒，你爲何長他人志氣，滅俺關爺的威風？俺這裏。(關)

【新水令】料顏良不是萬夫敵，憑着咱三停偃月刀，一似切葱之脆。俺這裏氣騰騰施武略，談笑間設兵機。直待要解白馬重圍，白馬重圍，咱向陣前獨自立。

(內發喊科)(關)小校，是那裏喧嚷？(卒)是曹爺令許褚帶人馬助陣。(關)他那裏是相助？分明乃張遼的詭計，故遣兵馬前來，分咱功勞，不顯關某威風。傳令，叫人馬一齊發回，不許臨陣，違者梟首。(卒傳令科)(內應

科)(卒)爺帶些兵去好。(關)

【駐馬聽】也不須後擁前催,準備着朱雀南方烈火旗。憑着咱關雲長一人一騎,披挂着錦袍鐵甲燦金盔,寶雕鞍凳,徹披障泥,誅英劍斜插絨絛繫。咱若是展雄威,(重)他便是那鐵叉山,將來蕩做了平川地。(卒)爺,你看顏良陣上戈戟層層,鎗刀密密,怎生進去?(關)兒,你只放心無事。(關)

【僥僥令】只見他擺刀鎗雁翅齊,列戰馬魚鱗砌。佈陣卒一似猛虎聲,擺開個一字長蛇勢。咚咚打戰鼓,咳咳磨征旗。一恁他元帥千軍勇,怎當得咱幹國將八面威。(卒)爺,好怕人也。(關)住了,你三回兩次只是畏縮。我的兒,自古道"擔憂者,將帥也",汝為小卒,何足道哉?你也不須驚懼,不索回避。試看我百萬軍中施英勇,管取三軍唱凱歸,三軍唱凱歸。顏良自河北而來,只聞其名,未睹其形。我把兜鍪鳳翅盔按下,藏鬚夾刀,竟入中軍帳內,看他甚麼模樣來?小校,將馬加鞭來。(進科)不覺來到顏良地,掩鬚藏刀近前對理。(關)

【沽美酒】闖入在袁軍隊裏,覰顏良如兒戲。(顏)來者莫非雲長?請下馬答話。(關)汝莫非顏良否?(顏)然也。(關)看刀。(刀起顏倒科)(眾走下科)(卒提頭外轉,關擎刀內轉)將帶血兜鍪手內提,只憑咱一人一騎,竟走入大軍營內,殺却渠魁,掃退群貋。明晃晃鎗刀滿砌,亂紛紛衣甲成堆,赤律律死屍遍地,紅滾滾鮮血如池,逃命的向深林避。小校呵,你早向軍中慶喜,這的是報答曹公恩義,道得勝將軍歡又喜。

(內喊科)報報報,顏良將軍却被曹兵那邊一個紅臉長鬚人殺死去了。(文上科)不好了,大小三軍,隨我去拿紅臉賊來,報顏將軍之仇。(文)

【四邊靜】叵耐雲長太無理,不識我名譽,惡向膽邊生,怒從心上起。(合)三軍努力,休得退懼,與顏良報冤仇,方顯有豪氣。(文、關相遇科)

(文)紅臉賊好大膽,為何刺死吾兄顏良?今走那裏去?(關)汝是何人?(文)吾乃大將文丑。(關)汝來何幹?(文)這廝好無理。顏良又不曾與你交鋒,為何刺殺死他?今我特來拿你,去見盟府,與顏良報冤。(關)你要與我交鋒,只怕你要與顏良做一處,放馬來。(關戰殺文,下科)(關吊場,卒持書慌上叫科)劉劉。(關)甚麼劉?(卒)是劉大爺押兵在後。(關)那個是劉大爺?(卒指科)那勒馬走的就是。(關追科)大哥只道我趕去殺他,竟自策馬加鞭,飛走了去。叫小軍過來,你手中拿的是甚麼?(卒)是劉爺的書。(關)快取上來。(卒遞科)(關看書悲科)大哥,你既押兵在後,何不先通一紙之書,見我一面,然後交鋒?(關)

【駐雲飛】一見悲傷。咳，顏良、文丑，你二人乃是河北名將，既領兵來取我，理合先通消息，為何就擅自排陣出馬討戰？你枉有英雄欠主張，錯斬顏良將，文丑你也遭磨障。適纔下書的小軍過來。我關爺行兵在陣，無物賞你，就將顏良、文丑二將軍的首級賞你。不要拿回河北去，一直拿進曹爺麾下，不可說是冀州軍人，只說是跟關爺臨陣的手下。討了賞不要久停，你竟回冀州報與你王知道，只說關爺不知其詳，誤斬了顏良、文丑二員上將，教他好好看待俺大哥，不日我就辭曹歸漢，前來相助。倘大爺有甚差池，我到你處，雞犬也不留兒。你與我多多拜上冀州王，教他自端詳，好生看待我劉皇，不日辭曹扶助他邦。俺大哥若有疏虞，決不輕輕放。去。（卒）關爺，小人出不得軍前。（關）小校，取一面令旗與他。（付令旗科）軍前敢有攔阻者，梟首。（卒叩頭科）謝關爺。（關）小校，把一個伶俐的到曹爺麾下去稟知，說關爺今日本該來謝宴，奈斬了顏良、文丑，身勞力乏，容明日清晨來奉謝；把一個去報與二位皇夫人知道，說二爺連日出軍得勝兒，你等跟隨爺的呵，不日辭曹返故鄉，我這裏不日辭曹返故鄉。（關與眾先下科）

（卒獨吊場科）好將軍，好關爺。想顏良、文丑二將軍，在我冀州之時稱爲上將，今日見了關爺，就是那青菜見滾湯——一塌子軟了。誰想這兩人都死在他手，我今不免依關爺分付，拿了這兩顆頭，去曹爺處討賞，然後回冀州報知此事。好將軍，好將軍！（卒）

【滾調】拿起刀來刀一把，提起鎗來鎗一根。偃月鋼刀提在手，猶如猛虎轉翻身。殺得三軍齊敗走，猶如螻蟻滾成團。爬的爬來滾的滾，逃的逃來奔的奔。不是小人說得快，險些做個沒頭人，做個沒頭人。

## 第十七齣　遇　飛

（生戎裝上）災生不測，禍起須臾。誰想二弟雲長，忘了當初結義之情，順了曹操，斬了河北顏良、文丑二員上將。若收殘兵回見袁紹，我命難逃，不如奔走他鄉，尋取三弟張飛，又作道理。正是：時運未際風雲會，羞向人前道姓名。（生）

【皂羅袍】自恨生時不利，重重災咎相隨。雲長直恁太心虧，誰知一旦忘恩義。顏良、文丑盡皆所誅，我孤身只影無處可棲，生離遠別無由會。

行來此間，不知是何地名。前面有所郵亭，不免少坐片時又行。（小生扮趙子龍，士卒隨上科）自小生來膽氣雄，慣使長鎗趙子龍。雙手能挽天上

月,翻身踢破水晶宫。自家奉領主上之命,前往青州買馬而回,叫軍士每看管馬匹,大家趱行幾步。(眾應行科)(小)

【前腔】暗想關張劉備,虎牢關一別東西,朝思暮憶欲相依,何時再得重相會。賢臣擇主忠心,可爲蒼天憐念,後會可期,那時赤膽扶皇室。

呀,前面那騎白馬,像似我昔年相送玄德公的,怎麼在此?待我仔細看來。(見生科)呀,原來果是玄德公在此。(下馬交拜科)(小)

【懶畫眉】虎牢關上別仁兄,今日相逢如夢中,故人一見喜無窮。猶如缺月重圓會,一點葵心向日紅。

玄德公,聞得陶使君三讓徐州,足下已領州牧之職,今日爲何一人在此?(生)賢弟不知,一言難盡。(小)仁兄請講,雲長消息何如?(生)

【駐馬聽】説起雲長,帶領家眷卜許昌,頓忘了桃園結義,歃血同盟,順着曹瞞,誰知一旦歹心腸。我往河北借得救兵來,他把顏良、文丑刀頭喪。今無計可施,恐袁紹見罪於我呵,因此上奔走他鄉。(重)孤身獨自將誰相傍?

(小)原來仁兄如此顛沛。小弟自虎牢關別,不幸公孫瓚殞亡。今依荆州劉表,看他亦非有爲之人。今着我青州買馬而回,幸遇仁兄相會,情願跟隨大哥一同前去。(生)若得賢弟相助,何愁大事不成?但我今腹中饑餓了,行走不上。(小)仁兄休憂,待趙雲到村落人家買些酒飯來,與仁兄充饑。(生)如此却好。(丑、副净扮嘍羅上科)(眾)

【稜噔歌】清明時節雨紛紛呀,也麼稜噔。路上行人,稜打噔打稜噔。欲斷魂呀,也麼稜噔。借問酒家何處有呀,也麼稜噔呀,也麼稜噔。牧童遥指,稜打噔打稜噔。杏花村呀,也麼稜噔呀,也麼稜噔。

(小阻問科)你這夥人送酒飯到那裏去?(眾)你問他怎的?送與那無名大王喫的。(小)有名的大王在此受饑,那無名的大王到要此等受用,快拿過來。(眾不與,小奪科)(插諢科)(眾跪向内禀科)禀大王,大王的御食被一個有名的大王搶去了。(張内白科)我的御食誰敢奪去?擡過我的鎗,牽過我的馬來,待寡人御駕親征。(眾應科)(張持鎗上,與小戰科)(生)那大王可是三弟張飛?(叫科)張飛,張飛。(張)是那個膽大的賊,敢叫我的名姓?(生)是我劉備在此。(張見生,相抱哭拜科)(張)

【上小樓】難中見你,頓生歡喜,如渴得梅[1],如魚得水。鳥投林,臣擇主,攀而至。咱和你定乾坤,同扶社稷。

(張持鎗又欲戰小科)(生扯科)三弟,你説他是誰?就是趙雲子龍兄弟。

（張）既是子龍兄弟，何不早説？賢弟，你當初年幼，手段不如，今日到也來得。（各笑科）（張）大哥，天教我和你兄弟相逢，且請到寨中去。（嘍）大王，怎麽也拜他？（張）我的兒，我常時説那有名的，這個就是了。你衆人快來拜。（衆拜科）（插諢科）（轉行科）（張）大哥，二哥今在何處？（生）賢弟，再不要説起他。當初我和你徐州失散，關羽保家眷在下邳。誰想曹兵將城圍了，着饒舌張遼進城説他投降。愚兄投奔冀州，於袁紹處借得大將顏良、文丑，殺往許昌，取報冤仇，以迎家屬。誰料雲長那廝真心降了曹操，却把顏良、文丑盡皆斬了。曹操如今封他爲壽亭侯，上馬蹄金，下馬蹄銀，三日小宴，五日大宴，黄金千鎰，美女十人。他如今受享富貴，忘了當日桃園結義生死之言。（張怒駡科）紅臉賊，你起這歹心，天地决不容你，紅臉賊。（張）

【駐雲飛】聽説其言，怒氣衝衝直上天。忘却桃園願，反受曹公薦。嗏，好教我恨綿綿，意留連，有日相逢，必定餐刀劍。賊！有日相逢，我也不殺你，燒起九鼎油鍋慢慢煎，九鼎油鍋慢慢煎。

大哥，如今也不要他了，大哥依原是大哥，把我老張升起來做了二哥，子龍做了三弟，在此古城之中招軍買馬，積草屯糧，以圖大事，有何不可？（生）賢弟説得有理，可着小軍四下打探。撇了雲長有子龍，今朝相會古城中。一葉浮萍歸大海，人生何處不相逢。

## 校記

［1］得梅："梅"，底本作"悔"，據文意改。

# 第十八齣　辭　曹

（關上科）辭曹封府庫，千里獨尋兄。左右，看曹爺府門可開了麽？（末）閉了門，不曾開。（關）關某連辭曹相三次，不容相見，不免撞門而進。（末）禀爺，曹相府門挂有木牌一面。（關看科）待我看來，原來是時辰牌。左右，如今什麽時候了？（末）巳時末，午時未交。（關）他未午先挂酉時牌，明是張遼詭計來。不容辭曹入相府，教人俯首自疑猜。自古道："朝參君子，暮瀆小人。"不能相見，量吾不能前去尋兄。左右，取文房四寶過來，你把這粉墙掃潔净了。（末掃科）（關把筆寫科）好笑曹公呆又呆，未午先挂酉時牌。連辭三次無顏色，匹馬單刀再不來。（關末虛下科）（旦、貼同上科）（旦、貼）

【新水令】冠兒不戴懶梳妝，斜插金釵俏鳳凰。叫梅香拿鑰匙開籠箱，取一套顔色衣裳，打扮得停停當當，向庭前燒夜香。香也麽香，保祐兒夫早早還故鄉。

（關上科）左右，收拾車馬，齊備伺候。（入見旦、貼禮科）（旦、貼）二叔出征，鞍馬勞頓，但不知打聽得令兄皇叔消息否？（關）啓二位皇嫂得知，劣叔打探得大哥在冀州袁紹處，即刻辭曹，尋歸舊主，特來禀知皇嫂，不可挂懷憂慮。（旦、貼）

【香柳娘】謝叔叔報知，謝叔叔報知，好似撥雲見日，缺月再得團圓。夜把麻衣換取，把麻衣換取，重整綉羅衣，再會我夫婿。恨曹瞞奸賊，恨曹瞞奸賊，碎剮凌遲，吾心足矣。

（關）可恨曹操那賊，知某欲去尋兄，連辭三次不容相見，未午先挂酉時牌，意在拘留着我。（旦、貼）二叔，既然如此，怎得與皇叔相見？（關）二位皇嫂不須煩惱，待我修書一封，以謝曹公，挂印封金，匹馬單刀，護送皇嫂皇侄，千里尋兄相會，以表當初結義之情。（旦、貼）若得二叔如此周全，則妾姊妹幸甚，皇叔幸甚。（關）説那裏話。左右，看文房四寶來。（作寫科）（關）

【油葫蘆】憑志量將俊麟收，假仁義將真心結。亂紛紛據地圖功業，鬧嚷嚷一似蠅爭血。正所謂秦失其鹿，天下共逐，有高才捷足者先得之。愚的見得別，羽量他不敢惹，若去時盡了咱一生心，百年名節。取雲箋做成簡帖，染霜毫將直字寫，一心心把志誠實，墨花心引動走龍蛇。（淚科）（旦、貼）二叔，你緣何未寫書先流淚，莫非不忍相別曹公而去？（關）非是這等説。劣叔一時想起兄弟間別多久，不通書信，今日在此修書，以辭曹相，忽然傷感垂淚。想半年千里音書絶，怕甚麽千里關山道路賒，我豈憚跋涉？

書已寫完，左右收了筆硯。（旦、貼）敢問二叔，書上怎麽説？（關）皇嫂端坐，容劣叔讀來。（念書科）漢壽亭侯關羽頓首百拜，奉書於兖州牧曹丞相大人麾下。切以日在天之上，心在人之内。日在天之上，普照萬方；心在人之内，以表丹忱。丹忱者，信義也。羽昔受降有言曰："主亡則輔，主存則歸。"新受曹公之寵顧，舊蒙劉主之恩光。恩有明報，義無所斷。刺顔良於白馬，誅文丑於南坡，以少報效乎萬一。今即欲相尋舊主，未獲面辭。顓此布衷，俯垂台鑒。不備。羽再頓首拜書。（旦、貼）二叔，書既寫完，但不知何日起程？（關）二位皇嫂在上，就是今日起程。只可帶昔日隨行物件，但曹公所賜之物，分毫不可帶去。（旦、貼同應科）自理會得。（關）左右，將此書安在中堂公案之上，把這壽亭侯印懸在梁上，金帛封貯庫中。（左右應科）（關）曹相，非是我不辭而去，一連來辭三次，奈門官不與進見，只得在此望空一拜，

謝他而去。（再拜科）丞相恕罪了。（關）

【煞尾】留下一封書與曹公告別，把府庫封緘密者。左右，碾車過來，請二位皇嫂穩上車輪。正是遠尋鴻雁侶，跳出虎狼穴。（丑扮門官上科）敢問將軍，封庫納印，欲往那裏？（關）你是門官，煩你與我拜曹爺，只説關雲長尋兄去也。

（丑）可有文憑没有？（關）吾乃大丈夫，横行天下，何用文憑？（丑）將軍既無文憑，必是丞相不放你去。將軍請回，待我禀丞相，然後放行。（關怒科）丞相尚然不敢阻當，你是何人，敢説此話？（丑復阻科）（關殺門官，下科）雲長心下惱，一劍斬門官。

## 第十九齣　議　餞

（曹、遼、褚同上）（曹）

【端正好】昨日裏關雲長來辭俺，因此上不容他相見。（左右報科）丞相，府門首粉墙上，關將軍寫有詩在上。（曹看墙上詩，念科）他匹馬單刀出許昌，且到許昌看來，（做轉身科）只見冷清清把紙條兒封上。（進科）（看書科）他將金帛盡貯庫内，壽亭侯印懸挂梁上，原來雲長不辭而去。張遼，你看雲長，真乃世之大丈夫，來得清清，去得明明。這樣人，我甚是相敬他，好似龍入長江，虎奔高崗，倘若兄弟相會，只恐怕禍起蕭墻。

（遼）主公既怕他兄弟相會生變，一發做個好人情，備了酒肴，趕去奉餞，如何？（曹）言之有理，快備肴物，安排餞行酒，趕至灞陵橋相餞。（曹、遼下科）（許褚吊場科）人平不語，水準不流。俺丞相待關羽過於衆將，三日小宴，五日大宴，黄金白銀，美女彩段，又封他爲壽亭侯。今聞知劉備消息，他竟不辭而去，欺人太甚。丞相親自去餞別，我如今不免造下藥酒，毒死雲長，方遂吾心願也。雲長雲長，只教你明鎗容易躲，暗箭最難防。

## 第二十齣　受　錦

（關同小校上，關作裝車科）軍校車輛裝載已完，請二位皇夫人登車。（卒請科）（旦、貼同上相見禮科）（關）劣叔將車碾打點得停當，請皇嫂上車。（旦、貼上車科）（關）小校，帶馬來。（作上馬科）小校，如今是甚麼月了？（卒禀科）如今正當秋景，八月凉天。（關）

【賀新郎】涼時節秋風八月,向郊外把車輪慢拽。遠山遙,望見曉雲遮。風凜冽,雁行斜。極目天涯一望賒,陰陰垂柳飛黃葉。

小校,與我帶住馬。(旦、貼)二叔,孤將不可離鞍。(關)

【天下樂】本待要下征鞍,遲遲意懶,遠觀見數十間小茅房在鎮河灣。把車兒且住着,錦韉暫停驂,向店房兒收拾下幾間,你與我,鬆寬了馬鞍。馬呵,你自跟吾出征,刺顏良,誅文醜,今又往河北尋兄。莫說是關某,就是這馬呵,你何曾得閑?送乾糧與皇夫人。(卒送科)(旦、貼)我將玉糧自揀,小校送還將軍,只說我這裏不用。(卒復科)(關)皇嫂聽講,此乃是途路之上,比許昌新府大不相同,須要勉強加餐,纔可耐途中辛苦,望尊嫂把美食更加餐。(重)(內喊科)

(關)是那裏聲喊?(卒)是後面追的聲喊。(關)左右帶馬來。(關)

【滾】光閃閃晴霞輝照,碧澄澄寒波浩渺,滴溜溜風吹落葉飄。乾柴刺股,荷被霜凋。青湛湛遍野連天草,鬧叮叮斷鴻哀叫,急攘攘心隨落日遙。

左右,後面人馬聲近,你將二位皇夫人車輛推向前,待我停刀勒馬,橋上等着。(旦、貼先下)(關吊場)(內作叫餞行科)(關)

【前腔】忽聽得一聲高叫,勒住渾紅回頭覷着。(內叫送別科)他道是送別陽關爲故交,我道是狹路相逢冤家來到。皇嫂休得哭嚎啕,憑着咱一口青龍偃月刀,怕甚麼許褚張遼,直殺得他赤瀝瀝魂飛透九霄。將馬且帶上灞陵橋。(曹、眾上)

【出隊子】心猿意馬,心猿意馬,兔走烏飛去趕他。可羨雲長見識佳,刺了顏良將文醜殺,恨不得插翅尋兄,頃刻會着。(相遇科)

(曹)賢侯爲何歸之太速?(關)某也連辭三次,老相不與面會,有書留在許昌,奉別老相,龍目想已賜覽矣。(曹)見了華翰,孤家不忍,特備絳紅袍、散金淡酒,特來餞行。(關)老相,關某有皇嫂在車,不及下馬領情。老相恕罪。(遼)仁兄,明公特來奉餞,不飲幾杯,不見明公厚意。(關)言之有理,有酒就在馬上領賜一杯就行。(褚作狠勢)(關)

【滾】又不知他有甚麼圈套?文遠弟,你再休想漢雲長俯首歸曹。俺本是春秋大夫,又沒有分外之交,美酒絨冠費心勞,又何須恩相賜我絳紅袍?(遼)這是明公自飲的好酒。(關)說甚麼美酒佳餚,絮絮叨叨,饞口梟梟,又道是玉美香醪,他來意我先知覺,假裝個醉劉伶,把他賊見識兒參透了。

(旦、貼內白科)行兵莫飲酒,飲酒莫行兵,莫非呂太后筵席?(卒稟科)(關)左右。(關)

【前腔】傳言拜上二位皇夫人,你教他休憂休慮免心焦。他來意兒我先知覺,俺自有隨機應變,志廣謀高,虎略龍韜,偃月鋼刀,只教那老畜生、小檢才,謀不成、計不就,一場好笑。(褚)雲長公,今日不別而來,莫說明公,就是小將也有些怪。(關怒科)正是酒逢知己千鍾少,話不投機半句多,越顯得雲長話不相投。(遼笑科)(關)他那裏相談相笑,相勸相酬,你將美酒連斟上五六甌。(欲飲酒氣沖科)爲何酒氣大不同?餞行酒吾當飲數杯,未知裏面懷何意。

老相,承蒙餞行,借此酒滴敬天地,早得仁兄相會。(褚)飲了頭杯,二杯敬天。(關)住口,終不然人就大似天?天地,關某尋歸舊主,曹相餞行。借此酒敬於天地,一滴天二滴地三滴刀。(刀上火起科)(曹、遼、褚驚科)

【滾】(關)惱得我焰騰騰似火燒,殺教你敗國亡家禍根苗。俺本是南山豹,東海鰲,怎比你山禽野鳥鴟梟。鰲魚脫却金鈎釣,一任咱擺擺搖搖。老相前情太厚,今日行此事,把前情盡廢了。(曹)老夫沒有此意,查明送來問罪。(關)關某來清去白,你衆人何起此意?

【尾】(關)辭丞相有書相報,這都是你不遵依各施逞謀略,惱得我綠鬢紅顏氣怎消。撩轉渾紅,舉起鋼刀,怒時節把你數十騎人登時滅了,也只爲曹相恩好義好,且相饒。(褚)請下馬穿袍。(關)你不要動。你在馬下有千斤之力,欲要擒我,你若動手,頭上一刀,直至脚根。老相,關某今日一別,另日相逢,許你個雲陽死報。許仲康,有袍展開來。把刀尖挑起絳紅袍,拜辭明公去了。(關下)(曹、遼、褚吊場科)

(曹)誰教你每行此事?我一發做個全人情,快送文憑與雲長,教他好過五關。(遼應科)

張遼許褚把心忠,藥酒紅袍一旦空。劈破玉籠飛彩鳳,蹬開金鎖走蛟龍。

## 第二十一齣　附　信

(關)

【仙吕·八聲甘州歌】俺本是濟世豪傑,赤膽懷忠,貫日精忠,丹心自重,氣吐霓虹。一自徐州失散,四海飄蓬。欵眇眇身軀,怎當得遠迢遞,萍蹤縱。曹相有百般攔擋,怎當俺行色忽忽。車兒緊,滾滾如雲送。鞭馳匹馬走如飛,早不覺金烏西墜,玉兔漸升東。小校,天色已晚,且問村莊借宿一宵,來日早行。(卒問科)(末扮胡華上科)隱居村落無閒事,誰傍柴門惹犬聲。誰叫?(卒)俺將軍欲借你莊上一宿。(末)待我相見。(見關禮科)(末)敢問將軍高姓尊名,現居何位,今欲何往?(關)老丈聽言。(關)

【天下樂】問其名關羽凡庸,問其位王侯職重。只爲弟兄失散各東西,不辭千里訪迹尋蹤。(末)請下馬相見。(關)非是我鞠躬,非是我逞雄,只爲桃園結義如山重。

(末)既是關將軍,小莊盡可停止。請二位皇夫人後堂茶飯,山妻相陪。(旦、貼先下科)(關下馬科)(相見禮科)(末)雲長公好威名,刺顔良,誅文丑,欽羨欽羨。(關)

【鵲踏枝】刺顔良百萬軍中,誅文丑白馬坡東。灞陵橋上別奸雄,他那裏識孤忠,我這裏念孤窮。唬張遼跪把征袍送,堪笑他三計總成空。

敢問老丈高姓?(末)老夫姓胡名華。昔爲諫議大夫,只爲奸臣弄權,隱居林下。(關)如此,失敬了。有幾位令郎?(末)止有一個小兒,名曰胡班,見在四關王植大夫手下爲將。(關)既是令郎在四關,老丈何不周全小將過關?(末)將軍放心。小莊荒宿一宵,明早有書,煩帶小兒,中間詳細備載書上,小兒一見,必定開關相接,不勞挂心。(關)但恐令郎各爲其主,不容關某前去。(末)吾兒素性忠孝,兼且重義,決無阻擋。(關)如此多感了。(末)將軍鞍馬勞頓,請安置罷。(關)請了。

程途多跋涉,千里爲尋兄。孤莊投一宿,來早便登程。

## 第二十二齣　斬　　秀

(孔)

(五言句)志氣吐虹霓,威風八面吹。身披金鎖甲,方表是男兒。自家非別,孔秀是也。蒙曹公委用,命我在此東嶺關鎮守。聞得軍士報來,説關羽探知劉備今在河北,不辭丞相竟去尋兄,早晚必從俺這裏經過。左右,須要緊把關津,嚴加盤詰,如無文憑,不可放一人過去。(左右應科)(關隨車旦、貼衆同上科)(關)

【八聲甘州】半載受驅馳,想蒼天憐念,途路徘徊。雕鞍駿馬,芳塵臨步相隨。孤鴻淚起征夫意,杜宇聲聲遊子悲。(合)迤邐想桃園結義,獨行千里。(卒跪科)稟爺,到東嶺關了。(關)關上誰人?(孔)請了,小將孔秀便是。(關)孔秀將軍,吾非別人,姓關名羽字雲長,往河北尋兄,借貴關經過。

（孔）有文憑放你過關，無文憑將二位皇夫人當在此處，回去取了文憑來。（關）這廝敢出污言。有文憑在此，開關照看。（開關科）（關殺孔秀下科）只爲訪迹走長途，孔秀無知擋住吾。偃月青龍纔舉起，輕輕下處血模糊。

## 第二十三齣　誅　福

（韓）（五言句）慷慨男兒志，英名播四方。文韜安社稷，武略鎮諸邦。自家韓福便是。蒙曹相薦舉，官拜洛陽太守，鎮守此關。聞得探馬飛報，關羽今往河北尋兄，東嶺關將孔秀殺了，不日來至洛陽。恐他搶關而出，不免喚首將孟坦出來，與他商議，早作準備，緊守隘口，多少是好。孟坦那裏？

（孟應，戎妝上科）（孟）（五言句）手提七星劍，身披兕爪龍。擺開大四對，打破錦屏風。啓主帥，孟坦見。（韓）衣甲在身，不須全禮。（孟）呵，但不知主帥呼喚，有何將令？（韓）今聞關雲長河北尋兄，必由此處經過。你可小心整頓器械，緊把關隘，不可放他過去。（孟）小將得令。（關衆旦、貼同上科）（關）

【八聲甘州】細雨濕征衣，見四圍山色，景物淒其。猛然思起，把心猿意馬拴繫。人在天涯凝望眼，路遠心慌恨馬遲。（合）迤邐想桃園結義，獨行千里。

（衆）禀將軍，來此是洛陽關了。（關）把關將帥是誰？（衆）衆人問得來，乃是太守韓福與神將孟坦。（關）你衆人守護車仗，待我親自看來。（相見科）（孟問科）（關答如前白科）（孟開關相戰科）（關殺孟下科）（韓領衆上，叫放箭科）（關復斬韓，衆走科）韓福存心太不良，一同孟坦受災殃。若非叔叔威名大，怎得單刀過洛陽。

## 第二十四齣　救　羽

（卞）（七言句）朝臣待漏五更冷，鐵甲將軍夜渡嶺。山寺日高僧未醒，算來名利不如隱。自家非別，卞喜是也。雲長過了二關，斬了三員上將。我如今假意安排筵席在於凈國寺中，待他飲宴之時，袖藏流星錘打死他，有何不可？普凈和尚是他鄉里，恐怕漏洩機謀，不免叫他出來，分付他。普凈何在？（普凈上）（普）

（七言句）湛湛青天不可欺，八個螃蟹一齊飛。惟有一個飛不起，肚下一個大團臍。(普净相見禮科)(下)今日安排筵席,款待雲長,不許你開言。(應科)(普背科)雲長是我鄉里,待吾救他。(旦、貼關上科)(關)

【新水令】行程萬里陣雲高,展旌旗天外逍遥。劍戟凝霜,絳袍凱耀紅光,馬壯人豪,盼江北何時到。客路上迢遥,忽聽得軍中鳴畫角,塵起處想是賊兵到,中心展轉焦。準備着唱凱歌,金鐙鞭敲。

(卜)請了,關將軍恕罪。吾非別人,汜水關卜喜是也。(關)卜喜將軍,你可知孔秀、韓福等之事乎?(卜)末將盡知此二人不識天時,不肯放將軍過關,乃是自取其罪。今下官聞知將軍往北尋兄,下官無甚殷勤,聊具蔬酒,在净國寺中少留一宵,來早登程。(關)

【前腔】見馬前軀身立着,他那裏揚聲高報。(卜)請進寺中下馬。(關)駿馬巡行長堤古道,呀,恰早山門到了。(普)和尚迎接。(關)見禪帥合掌相迎,覷着你殷勤談故交。你好似我那裏人説話。(普)將軍在蒲東,貧僧在蒲西,小僧與將軍只隔一溪,昔年將軍曾在寺中看書過來。(關)莫非普净長老?(普)然也。(關)請起。親不親故鄉人,美不美鄉中水。昔年同一會,争如故鄉好。正是:久旱逢甘雨,他鄉遇故知。(普)人心防不測,莫待禍臨期。(卜)胡説。(關)卜喜將軍,你休説他胡言亂道,我和他鄉曲話,似漆投膠。(與卜作揖科)(擒雙袖科)這是甚麽東西。(卜)是個雪梨。(普)是個鐵梨。(關)你好意將筵席擺着,藏巧計兩廊卜擺列着鎗刀,鼠賊狼徒,回廊紛繞。惱得俺怒氣衝霄,舉手處把你化作南柯夢杳。(殺下,衆先下科)(關普吊場科)(旦、貼)

【滚調】屢遭强暴,歷盡艱辛多少。却纔個山門到了,馬到處亂紛紛各往逃,叔叔無危妾身有靠,料想吉人自有天保。(關)長老,我帶你出關,你往那裏去?(普)貧僧往玉泉山去。(關)幾時和你相會?(普)待我起一數看,二十年後玉泉山下相會。(關)不曾報得你恩。(普)施恩不望報,望報不施恩。(關)你在他鄉等着,你在他鄉等着,有一日見了大哥,把你加官賜爵,把你加官賜爵。

(普)將軍休説此話。貧僧乃物外之人,豈圖塵中之貴?托鉢披緇,自食其力。惟願將軍此去,早與玄德公相會,重扶漢室江山,則小僧慶幸多矣。但將軍與令兄今脱此災危,餘不足慮矣。謹記吾言,後須有驗。(關)多謝禪師指教了我。

【尾】有緣幸遇禪師教,皇天不絶咱宗廟。車兒催促得緊,馬兒鞭馳得早,汜水關逍遥過了。

## 第二十五齣　洩　計

（王）

（五言句）韜略腹中藏，男兒志氣昂。擎天碧玉柱，架海紫金梁。下官王植是也。聞知雲長河北尋兄，過三關斬了四員上將，今日從俺滎陽[1]經過，不免喚胡班出來，商議則個。胡班何在？（胡班上）（胡）

（七言句）自小生來志氣高，全憑武藝逞英豪。膽大截龍頭上角，心雄拔虎嘴角毛。自家胡班是也。主帥呼喚，不免向前。（相見禮科）（王）今有雲長，過了三關斬了四員大將。如今假意迎他館驛中安歇，四圍疊起乾柴，三更時分放火，燒死雲長，不得有違。（胡應科）不用再三親囑咐。（王）想來都是會中人。（下科）（關旦、貼上）（關）

【金錢花】重重擊破關津，關津，猶如破竹之聲，之聲。即忙躍馬向前行，脫得去謝神明，脫得去謝神明。

（王）關將軍請了。下官王植是也。聞將軍竟往河北，不敢有阻，今日天晚，特請將軍驛中安歇一宵，來早開關相送。（關）多謝了，不勞在此祇候，請回避罷。（轉科）（王下）（旦、貼先下）（關）左右掌燈來，待我看《春秋》消遣。（胡班上科）聞道雲長好一表人材，只是聞名，不曾見面，不免越牆偷看一會，然後放火。（跳牆科）（關）左右，燈前有人，快拿。（捉見科）（關）你敢是刺客？（胡）非是刺客。久聞將軍之名，未得見面，特來偷覷的。（關）搜看。（卒）身無寸鐵。（關）拿燈與他看。（胡看科）（關）你叫甚麼名字？（胡）胡班。（關）胡家莊上胡華是你甚麼人？（胡）家父。（關）請起作揖。若非足下今晚至此，險些忘了你令尊有書在此。（遞書，胡班看科）原來父親命我放將軍。（胡）

【駐雲飛】聽說端詳，接得雲箋紙半張。險做奸邪黨，屈殺忠良將。嗏。（胡）王植大夫分付，四圍疊起乾柴，三更時分放火，要燒死將軍。（關）這怎麼好。（胡）你不必恁驚慌，免提防，我開了關門，送你前途上。（關）請皇夫人上車。（胡）急急逃生免禍殃。（胡作別先下科）（王上追，關殺王下）

王植心存歹肚腸，暗藏烽火害雲長。蒼天不絕英雄將，不使將軍半路亡。

## 校記

[1] 滎陽：底本作"榮陽"，今據文意改。

## 第二十六齣　服　倉

（秦琪上科）奉主公之命，鎮守黃河渡。聞道雲長至此，不免在此把守。（旦、貼關上）（關）

【金錢花】惱恨曹操無知，無知，終朝把我相欺，相欺，縱然有翅也難飛。脫得去，謝神祇，謝神祇。

（秦）來者何名？（關）吾乃姓關名羽字雲長，往河北尋兄，借你船過黃河渡。將軍何名？（秦）小將秦琪是也，奉主公命，在此把守黃河渡。有文憑方放你過渡，沒有文憑，休想休想。（關）這廝無理，他那知道我這馬水火不避。把馬加鞭來。（趕過水殺秦科）（關）止殺秦琪，與衆無干。快擺舟船，迎接皇夫人過渡。（衆應科）請皇夫人上船。（旦、貼上船科）（關）

【前腔】大江西水悠悠，悠悠，何方鬼怪東流，東流，滔滔滾滾去無休。齊放過，木蘭舟，木蘭舟。

（衆）船已就岸，請皇夫人上車。（關問科）此山何名？（衆）此山名瓦崗山，恐有奸細埋伏。（關）左右放火，與我燒了。（卒燒科）（周倉上殺科）我兄弟三十六萬，被你三人殺得東逃西奔，你又燒了我的燕窩兒。（關）你是何人？（倉）百萬黃巾頭一名，天保將軍周倉的便是。（關）手中用的是甚麽東西？（倉）是鐵區挑。（關）有多少重？（倉）有一百二十斤。（關）我這刀止得八十二斤，換來看。（拿區挑科）（倉願降科）（關）你是無用之物，不用你。（倉）我有千斤之力，脚穿藤鞋，能走千里之路。（關）砂上有個螻蟻，你三拳打得死，纔爲好漢。（倉）虎也不怕，罕希這個螻蟻。（打三下科）（關）你三拳打不死，那邊有一個，撮上來。（碾科）你三拳打不死，我兩指碾如泥。（倉）情願投降。（關）你跟得我這馬上，我就帶你去。（倉跟馬走科）（關叫科）（倉應科）（關）果然跟得上。（背白科）恐後心變，待我制服他。左右，到皇夫人處討兩枚針來，把一枚去了眼，放在馬後足上。（卒如命科）（關）周倉，我馬後足有兩枚針取上來，一個有眼，一個無眼。（倉）將軍，我在馬下不見，將軍馬去如飛，怎麽看見有眼無眼？（關）別人止有一雙眼，惟有我關爺，後面多一雙眼，前眼看陣，後眼看刺客。（倉）原來有後眼。我若動手，這吃飯的傢伙就落地了，真心願降。（關）有願在先，誓不帶人。你可扎兵在此，待我尋見了大爺，來招你每去。（倉）得令。嫩草怕霜霜怕日，惡人自有惡人磨。（倉先下）（旦、貼上轉行科）（關）前面是冀州城了。左右去問來，大爺可在此

處麼？（卒問科）（內回科）前月已往古城去了。（卒稟科）（關）皇嫂，大哥在古城去了，怎麼是好？（旦、貼悲科）（旦、貼）

【駐雲飛】直恁無緣，不怨人來不怨天。只恨時乖蹇，夫婦難相見。嗏，好教我淚漣漣，自熬煎，未審何時得見兒夫面。悶走長途眼望穿，長途眼望穿。

（關）皇嫂，千里之遙，尚然刻日就到，此去乃平川之地，車碾頗行得快，何須憂慮？關某降漢不降曹，千里尋兄豈憚勞，只爲弟兄恩義重。（關）

【新水令】桃園結義勝同胞，想着弟兄情傷懷抱。無心歸孟德，有意立劉朝。不憚水遠山遙，水遠山遙，訪仁兄志存忠孝。（旦、貼）

【步步嬌】自與夫君分散了，半載絕音耗。家鄉萬里遙，舉目無親有誰相靠，空把淚珠拋，程途跋涉何時了。（關）

【折桂令】方離了虎穴龍巢，説甚麼程途萬里迢遙。縱曹操待咱恩深，俺和他水米無交。挂印封金，是俺心高志高，一片心似水滔滔。昨日來在灞陵橋，刀尖挑起紅也麼袍，險些兒呀殺了許褚張遼，百萬曹兵唬得他赤瀝瀝魂飛魄散了。（旦、貼）

【江兒水】叔叔威名重，多梟勇，曹兵一見驚甦倒。你哥哥飄泊無消耗，南來北去何時了，只恐程途魏杳。倘有賊寇追時，此際吉凶難保。（關）

【雁兒落帶得勝令】憑着俺這一口青龍偃月刀，他縱是柳盜蹠何足較。那怕他埋伏九里山，俺只是暗渡陳倉道，量奸雄一夥小兒曹。假若敵兵來殺，教他怎生逃。本待要立炎劉誅強暴，訪仁兄豈憚勞。告嫂嫂免心焦，萬里路終須到，休怨着迢也麼遥，管取團圓直到老。（旦、貼）

【僥僥令】行行過古道，雲縹緲，路迢遙。未審征人歸何處，重會合何時相見了。（關）

【收江南】呀，拚遊遍天涯海角，爲仁兄不憚辛勞。非是俺獨行千里顯名高，行過了山高並險道。聽孤鴻嘹嘹，覷敗葉蕭蕭，深秋光景好寂寥。（旦、貼）

【園林好】過溪灘，又過小橋。見垂楊漸漸又凋，牽惹得離情懊惱。當此際，恨無聊。當此際，恨無聊。（關）

【沽美酒】敬哥哥，奉嫂嫂，也是關雲長存忠孝。一自徐州失散了，心兒裏想着，口兒裏念着。不得已假歸曹操，有何心貪戀着美酒佳餚，越顯得俺英雄流落。俺呵把顏良斬了，把文醜殺了，這的是厚報奸雄曹操。呀，歸劉氏盡咱一生忠孝。（關）

【尾】程途跋涉何時了,踏遍紅塵路轉遙,方信桃園生死交。

(卒)禀將軍,此去古城中近了。(關)既如此,快碾車輛趕進城。

【寄生草】(關)心中憶故交,千里終須到。遠望見古城兒,看看近了。左右,恐有奸細,安定了車兒,把馬加鞭來。(走馬科)將樓前豎着,旗號上寫着,快活年國泰民安樂。四面周圍,擺列鎗刀,金鎖堤邊纜吊橋。城墻接碧霄,門傍擺列襄陽大砲。這的是藏龍穴,引了鳳凰巢。

## 第二十七齣 不　　納

(張)

【駐雲飛】咱耐雲長,帶領家眷下許昌,把結義情撇樣,降了曹丞相,嗏,惱得怒氣滿胸膛,氣昂昂。有日相逢,緊緊不廝放。拿你的頭來湊我鎗,拿你的頭來湊我鎗。

(丑扮卒上科)有事不可不報,無事不敢亂言。自家乃是跟隨關爺的小兵,領了將軍的嚴命,着我進古城去報知三爺。來此就是,不免進去。(入見跪科)禀上三爺,今有二爺辭了曹操,離了許昌,送二位皇夫人到此與皇叔爺相會,叫你大開城門,迎接他每進來。(張)是那個二爺?(丑)是關爺。(張)是那紅臉賊到了。你去傳示他,無仁無義,有始無終,忘了桃園,去降曹操,是甚麼好人?他若要相逢,我與他陣上交鋒。快去快去。(丑)虧了關爺千里尋兄,這樣言語,其實不通。(張怒科)左右,拿那小軍去殺了。(丑慌走先下科)憑你去相殺,且留我的喉嚨。(張)左右,擡過我的鎗來,待我把紅臉賊殺了,方消得這一肚子的氣。(內衆應科)(張乘馬提鎗科)(張)

【入賺】他就是八天王降臨凡世,咱便是五殿閻羅天子居。夜叉來探海[1],小鬼望風吹。紅臉的賊,你本是曹操身邊奴隸,第二的宗枝,憑着俺丈八蛇矛,把你碎碎而誅。

## 校記

[1]夜叉：底本作"夜丫",據文意改。

## 第二十八齣　助　鼓

（關）

（五言句）千里而來苦，今朝兄弟逢。辭曹歸漢主，耿耿一丹衷。

（卒上報白，照前科）（關）帶馬來。（張持鎗上科）紅臉賊。（關）翼德。（張）雲長。（關）張飛。（張）關羽。（關）三弟。（張）放屁，誰是你三弟？你降了曹瞞，受他上馬一蹄金，下馬一蹄銀，三日一小宴，五日一大宴，黃金百鎰，美女十人，官封壽亭侯，你好快活。我拿鎗起來，一鎗戳你二十四個透明孔。（關）三弟，你說我降曹，你且聽我道來。（關）

【粉蝶兒】俺本是治國忠良，休猜做順曹瞞奸雄賊將。只爲弟兄情迅馬遊繮，一自徐州失散，算將來有一年之上。俺關某晝夜思量，想皇叔和翼德不能相親傍。打聽得今在古城中，俺關某一一來問訪。（關）

【醉春風】你道俺歸曹棄漢不相當，我怎肯順曹操，只爲桃園結義果非常。我名兒怎肯把後人誹謗，一心要立漢中王。直待要名揚四海，八方雄壯，八方雄壯。（張作持鎗怒欲殺科）（關）

【迎仙客】你那裏氣吼吼怒發持鎗，不由人左遮右擋，咱和你一衝一撞。（關怒科）（張）你不降曹，爲何今日持刀來殺兄弟？（關）住了。你不認我，待我自刎，獻首級與大哥。（張）也罷，免得俺老張動手。（關）老天。罷了，關某千里而來，指望兄弟相會，誰知三弟不容與大哥相見，要我這苦命何用？到不如奮勇迎鋒一命亡。（卒跪，按刀勸科）爺，你若是奮勇迎鋒一刀亡，枉了你出五關斬六將，誅了文丑，刺了顏良。不曾見得大爺呵，怎顯得你是大節忠良？（關）道得有理。今日自刎而死了，無有對證，大哥只道我真心降曹了，怎顯得咱是大節忠良？

（張笑科）又捨不得死。你真心降了曹操，到又來賺我開城，來殺大哥。（關）賢弟，你從容聽我說來。（關）

【石榴花】吾只爲家族侍長，又恐怕賊徒不放。因此上白馬坡前誅文丑，官渡刺了顏良。他不防我智量，將他盡讓，纔得脫火坑萬丈。（張）那個聽你，只是廝殺。（關）

【鬥鵪鶉】你道俺受了他黃金萬兩，又封俺壽亭侯爵賞，爲甚麼遺簡辭曹，府庫封，收拾行裝。一壁廂氣不忿驅兵領將，趕至灞陵橋不敢攔擋。兄弟，你道我和你三人相聚，這等容易不成？（關）

【上小樓】大哥住在大樹樓桑,俺兄弟住在涿郡燕邦,俺關某住在蒲州解梁。四方結義英雄將,論武藝世人無敵,論豪傑蓋世無雙,只要扶助大哥哥平步上龍床。兄弟你忒無情,好莽撞,兀的不是古城邊屈殺忠良將。你氣吼吼怒發持鎗,不由咱珠淚紛紛,美語相央。咱和你施武藝,目下見興亡。

(關張作欲交戰科)(內喊科)(張走科)閉了城門。(張)

【賺】只聽得金鼓轟敲,遠望曹兵似湧潮。看旗號上寫蔡陽,親領精兵到,忙閉城門拽吊橋。你是真強盜。不是張爺走得快,險些落在伊圈套,怎生是了。

(關)三弟,不是拿你的,是來追我的。你迎接二位皇嫂入城,待我退曹兵。(張)你賺我開了城門,你好進來殺我。(關)你疑我有外意,軍馬助我些。(張)沒有軍馬,助你三通鼓:一通鼓披挂飲食,二通鼓臨陣交鋒,三通鼓咱要蔡陽頭落地,我大開城門迎你進城。如無蔡陽首級,斬你狗頭來見我。(張下科)(關)纔說得三弟相會,又誰知蔡陽兵來。(關)

【耍孩兒】想這場禍事從天降,就地兵來我怎當。曹瞞遣將追雲長,渾身是口難分訴,好意番成惡肚腸,魃魃的添愁況。非是我弟兄失義,也是我關某遭殃。

兄弟,你放心。(關)

【三煞】非是我賣弄強,關某敢把賊徒量。我也曾白馬坡前誅文丑,今日在古城濠邊斬蔡陽,怒氣有三千丈。憑着俺三停偃月,殺得他一個個丟了旗鎗。(關)

【二煞】你道他有百萬兵,俺覷他一似虎奔羊,大軍中纔顯得安邦將。我也曾獨行千里辭曹府,匹馬單刀出許昌,灞陵橋上威風壯,直唬得張遼拱手許褚心忙。

(卒)大爺在南門,快去見大爺。(關轉科)大哥,是我雲長,送皇嫂與你相見。曹兵追急,開門開門。(內作不應科)(關)

【一煞】大哥不出來,三弟情性剛,只道我真心順了曹丞相。怎知張飛不放,參兄長,參兄長,又遇曹操兵來鏖戰場,好教我難攔擋。似這等單刀獨馬,明日裏要見興亡。

(旦、貼內叫科)叔叔,曹兵來近,三叔又不肯開城迎接,此事怎麼了?(關)

【尾煞】嫂嫂,休憂慮,且寬心,莫要慌,咱是為家幹國忠良將,覷着十萬雄兵如反掌。

（蔡陽持刀上科）關羽，我主公待你甚厚，你爲何不辭而來？出五關斬了六員上將，黃河渡秦琪是我外甥。今日趕來，與你比刀比力，三來取你首級，塡我外甥之命。（關）不知秦琪是你外甥，誤殺是實，今日將何比力？（蔡）路傍有株柳木，誰人一刀砍得斷就爲力大。（關）讓你先斫來。（蔡）我便先砍，你不可暗算。（關）關某豈是那樣小人？（蔡砍不倒科）（關）蔡陽，你力不如，刀夾在木中，莫説是一個，就是十個蔡陽也斬了。（背科）原來這廝有勇無謀，木頭橫砍怎麼得斷，必須斜砍下來。（關砍木倒科）（蔡）你刀斜下，我刀横去，不爲力大。出馬來。

【端正好】（關）列征夫，排軍隊，鬧咳咳呐喊搖旗。我將紫絲韁兜轉追風騎，直闖入酣戰沙場地。忽喇喇磨彩旗，急挷挷迎畫戟。屹崢崢把銀牙咬碎，怒吼吼一似猛虎奪食。陣雲靄靄把征夫罩，綠草茵茵襯馬蹄。咱和你賭鬥相持。（關）

【前腔】我也曾退袁紹解重圍，辭曹操歸故里，唬張遼將錦袍忙遞，驚許褚跪拜擎杯。你待要賣弄英雄將咱趕，禍到臨頭悔後遲，殺教你片甲無回。（内擂鼓科）（關）城頭上撲咚咚花腔擂起，不由人馬鞍上越加雄勢。急拍龍駒，那壁左右刀廝架，來往見光輝，施展兵機。

蔡陽，你有千軍萬馬，擒我不爲希罕。你退軍馬遠一舍之地，兵對兵將對將，纔爲好漢。（蔡）道得有理。衆軍，退去一箭之地。（蔡回頭，關殺蔡陽下科）（關）

【滾】蔡陽頭手内提，衆軍卒各自歸，殺得他氣淹淹死屍滿地，赤淋漓鮮血如池。逃軍敗卒紛紛走，短戟長戈亂亂堆，殺教他霎時間火滅烟飛。

報與大爺知道，只説二爺把曹兵殺退，斬蔡陽首級在此。（關）

【煞尾】老天不絕桃園義，耿直心腸天地知，摔碎絲韁恨馬遲。（旦、貼内叫科）二叔，叫軍校快進城去，報知皇叔，接我姊妹相會。（關）二位皇嫂不住催，誰知我今朝斬將，思兄弟，報道得勝，鞭敲金鐙喜。

## 第二十九齣　團　　圓

（生）

【仲吕引】結義桃園，徐州分散，古城中又得團圓。夫妻會合，弟兄重見。叫軍校開了城門，迎接二位皇夫人進城。（卒應科）（旦、貼上）（旦、貼）

【二犯令】移蓮步，整弓鞋，迢遥千里而來。（相見哭拜科）夫妻幸喜重相會,猶如枯木逢春花再開。

（生）孤窮不利,多虧二位夫人耽驚受怕。今日相逢,實出望外。（旦、貼）夫身流落,姊妹自分無生,賴得神天護祐,相逢猶如夢寐。只是一路而來,多多虧了二叔,若非他義勇忠心,夫妻焉有今日。皇叔不思報德,反把城門緊閉,不容進見,此何意也？（生）孤審軍士,已得其詳。昨閉城門,乃三弟張飛之罪。今見二弟,自當表白。（張飛上科）

【生查引】當初只道無情漢,今日方知義勇忠。（相見揖科）二位皇嫂拜揖,小叔失於遠迎,望勿介意。（旦、貼）你為何這等莽撞,不加詳察,妄怪他人。（張）小叔知罪了。（旦、貼）三叔,少刻二叔來時,須當陪個小心。（張）劣弟曉得。大哥,俺昨日觸犯二哥,望大哥方便方便。（生）你若要他歡喜,須分付滿城,大排香燭,遠接進城,陪個小心。他乃知禮之人,寬洪大度,不念舊惡。（張）小校,分付滿城,大排香案,整齊隊伍,迎接二爺入城。（眾應科）

（眾扶羽上科）桃園結義誓難忘,千里單刀出許昌。尋歸真主完名節,不愧烈日與秋霜。關某別了曹操,一路而來,指望與大哥相會。誰想昨日來到古城,反被三弟疑猜,道咱降了曹操,不容進城。又誰知蔡陽追兵來到,激得我怒滿胸膛,把他斬了。此乃是我雲長命不當絕,倘遭他人之手,焉有今日之會。正是：西風百戰起塵埃,千里尋兄到此來。今朝纔得干戈靜,我想昨日呵！

【新水令】征夫塞滿了太平垓。小校,二位皇夫人可進城否？（丑）先進城了。（羽）眾軍可曾卸甲否？（丑）二爺不曾卸甲,眾軍不敢擅解。（羽）傳令,叫眾軍卸甲。（丑）得令。（羽）關某自離許昌,今日裏纔得卸戎衣,換了這紫袍金帶。（內作喊科）（羽驚科）小校,是那裏吶喊？快看馬取刀來。（丑）是蔡陽領來軍士,無主可歸。（羽）既然如此,你將我令旗一面,招他投入在我部下。若不願者,教他各自歸農。（眾應科）（羽）你教他把旌旗雲外卷,（內長號科）（羽）小校,是那裏吹打長號？（丑）稟二爺,是三爺擺隊伍出城迎接。（羽）昨日不須廝殺,今日也不勞他迎接。小校,你與我傳令,說二爺心下惱,叫他不要擺。（丑分付科）（羽）分付他戈戟不須排,不念咱千里而來。（內鳥鳴科）（羽）小校,甚麼鳥兒叫？（丑）是一只孤雁。（羽）一路而來,皇嫂愁苦無聊,你又哀叫。今日俺兄弟相逢,你又叫甚麼？差矣！自古道征雁失群,哀鳴淒慘。想俺兄弟常作一處,今被曹操設計,分散東西,俺關某一人在此,就如此雁一般。咱關某就如這失伴孤鴻，流落在碧天之外，拂盡塵埃。（内又作鳥鳴科）（羽）小校，又是甚麼鳥兒叫？（丑）是催歸杜鵑。（羽）此鳥尚歸計，何況人乎？俺雲長一天愁悶，却被此鳥解去一半了。聽啼鵑遣悶懷，徐步進城來。自下許昌將近一載，蒙曹操待吾甚厚，莫說大哥三弟疑我降曹，就是外人，那一個不道我真心降了曹操？難怪大哥三弟不疑猜，却也難怪哥弟不疑猜。（張上，跪接羽科）（羽見作不理科）叫小校，我那馬可曾卸鞍麼？（丑）卸了鞍。（羽）既解了鞍，把些好料與他吃。我此來虧了這一騎馬，出許昌，過五關，誅六將，古城邊，斬蔡陽，受了多少的苦楚。我想今世的人，還不如此馬有義。好生看守此馬。大爺如今在那裏？（丑）在中堂立地而等。（羽急行科）（張自起科）二哥惱，全不看在我身上來，返把馬來譏誚我。沒奈何，是我做得不是些，還要陪個小心，跪在那階下去，要他認了我纔好。（生、羽相見，同下跪哭科）（張復跪科）（羽）見哥哥就跪在階，參兄長恭身拜。哥，一自徐州失散兩分開，喜今日古城中你我依然在。大哥，關羽乃鐵甲征夫，何愁千里？只虧了二位皇嫂，幼長深閨，那識路途之苦，受了多少風霜，耽了多少驚恐。今天古城，不容進見，全不念皇嫂與你結髮恩和愛，你也把城門兒不放開。你道小弟真心降曹了，哥怎知俺漢雲長，一點丹心不改？大哥端坐，容關某把昔日分散事情，說與大哥知道。（生）二弟同坐，試說一番與我聽着。（羽）當初曹操領兵百萬之衆，打戰書到徐州，大哥與三弟商議去偷營劫寨，着某保守家眷。誰想三弟去到那邊，不探虛實，只管高聲吶喊，曹兵四散殺出，兄弟各自逃生。探子報道大哥、三弟俱被曹兵所害。二位皇嫂聞得此言，悶倒在地。彼時關某披挂出城，要與曹兵決一死戰。去到半路之間，想曹操那賊多用詭詐之計，恐賺吾出城以絕歸路。那時又叫探子來，仔細問他。他說不曾親眼看見，只在五里之外傳來消息。慌忙帶轉馬，復入下邳城，去寬慰二位嫂嫂。誰想張遼即來，說吾降曹。彼時不降於他，關某一人一騎，料無阻礙，只恐二位嫂嫂難脫虎口。以此假說降他，一邊打聽哥弟消息，又作道理。因此上去許昌，蒙曹公待我甚厚，上馬提金，下馬提銀，三日小宴，五日大宴，黃金百鎰，美女十人，封爲壽亭侯之職。後不知大哥在袁紹駕下，借得顏良文丑，前來報仇，却被張遼用激將之計，賺我出軍，誤殺了此二將。彼時陣上纔知大哥消息，就要辭曹歸漢。誰知曹操意欲拘留，不容面別，故此挂印封金，留書作别，過關斬將而來。來到古城下呀，遇着猛弟張飛。（張）小弟在此請罪。（生）二弟看我薄面，叫三弟起來罷！（羽）大哥。張飛自疑猜，全不想月明千里故人來，只教我單身獨自把曹兵敗。堪笑三弟心量窄,險些把桃園結義聲名壞。三弟,你道我受曹的恩惠,這都是真的。比如你受了他的,還肯想大哥和我,辭曹來尋否?想一想你二哥是什麼樣人?俺本是英雄猛烈棟梁材,怎肯貪淫戀酒色?

我前日在黃河渡,殺了蔡陽的外甥秦琪。誰想蔡陽起兵趕來報仇,你把城門緊閉,不容我進來,要我斬了蔡陽首級,方許相見。教你助我些人馬,你說半個也沒有,只在城上助我三通鼓,十面小旗。大哥,還是鼓殺得人?還是旗殺得人?三弟,莫說你我結義兄弟,就是一面之交,見蔡陽兵來,也有惻隱之心,開門與我進來。幸喜昨日蔡陽被吾所害,若是失手於他人,三弟,你今日還去跪那一個?

【水仙子】[1]誰似你狠心腸,沒見識,將咱怪。緊閉城門不放開,怎提防蔡陽兵來?若不是俺關雲長有氣概,施英勇,威風浩大,滑喇喇把蔡陽頭斬在塵埃,怎能彀弟兄相會,他夫婦團圓,喜笑顏開。大哥,我想當初桃園結義,日子不利,時落空亡,以致兄弟如此。

【得勝令】想是桃園結義罹兵災,東西南北兩分開。提將起搵不住英雄淚,舒不開愁悶懷。哀哉,嗟歎愁殺無奈,傷也麼懷,傷也麼懷。也是俺兄和弟時運乖。(生)二弟,三弟自知其罪,你與他相認纔是。(羽)大哥尊坐,待我請他起來。我想三弟平日,上不跪天,下不跪地,今日跪在階前,任我講說,他低頭半聲不應。三弟請起。(同下跪科)莫怪君無理,緣因我命招。這場鏖戰乃是天差,三兄弟你請起來。(張)二哥你不怪我了,請笑一笑纔是。(羽笑科)這足見桃園生死交,方顯得漢雲長大節精忠在。想大哥淚滴江淮,思翼德恨低眉黛,因此上不避關山獨自前來。賢弟,正是"不受苦中苦,難為人上人"。受盡了千般苦,苦盡甘來。(張)

【滾煞】古城聚義把筵排,準備着破曹瞞,大會垓。平空踹破中原地,把長安城攻戰開,將曹操一家兒掃作塵埃。

(衆)今喜兄弟相會,夫婦團圓,就此古城之中,招軍買馬,積草屯糧,相時而動,以報前仇。這是兩片菱花重會合,一輪明月再團圓。兄弟喜相逢,渾如一夢中。古城重聚義,方顯是英雄。

## 校記

[1]水仙子:底本此處與下段"得勝令"均無曲牌名,據曲律補。

# 草廬記

無名氏　撰

## 解　　題

傳奇《草廬記》，全名爲《劉玄德三顧草廬記》，元末明初無名氏撰。《遠山堂曲品》著録。劇述劉備三顧茅廬，以誠意感動諸葛亮，最終出山輔佐劉備的一系列故事，諸如諸葛亮舌戰群儒勸説孫、劉兩家合兵抗曹，氣定神閑在赤壁之戰中大敗曹操，巧設妙計從周瑜手中救劉備回荆州，使東吳賠了夫人又折兵，悉心輔佐劉備入川在成都稱帝等情節。

版本今有明萬曆年間金陵富春堂刻本及《古本戲劇叢刊初集》據富春堂刻本影印本。另有《不登大雅文庫藏珍本戲曲叢刊》影印的富春堂刻本。今以《古本戲曲叢刊》本爲底本加以校點整理。

## 第　一　折

（末云）

（鷓鴣天）換羽移商實不差，戲文編撰極精嘉。山林臺閣多佳趣，四海斯文總一家。須静雅，莫喧嘩，近來多少愛箏琶。今朝幸遇知音者，一奏詞章衆口誇。（自家開場，副末問云）（内應介）劉先主三顧草廬記。（末云）漢代英雄，曹瞞獨霸。徐庶舉薦，三人同顧草廬中。孔明初登寶帳，舉火燒屯第一功。當陽失散，二妻投井，夫婦不全終。借荆州爲本，諸葛施術，赤壁拜請東吳。周瑜詭邀劉吳地，密召進王公。幸喬公引見，龍鳳雌雄。成親後，來還本國，令人追趕，周瑜氣死，計盡成空。孔明神矣，錦囊三計，玄德方登帝位，衆將受王封。詩曰：諸葛亮不求聞達，吟《梁父》高卧隆中。劉先主草廬三顧，明良際千載奇逢。

# 第 二 折

（劉唱）

【菊花新】欲圖恢復漢洪基，胸次惓惓繫所思。今我欲何爲，奈缺少用兵高士。（鷓鴣天）胸中豪氣貫長虹，腹隱良謀計運中。於今困守英雄志，未得飛騰上九重。遭世亂，未奇逢，南征北討不成功。那時大展擎天手，管取吾生龔祁風。小牛姓劉名備字玄德，中山靖王劉勝之後，景帝十七代孫，現爲豫章牧。只今天下分崩，群雄角逐，俺定欲恢復漢業，怎奈無用兵之人。向在荊州訪司馬徽，他說道："儒生俗子，豈識時務？識時務者，當今伏龍鳳雛，臥龍諸葛孔明，鳳雛龐士元。"我想龐士元恐兵革之理，未盡其善，孔明吾聞其名久矣。今有蜀人徐庶，素與孔明相知，先到他處訪問一番，探其抱負何如。還請我兩個兄弟同去。小校，去請二將軍、三將軍出來。（卒請介）二將軍、三將軍有請。（關唱）

【花心動】每日心中暗想，難逢輔佐賢良。（張唱）憑咱威武鎮邊疆，豈懼奸邪惡黨。

（關張）大哥拜揖。（劉云）二弟拜揖。天下奇男子，人間大丈夫。（關）拯危能治世，（張）撥亂見洪都。（劉）二弟，想我你終日淹滯，何日是了。今欲訪徐元直，特期二弟同往。（關張）賢才姓甚名誰，住在何處？既有此人，何不早去取他？（劉云）蜀人徐庶。分付衆人早去。（張云）分付介。（劉唱）

【菊花新】終朝扶立漢洪基，恨我無人將寡稀。（關張）有日遂吾機，平天下剿除奸細。

（劉云）此間已是，待我去請。（請介）（末云）徐庶上。

【前腔】春寒不奈曉風吹，簾幙重重拂地垂。紅日上簷楣，齁睡小齋纔起。

呀，元來是劉豫州。豫州拜揖。（劉云）徐先生拜揖。二弟過來，見了徐先生。（關張云）徐先生拜揖。（末云）此二位莫非是雲長、翼德二位將軍？（關張云）正是。（末云）二位將軍威名如春雷貫耳。（關張云）念予困蟻，何勞過獎。（末云）請問豫州貴步到此，有何見論？（劉云）愚生此來，爲國家心事未遂，誠爲嗟歎。（末云）豫州乃是漢室華冑，何不出展經綸之手？（劉云）欲圖大事敢惜身，所恨輔翼無其人。（末云）君家覬覦圖大事，所謀必得天下事。（劉云）我劉備正爲此來，先生在上聽告。

【好姐姐】愚生特來訪賢,欲委任除殘誅叛。論賢才出處,國家氣運關。(末云)可曾到處尋否?(劉唱)尋索遍,寥寥落落真希見。孔子曰:"才難,不其然乎?"始信才難果是難。(末)

【前腔】豫州今欲訪賢,奈賢才實不多見。唯有襄陽之隆中諸葛孔明,草廬龍卧聲名重,斗山吾籌算。當今之時,必須此輩能平亂,亂一平時天下安。(關張)

【前腔】曾聞司馬徽有言。(末云)他有甚麼言語來?(關張)道他是伏龍之彥,管樂自比,名齊龐士元,俺大哥尊賢禮士,其心甚篤,深忻羡。君當與引來相見,一見吾兄任大權。

(末云)你二位所言差矣。

【前腔】那孔明文武兩全,果然是伏龍之彥。他行藏出處,動徹學聖賢。你要他來相見,決不肯把身輕賤,却不道執贄求賢禮必先?

(劉)怎麼去相見便纔好?(末)那孔明乃龍人也。此人可就而見之,不可屈而致也。豫州宜枉駕顧之,不然,決不肯出。(劉)果是伏龍,承教承教。(張)來不來就罷,好稀罕。(末云)將軍,這個人使不得性。(劉)既如此,厚禮金帛,躬造其廬,聘他纔是。(末)這個甚妙。

詩曰:意欲求賢未得賢,得君指示豈無緣。伏龍一旦乘時起,雨澤行看沛八埏。

## 第 三 折

(亮唱)

【高陽臺】王室陵夷,神州分裂,群雄蜂起兵革。憂國憂民,愁催青鬢幾白。吾生安得專一旅,奮精忠戮取群賊。把床頭三尺劍,將土花磨滅。(臨江仙)秉耒朝耕畎畝,張燈夜讀《陰符》。乾坤落落風塵外,人靜草廬孤。自比燕臺樂毅,何慚齊國夷吾。昆山片玉深藏櫃,待時沽。小生覆姓諸葛,名亮,字孔明,道號卧龍,世家琅琊,隱居南陽,躬耕畎畝,自給饔飧,苟全性命於亂世,不求聞達於諸侯。只今天下,曹操據中原,孫權據江東,國步艱難,民心離散。小生雖係布衣之士,實懷廟堂之憂。今日所事,不免將天文地理書一閱,以忏其悶。

【懶畫眉】天文二卷辯風雲,試看旄頭對將星,紫微不動是原根。天羅黑殺逢羅計,月孛星辰不見蹤。

這一條是地理書,且看地理。

【前腔】你看地分方界有奇功,戰勢全憑出陣中,死中得活妙無窮。這訣法多深奧,活地雖強一旦空。

這一本是陣圖,且看陣圖。

【前腔】陣圖威勇使人欽,進退全憑旗鼓金,甲兵堅固幾層層。攻敵須從緩,迎敵偷營定計行。

這是兵家一指,且看兵家。

【前腔】兵家一指在凶危,勝負全憑上將為。百里而得利者,為之上將;十里而得利者,為之中將。遠觀地道使人趨,應變隨機勢,料得他營我所知。

袖傳‧卦,今有劉關張來訪。我叫道童。(丑)

【字字雙】我做道童真個奇,伶俐。登山玩水且隨師,遊戲。客來無不可忘機,有趣。悶來松下看圍棋,要奕。

(對奕科)(丑云)師父,喚小徒怎麼?(亮云)今有劉關張來訪我,你回他不在家。(丑云)那裏去了?(亮云)駕一扁舟,遊閬苑去了。(丑云)他問道,幾時去的?(亮去)去的日子去的。(丑云)蹤迹未定,不知幾時回來。(劉云)先生在家麼?(丑)不在家。(劉云)兄弟步遠而來,先生又不在。(張云)可惡。(劉云)道童,待你師父回來多拜上,你說劉關張弟兄三人,備厚禮聘先生,先生不在,空返了,晚間再來罷。(丑云)曉得。(張云[1])兄弟,既孔明不在,棄此人,便去請龐士元。(關云)大哥,三弟言之也有理。莫若收拾人馬回去,下次再來也未遲。(劉云)有理,收拾去回罷。(劉)

【淘金令】意想謀臣,到此誰知不遇時。論存心立志,待整山河,逕來不見師。只恐兩生疑,且回歸作道理。三軍趲行。(合唱)急回故里,不憚崎嶇危地,不憚崎嶇危地。(關張唱)此來為時乖不利,難逢這道儒,信徐人舉薦,不憚驅馳,教人空自回。你看斜日又將西,風吹塵滿衣。(合前)

(卒去)稟三位將軍,城門已鎖,進城不得了。(劉云)且在行營安歇,待明日早進。

詩曰:覓訪軍師不見蹤,回來至晚住行營。整儀再探南陽士,方會高人是臥龍。

## 校記

[1] 張云:"張",原作"劉",今據文意改。

## 第 四 折

（旦唱）

【一枝花】彩絲攢錦綺，士女親機杼。畫梁雙燕，語投賢主。二室今生，何幸身遭遇。（貼唱）夙興恒共處，烈炬尋花，入座敲枰，舉杯聯句。

（貼云）姐姐萬福。（旦云）妹子萬福。眉翠孿飛燕，城傾麼麗姬。（貼云）侯門尊內德，不重紫羅衣。（旦云）妹子，君侯這兩日不入內院，必然有事關心。（貼云）姐姐，我和你是婦人家，豈知男子之事，只是順從夫命便了。（旦云）言之有理。我等得侍君子，如此享用，其念足矣。（旦唱）

【梁州序】蘭湯初試，香雲未理，菱鏡玉臺方啓。輕勻嬌面，丁香扣滿綃衣。閑看鴛鴦並，笑擲花枝，驚起相爭戲。忽聞來女伴，出幽閨，笑上蓮臺逐和詩。（合）宮柳細，禽聲碎。春來不久仍歸去，休負却賞花期。（貼唱）

【前腔】龍涎方識，鳳幃猶蔽，獨擁鸞衾枕睡。玉奴催起，薰籠暖透春衣。坐傍綠窗梳洗，忽聽鸚歌，小犬聲吠。手忙心更怯，疑是主人歸，立候花陰過檻西。（合前）（旦唱）

【前腔】與卿卿相候移時，攜素手同回閨閫。看金徽玉映，翠繞珠圍。自愧今生遭際，一介裙釵，可謂身極貴。願夫成帝業，立王基，贊翊人瞻舊漢儀。（合前）（貼唱）

【前腔】漢春秋四百常規，劉世界萬年恒地。願皇圖鞏固，子孫克繼。早使曹瞞殄滅，破虜潛消，一統還劉氏。四方烽火息，偃征旗，萬姓歡騰樂盛時。（合前）（外扮內官上）

【節節高】君侯有指揮，鎖宮閨。（貼）主公那裏去了？（外唱）訪賢欲往襄陽去。（旦、貼云）那賢士住在那裏？（外唱）他住在隆中位。（旦、貼云）他姓甚名誰？（外唱）號臥龍諸葛氏，孔明名亮真經濟，胸中謀略驚神鬼。（旦、貼云）你來怎麼？（外唱）傳言珍重二夫人，常時休把憂愁繫。

（旦、貼云）內門是誰把守？（外唱）

【前腔】劉封與二糜，守閨闈。（旦、貼云）如何不鎖了宮門出去？（外唱）待送齊酒食和糧米方辭去。（旦、貼云）主公去是誰掌兵？（外唱）趙子龍、孫乾輩。（旦、貼云）我曉得了，你去啓上衙內，還勾三個月廩給，不必再送，鎖了門去。（外云）請娘娘回宮罷。（旦、貼唱）由他小館錦雲封，自歸內閣觀神器。（旦、貼並下）（外云）二位娘娘進去了。又不是洞門深鎖碧窗寒，

到做了梨花院落重重閉。（糜芳、糜竺、劉封上）

【尾聲】方嶽子作晨門吏，親命難教頃刻離，從此隔斷紅塵兩處飛。

（衆云）那官兒宫門封了？（外云）封了。（衆云）既封了，一同在此看守。

詩曰：昨往隆中訪大賢，預將金鎖鎖嬋娟。信知天下奇男子，治國齊家有後先。

# 第 六 折[1]

（關唱）

【卜算子】終夜枕戈眠，未遂封侯願。（張唱）男兒事業在龍泉，何用親筆硯。

（關云）姓關名羽字雲長，紅臉長鬚氣力強。手持鋼刀百斤重，敵人見之心驚惶。（張云）姓張名飛字翼德，拔山舉鼎有餘力。擒龍捉虎只等閑，目中往往無強敵。二哥，俺大哥只因缺少用兵之士，去訪南陽耕夫，誰想不在。聞大哥又要去訪他，此事如何？（關云）三弟，俺大哥恨不得此人速至，已成大事，誰想不遇。自古好事難成了。（張云）二哥，你這一遭，你要去自去，我決然不去。

【駐雲飛】（張唱）非我誇言，義結桃園心意堅。曾把白萬黄巾殄，虎牢關上威名顯。咦，英雄讓誰先，鷹揚獨擅。二哥，那時小沛失利之時，大哥在袁紹處，二哥在曹操處，手足瓜分，惟你兄弟到古城，自立爲皇殿。今日不想大哥，每每言"才難，不其然乎"？我想當初也不曾用軍師，今日到用起軍師來。雖説才難未是難，果是才難不是難。（關云）三弟，此一時比不得那一時。俺大哥非爲一身，爲天下所謀也。況孔明先生呵！

【前腔】他筆染雲烟，聲聞何求列士賢。文德才名羨，武德英名遠。咦，俺大哥呵，爲此每惓惓。那先生，果是伏龍之彦，氣吐虹霓，萬丈文光見。若得此人來呵，不枉吾兄山斗瞻，不負吾兄山斗瞻。（張云）也罷，這一遭不來，放火燒了他茅庵，連他老婆都拿來，少不得來贖老婆。（關云）兄弟甚麼話？還問大哥幾時去。

詩曰：眼望旌捷旗，耳聽好消息。若還再不來，枉費千鈞力。

## 校記

[1] 第六折：此當爲第五折，未知刊刻之誤還是其他原因，今仍其舊。

## 第　七　折

（亮唱）

【西地錦】毛褐經春方解，柴門傍午纔開[1]。誰鋤蕭艾培蘭茞，可憐逕路無謀。

小生諸葛亮，素志本爲太平之民，不幸遭逢離亂之世，主室衰微，奸臣竊命，雖有撥亂之心，奈無立功之地。可歎可歎！

【小桃紅】皇風不競，漢室傾頹，豪傑空垂淚也。安得青萍劍，爲斬渠魁，幽憤快襟懷。但只恐處蒿萊，乏兵權，愁無奈也。抱膝高歌還感慨，白璧無瑕，空埋没在塵埃。

呀，信風一過，劉關張又來訪我。我想帝星未現，未可輕出。得後主所生，觀他造化如何，方可出庵。（牧童内應）怎麽説？（亮云）待劉關張問我那裏去了，你説在宅畝畝耕田去了，這般好好的回他。（内應云）知道了。

詩曰：冬至準定出茅廬，那時方運我神機。已將天下三分定，曹操孫權有滅時。

**校記**

[1]柴門：底本作"紫門"，據文意改。

## 第　八　折

（劉唱）

【探春令】高人隆卧草廬中，抱經綸才德。（關、張）漢宗親有志安天下，來徵聘須將束帛。

（劉云）兄弟，倏忽之間，又早夏景。你我收拾禮物、從人，再去訪他一遭。他見我兄弟殷勤，孔明必然下山也。二弟意下如何？（關、張云）大哥有命，敢不聽依。（劉云）叫軍校。（應介）不聞天子宣，專聽將軍令。（劉云）收拾人馬，往南陽去。（衆應介）（劉關唱）

【甘州歌】薰風乍起，見葵榴向日，楊柳垂堤。穿簾乳燕，鴛鴦並倚蓮池。佳人齊柄摇紈扇，惟有吾儕受慘凄。（合）炎天煦，爍日威，火雲如煉映清溪。輪蹄驟[1]，侍從隨，黄埃起處旋旌旗。（張唱）

【前腔】張飛氣未除，到茅庵看咱，凶勇施爲。若一同來，至從今萬事休提。若還有些捱推，拔劍教他一命虧。（合）乘車駟，到那裏，不知今去又何如。行行處，冒暑時，加鞭躍馬步星馳。

（劉云）遠遠望見一個牧童來了，問他孔明在家不在。（丑扮牧童上，唱）

【歌頭曲尾】牛背平平軟似氈，閑時坐了倦時眠。江湖常有風波險，真個騎牛穩似船。

【皂羅袍】杏花村裏，蘼蕪徑邊，口吹蘆笛，手執柳鞭，更將牛角懸書卷。（做牛叫介）（劉云）牧童，我且問你，做牧童那有書卷？（丑云）將軍豈不聞"牛角挂書"之故事乎？（關云）異哉異哉，這牧童到也知些古典。（丑云）將軍，常言道"家近孔夫堂，蛤蟆叫子曰"，我家住近諸葛廬，牧童豈不通些書？（劉云）正所謂"近朱者赤"。（關云）說得有理。（劉云）牧童，我且問你，諸葛孔明先生可在家麼？（丑云）這頃田却不是他的？（劉云）既是他的，怎麼却又不在此間？（丑唱）

【大迓鼓】他平生自力田，常時負耒，鋤雨耕烟。連朝不見他來田畔，想他在家必有事牽。（劉云）牧童，你可不要妄言呵。上告將軍，非咱妄言。（關張唱）

【前腔】笑伊好見偏。（劉云）笑我怎麼見偏？（關張）緣何不學，古聖先賢。經綸抱負期必展，忍教士子受顛連。這遭再避了你我，他固無情，我亦少緣。

（丑云）請問三位將軍，你要尋那孔明先生怎麼？（劉云）我每要請他做軍師。春間來請他又不遇，如今冒暑又來。（丑云）原來如此。你每既要請他做軍師，何不請了我，我也與他差不多。（劉云）你有什麼本事，說與我聽，我就請了你去。（丑云）你若是這等說，可見你每不識世事。自古道"漁樵耕牧"，這四等人盡有好的。（劉云）古人爲漁者是誰？（丑云）姜太公不是周家軍師？（劉云）爲耕者是誰？（丑云）伊尹不是商家軍師？（劉云）爲樵者是誰？（丑云）朱買臣是個樵者[2]，雖不做軍師，也曾做會稽太守。（劉云）爲牧者是誰？（丑云）甯戚飯牛[3]，扣角高歌，豈非吾輩中之出色者？（劉云）甯戚不曾成什麼大事。他也曾做軍師，無足取也。以此觀之，可見漁樵有人，獨有爲牧者無人。（丑云）你又差了。當時百里奚販牛牛肥，亦是個牧者，後來秦穆公用之而伯，豈非秦之軍師乎？你若肯請了我去做軍師，幹起事來名垂竹帛，便可追配古人，有何不可？（劉、關、張云）這廝說話古地步，也罷，我就請了你去。（丑云）這是我哄你，我不去。（劉云）你怎麼又不去？

（丑云）那孔明乃南陽一耕夫，請他兩次尚且不出；小子南陽之牧童，孔明之流也，豈肯衒玉求售？天色已晚，不能久談，告回。請了。（合唱）

【前腔】杏花村裏，蘼蕪徑邊，口吹蘆笛，手執柳鞭，更將牛角上懸書卷。（下）

（劉云）既牧童去了，我和你自去請他。

【尾聲】問牧童方遥指，橫吹短笛漸回歸，未審斯人在草廬。

（丑云）稟將軍知道，此間就是茅庵了。（外云）你每都在外面伺候，待我自去請他。孔明先生在家麼？（丑應，報）（亮上唱）

【探春令】可笑操戈空戰鬥，何如畎畝悠悠，嗟吁徒抱廟堂憂。此身甘守困，無意覓封侯。

將軍請了。（劉云）先生請了。（亮云）將軍拜揖。（劉云）兄弟過來，見了先生。（關、張云）先生拜揖。（亮云）二位將軍拜揖。三位將軍光顧草廬，有何見論？（劉云）小生愚兄弟見訪先生，無緣不會。今又來拜請先生出潛離隱，拯溺救焚，以安社稷。奉上粗幣數端，萬一不棄，幸感。小校，取過來。（丑云）搬上介。（亮云）小生草茅賤士，村野鄙夫，素無將略，不諳時務，安敢望此？（劉云）先生在上聽告。

【東甌令】懷韜略，抱才德，非子伊誰扶社稷。俺起兵討賊，這兵都是義兵。堂堂義兵非他比，況忝漢宗室。（合）渴時易飲饑易食，望早出建功績。（亮唱）

【前腔】耕田畝，自食力，穀粟家貧無擔石。草茅素不諳時務，匡救苦無策。（合）年來況又抱羸疾，難以任金革。（關張唱）

【前腔】排國難，救民厄，管取勳名垂竹帛。俺豫州酷欲安社稷，故此苦相逼。（合）渴時易飲饑易食，望早出建功績。（亮唱）

【前腔】居窮巷，陷卑室，恢復神州難致力。（劉云）先生不必峻辭，劉備虛席以待先生[4]。鯫生無志功名事，皇叔枉虛席。（合）年來況又抱羸疾，難以任金革。

（劉云）孔明先生，吾聞"藏器於身，待時而動"，君子貴通變也。先生素蘊經世安民之略，今乃托疾不起，豈君子通變之道乎？（孔云）通變之道，吾豈不知。但抱此羸疾，不勝大任，以此不敢從命。（劉云）先生，吾聞懷寶迷邦，謂之不仁也。以先生才德之名望，當此國步艱難之日，而抱道自娛，養高自重，仁人君子之用心固如是乎？（亮云）呵呵，我非抱道也，亦非養高也，乃養疾耳。（劉云）當今之世，奸臣竊命，斯民塗炭，豈非天下國家之疾乎？先生何獨重一己之疾,而忍坐視天下國家之疾者?請先生裁之[5]。(關張云)大哥,那先生神色丰采,那有甚麼疾,只是托疾不往。(亮唱)

【前腔】將軍令,敢違逆,果係微軀常抱疾。假饒勉強隨君子,何以令吾責。我若無此疾,乘此機會,手持長劍討國賊,便可解民厄。(劉唱)

【前腔】先生意,鄙人識。(亮云)將軍識我些甚麼[6]?(劉唱)静逸幽棲惟自適,若乘時一出安天下,枉尺豈足惜。(關張)大哥他既不肯出,千言萬語總何益,徒受此勞役。(亮)將軍,小生病體,不能久談,有謾將軍,如何是好?(關)大哥,俺這裏苦求先生,却怎麼好?(張怒介)既如此,只得回去。(亮)將軍休罪。(劉)愚兄弟只得告辭,待秋再來請。(亮)不敢。(張)大哥,他去,待我拿出來。(亮下)(劉)三弟,叫三軍回去。(卒應介)

詩:不慕浮名願力田,此來空望起英賢。伏龍自愛蟠泥陷,不肯隨雲飛上天。(衆唱)

【憶鶯兒】爲國興,治太平,不憚山高與路程,争奈炎天似火蒸。蚊蟲聲鬧,汗濕透襟,不覺紅日將無影。盼歸程,烟光慘澹,明月又將升。(並下)

## 校記

[1] 輪:底本作"輪",今據文意改。
[2] 朱買臣:底本作"諸買臣",今據文意改。
[3] 甯戚飯牛:底本作"甯戚販牛",今據《吕氏春秋·離俗覽》改。
[4] 虚席以待:"席",底本作"度",今改。
[5] 先生:底本作"將軍",據文意改。
[6] 將軍:底本作"先生",據文意改。識:底本無,據文意徑補。

# 第 九 折

(旦唱)

【一剪梅】金風淡蕩色如烟,光景無邊,秋色堪憐。(貼)幽禽嘹嚦巧如言,人在花前,花柳争妍。(如夢令)(旦)簾外日移花影,黄鳥數聲相應。(貼)香爐博山爐,宮殿晝長人盡。(旦)風猛,風猛,吹透羅衫冷。妹子,我君侯二次去訪南陽賢士,未知回來否?(旦唱)

【傍妝臺】我和伊,看金風初起,冷透越羅衣。未知道歸何處,又不知可遂謀機。何時重把山河立,那時彩鳳飛鷟一處棲。(合)天憐念,相護持,使我一家骨肉樂雍熙。

【前腔】（貼）娘行何必細尋思，吉人天相免憂疑。想曹營受盡千般苦，今日又得喜怡怡。願夫早早成王業，免付飄零東又西。（合前）（劉封上）

【不是路】急走如飛，疾速回宮報信息。娘娘，劉封叩頭。（旦）劉封，你來了？（劉唱）將軍的，昨宵安歇在城西。（旦、貼）軍師來也不曾[1]？那軍師再三托疾生他意，致使將軍空自回。（旦、貼）心思慮，好事難成緣分遲。怎生區處，怎生區處？

曉得了，劉封出去罷。（封下）（旦唱）

【懶畫眉】想他何日出茅廬，免得途中受慘淒。丈夫，你要圖王霸業苦奔馳，又未知懷着男和女。若生得個男兒，不枉劉氏飄零數載餘。

（貼）姐姐，奴家曾記《列女傳》"婦人妊子，寢不側，坐不偏，立不倚，不食邪味"。想姐姐：

【前腔】如攝重擔，須要步輕移。端謹莊嚴重保軀，願伊早晚應熊羆。育取神龍氣，承襲宗風壯帝畿。

詩：夫君征戰十餘年，若得生兒有後傳。那時方遂平生願，滿捧明香答謝天。

## 校記

[1] 軍師：底本作"軍士"，今據文意改。

# 第 十 折

（外）

【菊花新】曹瞞老賊未能除，愧我空懷七尺軀。有志可徐徐，圖王必須吾主。

孫郎有意立奇功，爲國忘家肯顧身。自恃英雄多膽略，太平只抵目中塵。自家姓周名瑜，字公瑾，現爲東吳大將。吾王孫權，三世據守江東，與我分則君臣，親爲姻婭，謀聽計從，可爲同心協力者也。叵耐曹瞞這老賊，陽爲忠鯁，陰畜異心。爲今之計，莫若練習精兵，以預備之則可。小校那，有請副都督魯子敬、先鋒黃蓋來。（卒請）（魯上）

【前腔】平生志氣慕孫吳，學不成名豈丈夫。（黃蓋上）手不釋《陰符》，要使兵家獨步。

（見介）請問大將，在此爲何？（周）俺在此說曹瞞這老賊，陽爲忠鯁，陰畜異心，爲今之計，莫若練習精兵預備之則可。（黃、魯）將軍言之有理。爲此之故，一向練習軍馬，無有虛日。（周）二位，這個纔是曹瞞。此賊行事最暗，假如大兵一下，將何以敵？（魯）大將軍之言固然，但荆州與吳國相接，江山險固，沃野千里，士民殷富，若據而有之，此帝王之寶也，不可不知。（黃）將軍之言也是。況漢宗室劉玄德乃天下梟雄，我吳國當與結盟，正好同心戮力則可，不然則有其後患矣。（周）有理。

【玉胞肚】民豐財富，這荆州地本大都。況喜他城固濠深，論霸業據此堪圖。大施神武，橫行海內顯東吳，績偉功高絕世無。（魯黃）

【前腔】同心協佐，運嘉猷赤心事吳。到今來有家難顧，開疆土始是良圖。大施威武，令人千載慕吾徒，庶使平生志不辜。

詩：秦宮失鹿，天下共逐。得之者誰，高才捷足。

# 第十一折

（關張上，唱）

【六幺令】三軍獨擁，勢峥嶸，如虎如龍。敵人寄語莫爭雄。不日裏，建奇功。管教天下歸一統，管教天下歸一統。

（關云）爲人須學萬人敵，處己休爲一己謀。（張云）一己謀非天下士，萬人敵乃丈夫流。（關云）三弟，俺大哥急欲見孔明，二顧不出，今又要去見他。我和你收拾早去。（張云）好不耐煩。（關云）怎麼說？（張云）兩次不出，還要求他怎麼？大哥，你要去自去，我決不去了。（關云）不要惱他，還是去的是。（張云）怎麼不要惱他？

【泣顏回】他是瑣瑣一田農，與樵夫牧豎相同[1]。他矜驕傲慢，要思量做伊尹周公。俺大哥是王室帝宗，看標姿真個如龍鳳。殷勤去，兩度徵求，緣何不肯相從？（關云）

【前腔】三弟，聽我道來。他志氣果如虹，要識他當是英雄。他威權在手，管教咱萬里封功。人稱卧龍。（張云）什麼卧龍，乃是井底之蛙，妄自尊大，止不過一耕夫耳。（關唱）聽我道，他名望不亞丘山重。此行關係甚重，不可不去。爲國家天下圖謀，帝王業可擬成功。

三弟你來，我與你商量。（張云）商量什麼？（關云）此行非爲一身一家之故，爲天下所謀，爲大哥也，不可不去。（張云）也罷，說起爲大哥，好歹去

走一遭,再不來教他□一算命。(關云)什麼説話?言之未已,大哥已來了,看大哥如何説。(劉上唱)

【玩仙燈】玉帛相將,高人必須謙讓。

(關、張云)大哥拜揖。(劉云)二兄弟拜揖。(劉云)

【臨江仙】卧龍人在烟霞裏,勞予三度徵求。(關云)古來武將本庸流。期手安國鼎,擬作濟川舟。

(劉云)二位兄弟,如今夏末秋初,還屈二弟往南陽走一遭。二位兄弟,意下如何?(關、張云)大哥爲何出此言也。大哥有命,即宜隨也。(劉云)軍校,傳令支糜竺、糜芳,差人速造蓮花寶帳。再傳令與趙雲,鎮守城池。如有急事,速來通報。(內應介)

【憶鶯兒】山色蒼,樹葉黃,秋景寥寥最慘傷,落葉飛花撲馬韁。行人道傍,來來往往,看酒旗招展風飄蕩。(合)望南陽,白雲縹緲,怎得到卧龍岡。

【前腔】烟景茫,丹桂香,風逐旌旗羽旆張,雲躍驊騮驃騎驤。紅葉過墻,黃菊待霜,芙蓉生在秋江上。(合)望南陽,雲山將近,已得到卧龍岡。

見一道童在門首,待我去問那道童。青松巢白鶴,衰柳噪寒蟬。半窗散風雲,一榻煮茶烟。(劉云)你師父在家麼?(丑云)不在家中。(劉云)何處去了?(丑云)玩水登山去了。(劉云)又不在家,怎生是好?(關云)待我去問那道童。(問介)(丑云)有。(關云)師父可在家麼?(丑云)不在家中。(關云)從何處去了?(丑云)早上出外耍子去了。(關云)果然不在家中。(張云)大哥、二哥,待我去問道童。(問介)(丑云)(作慌介)卻又來,則被我一聲,就唬出一個孔明到來了。師父快出來。(亮上唱)

【輪臺令】赤帝方纔離位,金風始覺逢秋。(進見介)

(亮云)百草逢秋漸漸凋,(劉云)芙蓉開遍沼池內。(關云)嚴霜薄霧已侵肌,(張云)又有天公報秋早。(劉云)孔明先生,兩次來請,不遂心願,劉備今又請三次,伏望先生不棄幸甚。(亮云)小生所慮,無他才能,安敢如命?(劉云)先生聽告。當時伊尹耕於有莘之野,而樂堯舜之道。湯三使往聘而出,輔商伐夏救民。我劉備雖不比古之成湯,先生則今之伊尹也,何不慨然舍耒耜、棄畎畝而出,建正大光明之業,以垂名不朽乎?(亮)不敢。(劉先生)

【宜春令】吾懷抱社稷,憂慕高風,特來懇求。一顧不出,繼之以再,再顧不出,繼之以三。殷勤三顧,揆之以禮當屑。獨不觀伊尹耕於莘野,終起作商家勳舊。(合)請先生早出草廬,掃除賊寇。(關、張唱)

【前腔】君應是伊吕儔,俺豫州三聘先生,這意兒端只爲劉,望君不棄乘時出。展經綸手,豈忍爲懷寳迷邦,又不是衒玉求售。(合前)(亮唱)

【前腔】吾聞得劉豫州,待賢士恩禮最優。欲安天下,再三來請情何厚。他本是濟世英豪,況又是王室華胄。我小生宜出草廬,掃除賊寇。

信風一過,必有喜音來報。(趙雲唱)

【水底魚】飛馬奔騰,甲光耀日明。降生小主,特來報主君,特來報主君。

此間已是草庵中,不免下馬前去。(劉云)趙雲,你來此怎麼?(趙白)啟主公得知:八月初十日子時,甘夫人降生一小主。(亮云)玄德公,怎麼說?(劉云)趙雲來報,甘氏山妻生一子。(亮云)幾時生的?(劉云)八月初十日子時生。(亮云)待我輪一輪,好,太陰星得地,此子有四十年天下之分,我就下山去。(張云)這個人會算命。(劉云)先生,多承允諾,不勝感戴。今漢室傾頽,奸臣竊命,我劉備自度不得伸大義於天下,不知先生計將安出?(亮云)今曹操擁百萬雄兵,挾天子以令諸侯,此誠不可與爭鋒。(劉云)孫權何如?(亮云)孫權據有江東,已歷三世,國險而民附,賢能爲之用,此可與爲援而不可圖也。(劉云)荆州可取?(亮云)荆州北據漢水,利盡南海,東連吳會,西通巴蜀。此乃用兵之地,而其主不守,此殆天之所以資將軍也。將軍既帝室之胄,信義昭於四海。若外結孫權,而內修政治,則伯業可成,而漢室可興矣。(劉云)此言最是。車馬已備,請先生就行。(亮云)待我分付幾句。道童,你好生看守家中,我如今山下去也。(內云)幾時回來?(亮云)成功就回。(內應介)(衆唱)

【望吾鄉】官道悠悠,西風吹錦裘。青山滿目黃花瘦。騎從紛紛爭馳驟,行客頻回首。(合)雲龍會,魚水投,看取勳業就。

拂衣一笑出隆中,萬里風雲起伏龍。好爲商家作霖雨,沛沾枯槁濟疲癃。

**校記**

[1]牧豎:底本作"牧覽",今據文意改。

# 第 十 二 折

(外唱)

【青玉案】紛紛小寇何爲者,敢橫行,圖天下。名器於人何假借。管取鋤强剪梗,修文偃武,重造洪基也。(西江月)親造豐功偉績,力挽敗俗頹風。

势倾朝野压王公。笑足擎天玉柱,四海仰瞻星凤,万民趋附云□。男儿到此是豪雄,名位何云虚拥。下官姓曹名操,字孟德。俺始于来谯,常筑精舍,意欲秋夏读书,春冬射猎。为二十年规待天下,请以出仕耳,然不能如意,徵为典军校尉。只今丞受相职,统摄兵权,欲为国家讨贼立功,以成吾志。窃想荆州乃天下喉舌之地,冲要去处,倘为刘备所得,则天下去矣。为今之计,只宜率兵前去讨刘备,以下荆州。唤部将许褚、张辽,前来商议。小校。(卒应介)去请张、许二将来。(卒请介)(张唱)

【前腔】金城玉垒屯人马,仗天时图王霸。(许上唱)试问干戈何日罢。直待四海一家,万邦一统,天下纔安也。

丞相有何钧旨?(外云)下官窃想,荆州乃喉舌之地,冲要去处,倘为刘备所得,则天下去矣。为今之计,只宜率兵前去讨刘备,以下荆州。我不知你二人如何?(辽云)大丞相,那刘备倚枭雄之姿见,关羽、张飞实乃熊虎之将。况荆州民庶,俱已归附。若不速讨,恐养虎贻患也。(外云)此言正合吾意。(许云)大丞相,小将又有一说。(外云)你又怎么说?(许云)那孙权僭父凡三世之业,盗窃神器久矣。此人若不速讨,亦非良策。(外云)既下荆州,则吴不攻自破,何足虑之。(许云)有理有理。正是:人若不自足,既得陇复望蜀。(曹云)我这里先差夏侯惇领十万人马,先收博望,后收新野[1]。(许、张云)此计甚妙,甚妙。(外唱)

【四边静】吾深有意图天下,筹谋日无暇。挟汉令诸侯,威名震天下。(合)中原解瓦,如颠大厦,一木不能支,宜协力保宗社。(辽唱)

【前腔】堂堂相国威天下,才谋古今寡。看唾手取荆州,兵革力不假。(合前)(许唱)

【前腔】炎龙已失君天下,苍生尽惊讶。当世有桓文,行看再兴霸。(合前)(外唱)

【前腔】孙郎侧目窥天下,公然弄奸诈。罪恶已滔天,王法决不赦。(合前)

胸襟沧海阔,巖岸太山高。勋业垂千古,威名播九霄。

## 校记

[1] 新野:原作"莘野",今据文意改。下同。

# 第 十 三 折

（糜芳云）擂鼓聲中士氣揚，旌旗整整陣堂堂。茅庵初出名難擬，開國謀臣漢子房。自家非是別人，漢左將軍宜亭侯麾下將軍糜芳是也。今日軍師升帳，遣將拒曹，且休說軍法嚴整，且是好一個營寨兒，怎見得？（鷓鴣天）你看百里營盤啟八門，下求地利上天文。清笳畫角吹征霧，大纛高牙卷陣雲。明號令，掃妖氣，坐看談笑滅曹軍。披張帷幄登壇處，絕勝河陽立策勳。言之未已，主公帶將來也。（劉唱）

【菊花新】敵兵十萬勢縱橫，忽聽山雞報曉鳴。（關、張唱）小小一書生，何必恁般相敬。（趙唱）

【前腔】金鼓聲轟旗蕩影，腰橫寶劍崢嶸。（糜芳、劉封唱）唾手取功名，出戰處無人堪並。

（劉云）二弟及眾將。（眾應）（劉云）今曹操命夏侯惇統領十萬人馬，與俺交戰。我今三請軍師下山，非當容易，今日升帳，命將不可有違軍令，那時取罪休怪。（眾應）（張云）大哥，當初破百萬黃巾、戰呂布，那時也沒有軍師。不過南陽一耕夫，何必如此大敬？（劉云）三弟，吾得孔明，如魚之有水，諸將勿得再言。（眾應介）（張云）我且看他怎麼樣用兵，支調人馬。（劉云）眾將，隨我去請軍師。（眾隨請介）（劉云）軍師有請。（亮同職事上）（亮唱）

【前腔】纔投筆硯便論兵，南北男兒好樹聲。談笑擬功成，何必力能舉鼎。

天下紛紛逐鹿辰，良禽尚擇深林。要將抱負酬知己，敢負區區王佐心。（劉云）軍師請上，待劉備一拜。（亮云）主公，不勞行禮。（各行禮畢）（亮云）主君，小生受君三顧之恩，恨不得殉身以報國。只是妻妾小生有數年之危苦，也是命該如此。既為國家，也顧不得許多。小生未出茅廬，按三分九九之數：曹操戰了中原七十二群，七見二也是個九數；孫權占了江東八十一州，八見一也是個九數；主公戰了西川五十四州，五見四也是個九數。天時不如地利，地利不如人和。本待要學興師伐紂姜呂望，設謀定計漢張良，四人同坐中軍帳，不枉三番請下臥龍岡。主公所領之眾將不過數十，倘曹操大兵一至，當何以迎之？此吾之所以深慮也，但未得其計。吾故以養民三千，教之以待敵也。又聞曹操命夏侯惇引十萬人馬，逕來新野，如之奈何？（劉云）望軍師智略之行。（亮云）不知眾將可齊也不曾？（眾應）都齊了。（亮云)小生受主公知遇之恩，敢不盡心報之？但恐諸將不伏，乞賜印劍一用。（劉云）劉封，取印劍過來。（封云）信知印劍無情物，何敢轅門拒指揮。稟將軍，印劍在此。（劉云）衆將不聽軍師法令者，與此案同。（亮云）取將簿來點。（點衆將軍）怎麽張飛故違軍令？叫群刀手，拿下張飛去斬。（劉帶衆將跪介）軍師，張飛乃是愚魯之人，適間莽撞，冒犯軍師。可看劉備、衆將之面，乞軍師饒恕張飛頭一次。（亮云）也罷，我若不看主公、衆將之面，一定不饒。便饒了他項上一刀，着他叉手躬身，上告吾師謝饒，我便饒了他。（衆應介）（劉云）三弟，你過來了。（張）大哥，我禍從何而來？（劉云）方纔軍師升帳，衆將俱齊，惟你不到。（張云）不到便怎麽？（劉云）軍師怒要斬了你，多虧了衆將，上去苦告饒，便饒了你項上一刀，着你過去立在中軍叉手，躬身上告君師謝饒。（張云）大哥，吾是個男子漢，憑着他的本事，要殺便殺罷，要死便死了罷，決然不過去伏禮。（關云）三弟，正在求賢用事的時節，看大哥分上，過去罷。（張云）也罷，既二哥是這樣說，待我過去，看那村夫怎麽待我。（張衝撞亮介）（衆）三將軍且出去。（張云）這村夫不氣殺了張飛也。（亮云）趙雲何在？（趙）有。（亮云）我與你二千人馬，到博望城中戰夏侯惇。只許你輸，不許你贏；輸了見功，贏了見罪。與你一個信帖，看計行兵。（趙白）軍師在上聽稟。

【馬蹄回】自古交兵，何肯甘輸不要贏。（亮唱）使你為鈎作餌，誘彼貪兵。遠過山城，荒原可猛行。過狹處，人難回聘。用火攻絕地無情，這神算我知必勝。

（趙云）得令，出這轅門來。（張云）趙雲，你在那裏去？（趙云）奉軍師將令，與俺三千人馬，着俺引戰夏侯惇，只要我輸，不要我贏，輸了見功，贏了見罪。（張云）可見這村夫不會行兵。自古交兵，誰不願贏，他只要輸。（趙云）小將也不知。（張云）我同你引戰夏侯惇去。（亮云）不用你，又出去。（張云）兀得不氣殺我也。（趙云）俺今日領了三千人馬，引戰夏侯惇去。征袍如血染，戰馬似蛟龍。突厥觸棲漢，英雄膽氣生。我掌吾師計，引戰夏侯惇。若逢征戰地，務要見頭功。（亮云）糜竺、糜芳何在？與你三千人馬，至博望城中舉火燒屯。每人帶三枝火箭，待曹兵睡濃之時，半夜子時，信砲一響，一同舉火，燒死曹兵大半。

【前腔】百萬生靈，到此應知難轉程。吾謀已定，到博望城中，左右埋兵，誘他穿林過嶺。乍來人，豈識吾行徑。用乾草火掩糧車，管教吾六師全勝。

（竺云）得令，出得轅門來。（張云）糜竺、糜芳，那裏去？（竺、芳云）奉軍師將令，着俺二人舉火燒屯去。（張云）我同你舉火燒屯去。（亮云）不用你，又出去。（張怒）兀的不是氣殺我也。（糜云）大小三軍，隨俺舉火燒屯去。我將人馬都燒盡，鎗刀似亂柴。孔明施巧計，難逃火水災。（亮云）劉封何在？我與你三千人馬，致博望城上放擂木、砲石去。與你一個信帖，看計行兵。（封云）得令。出得轅門來。（張云）劉封那裏去？（封云）奉軍師將令，與俺三千人馬，到博望城上放擂木、砲石去。（張云）我同你放擂木、砲石去。（亮云）張飛，不喚你你來怎麼？又出去。（張云）兀得不氣殺我也。（亮云）二將軍何在？我與你三千人馬，到潺陵渡口提閘放水去。待曹兵未過河之先，用沙囊、土袋掩住了上流水；正過河之時，用撓鉤搭起沙囊、土袋，放下上流水，淹死曹兵大半。我與你一個信帖，看計行兵。（關唱）

　　【前腔】我亦疑生，俺上將何曾做放水人。他領大兵十萬，水淺深乾，或者難行。（亮唱）他營盤未整，待如何敢入吾深徑。料敵人吾亦略知，這機謀定然相應。（關云）得令。出得轅門來。（張云）二哥往那裏去？（關云）奉軍師將令，與俺三千人馬，往潺陵渡口提閘放水去。（張云）二哥，我與你同去。（亮云）張飛，不喚你你來怎麼？（張云）我與二哥提閘放水去。（亮云）不用你，又出去。（張唱）

　　【前腔】你空負虛名，這樣軍師難總兵。只曉得扶犁拽耙，那識行軍虎假狐行。（亮云）我量曹兵此去，他也剩不得多少。（張唱）你此談可憎。（亮云）違令者決斬，恃印劍常把吾法令。（張云）諸葛亮這村夫，我今日可惜一生，你明日怕不相應。

　　（亮云）不用你，又出去。（張怒）二哥，兀得不氣殺我也。（關云）三弟，你去不去？（張怒介）你去你去。（關云）吾師差遣，雲往潺陵渡口，暗埋藏沙囊，掩住上流水，片時番作漢洋江。（劉云）衆將俱已差去，惟張飛不用。他是一員虎將，望軍師用他一用。（亮云）主公看他一員虎將，我看他只是一個打鐵之夫。非是不用，便用他也不成功。既主公分上，喚他來用一用。（劉云）三弟，軍師用你，是你喜來了。（張云）怕這村夫不用我。（劉云）向前不可燥暴。（張云）諸葛亮，你着我往那裏去？（亮云）張飛本待不用你，看主公衆人分，用你一用。與你三千人馬，至許昌大路埋伏。他那裏十萬軍兵，被俺火燒死一半，水淹死一半，擂木、砲石打死一半，至來日當正午，夏侯惇剛剛存下一百騎敗殘兵。（張云）大哥，你看這村夫，説這等大言。（亮云）倘或巳時拿着，也是我輸。（張云）倘或未時拿着了？（亮云）也是我輸。（張云)倘或拿住夏侯惇？(亮云)休説拿住夏侯惇[1]，只拿他手下着鎗中箭的小軍來，我就把軍師牌印與你挂。(張云)大哥，我或拿得夏侯惇來，我便贏他的牌印，衆將也是我管，這村夫也是我管的了。(亮云)張飛，你或拿不得夏侯惇來，輸些什麽？(張云)我若拿不得夏侯惇，我把這六陽盃首納在帥府中去。(亮云)好好好，張飛與我納頭爭印，軍政司並下了軍狀，玄德公，你們須要書名爲誓。(劉云)三弟，此行須要用心仔細。

詩：管取今朝立大功，男兒宜要顯英雄。封侯拜將爲王者，盡在沙場血戰中。

## 校記

[1] 拿住：底本作"那住"，今據文意改。

# 第十四折

(趙帶卒上)

【水底魚兒】領命前行，將他哄進城。曹兵一戰，見咱每定喪魂。大小三軍，奉軍師將令，待夏侯惇來，不可與他對敵，引誘他入博望城，小心在意。(卒應介)得令。曹兵一戰，見咱每定喪魂。(並下)(糜竺、糜芳上唱)

【前腔】火箭隨身，旌旌似卷雲。城中埋伏，砲起燎曹軍。大小三軍，汝等各要四處埋伏，不許屯在一處。待曹兵睡濃之時，號砲發時，一齊舉火，不得有違。(衆)得令。城中埋伏，砲起燎曹軍。(關上)

【前腔】水火無情，看咱每定力平。沙囊掩水，怎得過潺陵。大小三軍，且把沙囊、水袋掩住水上，待曹兵過河，把撓鉤搭起土袋，提起閘板，淹死曹兵。小心着意。(卒應)(合)沙囊掩水，怎得過潺陵。(並下)(劉封上唱)

【前腔】奉命前行，軍師巧計明。坡前放砲石，曹將喪殘生。大小三軍，且到博望坡上，各取石塊等着，待曹兵經過之時，各奮起精神，亂拋石塊。小心在意。(卒)得令。(合)坡前放砲石，曹將喪殘生。(並下)(張上)

【前腔】曹漢相争，看咱每獨逞能。今番出陣，只要夏侯惇。大小三軍，待夏侯惇軍馬來時，汝等四下圍住，不許放他走。(合)今番出陣，只要夏侯惇。(夏上)

【前腔】奮武揚威，雄兵十萬隨。今番出陣，殺教他即敗回。大小三軍，到來日人披人甲，馬披馬甲，俺在前面，廝殺在後面。(兵應介)(合)今番出戰，殺教他即敗回。（趙衛上）（淨）來將何人？（趙）吾乃趙子龍是也。你是那個？（淨）我是老夏。隨放馬來。（淨）你那裏多少人馬？（趙）我這裏有三千人馬。（淨）小校，他那裏有三千人馬，俺這裏有十萬人馬，回他俺這裏也是三千人。閑話休提，放馬來。（淨）戰了罷。（殺介）（雲下）（淨）軍兵，趙雲走在那裏去了？（兵）遠遠望見走入博望城中去了。（淨）快追上去。（合前）今番出戰，殺教他即敗回。（二糜上[1]，唱）

【前腔】智巧軍師，與吾軍一枝。埋潛博望，燒他化作灰。

小校，此是博望城中，且潛扎人馬，等曹兵到，一齊舉火。（兵）得令。（淨上）

【前腔】急似星飛，趕趙雲沒處依。上前擒住，拿來活剝皮。

此是博望城中，快進去。（二糜）好軍師，真乃奇話，果然燒死曹兵大半。且收拾人馬回去。（丑）得令。

【前腔】堪笑曹兵，此來入我機。安排砲石，難容他一個歸。

軍師，主公。軍師在坡上飲酒，引上夏侯惇去。快走快走。（並下）（張上唱）

【前腔】兩國相持，人人逞勢威。黑松林下，埋伏待他歸。

小校，就在此黑松林下，埋伏軍兵，等待夏侯惇到此就擒。（兵）得令。（並下）（淨上）

【前腔】叵耐劉師，安排巧計施。將他人馬，殺得似曉星稀。

此是何處？（兵）是黑松林了。（淨）樹木叢雜，恐有埋伏，快走。（張）夏侯惇，那裏走？（淨）罷了，難星到了。（兵）將軍，這正是那個環眼鬍子。（淨）誰想他在這裏等我。（張）夏侯惇，下馬受縛。（淨）我聞得三將軍天下好漢，我故一箭之地，造鍋煮飯，人吃的飽，馬吃的飽，和你交兵三合，那時拿我去凌烟閣上標名，丹鳳樓前畫影。如今拿去[2]，不算好漢，要綁就綁。（張）如此，饒你去吃飯來。（虛下）那處埋鍋？這狗娘養的，死在頭上，還要思量吃飯。我和你將折旗折鎗，將大刀打起火來，燒起烟來，他只道我和你在此造飯。這是狼烟計，不知走在那裏去？（兵）如此，快燒起烟來快走。正是：雙手撥開生死路，一身跳出是非門。（夏下）（張上）軍校，夏侯惇吃了飯，叫他過來殺。（卒）呀，都走了。稟將軍，都走了。（張）我自去看。呀，果被他使狼烟計，賺我脫身去了。罷了，走了這夥人馬，一齊放擂木、砲石打他。（卒）得令。（淨唱）

【前腔】吶喊搖旗，星移若電馳。疾忙逃命，免爲泉下鬼。

軍校,這是什麼地方?(兵看)原來是博望坡了。(淨)看到也。好個山坡上面,有人飲酒。(兵看)原來是劉備在上飲酒。軍士一齊殺上。(卒殺)(封)曹兵到來,快放擂木、砲石。(淨)不好了,快走。(淨走下)(封)好軍師,果然這擂木、砲石,打死曹兵大半。(下)(關唱)

【前腔】可羨吾師,神機人莫知。提閘放水,曹兵怎得知。

小校,到瀠陵渡口掩住流水,以決曹兵。(卒)得令。(淨唱)

【前腔】十萬精兵,止剩三兩枝。心慌意亂,敗軍緊緊隨。

小校,到何處了?(卒)瀠陵渡口。(淨)可有渡船?(淨)怎麼好?倘有追兵,吾命休矣。探水有多少深?(卒)稟將軍,有一槁深。(淨)快過去了。不好了,救命,淹死人馬了。只剩多少人馬了?(卒)連將軍有一百騎。(淨)當初領了丞相十萬人馬,來此折了多少?(卒)折了九萬九千九百兵。好苦。(淨)只當不曾折,如今怎生回見丞相?只得收拾殘兵,回見丞相,再點軍來廝殺為遲也。

詩:任君掬盡湘江水,難洗今朝一面羞。

## 校記

[1]二糜:底本作"二梅",今據文意改。
[2]拿去:底本作"那去",今據文意改。

# 第 十 五 折

(外上)

【菊花新】昨差夏將襲劉兵,未審吾家輸與贏。若依我計而行,三國重併交一統。

昨差夏侯惇去戰劉兵,未見回報,待他來知分曉。(淨上)

【普賢歌】昨蒙差我領三軍,一至邊城遇趙雲。糜芳管伏兵,砲石打無門,被水淹吾走樹林。

數十年前立大功,何如今日喪英雄。曹公必定生嗔怒[1],得命回來似夢中。丞相差我領十萬大兵,到新野撲捉劉備,不想諸葛亮用計,被他殺得片甲不回。今見丞相,未知吉凶。若恕我之罪,再設奇謀,決然取勝。小校稟去。(卒進稟介)稟爺爺,夏先鋒回來了。(外云)着他進來。(淨進見介)丞相。(外云)夏侯惇,出兵勝負若何?(淨云)丞相在上,小將一言難盡。

（外云）你且起來，説與我聽。（净唱）

【駐雲飛】一出軍戎，陣勢排開遇子龍。他詐敗將咱哄，急走難收衆。嗏，城内火漫空。干戈不動，小計纔施，二萬軍成夢。急趕坡前殺卧龍，急趕坡前殺卧龍。

（外云）那諸葛亮乃扶犁執耙那村夫，你趕他何用？（净云）他與劉備在上飲酒，伴其不備。（外云）以後怎麽？

【前腔】（净唱）正欲交鋒，卻遇劉封將砲石攻。忙走無門控，難顧吾行衆。嗏，放水是關公。將我英雄斷送，敗走如雲，又调張飛哄。得命歸來見主公，得命歸來見主公。

【前腔】（外）聽説其中，十萬軍兵一旦空。自恨吾輕動，不想他機謀重。嗏，失卻罪難容。叫劈刀手縛綁起來。（衆）得令。（綁介）（外）將他示衆，失了軍情，休想將伊縱。梟首轅門法令通，梟首轅門法令通。

【前腔】（衆）上告恩東，大量寬洪道德隆。夏先鋒呵，兵速如風送，不想遭他弄。嗏，誤入網羅中。他雖罪重，如今把他殺了呵，廢了英雄，枉卻真梁棟。伏乞仁慈海納容，伏乞仁慈海納容。

（外云）罷罷。若論軍法，不可容恕，將他殺以正軍律。將官在此討饒，容恕你一次，今後須要仔細。叫軍校開了縛罷。（放縛介）（净云）蒙丞相不斬之恩，我後宜死而報之。（外云）我今再點百萬之軍兵，取良將千員，扎住當陽擒劉備，與死者報冤。你可將功贖罪，小心在意。（净云）得令。（外云）今後犯了軍法，二罪俱去，决不相饒。（净云）是。今日决不折這許多也。

詩曰：时耐村夫號卧龍，軍兵十萬盡成空。重施博望燒屯計，殺得劉兵不見蹤。

**校記**

［１］曹公：原作"曹兵"，據文意改。

# 第 十 六 折

（亮上）

【繞地令】敵將失戎機，遠入吾深地。戰馬似風馳，必墮吾奇計。

人擁旗消幟，塵遮馬失蹄。銜枚空禁語，俱作哭聲啼。山人昨日遣衆將拒曹，皆有不伏之意，且喜吾兵全勝，今日回來，方纔心伏。小校，主公下馬，

即忙通報。(兵報介)(劉上)

【前腔】霸業成燕齊,管樂功多矣。今我得軍情,二子猶難比。
(卒云)啓爺爺知道,主公已下馬了。(亮云)快請進來。(劉、亮見介)(劉云)軍師拜揖。(亮云)主公拜揖。主公,天威嚴重,萬醜潛行,曹瞞喪膽,可賀可賀。(劉云)若非軍師神算,何以得此全勝?不惟生靈有賴,且得威震中原。萬感萬感。(亮云)小兵,得勝將回來了,即來通報。(卒應介)(關上)

【前腔】妙策一施爲,十萬兵失利。斬將更褰旗,棄甲還留騎。(進見介)大哥,關羽得勝回來了。(亮云)二將軍鞍馬勞倦。(關云)軍師、大哥守寨勞神。(趙、封上唱)

【前腔】昨遣引曹軍,詐敗遭吾計。(二糜唱)燎陣決雄雌,砲敵攻損棄。
(進見介)軍師、主公,小將等得勝回來了。(亮云)衆將鞍馬勞倦,免禮。(衆云)軍師、主公守寨勞倦。(亮云)衆將日昨出軍,勝負若何?(衆云)皆賴軍師神算,全勝而回。(亮云)有勞列位將軍揚武耀威,殺得曹兵盡喪,今得勝而回,可喜可喜。(衆云)皆是主公洪福齊天,軍師不測之機,我等何足道哉。(亮云)衆將完備,惟張飛不到,少刻回來,一同升賞。二將軍,在轅門外看着。(關應介)(張上)

【前腔】莽戇是張飛,誰料遭迍悔。果遇敗殘兵,被賺難回騎。
某張飛。與軍師奪頭爭印,今日走了夏侯惇,到軍師府中請罪去。好軍師以少治衆,以逸待勞,神機一運,犯者難逃。可敬可敬。(關云)三弟,你怎麼這樣打扮?(張云)你兄弟輸了也。今見軍師請罪,煩二哥與我先報一聲。(報介)(亮云)既然三將軍回來,叫小校捧出牌印,上前迎接三將軍。小生心中正憂慮,正是將軍英雄處。你在古堤邊拿住夏侯惇,則你是保劉朝駕海擎天柱。三將軍請起。(張云)軍師,有那軍,無那軍,聽張飛試說一遍來。(亮云)你道將上來。(張唱)

【折桂令】軍師令,統領兵權。(亮云)那裏衝見曹兵?不想道正行間遇在堤邊。(亮云)遇着他什麼時候了?日頭兒晌午之天,則是則是則是一百騎敗殘兵,有折旗號數面。他說道人吃些乾炒糧,將咱騙轉,何想他一道青烟,有口難言。望軍師開天地之心,村憃性兒,不辯愚賢。(亮唱)

【江兒水】衆將聽他言,將巧舌辯。當初把輕賤,你視吾猶似一微鱔,今朝你罪如何免。那時與我賭頭爭印,今日走了夏侯惇。叫刀斧手,推轉轅門斬訖來報。(卒縛介)急去將頭來獻,何敢遲延軍令,速如雷電。(衆跪唱)

【園林好】望軍師饒他罪愆,他是愚人不識大賢。可看桃園之面,再不敢犯君顔。

（亮云）若不看主公、衆將之面上，決不饒他。且寄頭在項上，叫群刀手放了。（卒放介）（張云）謝軍師不斬之恩。謝大哥、二哥、衆將救死之德。（劉云）三弟，今後再不可賭頭爭印了。（張云）再不敢如此了。（劉云）軍校，待孫乾、簡雍報功，並行升賞。（亮云）主公言之有理。若不如此，誰肯向前？（衆云）我等受主公之恩如此，恨不得肝腦塗地以報之，豈敢以小功而先後哉？（劉云）軍校，看酒過來。（卒）酒在此。（劉云）軍師，小生聊具小酌，一來特與軍師慰勞，二來與衆將論功行賞。（亮唱）

【鎖窗郎】蒙三顧厚德無涯，出茅廬報恐遲遲。今施小計，敵人方知，望公等莫深私議。（衆唱）軍師謀奪鬼神機，誰不敢不遵依。（劉）

【前腔】笑曹瞞空擁雄師，到如今有力難施。始初笑我，將寡兵稀，他如今斯死更成何濟？（合前）（關、衆唱）

【前腔】在安林等候多時，料敵人未到於斯。觀公此戰，妙算無遺，信知吾勇不如公智。（合前）（張唱）

【前腔】[1]夏侯惇喪志辱師，到如今力盡神疲，他兵今似月落星稀。敗軍之將，自知失計。（合前）

詩：博望燒屯用火功，綸巾羽扇笑談中[2]。直須驚破曹瞞膽，初出茅廬第一功。

## 校記

［1］前腔：底本缺，今補。
［2］綸巾：底本作"論巾"，今據文意改。

# 第十七折

（外上）
【出隊子】終朝籌計，終朝籌計。叵耐村夫犯我威，將咱大將殺得敗回歸。重擁旌旗把戈戟揮，殺得梟雄方遂我機。

臨機須用算，就與下棋同。一着不到處，滿盤都是空。叵耐劉備、諸葛亮調兵各路，將俺人馬十萬殺得大敗，此仇終不然罷了。俺如今點起百萬之衆，千員上將，扎住當陽。先差曹洪、曹仁等將，踏平新野，填滿白河。恐計不應，又差張遼、許褚，戰殺劉備、孔明、關羽、張飛，與死者雪冤。軍校，與我

喚那夏先鋒、曹仁來此。(卒請介)(淨扮夏[1],末扮仁上)

【前腔】村夫無禮,村夫無禮。將我威名盡掃除,今番出戰見雄雌。若與交鋒中我機,奮起精神,犯俺虎貔。(見介)

(淨末云)丞相喚小將,那廂使用?(曹云)叵耐劉備拜孔明為軍師,定計折我許多軍馬。如今點我百萬雄兵,扎住當陽。此去定要踏平新野,填滿白河,決擒此賊,與死者報冤。(淨云)丞相高見。即日起程便了。(曹唱)

【四邊靜】當陽長坂誅劉備,各各整軍騎。若有慢軍情,轅門決辜罪。(合唱)三軍整齊,到邊陲地。若是與交鋒,奮勇向前去。(淨唱)

【前腔】驅兵出陣施謀智,紛紛卷旗幟。效玄將掃秦時,風聲與鶴唳。(合前)(末唱)

【前腔】揚威奮武驅兵隊,揮戈執弓矢。斬將更褰旗,吾儕方雪恥。(合前)(淨唱)

【前腔】漁陽鼙鼓喧天地,崆峒劍戟倚。設取虎狼威,把梟雄甲兵洗。(合前)

當陽若遇敵兵來,眾將同心圍在垓。若還一將容情處,難免時間劍下災。

## 校記

[1] 淨扮夏:底本作"淨扮夏下",今據文意刪。

# 第十八折

(劉唱)

【夜香引】於今曹操亂當朝,無故興兵犯我曹。(亮唱)一火盡焚燒,欲把奸雄罄掃。(見介)

(亮云)主公拜揖。(劉云)軍師拜揖。吾軍已萬全,皆仗吾師之力也。(亮云)惶恐,惶恐。主公,夏侯惇敗去,曹操必自來矣。(劉云)如此怎生是好?(亮云)吾有一計,可以拒敵曹操。劉景升新亡,可取荊襄九郡,兵糧足備,可以抗拒操耳。(劉云)公謀至善,奈何備感景升之恩,爭忍取之?(亮云)主公,今若不取,後悔何及也。(關提首級上)

【前腔】劉琮歸筲斗之屑,故把荊襄密獻曹。(張唱)我獨好心焦,毒把宋忠殺了。

（劉云）三弟，此是何人首級？（張云）大哥，一件大事。此是那宋忠首級也。（劉云）宋忠在那裏來？（張云）劉琮使他往宛城獻降書，回來遇我殺了。（劉云）怎麽降書？（關云）劉琮聽信蔡瑁、張允之徒，將荆襄九郡使宋忠獻與曹操，回至江面。我與三弟巡哨遇咱，說起情由，被三弟怒而殺之。（劉云）可是真情？（關云）宋忠不曾敢瞞，實是真情。（劉云）恨殺這夥奸賊，作不仁之事，恨殺我了。（衆云）（救醒介）（劉唱）

【啄木兒】荆王表，英氣豪，鎮守荆襄威勢驍。奈他每病篤新亡，況劉琮尚幼垂髫。蔡家宗祀多奸狡，須知大業應難保，這荆襄九郡呵，何想今朝盡屬曹。（亮唱[1]）

【前腔】吾心料，數莫逃。主公，既是劉琮降魏朝。你如今假吊哀喪，使他們不諳不曉。劉琮出接先擒了，次將惡黨頃滅剿，一舉荆襄此是高。（劉云）我豈肯作此等不仁不義之事？（關張唱）丈夫志高，你何須潜潜淚抛。蔡張狡巧，算劉琮量如斗筲。這個豬群狗輩呵，歸降曹操圖榮耀，番成話靶令人笑，禍到臨頭休要悔懊。（扮伊籍上）（末唱）

【歸朝歌】心忙亂，心忙亂，一似火燒。看此事，看此事，如今怎了。來新野，來新野，豈憚道遥？劉君侯，怕不曉，機關中盡巧。我今爲他心相照，持書特報明知道，須要整敗俗頽綱佐漢朝。

此間已是縣衙，軍校通報。（卒云）啓爺爺，江夏伊籍要見。（劉云）此是我恩人，快請進來。（卒云）請進。（見介）（劉云）伯機至此，必有佳論。（伊云）不敢。江下大公子已知荆襄王近故，蔡瑁已立小公子，已登王位。誠恐皇叔不知，特令籍持書上達。（劉云）如此取來我看。孤子劉琦哀書，上達叔父大人鈞座下：近聞君父薨於荆州，繼母蔡氏共蔡瑁同謀不報喪，矯云弟劉琮爲九郡之主，大亂綱紀，實難容忍。伏望叔父憐憫之心，盡起麾下精兵，期會同滅惡黨，共取先君之業，實爲萬幸。琦泣血再拜。（劉）知劉琮爲主，不知將九郡獻與曹公耶。（伊云）既有此事，皇叔不如吊喪爲由，誘劉琮出接，就此拿下，殺盡惡黨，荆州不戰而得耶。（劉云）伯機之言甚善。吾兄臨終之時，托孤於我。我若爲此不仁之事，泉下有何面目見吾兄乎？（趙上，唱）

【梅花引】曹軍威勢並天高，特報軍師主公知道。

軍師、主公，趙雲巡哨，聞知曹操已差曹仁、李典、許褚，統領四十萬人馬前來，要踏平新野，填滿白河。請軍師施策。（亮云）如此，今到何處了？（趙云）如今已至博望坡了。（劉云）如此怎麽好？（亮云）主公且放心寬。前番燒了夏侯惇，今番又教曹仁。這條計見新野城小，更兼墻濠不固，曹兵一至，勢不可當,不堪居住。分付孫乾、簡雍,告示百姓,盡遷於樊城,毋染毒害。(亮云)二將軍,受我一計。你領三千人馬,各帶布一幅,囊以河上,拒住白河上流之水。來日更深時分,只看新野火起,下流人馬喧擾,必是曹仁、許褚敗至。你可輒起囊沙,淹死曹兵大半,乘勢趕殺橫州,自有人馬接應。就此領兵前去,小心在意。(關云)得令。許褚、曹仁甚勇驍,領兵百萬犯吾曹。來宵被火相逢我,怎抵青龍偃月刀。(亮云)翼德,受我一計。你可帶五千人馬,埋伏橫州渡口。此處水漫,曹兵必須敗起,必從此過,乘勢殺他。佈陣接應雲長,小心在意。(張云)得令。平生英勇習龍韜,眼睹曹瞞似一毛。縱有精兵千百萬,逢吾只用一聲號。(亮云)趙雲,受我一計。你可帶關平、劉封及三千人馬,先取蘆葦、乾柴,放在近城人家屋角簷下,俱用硫黃、焰硝引火之物塗抹。來朝昻日離值日,黃昏後,必起狂風。待曹兵進歇息,可用火鎗、火箭射入城中,火勢大作,燒死曹兵大半,只留東門容他。敗不可阻滯,只宜乘仗風威火勢,趕殺至天明,會合雲長、翼德,同至樊城。此乃寡敵衆之道,必收全功,小心在意。(趙云)得令。趙雲膽氣並天高,英勇無雙壓衆豪。縱使曹瞞兵百萬[2],殺他片甲望風逃。(亮云)伯機先回江夏,整理軍械,伺候廝殺,又不可怠慢了呵。(伊云)領命。(亮云)主公,並帶各官家小,速往樊城避之。(劉云)如此就去。奸雄曹操守中原,九月南征劉漢川。祝融飛下摩天焰,神機全在火攻篇。

## 校記

[1] 亮唱:底本無,今據文意補。
[2] 縱使:底本作"縱死",今據文意改。

# 第十九折

(仁、褚上,唱)

【金錢花】曹公命統貔貅,貔貅。威風大振荆州,荆州。何防諸葛有奇謀。捉劉備,報冤仇。都殺盡,始干休。都殺盡,始干休。(衆唱)

【前腔】精兵百萬如彪,如彪。人人手執戈矛,戈矛。星飛新野捉君侯。丞相令,敢停驂。連百姓,莫相留。連百姓,莫相留。

告將軍,前面已是新野了。(仁云)衆軍圍住新野,不論軍民,盡皆殺取,與死者報冤。(看介)呀,原來是一座空城。(仁云)他既去了,今日天色已

晚,且將人馬結營屯扎新野,我且就縣衙歇息,明日追捕了。(卒云)得令。(應介)(雲唱)

【水底魚】操賊無謀,曹仁命合休。今宵一火,俱作死骷髏。

曹仁軍馬俱入城歇息去了,各將火箭射進城中,去放起火來,燒死曹兵大半,只留東門容他敗走。(射介)(兵云)不好了,快逃命,快逃命,四下火都發了。(仁云)不可慌,待我去看一看。此火是軍人造飯自不小心,以致如此。(兵云)通天徹地一派而紅,比博望之火更大。請將軍快走,只有東邊無火。快走了,快走了。(虛下介)(關上唱)諸葛奇謀,神欽鬼亦愁。曹相兵若至,都赴水中流。軍兵,此是白河,下了囊沙,以待曹兵。(卒云)得令。(仁、褚唱)

【縷縷金】遭賊寇,使機謀,空城將我誘,不知由。火燎難從寶,吾兵罹咎。(合)焦頭爛額命將休,逃生沒處走。

(兵云)將軍,被他一火燒死了許多人馬,又被關羽、趙雲乘勢趕殺,自相踐踏死者不計其數,怎的好,怎的好?(褚云)如今跑得口乾舌苦,得些涼水解一解渴。(仁云)前面有白河,你每都浴一浴。(卒云)此處水淺可浴。(關云)軍兵,新野火起,多將下流,人馬喧鬧,掣起囊沙。(外)快走了,快走了。(張唱)

【水底魚】助漢興劉,軍師好智謀。曹仁若至,註定喪戈矛。

軍兵,此是橫川渡口水慢之處,曹兵敗走,至此必渡。埋伏待他。(卒云)得令。(下)(仁、褚唱)

【前腔】敗將心憂,追兵在後頭。橫川水慢,此渡有扁舟。

軍兵,來此是橫川渡口,追兵來緊,快看渡船。(看介)没有船了。(仁云)既無渡船,軍校齊協力,砍伐竹木,搭起棧棚來,霎時間就要過了。違令者斬。(張云)曹仁那裏走?(仁云)來將何人?(張云)老三在此,好等得不耐煩,你好好快下馬來受縛。(仁云)許先鋒,你我到此,不得不死戰了。(戰,仁下)(張云)你看曹仁、許褚,人馬喪盡。單騎過來了,我且回軍師。

世亂英雄幾陣秋,孔明妙算鬼神愁。凱歌同奏昇平曲,金凳頻敲驟戰騮。

# 第 二 十 折

(外唱)

【和西番】奉敕統精兵,四下誅奸佞。(徐庶唱)劉備與孫權,其實難征

進。(外云)昨差曹仁、許褚統領兵,征討劉備與孔明,勝負未知,此事如何?(末云)丞相,或敗或勝,今日必知端的。(仁上唱)

【前腔】蒙遣襲劉兵,反被他相迸。(丑上唱)人馬命遭迍,一火皆燒盡。(仁云)許將軍,我和你折盡軍馬,怎生進去見丞相?(丑云)都督,既到此處,不得不進去見他。(進見介)(外云)你二人回來了,此事勝負若何?(仁、褚云)一言難盡。(外云)你二人仔細說來我聽。(仁、褚唱)

【駐馬聽】蒙委提兵,赳赳威風孰不驚。忙奔新野,劉備潛行,棄下空城。(外云)元來又被他走了。(仁、褚云)丞相,其時昏黑暫屯兵,被他一火燒將盡。敗卒飛奔,橫川渡口,又遇關公一陣。(外云)你可細說一番我聽。(仁、褚又仍前云)(外云)敗兵還有多少?(仁、褚云)剩得我二人,單騎而逃命。(曹云)元直,孔明村夫是何等之人,安敢如此?(徐唱)

【前腔】諸葛神人,緯地經天世罕聞。精通韜略,佈陣排兵,救國安民。聞風察勢辯輸贏,伊周才德應難並。(外云)比君之才如何?(徐云)庶乃螢火之光,他正是皓月。劉備呵,今得斯人,如魚得水,歡翻濬浚。(外唱)

【前腔】見說他能,激得我心頭殺氣生。如今我兵分八陣,填塞橫川,踏破樊城。活擒諸葛與劉君,那時始解胸中忿。即刻飛行,明朝管取,鞭敲金鐙。(仁云)不可欺敵。丞相初到襄陽之地,必用先買民心,民心若從,兵亦可守矣。自今劉備盡遷新野百姓往樊城,此是劉備愛民之至,使民歸附。不如遣人招安劉備,縱然不降,亦可以宣愛民之心耶。若見事急願降,則荊州之地不戰自然而得,然後舉荊襄之眾,而後可圖江東耳。(外云)此言有益,差何人去纔好?(仁云)徐元直舊與劉備甚厚,就使他去,可也似好?(外云)元直,孤知汝忠誠不疑,使公可對劉備說知,若肯歸降,免罪增爵;如有執迷,軍民並戮,玉石俱焚。(徐云)如此小生領命就行。(外云)即煩速往,孤拱聽捷音。忠義兼持守此身,孤忠誠實勿疑心[1]。劉君若肯歸降順,不戰荊襄一鼓擎。

## 校記

[1]誠:底本作"城",據文意改。

## 第二十一折

(亮唱)

【女冠子】蓄銳藏機，心藏韜略玄微。曹兵破壘，千軍萬騎，俱從新野成灰。（劉）將寡與兵微，何日得除奸佞，自立皇畿。（關）爲看神武宣威，（張）軍中嚴令，閫外旌旗。（見介）

（劉云）軍師，且喜曹仁、許褚敗去，曹操心寒膽落，安敢再來？（亮云）主公，曹操擁百萬之衆[1]，奸謀極多，必自來矣，早禦耳。

（庶唱）

【九月菊】曹公遣某到樊城，特訴衷，見故人。

此間已是劉君侯行營。軍校通報，徐庶要見。（卒云）禀，轅門外徐庶要見。（劉云）元直是我故人，快請進來。（徐見介）（劉云）正懷渴仰之思，幸然又睹尊顏，欣慰欣慰呵。（徐云）庶本欲與君侯共招王業，但惜以方寸也。（孔云）元直此來，必有佳諭。（庶云）孔明先生，操使庶來招降先生，事使君，此乃買民心之奸計耶，望公之裁處。（孔云）此卻不妨。（劉云）元直不若棄曹助漢，在此與你同誅惡黨。（庶云）公有卧龍輔助，何愁大業不成乎？某若不還，必被他人耻笑。今曹分八路大兵，填平白河，踏破樊城，不宜久住，可請速行。（孔云）主公，曹兵勢大，樊城不宜居之，可往江陵而行，以避其兵難矣。（張云）軍師，曹操雖是兵多將廣，憑着俺二哥那一口青龍偃月刀，俺這根丈八點鋼矛，子龍那根白銀鎗，殺他一個也不回。曹操此來，正是飛蛾投火，自遭其禍。元直，這是上門買賣，何須遠以避之。（孔云）翼德，一者樊城不固，錢糧欠缺，曹兵此來決死戰；二者江陵城郭完固，錢糧極多，乃荆州要緊之地，精兵有數萬，今取之以爲家，可以拒曹操而所以避其難矣。（劉云）軍師，只是兩縣百姓相隨已久，不忍棄之。（孔云）可令人遍告百姓，願隨者同行，不願者留下。（劉云）軍校，分付百姓每，但有願隨者，同行往江陵以避兵難，不願行者留下。（卒云）（依前言介）（内云）我等雖死，亦從使君呵。（劉云）我有何仁德，使百姓受此大難。（劉唱）

【古梁州】那曹操呵！曹瞞無理，吾兵難拒。他有百萬貔貅，（元直唱）俺這裏將寡兵微。咫尺江陵若到，全仗孔明妙策將他毀。用心排國難，救民危，萬姓歌謡樂盛時。（合）心爽快，樂便宜。

【前腔】（孔唱）吾心籌議，曹瞞逞勢[2]。縱有百萬雄師，何須憂慮。若還舉手相持，一概皆爲齏粉。管取明公，一旦成王位。萬民歡雪耻，樂雍熙，載道歌聲賀盛時。（合前）（庶唱）

【前腔】勸君侯不必憂疑，孔明有萬全之計。這其間就裏，我略知之。縱是曹公有智，君侯，莫説是孔明，就是吾心籌算，莫説是八路之兵，就是十

路而來,到此應難使。孔明呵,望公施妙策,定贏輸,可保黎民無禍危。(合前)(關、張唱)

【前腔】請吾兄不必躊躇,順天時當從地利。且排兵佈陣,各有施爲。大哥,你若是心中疑忌,守到何年,始得成王位。奮威誅賊勢,謝賢師,罄把奸雄一掃除。(合前)

(亮云)主公一面收拾,帶百姓就行。(徐云)宜急不宜緩。(劉云)二公之言,宜銘肺腑。明朝准擬到南陽,整點軍威布戰場。不是一番寒徹骨,怎得梅花撲鼻香。

## 校記

[1] 百:底本缺,今據文意補。
[2] 曹瞞:底本作"遭瞞",今據文意改。

# 第二十二折

(外唱)

【生查子】威勢震華夷,天下人敬畏。(仁唱)諸葛有神機,今後難逃避。

(外云)[1]曹仁,徐庶去招安劉備,莫非連他也不回來?(仁云)丞相,元直誠實之士,降與不降,他決然回報。(徐唱)

【前腔】諸葛智謀奇,玄德多仁義。丞相潑天威,毫髮全無畏。

迤邐行來,又到轅門外。軍校通報。(卒云)是。啟爺,徐參謀回來了。(外云)請進來。(徐見介)(外云)元直,孔明降與不降,怎麼回話?(徐云)丞相,劉備並無降意,孔明有言,要相廝殺。如今就統百萬精兵去?(外云)他果無懼怯之意?(徐云)孔明有言,丞相乃蟻聚之兵,將軍乃麂狗之徒,更加袁紹烏合之衆,則輕而舉之,皆爲齏粉,何懼之有?(外云)他欺我無戰鬥之策。曹仁,你先領五萬人馬,去填平白河。我分大兵八路,踏破樊城,必擒劉備、孔明,與死者報冤,而可以解吾之忿恨。(仁云)車馬器械都齊備了。(外唱)

【四邊靜】黃旗蕩漾遮天日,黃雲蔽日色。金甲與金盔,乾坤盡皆赤。(合)三軍用力,竭忠盡敵,擺在片時間,纔知盡忠直。(衆唱)

【前腔】青旗焰焰東方起,群雄盡尊依。遣將與提兵,憑吾陣中主。(合前)(衆唱)

【前腔】吾兵奮勇追劉備，隨他向風處。駕霧有雲梯，入海須同至。（合前）

八面威風膽氣高，當陽陣上顯英豪。今番若不擒劉備，枉讀兵書演六韜。

## 校記

[1] 外云：底本無，據文意補。

## 第二十三折

（孔唱）

【鐵馬兒】憑吾掃蕩烟塵，依妙策下寨安營。昨觀乾象主災星，未審吉凶難並。（劉唱）吾兵今已往江陵，頃把山河平定。（張、趙唱）虎將勢崢嶸，管取鞭敲金凳。（衆見介）

（劉云）難同甘心隨百姓，教人揮淚動三軍。（孔云）襄陽官道行兵日，行客猶然憶使君。（劉云）軍師，今曹操親自為帥，統領蓋世人馬，又在當陽報仇。我這裏兵微將寡，難以敵之，奈何奈何？（孔云）曾遣雲長往江夏劉琦處借兵求救，曾於江陵，未知來否？（劉云）但恐劉琦不欲起兵，如之奈何？莫若軍師親往催促，劉琦決不敢阻。（孔云）我去之後，但恐曹兵追至，許多百姓連主公，皆為齏粉矣。（劉云）軍師不去，恐劉琦不遣救兵。（孔云）既如此，趙雲近前，受我一計。與你一百騎人馬，緊保太子與二位夫人，若遇勢敗，必逃夏口，小心在意，毋得有違軍令。（孔云）張飛近前，受我一計。吾去江夏催促救兵，主公與劉封在長坂坡前。你可在灞陵橋邊，據水斷橋，大號聲勢，則曹兵必退。小心在意，毋得有違軍令。眼望旌捷旗，耳聽好消息。（劉云）軍師去了。分付大小三軍，趲行前去着。

【水中物】百姓紛紜，緊隨軍不暫停，向前馳騁。不日至江陵，不日至江陵。（下）（曹云）（帶卒上）

【前腔】戰鼓鼕鼕，兵精將又雄。追擒劉備，性命遇吾終，性命遇吾終。大小三軍，劉備往那一條路上走去了？（卒云）往江陵路上去了。（曹云）如此，再追上去。（合唱）追擒劉備，性命遇吾終。（趙帶二旦抱阿斗上，唱）

【水底魚兒】百萬軍兵，交咱難進征。急逃夏口，快走莫留停。（張、劉帶卒上，唱）向前馳騁，不日至江陵，不日至江陵。

（张云）风吹折了帅字旗号，乃不祥之兆。主公，你可弃下众百姓去罢了。（刘云）自新野随从至此，何忍弃之？（张云）若不弃，祸不远矣。（曹云）带卒上。

【水底鱼儿】剑戟层层，鎗刀耀日明。刘兵必败，我主定然兴，我主定然兴。（混战，刘、张下）（曹云）大小三军，刘备几乎被俺擒住，被张飞杀条血路，救出去了。（卒云）禀丞相，还有一员穿白袍的将，东冲西突，如入无人之境，保着氈车去了。（曹云）快追去了。（合唱）刘兵必败，我主定然兴，我主定然兴。（赵、二旦上，唱）急逃夏口，快走莫留停，快走莫留停。（战赵下介）

（曹云）军校，军中穿白袍之将，活擒来见我，如有暗害者，夷九族。着文聘、张辽去赶刘备。（合前）（刘、张上，唱）

【前腔】曹将英雄，追吾儸若风。无家无邸，何处寄行踪，何处寄行踪。（刘云）三弟，曹兵赶来了，众将各不知其所，怎么好？（张云）大哥，你与刘封、简雍等都过灞陵桥去，待我依军师之命，待我在此拒水，大号数声，且看如何。（刘云）许多居民皆因恋我遭此大难，家小存亡未卜，如之奈何？（张云）大哥，你且躲在前面景山谷中，待我灞陵桥边，撑住曹兵便了。（刘云）有理。时乖临迫离，且躲眼前灾。（刘、张下）

【锁南枝】（赵唱）随车走，难后先。常行在，万千兵革间。看战血溅征衫，双车又不见。难避艰，再向前。若后处寻，怎得见主公面。

赵云奉军师、主公之命，教我保太子、二位夫人。紧随车走，争奈前冲后撞，把持不定，又恐失了小主。展眼间又不知车儿何处去了，四下去寻觅，又不见。随他入地升天去，须佐擎天握雾人。（外扮老儿、老妇、小儿上，唱）

【簇御林】遭离乱，受苦艰。腹中饥，口又乾，儿啼女哭声悲怨。看黄童白叟遭涂炭，怎心安。日随千里展转，恨曹瞒。（下）（二旦抱阿斗上）

【前腔】裙钗妇，态度闲。几曾行道间，心惊胆战魂飞散。（贴被箭伤介）百忙裏鞋褪遭飞箭，着了箭了，行不得了，痛难言不能前进。（旦云）这墙角有口井，不免投井而亡，不如先丧你目前。（旦投井死介）

（贴云）可怜我那甘夫人投死井了。好苦，浓霜偏打无根草，横祸偏寻薄幸人。（贴下）（众百姓又上）

【猫儿坠】眼花力怯，举步便心酸。况值兵戈在眼前。（赵云）百姓每休走，问你一声，车儿上两个妇人何处去了？（众云）一个投井而死，一个抱着孩儿在墙缺中啼哭。（赵云）[1]在那裏？（众云）转过湾就是。（云下）万生万死有何憾。（合）天天怎能勾，骨肉团圆，再整家筵。

（竺云）百姓每休走。我是劉家之將，被曹兵趕得我緊，混在百姓伴中，略躲一番便了。（應介）（合唱）

【前腔】疲癃老幼，又值亂離年。足軟腰酸難向前，腹中無食口生烟。（合前）（曹兵上唱）

【番鼓兒】真英漢，真英漢，躍馬又加鞭。劍戟鎗林，往來馳戰，何敢與當先。教他急，難躲閃，劍利戈長，決遭其難。

（曹云）那一起都是什麽人？（衆云）小的都是百姓。（曹云）既是百姓可傷殘？（卒云）禀爺，其中有一個不像百姓。（曹云）拿過來。百姓每去。（衆云）福無雙至，禍不單行。（卒云）拿得此人，乃是劉家之將。（曹云）你是劉使君麾下裨將軍麋竺[2]？（竺云）不是。（曹云）押到軍前，梟首示衆。（卒應介）（曹）

【水底魚兒】劉備奸頑，逃生盡播遷。上前擒住，目下喪黄泉，目下喪黄泉。（趙上唱）

【前腔】策馬加鞭，心忙趕向前。逢人詢問，不知在那邊，不知在那邊。

（竺云）救人，救人！（趙云）此聲音好似麋竺將軍聲音。殺上前去，呀，果是麋竺將軍，不免奪去。（戰，奪下介）（卒云）禀爺爺知道，穿白袍之將，一鎗刺死淳于芳了，將麋竺奪將去了。（曹云）軍校門，快快追上去。（衆云）得令了。（合唱）向前擒住，目下喪黄泉，目下喪黄泉。（張唱）

【生查子】獨立據咽喉，誰慮千人鬥。

適來麋芳帶箭來，説趙雲投曹操去了。我欲尋他納命，麋竺又説若非子龍殺散曹兵，反被曹操殺了。大哥説趙雲決不順曹，可謂能識人耶。遠望見一將飛來，待我抖搜神威，與他戰幾合方休。（雲唱）

【前腔】來往戰無休，重聚重分手。

呀，前一將好似翼德。（張云）元來是子龍。你在那裏來？（趙云）爲尋兩個夫人來此。（張云）兩個皇嫂那裏去了？快轉去尋。（趙云）百姓説在墻缺中，我特特來尋。（張云）子龍今有受累，你一身都是膽耶？我拒水斷橋在此，隨他有千萬人馬，也不能過此橋，你快快去尋覓。（張云）相逢不下馬，各自奔前程。（下）（趙云）着處墻缺中不見，怎麽好？前面又有一個墻缺，待我驟馬而去。正是：腹饑人勞倦，性急馬行遲。（下）（貼抱子上唱）

【生查子】拔箭血常流，痛極難行走。細思此子倩誰收，惟望天憐救。

我兒怎麽好？你父親又不知存亡何如，你我之命，只在目下而休矣。兀的不痛殺我耶。（雲唱）

【前腔】無處可追求，全賴神天佑。

呀，好了，夫人在此。（貼云）謝天謝地，此子有命了。（趙云）夫人，小主幸得無恙。此是趙雲不能保護之罪。（貼云）多虧了將軍。今見將軍，幸此子之有命，但我死期以近，不能報耳。（趙云）夫人，趙雲分失之所當為，何以致謝？快請夫人就此上馬。（貼云）將軍，去不得了，有幾句言語囑咐與你。若見夫君，你把我言達道。我的丈夫呵。（哭，哭倒介）（貼唱）

【五更轉】我與劉使君成良偶，相期到白頭，誰知半路各分手。今死在征途，萬般生受。丈夫，你半百餘只此子，君須救。將軍，你將他付與親爹手。丈夫，你只為逐鹿爭先，今日致妻落後。

（趙云）夫人，追兵又來了，快請夫人上馬。（貼云）將軍，你一人一騎，在萬軍萬馬之中，況此馬乃將軍之寶，我豈不知進退？（貼唱）

【前腔】只是我被箭傷難奔走，知難見豫州，我有兩個兄弟在那麼下，教他好眼看妻舅。我是患難夫妻，相隨相守。生此兒三載餘，不離手，殘生到此知難久。不免拔下金釵刺喉而死。天那，這隻金釵，強似荊軻匕首。（自刺，撞墻而死介）

（趙云）苦！糜夫人自把金釵刺喉，撞墻而死。（趙哭介）

【臨江仙】陌道難尋靈柩，我把土墻權作荒丘。英魂隨我傍君侯。你若在兹依草木，日落便生愁。

生死無門只自傷，迷魂從此竟茫茫。莫嫌命輕如柳絮，都做南柯夢一場。（曹、眾上唱）

【水底魚兒】劉備奸頑，逃生盡播遷。上前擒住，目下喪黃泉，目下喪黃泉。（與趙戰介）（曹云）軍校，軍中穿白袍之將，只見紅光罩體，後來必登皇位。不要放冷箭，則拿活的來見我。上前擒住，目下喪黃泉，目下喪黃泉。

（曹云）軍校，這是什麼地方了？（眾云）這是灞陵橋了。（張飛吶喊）（曹云）青天白日，何處雷響？（眾云）這是張飛在此吼一聲，則橋分為兩段，逆水而倒流。（曹云）待我親自去看。呀，果然橋分兩段，逆水而倒流，其實好勇將。分付三軍，班師回去，不要追趕他罷。（眾分付介）（曹唱）

【好姐姐】可笑為人出眾，吼一聲似半空雷動。橋分兩段，林中葉落空。（合）吾軍擁，週迴密佈無由空，死戰逃生立大功。（眾唱）

【前腔】吾等將他斷送，何想他干戈不動。今朝一戰，劉兵一旦空。（合前）

如今空受路途遙，當陽陣上布鎗刀。孔明原有千條計，張飛喝斷灞陵橋。

## 校記

［１］趙云：底本無，據文意補。
［２］劉使君：底本作"劉使軍"，今據文意改。

# 第二十四折

（劉唱）

【菊花新】子幼妻嬌分兩地，（孔唱）落花何處飄流水。（關唱）杜宇謾悲啼，重感離人情思。

（孔云）新雨殘雲景物寒，江陵回首恨漫漫。（關、張云）塞邊安得重歸馬，鏡內羞看獨舞鸞。（劉云）前日漸離離甚易，今朝欲見見可難。可憐拆散鴛鴦侶，辜負清宵月正圓。（孔云）主公自新野與百姓同往江陵，每日止行十里。叵耐曹操遣文聘、張遼、許褚引四十萬人馬，又從當陽追趕。一者又虧劉琦處借救兵二萬，虧翼德拒水斷橋，曹兵已退。雖然如此，只是二位夫人拆散，小生無獲。始初糜芳說趙雲反曹，我想此人決無此意，爲跟隨二位夫人，且走且戰，或者失落夫人，在那彼尋覓，亦未可知。呀，前面一將來了。（竺唱）

【水紅花】林無烟火夕陽斜，路途迷，心中驚懼，只恐賊兵追騎，狹路上怎支持。真個是轉憂疑也囉。

適間若非趙子龍殺了淳于芳，奪馬與我乘來，那時即被曹兵拿去，性命也難保。一路問百姓每，言主公、軍師只在前面，不回趲行前去。（劉云）好似糜竺模樣。（竺云）主公，在此了。（劉唱）

【哭相思】只道無能再見天，天幸使重相會。

你在那處來？（竺云）若非子龍救我，死之久矣。（劉云）卻爲何？（竺云）彼飛騎趕來，逃入百姓內，被曹兵擒了。偶見子龍驟馬前來，一鎗刺死淳于芳，奪他馬與我騎，得來見主公之面。（劉云）甘糜二夫人、阿斗在何處？可說與我知道。（糜稟唱）

【山坡羊】在車時尚同姐妹，在途時不勝狼狽，畏賊兵蓬頭跣足，亂荒荒雜在逃民內，命欲危，何能兩護持？糜、竺二夫人怎麼了？一身抱子，去止渾無計，他母子存亡未可期。（合）（又唱）堪悲，淒涼再莫提。堪悲，淒涼再莫

提。（劉唱）

【前腔】他姐妹一車同寓，趙雲與簡雍，跟隨前去。糜夫人既失所之，阿斗兒不復知何處，痛殺予。紅水亂雨珠，總有龍樓鳳閣何心住。我的兒，圖霸圖王也是虛。嗟吁，空遺劍與書。嗟吁，吾言豈是迂。（趙唱）

【秋香前】母死軍中存幼主，交還其父悲還喜。

主公，小將來了。（趙云）稟主公得知，甘夫人見軍馬來，投井死了。（劉悲介）我的妻。（趙云）糜夫人再三請他上馬，拔下金釵刺喉又而死了。（劉又悲）我的妻，阿斗兒。（趙云）被小將前衝後撞，懷中正睡，交還主公。（劉云）爲汝冤家，險喪吾之一將。（撒地，張搶抱介）（劉云）子龍如此之勞，眼下不能報你，異日倘得寸進，榮華富貴，與你同享。（趙云）罪死小將也。（亮云）你看子龍將軍，猩猩血染戰袍紅，亂亡軍中逞大功。捨死忘生存幼主，先許常山趙子龍。今日多負了子龍。（劉云）軍師，我的妻隨劉備東飄西蕩，不曾安享一日。我妻！

【山坡羊】恨那亂紛紛長蛇封豕，惡猙猙城狐社鼠。影熒熒將軍一聲，你顫巍巍自己難遮蔽。我的妻，值亂離，教他怎顧伊。我孩兒幼小，幼小難行止，淚灑西風十二時。賢女今生無見期，孩兒謝將軍保命軀。（雲唱）

【前腔】念趙雲命輕如絮，保香車隨行隨止。幾番奮不能顧身，亂軍中來往難停住。不見時，捐生戰六師。那糜夫人，我跟尋四面，訪得在牆圍內，交付儲君身便死。（劉唱）賢妻今日無見期，爲你這豚兒，險把將軍來喪軀。（眾云）不必憂煩，可速整軍兵，復當陽之仇。

乘時仗劍掃妖氛，勝敗無常不可言。剩水殘山多怨骨，夕陽芳草易黃昏。

# 第二十五折

（周唱）

【生查子】兵書細討論，青眼窺時變。（魯唱）勝敗兩無難，士卒皆精選。

（周云）魯將軍拜揖。（魯云）周將軍拜揖。周將軍[1]，自古道："安不忘危，治不忘亂。"今曹瞞竊命天下武士，我和你安心事吳，何不修習武事，以防不測，多少是好。（魯云）你看俺這裏劍戟橫天，旌旗閃日，使能人見之，誰不服戰，膽落於地。可喜可喜！（周云）果然果然。

【豹子令】劍戟生生飛紫電，飛紫電。旌旗烈烈蔽青天，蔽青天。麾下

武夫常習練,霜宵雪夜枕戈眠,枕戈眠。(合)管教一陣熄狼烟,試看一掃熄狼烟。(小外唱)

【前腔】萬里封侯吾所願,吾所願。三邊禦寇孰爲先,孰爲先。士卒投鞭能塞水,將軍揮戟可回天,可回天。(卒持書上)老奸陰畜吞吳志,假意先須會獵書。告將軍,吳王有旨。(周、魯云)怎麽說?(卒云)告丞相,曹操有書奉上吳王。(周云)必有奸謀之心言,符誦一遍知來意。吾欲弔民伐罪,旌旄南指,劉琮束手。軍八十萬,期秋間嘗獵於是。他要會獵,其志不小,我處亦宜練兵待之。(魯云)水軍八十萬,無如其多矣。我自有計較處。

【撲燈蛾】奸臣竊大權,奸臣竊大權,目中豈無漢。會獵有書至,要識其心不善也。他罪逆難逭,吾當提兵按劍斬凶殘。想他罪大惡極貫滿,這天誅怎免?佇看談笑定中原。

事已急矣,只得分付軍士,安排蒙衝巨艦,以備水戰。(周分付介)(卒應云)領鈞旨[2]。(魯云)周將軍,彼之兵多寡不敵。近聞劉玄德在江夏劉琦處,有兵數萬。何不與玄德連和,同誅曹操,有何不可?(周云)這個極好,只是無人可去。(魯云)聞劉表新亡,可指弔喪爲名,以肅一往,探彼可有拒曹之心否?(周云)若將軍去,事已濟矣。只是有勞子敬。(魯云)此爲國家之事,豈敢辭勞?(周云)望早去尤妙,尤妙。

【前腔】興帥拒老瞞,興師拒老瞞。亟速休遲慢,他素蓄不臣志,到此顯然叛逆也。爲蒼生排難,必須履危冒險露忠肝。想他惡極貫滿,這天誅怎免?佇看談笑定中原。

千艘鬥艦號蒙衝,鱗集中流事戰功。莫謂英雄未能決,會看一戰決雌雄。

**校記**

[1]周將軍:底本作"周魯將軍",今據文意改。
[2]鈞旨:底本作"軍旨",今據文意改。

# 第二十六折

(亮唱)

【點絳脣】大寇東來,千艘鬥艦衝波浪。(劉唱)提兵前往誰敢,來相抗。赫赫威名烈烈聲,赫烈聲名屬俊英,奸雄敢與爭。(劉唱)寇未平,世未寧。

取義成仁號死輕,何愁鼎鑊烹。

軍師,曹操領兵東下,風聲大振,其勢莫禦。請軍師,果有何策以待之?(孔)曹操此來,水陸軍有八十萬。彼衆我寡,他强我弱。寡固不可以敵衆,弱固不可以敵强。爲今之計,只宜結連吳兵,同力相拒,同心相助。如此乃爲上策,可以敵之。(劉)既如此,我速去與周瑜等相結,同謀其事。(孔)曹操此來,必先下江東,然後至此。擁百萬之衆,虎踞江東,必有人來。主公意下何如?(劉)全仗軍師妙計。(孔)亮借一帆風,直抵江東。憑三寸之舌,統南北兩軍,互相吞併。南勝則投南而攻北,以取荆州之地屯;北勝則乘勝而取江南,此遠大之計。(劉)此計極妙。何以得江東人來?(孔)時刻有人即至。小兵,但有人來,即來通報。(卒)禀爺,遥見江中一帆將近了。(孔)來時通報。(魯上)

【上園春】舉國欲連師,事若濟,曹兵失利。

此間已是玄德公門首。小兵通報一聲,只是説江東有一人魯肅要見。(兵)報主公、軍師知道。(孔)卻如何?(淨)有一人口稱東吳魯肅參見。(孔)快請進來。(劉)子敬先生請。(魯)君侯在上,容魯肅拜見。君侯深略遠謀,孰云將門無種;豁達大度,方見帝室有人。肅睹威儀,萬千恐慄。(劉)子敬乃東吳達士,南國英才。久仰高風,方慰渴想。今則遠辱過訪,吾□深愧欠恭。(魯)此間莫非卧龍先生?(亮)惶恐。(魯)軍師請。(亮)大人請。(魯)軍師頃作困涸之蛟,遂爲化海之龍。化霧爲霖,願沾餘澤。(孔)欲醉公瑾之醇醪,惜未飲也;方仰子敬之豐儀,幸已瞻之。德風久及於家兄,道誼又施於小弟。欲依講下,便覺愧中也。(劉)子敬先生請坐。(魯)皇叔在上,君侯豈敢越禮。(劉)子敬此來爲何?(魯)聞皇叔與曹戰數次,已知曹心有意圖天下。(劉)備實未知其所爲。(魯)聞皇叔在新野、當陽,累與曹交鋒,何言不知?(劉)先生,孔明自知其詳。(魯)軍師,魯肅請見。(孔)曹操奸計,亮盡知矣。恨力未及,而且避之。(魯)孔明先生,何不與東吳相結,共濟世業,何如?(孔)願聞其略。(魯)

【江兒水】曹瞞可師出全無忌,其心亦可難。自誇天下誰能敵,笑他眼底不留意。其情可惡真難恕,望乞明公詳處。若得唇齒相依,管取曹瞞兵潰。(劉)

【前腔】始勝終遭敗,匍匐到此居。棲身尚少立錐地,想他必定知詳細。東征想没西征意,孰料自知難處。請問軍師,持此有何高議?(亮)試説曹瞞輩,奸雄天下知。君何不揣他心地?百萬雄師期獵會。隱然虎豹在山中勢,志在吞吳必矣。我若見孫侯,或有破曹之計。(魯)側耳聞高議,擄誠聽指揮。公言如見他心肺。若肯忻然江東去,同心共把曹兵拒,從此如兄若弟,兩國和同,求保無窮之利。

望皇叔即同軍師一行,幸甚幸甚。(劉)子敬先生,小生聊具小酌,少盡洗塵之敬,我挽軍師同至吳也。(魯)如此,足感厚情。

詩:唇齒相依莫浪情,同心協力破曹兵。隨他百萬兵如虎,難免天羅地網災。

# 第二十七折

(孔、魯上唱)

【縷縷金】揮羽扇,着荷衣,急趨吳國,去覓周郎。事體關天下,此行非枉。(合)等閑一舉執豺狼,方得滿吾望。

子敬、先生,別過主公,今日已至,可爲速矣。(魯)風水俱順,所以如此速也。你看,望見前面周都旗號,忙行幾步。(合唱)

【前腔】聞鼓震,見旗揚,吳兵知已近,步趨愴。相結同驅寇,兵奇力壯。等閑一舉執豺狼,方得復吾望。

前面就是周將軍營壘。你看舳艫千艘,豺狼萬狀,水陸相兼,英雄無敵。忙上前去。(合前)(下)(周)

【前腔】旗整整,陣堂堂,吾儕稱國士,世無雙。禦寇多奇技,氣雄威壯。艨衝鬥艦接長江,曹瞞膽必喪。

吾乃周瑜是也。前日子敬往玄德處合兵,說他同拒曹操,未審他意何如。待他回來,方知分曉。小軍,如有大小軍務,即來通報。(亮、魯上)等閑一舉執豺狼,方得滿吾望。(魯)先生,此間已營門外。待我通報,然後相請。(魯見介)(周)子敬回來了。有勞有勞!未知其事若何?(魯)不敢。孔明同在此,都督相見時,幸加禮貌。(周)快請相見。(亮見)都督請上,待山人參拜。久仰威名,未得趨請。幸爾一邁之時,則我之心不勝忻慰。(周)公實卧龍之傑,蒙枉駕,吾今幸得先生此來,必有佳教。(亮)聞將軍大名,舉義兵□□□□特來相托,兩國秉力同兵,幸不峻辭也。周好□□□□王誓師牧野,諸侯不期而會者八百。公乃千□□□□人之傑,今日亦不期而會,吾之所得,豈止八百□□?□喜□喜。(亮)吾知"得道者多助","多助之至,天下順之",□□□曹瞞八千萬兵□□。(周)

【香柳娘】那曹瞞恃强,那曹瞞恃强,三軍獨將。乘流東下□□□。把

長江作戰場,把長江作戰場。千里按舟航,舟船逐波浪。(合)我胸中搔癢,我胸中搔癢。便欲生擒虎狼,論功行賞。(亮)

【前腔】我豫州呵,他胄之帝王,他胄之帝王,況多才多將。幸君相挈同結黨,奮精力制強。看仁勇陣堂堂,賊兵敢相抗。(合前)(魯)

【前腔】先生呵,勝孫吳子房,勝孫吳子房。運籌帷幄,吾儕幸得君同往。使軍營有光[1],使軍營有光。衆士揚揚,戰攻似番掌。(合前)(亮)

【前腔】把籌策較量,把籌策較量,急追爲上。管教猛獸投羅網。論逆理亂常,論逆理亂常。必定致災殃,順天自無恙。(合前)

詩曰：兩君相結,同拒賊兵。勢如破竹,烈烈轟轟。

## 校記

[1]軍營：底本作"君營",今據文意改。下句同。

# 第二十八折

(小外扮張昭上)

【點絳唇】袖惹天香,履隨仙仗,綸音降。舌戰文場,忙殺諸葛亮。

目下張昭,見爲東吳參謀。已聞劉豫州遣諸葛來此引兵助戰,吾主吳侯與周公瑾即欲進兵,實稱我等文臣之願也。吾知孔明善爲説辭,今已令人去請,待他來時,我衆各出奇談難之。呀,言之未盡,仲翔來矣。(外扮虞翻、嚴畯上)

【前腔】幼習文章,長爲儒相,承君眷。(丑扮步隲上)詞語悠揚,可與謀臣講。(見介)

子布,公等欲罷兵降曹,爭奈衆武將不肯,今又被諸葛引兵助戰,吳侯即目興兵,我等不勝戰慄。(昭)今已令人去請孔明。若來時,吾輩必要互相問難。孔明若理屈詞窮,自然收兵而去。列位決不可讓他。(衆)子布先生之言甚善。我等皆欲保身惜家以免,使百姓無驚懼之患,豈容孔明鼓脣佞舌也哉。他來時,自有分曉。(小生)

【前腔】八陣疆場,九花蓮帳,元戎堂。志運經邦,諸虜期消喪。(見介)

(小生)列位先生含笑揮談塵,春風四座生。(昭)魏珠能照乘,(外)趙璧已連城。(丑)筆底三千字,(末)胸中數萬兵。(小生)乘閑來犯諫,知汝欲相傾。(衆)不敢。(小生)學生此來,正欲請教,但恐諸公相難耳。(衆)先生乃是南陽卧龍,豈不知風雲氣色乎。(小生)諸公實是東吳群鳳,獨不念時勢安危。(衆)孔明先生降重,必有富國之謀,恃吾兵之益盛也。(小生)

【新水令】東南悠聚德星光,東南悠聚德星光,不辭遙敬瞻文象。俄忘鳩性拙,誤入錦人行。禮貌疏狂,希引進,升函丈。(昭)

【步步嬌】《梁父吟》爲先生倡,悠樂天真,養高名,四遠揚。畎畝躬耕,管樂相仿。龍既出南陽,如何不慰蒼生望。

(小生)先生高姓?(外)學生張昭。(小生)元來是子布先生。(小生)

【折桂令】你既出言詞,便下機搶。我想三顧草廬,恩德難忘。你道咱難得荆襄,則是難得荆襄。他同宗劉表,不忍相殘,我這裏易取,如同反掌。恨劉琮暗裏投降,致曹瞞得肆猖狂。劉豫州江夏屯兵,這良圖豈爾等參詳。(外)[1]

【江兒水】國蠹曹丞相,心懷久不良。當今惟有他南面,玄德無君曾相抗。近來反悞無家傍,敵懷何期消長。公可席捲中原,大業扶劉重王。

(小生)先生上姓?(生)學生虞翻。(小生)元來是仲翔先生。

【雁兒落】我隨着奮湮池文鳳凰,那愁他鷹鸇長;緊隨着得雨龍,那愁那吞蛇象。呀,你說道是他强我弱不相當,不記得他博望,不思量他滑水殃。烏江能勇的身先喪,張良扶着那能怯的成帝王。(外)

【僥僥令】檄書期會獵,詞句暗機藏。起百萬雄師千員將,直欲卷荆襄攘四方。

(小生)先生高姓?(丑)學生嚴畯。(小生)元來是曼才先生。

【收江南】再添百萬有何傷,咱隨身有智囊。試看我奮武鷹揚志。可惜這生靈,掉什麼唇鎗,全不羞怒顏,勸主顧投降。

【園林好】不通經,詞違典章。不據理,出言泛常。你作說客,略不謙讓。惟佞舌,學蘇張。惟佞舌,學蘇張。

(小生)先生上姓?(末)學生步騭。(小生)元來是子山先生。

【沽美酒】古賢臣輔聖王,古賢臣輔聖王。經百世譽猶香,稷契皋陶干與逢。讀何書君欽君讓,通何經民懷民仰。你呵,口慌意慌,心忙手忙。呀,看我做拒曹的人望。

(衆)呀,黃公覆來了。

【尾聲】(蓋)吳侯坐候君談講。何故久坐,春風笑語香。(衆)請了。容頃刻重邀過小堂。

詩曰:衆鶴齊鳴在九皋,就中敵國笑中刀。孫劉從此通和好,同出奇兵破爾曹。

**校記**

［1］外：底本無，承上作"小生"，依劇情改。按本折時有誤屬或失署腳色，下均據情改。

## 第二十九折

（外上）

【緱山月】天步屬安危，慎出入，合時宜。謀臣已滅吳機，屠龍威自著，養虎患須貽。

下官曹操是也。少聞許劭評論，道我是"治世之能臣，亂世之奸雄"。呵呵，謂我"治世之能臣"，此言誠哉是也；謂我是"亂世之奸雄"，豈其能哉？這也不在話下。軍校，請蔣先生來。（卒）蔣先生，有請。（蔣上）

【前腔】甲帳立儒帷，似有推尊意。（見介）

（外）子翼請坐。（蔣）丞相，蔣幹告坐了。（外）子翼，孤自起兵以來，滅群凶，仗諸公之能，戰必勝，攻必取。今欲下江東，江東有周瑜、諸葛用謀，吾心中甚怯，甚怯。（蔣）丞相，不妨。周瑜自幼與我同學，待我過江說降投麾下，則劉備、孫權亦可自滅矣。（外）若如此，先生明日就行。今夜月明如畫，你看舳艫千里，旌旗傲空，何其壯哉！我帳中有一侍兒，善吹玉笛。待我飲一杯，令他吹一曲。（吹笛飲介）（外）我和你大家喫一杯。（蔣）丞相請酒。（飲介）（外）待我再吟一絕。豹隱雲迷見數峰，和絃聲斷曲方終。江城五月梅花落，一夜西風玉笛中。（蔣）真佳作也。（外）此乘一時之興，可以佳作之稱。（外）

【攤拍】臨江滸橫槊賦詩，樹功業須當壯時。威張令施，虎踞中原，鼎徙京師。地覆天翻，兩手獨支。（合）赤壁上綠樹參差，吹玉笛飲瓊巵。（蔣）

【前腔】念鮿生無謀少機，賴丞相咀華吐奇。俄慚稱國師，俄慚稱國師。智壓貔貅，謀克熊羆。大敵臨前，決勝偏宜。（合前）（衆）

【一撮棹】清江渚，數點白鷗飛。赤壁樹，三匝繞烏啼。雞聲裏，月淡與星稀。人生裏，大節顧無虧。能如是，百世上仰光輝。

詩曰：露帳宵歌此氣舒，清江赤壁照蟾蜍。丈夫七尺醉知己，意合情投似水魚。

# 第三十折[1]

（周）

**【菊花新】**昨觀曹操水軍雄，張蔡深知水利功。能慤智曹公，殺卻心中無恐。

百萬曹兵虎視東，軍如蟻擁與屯蜂。東風肯與周郎便，管取曹瞞一旦空。叫旗牌將官何在？（卒應）（周）請魯都督、黃先鋒來議事。（卒）得令。（外）

**【賀聖朝】**雄威獨霸江東，曹瞞兵眾難攻。（黃蓋）三朝輔助有威風，曾經百戰成功。（見介）

（周）二位將軍，觀曹操水寨進退有法，出入有門，皆得其妙。吾令人打聽，乃是蔡瑁、張允教習水軍，吾心甚是膽寒。（魯、黃[2]）都督，此二人深知水利之功，若使他訓練曹兵以成，江東何日安乎？（周）吾欲先除此二人，後破曹瞞，心願足矣。（小外上）曹公厚寵，命江東作說客，通達英雄。蔣幹奉丞相命，到江東說周瑜降，共擒劉備。俺托自幼與周郎同學，契交勝如嫡親，憑三寸不爛之舌，未知從否。迤邐行來。軍校，與我通報。（卒）好大來頭。進得去與你通報，這不是好耍的，要砍頭裏。（蔣）不妨。你說蔣幹要見。（卒稟介）（周笑介）吾為蔡張二人，無計去除。此來蔣幹，是此二人削刀手。快請。（卒）得令。請接。（周）子翼兄遠涉江湖，徒勞辛苦。辱承光顧，不勝榮幸。（蔣）賢弟威鎮江南，名揚華夏，致吾輩有光，承荷承荷。此二位何公？（外）學生魯肅。（蓋）小將黃蓋。（蔣）元來是子敬、公覆，有眼不識。（周）賢兄此來，莫非與曹氏作說客耶？（蔣）賢兄，兄弟間闊久矣，故來敘舊，以觀足下之志。何疑吾作說客也？（周）吾雖不及師曠，已聞兄之雅意。（蔣）足下視吾如此等人，吾即告退矣。（周）吾疑尊兄與曹氏作說客。既無此心，何速去也？叫旗牌整酒肴，吾與尊兄少敘故舊之情。（卒）得令。（下）（丑上）三杯和萬事，一醉解千愁。稟爺爺，酒在此。（周）二位將軍，吾與子翼兄是同窗學業朋友，別之已久矣。他從事於曹操，非作曹操之說客。二位勿疑。（眾）是。（周）黃公覆，今日之酒，敘吾故舊之情，坐席間不可以言東吳、曹操、軍旅之事[3]。可佩吾劍作個明甫，如有言之者，即斬。（蓋接劍介）（周）吾自出兵以來，點酒不聞。今遇心痛之友，無疑，痛飲一杯。將酒過來。

**【排歌】**昔日同窗，過如嫡親，於今各事明君。暮雲春樹兩難分，邂逅今

朝又講論。(合)鷗盟合,雁得群,交遊從此得歡欣。開懷飲酒數巡,大家拚醉玉山傾。(蔣)

【前腔】邂逅重逢,交情又親,須將間闊情評。知細事,更相論,罄訴相思一段情。(合前)(外)

【前腔】子翼先生,才稱世英,結交都督為親。同師學業更因循,似膝如膠道義深。(合前)(蓋)

【前腔】都督威名,才華等倫,同君學業能精。結交知己兩投情,冠世英雄天下聞。(合前)

(周)吾醉矣,吾飽矣。子翼兄,吾之小卒,頗雄壯否?吾之倉糧,頗完備否?(蔣)賢弟兵精糧足,果然名不虛傳。(周)吾想與子翼兄同窗學業,豈知有今日之榮乎?(蔣)以賢弟之高才,誠不為過也。(周執蔣手)大丈夫處世遇知己主,外托君臣之義,內結骨肉之親。言定計從,禍福共之。假使蘇秦更生,陸賈、酈生復能生於當世,口若懸河,舌如利劍,安動吾心哉?子翼兄,我兄弟之情,離多會少,每人各飲一百觥。(蔣)賢弟滄海之量,吾乃溝壑之渠,不勝酒力。(周)你既不飲,把來我喫。呀,天色晚矣,軍校張燈來。(卒)燈在此了。(周)取劍來,待我倚劍作一歌,爾眾人知之。(歌介)大丈夫處世兮立功名,功名既立兮王業成。王業成兮四海清,四海清兮天下平。天下平兮吾將醉舞於玉京。(蔣)吾神思困倦,欲睡一覺。(周)久不與子翼兄同榻,今宵抵足而眠,快活快活。(蔣)十年久別不相親,(周)今夜燈前共講論。(魯)仗劍當筵作明甫,(蓋)席中何敢再言兵。(並下)

(卒上)報報報。(周作驚介)什麼事?(卒)機密事。(周)什麼機密事?(卒)有書在此。(周看)蔡瑁、張允謹封。我知道了。(蔣上)方纔公瑾接一封書,放在桌上,待我觀一觀。(看介)蔡瑁、張允謹封。不知有甚事,待我開拆來看。書曰:我等備曹操勢逼之耳,今已賺北軍,困於寨中。但得其便,即領人到,別有回報。呀,元來此二人結連東吳造反,待我將書藏帶於丞相,間當深醉。況床上嘔吐,周喻口內胡言,常言數日之內,教我看操賊之首。我且乘他醉而未醒,不辭而去。周瑜是個精細人,覺來時必難去矣。

詩曰:漏泄兵機吾造化,這回不走待何時。

## 校記

[1] 折:底本作"齣",今據本劇前後都稱"折"改。

[2] 魯、黃:底本無,據文意補。

［3］事：底本原作"士"，據文意改。

## 第三十一折

（統上）

【懶畫眉】鬼神難度我玄機，寄客江東未遇時。江頭步月故遲遲。曹公信着連環記，百萬雄師無一歸。

自家姓龐名統，字士元，號鳳雛，本貫襄陽人也。奈時運未遂，寄客東吳。即目江東，與魏交兵。公瑾舉火欲毀曹舡，某恐散而燒不能盡，欲過江見操獻一策，成周郎大功，無人指引，又遇蔣幹，正所謂天緣也。呀，前面來的，莫非是他來也？誘他帶某見操，事必成耳。（蔣上）

【前腔】蔡張賣主使奸機，私與周郎密約期。此書上達魏公知。拆開看取其中意，先把奸雄九族夷。

迤邐行來，又到江邊。呀，明月之下，見有人影，莫非周瑜差人拿我？罷，罷，到此地位，躲閃不得，只得拼命向前去。（撞介）足下因何事獨自閒行？（統）人各有事，公豈知乎？（蔣）元來又不是。適見此人容貌不俗，不免向前動問一聲。（轉身）先生上姓？為何獨自在此嗟歎？（統）小生姓龐名統，字士元，寄客江東。周瑜自恃才高智廣，滅賢滅能。欲投明主，又無門路，因此對月嗟歎。（蔣）莫非是鳳雛先生麼？（統）足下何人？（蔣）吾乃蔣幹。（統）元來是參謀大人。又失敬了。（蔣）小生因見先生在此對月嗟歎，特請問。以公之才，何所不至？若肯降曹，吾當引進。（統）但恐曹公不用。（蔣）願以性命保之。吾有小舟在此，請足下同往。（蔣）

【皂羅袍】江水漫漫洶沸，駕扁舟順流迅速如飛。舵帆堅固逞風威，滔天巨浪何須畏。（合）今宵無寐，辛勤自知。蔡張二士，奸心忒欺。料然他性命難逃避。（統）

【前腔】洶湧江濤聒耳，似輕雷聲動，隱隱驚疑。帆風順似雲飛，霎時喜得荊州地。（合前）

（卒）到了，請老爹登岸。（蔣）此間就是丞相軍營。軍校通報。（卒報介）（外上）

【西地錦】江東惟有長江畏，周瑜智謀足備。降順咱們心遂，那時方定華夷。

（蔣）先生少待，待學生先進稟丞相，少刻來相請。（蔣見介）（外）子翼，周瑜降意如何？（蔣）周瑜心如鐵石不從，到與丞相打探一節事在此。有書一封，丞相請看。（外）這賊輒敢無禮。叫旗牌官，速將蔡瑁、張允二人首級剿來。（蔣）稟丞相，江東有一謀士，姓龐名統，字士元，周瑜恃彼才輕，他不忿，小官帶在營門外，不敢擅入來。（外）請進。（蔣）先生，丞相有請。（見介）（外）莫非是鳳雛先生麼？（卒）專心承主命，斬取佞臣頭。稟爺爺，首級在此了。（外）挂在營門外，號令示眾。（統）方纔是何人首級？（外）乃是水軍都督蔡瑁、張允首級。（統）丞相何故斬之？（外）怠慢軍心，故毒殺之。（統）賞罰要明，正宜如此。（外）請問先生，周瑜平昔爲人如何？（統）

【皂羅袍】堪笑周郎無義，恃才高智廣，妄自胡爲。有賢昧德把權恃，忠良安得稍如意。（合）江東傑士，盡皆歎悲。要投明主，無人引之，猶如月被濃雲蔽。（外）

【前腔】吾喜先生遠至，使行雲停靄，盡得光輝。高才絶學世間稀，助曹輔漢功全美。（合）那時榮貴，位高爵危。封妻蔭子，世人仰之。男兒志氣宜如此。

（外）憑先生憑高處望一望，看吾寨有滲漏處？望賜見教。（統）如此就去，待小生看一看，丞相之才能何如。（看介）（統）真將才也。（外）望先生勿隱，破綻處乞賜見教。（統）進退有門，出入有曲。雖子房復出，孫武重生，不過如此。（外）先生曲爲褒貶，非操師也。願先生到水寨見教。（看介）（統）好，好，好，某聞丞相用兵如神，今觀之，名不虛傳也。（指南）周郎周郎，刻期不活矣。（外）望賜見教，勿吝指迷。（統）豈敢妄言。（外）望先生仔細再觀一觀。（看介）（統）丞相，某有一言敢告。（外）望先生見教，區區洗耳拱聽。（統）丞相，軍中有良醫麼？（外）何用良醫？（外）水軍疾多，須用良醫治之。（外）軍士多生嘔吐之疾，死者無數，望賜教之活命。（統）兵法、陣法，件件皆全了。蓋因大江之中，潮浪生落，中原之士，不慣乘舟，致生嘔吐之疾而死。（外）望先生提挈，陰功莫大。（統）以某觀之，或三十，或五十，作一排，首尾俱用鐵繩連鎖，下載糧食，上鋪閑板，休言渡人，馬亦可渡矣。任他風波潮水洶湧，軍士有何疾哉！（外）謝先生。若非良謀，安得開吾迷也。（統）遇之淺望，丞相裁之。（外）

【好姐姐】先生謀略果奇，傳此計，多承雅意。吾軍活命，謝公恩澤，垂齊沾惠。連環鐵鎖吾須備，佩德何時報答伊。（統）

【前腔】蒙公厚愛末卑，敢直言，傾心盡意。連環釘鎖，君家及早爲，休相棄。雄兵百萬毋遭累，疾病全除大展威。

丞相,某是江左英傑,怨周瑜者,多憑三寸不爛之舌,與丞相説之,先破周瑜,則劉備豈能存之者焉?(外)先生果大功得成,奏請三公之職。(統)小生非圖富貴而來,但欲救民於水火之中耳。丞相渡江,愼不可殺害人民。(外)吾體天行道,安肯殺戮人民。但願速報佳音,慰曹望耳。叫小校,你二人就伏侍龐先生在此。(統)丞相不消。(外)歇宿一宵,明日再與先生細講軍務。

詩曰:水軍寨連三百里,雄兵百萬何能比。鳳雛若不獻連環,區生運船俱是死。

(小生吊場)小校,你去打點書房,待我在此略坐片時。(徐庶上)隔墻須有耳,窗外豈無人。呀,龐統,你好大膽。只恐燒不絕種,來獻此計,只好瞞曹操,如何瞞我?(統)呀,元來是徐元直。元直,果是如此,可惜江南一十八州,皆被公斷送了。(末)此間八十三萬性命,如何該被火燒?(統)大丈夫事幹不成,乃不忠也。快拿了去見丞相。(庶)吾感劉皇叔之恩,未嘗忘報。況曹操送了吾老母性命,已言吾平生不設一謀。公之計,安敢破。只是吾隨軍在此,南兵一到,玉石不分,豈能免吾難乎?當教我脱身之計,即掩口避之。(統)元直,原來如此。眼前之計,有何難哉?(庶)煩先生見教。(統)

【好姐姐】徐公不必致疑,曹丞相心中多慮。(庶)慮那一事?慮馬超韓遂,英名世所稀,常疑慮。你謡言廣布軍中起,乞□提兵莫待遲。(末)

【前腔】鳳雛胸藴妙機,果然是才高出類。□韓馬曹公,心尚疑,吾心喜。乞共逃難全生矣,深謝先生教誨知。

(庶)重教活命之恩,容當厚報。(統)元直,此計速爲,不可延緩遲滯也。

詩曰:赤壁鏖兵用火攻,滿江波浪起煙中。鳳雛不獻連環策,公瑾焉能立大功。

# 第三十二折

(周上)

【生查子】略施小智謀,曹操安知誘。張蔡命休休,水寨應難守。吾知蔣幹之計,遍觀諸將無知,惟有孔明之才,比吾尤大。適使子敬問他,知與不知,待他回來便知端的。(魯上)孔明謀略何人授,真個世間稀有。(見介)子敬,孔明此事知不知?(魯)小生一到那裏,孔明迎頭便問吾,要到都督帳下賀喜。我言"何喜可賀",他就言"公瑾使足下來探我知不知",這椿事可賀。

道這椿事只瞞得蔣幹,曹操必然省口,只是不肯認錯。聽得于禁、毛玠掌管水軍,此二人斷送八十三萬性命必矣。東吳無患,此乃是非常之喜,如何不可賀?(周怒介)若留此人在,那裏顯我之能,吾必殺也。(魯)都督若殺孔明,被曹取笑了。(周)吾有公道,教他死而無悔。(魯)以何公道?(周)□□□□言,即刻便見□□。請孔明過此來。(請介)(小生上)周郎致請吾心究,子□□情來陛。

公瑾使人相請,料是子敬將情剖露,必要尋計害我。我有全身遠害之術,周瑜你怎麼設計害得我?(見介)(小生)亮聞都督招呼,特趨麾下聽令。(周)先生即目要與曹操交兵大江之上。請先生出來,有何計可破,望賜見教。(小生)水面交兵,無非弓弩爲先。(周)先生之言,正合吾意。昔日子牙破紂,自製許多兵器。先生飽學,必能力事。吾軍缺箭,乞煩先生監造十萬箭,以應用之。全兩家之好,勿以推阻。(小生)謹宜領命。何時用之?(周)預先十日爲限措置。(小生)曹軍早晚必到,如過十日,必誤了大事。(周)憑先生限幾日?(小生)只消三日交納。(周)先生莫非是戲言耳?(小生)怎敢悔弄都督? 如不足,定按軍法。(周)如此多謝先生。(周、魯)

【風入松】東吳曹操共交兵,水戰在江心。無非弓弩爲先逞,俺軍缺箭實難征。公飽學必能措置,誅曹操不日功成。(小生)

【前腔】蒙君錯愛不相輕,承委托不可□□。軍中豈敢相違令,若失限、重按軍刑。料此事管教置贏,三朝後擬定完成。

先生事成之日,必有酬勞。(小生)與國除害,何必酬乎。(蔡中、蔡和上)

【疏影】曹公智謀心中鯁[1],命往江東探聽。

自家蔡中、蔡和是也。棄荆州投魏,蒙丞相官拜偏將軍。此間是周瑜行營。軍校通報,華州兩員大將要見。(卒)稟爺爺,投降軍士,未敢擅入。(周)着他進來。(中和哭介)我二人乃蔡瑁之弟,蔡中、蔡和。吾兄無罪被曹賊殺之,今欲報仇,特來麾下投降,望賜收錄,乞前部。(魯)都督,此二人不帶家小,必是詐降,不可信他。(周)子敬如此多疑,安能容天下之士乎? 曹操殺他兄,正欲與兄報仇,何詐之有? 封蔡中爲前部左先鋒,以助甘寧,蔡和隨軍,不可違誤。

詩曰:奸雄曹操守中原,多少忠良枉受冤。一戰成功誅此賊,管教四海絕狼烟。

(周吊場,背笑介)吾料孔明三日内造十萬箭,如何造得? 違了斬之,除了心腹大患，豈非吾心之樂也哉。（蓋上）歷戰疆場甚有名，江東何敢共交兵。立功三世皆稱勇，一點丹心貫日明。某黃蓋是也。都督升帳，向前獻策，以破曹操。（見坐介）（蓋）他衆我寡，難以久持何，必用火攻之。（周）向與將軍獻此計耳。（蓋）某行此計。（周）不受苦楚，難瞞曹操。（蓋）蓋自跟破虜將軍已來，歷功三世，則身受萬劍，而心亦無所悔。（周）君肯如此，非周瑜之幸，乃東吳之大幸也。（蓋）不敢。（周）將軍明日遲來，就行此計。（蓋）領命。

詩曰：不施萬丈深潭計，怎得驪龍項下珠。

## 校記

[１]智謀：底本作"智某"，今據文意改。

# 第三十三折

（小生上）

【秋香引】周郎見識我先知，錯使機關枉自癡。任使潑天威，俺自全身之志。

周郎枉使妬賢心，不識吾儕智量深。造箭不須膠漆料，東吳豪傑敢欺凌。周瑜使計害我，我亦就計伏他，待子敬來探聽時，先智他各伸所用。（外）

【前腔】孔明總有智謀奇，難脱周郎絶妙機。有翅也難飛，性命何能逃避。

自家奉公瑾將令，孔明造箭如何，此間已是他行營，不免逕入內。（見介）（魯）先生，夜來蔡中、蔡和必是詐降，則公瑾信之，爲何如也？（小生）子敬不識公瑾計耳。大江之隔，細作急難往。操使此二人詐降，使不疑也。公瑾計上用計，又要他通信，此是兵不厭詐了。（魯）非先生啓豁，安知是計也。（外）動問先生，造箭如了？（小生）尚未。再三說休對公瑾說，知必害吾也。三日內要造十萬，可能勾？必須執事救我。（魯）先生自取其禍，如何救之？（小生）望子敬借舡三十號，用草一千束，皆用青布爲幔。要三千人鳴鑼打鼓，我和你一同去取。（魯）箭造在何處？（小生）吾箭江北人以完造，在彼等。（魯）軍校那裏？（卒應介）（外）速撥大舡三十號，每舡要草一千束、三十人，鳴鑼擂鼓，皆用青布爲幔，到此聽令。（卒）得令。（卒上）領命到江邊，中流駕快舡。不知何處用,聽令伏堦前。爺爺,船在此。(外)請先生看船。(小生)子敬,同去走一遭。(上船介)叫水手開舡。(小生)

【憶鶯兒】潮正平,風正輕,月色將闌日未升,天地迷茫兩不分。棹輕舉頻,船如箭行,霎時將至江北境。(合)到曹營西頭東尾,一字把船橫。(魯)

【前腔】天未明,月已沈,漏盡銅壺值五更。重霧垂江似靄耕。不分水岑,惟聞雁聲,不知何處難分境。(合前)

(小生)軍校,把舡一字擺開來,逼近水寨受箭。(外)先生,這是何處了?(小生)這是曹操水寨邊。(外)倘曹兵一出,如之奈何?(小生)有我在此不妨。我和你酌酒取樂,軍校擂鼓吶喊。(曹操)軍校,此必是周瑜軍馬,重霧迷江,必有埋伏,不可輕動。徐晃、張遼,各帶弓弩手一萬,取箭射之。(軍得令射介)(小生)衆軍校,掉過舡頭來,左右邊取受箭着。(搖船介)(內軍)水寨沒有箭了。(曹內)速去旱寨,取箭來射。(卒)得令。(又射)(小生)子敬,日色將午,每舡上可有四千否?不費半分江東之力,箭已得矣。(外)先生神機妙算,小人安知,勿罪幸幸也。(小生)曹賊箭已乏矣,叫艄子放舡回。(卒)得令。(小生)衆軍校齊叫一聲"謝箭",氣死曹操。(卒叫介)(曹內)叫軍校駕快舡追趕。(卒)遠了,追不及了。(曹)吾恨此重霧。(衆行介)(魯)先生,又是江東了。(小生)子敬,請周公瑾至此交箭。(外)都督有請。(周上)

【七娘子】孔明妙算吾何暨,取箭歸吾心喜。(見介)(周拜)先生神機妙算,小輩安知。冒瀆雄威,幸勿見責。(小生)聊施小術,何足為奇?今不費半分之財,已得十萬之箭。(周)古之孫吳,莫能及也。(小生)山人鄙野村夫,安受都督重禮?(周)軍士取酒過來。(卒)禀爺爺,酒在此。(周)

【憶多嬌】道甚明,計甚深,不亞吾師誨小生。我周瑜呵,似遇陽春物登榮。(合)跪敬一樽,跪敬一樽,表我誠心奉承。(外)

【前腔】壯志英,銳器精,賺箭曹瞞敢舉兵。妙算神機孰不賓。(合前)(小生)

【前腔】小術呈,何足欽,全仗明公德量深。可笑曹瞞勢欲傾。(合)回奉一樽,回奉一樽,早晚交兵用心。(蓋上)

【稱人心引】蓋世威名,輔江東三代崢嶸。(見介)(周)黃先鋒因何來遲?(蓋怒)因何來遲,因何來遲?日逐飲宴,不理軍務。若此月破曹便破,如破不得,只依張子布等,束手倒戈,到省得出醜。(周)吾奉主命破曹,妙計已定,若言降者必斬。汝為先鋒,兩軍相敵之際,安敢慢吾軍心?軍校,將黃蓋綁出轅門,斬訖報來。(眾)得令。(蓋)誰敢動手?(咄)周瑜,吾自幼隨破虜將軍,士橫東南,三世立功,何曾有你?(周怒介)刀斧手,擒下黃蓋,梟首示眾。(外、眾跪)蓋罪合誅,但斬於軍不利。望都督寬宥,權寄下罪,破曹之後問罪,亦未爲遲。看眾面。(周)既是眾將苦勸,犯吾者難以全免。軍校,與我剝去黃蓋袍鎧,杖一百。(眾跪)望都督寬恕。若後怠慢,二罪俱罰。(周)汝眾人敢小覷吾來?軍校,著實拿下去打。(卒)得令。(拖蓋打介)(周)打五十下。(外)望都督垂佑。寄下五十下,向前連後共俱罰。(周)子敬既是苦勸,軍校且把這廝放了。若仍前有怠慢之處,二罪俱罰。(卒放介)黃蓋軍前辱大臣,嚴刑痛責敢生嗔。帳前何敢來相見,賞罰分明仗眾人。(眾下)

（外小生吊場）(外)先生,方纔公瑾痛責公覆,我等皆係是他部下,不敢犯言苦勸。先生是客,一言不發,何也?(小生)子敬何欺我也?(外)肅與先生渡江有事,未嘗相瞞,何出此言?(小生)兵書云:"鬼神不測,機也。"方纔公瑾欲殺黃蓋,故毒打之,此乃苦肉計耳。不用苦楚,難瞞曹操。今必詐降,卻令蔡中、蔡和密報事矣。子敬,你今言公瑾之事,切勿以言我知。(外)先生高才絕學,肅豈知之?

詩曰:可羨先生是大才,望公切勿把言開。神機苦肉應難測,孟德焉逃出火災。

## 第三十四折

(末扮闞澤上)小將平生志氣高,黃公將令敢辭勞。詐降苦肉機玄妙,管取奸雄勢盡凋。自家闞澤是也。奉黃公覆之命,著俺賫此封降書,投於曹寨。我想大丈夫處世,從事於人,不能建立功勳,真可恥也。既拚一命,以振東吳,何惜螻蟻哉!行到此間,已是曹營。我且坐在一邊,待他升帳,方可進見。正是:要尋虎子,先探虎穴。欲報東吳,拚身赴鈇。(虛下)(外上)

【西地錦】吾腹從來空洞,個中百物能容。人生還怯還能勇,纔稱蓋世英雄。

文章出口人傳誦,武略羅胸待時用。文武全才世所稀,四方豪傑多皈依。終朝碌碌因何事,暗裏謀將漢鼎移。呀,這兩句乃吾平生之心事,無意隨口道出,幸是無人在此。正是:偶成心腹事,吐出口頭言。若便人知見,吾寧不汗顏。(卒)有事不敢不報,無事不敢亂傳。稟爺爺。(外)稟甚事?

（卒）吳將闞澤，齎奉降書一紙，特來相見。（外）與我搜檢明白，放進參見。（卒）得令。（澤上）

【玩仙燈】瑣瑣降戎，瞻拜轅門惕悚。（搜介）

（見介）告丞相，小將是闞澤。齎奉大先鋒黃蓋，手札一紙獻上。（外）取上來看。（外看）吳將大先鋒兼糧科使黃蓋頓首百拜大丞相麾下。（曹）

【一封書】書達上魏公。念江東一小戎，憑片楮訴衷。被周瑜常昧功，欲盜糧儲麾下獻，望乞仁慈賜納容。願相從，謹緘封，草草伏惟恕不恭。

臣黃蓋沐浴再拜。（看，又看）（外）好好好，黃蓋用苦肉計，你來獻詐降書，就中取事，戲侮吾也。軍校，將這廝推出轅門，斬訖來報。（卒）得令。（澤笑介）（曹）推轉來。吾識破你奸計，何故哂之？（澤）吾笑黃公覆不識好人。要殺就殺，何故問乎？（外）吾自幼習熟兵書，足知奸細如何賺我。（澤）你且說，書中那一件是奸處？（外）你說你脫空處，教你無面瞑目。既是真降，如何不明寫幾時、多少糧草？豈不是詐也。（澤）尚敢誇口幼讀兵書？無學之輩，必被周瑜活擒。可惜吾屈死於汝手。（外）何謂無學？（澤）不知機密，不明道理，豈是知學？（外）願聞高論。（澤）豈不聞背主作盜，安能期乎？（外謝）適間吾見一時不明，冒犯尊顏，幸勿介意。（澤）我等傾心投降，豈有詐偽之耳？（外）軍校，取酒過來壓驚。（卒）暗將機密事，報與主人知。稟爺，密書呈上。（外）我自曉得了。你自迴避。（澤背）此必是公覆受責消息，蔡中蔡和使人密報。（卒）酒在此了。（外）

【玉胞肚】多多勞重，獻降書誠心果恭。適間來冒瀆英雄，望包涵且請寬容。（合）先生飽學足三冬，愧我無能拙見容。（澤）

【前腔】蒙君厚重，敢傾心剖肝吐忠。黃覆歷戰江東，輔三世果能精忠。（合）周郎恃勢昧其功，麾下相投望納容。

（外）望先生再往江東，與公覆定期，先通消息，吾便起兵接應。（澤）別差人去，我去時不可還矣。（外）若差別人，其機泄矣。（澤）正是。

詩曰：公覆來降我運通，糧儲萬石獻明公。周郎不日應難活，事業須都一旦空。

# 第三十五折

（周瑜上）

【臘梅花】曾言昔日起刀兵，意想東風濟我每。天天若得從人願，曹軍當敗我朝興。

　　戰船齊備在江中，賴借東風助我功。若然不遂吾心志，數載謀爲一旦空。自家周瑜，表字公瑾。前者劉關張自當陽一敗，曹賊勢重，劉備敗走夏口。想曹操有欺寡之心，孔明來見我，欲共拒曹操。前者曾約水戰，已將軍兵、大小船隻，分撥已定。我想要勝，必要火攻，心中思想，只少東風。一二日煩惱甚矣。若得我主洪福齊天，若得一風相助，我計必成。軍校，大小三軍事情，不許進報，説元帥有病不出。（卒）得令。（虛下）（亮上）

　　【前腔】設計已攻曹，定策人難料。

　　帷幄能收一掌中，區區四海結英雄。必須定策攻曹操，只少天公一順風。小生諸葛是也。我想周元帥，欲得東風一二日。看此天道，怎得此東南之風？他心思慮，假裝有疾，不免去探望一遭，已度其疾。此是衙門首。軍校，你去通報一聲，説南陽諸葛相訪。（卒）我元帥有疾不出。（亮）聞知元帥有疾，我送藥方在此。（內叫）拿進來。（卒叫）拿進去。（亮）再稟元帥，少一味藥。（卒）稟元帥，少一味藥，要與商議。（內）少甚麼藥？拿進來，差人去取。（卒稟介）（亮）妙藥可取，少東風何人可取？（卒）稟元帥，少東風何人可取？（周）他怎麼參透吾意？真神人也。快請進來。（亮）周都督遙觀曹寨，何如陡然抱恙？事有可疑。（周）人有旦夕禍福，豈能保乎？（亮）天有不測風雲，人能料乎？都督，你看曹營如何？（周）

　　【剪銀花】他水陸寨連三百里。（亮）調兵何如？（周）調兵有錯綜條理，看他怎出吾奇計？（亮）如此足以快心，如何到有疾病起來？（周）疾病俄遭豈可期，軍師不須致疑。

　　（亮）都督之疾，小生頗知一二。（周）我心病，伊家怎知？（亮）

　　【前腔】那曹寨何得風水深知地理。醫書云：風癆蠱膈四難，治癆風病居先。今尊恙爲風而起，詳君此癆人難治。（周）這等説，我學生料不起了？（亮）怎麼不起？自有天醫來醫你。心病還將心藥醫，區區一方頗知。君若服，其疾便起。（周瑜氣介）（亮）

　　【前腔】要疾瘥先須養氣。按呼吸推之可喜，我這藥呵，要東南方取土來精製。極大賊風，皆可怯天機。子知我知，不可與他人亂推。

　　【前腔】（周）吾疾病神仙莫知，今被他察知詳細。適間妙方，拜求一劑。（亮）看取紙筆過來。（寫介）欲破曹公，宜用火攻。萬事俱備，只欠東風。都督，看此方何如？（周看介）秘方寫出真奇異，佐使君誠奪化機。今日甘心敬伊，拜下風願來賜醫。

（亮）都督請起。亮雖不才，曾遇異人，傳授八門遁甲天書，上可以呼風喚雨，役鬼驅神；中可以佈陣排兵，安民定國；下可以趨吉避凶，全身遠害。都督若要東南風時，可於南屏山築七星臺一所，高九尺，作三層，各要潔淨人守壇，共一百三十人。若培土時，要都督一根令箭鎮壇，則易成也。（周）承教，承教。（亮）十一月甲子日可登壇，二十日起，至二十二日，東南風起，以助都督滅曹。何如？（周）小校，取我一枝箭來，用的人隨即□齊送上。分付甘寧，連夜選三百名勇士之人，送來軍師調用。不得違令，有誤者斬！（卒應介）

詩曰：奸雄曹操起戈矛，志欲平將天下收。若得東風應時到，精兵百萬等閒休。

## 第三十六折

（亮上）

【霜天曉角】勤王敵愾，甲冑戈矛賴。自有神韜隨在，管教玉帛齊來。

劍閣十層遠，星臺百尺高。心驅兵百萬，對客自揮刀。（亮）向日賺得周瑜令箭一根，當時傳之，往後連造得如其式者數枝，以備後日之用。今日彼來，我取其箭鎮壇，因而易之，彼必無疑也。趙雲那裏？（雲上）不聞天子宣，專聽將軍令。喚小將有何鈞旨？（亮）子龍將軍，你棹一舟，隱於蘆花岸邊。你可待我祭得東南風起時，旗腳展，便可棹舟直抵南屏山北岸，待我登舟。不可有誤，即可速去。（雲得令下）（亮）怎麼不見管築臺官？築臺官那有？（丑上）令嚴山兵動，言出鬼神驚。告將軍，有何分付？（亮）即刻培土，更要成心。待都督行香喚你，你就取此箭上來交納。若都督問你，你便說小的領下三日了，一則見你用心，二則可免都督罰。（丑）謝軍師大德。（亮）都督來矣，你且出去。（周上）

【前腔】提兵爲師，臨事期無忒。欲把方輿擴大，須將宇宙安排。

（亮）都督請。（周）軍師辛苦。（亮）當得。使令以將士伺候，只待都督行香，便可培土。但未知祭物完備否？（周）俱已完矣，叫禮生過來作揖。（扮上）不敢。（排班，班齊，鞠躬，拜，興，拜興平身）（亮）討都督箭來鎮壇。（丑）有。（周）你是什麼官？（丑）小的是東吳一個辦事官。（周）我的箭，怎麼到是你收在那裏？（丑）三日前都督付與軍師，軍師隨時付與小的收下。（周）這官兒到用心，我擡舉你。（丑）不敢。（亮）拿箭來，我祝頌，插在土中，

築起臺來。（亮）

【小桃紅】南屏山上，聚土爲臺。予以邀三界，先儲戒齊。藉此祭東華，禱南極，更把馮姨拜也，好向東南運氣回。草木從西擺，秋雲掃開，怒激江濤。（周）

【前腔】龍掀萬甲，鯨鼓雙腮。江水聲泙沂，浪如劍排。好去逆曹帆，焚曹艦，更把曹師敗也，要顯南人利涉水。曹滅孫劉在，兩邦克諧，漢祚綿長氣不衰。

頃刻就有二三尺起，真可謂神速矣。（亮）正所謂"庶民攻之，不日成之"。不日靈臺就，須知助有神。東南來氣運，兩國立殊勳。（亮先下）（周吊場）叫小校。（應介）你如今直至臺下守等，待東南風起，即將諸葛首級斬來，不可有違吾令。（丳）得令。（卜）

詩曰：饒他天妙訣，此處怎能逃。

# 第三十七折

（扮徐盛、丁奉上）

【轉仙子】汗馬雖勞途路遠，惟看秋色連天。（丁）休太息，忠義須加勉，極日風濤迷眼。（徐）江上濤聲日夜沖，兩營宵警看堠烽。（丁）何時策馬青山下，兵器潛消已作農。（徐）丁將軍，今周都督可謂立□不藏。你不見孔明先生冒險而來，自築壇祭風，此實爲我東吳贊助。周公今欲殺之，其迹實似先漢韓信有功受誅的故事乎？（丁）徐將軍，恐他日後輔佐玄德成功，今殺之，以絕後日之患乎？（徐）雖然如此，公瑾獨不畏之公議乎？我有一首詩，不免誦與將軍較之。（丁）願聞願聞。（徐）綠波白浪過烏江，流盡英雄淚幾行。若算諸侯扶漢主，功勞無意報齊王。（丁）

【懶畫眉】韓侯堪歎亦堪憐，漢業方成命已捐。就如今日諸葛先生，待東風起時，即欲殺之。誰知功業變深冤。莫嫌氣數欲如此，信是周郎忌使然。（徐）

【前腔】我將官時與死相連，一將功成數命捐。幾人功業勒燕然。微名博與兒孫顯，那想汗馬功勞百戰艱。

雖然如此，若不盡心，猶恐手下誹議。我和你須到臺下，且看孔明如何理會。（丁）言之有理。

詩曰：急向臺前候孔明，看他何術可求生。若還要見今朝難，除是東風不作聲。

# 第三十八折

（亮上）

【玩仙燈】任術喚東風，築壇臺憑高作用。吳將周瑜練習水軍，以拒曹兵，可奈西風大作，憂成疾病。我許他築建七星臺來，借東風三日。如今臺已成矣，喚將士前來排設壇場。叫軍士出來。軍士何有？（衆卒上）（衆）喚雨呼風，轟雷掣電。如此神術，世間罕有。以到，軍師有何分付？（亮）這東西南北中央，各以旗號，按五方之色，排列齊整。不得擅離職役，不許大驚小怪，不許交頭接耳，不可失口亂言，違令者斬！待我拈香禱告各神。（亮）

【金錢花】臺東神號青龍，青龍。飛揚騰踏青宮，青宮。東方之神聽吾分付，須臾料峭起東風。（合）來無影，去無蹤，使俺成□用，顯神通。

【前腔】臺西白虎英雄，英雄。咆哮一笑生風，生風。白虎之神聽吾分付，把伊巨口謹緘封。喉如啞，耳如聾。（合前）

【前腔】臺南朱雀飛衝，飛衝。不必擅動離宮，離宮[1]。南方朱雀之神聽吾分付，疾忙猛烈發薰風。（合前）

【前腔】臺北玄武司冬，司冬。肅殺之氣來攻，來攻。北方玄武之神聽吾分付，把伊牙爪去威風。（合前）

待我取令牌一面，一激天清，二激地靈，三激五雷，速變真形。天圓地方，律令昭彰，神筆在手，五鬼潛藏。老君賜我驅邪劍[2]，烈火鍛成金白煉。出匣紛紛霜雪寒，入手揮揮星斗現。一噀如霜，二噀如雪，三噀之後，百妖絕滅。吾今召取直年直月直日直時當日神，直日功曹，吾今召汝東風三日，休差我一時半刻，速至速至。你看東南風洋洋而起，信風一過，必有人暗害我。衆軍俱退，着那軍士過來，你替我在此執劍行事。待我巡臺祛使，且走出北門去。（雲上，搖船接介）登臺作法事，咒水通情旨。東風隨我來，且待避其死。（亮下）

（丑吊白）照前拿令牌。（念咒運介）（將暗上）受人之托，必宜終人之事。奉元帥軍令，着我去取諸葛首級。東風起多時，他還在上面執令牌。諸葛先生，不要怨□，此則該你命盡，舉手不容情。（殺介）孔明被我殺了，不免拿到元帥那裏去獻功來。

詩曰：正是一心忙似箭，果然兩脚走如飛。

## 校記

[1] 離宮：底本無，今據文意補。
[2] 老君：底本作"老軍"，今據文意改。

## 第三十九折

（周上）

【花心動】叵耐曹瞞心罔上，欺君恣惡猖狂。（魯上）從茲一戰除奸黨，名傳百世流芳。

（周）運籌帷幄定輸贏，赤壁攻曹神見驚。（魯）今夜束風壇上起，管取一火喪精兵。（周）吾思孔明奪天地造化之功，真乃是神人也。剛到午時，東風果起。吾恐他日助劉備，乃東吳之大害，俺每之大患。（魯）果然好東南風。請都督行事。（周）[1]已曾差一將取諸葛首級，未有回報。待他回報，即便行事。（卒持首級上）孔明枉有玄機妙，□□歸陰一旦空。（獻首級□）（周）這是何人首級？（周看介）那裏是他的？這個是假的，與我拿去砍了。（卒斬介）（丁、徐二將同上）

【前腔】孔明事業何能識，炎劉佇看重興。

禀都督知道，孔明預期趙雲接去。小將追去將近，被他一箭射斷了小將舡上篷索，他那裏扯起滿帆風而去，急切難趕，特來報與都督知道。（周）又走了，真乃是神人也。子敬，不如我就與曹操連和，共擒劉備。（魯）都督，曹操之事，拿在手中不可棄之。況劉備乃疥癩爾，何足畏哉？（周）軍校，帳下起鼓，集將用事。（卒）不聽天子宣，只聽將軍令。禀元帥，不知有何指揮？（周）起在一邊聽令。黃先鋒，今夜汝舡盡插青龍牙旗，裝載預備蘆油，使人持書報操詐降。若近寨，舉火為號，差韓當、周泰、蔣欽、陳武乘勢殺來，則操必擒矣。（蓋）得令。（周）

【駐雲飛】志定封疆，曾壓江東百戰場。虎體雄威壯，自幼多名望。嗏，三世佐吳邦，鏖兵舉槳。殺盡曹兵，操命應須喪。萬古流傳姓字香，流傳姓字香。

（蓋）黃蓋英雄勢莫當，鏖兵大展虎威名。若然曹賊遭吾計，頃刻須教劍下亡。（周）甘寧，汝可就帶蔡中降卒，打着北軍旗號，沿江殺取烏林地面，正當曹操屯糧之所。到彼先斬蔡中，乘勢斬來，接應韓周等。（將應）得令。

（周）

【前腔】威勢昂昂，舉火焚燒曹賊糧。接應吾兵將，及殺曹丞相。嗏，協力助吾王，奸雄當喪。平定江山，壯士心舒暢。從此江東霸業昌，江東霸業昌。

（甘）甘寧今夜定封疆，舉火焚糧逞勢強。殺盡曹瞞諸惡黨，忠心耿耿獻吾王。（周）太史慈，你可領三千軍馬，直至黃河界口，截斷曹操合肥接應之兵。就逼曹兵放火為號，但見紅旗便是呂蒙之兵。但若收□，□量殺□曹兵，燒毀寨柵，此為上策。（周）

【前腔】武藝高強，虎將威風孰敢當。須把雄威壯，暗襲曹兵將。嗏，孟賊勢應亡，管教命喪。俱付洪波，無地將屍葬。萬古令人笑不良，令人笑不良。

（慈）虎將驅兵□世強，黃河界口□埋藏。截斷合肥供應將，管教奸黨一齊亡。（下）（子敬）

【前腔】曹賊雖強，難躲周郎一火殃。他奸計成虛詐，百萬兵應喪。嗏，他勢敗命該亡，吾邦當王。鬼使神差，平地遭風浪。四海黎民賀國昌，黎民賀國昌。

（魯）都督如此用兵，何愁曹操不破。（瑜）凌統，汝引一枝人馬，直抵夷陵。看烏林火起，以兵應之。徐盛、丁奉守營，我你同登望江樓，看今夜曹操失利。（魯）是。

詩曰：烈火西焚魏帝旗，周郎開國虎爭時。交兵不用揮長劍，已挫英雄百萬師。

## 校記

[1] 周：底本無，據文意補。

# 第四十折

（劉上）

【菊花新】憂心悄悄悶沈吟，懸想吾師未轉程。（關、張）不必苦勞神，管取卒定乾坤。（劉）一自軍師離此城，朝思暮想意沈吟。（關、張）軍師必有牢籠計，且勸吾兄免挂心。（劉）二弟，軍師去到東吳，又差趙雲去接，幾日不見回來，不知吉凶何如？（關、張）大哥，你看江中小舟，一帆將及抵岸，莫敢是軍師與趙雲到了？(亮上)小舟送回程，(趙)未卜吳兵輸與贏，赤壁戰雄兵。(亮)周瑜計要害吾身。

(趙報見介)(衆)軍師一向勞神，周瑜用兵何如？(亮)那周瑜因思東風詐病，被我借東風三日，以助滅曹。東風果至，即差人暗害。我把一軍相□而回。(衆)軍師乃天算之，人何敢料矣。(亮)前者分付主公預備器械，完備否？(劉)俱已完備伺候。(亮)我差衆將殺曹操，以報當陽之仇。趙雲近前來，受吾一計。你領三千人馬，在烏林小路蘆葦中埋伏，用火攻之。(趙)稟軍師[1]，烏林有兩條路，一條通南郡，一條通荆州，不知通那一條路去？(亮)南有呂蒙、凌統捷戰，不必投許昌而歸，還在荆州路上等。(趙)得令。(亮)張飛近前，受我一計。你領三千人馬，去守夷陵葫蘆口，埋伏大路，不投必走夷陵。可等來日雨過之時，他必然埋鍋造飯，你望烟而來，以兵攻之。雖□□不住也，折他大半人馬。小心在意。(張)得令。(亮)分付糜竺、糜芳，沿江剿捕殘兵敗卒，收取他軍器來用。(糜)得令。(亮)玄德公，你領一千軍，屯於界口，看周瑜破曹。(關)軍師，我關羽自從兄出戰，未嘗有離。今日大戰曹兵，到不用我。(劉)軍師爲何不用關弟？(亮)用他不得成功。(劉)爲何不得成功？(亮)他被曹操哄誘放之。(關)我關羽雖受曹恩，斬顏良、文丑以報之。今軍師用我，決擒曹操。(亮)也罷，照張飛與你三千人馬，去守華容小道。等他止仔一十八騎人馬，管取你一個拿不住。(關)拿不來以軍法治之。(亮)玄德公，曹操善用兵之人，將虛作實，見火起他只道是虛，彼用言哀告，必然放之。(關)一定拿曹操，來見軍師。(亮)只要如此。(關)軍師料我放他人，若遇曹兵豈順情。小心去守華容道，方順陰陽是孔明。(下)(亮)玄德公，小生昨觀乾象，曹操未該命盡。差別的去必殺曹操，恐後有患。雲長去必放此人，一來顯我甲兵，二者顯雲長之義氣矣。(劉)是。

詩：要顯雲長義氣深，教他小道要安營。若還去了曹丞相，衆將聞知心膽驚。

## 校記

[1] 軍師：底本作"將軍"，據文意改。

## 第四十一折

(曹帶卒上)

【西地錦】可惡周瑜使勢，鎮日間費我心機。（文聘、張遼上）今夜東風驟然起，疑是不祥之事。

（見介）文、遼稟丞相，今東南風甚緊，乃是不祥之兆。請卜之。（曹）汝不識天時。一陽來復之際，安得無東南風耳？（卒上報）有事不敢不報，無事不敢亂報。稟爺爺，江東黃蓋帳下，差人通報消息的。（曹）既是黃公覆差來的，必有佳諭。（卒）俺將軍與周都督關防得緊，無計脫身。今撥得鄱陽新運到糧米，盡已裝載，今夜一更時分准到也。（曹）既來船上，有何號色？（卒）插青龍牙旗爲號。（曹）既如此，你回□拜復將軍，我這裏親自接應去。（卒）得令。一心忙似箭，兩脚走如飛。（下）（曹）文聘、張遼，但見青龍牙旗，即蓋舡也。汝等都要接應。（文、遼）得令[1]。呀，遠遠望見大江之上，一隊戰舡順風而來，皆插青龍一旗，莫非是公覆之舡？請丞相觀之。（曹看介）公覆來降，天助我也，就此接應。（虛下）（蓋上）

【出隊子】奸雄威勇，奸雄威勇，敢與交鋒戰敵功。今宵一火已成空，赤壁相持顯我雄。水火無情，建立大功。

軍士每，將近曹寨，稱此風勢，舉棹而上，一齊舉火。（曹、文、遼帶卒又同上）

【前腔】吾兵凶勇，吾兵凶勇，水戰中原要建功。千軍萬馬顯英雄，何想天公起順風。若是交鋒，必是掃空。

（遼）丞相，來舡必是詐降，休教近寨。（曹）何以知之？（遼）若是糧船，重而且穩。你看來船，輕而且浮，更兼東南風甚緊，倘若有詐，何以當之？（曹）有理有理。汝可速去止住。（遼）丞相有令，南船休得進寨，就此大江心拋錨止住。（蓋）反賊助桀，無道太甚[2]，吾今夜來誅滅汝等。（射文聘下水）叫軍士每催舡近上，齊舉火。（卒放火介）（遼）不好了，不好了。你看三江水溢，火稱風威，風稱火勢，烟焰張天，逐風而起，一派通紅了。（曹）呀，早寨亦被火燒了。遭此禍，天亡我也。（遼）快下小舟，我登岸去。（曹）

【水底魚兒】天意難容，何知起順風。將何抵敵，到此盡成空，到此盡成空。（蓋）軍士每，曹操去了，快追。（曹）叫張遼放箭。（放箭介）黃蓋下水，快靠岸去。（合）將何抵敵，到此盡成空。（周上）

【前腔】水勢無窮，曹兵中火攻。損咱黃蓋，暗箭喪江中，暗箭喪江中。

不想張遼放箭，射傷黃蓋，下水而死，折吾一員大將。搖到岸邊，軍馬上岸，火燒曹兵大敗。此則諸葛之功，上岸去罷。（周）

【黃鶯兒】喜得退曹兵，顯諸葛奇計能。虧他即借東風順，干戈已寧。

吾今罷征,從今越顯威名盛。計方成,他兵敗走,吳將立功勳。

詩曰:赤壁攻曹才顯名,孔明妙策果通神。可憐黃蓋江中死,重選良辰再起兵。

## 校記

[1]得令:此二字之後,底本有"曹"字,據文意刪。
[2]甚:底本作"差",據文意改。

## 第四十二折

(趙雲上)

【水底魚兒】受計前行,軍兵莫暫停。烏林埋伏,鎗刀神鬼驚,鎗刀神鬼驚。

自家趙雲是也。此處是烏林地方,叫軍校就此埋伏人馬。(卒走,虛下)(曹上)

【前腔】火勢來攻,烏林在陣東。呂蒙凌統,殺得俺没潛蹤。

軍校,這是什麽地方?(褚)這是烏林地方了。(曹笑介)(褚)丞相,正在危急之際,爲何發笑?(曹)我笑那周瑜,着呂蒙、凌統担住前路,此處若伏軍兵,卻不勝似前戰?(趙衝上)走那裏去?(褚)汝是何人?(趙)吾乃常山趙子龍,等候多時,快快下馬受綁。(褚)不好了,趙雲攔住去路。(曹)略戰幾合。(戰介)(趙)曹操敗兵,回去報與軍師知道。喜孜孜鞭敲金鐙響,笑吟吟齊唱凱歌回。(下)(張飛上)

【前腔[1]】殺氣漫空,到夷陵顯我雄。若逢敵將,殺教他不見蹤,殺教他不見蹤。

軍校,與我排布嚴整,在此夷陵埋伏。(卒)得令。(曹上)

【前腔】將廣兵雄,何知一旦空。遙觀前路,逢敵將決難容。

這是那裏?什麽所在?(褚)夷陵葫蘆口。(曹笑介)(卒)丞相爲何又笑?(曹)可笑諸葛無能。我爲趙雲戰敗,此處若有伏兵,我命休矣。(張衝上)那走?(曹)問他何人出馬?(褚)張飛阻住去路。(曹)怎麽好,怎麽好,略戰數合,得空走下。(張)曹操被吾殺得冰消火滅,不去追他。兵書云:"窮寇莫追。"今朝相戰顯吾能,殺得曹瞞不見天。便使饒他脱得去,終須有日被吾擒。(下)(關帶卒上)(關)

【前腔】赤兔如龍,金刀耀日紅。曹瞞逢俺,一似鳥傷弓。
軍校,就在此華容小道埋伏。(卒)得令。(虛下)(曹、褚)
【前腔】身似飛蓬,何知鹿已窮。舉頭如䶄鼠,尤恐怕人逢,尤恐怕人逢。

這是什麽地方了?(褚)此是華容小道。把軍士在此點一點。(褚點介)止剩得一十八騎了。(曹)罷了,百萬大兵,只存得一十八騎。奈何奈何?(褚)這華容道兩條路,不知往那一條路好?(曹)大路必有埋伏,還從小路去。(褚)小路必有烽火。(曹)這是孔明虛作疑兵,還從小路行。(笑介)(褚)丞相正在危難之際,爲何發此大笑?(曹)我笑孔明村夫,只有近策,沒有遠計。此處若有一軍,死無葬身之地。(關)走那裏去?(褚)不好了,關雲長阻住去路。(曹)還好還好。此公平昔重以仁義,待我向前去見。雲長公,別來無恙?(關)久別尊顏。(曹)在此何幹?(關)奉軍師將令,在此等待丞相擒之。(曹)我曹操敗於此地,止剩得一十八騎。乞念舊日之情,望乞饒免殘命。(關)昔日丞相大恩,誅顏良、文丑以報之。今奉軍師將令,豈敢違命?(曹)還有餘情。臨行之際,我到灞陵橋以袍贈公,又送文憑與君,千里而去。(關)雖然如此,爭奈與軍師賭頭,若違按軍法而處。(曹)大丈夫取仁義爲重。將軍素明《春秋》,豈不聞庚公之斯、尹公之他追孺子者乎?(關背云)笑笑笑,大丈夫不過仁義以爲重。昔日曾言,以許雲萍相會,今日怎可棄之?將士們,擺開一字陣,待我去拿。(褚)來拿了。不好了,不好了。(曹)一字陣,放我走了。若與他交戰,得手就走。(褚、曹下)(卒)稟將軍,曹操人馬走了,待小將追上去。(關)不要追了。吾昔曾許他雲萍相會,如今待我去軍師那裏請罪罷。

詩曰:曹公敗將走華容,正與咱每狹道逢。只爲當初恩義好,故開金鎖放蛟龍。

## 校記

[1]前腔:底本無,今據文意補。

## 第四十三折[1]

(亮上)
【鵲橋仙】三日東風聲已緊,遣精兵利刃,揮戈挽日力排雲。妙算無如八陣。

山人自向日江東回來，前日已差諸將到夷陵、武昌、樊口去了，又差關羽往華容路上去了，做人情放了曹操，蓋謂曹操前日曾有重恩待關羽故耳。雖然常有探子，未有全音。小校，如有探子，回來通報。（探子上）

【黃鐘·醉花陰】想那日東風恣意，急戰巍巍。旌旗角轉西門，總帥逞雄威。若果識神機，擒破虜，這便是解奇計。思頃刻，火掩曹師。因此上回來特報知。

（亮）百姓旌旗亂似麻，水中指木眼中花。文臣武將如斯巳，縱使兵多未足誇。你且喘息，慢慢的說來。（探子）

【出隊子】承指揮出顛危，遙覷曹兵甚整齊。又見他如銀燦爛森劍戟，早營中則聞得群馬嘶。見丞相群僚，那個不自振旅。

（亮）探子，他那裏艨衝鬥艦百萬艘，下如平地上如樓。謾誇將勇張聲勢，我用奇謀鬼亦愁。探子，你且慢慢的再說，俺這裏試聽。（探子）

【括地風】見千萬隻艨艟，他可四披馳。先駕着戰艦豎旌旗，將八十萬兵八千里馳，都帶着雕羽共金鈚。四下將猛似□□，覷中軍勇似蛟螭。前軍衝，後軍守，左右相持。未必那吳兵自出奇，他那裏長則是相欺。那龐統早獻連環計，那黃公覆早獻投降計，將這險曹瞞一罟麾。

（亮）江無千里陣雲紅，應人兵家用火攻。且識周郎全朕也，豈知諸葛用東風。你且定悚定緊，謾謾的再說一遍，我聽着。（探子）

【四門子】看猛然火熾驚天地，殺得他望風逃瞑路歧。輸兵又馳，勝兵又驅，縱使他有謀何所施。糧餉又撤，兵仗又遺，正是那謀窮的孟德。

（亮）草是兵家用火攻，焦頭爛額墜江中。曹瞞，休嗟百萬雄師敗，你力屈烏江計已窮。探子，你來又遠，說話又長，你且喘息定氣，慢慢的說來。（探子）

【古調·水仙子】他他他，事已危；俺俺俺，逞遙振將士殺氣橫；彼彼彼，興霸興丁，縱兵連處得意計，得意計。雖多□□奇，恨勿忙，有力難施。恨勿忙，有力難施，有力難施。趙張奇兵暗襲時。幸幸幸，得到荊州地。喜喜喜，殺了俺軍師。

（亮）九月東風喜戰秋，清波都變血波流。曹瞞空費人財也，白得荊襄二十州。探子，我免你一個月使，賣着我賞貼兒，到那軍政討賞，你就前去。（探子）

【尾聲】逞藝軍師今古稀，號令出鬼伏神依。溺者亡焚者死，殺得那那敗歸兵，問他從何處起。

探事孜孜走白旗，轅門奏捷敢遲遲。試將開國成王事，喜向轅門報主知。（行介）（劉上）

【錦襠引】曹兵大戰動干戈，佈陣安營神算麼。衆軍樊口顯規模，只見塵烟遍地鋪。

（見介）兩手擎天安社稷，一心扶主定乾坤。（劉）但伏當陽免仇恨，不若當年姜太公。（亮）適見探子來報，東吳火燒曹兵八十萬，皆周瑜之力也。（劉）雖周瑜之力，亦軍師祭風之功也。（亮）前者曾差衆將去戰曹兵，決然得勝。（劉）軍師有鬼神不測之妙，天地無窮之算，何憂此戰不勝？（亮）小校，衆將回來通報。（卒）得令。（趙上）

【秋香引】運籌帷幄有芳名，舉動先知彼此情。（張上）決勝定輸贏，不剌剌鞭敲金鐙。

鼎足之形戰有功，名傳四海逞英雄。（張）若將西蜀吾兄掌，方顯軍師是卧龍。子龍，和你一齊進去。（見介）（亮）二位將軍辛苦。（趙、張）不敢。一來軍師妙策，二者大哥洪福。兵交唱凱，馬到成功，殺兵大敗。（亮、劉）好將軍。（關上）

【前腔】當初先已受他恩，今日如何覆命。

我不合放了曹操，違了軍令，不免負荊請罪去來。（見介）軍師、大哥，正是路逢險處難回避，事到頭來不自由。（亮）二將軍何出此言？擒曹操有功之人，如何下跪？（關）軍師請坐，聽關羽拜稟。（亮）說將來。（關）

【鎖南枝】蒙君令，不敢停，領兵直至華容道等。忽見那曹兵，正欲與交鋒，不想他提舊情，不由人不思忖。

（亮）你說拿他，他又走了？（關）

【前腔】思前日，受厚恩，爲人不可忘舊情。誓死替曹公，今日犯軍令。丁公義，雍齒仁，望軍師，乞饒命。（亮）

【前腔】聽言罷，惡氣憤，當初決定輸與贏。綁起來，梟首示轅門，怎敢違吾令。今休恕，伊命存，若不殺，令不行。

推轅門外，斬了來報。（劉、張、趙）且住。（劉）

【前腔】吾今告，息怒嗔，寬恩乞赦一死情。他義氣重如山，故此放曹兵。念桃園結下生死盟，再後犯君威，不敢望僥幸。

（亮）我若不看玄德公、衆人，不道放了你。（關）謝師不斬之恩。

詩曰：從今不可犯吾言，鬼策神機天下傳。曹公私走華容道，險把將軍一命捐。

**校記**

［1］第四十三折："三",原作"四",今據折序改。

## 第四十四折

（魯肅上）

【臘梅花】畫船出江東,特地把喜音傳送,但恐他不入牢籠。

魏吳爭鬥決雌雄,赤壁樓船盡掃空。烈烈奇勳照雲漢,周郎從此破曹公。下官魯肅是也。因劉玄德借我東吳赤壁鏖戰之功,白得荊州之地,近來又得長沙,爲此寢食俱廢。周公瑾故設美人局計,命我到彼作伐,假以國妹吳夫人招劉玄德爲妻。但此計只恐瞞孔明不過爲慮,今朝特特過江來。已到他轅門之外,不免在此拱候孔明、玄德升帳,方可入去。止是美人局美成婚配,諸葛謀奇難解情。叫軍校看禮物伺候。（劉上）

【探春令】赤壁彼誇雄,豈知我敵人接踵,方顯軍師作用。（亮上）假手得成功,我把兒童愚弄,帝王基在,方輿輻重。

（魯）門人通報,説江東副都督魯肅要見。（傘報介）（亮）快請相見。（叙禮）子敬久別,今蒙枉顧,必有美意下及。（魯）吾主吳侯聞知皇叔鼓盆已久,故令下官行聘,求皇叔爲吳國賓,共拒曹操,輔漢天下,勿拒幸甚。（亮）既是吳侯有此盛情,主公可速備厚禮竟去。（背云）料此去一毫一髮不敢動。主公放心前去,我自有處。（劉）子敬,雖然如此,只是劉備名微德淺,不能相報,實爲惶愧。（魯）皇叔説那裏話。（魯）

【桂枝花】天鈞地軸,盡歸皇叔。底須言鳳卜何如,論弦斷鸞膠宜續。況吳侯重賢,況吳侯重賢,遜恭凡篤,婚姻宜速。（劉）煩子敬回復吳侯再議。（魯）不貧覆：洞天已閱雙星録,月老先批二姓牘。（劉）

【前腔】謭才菲福,妻溺妾戮。終身甘作樗材,頑石難成藍玉。望善爲我辭,望善爲我辭,此婚難續,轉局促。探仙姝本是瑤臺女,肯事區區賤丈夫。（亮）

【大迓鼓】主公,你休嫌禮貌疏,敬修六禮,速赴吳都。（劉）軍師,誠恐有變。（亮）既然子敬爲盟主,肯將淑女作謀圖。失信人間,豈成丈夫？（魯）

【前腔】孔明先生,神功贊禹謨,才輕管樂,智壓孫吳。此親呵,既蒙賜允無推阻，吳侯聞説必歡呼。忙喚舟師，速回舊都。

詩曰：長帆畫鷁翼分開，一似青鸞天上來。向背有人傳國語，青鸞唧得喜音回。

（亮吊場）叫簡雍、趙雲那有？（趙、簡同上）軍師有令，將士無諾。禀將軍，有何分付？（亮）簡雍，今魯肅與主公議親，此是周瑜美人局計。主公去時，必然設宴黃鶴樓上，謀害主公。你可扮作漁翁，將我這一枝令箭，藏於釣竿內，手持一尾金色鯉魚，直至黃鶴樓上，救出主公，去見喬國老。不得有誤。（乾）得令。（亮）趙雲，我知你平昔謹慎[1]，今付錦囊三個，內藏神出鬼沒之計。一到那裏，開第一個錦囊；成親之後，開第二個錦囊，急催主公轉程；半路倘有緊急之際，開第三個錦囊。小心在意，不得有違吾令。（趙）得令。

詩曰：正是情到不堪回首處，一齊分付與東風。

## 校記

[1] 我知你："知"，底本作"和"，據文意改。

## 第四十五折

（瑜上）

【菊花新】英雄豪邁已經秋，氣吐虹霓貫斗牛。終朝使我悶悠悠，何日裏得機謀成就。當時赤壁夜鏖兵，戰艦艨艟烈焰生。殺敗曹瞞兵百萬，威風聞播美聲名。自家周瑜是也，官拜都督之職。吾觀玄德乃人中之龍，終非池之中物，更兼孔明、關、張為助，後必為東吳大患。今聞孔明、關、張前往華容，追趕曹操。昨日着甘寧去請玄德，赴壁聯會，就筵間殺之，至今還未見到來。左右何在？（丑）禀都督，有何使令？（瑜）今日請玄德在黃鶴樓上飲酒，着你把守樓門，封你做俊俏眼，不許諸人上樓。與你令箭一根，倘有下樓者，要討令箭，比得相同，纔放他下樓去。違者依軍令施行。（丑）理會得。

（劉上）傘蓋層層赤壁霞，織履編席作生涯。有人問我名和姓，五百年前天子家。自家姓劉名備，漢景帝十七代玄孫是也。今因公瑾周都督相請赴會，須索走一遭。來此便是黃鶴樓。軍校，與我通報。（丑）少待。禀都督，玄德公到了。（瑜接見道）遠道風霜侵戰袍，（劉）愴惶趨赴敢醉勞。（周）敬陳薄酌非為禮，（劉）深恩無可報瓊瑶。（周）玄德公，你看黃鶴樓前，東連吳魏,西接巴蜀,物豐土厚,人傑地靈。日間觀之不足,到晚來玩之有餘。(詩)浥水波瀾接大川,渠通巷陌總依然。虹霞映水鮮鮮錦,翠薈侌珠倜倜圎。斜影倒懸沽酒肆,柳陰横纜釣魚船。夜涼秋色沈沈醉,一色新河上下天。(劉詩)一座高樓映自然,玉欄十二鎖秋烟。卷簾先得天邊月,舉目遥觀户外天。銀甕香風斟琥珀,三山朝裏下神仙。持戈倒月長歌罷,醉卧身歸北斗邊。(周)今日飲酒,要舉一令。若道差了,罰水一碗。要道誰是英雄好漢?(劉)霸王是英雄好漢。(周)霸王須有舉鼎拔山之力,被韓信七十二陣逼走,烏江自刎。有詩爲證:九里山前起戰爭,楚歌吹散八千兵。烏江豈是無船渡,恥向東吳再起兵。道差了,罰水一碗。(劉飲水介)(周)休説古時。要道三國中誰是英雄好漢?(劉)三國中曹操是英雄好漢。(周)曹操挾天子而令諸侯,神人共怒;赤壁兵敗,華容私奔,尚且割鬚棄袍,不敢出許昌,豈是英雄好漢?有詩爲證:曹操奸雄勢猖狂,挾令天子把名揚。華容道上私奔走,至今不敢出許昌。道差了,罰水一碗。(劉飲水介)(周)除曹操之後,再有誰是英雄好漢?(劉)除曹操之後,我劉備是英雄好漢。(周)劉備,你怎當得英雄二字?你雖是漢家枝葉,織席編履,若無孔明、關、張,怎顯你英雄好漢?有詩爲證:意欲重興劉漢室,全憑諸葛施謀計。若無翼德與雲長,怎顯你孤窮劉備。也道差了,罰水一碗。(劉飲水介)(周怒介)劉備,你累次犯令,再有抗吾令者,(折箭介)以折箭爲誓,抛入大江。要道黃鶴樓,誰是英雄好漢?(劉背云)黃鶴樓只是我和他兩人。也罷,黃鶴樓都督是英雄好漢。(周)我本是英雄好漢,曾在赤壁之間,鏖兵舉火,燒死曹兵八十三萬,片甲無回。有詩爲證:我使機關勝孔明,三江夏口顯威名。當時不是周郎計,誰破曹瞞百萬兵。玄德公説遲了,罰水一碗。(劉飲水介)(周)玄德公,待我作短歌一絶。(歌曰)霸王英雄兮,自刎在烏江;曹操英雄兮,不敢出許昌;劉備英雄兮,靠着是關張;赤壁鏖兵兮,美哉是周郎。(劉)好個"美哉周郎"!(周)自道"美哉"二字,是自稱其德。玄德公,今後再不許道"美哉"二字。如有犯令,罰酒一碗。(劉)言之有理。(周)今後不許道"美哉"。(劉)元帥犯令。(周飲酒道)美哉酒乾。(劉)又犯令。(周飲酒道)到被"美哉"二字誤了。(劉)又犯令。(周)不要罰酒。今後再道"美哉"二字,罰水一碗。(劉)又犯令。(周飲水道)可惡,這"美哉"二字。(劉)又犯令。(周飲水道)酒上加水,吾當醉矣。(劉)都督請尊便。(孫乾扮漁翁上)(乾)

　　(山歌)漁家傲伴江兒水,一江風送夜行船。快活三時沽美酒,醉扶歸去月兒高。

刀磨太行山頂知,馬飲黃河徹底枯。男兒三十不壯志,枉做人間大丈夫。孫乾是也。領了軍師將令,假扮漁翁獻鮮,前去黃鶴樓,救俺[主]公下樓。須索走一遭。(乾)

【一枝花】覷着滿江烟水澄,一帶遥山秀。西風食照晚[1],我也罷鈎繫扁舟,樂以忘憂。每日家無事,又無僝僽,有的是活魚和糟酒。(乾)

【小梁州】伴的是蓑笠共着綸竿,適悶時在烟霞渡口。做不得姜子牙,垂釣在渭水灘頭。我只學陶朱公遠害,落得在五湖遊。(內道)討魚的,不要棹船近黃鶴樓,周都督和劉玄德公在樓上飲酒,不是耍的。(乾)忽聞樵子相窮究,我駕的是輕舟短棹,觀的是白鷺沙鷗。我喜的是青山隱隱,綠水悠悠。趁長江一派東流,隱行藏綠暗汀洲。受用的隱輝輝碧漢銀鈎,喜吃的活潑潑青鯽和紅蝦,細切的香噴噴紫芹和白藕。俺覷那黃鶴樓,一似鴻門宴酒。俺看那,周公瑾,枉生受。上了黃鶴樓,見了主公呵,救得鯨鰲在滄海游,傳一個萬古名留。

呀,只見黃鶴樓下,擺列軍兵如鐵桶一般。(乾)

【牧牛關】只見那,密匝匝軍馬屯前後,明晃晃刀槍列左右。這其間,黃鶴樓飲興綢繆,止不過執盞擎甌赴前顧後,那里是三杯和萬事,那里是一醉解千愁。可也悶似湘江水,正是涓涓不斷流。

直把船兒纜在這裏,上岸去走一遭。(乾)

【四塊玉】我不往他樓外行,敬將他樓門來叩。(丑)是那個?(乾)我是江下漁翁獻新。(丑)你不是魚兒張?(乾)我便是二兒李。(丑)你莫不是李小二哥?(乾)我便是李小二。(丑)如此,待我開門。(乾)他那里喜孜孜,問咱一個情由。只這兩句話兒,解開我雙眉皺。(丑見介)原來不是李小二哥。(乾)你不識得我?(丑)敢是小二哥的兒子?(乾)正是了。(丑)我與你令尊,自小相交到如今。(乾)咱和你舊日交,又不是時下交。慚羞,解我心上愁。

(丑)你到此何幹?(乾)我聞得都督與玄德公飲酒,我釣得一尾金色鯉魚兒,特來獻新討賞。(丑)如此,待我通報了,方可進去。(乾)如此,多勞。(丑稟介)稟元帥,樓下有個漁翁,特來獻新。(周)你可識得他?(丑)小人認得他。(周)你既是認得,帶他上樓來。(乾進跪介)稟元帥,漁翁叩頭。小人釣得一尾金色鯉魚,特來元帥麾下獻新。(周)這魚從那裏得來?(乾)

【感皇恩】這魚兒在碧澄噔波浪走。(周)你是那里人氏?(乾)小人住慶古渡頭。(周)你將何物釣得這魚?(乾)我也剛下釣,他又早來吞釣。他爲香餌，不識俺機關，透□憑咱妙手。我也剛剛的出放桃花浪，被我活潑潑穿□金線柳。

（周）玄德公，這漁翁見我和你飲酒，將魚來獻新，待我口贊他幾句。（劉）都督請題。（周）魚你在碧波中遊戲，不提防遭遇垂鈎失計，因貪香餌落在漁翁手裏。魚你若肯伏降，管教他揚旂擺勢躍龍門，活潑潑江湖遠避。你若是逞英雄，甘受魚刀粉碎。（劉）劉備不才，也贊他幾句。這漁翁湧身一躍禹門開，錦鱗戲水播江淮。因貪美味吞香餌，却被巧計鈎將來。蘆花淺處遭絲網，曾騎李白上天台。鰲魚脱了金鈎鈎，擺尾搖頭再不來。（周）劉備心下莫疑猜，鋼刀下處兩分開。休想錦鱗歸大海，難逃天羅地網來。（怒）（周揪劉項衣）（劉）酒席上殺人，非大大夫所爲。（周放手）本待將大耳漢殺了，酒席上擒人，史書上留不得好名兒。漁翁，你是我東吳人？（乾）小人是東吳人。（周）我管得你着？（乾）元帥管得着。（周）你替我將此刀把大耳漢殺了，重重賞你。（乾）小人就肯殺。（周）漁翁拿刀去。（乾接刀介）（乾）

【罵玉郎】我情願把鋼刀受，這其間教我怎罷手？一只手提着短刀，一只手把腮來扣。（周做睡介）漁翁，我醉了，你快下手。（乾）他那里教我疾忙忙來下手，我若是從言依命，依令依謀，不爭這個錦鱗魚，却便一命休。

（劉）漁翁，這魚那裏得來？（乾）

【烏夜啼】這魚在碧波中争鬥，小人在三江夏口。這魚兒好似赴黄鶴樓的劉皇叔，□赴早回頭，識機關怎落他人後，莫戀着這樓。（劉）你這孫乾[2]，我軍師怎麽說？（乾）軍師有書在此。我將一封書，分破帝王憂。（劉看書介）言多必暴，酒醉必逃。（乾）兩句話解開眉尖皺，覷了他，切莫停留久。周公瑾空擺下劍戟，枉列着戈矛。

主公快下樓去罷。（劉做下介）（丑）那裏去的？（劉）下樓去的。（丑）都督有令：有令箭相同，纔放下樓去。（乾）把釣竿折斷，取出令箭與主公。（劉）有令箭在此。（丑比箭介）令箭相同，快去。（劉下介）軍師好謀也，周瑜好狠也，孫乾好膽也，劉備好險也。言多必暴真良將，酒醉必逃歸故鄉。周瑜酒醉尋劉備，駕舟飛過漢陽江。

【尾聲】輕舒兩只拿雲手，拂拭胸中的萬斛愁。你看密匝軍兵屯前後，只是百事無成，教人笑破了口。（走下）

（周醒介）俊俏眼，劉備那裏去了？（丑）有令箭相同，下樓去了。（周）拿箭上來。（看介）這箭當初在祭風臺上射孔明，被他收得，在此誤其大事。左右，備馬來。待吾擒拿玄德回來。

詩曰：追趕孤窮不可遲，將軍嚴命怎推辭。管取鞭敲金鐙響，那時齊唱凱歌聲。

**校記**

［1］殘照："残"字，底本作"飡"，據文意改。
［2］孫乾：底本作"簡雍"。按上折孔明所差亦爲簡雍，本折前均改作孫乾，此亦改。下同。

## 第四十六折

（張飛上）三國紛紛名播揚，咱們聲價貫天堂。昨日華容追曹操，今朝蘆岸擋周郎。吾乃燕人張翼德是也。今領了軍師將令，說周郎匹夫追趕大哥，着我先埋伏在此，等他來到，以逸待勞，出兵擒之。（張）

【北混江龍】將環眼睜開，咱把虎鬚來灑。蹬開了，碧月拔山。提起丈八鎗，一似番江擾海；覰着下邳城，一似紙帳嚚虛；看那虎牢關，一似賊墙矮。俺爲人好勇爭強，粗心膽大；乘這一匹烏騅馬，賽過飛彪；咱披一領烏銀甲，好一似天神黑殺。昔日擋曹操百萬軍兵，不怕曹操奸、許褚猾，想着當陽長坂。在灞陵橋上，喝一聲，浪滾滾水湧橋崩；怒一發，撲喇喇天摧地塌。量周瑜一似草芥，覰魯肅一似青蛙。周郎匹夫，你不來追趕也自罷了，若來時把他生擒下馬。昨日裏火燒華容，今日裏水淹蘆沙。（周上）來將何人，焉敢擋吾去路？（張）是老張。公瑾，你往那裏去？（周）吾好意相請赴會，令兄爲何不辭而去？將軍因甚到此？（張）咱奉軍師令，着俺在蘆華。（內鳴金吶喊）（張）只聽得吶喊搖旗排陣法，又聽得一聲聲要活拿。（周）孔明着你在蘆華怎的？（張）周瑜，果不出我軍師所料，你在黃鶴樓，要把我大哥謀殺。周瑜，說你要來追趕大哥，預先着俺在此等你這賊。若提起，不由人眼兒裏出火，鼻孔裏生烟，衝冠怒髮。咬碎了鋼牙，惱得我惡氣難納，響鎧聲怒目睜睛罵。周郎匹夫，我勸你早歸降，免得把你生擒活拿。（周怒）老匹夫出言無理。口說無憑，做出便見。（張）惱了張飛，大喝一聲，拿了周郎匹夫。（吶喊戰介）張揪周髮挾住。（張）賊，扯碎你青銅鎧甲，搦碎你玉帶蔥花，只看你盔纓不整，力氣不加。武藝尚不過人，賊怎敢和我老張廝戰。（周）張飛，不得把刀砍我。（張）刀又不與我砍。（周）張飛，不得把鞭打我。（張）鞭又不與我打。（周）張飛，只管將鎗搠，武是真是假。（張）你道我是真，我又不是真；你道我是假,我又不是假,俺將長八鎗搠得你滿身麻。

(周)張飛,你放了我。我曾在三江夏口,替玄德公退曹兵,建其大功。(張)

【尾聲】周郎匹夫,說什麼三江夏口功勞大,那赤壁鏖兵,乃是我軍師戰法。匹夫,若不是我軍師分付呵,再休想猛張飛把你輕輕灑下馬。(去周,張下)

(眾扶周)天亡我,天亡我。既生瑜,何生亮。好悶殺人呵。(眾擡瑜並下)

## 第四十七折

(外)

【奉時香】爲國丈,自避小堂頤養。內親外則分明良,躋此地意舒情暢。

老夫喬國老是也。日常以詩酒爲業,琴書自娛。中郎有女傳書業,揚子無兒繼美官。可歎可歎。今日無事,不免呼童掃葉,燒鍋煎茶。坐梧石,小堂鉤簾,自誦鸚鵡,以爲晚年之樂也。(劉上)

【前腔】他官居長,入國便當專訪。況他密遺椒房,相見敢不遵讓。

不覺已到喬國老門首,通報人去。(丑)劉皇叔相訪,門首下馬了。(外)皇叔請。老夫失於迎迓,萬罪萬罪。皇叔在上,待老夫來參見則個。請上。(劉)劉備今日特來見國老,爲何如此太謙?(外)不敢。(劉)

【皂羅袍】公乃江東人望,念孤窮劉備,景仰登堂。(外)[1]皇叔此來,必有佳教。(劉)嫦娥有約會星郎,天家無路于國丈。(外)莫不是爲孫侯招皇叔爲妹夫,莫不要我老夫作伐乎?(劉)那魯子敬呵,每道達大德,過江執聘。(外)子敬今在何處?(劉)昨已返航。(外)如此不用老臣了。(劉)欲瞻國太,冀公贊襄。(外)此是好事,老夫宜當從命。(劉)微儀引贄休辭讓。(讓)老臣不敢拜領。

(劉)微禮休辭。(外)罪死老臣。左右收了。(外)

【前腔】領教即當躬往,這婚姻配合,果是無雙。試看虎驟與龍驤,管教淑女隨夫唱。綺筵玉食,花燭洞房;龍涎獅鼎,錦鴛象床,鸞鳳飛入銷金帳。

(劉)小先求退。(外)少坐,容待一茶。當與同往國太處,欲請見一面,亦可免往返之勞。(劉)承教承教。(外)試看關關水上鷗,(劉)同眠同止復同遊。(外)淑人有德顏如玉,(劉)君子殷勤亦好求。(喬、劉)

【桂枝香】銀河雖拒，靈槎堪濟。要知咫尺天涯，休問仙僚何處。將星軺暫移，將星軺暫移，同詣潭潭華第。（喬）區區先夫，問蟾蜍，人間未結生前契，天上先成月下書。

（外）此間已是國太內門首。皇叔可在此等候，老夫先入。（劉）當領尊教。請先。（先下）（外）已先到內庭。何人在此？（內官上）萬乘諸侯國，何人敢叩門。呀，原來國老爺。（外）我欲見國太夫人，望乞通報。（內）曉得。國太夫人已到。（貼扮吳夫人上）

【十二時】三世據長沙，喜吾兒克承克享。內門自有人司掌，是何人敢來喧攘？

（內）啟太太，喬國老欲見太太。未奉娘娘令旨，未敢擅入。（夫）請進相見。（外）老臣參拜。（夫）國老請起。不知國老有何事到此？

【月上海棠】聽臣啓，豫州牧劉備昨宵至。（夫）來此何幹？（外）深閨令愛，聘他為婿。（夫）何以有此事？（外）魯大夫行聘方回，劉備托臣通來意。（夫）通何來意？（外）敬行六禮。（夫）我止生下一女，但求佳婿，何在金帛？（外）他是當今皇叔，豈非常比。

（遞貼）（夫）何必許多禮儀？且問劉皇叔今在何處？（外）見在府門首。（夫）可請來一見，今日是吉日良時。（外）臣宜引見。皇叔有請。（劉上）

【玩仙燈】心如有繫，未審是憂是喜。

有勞，未及致謝。（外）不敢。國太請見事，要小心謹慎。（劉）領教領教。（外）劉皇叔已到了。（夫）請進來見。（劉）待劉備參拜。（劉）

【月上海棠】蒙厚禮，銘心感感，慚無已。念塵埋寶瑟，絕結羞理。忽驚青鳥傳書，更遠抱玉人婚擬，還驚喜。縱百年難負，大恩深義。（夫）

【前腔】我有女，修文事武，姿亦美。奈姻緣未偶，年已及笄。我偏忻門戶相當，如有幸松蘿得荷，蒙不棄。既王孫屈降，再無更移。

（夫）喬國老與皇叔少退，待我與孩兒講過。況值大吉之日，今晚便要成親。少刻就令人敬來一請。（外）奉命。（外、劉）暫別侯門去，重期皇叔來。（下）（夫）叫內臣，快請吳侯來。（內）奉國太密旨，請主公去。（小外扮孫權上）

【玩仙燈】整弁更衣，母命自難遺棄。

（夫）孩兒，聞汝差魯肅，賷禮去聘劉豫州為妹婿。此事可成未否？你試說與娘知道。（小外）

【月上海棠】曾餽禮，這是美人局，隱吞劉計。（夫）你看魯肅去招劉皇叔爲妹婿,言既出矣,禮既行矣。豈不聞"一言既出,駟馬難追""寸絲既定,千金不易"之言乎?覷着許多文武,更無一計,卻將閨門之女作釣餌以釣人耳,縱使藉此以擒劉備,汝妹終身何所歸哉?萬一從之而適,《禮》云"無別無義,禽獸之道",《詩》首《關雎》,《書》先"釐降",皆所以正人倫之始。汝爲七十二郡之主,不能身任綱常,將何取效於天下?德不愧於人心乎?兀的不是氣殺我也。(權)母親息怒。(夫)此是何人設的計?(權)是周瑜。(夫)若不看他赤壁之有功,與他決無可依!這畜生若無孔明祭風之功,他妻子已爲曹瞞所奪矣,不以人女子爲意。(權)母親少息雷霆之威。我一聞母命,敢不遵依。(夫)我兒,你今速整華筵,即此晚便成姻契。從今起把敵國爭端,挽回和氣。

叫内臣分付,掌饌官,即備花筵典儀;掌禮之官,分付鳳凰司,備鼓樂儀迎劉皇叔,到此來成親。一壁廂去請喬國老來陪宴。(衆)領旨意。

詩口:酒盟定用喬國老,媒妁還須魯大夫。從此兩邦唇齒結,百年恩在暗消除。

## 校記

[1]外:底本無,據文意補。

# 第四十八折

(魯上)鵲橋纔駕寶庭中,織女仙郎下九重。宿世姻緣今已合,佇看佳婿近乘龍。下官魯肅是也。時蒙國太懿旨,命俺掌設筵席,未知完備不曾。光祿掌饌官何在?(末)堂上一呼,階下百諾。覆爺爺,有何鈞旨?(魯)筵席可曾完備否?(末)俱已完備了。(魯)既已完備,怎麼鋪設?(末)但見屏開金孔雀,褥隱綉芙蓉,日射雕簷,珠璣燦爛,雲飛畫棟,金壁輝煌。墙砌碧琉璃,高高數仞;階鋪紅瑪瑙,曲曲幾重。東西廊下挂着山水,前後地上鋪毯絨金。鼎内焚着龍涎鳳腦麝臍馬牙天下名香,玉盤中乘着熊掌駝蹄豹胎鹿脯世間異味。也有雉尾猩唇,鋪陳滿座;也有仙桃仙果,高疊奇峰。階下站三千珠履,人人是錦心綉口;官中列十二金釵,個個似月貌花容。雲母屏前光閃爍,豈亞瑤池聞闐;水晶簾外影冷石,不數海藏龍宫。謾搖銀筝寶瑟,裂裂丁丁;頻吹鳳管鸞簫,喑喑啞啞。正是:半點紅塵飛不到,幾多清趣送將來。(魯)既然完備,怎不見掌禮之官?(丑扮掌禮官上)

【西江月】出入金門豪氣，職居掌禮司官。常聞鼓吹鬧騑間，時見金蓮光炫。鳳起高岡棲竹，龍騰雲霧離淵。良時吉日配姻緣，同掌山河永遠。

掌禮司官磕頭。（魯）起來。一邊奏鼓樂，一邊贊禮伺候皇叔，再看車駕迎接公主。（丑應）（末云）你看一簇人馬，正是皇叔車駕，已來到了。（魯）擺齊鼓樂，迎接上去。（劉同內臣上）

【神仗兒】歡聲沸哄，歡聲沸哄，笙歌洶湧，引乘鸞鳳入贅。皇孫龍種，尤況是世英雄，尤況是世英雄。

（末）那壁廂一班綉女，簇擁新人又到。（旦上）

【前腔】仙娥出洞，仙娥出洞，幢旛飄送，步金蓮簇擁。刀劍排齊隨從，尤勝似下天宮，尤勝似下天宮。

（劉）刀劍森列，此是何意？（女）貴人休驚。公主自幼好觀武事，居常侍婢日夜擊劍，以爲樂事，故此侍從之。（劉）此非可見之事，暫且去之。（女）郡主，貴客見此刀劍不安，暫去之。（旦）且扶半世，尚懼兵器。料侍婢們暫且解下。（女）侍婢們，夫人有命，將刀劍暫解。（夫上）

【梅花引】解花兩朵照春紅，似仙女仙郎，乍離仙洞。（權）反被那人愚弄，教人怒氣衝衝。（喬上）喜鵲高駕堂中，這姻緣比非凡種。（劉、旦上）風虎雲龍，天成就一雙仙種。（各敘君臣禮畢）

（丑）贊禮官叩頭。（權）良時已到，贊禮成親。（丑）領旨。伏以剛柔之義，萬物必本於陰陽；龍鳳之義，二姓先通於合巹。（同拜介）一拜天長地久，二拜日就月將，三拜福延壽永，四拜壽固遐昌。（唱拜介畢）（劉）

【惜奴嬌】玉洞春濃，正猊爐香爇，玉杯高溶。今夕何夕，喜王孫着意乘龍。匆匆花燭交輝遙相送，看前後，人呼擁。（合）兩意同，好一似松岡竹徑，彩鸞丹鳳。（旦）

【前腔】吾兄虎踞江東，更修文武備，贊翊玉封。當今瞻仰，幸妾家三世英風。明公爲國爲民聲華重，入廊廟，真梁棟。（合前）

【鬥寶蟾】渠儂，帝室華宗。自向時接見，允愜吾衷。兼葭倚玉，好加珍重。英雄似山間乍出熊，池中未化龍。（合）捧金鍾，直飲到月上梅稍，臉暈桃紅。（權）

【前腔】沖沖，浩氣填胸。直待掃清四海，拱逐群雄。那時節方顯美材良用。難容曹瞞計未窮，劉張業已隆。（合前）（夫）

【錦衣香】夫秀鍾，乾綱永，婦秀鍾，坤惟重。天然此對良姻，龍孫虎種。資身自有祿千鍾。尋香粉蝶，共戲花叢。似瑶琴韻美，寶瑟聲同。把桃天

誦,歌聲沸湧。百年諧老,一朝新寵。(劉)

【漿水令】昔殷勤能施卧龍,歷辛勞得成大功。(夫)觀他體度,有祖仁風。喜爵祿,拜王公。(權)吾家累代建侯封。也直得南面稱孤,中外稱臣。(合)真鸞鳳,豈雁鴻,雲龍風虎喜相從。銀臺上,銀臺上,花燭影紅。花燭下,花燭下,笑口歡容。

【尾聲】珠圍翠繞繽紛從,池酒山肴沸鼎鍾,事涉侯門便不同。

詩曰:爲愛鰲魚去釣鈎,吞鈎使我反成憂。今朝兩國和親也,往日仇言自此休。

# 第四十九折

【紫蘇丸】(趙雲上)東吳使計釣鰲鯨,幸喜得鳳凰成聘。差吾保駕怦怦,脱卻心方定。江東雨霽路難平,境界無塵樂易生。千里揮揮何敢敵,貔貅百萬我能爭。趙雲自跟隨主公,久住南徐,忽思軍師痛行已,曾囑付三個錦囊妙計。不想主公戀着美色,並不提起荆州一事。昨日被我開第二個錦囊計,云荆州被曹操占了,關、張盡已散去,隨即乘此計,報與主公知道。主公又疑,就對夫人云:"感夫人禀知國太,只説明日元旦,要望江祭祀。"主公分付我連夜收拾車輦,打早路上回。車輦俱已完備,不免催促起程。正是:直入内宫傳信息,珠簾低下一聲輕。軍校們伺候,待我去請主公。主公有請。(劉上)

【前腔】喜看金屋新盟訂,如魚水關雎同並。(旦上)必從夫主往家庭,琴瑟多歡慶。

幾年微舊又逢春,本要歸家怎脱身。(旦)辭親已許還歸國,怎歎山遥與路頻。(趙見)主公,未知可辭夫人否?(旦)母后已辭,容奴同去。(趙)主公可同公主快行,不可久住。(劉)國太俱辭。車馬可曾完備?(趙)俱已完備了。(劉)既如此,請公主上輦。(趙)原隨五百名軍士,前面整車輦快行。(卒應介)(劉、旦同上)

【甘州歌】急離鳳凰城,盼路途迢遞,不可遲停。風餐水宿,爲基業廢盡精神。人生在世渾如夢,不管閑花滿地生。(合)驅車馬,趲路程,何時得到故鄉營。心疑忌,鴉亂鳴,吉凶好歹事難憑。

【前腔】(趙)軍師神策靈,命咱們保出戰交征。威風勇猛,請吾軍不必憂驚。非吾自將英氣逞,萬將逢吾一掃平。(合)征騂振,狼虎鯨,若逢吾敵

不俱生。掃荊郡,還漢庭,車聲軋軋馬蹄輕。(扮四將上)

【水底魚】躍馬飛行,加鞭不暫停。追擒劉備,管教他一命傾,教他一命傾。我等因爲公主與劉皇叔同往江邊祭祀,佯然而去,奉周都督將令,速點追兵,別有處置。我等快追上去。(合前)追擒劉備,管教他一命傾,教他一命傾。(劉、旦上)

【甘州歌】川原一望平,奈東風料峭,逼體寒生。聽笳鳴角轉,教人悶亂心情。征人未得封侯印,一度傷心淚暗傾。(合)驅車馬,趕路程,何時得到故鄉營。心疑忌,鴉亂鳴,吉凶好歹事難憑。(內作喊介)

(劉驚介)子龍,只聽得鑼鼓喧天,你看柴桑界口塵天蔽日,想是追兵來了,如之奈何?(趙)主公勿憂。軍師臨行之際,密囑趙雲三個錦囊。二個已拆,皆有應驗。第三個錦囊道"前無去路,後無退步。急難之際,方可拆開,自有變憂作喜之妙計",請主公當面開看。(劉)既如此,請來我看。(看介)孫權必命周瑜江邊關防,先斷了長江水路,必差大將,於要道截住隘口,後有追兵,必須如此如此,哀訴夫人。夫人出車,擋住追兵,以言罵衆,此禍自解。既原來如此,備有心腹一言,至此宜以實訴。今日之禍,望夫人解之。(旦)皇叔有言,請勿隱諱。(劉)昔日汝兄與周瑜用謀,將夫人贅備,實非爲夫人,乃欲因劉備而奪荊州也。將夫人作香餌釣備,備不懼死而來;又設計欲囚劉備,故托荊州有難而求歸計,又蒙夫人憐憫同回;汝兄又令人後追,周瑜又使人前截。今日非夫人難解此禍,夫人若不允我,劉備死車前,以報夫人之德。(旦)皇叔,吾兄既不以吾爲骨肉,有何面目再見之?目下之危,吾當自解。(趙)主公,既夫人自解其禍,小將在傍,主公且自放心,切勿憂慮。(叫)軍校快行。(趙)

【前腔】休嗟照久明。縱然有百萬鐵騎追兵,教他性命,一個個難保殘生。只見旌旗日晃雄威壯,你看刀劍霜寒膽氣增。(合)征鼓振,狼虎奔,若逢敵將他不俱生。歸荊郡,還漢庭,車聲軋軋馬蹄輕。(追兵四人上)

【滴溜子】元帥令,元帥令,追他轉程。疾忙去,疾忙去,怎敢暫停。此舉軍中嚴令,似飛雲足下生,急急行。兩國爲婚,又起戰爭。

(擋住)咄,那走?(趙)休得無理,看這羅幔中是什麽人?(旦)汝等何人,輒敢無理?(兵)公主娘娘出車來了,上前磕頭。(旦)陳武、潘章,你二人來怎麽?(陳、潘)奉主公之命,請娘娘回駕。(旦)徐盛、丁奉,二人怎麽?(徐、丁)奉都督將令,在此迎候皇叔。(旦)汝等欲要造反也?(衆)不敢。(旦)我曉得周瑜這匹夫造反。我是孫權嫡妹,嫁事皇叔,又不是玷辱祖宗,私自奔走,乃禀過母親,同回荆州。汝等在此造反,劫掠我夫妻財物。(徐、丁)非干小將,乃是周都督將令。(旦)周瑜殺得你,我斬你不得?取劍過來。(陳、潘)丁、徐二位將軍,你我皆是臣下之民,他萬千還是兄妹,更有國太做主。你看趙雲在那邊,不要討死,不如做個人情,放去罷。(丁、徐)有理有理。娘娘,我等焉敢阻駕。請娘娘皇叔穩便。饒伊脱得去,扯破紫羅袍。(衆下)(劉)賴夫人之功,得脱虎口。(旦)還是皇叔之功,恨不曾殺得那村夫。(趙)主公,且喜柴桑離遠,倘後還有追兵,快行幾步。(劉)

【水底魚兒】得脱追兵,寬心慢慢行。柴桑漸遠,何日到家庭。

(趙)主公,你看後面塵土沖天而起,軍馬蓋地而來,如之奈何?(劉)連日奔走,人馬俱乏,追兵又來,死無地耳。(趙)主公,你看沿江一帶大舡,兩浙人呼爲瓠子。和你雇他舡一隻,渡過江去,急切裏追兵趕不上。(劉)快雇舡渡過去。(叫)稍子,摇舡過來,渡我一渡,快些。(衆)來了來了。(亮帶關、張上)

【前腔】舉棹前行,一江風浪平。周郎使計,今朝一旦傾,今朝一旦傾。

(衆)請下舡來。(劉、旦、趙上船)(劉)呀,元來是軍師、二弟。(亮笑)主公,且喜且喜,亮等多時矣。(劉)軍師,追兵至矣,請君排難。(亮)主公勿憂。舡上都是荆州水軍,追兵到來,料無礙,叫小軍就此舉船而去。(周瑜帶卒上)

【前腔】船發流星,舵帆風送輕。若擒劉備,我主定然興。

(徐、丁)禀都督,劉備被孔明接過對江,旱路而去了。(周)罷了。這村夫算得我一些空也没有,可惱可惱。汝等衆將,快過對江,上旱路追趕。如得孔明、玄德者,官封萬户。(關、張衝上)咄,周瑜,你追何人?(周)追劉備。(關、張)你這匹夫,不知死,放馬來。(戰,周敗下)(關、張、衆叫)周郎妙計高天下,陪了夫人又折兵。(張)二哥,和你卸了甲胄,拜見皇嫂去。(關)是了。

詩:喜孜孜鞭敲金鐙響,笑吟吟齊唱凱歌回。

# 第五十折

(亮上)

【菊花新】運籌帷幄有芳名,舉動先知彼此情。(劉關張)決勝鬼神驚,計出定顯功勳。(黄忠上)雖然年老有精神,今日把山河來定。(劉)鼎足之形雖有功,名傳四海顯英雄。若將西蜀來征討,萬里乾坤掌握中。(亮)主公,今有周瑜氣死在江陵,東吳不敢仰視。我心如今欲取西川,未知衆將意下如何?(劉)全憑軍師裁處。(亮)惟有劍關難過。(衆)爲何難過?(亮)今有馬超借張魯精兵十萬,鎮守劍關,所以難過。(衆)何計圖之?(亮)此人忠直義勇,必用趙雲說化歸降,然後方可成事。(趙)小將願往。(亮)你先將將前代根源,忠言挑說,就與他同戰黃權,收軍在哨。(趙)得令。(亮)二將軍,領兵五萬,戰殺張虎,取關中咱。(關)得令。(亮)黃忠老將,領四萬到升仙橋上。劉琮、劉璋不戰自敗,衆將乘勢追殺,必取西川。衆將不可懈怠。(衆)得令。(亮)

【豹子令】令出軍情不可違,不可違。西川之將定遭誅,定遭誅。若還一戰功成後,那時節齊唱凱歌回。(合)劉璋及早獻降書,劉璋及早獻降書。(張)

【前腔】論我英雄四海知,四海知。長鎗黑馬似雲飛,似雲飛。定把顏嚴來殺取,張龍趙虎怎施爲。(合前)劉璋及早獻降書,劉璋及早獻降書。(衆)

【前腔】領命前行不敢違,不敢違。衆人各要用心齊,用心齊。說他催軍都用智,管教刻日鎮邊陲。(合前)劉璋及早獻降書,劉璋及早獻降書。

詩曰:說化馬超殺黃權,趙雲須要用心堅。各人齊奮鷹揚志,管教吾主鎮西川。

# 第五十一折

(馬)

【梧桐葉】憑咱威武鎮邊關,管取中原反掌間。有意取江山,殺操賊遂吾心膽。

前朝累代功臣子,東漢官封良將孫。自家大漢將軍馬援之孫、馬騰大夫之子馬超是也。官拜大夫之職,禮賢敬士,反正誅邪。來與曹操不睦,殺我一家之仇。何日報之,怏怏於心。今借張魯、王雄兵十萬,鎮守劍關,操兵練將,積草屯糧。軍校,關上恐有甚事,疾忙來報。(軍)得令。(趙)全憑三寸爛番舌,管取英雄在帳中。自家趙雲是也。奉着軍師之命,着俺說化馬超。披星帶月,不覺已到劍關。軍校,禀將軍一聲,有一人姓趙名雲要見。(馬)請他進來。(見介)(馬)子龍到此何幹?(趙)素聞將軍之大名忠義,特來拜謁。(馬)不敢。(趙)請問將軍,何人之後?(馬)小將乃大漢伏波將軍馬援之後。（趙）既將軍累代漢將，俺主公劉勝之後，景帝之孫，怎麼借張魯之兵鎮守，以後被萬人耻笑。（馬）子龍之言，欲我歸乎劉皇叔麼？争奈曹操之仇未報，吾心未定。（趙）將軍，何不借張魯之兵十萬，就破張魯王。那時歸劉，共破曹操，則何冤不報？此則所以棄暗投明，有何不可？（馬）我小將恨無寸敬之禮去見主公，如何是好？（趙）這個不須。你殺黄權，將此之功，足見盛德厚情矣。（馬）知道了。（馬）

【小桃紅】子龍聽啓，聊表吾言。容訴衷腸事，卻有萬千。曹操冤仇恨，我心挂懸，父母之仇共戴天？（合）由把忠良玷，孝義不全，欲殺曹瞞一命捐。（趙）

【前腔】將軍立志，萬古名傳。恩怨分黑白，忠義兩全。不必躊躇也，請勿再言，方顯男兒立志堅。（合前）

詩曰：將軍歸漢破奸曹，堆積心胸怨未消。今朝始遇英雄將，忠孝言詞說馬超。

## 第五十二折

（張魯）

【西地錦】遂掌貔貅百萬，胸中星斗充寒。

撥亂山河已數技，全憑造數用謀機。冤家到此難回避，不斬奸雄不甘休。自家張魯王是也。鎮守西川，各不敢相犯。可奈馬超背義，帶我精兵十萬，棄我歸劉。白旗前來報，道反來索我交鋒。此報何也，恨不得此賊碎屍萬段，方遂吾意。不免點下精兵數萬，戰將千員，要與他交戰。衆軍士何在？（衆上）三十年前學六韜，柳稍門外月兒高。男兒未挂封侯印，指下猶磨帶血刀。大王有何分付？（衆應）得令。（魯上）

【豹子令】衆將齊齊要小心，要小心。各人奮勇向前往，向前往。若還一將違吾令，手中寶劍没人情，没人情。（合）鳴金擊鼓便登程，擊鼓便登程。（衆）

【前腔】領旨前行不可停，不可停。若逢吾敵命須傾，命須傾。弓要上弦刀出鞘，教他片甲不留存。（合前）

提防五虎下西川，個個將他一命捐。功成奏凱回來日，管取名揚四海傳。（關上）

【出隊子】英雄無對，英雄無對，忠孝兼全史記題。扶劉助漢擧王師，要

滅西川張魯賊,三國奸雄盡滅除。(下)(馬上)

【前腔】出兵能料,出兵能料,漢代將軍名馬超。威風抖搜顯英豪,金甲獅蠻帶束腰,要把三國奸雄盡掃除。(下)(飛上)

【前腔】爲人剛義,爲人剛義,除我英雄再有誰。豹頭環眼猛張飛,戡亂鋤强天下奇,要把三國奸雄盡皆掃除。(下)(黃忠上)

【前腔】平生英氣,平生英氣,老將黃忠七十餘。善能威武識兵機,若遇交鋒他命低,抖擻精神教他受虧。(下)(趙上)

【前腔】爲人忠勇,爲人忠勇,真定常山趙子龍。看咱威武顯英雄,百萬軍中立大功,坐下神駒快走似風。(下)(張魯上)

【前腔】那人無狀,那人無狀,背義忘恩把我降。軍人四面列刀鎗,教他認得英雄張魯王。若是交鋒將他命亡。(下)(五虎上)

【前腔】金鳴鼓響,金鳴鼓響[1],萬衆貔貅何敢當。憑咱五虎奮鷹揚,敢勇當先抗我行。(合)(張魯上)若是交鋒將他命亡。

詩曰:西川張魯恣猖狂,今日逢君命已亡。奏凱歸朝拜金闕,封侯受賞輔劉王。

## 校記

[1]金鳴鼓響:底本無,今據前曲句式補。

# 第五十三折

(劉)

【劍器令】血帶傳書國步艱,何時重整漢衣冠。

我劉備受漢天子密旨,教我征曹之罪而破之。今不能如願,可恨可恨。軍師扶漢幾年,離家不得回去。不免差人去請軍師妻小,同來受封贈,多少是好。軍師有請。

【前腔引】(亮)四十功名尚據鞍,時將長劍斬樓蘭。

主公爲民憂國之心,發於感歎。臣聞之,不勝之恐。(劉)□着□軍師錦囊三計,在江東幾不能得脱了虎口。多蒙軍師之大力。(亮)臣何足道也。但衆將惱臣,臣心委實不安了。(劉)諸將爲何怨恨軍師?(亮)言主公得了漢中,諸將兩次勸主公爲主。今若不從,諸將冒失而無所歸,實出萬死一生。皆欲望主公爲王,占厚祿以遺子孫。主公不從,諸將何所望耶?安得而不動心？(劉)我痛念漢室衰微，奸臣弄權，恨不得殺曹賊以安天下，何忍自立？軍師慎勿再言。所憂軍師、夫人數年別，我恐曹操那賊廝詭計，則他聞知你夫人在隆中，軍師骨肉遭其毒手。軍師及早爲計。(亮)主公，臣已預料矣，想妻不在隆中。(劉)今在何處？(亮)今在三江夏口岳母黄孺人家去矣。(劉)叫周倉。(應)(劉)你領五百軍人，星夜至三江縣黄孺人家，接軍師二位夫人，來此處安下則個。(周)得令。(亮)臣不勝感激。(劉)

【排歌】我念你勞形爲咱懋功，瞿然寫立秋風。幾年不得返隆中。年少妻奴久未逢。宜思惠，要預攻，曹瞞畢竟是奸雄。思君事，亂我衷，可請夫人來到，避其鋒。(亮)

【前腔】三顧垂恩，一朝事戎，忘私只爲趙公。昔年吾已料奸雄，此際山妻已到隆。(周倉)你到三江縣二水中。(周)夫人不在隆中，如今在何處？(亮)(外)蒙權處，待吾儂，他時違順災必逢，無大咎，損妻躬。

詩曰：一封書去報平安，兩地睽違幾歲寒。只爲山河盟誓重，敢將結髮等閑看。

# 第五十四折

(黄門擺起鸞駕)宫殿巍巍紫閣重，仙人掌上玉芙蓉。太平天子朝元日，五色雲中駕大龍。小官漢朝黄門是也。今有軍師、衆將，天下已定，請主公受禪，在此擺起鸞駕。道猶未了，軍師同衆官已到了。(亮)

【稱人心】幾年設計用機謀，今日纔蒙聖手扶。(五虎上)南征北討起干戈，臨陣亡生奈若何。今朝重整舊山河，殺操賊自然安妥。

(亮)今日是黄道吉日，衆將請主公受禪。(衆)軍師言之有禮。(亮)言重，同去一請。(衆)是。主公有請。(劉上)

【點絳唇】平定乾坤，臣僚清政方寧静。耀祖榮親，纔把山河定。撥亂江山數十秋，苦征鏖戰同擔憂。如今始得西川地，重整衣冠拜冕旒。

(亮)主公，天下已定，請主公已登寶位，受禪則個。(衆)

【出隊子】揚塵舞蹈，揚塵舞蹈，丹墀拜冕旒。揮毫常在鳳池頭，穩坐江山萬萬秋。罷息狼烟，聖主免憂。

(黄門)聖旨已到，跪聽宣讀。詔曰：朕初登寶位，來鎮西川。念爾功勳，特賜褒封。軍師諸葛亮，封爲武鄉侯加左丞相，關羽封並肩一字王，張飛封琅琊王，趙雲封西川王，馬超封巴州王，黄忠封智勇將軍。毋替朕意。謝

恩。（衆）萬歲萬歲萬萬歲。（衆）

【耍孩兒】微臣感受皇恩惠，（重）賜爵褒封敢效軀。拜舞在丹墀內，文寮武寀皆沾濡。（重）今日羔羊試委迤，臣何任重封貤。乞賜調兵遣將，萬死何辭？（關、張）

【前腔】想當初刎頸交，破黃巾咱第一。虎牢關破溫侯賊，顏良文丑皆亡命。（重）蔡陽英雄血滿屍，古城裏重完聚。今日纔封王受爵，我主穩坐龍車。（劉）

【前腔】乾坤定，日月齊，欲興兵，未可爲。衆卿且把身調理，中原曹操奸雄背。（重）東國孫權巧計施，各守定邊關地。文官要匡扶社稷，武將要鎮守邊陲。

詩曰：舉薦賢能智略通，火燒博望下山功。當陽一敗遭離亂，救子英雄是子龍。

# 七勝記

無名氏　撰

## 解　題

傳奇。明無名氏撰。《遠山堂曲品》《曲海總目提要》著録。祁彪佳《遠山堂曲品·具品》下記載："《七勝》，孔明七勝孟獲，事故叫傳。此曲演出熱豔，小可免於荒俚。"《曲海總目提要》則云"不知何人所作"。劇原題《武侯七勝記》，秦淮墨客校。劇凡三十六出。據莊一拂考，秦淮墨客即紀振倫，字春華，號秦淮墨客，江寧（今南京）人，生活在明萬曆三十四年前後。他撰有傳奇《三桂記》等，並曾爲廣慶堂校正過《霞箋記》《宵光記》《七勝記》《雙杯記》《西湖記》《折桂記》《羅帕記》等傳奇。劇演諸葛亮安居退曹丕五路兵及率師南征，七擒七縱孟獲事。現存明萬曆間唐振吾刊本，《古本戲曲叢刊二集》據此本影印出版。今以該本爲底本，加以校點整理。

## 第一齣　開場赴末

（末）

（鷓鴣天）漢代英雄遍八荒，謀猷爭似卧龍長。亂局何難車馬騁，危邦輕笑掖熒亡。日月奧，視諸掌，巍巍勳業壓張良。古今泣想先生見，赤膽忠心赴一腔。

鄧伯苗奉詔出使，孫仲謀設鼎陳兵。秦學士譚天論地，漢武侯七縱七擒。

## 第二齣　慶賞端陽

（生扮孔明幞頭、錦袍上，引）

【高陽臺】勳蓋群僚，誠開公道，靡殊頳尾魴勞。家國多憂，撝謙偉勳□

操。直須行入昆崙島,這孽焰,纔免無燒。待海晏河清人老,盡心忠孝。

　　紫袍象簡佐當朝,夷夏聆風魂盡銷。蕩寇何須提畫戟,靖虜從來動彩毫。下官復姓諸葛,名亮字孔明,官拜漢丞相兼武鄉侯,領益州牧,祖貫琅琊南陽人氏。化金點石,當年隱迹於茅庵;喚雨呼風,三顧用兵於廊廟。親領王師,萬分軼掌。遂竊黃河之功,過蒙金騎之賜。幸輔先王,位登九五。奉詔托孤,國家內治耗而外形固,朝章瀆而野議昌。正是:粟蠹待神尚在,木蛀而標且堅。今乃端陽佳節,已曾分付安排筵席,未知齊備不曾。堂候官那裏?(末扮堂候官上)堂候官叩頭。(生)酒筵齊備不曾?(末)齊備多時。(生)既如此,快敲雲板,請二位夫人出來。(末)理會得。(請介)(旦扮黃夫人上)

　　【挂真兒】蘭湯浴罷翠雲繚,歡伯忽來相召。(貼扮糜夫人上)寶髻新妝,金蓮細娘,富貴榮華天造。

　　(二旦)相公萬福。(生)夫人少禮。夫人,今乃端陽佳節,你看榴火披丹,槐陰暈綠。五絲約臂,齊迎長命之祥;赤符懸門,共書辟兵之字。(旦)官人射粽以爭雄,國士調羹而永祚。(貼)喜溢雲龍,榮生淮泗。(生)看酒過來。(末)酒到。(旦把盞)(生)

　　【玉芙蓉】新浮麗澤龍,我本是久困凡籠鳥。喜朱明退陛,看舉蘭橈。佳人艾插螺螄巧,公子符簪束髮翹。(合)清廊廟,且驅魔袪妖。願國泰民安,雨順風調。(旦)

　　【前腔】銀江角黍飄,瓊海蒲觴渺。羨華歌偏合,鳳管鸞簫。相公,但願你誠涵葵赤忠良顯,道引菖年福壽高。(合前)(貼)

　　【前腔】山君製錦嬌,水帝銷金耀。盼王孫戲馬,驟過危橋。蒲英剪綠焚寶鼎,榴萼披丹映彩袍。(合前)

　　(夫扮探子上)報報報。(生)報什麼事?(夫)司馬懿奏了魏王,起兵犯界。(生愕科)司馬懿奏了魏王,起兵犯界,所犯何處?(夫)

　　【前腔】五路奮英豪,六合施狂狡。那孫權孟達,柯比能驕。南蠻孟獲韜略妙,大隊曹兵膽氣驍。(合前)(夫下)(生、旦、貼唱)

　　【人月圓】聽司馬奏朝,聽司馬奏朝,五路戰鬥如何了。可憐百姓無依靠,單于海寇齊來到,鐵騎紛紛無處逃。人猶草,人猶草,欺妻孥薄命,哭得我淚眼如桃。

　　金鼎丹砂不再燒,牛眠馬跪定難逃。赤松有意歸山急,只恐無人輔漢朝。

## 第三齣　備造軍器

（净扮牛鐵鬼上）

【梨花兒】我做鐵鬼實堪誇，打得刀鎗錦上花。殺人勝似剖西瓜，嗏，還有公公絕妙鈀。

（內）那朋友，把那鈀頭讓與我種田罷？（净）我這鈀頭種不得田，是公公鈀灰的。（笑科）自家牛鐵鬼，器械真個美。關刀似鵬翅，鐵槊如鷺腿。打枝鎗九天呵氣，鑄口劍夜半騰輝。都督和我相契，總兵與我相知。上門的都是甲兵勇士，下顧的盡是哨官小旗。還有內官一輩，愛我刀快割雞。（內）那朋友，把刀讓與我宰雞罷？（净）俊狗骨，我這刀不是宰雞的，是那內官割雞疤的。（笑科）遠遠望見，又一個匠人來了，不免在此等候。（丑扮馬鐵鬼上）

【前腔】我做鐵鬼實堪嗟，寒堆肌粟沒根紗。終朝餓得眼睛花，嗏，前面茅房是我家。

自家馬鐵鬼。非是我誶嘴，會造將軍甲，善打元帥盔。太祖手裏遺下的鐵丕，祖父手裏傳下的鐵槌。赤身露體，好似十王甑上蓬頭垢面，渾如鑽竈的烏龜。打樸刀殺人無血，箍馬桶不漏些尿。世代傳來藝業，工夫果是精微。遠遠望見一個匠人在前，待我耍他。老哥，久違德教，獲罪良多。（净）素不相識，老兄高姓？（丑變色科）你這朋友就忘了，自幼相交的恩情，我和你在金鸞殿上鑄昆吾劍，曾相厚來哩。（净笑科）是了。莫不是朱買臣打柴，交斧頭的主顧？（丑）正是正是。（净）聞知丞相起兵伐魏，合用軍器，都要驗過。不免前到局內，修整一番，有何不可？（丑）有理有理。（打磨科）（净）老哥，我和你在此修造軍器，真個是"勞其筋骨，餓其體膚"，官作又無犒勞。我想這些器械，都是忠臣良將建功立業來的，如今不免將他評論一番，定個賞罰。講不得者，罰酒一斤。（丑）講得者平過，你說你說。（净舞劍科）此劍名曰昆吾劍，吾王曾鑄金鸞殿，高祖提來斷白蛇。（丑）有何憑據？（净）其功出在西漢傳。（丑）那蛇你看見否？（净）待我耍他。那蛇我看見在泰行山上，身長千丈，腹大百圍，角似珊瑚樹，眼若夜明珠，虎狼食了不能動，鷹鸇啄了不能飛。（丑）依起這般說，那蛇毒人。（净）該你。（丑）該我。（丑舞刀科）此刀名為偃月刀，將軍降漢不降曹，三請雲長不下馬。（净）有何憑據？（丑）將刀挑起絲紅袍。（净）那袍還是花子的，還是素淨的？（丑背笑白）待我耍他。那袍我看見：曹操追壽亭侯到灞陵橋上，與壽亭侯餞別；壽亭侯不肯下馬，就將那刀尖兒一挑；那袍上一條黃龍，就驚到大河戲水去了；壽亭侯差我去拿，半空中墜將下來，我只說捉得龍吟，原來是跌得我自家做烏龜叫。（淨）好說。（內）造軍器的完了不曾？快些拿來查驗。（淨、丑）

【清江引】來了。鎗刀磨得光光乍，青龍偃月華。方天戟似霜，鉞斧團如畫。斬馬刀，丈八矛，鐵鬼都會打。

## 第四齣　趙魏保駕

（外扮趙雲金斗錦衣白鬚簡上）

【出隊子】東征西討，東征西討，鐵冑金戈旦夕操。如今象簡喜趨朝，兩道紗燈照紫袍。（合）惟願君王福壽彌高。

少年意氣萬夫豪，曾向天山淬寶刀。霹靂一聲胡馬靡，將軍不數霍嫖姚。老將姓趙名雲字子龍，天與拳謀，神資膽略。掌上陣雲鵝列，岑頭蠻霧狼銷。比萬軍而救主，憑隻手以擎天。齡高七十，爭誇矍鑠之翁；功蓋三分，咸謂忠良之將。先帝封我爲王，鎮守諸夏。今乃早朝時分，只得在此伺候。道猶未了，魏文長早上。（小外扮魏延紅臉白眼黑斗花鬚簡上）

【前腔】南平北擾，南平北擾，畫戟青鋒總是毛。何年珠履賀唐堯，五路軍威動九霄。（合）惟願君王福壽彌高。

一出轅門便射雕，攬鎗落處殞天驕。時人問我功多少，取得皋蘭屬漢朝。末將姓魏名延字文長，弓挂扶桑，劍倚天外。投醪挾纊多恩，舉鼎拔山何讓。平漢賊，獨崇諸子奇功；取川君，深荷先王厚報。官封元帥，勢壓萬邦。今乃早朝時分，遠遠望見子龍老將軍在前，須索相見。老將軍請了。（外）魏文長少禮。（小外）靜鞭響處，聖上來也。（小生扮後主，帶內使、宮女、衆上）

【前腔】天開廊廟，天開廊廟，紫氣祥雲擁俊髦。高人曾出卧龍橋，小丑遊魂柱自勞。（合）惟願君王福壽彌高。

金殿氤氳彩鳳朝，景星燦爛慶雲嬌。諸侯拜舞山呼罷，青蒲凝露濺紅袍。寡人劉禪便是。自登寶位以來，且喜八方通道，九譯來朝。幸修歷帝之鴻圖，更紹百王之荒略。德澤流於四方，仁風扇於百郡。叵耐曹丕五路興兵，犯我疆界。已宣衆將，共畫良籌。環珮鏗鏘，衆臣具在。（外、小外）萬歲萬歲萬萬歲。（小生）寡人不幸，曹丕五路興兵，犯我疆界，群臣有弒君獻國之心，相父有挂冠解綬之志。二卿有何良計，爲朕決之。（外）臣伏聞徐庶謂先帝曰：諸葛孔明，卧龍也。宜枉駕顧之，不可屈而致焉。今陛下以相父爲道德城池、禮儀干櫓，六合有倒懸之厄，九州無烟火之廬，胡不枉駕而顧，以希先帝之明乎？（小生）既如此，就着二卿護駕，待寡人親顧相府，求退魏兵之策。（外、小外）萬歲。（衆）擺駕。（衆）

【大環著】擁鸞輿星軺，擁鸞輿星軺，將相離朝。一朵紅雲，萬乘巍高，錦瑟瑶琴和好。結綠青萍，爭羡着裏蒲輪雪宵諮趙。（合）乾坤老，聖曆昭，誓看漢業中興，坐朝問道。（衆）

【越恁好】肖神仙離玉嶠，肖神仙離玉嶠，雞樓月帳飄。文臣武將，穿珠履，勝蕭曹；金童素女，身披絳袍，先鋒綉帽。紅羅傘蓋君王貌，寶爐香噴長安道。（衆）

【尾聲】龍行鳳舞祥光耀，聖主鷹揚動百僚，燕雀驚飛羽翰超。

來到相府。（丑扮把門官）把門官見。（小生）快開府門，待寡人進去，與丞相議事。（丑）萬歲。那官兒過來。自古道："未去朝天子，先來謁相公。"我們有些常例香扇，在那個官兒處，快拿與我。（内使）這廝大膽。萬歲爺爺，怎麽有常例？（丑）没有常例，大大的升個官也罷。（内使喝，丑跌科）開門開門。（小生）衆卿於此駐節，待寡人棄輦行進，方見殷勤之禮。（外、小外）萬歲。（小生同宫女、内使先下）（丑笑云）你看聖上這般小心，就是我學生奉承夫人，還没有這等樣。（外）休得胡説。

正是：天子觀威下輦，將軍宣令行車。

## 第五齣　君臣慶會

（生）

【卜算子】萬驥蹄長州，晝夜鳴刁斗。（旦）婦隨夫唱可曾有，（貼）爵位都成虛受。

相公萬福。（生）夫人少禮。（旦）相公調兵破魏，事體何如？（生）下官只爲五路兵來，暗檄衆將官退了四路，惟有東吳未退，欲待蘇張之舌而用之。（貼）既然退了四路，相公何不備下表章，奏與聖上知道？（生）這幾時聖上歡娛酒色，安危莫辨。倘登陛聞言，必有倒戈失魂之狀。待他親賢遠佞、去讒遠色來顧，下官自有道理。（旦）前面池亭上好景，不免縱步消遣，何如？（生）如此卻好。（生、旦、貼唱）

【尾犯序】花落綠雲裘，雨過梅林，風透薇樓。滿架金錢，聽鶯奏箜篌。

綢繆。我待要學乘桴泛海,怕尋不到赤松去遊。羞殺我,藥爐丹鼎,撇在五雲頭。

（生）呀,信風飛過,香馥異常,主有天子來到。夫人請進,安排筵席,迎接聖駕。（旦、貼）謹領相公之命。（下）

（生吊場）你看那鳩叢紫椹,蝶冗黃花；竹雞飛出薔薇之外,野鴨眠於溪磧之間；高閣築於池中,小舟舶於柳下；嚶嚶斷而再續,翩翩去而復來。真個是鳶飛魚躍,美景良辰,好遊玩也。（作驚科）呀,忽然見陰雲四布,彩黷溪心,平空躍起一條大哉之物,想是蛟龍騰踏,未可知也。我想那東吳孫權之輩,倚此波濤,香餌不可以羅,實猶此物耳。（生）

【前腔】臨川建國艘爲騶,破浪沖風,滑似魚鷗。我想那吳王呵,他有百萬貔貅,善縮鐵伸鉤。僝僽。休笑他做癡然豎子,當愛他做賢哉麗侯。從今後,高冠陪輦,王老楚江秋。

（小生暗上云）相父安樂乎？（生回身看,跪云）臣該萬死萬死。（小生）

【二郎神】顧鴻雁,和麋鹿在溪邊雪竇。只繾綣鴛鴦那蓮萼秀,蓬萊仙境羞,他銅雀難儔。羽扇綸巾獨自遊,這滋味誰能消受？（合）無志覆金甌,別蘭臺須否葵丘。（生）

【前腔】深稠,君恩似酒,愚庸野叟紫閣無。文韜略,謬幸龍顏親顧,蓬間驟覺香浮。願祝君王萬萬秋,常恕我微臣之咎。（合）無福覆金甌,坐蘭臺誓守葵丘。

（小生）相父,朕爲九闥將蹶,五路兵圍,群雄哨聚於山林,野寇揮戈於道岸,何期相父深居紫禁,頓忘白帝之孤也。（生）痛哉斯諭。微臣叩首,流血而已。竊惟臣事先王,此身置之鼎革,不旋故土也。蓋五路兵來,臣已退之矣。（小）

【集賢賓】諸侯連疏皇圖朽,承天門列貔貅。五路兵回言定否,不爭鬥怎驅群醜。你才略兼懋,望借箸安排甲冑。（合）早把乾剛救,設機關免落他後。（生）

【前腔】吾王息怒容臣剖,潸潸珠淚盈眸。暗檄諸軍先固守,豫策有乘蔑機毂。我想那魏王呵,他車馳馬驟,都做了歸師群寇。（合）早把乾剛救,設機關豈落他後。

（小生）相父此言,莫非謬乎？（生）臣啓陛下：魏王以曹真爲帥,素畏者趙雲也,臣偽以其名退之,此路不足憂也；孟達、李嚴契厚,臣索示李嚴之書,此路不足憂也；孟獲強梁,魏延昔師其國,臣竊彼威破之,此路不足憂也；柯比能國號西番,乃馬超生化之區,其國聞風戰慄,此路不足憂也;止有孫權未退,奈乏賢才而用之,此臣切切悒悒,獨籌沼上。願陛下赦之。(生作跪,小生扯科)(小生)相父之才,正所謂老子烹魚,橐駝種木,使朕如在夢中初覺,可羨,可羨。(生)臣恐奔蜂不能化藿蠋,越雞無志伏鵠卵。大哉巖廊之事!臣當竭力爲之。堂候官,看酒過來。(丑)酒到。(小生)相父,此酒爲何?(生)臣特具匏樽,一爲風調雨順,二爲國泰民安,三爲君禮臣忠,四爲華夷歸命。敢屈聖聰,少寬抑鬱。(小生)既然如此,朕當共相父一樂。(生)萬歲。(生、小生唱)

【貓兒墜】錦庭輻輳,宴飲是土侯。賢主嘉賓泛玉舟,强兵猛將寢吳鉤。(合)萬壽。願歲歲君王,穩坐龍樓。(小生、生唱)

【前腔】花開雲構,柳外戲驊騮。順水遊駕景色幽,落霞飛雁好清秋。(合前)(生、小生唱)

【尾聲】一團紫氣祥雲透,羨君臣齊開笑口,佇看那魏國、吳邦作寇讐。

堪笑孫曹見識愚,設盡牢籠總是虛。從今準備擎天手,誓把奸雄做釜魚。(生跪云)臣有軍務在身,不敢護駕。(小生)平身。(下)(生吊場)左右封門。(卒)理會得。

## 第六齣　鄧芝躍鼎

(净扮孫權白面虬鬚沖天冠上)

【夜遊朝】赭衣黑蟒傲重瞳,拳宫悉賴軿幪。武備文明,勳華素仲,赫然憤志江東。

歷代簪纓奪上功,封侯鎮守大江東。今朝天子身榮貴,這般嘉譽有誰同。孤家姓孫名權,別號仲謀。遣虎驅蛟,親賢遠佞。帳下的將官如雨,都是舉鼎拔山;幕下的書生似豆,悉能緯地經天。魏誇孤之智勇,蜀咸孤之信義。取與不取,叩庭告命;攻與不攻,望闕示下。頃者鄧芝來覲,此乃諸葛五路退兵之策也。已選身長面大驍勇將官,腰懸寶劍,手執金戈,焚薪炙鑊,闡發威靈。倘鄧芝果有蘇張之見,孤當卸甲倒戈,事彼上國;倘没奇謀異見,當梟其首,連夜發兵。張昭、陸遜何在?(末扮張昭、小末扮陸遜上)輕移仙鶴步,遥覲玉龍顏。(見介)千歲千歲千千歲。(净)子布、伯言,鄧芝來時,孤家怎麼相待?(末)主公,不待此人開言,便責以酈生説齊之事,當詣殿前之鼎,叱彼烹之。(净笑)好計好計。(小生扮鄧芝幞頭持節上)

【風入松】欽承王命到吳宮,挽回千古淳風。只因五路干戈動,把朝綱毀如春夢。要把孫權拊背,還教曹丕開胸。

大王請了。(眾威科)(淨)鄧芝匹夫,爲何見孤不拜?(小生)上國天使,不拜小邦之主。(淨)鄧芝匹夫,汝欲效酈生來說齊者乎?(小生)

【惜奴嬌】大播皇風,奉欽差盪寇提劍,到此江東。(淨)賊是何人?(小)吳兒犯順,遣我來,稽訓其功。大王你,逆天罪孽丘山重,當獻馘,難容縱。(合)輔漢龍,莫待剝膚蹙額,瀚海流紅。(淨背唱)

【前腔】英雄節義凌空,果然是畫餅之容。吹箎烈士,想完璧,復在寰中。鄧芝出言,果有奧妙。縱橫捭闔言非謬[1],奇諸子,誠堪誦。(合前)

鄧芝匹夫,汝今此來,莫非爲魏王五路之事乎?(小生)宣佈德意,上施天子之恩;保舉忠良,下罄三公之典。(淨)原來如此怪談。你就是張儀再出,陸賈重生,不能動孤萬分之一。可速入鼎內烹之。(小生)事君能致其身,臣之職也;事父母能竭其力,子之分也。我今爲國忘身,就向鼎鑊烹之,有何不可?(□□)(淨)左右,快救匹夫,黜出宮去。(眾作阻小生科)(小生唱)

【黑麻序】崢嶸。我生平有剛毅,報國攄忠。吳王無道,我待鞭碧眼阿蒙。氣轟。搜碎藍田帶,踢破錦屏風。(合)忿滿胸,海徹山崩,國喪家窮。(淨)

【前腔】慫恿。我如今事漢中,君威鷙猛。拜覆劉王,惟命是從。幸逢。願把干戈靜,希原禮不恭。(合前)

(淨)鄧先生,孤與漢王結好,先生肯主之乎?(小生)大王命世之英,諸葛一時之傑。蜀有山川之險,吳有長江之固。若二國連和,進可並兼天下,退可鼎足而立。(淨)孤若與魏王結好,何如?(小生)大王若委質稱臣於魏,魏必求大王入朝,呼太子內侍。若不順從,則奉詞伐叛,蜀亦順流見可而進。如此則江南之地,非復大王所宜有也。(淨笑)先生高論。快排隊伍,送回館驛,明日赴宴。(末、小末)千歲。

舉薦賢才到漢庭,設誓揚盟達我情。只恐山雞羞似鳳,螢光難作月光明。

## 校記

[1]縱橫捭闔:"捭",底本作"押",今據文意改。

## 第七齣　孟獲遊獵

（淨扮孟獲回回上，引）

【點絳唇】虜騎連天，胡鋒掣電。瑤圖展，寶鑒開，先要霸着金鑾殿。

穹廬初剪百花團，貂裘笑整鹿皮冠。明日控弦遷漢代，接得輿圖馬上看。俺乃孟獲便是。炰烋海澨，諸夷崇俺為君；睇盼中華，三國亂臣呼主。向蒙大魏皇帝差一天使張遼來入俺國，餽送金銀彩段，結為唇齒，教俺統領鐵騎十萬，五路攻蜀。不想諸葛亮那廝有奇謀異見，施些小計，連俺家兵也退了。俺如今人饒頗牧，馬騁驌驦，將勇兵驍，粟紅貫朽。中華屏帑的將帥，怎當俺狂逞的南蠻？糞土城池，不勾俺靴尖踢倒。你看山明水秀，麟鳳交遊，不免遊山打獵一回，先擒野獸，祀了祁連，後殺進關，取大漢天下，有何不可？把都每那裏？（卒扮把都上）（淨）把都每，俺蒙大魏皇帝。（照前說科）（卒）得令。（淨）

【北雁兒落】俺只見王氣溢祁連，紹聖雲開，寶星光豔。元狩麟蹏躍出郊原，神爵鳳盤繞瞻天塹。（淨）

【得勝令】鷓巍巍燕子把泥噙，韻喈喈鳥鵲飄風健，碧團團老鹿錦般纏，黑浮浮對兕黃沙片。虎頭土巂勳雞出，那犬羊兒真叫憐，被俺家喪黃泉。此正是拿龍捉虎做君王，祝萬年，祝萬年。

（卒）報大王，前隊元帥獵到一隻大獸了。（淨）獵到一隻大獸？既如此□□，□令各隊元帥領兵回。（卒）得令。

欲建中華國萬年，先擒野獸祀祁連。此生愧作腥膻主，誓號南朝雨露天。

## 第八齣　秦宓論天

（旦、貼扮歌妓上）

【清江引】縈塵集羽盤空態。鸚鵡舌喈喈，鸞鳳韻鏘鏘，歌舞誰不愛。比陽阿，賽旋娟，無處買。（生引）

【步蟾宮】龍潭整頓蘇秦劍，還憑意氣，還憑血戰。幸我靈臺無法變，總成天地真詮。

（旦、貼）歌妓叩頭。（生）今日請江東張溫老爺，須要打景按情唱曲。

（旦、貼）知道。（生）酒筵齊備不曾？（丑扮遞酒官）悉已齊備。（生）既如此，近前來聽我分付。（丑近前，生悄説科）少刻我與張溫飲酒，至半酣之内，你可請翰林院秦學士到此赴席。（丑）丞相，何不預先請秦學士到此？（生）你不知道，我前命鄧芝老爺去説吳王，吳王與我結爲秦晉，特使張溫來此復命。我早間已修書送與秦學士，教他詐醉佯風，到此造席。倘若張溫發性，便以難法難之；倘他不解秦學士之意，方顯漢中有人材也。（丑）老爺用計如神，雖古之聖賢不及焉。（小淨白面髶鬚冠帶張溫上，引）

【前腔】長安策馬秉雄權，方纔北渡，又抵西川。詞鋒百鍊氣沖天，正是威風八面。（生迎科）

（小淨）丞相請上，待下官拜見。（生）只行常禮。（交拜科）（生）萬里烽臺撲火烟，（小淨）百寨懸弓錦貯弦。（生）摇紈勝仗平羌劍，（小淨）投壺何幸會貂蟬。（生）先生遠來，愧無瓊獻。（小淨）得拜天朝，有餘幸矣。（生）看酒過來。（衆）

【梁州序】江樓開宴，雲臺邀餞，舉眼山川觀遍。似神仙法界，分明八景宫邊。只見天河一色，紫霧香烟，錦簇琉璃殿。笑花攢萬樹滿瓶鮮，盡架鞦韆戲錦纏。（合）白鷺軒，黄鸝院，看雞鳴日落當留戀。乘醉去，直上兠摩天。（衆）

【前腔】蓬萊仙眷，芙蓉嬌面，身如細柳三眠。那緑雲簪玉，平空挂起金蓮。花板絲繩欲卸，彩服翩翩，歌舞渾無倦。琵琶連操動鼓忙喧，品笛吹簫勝上元。（合前）

（小生扮秦宓冠帶作狂吟詩上）謾説經年得，休誇七步成。年來有新句，平地擲金聲。（生）左右，何處喧嚷？（卒）學士吟詩。（小生）丞相拜揖。（小淨下迎，小生不理，就貼、小淨位坐科）（小生）下官來遲，看大巨觥過來，先飲三巨觥。（小淨怒）丞相，此何等之人也？（生）此益州學士秦宓也。（小淨）他名爲學士，不知胸中曾學事乎？（小生怒拍席下科）我蜀中三歲兒童，尚有飽學，何況我耶？（小淨）你既誇此大言，我且問你，平生所學何事？（小生）上通天文，下識地理。三教九流，諸子百家，無所不通；古今興廢，聖經賢傳，無所不講。汝問我學，何相眇焉？（小淨）我且問你，既識天文，天有頭乎？（小生）天有頭。（小淨）頭在何方？（小生）《詩》曰："乃眷西顧。"以此推之，頭在西方也。（小淨）天有耳乎？（小生）天有耳。《詩》曰："鶴鳴於九皋，聲聞於天。"（小淨）天有足乎？（小生）天有足。《詩》曰："天步艱難。"無足將何所步？（小淨）天有姓乎？（小生）天有姓。（小淨）天姓什麽？（小生）天姓劉。(小淨)何以知之?(小生)當今天子姓劉,天也姓劉。(小淨)日生於東乎?(小生)雖生於東,自沒於西。(小淨呆科)(小生)張先生,秦宓既蒙先生考校,敢問先生乃東吳名士,既以天文一一下問,先生必能明天文之理。自混沌既分,陰陽剖判,輕清者上浮而為天,重濁者下凝而為地。自共工氏戰敗,頭觸不周山,天柱折,地維缺,天傾西北,地陷東南。既輕清而上浮,何能傾西北乎?輕清之外,是何物乎?願先生明以教我。請詳試之。(小淨慌科)(小淨)少待,到是我差了,不意蜀中有此豪傑。(小生狂科)看酒過來。(生)學士公,何難張惠恕也。(小淨)張溫一時愚昧,得罪多了。(生)先生既明安邦治國之道,何較唇齒之談哉?(小淨)多蒙教誨,只是坐席不安,就此告辭。(小生)張惠恕莫非罪我乎?(小淨)學生告辭,負荊請罪。(小生)安有斯理?待學士就此請和。(揖介)(小生)適觸臺威,荷蒙慈宥。(小淨)甚慚樗櫟,弄斧班門。惶愧惶愧。(生、淨、小生各還位科)(衆)

【節節高】金門遇聖賢,果通玄,陰陽天地都談遍。藺司馬,范仲淹,曹子建。昂雷聳壑誰人僭,絕塵越景惟君占。(合)寶蟾本是翰林心,文光燦若霞光豔。(衆)

【前腔】中宵月正圓,進樓前,幾船漁火穿江面。銅壺轉,珠斗懸,銀河見。才郎醉把瓊漿嚼,佳人笑執搖紈扇。(合前)(衆)

【尾聲】夜深忽聽鐘聲顫,野渡呼風送客船,誰道揚州值萬錢。

(小淨)叫左右,取一兩銀子賞那歌妓。(旦、貼)謝老爺賞。望江樓上會群賢,學士乘風入畫筵。興到不堪回首處,不知今夕是何年。

(小淨下)(生、小生吊場)(生)學士公珠璣唾落,奸臣割舌而去矣。(小生)丞相神功妙濟,愧無越景絕塵。(生)休得過謙。請學士公再叙片刻。(小生)上命編修,就此告別。(生、小生並下)

## 第九齣　趙魏偷營

(孟獲帶卒唱上)

【水底魚】守夜巡更,憂勤睡不寧。敲柳擲鐍,鬼哭與魔驚。

把都每,你看今晚月明如鏡,萬籟無聲,今晚必有漢兵到此偷營劫寨。分付衆軍士,身不許離甲,馬不許卸鞍,手不許離器械。若有漢兵到此,一齊努力殺將出去,要他片甲不回。如有違令,以軍法處治。(卒)得令。

(趙雲、魏延唱上)

【前腔】月白風清，寒梅開滿林。偷營劫寨，緩勒馬蹄輕。

大小三軍，來此已是孟獲營寨，殺將進去。（淨驚科）何處羅唣？不好不好。（殺科）（外擒淨科）（眾）

【山花子】吾軍戰虜紫霄峰，佛狼震動天宮。論匈奴亶然蟣蝨，敢同龍虎爭雄。（合）喜今宵蒼頭奏功，雷威一掃盡皆空，陽和到處都望風。青史煌煌，爵賞千鍾。

## 第十齣　孔明賞燈

（生引）

【金蕉葉】春回帝里，忠氣先歸丹陛。看捉虎擒龍來至，休笑道黔驢鼫鼠。（外）

【前腔】神嬌意美，似蕢茮春生日麗。（小外）且對椒盤沉醉，不防酒污征衣。（趙雲、魏延得勝回營）

（生）孟獲見在何處？（外）見在帳外。（生）左右，解他進來。（卒縛淨頸解進科）（生）孟獲，你何敢反耶？（淨）俺何為反耶？西川皆是他人地土，汝強奪之，自稱為帝。今俺大魏皇帝，尚送俺金銀彩段，結為唇齒。汝乃小邦之君，不來納貢，尚敢抗我大師，何反之有？（生）既如此，被我擒住，心肯伏乎？（淨）山川凶險，道路窄狹，誤遭汝擒，俺怎肯伏？（生）既如此，放你回去何如？（淨）丞相若放俺回去，整頓軍馬，共決雌雄。那時擒俺，傾心就伏。（外）丞相差矣。孟獲乃南蠻之魁，今幸已擒，豈可縱其猖獗？只宜斬首證令，不可包藏禍心。（小外）善哉，將軍之言，正合吾意。今丞相不采，是猶縱虎歸山，必為漢家之害矣。（生）二位將軍，豈不聞治亂民猶治亂繩，不可亟也。吾觀此人，若探囊取物。不必多言，待吾親釋其縛。左右，取戎衣一領過來。（淨穿科）（生）二位將軍，今乃新春，一元之夜，諸夷所獻胡女，善諧音律，各寨放起花燈，令他歌舞一回，以共孟君一樂，何如？（外）（小外）既承大惠，敢不趨側。（生）看酒過來。（旦）酒到。（生、外、小外、淨、旦、貼、胡女唱）

【惜奴嬌】海國春回，喜擒王設宴，玉漏三催。建興四載，欣逢五夜，光輝傳杯。諸葛軍師宣德意，釋孟獲在皋蘭地。（合）奏凱歸，齊看花燈兩行，勝會瑤池。（淨、生、外、小外、旦、貼唱）

【鬥寶蟾】仙姬，綉朵英枝。愛婆娑舞罷，嬌聲勸酒微癡。把心猿奔出，

意馬難持。清虛,金波玉液施,銀花火樹圍。(合前)(眾)

【錦衣香】歌漸低,沈還起。樂漸翕,成而繹。只見細口動,猶啣笙簧聲美。虹橋高架白花飛,壽星跨鶴,果老騎驢,觀音籃內火燒魚。加冠進祿,氣吐虹霓。多少攘瓜鼠偷他不去,野僧背婦,短髮麗衣。(眾)

【漿水令】錦屏開景壓太虛,爆竹喧雷鳴於地,回回進寶步難移。老龍戲水,寒鵲爭梅鰲山際。諸侯聚彩樓,日月星辰繫。琉璃盞,琉璃盞,鴛鴦兩隨。花紅帶,花紅帶,鸞鳳雙棲。(眾)

【尾聲】火牛火馬真奇異,孔雀屏開兩翼齊,獨鶴朝天分外輝。

(生)左右,取鞍馬送他回洞。(卒)得令。謝得軍師甲馬齊,不殺如同會故知。只道黃泉今夜住,誰思猶到故鄉居。

(生、外、小外帶下)(淨吊場,過卒科)(卒)大王如何來了?(淨笑云)把都每,你看那諸葛黃黃瘦瘦一個先生,蒼蒼老老幾員將帥,俺這里堅甲利兵,他怎敢與俺衝鋒禦敵?那劉先主的霸業,被他坑了,被他坑了。(卒)大王,彼貌雖癯,頗有管仲之才;彼將雖蒼,更有馬援之勇。不可輕視,不可輕視。(淨笑科)(淨)

【好姐姐】笑臥龍貌猶兒戲,怎輔得廟堂神器,殘兵老將瞬夕歸泉世。吾爲帝,華夷一統無休替,銅柱標蕃總是悲。

斜著冷眼觀螃蟹,看他橫行到幾時。

## 第十一齣　孟獲設宴

(丑扮祝融回婆上唱)

【太平令】兵敗愴惶,滿道豺狼真膽壯。國君被縛多磨瘴,俺未審,命存亡。

妾身非別,乃孟獲大王一位正宮娘娘便是。只因大王與漢交鋒被擒,未知他存亡若何,教我時刻挂念,好不痛殺人也。(哭科)呀,聽得人馬羅唣,想是大王來也。(淨著錦衣黑沖天上)

【前腔】中外爭強,愧失兵機身險喪。臥龍不把山河讓,且歸庭,謾商量。(丑見淨笑科)

(丑)大王萬福。(淨)夫人拜揖。(丑)大王,你被漢兵擒去,如何又得回來了?(淨)夫人,不羨那趙雲驍勇,也不算那魏延沈雄,臥龍監我在帳中,被俺夜間奪得那巡營的將官雙股劍,殺壞千軍萬馬,突出重圍,如入無人之境。

（丑）大王身上這衮龍袍,是那裏來的?（净笑）漢王所穿者,俺剝而衣之。（丑）大王好不英雄。（净）皆賴夫人之福。夫人,俺如今深知諸葛詭計,只宜固守,切不可和他厮戰。（丑）大王要圖大事,怎麼畏懼刀兵?（净）夫人,即目炎天暑熱,更兼瀘水之凶,船筏盡拘南岸,四面築起土城深溝,諸葛就是神明,也不能展手。（丑）妙計妙計。看酒過來,與大王散悶。（净笑）好賢惠夫人。既然有酒,叫胡兒胡女番歌番唱,大家作樂。（旦、貼扮胡女把酒介）（衆）

【石榴花】樂天新築,殿閣喜隣蒼。集仙子,迓霄皇。彩鸞丹鳳共翱翔,金盤盛露爲漿。高歌雅簧,日月精寶,燭紅光樣。（合）舞青鋒,龍去河圖戲金錢,蝶戀群芳。（衆）

【前腔】鷥駿過處,風送御爐香。旌旂麗,慶雲妝。（净）夫人,好景致,你覷之乎?（丑）大王,是何景致?（净唱）真官捧籙衛天王,金冠鶴氅玎璫。奇娥兩行,恨不得同寢芙蓉幌。

（丑）你這騷詞,應該罰酒。（净）不過謔言,便生妬忌。（各笑介）（合前）（卒扮董荼奴元帥上云）報報報。（净云）報什麼事?（董）

【泣顔回】漢兵百萬强,衆先鋒綉帽軒昂。大王,有個乘車羽士,他運籌斬將截糧。（净）那就是諸葛了。後來怎的?（董）他編竹肖航,暗渡着瀘水三千浪。（合）俺君臣身困重圍,請大王急出歸降。（净喝介）這厮長他人志氣,滅自家威風,詐敗獻糧,私通漢國。叫把都每,與俺萬打千敲,從直供招便罷。（卒打董科）（净、丑）

【前腔】威名遍國彰,恨奸讒賣弄朝綱。把都每,與俺着實打。千敲萬拷,打得他皮肉飛揚。機謀柱良,好情懷反惹多惆悵。（合前）

（净怒）斬將奪糧,氣殺俺也。（丑）大王息怒,俺和你再飲數觥。（净）夫人有理。看酒過來。（净、丑飲醉卧科,唱）

【尾聲】怒冲酒醉人悒怏,王事多艱甚鞅掌,何日登臨漢廟廊。

（董）大王饒命。（卒）不要做聲,大王、夫人都睡着了。（董望净、丑起科）此天救俺也。俺想劉王乃是真命天子,孟獲乃是海嶠昏君,俺和你莫若擒他夫婦,逕投漢營,將功贖罪,有何不可?（卒）言之有理,就此下手。（董、卒背縛净、丑科）（卒）夫人醉了,行走不動,待俺背起來罷。

好酒因招禍,好色便傷身。千金身子重,莫笑骨頭輕。

## 第十二齣 妻妾問數

（旦）

【生查子】綉閣冷鴛衾，粉署孤鸞鏡。（貼）青鳥苦喧庭，紫塞人無信。

（旦）送郎浦口問歸期，（貼）笑指芙蓉開處歸。（旦）今日玉梅花人吐，（貼）反教思婦寄郎衣。（旦）妹妹，自從相公征蠻去後，音信杳無。教我時刻挂念，如何是好？（貼）姐姐，聞知西京有兩個推命卜卦的，甚是通玄。不免喚他來試問一番，有何不可？（旦）如此甚好。院子何在？（末）忽聽夫人命，忙來聽指揮。（旦）你可到外面請兩個推命卜卦的進來，待我把相公歸期流年，推算推算。（末）理會得。占卦算命的先生，諸葛府中請你。（淨）

【窣地錦襠】我住西京極有名，（丑）卦命從來妙入神。（淨）希夷罵我做畜牲，（丑）鬼谷先生鞭俺魂。

（末）先生，希夷罵你做什麼事？（淨）老兄，你不知道，那希夷罵我有些調謊。（末）那鬼谷先生鞭你做什麼事？（丑）老兄，你不知道，那鬼谷先生鞭我有些講天話。（末）夫人等久，快行幾步。稟夫人，推命卜卦的到。（旦）此位先生高姓？（淨）小子從來不道姓，凡人動問，須要猜個啞謎兒。（旦）願聞。（淨）老君生我二十四肋，一邊是人，一邊是佛。（旦）莫非是個李半仙？（淨）誠哉誠哉。（貼）此位先生尊姓？（丑）小子也是個啞謎兒。（貼）請教。（丑）若問吾姓，家祖爛柯；若問吾名，陰司稻子。（貼）莫非是個王鬼谷？（丑）着手着手。（旦）占卦的，還是金錢問卜，還是觀梅起數？（淨四處望介）天上碧桃和露種，日邊紅杏倚雲栽。芙蓉生在秋江上，不向東風怨未開。稟夫人，沒有梅。（旦）不是這等說。自古卦士，有個觀梅起數。（貼）推命的，還是會看子平，還是會看五星？（丑四處望介）臥澗長虹鎖翠岑，一泓清徹水波深。夜來明月冰輪皎，蕩漾浮光萬頃金。稟夫人，沒有星。（貼）不是這等說。自古星士，有個禽堂五星。（旦）那卦士，近前聽我分付。（旦）

【金落索】良人統大兵，數載無音信。（淨）數載無音信，多因是死了。（旦）未審匈奴，（淨）我也不凶。（旦）曾把輿圖進，（淨）芋頭出在西山。（旦）何年轉雁門。（淨）雁門紫塞，雞曰赤城，這個我曉得。（旦）莫因循，把卦象搜求定太平。（淨）這個夫人，你不在了東西，把卦士搜求。（旦）不是這等說，教你把卦象搜求。（旦唱）看他官鬼搖和静，（淨）我是活鬼。（旦）還怕勾陳繫客程。（淨）我是勾死人。（旦）禧和釁，漢家兵馬有無刑。（淨）你既不見其形,我又安知其影?(旦)免使我整日懸睛,長夜關心,夢縛單于頸。

(净)曉得。看香案過來。(旦)且先看過八字,然後禱告。(貼)星士近前,聽我分付。(貼)

【前腔】將他八字評,把妾三生定。他禀木成形,是甲子西方運,(丑)這夫人會算命。(貼)端陽節日生。(丑)什麼時?(貼)只聽得,金雞待漏鳴。(丑)好個酉時。(貼)傷官又帶着多般印,果然是驛馬無繮南北行。(丑)不要做聲。(貼)告先生聽,今年運限多或有星辰。(丑)不要做聲。(貼)望伊家玉石分明,剖破前程,得失皆由命。

(丑)曉得。(净禱告介)好卦好卦。(旦)什麼卦名?(净)

【三換頭引】觀其卦名,好個風火家人,更青龍天喜多吉少凶。問孕麒麟產,功名必定成。(旦)我不是問功名。(净)問些什麼?(旦)你看行人幾時到?(净)若問行人,管取今朝定進門。

(旦)胡説胡説。(丑)好命好命。(丑)

【三換頭】太歲相侵,流年不順,這關犯也是個雞飛落井。(貼)這是大人的八字。(丑)況帶桃花煞甚。(貼)這是男子的八字。(丑)這金星却遇壞那木星,木多金損。(貼)這是土多的八字。(丑)此生休想,功名有分做孤貧。(貼)也做了當朝丞相。(丑)若問妻子[1],他是個普陀寺内僧。

(貼)到有兩個。(丑)要有兩個,這命就不靈了。(旦、貼)

【尾聲】五行八卦無靈應,巧語花言好氣人,各杖臀兒抵謝金。

(旦)叫院子,每人打二十板,趕他出去。(末打净、丑科)(旦、貼先下)(净、丑)這個淫婦,這等不重斯文。非是夫人把我輕,只緣命數未曾精。指望教他趨禍福,誰知自己反遭刑。

## 校記

[1] 妻子:"子"字,底本作"才",今據文意改。

## 第十三齣　夷臣獻主

(生)

【破陣子】寤寐聖賢臨事,沈酣載籍工夫。(外)沿藤負葛引迷途,跨海穿山貫大都。(小外)乘危定霸圖。

趙雲、魏延參。(生)二位將軍少禮。一望茫茫慧海,猛然思我菊潭。四顧峨峨靈嶽,何方誓我葵丘。(外)石匣爲藏旌之武庫,山林爲射策之文房。(小外)古渡淒涼,那得漁人飲馬;荒田寂寞,應無稚子看牛。(生)二位將軍,自我長驅之後,仰籍國家威靈,金環三結就殲忙。牙長隨死,孟獲牙爪,大折其半矣。昨令奪其糧草,可有若干?(外)蠻人雖折其牙爪,我亦重翦乎羽翼。只爲寡不可以投鞭,智不足以飛靷。三軍皈命於天妃,八校涵魂於海若。不數軍人獲命,糧草奪有千餘。(生)我兵既折,彼餉已虛。蕞爾匈奴,吾何慮哉。(董茶奴擒孟獲夫婦上)有恩不報非君子,無毒從來不丈夫。董茶奴擒孟獲夫婦討功。(生)你既爲孟獲之臣,今結此怨,恐不能歸故國也。(董)感丞相盛心,俺亦避禍他邦去矣。(生)既如此,可在帳中,賜你金帛鞍馬前去。(董)領命。(下)(生)孟獲,你被我擒住二次,心肯伏乎?(淨笑介)(生)被我擒住,你又爲何大笑也?(淨、丑)

【錦纏道】大將軍,重膺虎符,肯輕生觳觫。俺君臣,欠輯睦。(生)爲着甚事?(淨)受鞭笞,將我夫妻桎梏。幾曾有擒王智、免冑雄銅柱的美功,氣方剛,志凌雲,正宜復僇。誰思有叛家奴,就熒熒俺發揚更毒,槊笞器已鋤,只待俺橫橋南渡。真個是請死祭江湖。

(生)既如此,待吾親釋其縛。左右,取鞍馬伺候。(卒)得令。(生、外、小外)

【尾聲】諸侯富貴,君王福速。運神機共妙謨,笑迓鑾輿入帝都。

(卒)禀丞相,鞍馬齊備。(生)孟君請回。早出奇兵,來決勝負。(淨)俺家大事,不須再囑。受盡羞慚受盡驚,吉凶勝負果難憑。魚游淺水遭蝦戲,鳳入深林被鵲驚。

(生、外、小外並下)(淨、丑吊場)(丑)大王,適纔那上面坐的就是諸葛先生?(淨)那就是諸葛先生。(丑)大王,我觀他面黃肌瘦,多因是個酒色之徒。大王將俺做個胭粉之計,獻了卧龍,待俺到他眼前,賣弄風情,將他迷了。那時,大王大事如反掌。(淨)夫人,俺今日雖爲亡家之虜,他日必爲治國之主。夫人今日爲胭粉,他日豈爲皇后?(丑)大王差矣。待俺今日權且做了丞相夫人,日後再來做皇帝老婆也不遲。(淨、丑並笑下)

## 第十四齣　漢庖煮毒

(末)紫塞風光百里開,松盤翠蓋繫金牌。草結花氈排畫戟,倦來羞上李陵臺。蒙丞相老爺分付,今有孟優來此進貢,此乃孟獲詐降,裏應外合之計

也。令庖人製毒款待,又差衆將領兵埋伏。道猶未了,你看一隊人馬簇擁孟優來也。(丑扮孟優帶束髮冠)

【臘梅花】連年烽火鵲巢虛,親持寶母做朝儀。敢惜這璠璵,但諧垂棘定邦畿,保群黎。

錦囊藏異寶,金盒貯奇珍。此計若成就,勝如百萬兵。自家孟優是也。俺哥哥孟獲,差我到諸葛營中進貢。此間便是。左右通報,孟獲差兄弟孟優,到此進貢。(末)我丞相早知大王來此,分付我們,收過禮物,取酒款待,然後請見。(丑)既如此,收過此寶,取酒俺家受用。(末下)(丑笑)哥哥,大事就矣。(末上)酒在此。(丑飲介)這叫做什麽酒?(末)麻姑酒。(丑笑)

【排歌】中國仙醅,麻姑妙題,香浮玉鱠金薤。火朱來貢真奇計,金醴相酧果中機。(合)藏軍馬,請將旂,今朝謀略少人知。花重放,鳥復啼,何年得上太平書。好酒好酒。(丑作連飲啞科,吐介)(淨持刀上)

【前腔】吾心暗疑,毛牛緩驅,浩然氣塞天衢。承王斬將承炎緒,破竹摧鋒掌漢基。(合前)

(內擂鼓吶喊,生同二外上擒淨科)走破鐵鞋無覓處,得來全不費工夫。(生)孟獲,你計差兄弟進貢,意欲害我。今番擒了一次,心肯伏乎?(丑指口吐淨看科)(淨)此是俺兄弟貪杯,誤傷毒酒。若依俺計,大事成矣。汝繼殺之,死不瞑目。(生)二位將軍,吾觀孟獲,素餐人食,實懷獸心。我欲保其赤子,不憚心誠而求,將軍意下何如?(外)蠢爾匈奴,空污刀斧。(小外)丞相之命,敢不遵依。(生、外、小外)

【前腔】聽說自虞,益加慘悽,感天未作輿屍。夷奴自古無仁義,虜主從來多滑稽。(合前)(淨)

【前腔】神聖設施,皇圖可期,更雄如虎如貔。丞相,俺誓登寶殿傳丹姓,怒在穿廬飲白砒。(合前)

(生)既你兄弟不伏,待吾親釋其縛。左右,取藥方送與孟優解毒。(卒)理會得。藥方在此,(丑接科,淨)既然放俺兄弟,就此告辭。(生)二位將軍,差兵護送。(外、小外)領命。

從今回去覽陰符,明朝管取獻輿圖。計就月中擒玉兔,謀成日裏捉金烏。

## 第十五齣　軍士掘窖

(末、小丑持鍬上)

【金錢花】卧龍兵法無窮，無窮，通天達地神功，神功。休言頗牧黄石公。欺孫武，賽赤松。吴隱迹，魏潛蹤，魏潛蹤。

（末）奉丞相鈞令，分付我等選光山平地之處，掘幾個大陷坑，待孟獲交戰，自有妙用。（小丑哭科）（末）老兄爲甚痛哭？（小丑）想丞相算得我等要死，故掘此坑，好埋屍骸。（末）不是。要引蠻兵交戰，跌他下去。（小丑笑）原來如此。起起手來。（掘科）（末）工程完了，我和你快去報丞相知道。任他有智慧，不識馬前坑。（下）（净領卒急上唱）

【前腔】一天蝃蝀華峰，華峰，九重春色盈宫，盈宫。（望天科）呀，翩翩燕子繞長空。思蘇武，變儀容。莫不是，上林鴻，上林鴻。

把都每，聽俺號令：俺如今帶領得九旬百洞人馬，果然精壯。俺想那中華，盾業戰錐，鉛刀鏃鏞，用些詭計，呼爲屠酋，今番厮戰，諸葛定喪吾手。若還陣中有個黄黄瘦瘦之人，頭戴綸巾，手持羽扇，與俺將他剉屍萬段。就此下寨安營。（卒）是。（生同外、小外急唱上）

【前腔】丹心報國精忠，精忠，胸中氣貫長虹，長虹。糯羿滿道起羶風。天河水，洗無蹤。齊罟獲，盡皇封，盡皇封。

（净）丞相，盔甲在身，不能全禮。（生）萬軍之衆，不暇儀容。趙將軍出戰。（净、外各排陣殺科）（外輪下）（小外、净殺科）（小外輪下）（净）把都每，趙雲、魏延那厮走了，追上前去。（作趕跌下坑介）（外、小外）大小二軍，快擒孟獲，解回寨去。（卒）得令。喜孜孜鞭敲金鐙，笑吟吟齊唱凱歌。

## 第十六齣　孟獲舞劍

（生）

【碧玉令】烹葵剝棗待時髦，得御釀蒲車多少。（外）荷沐天朝，賜美酒嘉肴。（小外）看筵開勝似蓬萊三島。

（生）憂憂故國，忠魂常渡漢關；懍懍脩廬，道德欲歸仙府。行臺斯馬，幾年不寤於黑甜；帶甲生蟣，長夜交征於白晝。（外）烹梟待虜，權爲解胄之歡；獻雉無君，敢慕洗戈之術。（小外）蒸豚故有味，執豢本無心。奈何奈何！（生）左右，解孟獲進來。（卒解净進）（生）孟獲，你今番被我擒了四次，心肯伏乎？（净怒）誤中村夫之計，死不瞑目。（生）唉，左右，推出轅門，斬首示衆。（卒）得令。（押净出）（净回身説科）丞相，你再敢放俺回去，定要報四番之恨。（生）放他轉來。孟獲，你被我擒了四次，尚然不伏，是何意也？（净笑)俺雖化外之人,不似你中華,人多詭詐,計將俺擒,以此不伏。(生)我如今再放你去,復能戰乎?(净)丞相若再放俺回去,用心操練人馬,那時擒俺,傾心就伏。(生)待吾親釋其縛。左右取酒過來,與他壓驚。(净笑)好人好人。(生、外、小外)

【畫眉錦堂】一弩落雙雕,羅鵲鍬,鼯獻薄醪。喜邊疆煮酒,海嶽烹羔,驚聆聽畫角淒涼,舉頭望白雲縹緲。(合)承征討,願早割鴻溝,進膽天表。(净)

【錦堂畫眉】猶傲放傑南巢,陰驅獸宰,何勞牛角。帶刀舉箸嘗雞,有憐昔日英豪。丞相,你本是昴宿應精,(指外)這都是替天行道。(合)大寶願景錄金甌,齊祝萬年不老。

(生)叫左右,取大巨觥過來,待我奉孟君之酒。(净)丞相,俺食大巨觥。(生)待我奉完,眾將官還來相勸。(净)既如此,借酒過來。(飲科)丞相之恩,不復加矣。(外、小外)丞相在上,筵前無樂,二將欲舞劍作歌,以奉孟若之,何如?(生)既如此,取劍與他。(净、外舞科)

【僥僥令】(净、外唱舞)魚腸生火焰,紫電雪花飄。好似仙人背劍出,賽過那鴻門獻寶刀。(净、小外唱舞)

【前腔】投壺何足道,射戟未爲高。蓋頂盤根如花草,羯鼓共胡笳十八敲。

(生)住了。(眾)

【尾聲】日光已落西山凹,遊子傷情孤雁嘹,何日紅妝和燭燒。

(生)左右,取鞍馬送他回去。(卒)得令。

酒罷歌闌興未消,賢主嘉賓不忍拋。幾點客星光寨外,一輪皓月照青霄。

## 第十七齣　夫　人　寫　獸

(旦)

【小重山】秋波醞盡十年神。弗圖虎臥,且繪獅征,綉鞋踏破懶拈針。身有患,而足不能行。

石鼓闐闐日,泥駒駚駚時。一朝興廢異,三豕泛圖書。奴家雖列裙釵,善曉韜略。父親承彥,曾得異人之書,曩在家時,常蒙誨我。方今胡虜攻藩,猛虎獸兵大作。相公已造獅子,裝赴陣營。昨蒙聖母詔取,不免畫出,送與

他看,有何不可。(旦畫介)(旦)

【紅衲襖】你本是聖代明王獻瑞禽,却將你亂軍中衝退妖魔陣。待畫你頭上蓬鬆幾朵雲,待畫你那身上光輝一道金。待畫你在河東吼數聲,夫子驚。待畫你在西方似龍飛,跨聖人。待畫你瞳瞳一對金睛也,愛殺我似邊鸞還在生。

(貼上)要知心腹事,但聽口中言。呀,姐姐,這是什麼東西?(旦)妹妹,你試猜着?(貼)

【前腔】莫不是携雲握雨鴛鴦枕?(旦)不是。(貼)莫不是綉閣羅緯鸞鳳衾?(旦)也不是。(貼)莫不是抱琵琶出塞昭君女?(旦)也不是。(貼)莫不是怨糟糠陳留蔡氏親?(旦)也不是。(貼)莫不是龍無眼豈可昇?(旦)也不是。(貼)莫不是蛇無足不能行?(旦)也不是。(貼)這般不足,奴羞人也。姐姐,這番被我猜着了。(旦)什麼東西?(貼)莫不是驍騎私奔普繪真?

(旦)也不是。(貼)願姐姐指教。(旦)此獸生長昇平,不臨絕世,御天尊而登八極,隨佛氏而遊九州。傳曰"河東獅子吼",夫子昔曾見之,正此獸也。(貼)姐姐,畫他有何用處?(旦)聖母聞相公造此,以敵獸國,故索視之。(貼)元來如此。欽差又來也。(末扮內使持節上)(末)

【縷縷金】登宰府,出金城,奉了皇后命,賞功臣,特取畫圖進。竚觀復命,心忙步緊似騰雲,教人好勞頓,教人好勞頓。太后有旨,諸葛丞相出師外國,特賜黃金百兩,蜀錦十端,以慰汝眷,並取獅子畫等回報,謝恩。(旦、貼)萬歲。(旦)有勞天使,獅子在此。(末)太后限嚴,就此告別。(末唱)心忙步緊,似騰雲教人好勞頓。(下)

(旦)欽差已去,不免面闕謝恩則個。(貼)姐姐之言有理。(旦、貼)

【撲燈蛾】五拜三叩頭,皇恩怎消受。氤氳漢宮錦,煌煌更賜燕金也,願天妃萬秋,征人談笑早封侯。(合)把朝簪脫,離天府,須效取陶朱客泛太湖舟。

【尾聲】南飛烏鵲巢不就,北狄紅夷尚未收,野草閑花滿地愁。

只願良人獻虎頭,急把封章奏冕旒。孽龍怪虎連天地,寡鵠孤鸞空自憂。

## 第十八齣　孟獲借兵

(小净紅面扮朵思王,擺隊唱上)

【神仗兒】邊烽多警,吾皇來覲,喜旄倪成陣錦户。笙歌歡慶,齊排駕,接明君。

三江城上白雲迷,五彩祥光作戰旗。殺人不用昆吾劍,一矢從來發十機。自家朵思王便是。昨蒙天子孟獲賚書到此,説與漢家交戰,被他殺敗,無處棲身,親到俺國來借救兵。不免分付把都每,迎接他來,有何不可。把都每!(卒)有。(小淨)俺昨蒙天子孟獲賚書到此,説與漢家交戰,被他殺敗,無處棲身,親到俺國來借救兵。你可分行擺隊,迎接他來,方見俺等殷勤之禮。不得有違。(卒)得令。(淨)

【哭妓婆】黷武窮兵,賢亡國病。頭披髮纓,甲藏蟣蝨。自慚天子駕親征,求援來到鄰君境。(卒)把都每迎接大王爺。(淨)你是誰人的把都每?(卒)朵思王差來迎接天子的。(淨)好人,引導前去。(卒)稟大王,天子到。(小淨迎科)大王請上,待朵思拜見。(淨笑)俺雖是王,汝亦是霸,只行常禮。(揖拜)(小淨)請問大王,爲甚連敗於蜀軍,大傷俺等之鋭氣?(淨)大王,一言難盡。(淨)

【桂枝香】華兵剛勁,神機索隱。自慚點水蜻蜓,怎和龍蛇争競。俺遭他桎梏,囹圄重穿,皇綱不幸賴威靈。斬將越墻出,求王枉駕征。(小淨)

【前腔】君威霆震,群雄窮命。教他國破家亡,管取日新月盛。又何須戰戮,毒泉爲釁,吾師全勝喪其軍。浴者柔筋骨,餐之命必傾。(淨摩額大笑)今朝始信有葬身之地也。請問大王,毒泉見在何處?(小淨)東南西北四處皆有之。彼汲其炊,必毒死矣。(淨)倘漢兵不日攻我何如?(小淨)俺再築深溝高壘,以避其師。大王,諸葛就是神明,也不能展手。(淨笑)

深感君家立大功,深溝高壘救重瞳。拆碎玉籠飛彩鳳,放開金鎖走蛟龍。

## 第十九齣　軍士追歡

(丑扮小軍執旗上)自小從軍沐聖恩,花名册上我居尊。雖然未佩先鋒印,喜得時人號老軍。我隨丞相爺到此,一向枕戟揮戈,南征北討。如今孟獲被俺等殺在朵思國去了。這幾時祝融秉令,天時最暑。軍中無水,人饑馬渴。聞知前面山上有幾口古井大池,不免請出衆兄弟們,大家齊去取來食些,有何不可。衆兄弟那裏?(末、小丑夫上)自小從軍出漢城,幾年未見老萱庭。膝下嬌兒多少數,家中妻子被人淫。(丑)你老婆就只被我淫了一次。

（衆扭丑科）地方，偷我的老婆。（丑）你老婆在那裏？（衆）我老婆在家中。（衆笑）老哥，爲甚的獨自揮旂在此？（丑）如今祝融秉令，天時最暑。軍中無水，人饑馬渴。聞知前面山上有幾口古井大池，不免大家齊去取來食些，有何不可？（小丑）妙得緊，妙得緊。我們這身上楊梅瘡正發了，要去洗個浴兒。（丑搖旗吶喊科）（末）老哥，這做什麼事？（丑）老哥，昨晚得一夢，夢見我有個皇帝做。今朝做個吳王打圍。（衆）這等妙得緊。（丑領衆走科）（丑）

【普天樂】錦帆開，（搖旂科）（衆）這做什麼事？（丑）牙檣動，前面是什麼所在？（衆）前面是百花洲。（丑）百花洲清波湧。（衆）上船上船。（丑）蘭舟渡，蘭舟渡，（小丑）花花綠綠好好看。（丑）萬紫千紅，（小丑捉蝴蝶介）好個蝴蝶兒。（丑）鬧花枝浪蝶狂蜂。呀，（丑）好耍好耍。（衆）看前遮後擁，（小丑吃水科）這好凉水，待我食些。（衆）歡情似酒濃。（末瞥丑化科）老哥，你帶了這朵花兒。（衆）拾翠尋花，來往往來，遊遍秋風。

（丑）春風。（衆）如今是秋天了，就唱秋風。（丑）老哥，你看這好水，待我洗個浴兒。（丑浴科）（小丑食水啞科）（吐科）（末）你吐膿咳血，不好不好，食了毒水，洗浴的又不得起來。快去快去報與丞相知道。（衆擡丑、小丑下）

來如風送雨，去似箭離弦。

## 第二十齣　孔明祈泉

（生）

【霜天曉角】終日流漣，西風濕綉肩。（外）水竭拂光塵面，（小外）津枯渴殺心猿。

（生）二位將軍，昨蒙伏波顯聖，我隨顧萬安道人之山，采其靈草，浴彼仙泉，受毒之軍已痊，破虜之績可期矣。（外）只是軍中無水，苦難飢渴，天喪予師。丞相有何妙策？（生）昨令軍士山頭掘泉，未知完備不曾。掘井軍那裏？（丑、末持鍬上）掘井軍叩頭。（生）令你掘井，完備不曾？（丑）完備多時，沒些水氣。（生）休得胡說。快排香案，待我拜來。（生拜介唱）

【二犯傍妝臺】藐藐告皇天，只爲泉。琴不操，江漢水無簾。毒蠱淵，軍遭嚥，愁虎帳，帥饒怨。眠絨裏革王師喪，橘井龍潭親自穿。（合）蒼天憐念，身困腥膻。急流壬癸，萬竈久寒烟。（外、小外拜）

【前腔】容刀鞭蚌寐蹁躚，提師疊巘歲留連。趨側澗，人炎喘，沙場外，馬鞦韉。吾兵不惠成訩戾，大將含悲若倒懸。（合前）

（外、小外）丞相，你看金井內綠水滔滔，銀床外白濤滾滾，果天意也。（生）呀，謝天謝地。（外、小外）此乃丞相致誠感格，足見天地無私。（生）皆賴君王之幸。不免喚出病渴之軍飲之。（衆）軍士那裏？（衆扮病軍）

【不是路】欲火熬煎。嚼得乾糧舌底穿，渾身焰。熔膏竭脂似磽田，聽驅宣。疲軍矩步從來鮮，囁嚅唏噓口怎言。丞相爺爺，有何分付？（生、外、小外）相謹勉，祈泉拜井如吾願，喜安激變，喜安激變。

（卒）丞相爺爺，水在那裏？（生）水在井內，你去食之。（卒）待我吃他三十碗。（作拳捧食科）（衆）

【皂角兒】久相思井華甚甜，便三餐此心何厭。望梅酸忍盡神津，索梨甘韶光還遠。感天心，受皇恩，從人意，利涉大川。（合）無杯取嚥，雙擎兩拳，這滋味神膏沆露，百病消痊。（衆）

【前腔】想餐氈徵糧裕邊，論啖冰中秋未轉。見平闌蕩漾翻空，滿銀床雪花開獻。喜今朝，火龍吟嗳鵲奏海，震枝喧。（合前）

【尾聲】今生再轉麒麟殿，枯木逢春盛萬年，免得沉痾珠淚漣。

祈泉拜井學先賢，心存正道合神仙。明朝大展經綸手，管取枯龍飛上天。

## 第二十一齣　楊鋒捕賊

（小生扮楊鋒上）

【出隊子】終朝思過，終朝思過。能武能文蓋虜倭，亂臣賊子奈如何。洗垢從新學磊砢，殺却奸臣，返方順服。

恨小非君子，無毒不丈夫。自家楊鋒便是。素居海郡，裔自中華。先君曾受漢室之恩，未嘗圖報。今見孟獲與漢家交雄，潛匿朶思國內，高壘深溝不出，此欲困諸葛之意也。不免帶領部下甲兵，潛入其國，擒拿二賊討功，有何不可。衆軍士那裏？（卒）有。（小生）我素居海郡，裔自中華。先君曾受漢室之恩，未嘗圖報。今見孟獲與漢家交雄，潛匿朶思國內，高壘深溝不出，此欲困諸葛之意也。不免帶領部下甲兵，潛入其國，擒拿二賊討功，有何不可。（卒）將軍之言有理，就此前去。明鎗容易躲，暗劍最難防。（淨、小淨扮醉，旦、貼扶唱上）

【錦衣香】擁龍鍾，紅妝麗歌量寬洪。海涵未多，成群打滾笑呵呵。爭絨奪綉，擊鼓鳴鑼。形欲錯，身欲臥，櫻桃小口齊聲和。酩酊的，酩酊的，翻腸不妥。寬懷去，寬懷去，樂爾妻孥。

（小生上，擒净、小净科）（净）兔死狐悲，物傷其類。汝何擒俺助外人耶？（小生）休得多言，解到漢營去。

走破鐵鞋無覓處，得來全不費工夫。

## 第二十二齣　孔明賜錦

（生）

【一江風】彩雲凝萬里家何地，遊魂踽踽羈邊戍。望衡陽，目斷飛鴻，誰把音書寄。葛蒙於楚時，葛蒙於楚時。花開總不知，何年得轉芙蓉市。（外、小外上）

【前腔】自征夷數載同戈睡，千嚴萬堅真無際。好傷悲，北狄南蠻，那曉春來去。山童帶雪枝，山童帶雪枝。嚴冬別四時，怕兵殘馬倒胡難制。

（小生擒净、小净上）未到黃泉路，先進鬼門關。門上通報，楊鋒擒孟獲、朵思王討功。（卒）少待。稟丞相，楊鋒擒孟獲、朵思王討功。（生）令他進來。（卒）理會得。令你進去。（小生）楊鋒叩頭。（生）將軍請起。（小生）小將舉家受丞相之恩，無可以報，特擒孟獲、朵思二王，以報丞相之恩。（净、小净厲聲罵科）楊鋒反賊，你世世受俺家之恩，尚不圖報，今反忘恩負義，助外人耶？（小生）孟獲匹夫，豈不聞"湍水無縱鱗，風樹無寧翼"？汝受丞相活命之恩，不思報答之計，今日借兵，明日假餉，死而又生，生而復死。我等流亡逃竄，何年得就枕席乎？（生）孟獲此言亦善。汝肯伏乎？（净怒）假人力氣，擒俺何奇？（小外拔劍欲殺净科）（小外）丞相差矣。吾聞物有異類而同情者，故蠹牛觳觫，猛虎負隅，麋鹿走梃。竊以爲禽獸之性，惕於死，不過惡中傷血肉、惜羽毛骨格耳。今孟獲事人之事，食人之食，衣人之衣，不識生死癢痛，雖加之以仁義，又何益哉？不如殺之，以絕楊鋒之禍。（生止科）將軍不可如此性燥。尚容一戰，以伏其心。（净、小净）丞相之言有理。（净、小净唱）

【江頭金桂】漢使堂堂勿慮，從容視我奇。俺本玄天上帝，道德兼齊，指日乘龍步太虛。丞相，想斬將搴旗，屢遭詭計，今日里悲歌流涕，匍匐含悲。巨闕常來項上揮，論爲雲爲雨，爲雲爲雨。兵多奪帥自窺之，那華亭久已生白氣，只待區區降紫泥。

（生笑）既如此，待吾親釋其縛。（小生）丞相不可。（小生）

【前腔】他本逆天醜類，猖狂毒似貑。簧口求生回去，魏北燕西鄰國棲，身圖困伊。想蔀屋難開,蓬心奚取,果然是樗机之輩。望汝宣威,急斬螻蟻露布歸。(生)將軍,論城狐社鼠,城狐社鼠,欲全仁義更何虞?説什麽骸漂血杵遭胡計,塵飯塗羹中虜機。

左右,釋去其縛,帳外與酒肉壓驚。(净、小净)謝丞相不殺之恩。(小生)望丞相將此二賊,速證其罪。(生)吾意已決,公勿再言。(外)雲思咈藏久竭,軍心懷去。今丞相恣爾交兵接刃,視其弁髦,不知得失,奚啻淵霄?乃何年得伏烟寢燧,而效築觀勒銘乎?願丞相察之。(生)將軍之言謬矣。今孟獲構怨於諸侯,我若滅之,是以力假仁者霸焉。吾雖落其縠中,決不從命。叫左右,快取白金十兩,蜀錦二端,送楊將軍回寨。(卒)得令。(小生)多承厚賜。正是:貧賤不能移,威武不能屈。眼望旌捷旗,耳聽好消息。

## 第二十三齣　囊沙剿寇

(丑、末、夫、旦、小生各兜土上)

【香柳娘】笑勞塵倦沙,笑勞塵倦沙,神機實寡。這行兵法千金價。看紅日漸斜,看紅日漸斜。遠樹亂啼鴉,荒林嘶戰馬。往三江城下,往三江城下。不許喧嘩,三軍大雅。(外、小外各佩劍上唱)

【前腔】喜天淵泛槎,喜天淵泛槎,踏平胡馬。漢家勳業吾獨大。爲氈奴亂華,爲氈奴亂華。虎國固難伐,雉堞堅愁打。把辰戌破他,把辰戌破他。其智可誇,庚辛無藉。

(衆)衆軍裸土齊備,伏乞將軍指揮。(外)衆軍裸土,非無別技,此丞相攻城之具也。朵思王高大深溝,急不可破。你可將土暗積三江城下,乘此夜深,踴躍殺上城去。(卒)得令。(疊土各上城介)(外)大小三軍,且喜得上三江城,内擂鼓放砲開門。(卒)得令。(放砲吶喊科)(小净扮朵思王急上)(小净)

【前腔】聽哀聲萬家,聽哀聲萬家,軍威叱咤。連霄砲震驚夷夏。戴兜鍪戰甲,戴兜鍪戰甲。火耀碧天霞,冰消金殿瓦。盼前村路賒,盼前村路賒。怎出重圍,脱離強霸。(外殺朵思科)

(小外)且喜殺了朵思王。大小三軍,就此班師。(卒)得令。(外、小外、卒、衆唱)

【前腔】這奇勳果嘉,這奇勳果嘉,神明妙法。龍韜豹略魁天下。把胡兒盡殺,把胡兒盡殺。珠淚滴如麻,金壺漏將罷。喜奎婁放花,喜奎婁放花。

瑞彩盈蒼,東方光乍。(下)

剿寇除蠻虜,囊沙計若神。鞭敲金凳響,齊唱凱歌聲。

## 第二十四齣　執戟援夫

(净)

【霜天引】終朝驚恐,笑英雄懵懂。幸在禿龍華洞,晨昏但倩雲封。

鏌鋣雖未受,絲麻却屢羞。蒼天有薄厚,皆是帝王流。自家因差探子打聽三江城去之後,未知他勝負何如。少待探子回來,便知端的。(探子上)生長蠻烟地,何曾運此籌。原來一包土,也破大貔貅。大王,探子回來也。(净)那探子,三江城勝負何如?(探)大王若說起那三江城,好不堅固。(净笑科)(净)

【六么令】三江雲聳,豈培塿拳宫。躍峰禿龍,英勇非庸衆。居八極,匿崇墉,縱勞筋力成何用,縱勞筋力成何用。(探)

【風入松】初交乍戰設牢籠,分屯布壘林叢。旌旗似電猶飄鳳,連天砲,若雷轟。朵思王謀猷甚宏,諸葛亮退無蹤。(净)

【六么令】輸威怯勇,豈強梁跋扈。奮雄吾家,霸勢憑斯洞。前昆嶽,後崆峒,況他守禦都英猛,況他守禦都英猛。(探)

【風入松】朵思伎倆果無窮,穿楊貫蝨盈空。錐荆帶棘遭傷衆,真誇那雁弩雕弓。聽金盔響聲似鼓,開霹靂若敲鐘。(净笑介)(净)

【六么令】他存亡驚恐,想潛師層巒疊峰。如霖若雨從天送。愁唸目,慮穿胸,漢兵始信屏藩鞏,漢兵始信屏藩鞏。(探)

【風入松】漢兵隱迹詐奔訌,連朝不出兵戎。乘安待息他輕動,包泥裸土齊攻。傍城池雲梯樣同,猶破竹若摧鋒。(净)

【六么令】斯言非嗊,那禿龍可已順從。吉凶生死還承奉。相持未,對壘無,詳言免俺心傷痛,詳言免俺心傷痛。(探)

【風入松】他因驕惰勢禍相逢,何曾警覺其凶。朵思逃遁無門空,一巢血洗堪恫。到如今紀績記功,金銀庫盡皇封。

(净怒)罷了,探子,你到營中去歇息罷。(探)打聽一樁事,能饒三月差。(下)(净)罷了罷了。(丑扮夫人上,拍净科)大王,你既為男子,何無志也?(净笑)夫人之計何如?(丑)俺雖婦人之見,常有大丈夫之威。大王今日有如此之辱,俺願出身,與大王統兵報仇。(净笑科)(丑)

【鎖寒窗】請大王暫息威風,捉虎擒龍敢避凶。論甲高熊耳,鞭斷淮流。裙釵可使飄瓦虛舟,管蜀君盡成惡壽。(合)任虔劉陳平有計總含羞,把漢家宮主爲謀。(淨)

【前腔】喜夫人氣壓公侯,管取相羊儀鳳樓。看娉婷一怒,帝冕千秋。輦金車綬不必來投,我龍飛豈踰歲後。(合前)

(淨)夫人,事不宜遲,就此披挂前去。(丑)有理。看刀馬過來。(淨)好英勇夫人。任他走上焰摩天,兩腳騰雲須趕上。

## 第二十五齣　蘭陵擒將

(末、夫扮張翼、張嶷上)

【水底魚】將勇兵雄,將勇兵雄,神機羨臥龍。驕胡突騎,須教一命空,須教一命空。(丑扮祝融上)

【前腔】補漢完穹,補漢完穹,開天闢地雄。女中堯舜,須教宿上宮,須教宿上宮。

來將是誰?(末)大將張翼。(丑)放開馬來。(戰科)(丑擒末科)(夫)快送先鋒還我。(丑)這廝無禮,快通名姓。(夫)大將張嶷。(丑)放開馬來。(戰科)(丑擒夫科)(丑)把都每,解回洞去。(卒)稟夫人,後面救兵到。(丑)就戰救兵。(卒)得令。(外、小外上)

【前腔】濟弱扶傾,常山趙子龍。驕胡突騎,須教一命空,須教一命空。

(丑)來將是誰?(外)常山趙雲。(丑)原來是趙雲。這老廝,放開馬來。(戰科)(丑)來將是誰?(小外)大將魏延。(丑)原來是魏延這廝。放開馬來。(戰科)(外、小外擒丑科)(丑)二位將軍休得殺害,願將二將送還贖命,何如?(外、小外)既如此,快送二將還我。(丑)少待。(望內說科)(丑)衆把都每,俺被漢兵擒住,快將二將送還,救俺性命。(內)理會得。(末、夫上)一塊土幾番幾覆,百年事誰弱誰強。二位老將軍拜揖。(外、小外)二位將軍,爲何這等不仔細?(末、夫)敗兵之將,幸蒙救援。(外、小外)勝敗軍家常事,何足挂懷。(丑)二位將軍送還,快放俺去。(外)待吾親釋其縛。(丑)謝將軍不殺之恩。(下)(外)大小三軍,班師回寨。(卒)得令。

未得平胡舍,含羞進虜軒。不得塞翁馬,安看祖生鞭。

## 第二十六齣　花亭拜月

（小丑扮梅香上）

【字字雙】貌醜從來只想人聰俊。梳雲攏月，待郎君求聘。索瘢洗垢，面如冰粉潤。誰知道我像猢猻不定。

有福之人人伏侍，無福之人伏侍人。老身非別，乃丞相府中一個梅香便是。我夫人因相公征蠻未回，整日憂悶不樂，想是春心動也未定。我想將起來，相公去也，不過一年半載，夫妻還有會合之時，只虧了我梅香一世孤單，不得一個情郎到手。我如今不免趁夫人未來，燒起香兒，將我的心事，禱告上蒼一番，有何不可。老天老天，梅香此一柱香不為別事，願我早配來龍佳婿，暮雨朝雲，多生貴子。（內）夫人來也。（小丑）嗳呀，有緣千里能相會，無緣對面不相逢。（旦）

【一剪梅】鈞天樂奏紫雲吟，愁滿青氊，淚滿青氊。（貼）紅飄翠落冷鴛衾，獨守青燈，獨伴青燈。

（旦）霽月到天心，光陰刻刻金。（貼）無端幾黃犬，相吠繼花陰。（旦）妹妹，今晚乃中秋佳節，已曾分付梅香，安排香案，待我拜月，未知齊備不曾。梅香那裏？（小丑）夫人有何分付？（旦）我分付你安排香案，齊備不曾？（小丑）齊備多時。（旦）既如此，我和你同拜月則個。（貼）姐姐請行。（旦）妹妹，你看冰輪皎潔，仙桂婆娑，對此清光，好不傷感人也。（貼）姐姐，你看穆穆金波，煌煌紫氣，鐘鼓纔敲，正是青蛾初起也。（旦、貼）

【梁州序犯】青蛾初起，碧天開鏡，萬國佳人觀靚。龍唧星火，光輝照徹珠城。【桂枝香】金虎妝千點，冰蟾插一輪。【甘州歌】他魚容美，霓帶新，這滿襟玉露浴盆傾。【傍妝臺】怎做得剚鼇固宇宣律令，怎做得竊藥乘鸞號太陰。【皂羅袍】（外）良人受命，掃蕩虜塵，天涯海角無音信。【黃鶯兒】告霄君，銀河浪滾，何不洗戈兵。（小丑跪唱）

【九回腸】請夫人暫圖家慶，幸中秋月正光明，聽弦歌惹動遊人興。那樓臺喝彩千聲，蟾光漸轉蒼苔徑，兔影高懸丹桂林。（旦、貼接唱）真薄命，只為着朝廷憂節鎮，敢臨風對景傷情。學不得嫦娥，寫就千秋怨；做不得西子，三年只撫心。（小丑）那漢天子，真賢聖，況有相公計，你且權散慮王事，想康寧。

（旦）梅香，可聽譙樓上幾更了？（小丑）禀夫人，二更時分了。忽聽譙樓唱二更,亭前滴露濕衣襟。人逢喜事精神爽,月到中秋分外明。

(小丑吊場笑科)且喜二位夫人都進去了。我適纔一天的豪興,指望將我的心事禱告上蒼一番,誰想夫人立定跟前,不當穩便,如今幸他進去了。你看月明香爐,雲淡風輕,待我再拜則個。老天老天,梅香今年四十五歲。(內)梅香快來,夫人等你鋪床。(小丑)來了來了。正在知音處,琵琶斷了弦。

## 第二十七齣　木鹿助戰

(淨)

【雙勸酒】貂帽端莊,狐裘倜儻。缺斧破戕,干戈擾攘。終酒搔首在門牆,望援兵木鹿君王。

罷了,一天好事,只落得紅日無光;錦綉江山,都做了冰消瓦解。俺想諸葛亮那廝,也不過是操謀設計,偏稱他心。俺這裏使盡神機,全□不偶。俺聞知八納國王,名爲木鹿,慣統飛禽走獸。□兵若得他來,何愁俺家不勝。已曾差人去請,還未見到。把都每那裏?(卒)大王有何分付?(淨)木鹿王來時,即忙通報。(卒)得令。(小淨藍面紅鬚束髮冠三隻眼執鈴上)

【菊花新】長驅猛獸做蠻王,鐵甲金冠手段強。任他武藝會穿楊,血染征魂到鬼方。(卒、木鹿王見科)

(淨)傷虜亡夷,幸蒙駕涉,足感厚情。(小淨)大王玉闕儲英,璇宮稟秀,今得相逢,管瞬夕建天子之都。(淨)老夫今朝始信有葬身之地也。請問大王,素抱果然之義,遙瞻狐兔之傷。麾下甲兵,願求一見。(小淨)大王請坐,待俺望空召之。(搖鈴念咒科)大衛英豪,錫俺旌旄。帝鐘響後,萬獸來朝。吾奉西番天主律令敕。(扮虎豹上跳科)(淨驚云)大王,此何物也?(小淨)治國安民宰相,擒王斬將先鋒。(淨笑)諸葛村夫,喪其手矣。王師久困,大王就此發兵。(淨)

【駐馬聽】海宇揚糠,深感君王助順光。俺這裏囓民百獸,斬將千禽,治國安邦。中華乳鴨那般強,吾家飛虎連雲蕩。(合)割土分疆,驢群狗黨,聞吾膽喪。(小淨)

【前腔】大整皇綱,笑看彈冠貢道傍。管取臥龍結襪,捧轂推輪,將相歸降。旻君育寡靖氛狼,玉皇衛世清戎象。(合前)(下)

## 第二十八齣　猛獸失威

（外帶獅子上）

【縷縷金】驅白澤，遣於菟，吾王昭聖武。跨的盧，犬羊怎相護？（合）魔王身故，帝鐘搖動鬼神哭。豺狼敢當路，豺狼敢當路。

大小三軍，奉丞相軍令，道這木鹿獸兵難破。今將五色線絨妝成獅子，倘遇獸兵一出，即時奮力衝退。不得有違。（卒）得令。（小淨扮木鹿王帶虎豹上）

【前腔】牛爲驥，蟒充兵，貙獬隨點虜，做□徒，窮音扶國祚。（合前）

（外）來將是誰？（小淨）木鹿大王便是。（外）放開馬來。（戰科）（獅子、虎、豹混衝散料）（外）大小三軍，且喜虎、豹自相殘踏，木鹿王被亂軍中殺死。班師回去。（卒）得令。

雲慘慘天光盡晦，風拂拂地起餘塵。

## 第二十九齣　啓袍藏刃

（淨上）

【點絳唇】虎豹爲兵，蛟龍助陣，雷威奮，鏖戰乾坤。（丑）《虞書》上標名姓。

（淨）萬隊窮音敵漢兵，須知鬼哭與魔驚。（丑）蒼天若遂平生志，管教此戰會風雲。（淨）夫人，自從探子打聽木鹿王去敵漢兵之後，未見回報，不知勝負何如？（丑）少待探子回來，便知端的。（探子上）（探）

【越調·鬥鵪鶉】俺走脫了刀山劍井，這命兒黃泉再醒。望不見大王的氈房，俺亂慌慌躍過了許多的虎豹嶺。報報報，報窮兵，傳敗卒，便星馳有什麼功勞，燕唧呢，空費了俺家的氣力。

大王，探子回來也。（淨）那探子，不說你被縈由徑，且言你接浙奔程，口言心動氣何伸，兩膝行酸不穩，行底芒鞋泥污，旗銷金字灰塵。誰家將士勇超群，木鹿王多妙運。那探子，你喘息定，歇息定，緩緩說來。（探）

【紫花兒序】木鹿王把蒲牢一擲，蒲牢一擲，運神功噴口法水。念番經請動了魔神，孟賁夏育魄散魂飛。只見那一群群猪龍奮武，白猿猴動刀使戟。千斤鬥咒，遍野流星，滿空走石。虩虩的銅鑼揭地震烏騅，呼吸裏地塌天摧。俺只見那紙人馬騰蛇隊，默地裏亂張弓，更天昏晦，真個是溫康元帥也忘威。

（淨、丑笑）自古飛禽走獸，藏牙露爪驚人。滿天矢石似流星，縱有天兵難竟。虎嘯三山齊震，龍吟四海皆聞。漢兵想也被他吞，且喜俺家得勝。探子喘定氣兒，緩緩說來。（探）

【幺篇】到如今化火成灰，到如今兔死狐悲。漢兵來他統領着麒麟和翡翠，青獅子、白狻猊，俺只見銅鈴搖動火光迷。八納國那大王又不曾準備得，邪風轉術難施，可憐他成人之美。只聽得一個綸巾羽扇掌心雷，几員將好似那凶年太歲羽翼齊，都聽那先生指揮。俺見他頭戴着寶簇珠纓鳳翅盔，身穿着絳紅袍金線龍飛，腰繫着帶玲瓏，脚下穿素羅鞋，飛鷹護膝。

（淨）那探子，漢兵使什麼器械？木鹿王怎麼樣與他相持？喘定氣兒，緩緩說來。（探）

【小沙門】銀晃晃呼風畫戟，亂滾滾連天砲石，木鹿王耀武揚威輸技藝。禽獸亂，怎支持，提起孤棲。

（淨、丑）輸了輸了。俺不問他吉凶勝負，且言他生死存亡。那探子，你喘定氣兒，緩緩說來。（探）

【聖藥王】木鹿王失了機，木鹿王失了機。漢軍師運量出奇，只他這雄兵虎將猛依稀。這一個趙子龍的鎗法齊，那一個魏文長刀法熟極，兩三員沒號旗的將似鷹鷲。可憐那木鹿王今做了個五馬分屍，眼見得八納國遭血洗，金銀寶貝賞了軍需。大王縱有天兵十萬，也破不得扶劉保漢的真伊吕。（下）

（淨）好不氣殺俺也。（丑）大王，休得煩惱。俺如今有一計，不須交戰，要大王唾手成功。（淨）事已急矣，夫人有何妙計？（丑）諸葛亮見俺洞中之人，兩次擒去，盡皆信之。俺如今令一心腹把都每，假稱擒俺二人討功，要做蠻王，俺和你先將凶器暗藏在身，他若信時，隨機應便，就裏殺之，猶如反掌。（淨笑）夫人，妙計妙計。把都每那裏？（卒）大王有何分付？（淨）俺有樁心事，與你商議。（卒）大王分付。（淨、丑）

【銀燈芙蓉】俺爲人忠腸直性，不鋪張牢籠陷阱。佺俇隻影真堪哂，做家奴圖王竊命。（合）藏白刃將吾投漢營，倘若他傳杯弄盞便生情。（卒）

【芙蓉銀燈】君王術最神，誓把山河整，解征衣預把白虹藏定。（淨、丑）有理有理。看我那白虹、紫電過來。（解衣藏劍科）（卒）大王你虎頭須作蓬鬆鬖,(淨毛鬢科,卒鎖淨、丑科)燕頷還牽一丈繩。(淨除盔科)好羞人,把兜鍪暫停,效荊軻其功定成。

就此前去。

莫信直中直,須防仁不仁。山中有直樹,世上無直人。

## 第三十齣　解甲見刀

(生上)

【玩仙燈】赤帝欲遷權,黑土尊南面。(外)菊老烏收弦,(小外)未向籬邊宴。

(生)昆吾劍,昆吾劍,賽過白虹和紫電。(外)楊柳春風出帝迳,(小外)臘梅破萼人猶戰。(生)二位將軍,為甚出此言?(外、小外)可惜丞相空有此利器,不能濺單于之血。(生)二位將軍,我豈不知?今我不待孟獲心伏而誅,實猶殺猪屠馬,不察怨憝故耳。適我以劍而歌,乃知虜人有懷刃降我之計。二位將軍須防備之。(外、小外)足見丞相甚盛之心,聖人之政。(卒擒淨、丑上)欲求生富貴,須下死工夫。蠻丁擒拿孟獲夫婦討功。(生)此詐降也。左右拿下。(卒)俺擒孟獲夫婦,要做蠻王。丞相要拿俺做甚?(淨、丑打番語假罵卒科)(生)你說兩次被洞人擒來,我盡信之。汝今欲效其計,就中殺我是乎?(卒)

【駐雲飛】天鑒吾言,念俺因求折檻賢。剖竅圖爭羨,誰想遭刑憲。嗏,鞭撻甚堪憐,將人輕賤。提起傷情,伏望君垂念,襲霸封王紹大權。

(生)既如此,將他三人身上搜檢,看有什麼夾帶?(搜科)(卒)稟丞相,各有寶刀數口,鐵箭數枝。(淨、丑)此是俺等防身器械。(生)休得胡說。左右,推出轅門,梟首示衆。(卒)得令。(生、外、小外)

【前腔】暗隱龍泉,豫讓荊軻害我賢。飾智稱激變,要把奇功建。嗏,斬首罪難延,怎容欺僭。負我仁人,以德還招怨,休想行尸再得旋。(淨、丑、卒唱)

【前腔】參透吾玄,自入屠門受罪愆。非汝能攻戰,俺殺非不善。嗏,浩氣擁三千,拔山不倦。若得重歸,管遂平生願,方顯君家道不偏。

(生)你曾道,第六次能擒你,傾心就伏。心肯伏乎?(淨、丑)此乃俺等自家送死,非汝等能擒,俺也如何肯伏?(外、小外)丞相擒你六次,尚然不伏,等待何時而伏也?(淨)汝若第七次能擒住,俺傾心就伏,誓無反悔。(生)巢穴已破,吾何慮哉?左右,釋去其縛。(淨、丑、卒)謝丞相不殺之恩。

榮枯休介意，得失莫關心。樂道真君子，無恩非好人。

## 第三十一齣　幽閨患主

（旦引）

【謁金門】違君教，不啻花殘色老。揮戈枕戟何時了，輓粟飛蒭難到。（貼）辜負月華天寶，一心不昧夫焦。（旦）昏思憶良人勞，怕聽孤鴻聲噪。

（旦）凜凜寒風，黃花落葉空。（貼）春回有意，梅花書信無人寄。（旦）玉筯雙垂，塞外征夫尚未歸。（貼）魂伴白雲飛。（旦）妹妹，我和你自從差聽事官去後，不覺寒冬將至，書信全無，如之奈何？（貼）姐姐，想相公平蠻，功績未遂，以此羈留，想旦夕間必有捷音到來。姐姐請自耐煩。（旦）妹妹，只是帝心懷慮，聖母含憂，奴家以此放心不下。（貼）姐姐，他深居宮苑，快樂百端，有什麼憂來？（旦）妹妹，他慮相公久使夷邦，先主暴崩地下，以此心中不樂。妹妹聽我道來。（貼）姐姐請道。（旦）

【祝英臺】潛宮器，遏市韶，人去碧雲霄。景篆新朝，待歌燭調。誰憶放勳，徂落虛勞。十餘年撲道扶王，霎時就身歸先廟。愧兒曹，只恐戎衣不肖。（貼）

【前腔】英豪，坐當朝，問道稱堯，聖脈與神髦。他無暴，八柄親操。自珍一善，慈愛昭昭難效。休勞養天和，把靈境逍遙，無宿慮鎮身之要。弔民怨，自有地誅天討。（旦）

【前腔】咆哮，八極世界搖搖，人使在荒郊。恍疑是平地風波，求疵伐毛。猿擊起，鶖鶊羞朝。群臣棄笏親矛，頓是衽金，凶暴實難饒。那吞民，貙貐鴟梟。（貼）

【前腔】傲惱，想興師忽念先朝，瓦解與冰消。乘桴遊士采薇去，豪不戀金花寶誥。須教請兵符，蕩寇征苗，斷絕龍吟虎嘯。待清平虜舍，更戮孫曹。

（丑扮聽事官）孫曹孫曹，不憚辛勞。夫人有命，特地回銷。（旦）聽事官，你回來了？丞相班師不曾？（丑）丞相擒了孟獲六次，盡皆釋了。多多拜上夫人，內修家事，外理朝綱，大屋高田要買，金銀寶貝要藏，若還藏得不好，歸來定不行房。（旦）休說閒話。我差你送畫圖去，丞相看否？（丑）丞相看了，就令小官妝備一百匹，落得有些絲線在此，送與夫人繡花。（旦）快出去。

倚門終日悶無聊，眉頭不展淚雙拋。此生未破強鯨穴，無緣再到臥龍橋。

## 第三十二齣 海島驕兵

（小淨黃面扮烏戈王上引）

【賀聖朝】舉首開基千里，盈眸富貴依稀。滿身鱗甲似征衣，英雄播四夷。自小英雄過孟朱，不讀安邦萬卷書。雙手能擒天上日，誰似英雄丈八軀。自家烏戈國王便是。昨蒙天子孟獲，差人賫檄到此，說與諸葛交戰，被他殺敗，無處棲身，親到俺國借救兵。已曾操練人馬齊備，待他來時，一同起兵便了。把都每，轅門外伺候，天子來時，即忙通報。（卒）得令。（淨）

【水底魚】短嘆長噓，心忙恨馬遲。烏戈若到，啞手樂雍熙。

（卒）稟大王，天子到。（見科）（淨）大王，俺被漢兵擒了六次，朵思、木鹿皆被他誅，惟有汝邦未破，他早晚定來攻之。似此利害，大王計將安出？（小淨）大王放心。俺這國中有桃葉渡之凶，況今落葉經秋之日，人若飲之，旦夕而亡，惟俺食之，精神百倍。漢兵到此，有此異事，安能久駐乎？（淨摩額）今朝始信有葬身之地也。（小淨）大王，漢兵所習伎倆，與俺家所習伎倆何如？（淨）他運籌決勝，實無膠柱刻舟；任將排牙，不戀經中齷齪；一團詭計，俺等孰能察之？（小淨）衆把都每，漢兵無狀，俺家天子受其虧。若不掃除，定為腹心之患。就此發兵前去。（卒）得令。（衆）

【節節高】吾軍勇似貔，奮狼威，管教禪主云亭內。甲兵利，劍戟齊，旌旗蔽。要將八校雁門懸，還看四寇雞田繫。三秦席捲志無疑，一朝韋縠尊新帝，尊新帝。

## 第三十三齣 魏延屈威

（小外、卒上）

【水底魚】鐵砲藏坑，枯薪四塞屯。牽開藥線，硫焰便傷身。

大小三軍，奉丞相軍令，要選光山平地，不生草木之處，將此砲塵，以免其疑；要我連輸一十五陣，引誘蠻兵，望見白旗，便是脫路。你可將火砲埋定，不得有違。（卒□科）（小淨）

【前腔】五穀無登，吞蛇食病軍。身穿藤甲，刀劍總難侵。

（小外）來將是誰？（小淨）烏戈大王。放開馬來。（戰科）（小外輸陣下）

（小净追，小外復上，戰科）（内連説"恰好火砲燒"，小净下）（小外）大小三軍，且喜火砲燒死烏戈國王，孟獲定無棲身之處。就此埋伏，待他逃時，一齊拿去討功便了。（净、丑急上）

【番鼓兒】逃生去，逃生去。空城無處走，鼠竄獐狂，出乖弄醜。只要做神龍，喪家致狗，路上行人，羞傳碑口。

（丑哭）大王，快走幾步罷了。（净）夫人，怎生去得？你看那黑雲匝地，紅焰燒天，猝律律走萬道金蛇，焰騰騰散千團火塊，好傷感也。（内喊科）（净）兵馬又來，怎生是好？俺那夫人。（丑）俺那大王。（小外上，擒净、丑科）

喜孜孜鞭敲金鐙，笑吟吟齊唱凱歌。

## 第三十四齣　孟獲感德

（生）

【菊花新】連天砲震火烟迷，炙得金烏不見西。雖我武功奇，三月違仁多矣。

哀哉哀哉，時該命該。火焚萬劫，孽自天排。下官因藤甲軍凶頑，不得已而用火攻，以致生靈塗炭，此下官之過也。這番若得他伏，不費此番毒計。少待衆將官解他來時，便知端的。（外）

【賀聖朝】火氣蒸人難避，焦頭爛額傷情。（小外）風吹汗臭染征塵，何時見大平。

趙雲、魏延參。（生）孟獲見在何處？（外）見在帳外。（生）既如此，可先將酒肉與他壓驚。你説，丞相羞見你面，教你再回洞去，整頓兵馬，注意再來決戰。（外）得令。（外出）孟獲何在？（净、丑低頭）將軍，俺等在此。（外）我奉丞相之命，説道羞見你面，先將酒肉與你壓驚，教你再回洞去，整頓兵馬，注意再來決戰。（净、丑悲科）將軍，七擒七縱自古無也，俺雖化外之人，頗知禮義，等俺匍匐上前，請死就是。（外）既如此，隨我進去。（净、丑跪移步進科）（生）將軍，可與孟獲説乎？（外）孟獲親自在此。（生）孟獲，你被我擒了七次，意下何如？（净、丑悲）丞相天威也，蠻人不復反矣。（生）你心中肯伏乎？（净）子子孫孫，尚感丞相之恩，安得不伏乎？（净、丑）

【新水令】俺非是筆繪與桐成，受罡訣也通人性。休言生異土，大塊共乾坤，霄壤分屯。思量起，到不如緕蠻能應。（生、外、小外）

【步步嬌】志心貢化非竊命,巽弱圖僥幸。象爻抱夙誠,要將鳩舌求賢,出入承明聖。朱程列士林,舉頭樂得英和俊。

【折桂令】(净、丑)俺少年場,學得番經。要做個神農皇帝,堯舜高名。輔羅得射虎,騎鯨有皋陶,周召爲臣。使他運斗觀星,爲蜮爲神,俺只想坐中華海宇欽尊。賢聖相承[1],賢聖相承。那仁君不文不武,那見那見生成。(生、外、小外)

【江兒水】塗首難離地,剝膚挂虜亭。九牛運石兼烹鼎,愁伊萬劫已沉淪,傷諸六道難回命。負屈含冤懷忿,提起酸心,將你證明軍令。(净、丑)

【雁兒落】俺也曾奉鶯書、登紫塞、統雄師,俺也曾調烏戈、遣木鹿、把禿龍任。俺也曾築深營、困劉師,俺也曾徹危邦、施毒霽。俺也曾結英雄、掌兵符,俺也曾跨毛牛衝退了二軍陣。俺也曾使飛刀、曾斬將、放兀戎,誰知道董荼奴、阿會喃私歸順。悍悍到今朝,怕死在黃泉境也麽魂。望相饒,鐵裏溫,望相饒[2],鐵裏溫。(生、外、小外)

【僥僥令】銅山相霸有,金窟爲軍貧。綠樹無枝鴉屋窘,只落得走沙石萬里塵,只落得走沙石萬里塵。(净、丑)

【收江南】呀,早知道這般樣不稱心,誰待斯鼻頭斤,到不如磕宮石壁把身停,虞歌草舞樂天吟。待山嶽自崩,待鐘聲自警。到如今把太和寶劍大江沈。(生、外、小外)

【園林好】論千倉人足有零,論萬箱家私有盈,爲甚的把英雄多病。傷心處,杜鵑鳴,傷心處,杜鵑鳴。(净、丑、卒唱)

【沽美酒】堅剛柔正忠仁,堅剛柔正忠仁。明日月震雷霆,雖則是天討商郊萬里腥。蓋聖人用兵發令,南北帝飛熒流潤,太行磨西君金贈。俺呵,到今日慘情苦情痛情。呀,再不敢鼓舌搖唇,聽天安命。

(生)呀,且喜你今既伏,待吾親釋其縛。(生、外、小外)

【清江引】今來古往無人信,七縱與七擒。密勿更垂衣,談笑功勳定。隱刀兵,會心濃,姑重懲。

(生)叫左右快排隊伍,送孟君回洞。待我奏過聖上,封他永爲此處蠻王便了。(卒)得令。

三顧深恩扶漢王,七擒盛德保蠻邦。萬古千秋名不散,凌烟閣上姓名香。

## 校記

[1] 賢聖相承:底本作"聖聖",今據文意改。

[2]望相饒:"望"前,原有"魂"字,今據文意刪。

## 第三十五齣　孔明祭河

（衆扮鬼上）

【冰紅花】誰家鐃鼓響滄溟,不毛深怕無聖人。齊登彼岸渡慈艇,這三生,還有些幸。望旛泣聽《法華經》,料冤魂定躋仙境。生離死別好傷情,都只爲聖明也囉。

（鬼）老哥,我和你拋妻棄子,學武從軍,指望建功立業,耀祖榮宗,誰知死在此水間。今日聞得丞相爺爺班師,我和你各有些祭祀,不免大家搶食一餐,求個脫生去罷。（鬼）有理。我和你且往崖上伺候。（生、外、小、衆卒持旛上）

【前腔】十洲五逆喪幽冥,爲刀兵盡來乞命。積廚香透慧河心,放蓮燈,隨吾大乘。同歸故國顯威靈,做忠臣揚名傳姓。生離死別好傷情,都只爲聖明也囉。

（卒）稟丞相,來到祭場。（生）既如此,可將靈旛前後超度衆生。（招鬼科）（末冠帶贊禮）（末）站班。（生、衆站班科）（末）班齊。（生獻漿科）（生拜唱）

【小桃紅】茫茫河伯,寂寂孤魂,爲虜來侵境也,我本代天老臣。旋就蒙天殛,諸士請纓行。指望你受皇恩,父母圖家慶,也愧我無舟濟川怎勝。遂死在魚龍陣,萬疊隱身。祭奠你三杯淚雨傾。（外、小外拜）

【下山虎】誠通鮫室,神踏龍門,欲喚愁不應。我如刀剖心,只慮你浪打沙埋,霜露滿襟,魚鱉相餐魄受驚。家舍無音信,那討黃錢半文。空自有遙設,嗚呼塞外靈。

（末）衆官皆跪。（生、外、小外、衆將跪科）（末）讀祝文。（夫讀介）維大漢建興三年九月十五日,武鄉侯領益州牧諸葛丞相等,謹陳祭儀,故設王事,蜀中將士並本土神祇,及蠻夷亡者陰魂:日昨自遠方侵境,異俗起兵,縱蠆尾以興妖,恣狼心而逞亂。且我大蜀皇帝,威勝五霸,名紀三皇,定乾坤於戰伐之中,立社稷於干戈之内,一自蠻夷,罔窮天道,來扣皇封。吾奏君王,請師弔伐,莫不逢山開路,息波爲橋,大舉貔貅,掃除螻蟻。何期爾等,偶失兵機,緣落奸騙,流矢所中,魄掩泉臺,鎗劍所傷,命歸長夜。身危於刀斧之前,骸棄於溪塵之内。今則凱歌南還,獻俘將及,英靈尚在,祈禱必聞。隨我旌旗，逐我部曲，回居上國，各認本宗，受骨肉之蒸嘗，領妻男之祭祀，免作他鄉之鬼，徒爲異國之魂。嗚呼哀哉，尚饗。（生、外、小外）

【蠻牌令】菩提語，化生經，開鐵口，飲瓊精。登山隨駿馬，涉水望慈艇。指日回劉，清祠標姓，我自頒紫誥揚勳。望陰靈，來格來歆，早相尋故國雙親。（生）

【尾聲】一篇德意非虛敬，休道當年員嵒文。要知真痛處，哀鷺噪寒濱。

（外、小外）丞相，且喜雲收霧散，浪息波平，隱隱有數千鬼魂，自漢而去也。（生）祭讀已罷，吾誠盡矣。大小三軍，明日班師。（卒）得令。

明日班師到漢庭，丸泥幸固玉關門。鬼哭魔號無別事，諸葛先生夜祭神。

（生、外、小外下）（鬼吊場）老哥老哥，我和你得了許多錢鈔，又得了許多酒漿，想將起來，我與他遠日無冤，近日無仇，各自脫生去罷。（鬼）有理有理。

## 第三十六齣　孟獲進寶

（淨、丑帶卒挑寶上）

【憶多嬌】統虜民，送故人。聞道班師歸漢庭，特送金銀和異珍。（合）滿眼風塵，滿眼風塵，只慮山高水深。

把都每，來到此間多少路程？（卒）稟大王，三十里。（淨）三十里。夫人，俺想丞相這早尚未班師，俺和你大家，殷勤趕到百里之外送他纔是。（丑）大王之言有理。趲步前去。（唱合前，下）（生、外、小外、卒上）

【前腔】珠斗明，寶鏡清。白露寒風劈面侵，萬里歸人喜氣新。（合前）

（淨、丑、卒上，淨）丞相暫住。（外）丞相，孟獲追來，是何意也？（淨）俺無別意，特來進貢。（生）既如此，軍馬暫住。（淨）丞相請了。（生）大王少禮。大王昨已告辭，何勞遠惠？（淨）愧俺番家無物可獻，止有耕牛戰馬、金珠寶貨、丹漆藥材，欲爲丞相犒軍之用，不審尊意何如？（生）既承寶貺，當貯於漢家帑中。（淨笑）把都每，擡俺那金珠寶貨過來。（卒授科）（生）多謝大王厚惠。（淨）些些小事，何足爲酬。俺蠻人老幼，感丞相活命之恩。今已選擇名山，大建丞相生祠，名曰慈父。請丞相軍旅暫駐數時，待祠落成之日，大家慶賞班師未遲。（生）建祠繪像，此吾所不能當者也。朝廷有宵旰之憂，軍馬有疲羸之苦。就此告別，公勿再言。（淨、丑哭）丞相生身也，俺如何割捨得丞相回去。(生)我亦□捨汝去矣。汝若棄邪從正,就到漢中相會,亦有日矣。(净)丞相□□□你。(生)多承美意,就此告辭。(丑)大王,丞相既不肯駐,俺和你大家再送一程罷。(生)這個使得,就以前面官亭爲界。(衆)

【前腔】芳草青,振鷺鳴。鶴唳猿啼真痛情,胡女胡兒珠淚零。(合前)

(卒)來到官亭。(生)大王,就此告辭。(净、丑哭)俺那丞相。(衆)丞相班師,不可啼哭。(净)既如此,待俺夫妻拜謝便了。(净、丑拜唱)

【前腔】拜我親,別我親。地厚天高活萬民,結草啣環難報君。(合前)

(衆)丞相,將暮,請丞相起程。(生)衆軍催促,就此告辭。(下)(净、丑哭)俺那丞相。(丑)大王,丞相既已去遠,俺和你思之無益,不如回去催起生祠,朝夕焚香,拜他便了。(净)言之有理。

只因虎鬥與龍爭,積德施恩遇好人。纔聽凱歌六七里,仰天大哭兩三聲。

# 東吳記

無名氏　撰

## 解　題

傳奇。明無名氏撰。《古人傳奇總目》《傳奇彙考標目》《重訂曲海總目》《曲口新編》均於無名氏下著錄，題《錦囊記》。清乾隆間百本張本，又別題《東吳記》。不分卷，凡八齣，劇寫劉備當陽戰敗之後，諸葛亮計取荆州，爲求長遠之策而分路取四郡。與此同時，孫權與周瑜定計，假托將其妹新月公主許配劉備，賺取劉備過江東招親，以爲東吳奪回荆州。諸葛亮識破周瑜之計，命趙雲保護劉備趙東吳招親，并授與三個錦囊，遇難開啓，最終使周瑜計劃失敗，"賠了夫人又折兵"，傳爲千古笑談。

版本今存清乾隆間百本張抄本，爲傅惜收藏，現收入《傅惜華藏古典戲曲叢刊》。今以此抄本爲底本，加以校點整理。

## 頭齣　上　壽

（四太監引孫權上）（孫唱引）霸佔江南，國安民樂。文臣武將心如日，敢與金石冰霜相倚。（白）乾坤歲歲納豐年，旺然三吳景物鮮。曹劉枉自空碌碌，要得心堅何日閑。孤家孫權，承父兄餘業，坐鎮江東。禮賢用士，名如山重，這也不在話下。今乃國太娘娘千秋華誕之期，特備慶宴，叩祝千秋。內侍。（監白）千歲。（孫白）筵宴可曾齊備？（監白）齊備多時。（孫白）伺候了。（監應介）（孫白）國太娘娘有請。

（老旦上引）華堂瑞靄喜沖沖，越覺人物增光。（四侍女引公主上，公唱引）春日喜融，和壽儀屛開雀。（白）哥哥。（孫白）妹子。（老白）我兒。（孫白）在。（老白）請老身上堂，有何話講？（孫白）今當國太娘娘千秋之期，孩兒特備筵宴，慶祝千秋。（老白）生受你了。（孫白）看酒。（衆應起吹介，拜介，合唱）

【畫眉序】福壽喜同天，寶靄呈祥照滿筵。着雙雙對對，拜壽階前。昨日向海屋添籌，今日裏南極壽算。闔家共享長生宴，惟願取福壽綿綿。

（老白）我兒，目今劉備已得荆州，此乃如龍得水，似虎生翼。況今曹操欲圖江東，我兒還當斟酌纔是。（孫白）國太娘娘，但請放心。我這江東文獻武穆，國安民樂，內有張昭，外有周瑜，又有長江之險，那怕曹劉百萬。看巨舫過來。（監應，敬酒介）奉敬國太娘娘。（老白）生受你了。（衆唱）

【鮑老催】風前月前，且自開懷歌笑喧，全家食祿真堪羡。天清明，地氣安，人歡忭。年年歲歲筵前獻，千金難把四時換，願代代人欽羡。（衆拜介，合唱）

【雙勝子】喜自安，喜自安，願國太多康健。忠孝全，忠孝全，憑赤膽扶王漢，登廊朝金殿。願帝德遐昌，鞏固萬年。

【尾聲】良辰美景多歡忭，願歲歲年年康健，喜得萱堂樂堯年。（吹介，衆下。）

（頭齣完。下接《拈圖》）

## 二齣 拈圖

（趙雲內嗽上，白）躍馬持鎗膽過天，奪旗斬將獨爭先。矢忠一點扶明主，虎穴龍潭敢向前。俺常山趙雲，蒙玄德公待如手足，情勝同胞，言投意合，推食解衣。今因曹操專權，挾天子以令諸侯。前者主公兵敗當陽，軍師只得借東吳人馬，赤壁大戰曹操。俺軍師遣將，暗襲荆州、南郡、襄陽之地。今日主公要與軍師商議久遠之策，只得在此伺候。道言未了，主公、軍師來也。（四卒將引劉備上）

（劉唱引）素秉行仁義，得時付天宫。（孔明上引）帷幄運籌能，只看我兩扇談兵。（關公上引）男兒奮志立功名，（張公上引）凌烟閣圖畫美名。

（見，坐介）（劉白）且喜荆州已得，皆賴軍師神機妙算也。還求久遠之策纔好。（孔白）襄陽乃受敵之處，恐不可久守。不如南征，收復四郡，積聚錢糧，已爲根本。（劉白）四郡此時何人把守？（孔白）武陵金旋、長沙韓玄、桂陽趙範、零陵劉度。若取得四郡，乃魚米之鄉，漢土可保久長矣。（劉白）那一郡難收？（孔白）此四郡惟有長沙難收。（劉衆白）如何難收？（孔白）那韓玄手下有一員大將，乃南陽人也，姓黃名忠，字漢升，係劉表帳下中郎將；與劉表之姪劉磐，共守長沙，後侍韓玄。此人雖然年過六旬，鬚髮蒼白，能開兩石之弓,使一口大刀,有萬夫不當之勇,乃湘南將校之領袖[1]。故此難收。（關白）某家取長沙。（張白）張飛取長沙。（雲白）趙雲取長沙。（孔白）住了,不要如此。山人早已備得四鬮在此,主公同三位將軍各拈一鬮,免得爭論。主公先請。（劉抓介,白）零陵劉度。（關抓介,白）長沙韓玄。（張抓介,白）武陵金旋。（趙抓介,白）桂陽趙範。（劉白）請問軍師,先取何郡？（孔白）湘江之西,零陵最近,我同主公先取。次取武陵。然後湘江之東,取桂陽、長沙。奏捷班師,荆州會齊。翼德聽令：與你三千人馬,收伏武陵。若有怠慢,定按軍法。（唱）

【四邊靜】貔貅萬壯須周折,連鑣馬蹀躞[2]。旋若戰相持,成功片時節。（張唱）（合頭）軍威猛烈,殺聲動徹。一戰決雌雄,凱歌奏重疊。（下）

（孔白）子龍聽令：與你三千人馬,去取桂陽。（唱）

【前腔】趙範虛實須防厄[3],危安事難測。倘或議婚姻,必當防刺客。（雲應,唱）（合頭）（下）

（孔白）關公聽令：將軍此去,必須多帶人馬[4],方好收伏長沙。（關白）軍師何故長他人志氣,滅自己威風。量一老卒,何足道哉！某也不須三千人馬,只帶本部下五百名校刀手,決斬黃忠、韓玄之首,來獻麾下。（孔唱）

【前腔】韓玄蠢爾多謀策,（白）那黃忠呵,（唱）年老性猶烈。（白）勝負不分必收兵。（唱）兩下若安營,（白）《春秋》緊帶隨身。（關白）何用？（孔唱）燈下細觀閱。（關應,唱）（合頭）（下）

（孔白）糜竺、劉封聽令：你二人把守荆州,不得有遠。（二將應介）（孔白）今乃黃道吉日,軍校就此起兵,前往零陵去者。（眾應,繞場介）（合唱）

【四邊靜】統兵殺氣威名赫,踏破虎狼穴。收伏四郡城,奏捷共歡悅。（眾唱）（合頭）（下）

（二中軍引周瑜上,周唱引）英雄豪邁已經秋,氣吐虹霓貫斗牛。終朝使我悶悠悠,何日得機謀成就。（白）當時赤壁夜鏖兵,戰艦艨艟烈焰生。殺敗曹瞞兵百萬,威風傳播美名聲。下官周瑜,官拜水軍都督之職。前用奇計而得赤壁之勝,不想孔明暗襲荆州,魯子敬屢索不還,回復吳侯,暫借荆州。想劉備乃人中之龍,終非池中之物,更兼孔明、關、張為助,日後必為東吳之大患。為此,與吳侯定一美人計。吳侯有一妹子新月公主。聞得劉備在長坂喪了糜氏[5],如今將公主假意許配與他,孫、劉結親,兩國和好,賺他過江,討取荆州,使他身入重地,不難擒矣。已經差人去請呂子衡,待他來時,命他往荆州為媒便了。（呂範上,引）近日長弓短箭,終朝白馬紅纓。（白）下官呂範。都督相召,爲此前來。裏面有人麼?(衆白)什麼人?原來是呂大夫。(呂白)相煩通稟。(衆白)請少待。啓都督,呂大夫到。(周白)有請。(衆白)有請。(呂進介,白)都督在上,呂範參見。(周白)請坐。(呂白)告坐。都督相召,有何見諭?(周白)聞得劉備喪了糜氏。吳侯有一妹,極其剛勇,侍婢數百,屈長弓刀,雖不及男子,亦且文武全才。我如今修書一封,申達吳侯,就煩子衡前往荊州爲媒,賺劉備過江入贅。賺到南徐,儻他妻子不得,幽囚在獄,却使人去討結親爲名,實取荊州,換給劉備。你道此計如何?(呂白)此計甚妙。範即前往。(周白)且慢。(遞書介,白)速將庚帖渡江濱,(呂白)假說孫劉議結親。(周白)孔明總有通天術,(呂白)美人巧計怎脫身。(下)

（二齣完。下接《說親》）

## 校記

[1] 將校之領袖:原作"將校的之領袖","的"字據文意刪。
[2] 蹀躞:原作"蝶蠮",今改。"躞"字後原本有一"金"字,今據文意刪。
[3] 虛實:底本作"叙實",今據文意改。
[4] 多帶人馬:"帶",底本作"代",今據文意改。下同。
[5] 長坂:作"長板",今據文意改。

# 三齣 說 親

（四卒引關、張、趙上,合唱）

【普天樂】振師還,聲喧闐,金鐙敲,凱歌動。三軍勝,齊聽元戎使令,展封疆垂手功成。(孔、劉同上,關、張、趙同見,白)衆將得勝而回,特來交令。(劉白)有勞衆位賢弟。(衆白)不敢。(劉白)前面已是荊州,進城相會。(衆白)請。(合唱)呀,取荊南奮勇,人盡向風動,飛馳握步,報捷從容。(衆迎入城下)

（劉、孔、關、張、趙又上,入座）(雲白)趙雲報功。奉軍師將令,收伏桂陽太守趙範。他用美人計賺俺,被俺識破,又遣人行刺。是俺詐開城門,將趙範擒住。請主公、軍師定奪。(孔白)將趙範帶進來。(衆應帶趙範上,範白)趙範叩見主公、軍師。(孔白)吾主乃劉王之弟,輔公子劉琦,同領荊州。遣將前去撫民,爲何反自拒抵,是何道理?(範白)趙將軍已到城下,範即刻投降，又將寡嫂與趙將軍結親，本是好意，不想反生惱怒，已至如此。（孔白）趙將軍，美色天下人人愛之，公何獨如此？（雲白）趙範之兄，在鄉中曾有一面之交。今若取之，惹人唾罵；其婦再嫁，使失其大節，一也。趙範初降，心不可測，二也。主公江漢未定，枕席未安，雲何敢以一婦人而誤主公之大政，三也。（劉白）今日大事已定，與汝娶之如何？（云白）況天下女子不少，但恐名譽不利，何憂無妻室乎？（劉白）子龍真乃天下之大丈夫也。趙範，仍令汝為桂陽太守。（範白）多謝主公、軍師。（張白）張飛報功。奉軍師將令，收伏武陵。金旋出馬敗回，自刎城下。有鞏志賣印投降，請大哥、軍師定奪。（孔白）帶鞏志進來。（眾應，帶鞏志上）（鞏白）鞏志叩頭。（劉白）就令你代金旋之職。趙範，你二人赴任去罷。（趙、鞏同白）多謝主公、軍師。惟有感恩並積恨，千年萬載不生嗔。（趙、鞏同下）（關白）啟上軍師，奉令收伏長沙，果有老將黃忠出馬，與某不分勝負。次日用拖刀法，將黃忠打下馬來，不忍加害。黃忠復跳上馬去，挽弓一箭，剪斷某家盔纓，進城而去。不想韓玄要斬黃忠，虧了魏延，斬了韓玄，救了黃忠。二將俱來歸伏，請軍師定奪。（孔白）請黃將軍相見。（眾應，領黃忠上）（黃白）末將參見主公、軍師。（劉白）老將軍請起。久聞大名，如轟雷貫耳。今得歸孤，如龍得水一般。（黃白）末將傾心歸伏，願效犬馬之報。（劉白）老將軍說那裏話來。請到後帳歇息。（黃白）領命。（下）（魏延上，白）魏延叩頭。（孔白）眾將官。（眾應介）（孔白）將魏延斬首報來。（眾應帶介）（劉白）刀下留人。軍師，誅降殺順，大不義也。魏延乃有功無罪之人，何故殺之？（孔白）食其祿，殺其帥，是不忠也；居其土而獻其地，是不義也。吾觀魏延腦後有反骨，久後必反，故而殺之，以免後患。（劉白）啊，軍師，若斬此人，非安漢之上計也。（孔白）既是主公如此，將魏延放轉回來。（眾應放介）（孔白）魏延，我如今饒你性命，今後盡心報主，莫生異心。早則早，晚則晚，必取汝頭。回營去罷。（延白）得令。兀呀呀呀。（下）

（報上，白）報啟上主公、軍師，東吳差人求見。（劉白）是誰？（報白）呂範。（孔白）呂範乃東吳謀士，此來必有話說。倘有甚事，主公只管依從。（張白）倘若依不得，也依從麼？（孔白）山人自有道理。（張白）也要算計停當。（孔白）待他進來，看他怎麼樣。（劉白）有請。（報應，傳下）（呂範上，白）跋涉山川到襄城，欲排香餌釣鰲龍。赤繩囊裏藏兵刃，百萬年書一點紅。（劉白）大夫。（呂白）皇叔。（劉白）有失遠迎，多有得罪。（呂白）豈敢。眾位將軍。（張白）呔。（劉、關阻介）（張白）大哥、二哥放手。東吳的人慣會作拐子,前者將俺軍師拐去,河梁會上又將俺大哥、二哥拐去,不消説了,如今一定是拐俺老張來了。你們閃開,待俺賞他一拳。(衆白)不要如此。(吕白)我爲喜事而來的喲。(張白)哦,你爲喜事而來?講得好便罷,若是講得不好,從頭打起。(衆白)請坐。(吕白)坐下了。(劉白)子衡久别,今蒙光顧,必有美意。(吕白)這個……哦,吾主吴侯聞得皇叔鰥居,特命下官前來作伐,求皇叔居吴國賓館,共滅曹操,扶漢興劉,莫拒幸甚。(云白)三將軍,他來作伐。(張白)與那個作伐?(云白)與主公作伐。(張白)怎麽與大哥作伐?(笑介)險些兒把個媒人打壞了。啊,怎麽處呢?大夫。(吕白)三將軍唤我麽?哦,來了來了。(張白)吓,大夫,俺老張粗魯。(吕白)吓,不粗魯,不粗魯。(張白)你可不要見怪哪?(吕白)不敢。(云白)請坐。(吕白)啊,又坐下了,坐下了。(孔白)大夫,此事非吴侯之美意。(吕白)説那裏話來?若非吴侯美意,下官焉敢到此。吴侯有一妹新月公主,願奉箕帚。喏喏喏,這是庚帖,請皇叔收下。(劉白)前妻骨尚未寒,安忍及此?(孔白)既是吴侯有此盛情,主公依下就是了。(劉白)子衡,雖然如此,只是劉備名微德淺,不敢仰攀,實爲惶恐。(吕白)説那裏話來?皇叔,請收庚帖。下官就此告别了。(衆白)有慢了。(張白)喂[1],大夫,請轉來。(吕白)三將軍唤我作甚?(張白)大夫。(吕白)三將軍。(張白)你方纔受驚了。哈哈哈。(吕白)豈敢豈敢。(下)(張白)好呀,東吴懼怕我們,與我們結親哩。(孔白)非也。此乃鈎箝連環之計。他見我們占了荆州,又收伏四郡,故用此美人之計,賺主公過江,必行加害。(張白)如此説,我們不去了。(孔白)若不去,被伊耻笑。去則無妨,只用一員保駕將軍。(關白)我保大哥前去。(孔白)去不得。(張白)我保大哥過江。(孔白)也去不得。(雲白)我保主公前去。(孔白)去得。(張白)呀,軍師派將心偏了。俺二哥去不得,俺老張也去不得,單單的子龍他就去得。難道我二人的武藝,不如他麽?(孔白)不是這等説。那東吴誰人不認得紅臉關公、黑臉翼德?所以去不得。(張白)咳,我好恨也。(關白)三弟恨着何來?(張白)恨你我生得來這樣紅的紅、黑的黑,似這樣好買賣,都去不着了。(關白)休得多言。(孔白)趙雲聽令。(云應介)(孔白)準備厚禮,保主公過江,先見喬公。與你三個錦囊,内藏妙策。過江時看紅錦囊;成親後看黑錦囊,急催主公轉程;路上若有緊急之際,看白錦囊。小心在意。(云白)得令。(張白)好吓。(衆唱)

【催拍】謝軍師神機妙算,赴江東,施謀勇。(孔唱)賴衆將威風,賴衆將威風。(合唱)抖擻精神,建立奇功。他日凌烟閣畫美名,異日裏掃蕩西東。

安社稷,江山定,安社稷,江山定。(同下)

(三齣完。下接《謁喬》)

## 校記

[1]喂:原作"唯",今據文意改。

## 四齣 謁 喬

(丑、院隨喬元上,喬引)蒙頭白髮已蕭蕭,位尊師坐肩群僚。謾言叨比伊周過,只愛林泉,隱迹逍遙。(白)西蜀名儒裔,東吳貴戚家。一生無子嗣,二女實堪誇。承恩獨自領朝綱,紅纓滿眼皆無意。老夫姓喬名元,字仲遠。昔爲漢朝司馬,今授東吳太師。所生兩女,長曰大喬,次曰小喬。大喬呢,配與孫伯符;小喬呢,配與周公瑾。內結骨肉之親,外聯股肱之助。這也不在話下。呀,古怪。老夫倦寐,得其一夢,夢見一龍一虎,直入中堂,未知主何緣故?(巡官上白)有事忙來報,無事不亂傳。來此已是。裏面有人麼?(丑白)什麼人?(巡白)巡江官求見太師爺。(丑白)少待。(進介)(喬疑思,白)一龍一虎,是什麼緣故呢?(丑白)啓太師爺,巡江官求見。(喬白)着他進來。(丑白)呵,太師爺着你進見。(巡應介,進叩,白)巡江官叩頭。(喬白)起來起來。什麼事?(巡白)劉爺來拜。(喬白)那個劉爺?(巡白)豫州劉爺。(喬白)哦,可是那玄德公麼?(巡白)是。(喬白)哦,正應我夜來的夢警。唔,這龍呢,是劉豫州無疑了,只是這虎呢,可又是那個呢?劉爺到此幾日了?(巡白)三日了。(喬白)住在那裏?(巡白)甘露寺。(喬白)此時呢?(巡白)現在門外。(喬白)到了麼?快些請進來。(巡白)啊,劉爺有請。(下)

(衆引雲、劉上,劉唱引)不憚迢遙渡江淮,姻親未審和偕。(喬白)烹茶伺候。(丑應介,白)太師出迎。(劉白)帶住馬。(雲應介)(劉白)太師那裏?(喬白)豫州那裏?(劉白)老太師。(喬白)豫州。(同笑,進介)(劉白)老太師請上,孤窮有一拜。(喬白)老夫也有一拜。(劉白)幾年魚雁隔東西,今日緣何識範衣。(喬白)玉樹遠從雲外降,致令蓬蓽生光輝。(劉白)老太師,虎牢一別,失候起居。重睹台顏,曷勝欣躍。(喬白)林下老儒,不識時務。不知貴人遠降,有失遠迎,多有得罪。(劉白)四弟,過來見了太師。(雲白)啊,老太師在上,末將打躬。(喬白)啊呀,不敢,不敢。豫州,此位何人哪?(劉白)四弟趙雲。(喬白)哦,這就是常山趙將軍麼?(劉白)正是。(喬白)久聞將軍在當陽長坂坡救主,日未過午,殺曹兵兩萬五千,斬上將五十四員,就是這位將軍麼?(劉白)正是。(喬白)借手一觀。(看手介,白)奇耶!人呢,也是這個人;手呢,也是這雙手,如何殺得這許多的性命呢?(雲白)不過一時之忿。(喬白)一時之忿。好一位將軍,千聞不如一見。幸會幸會!(劉白)看禮物過來。(眾應介)(劉白)不覥微儀,望祈笑納。(喬白)豫州,此禮爲何?(劉白)軍師有令。(喬白)軍師有令。哦,且把禮物放在一邊,請教明白了啵,然後拜領。(雲白)末將告退。(喬白)啊,今日幸會,正要與將軍敘談敘談,怎麼就要去了呢?(雲白)還有幾個從人,不曾安置。(喬白)咳,尊衆不曾安置。只是奉陪令兄,不能奉陪將軍,怎麼好呢?也罷,改日領教領教。(雲白)請你們隨俺來。(眾應介,同雲下)(喬白)豫州虎牢一別,丰彩倍常。(劉白)老太師鶴髮童顏,誠然天相。(喬白)豫州遠來,必有見諭。(劉白)太師容稟。(唱)

【啄木兒】分將界,隔樹雲,嘆逝水流光真一瞬。問寒暄特渡江濱,獻蒭蕘略表殷勤。(喬白)有勞了。有何見諭?(劉白)一者久失問候,二者有一事干冒太師。(喬白)啊,有何見諭?(劉白)吳侯有一妹新月公主,未曾許聘,蒙吕子衡賚送庚帖過江,意者孫劉結親,以爲唇齒。不揣鄙陋,奉求玉成此事。(唱)蒹葭玉樹相延引,望君委曲成秦晉。(白)若成就此事呵,(唱)縱海竭江枯敢忘恩,忘恩。(喬唱)

【前腔】沈吟久,酌量深,(白)小子們。(眾應介)(喬白)呂爺送庚帖過江,你們可曉得?(眾白)小人們不知。(喬白)怎麼,你們不知?(唱)方纔機微悄未聞。(白)豫州,你道他這親事還是真的呢?還是假的呢?(劉白)吳侯之妹,焉能有假?(喬白)啊,真的依老夫看來,竟是假的。(劉白)怎見得?(喬白)大女婿孫伯符臨終有言:內事不決問張昭,外事不決問周瑜。大概之事,還要與老夫商議。國太有這樣喜事,難道不宣老夫進官商議?況有人送庚帖過江,我這裏全然不知。(劉白)怎麼,老太師不知?(喬白)不知。(唱)這是周瑜暗藏機關,非吳侯出自真心。(劉白)但不知吳侯所因何事?(喬白)因你收了荊州,又收四郡,小婿其心不忿,故設此計,賺你過江。還他荊州,放你回去;如若不然,則行謀害矣。這叫作美人計耶。(唱)容顏隊裏暗設擒龍穽,美人關安排着迷魂陣。準備窩弓待虎行,窩弓待虎行。(劉白)呀。(唱)

【出隊子】聆君此音,聆君此音,似飛蛾投火撲燈。恨咱見惛,似多疑春暖聽冰。(喬白)孔明先生怎麼説來？(劉白)軍師説，親事成得成不得，只要老太師作主。(喬白)怎麼親事成得成不得，只要老夫做主？好個諸葛先生，我説方纔那禮物，不是送老夫的。(劉白)太師有何主見？(喬白)我如今趁國太娘娘不知，明朝就將此禮物送進宮去，恭賀國太娘娘，那時必定弄假成真了。(唱)這是孔明妙計先籌定，區區自有懸河論。管一箭須叫中雀屏，須叫中雀屏。(劉拜，唱)

【歸朝歌】太師的，太師的，言誠語誠，念孤窮身如浪萍。蒙恩愛，蒙恩愛，淵深海深，效啣環無能報君。(喬唱)姻緣自是前生定，其間與我何勞頓，管教鸞鳳和鳴百歲姻，鸞鳳和鳴百歲姻。

(劉白)告辭。此事全憑月下翁，(喬白)題詩紅葉果奇逢。(劉白)正是門闌多喜氣，(喬白)啊，豫州。(劉白)老太師。(喬白)果然佳婿近乘龍。(笑介，下)

(四齣完。下接《招親》)

## 五齣　招　　親

(四太監引老旦上，老唱)

【引】春色鮮妍花柳開，等閑又見葵榴。瑣窗人靜晝如秋。呢喃飛燕子，好語向龍樓。

(白)母臨吳地贊天官，子孝臣忠繼述隆。宮殿日長無一事，沈檀香氣撲簾櫳。老身吳后。長子孫策，不幸早逝。次子孫權，承父兄之業，威鎮江東。幼女新月，二八年華，文兼武備，尚未適人。正是：子孝親心樂，人和萬事成。

(衆引喬太師上)(喬白)皇宮深處五雲新，一派風光總是春。欲結絲蘿憑月老，調和琴瑟仗冰人。(衆白)請太師爺下轎。(喬白)裏面那位公公在此？(監白)什麼人？(喬白)相煩通稟，説喬元問安。(監白)少待。啓國太娘娘，喬元問安。(老白)有宣。(監白)領旨。娘娘有旨，宣喬元進見。(喬白)你們外厢伺候。(衆應介，下)(喬白)你們來幫一幫。(監應，接禮進介)(喬白)喬元見駕，願娘娘千歲千歲千千歲。(老白)國丈平身。(監白)平身。(喬白)千歲娘娘宮中大喜，老臣叩賀來遲，望祈恕罪。些須薄禮獻上。(老驚介，白)啊，宮中並無喜事，何勞國丈這些禮物？(喬白)洞房花燭，四喜之一，怎麼説並無有喜事？娘娘把新月公主，配與那大漢十七代玄孫劉玄德，孫劉結親,以爲唇齒。老臣賀遲了,望祈恕罪。(老呆介,白)啊,此話何來?老身全然不知。(喬白)那劉玄德到此已經三日了,街坊上的孩子都沸沸揚揚,說道"好了好了,孫劉結親",怎麼娘娘還不知?(老白)哦,敢是吳侯與周瑜之計。且將禮物放在一邊。(監白)領旨。(老白)内侍,宣主公。(監白)領旨。國太娘娘有旨,宣主公。(内白)領旨。

(孫權上)

【引】袖裡暗藏機,預定容顏計。(白)孩兒願國太娘娘千歲千千歲。(老怒介,白)好吓,你瞞我作得好事吓。(孫白)孩兒不曾作什麼事來?(老白)怎麼,你還說不曾作什麼事?你洗羞。(孫唱,合頭)垂恩宥,趁天時人事。失此何求,失此何求。(白)請問老娘,此事何人來說?(老白)國丈來說。(孫白)國丈?(喬白)千歲,劉備到此幾日了?(老白)三日了。(孫白)住在那裏?(喬白)甘露寺。(孫白)唔唔唔,知道了。(下)(老白)國丈,果吳侯、周瑜之計,老身那裏曉得?(喬白)國太作何區處?(老白)勞他遠來,備些厚禮,送他過江去便了。(喬白)娘娘,就是這樣送他過江去,實實有些欠委曲。(老白)依國丈,有何主見?(喬白)依老臣之見,娘娘宣他進宮,看他一看。(老白)啊,我看他做什麼?(喬白)若果是位人王帝主呢,這門親事也不可錯過;如若不成,再送他過江去未遲呀。(老白)相見時,怎麼行禮呢?(喬白)娘娘乃一國主公,就受他個全禮也不妨呀。(老白)哦,受得的?(喬白)受得的。(老白)勞太師請他相見。(喬白)領旨。啊,豫州豫州,快來快來。(劉上,應白)太師怎麼說?(喬白)我昨日說的話,一些也不錯,果然是吳侯與周瑜之計,國太娘娘全然不知。(劉白)哦,如今怎麼樣?(喬白)方纔啓過娘娘,如今請你相見。(劉白)相見怎麼行禮?(喬白)啊,豫州,可要你下個全禮。(劉白)孤窮乃漢室宗枝,焉肯屈膝於婦人?(喬白)哎哎哎,常言說的好,要妻子是要拜丈母的。你只管拜,我自有道理。隨我來。啊,娘娘,豫州到了。參見哪參見。(劉白)劉備參見國太娘娘,願娘娘千歲千千歲。(老白)皇叔平身。(監白)平身。(喬白)平身平身。(老白)内侍,宣主公。(監白)領旨。娘娘宣主公。(孫應上,白)娘娘,孩兒在。(老白)過來見了豫州。(孫白)豫州。(劉白)吳侯。(孫白)樽酒且相留,(劉白)情濃義氣優。(孫白)二龍相會日,(劉白)孫劉解一憂。(孫、劉笑介,同下)(喬白)娘娘,恐主公加害。(老白)宣主公。(監應介,白)宣主公。(孫上應,白)孩兒在。(老白)我兒好生款待玄德公,老娘還有話說。(孫白)是。(怒看喬介)(孫白)唔唔唔。(下)(喬白)娘娘看此人如何呢?(老白)老身看他,果然儀表非凡。（喬白）如何？娘娘不曾看見呢，老臣也不敢誇獎。適纔見過了，老臣纔敢説。老臣是頗諳風鑒的。（老白）老國丈會相麽？（喬白）正是。（老白）你看此人如何？（喬白）我看他兩耳垂長直到肩，柳葉眉分八字灣。龍睛鳳目獅子口，雙手伸出過膝邊。頂平額闊天倉滿，背硬腰堅地閣圓。虎步龍行真帝主，穩掌山河數百年。鳳過天門，三公之位；龍歸大海，九五之尊。入閣者以貴而推，破局者以貧而斷，真乃帝主之相。（老白）果然好像。來日準備厚禮，送劉備過江去。（喬白）娘娘，這親事呢？（老白）婚姻乃人間大事，如何容易就成。（喬白）既然親事不成，娘娘就不該受他的大禮耶。丈母都拜了嘿，如何不成親事呢？（老白）啊，是國丈叫我受的。（喬白）吓，雖是老臣叫娘娘受的，這也是吴侯差人送庚帖，請他來的耶。豈可失信，又把公主婚姻耽誤了。娘娘請三思之。（老白）那有此禮？（喬白）哦，娘娘執意不允，他就過江去了。只是他國中還有人呢？（老白）他國中還有什麽人？（喬白）有一個諸葛軍師，有先天不測之機，且慢説是人哪，就是那天上的風，他要用就借來一用。還有桃園結義的幾個兄弟，一個紅臉的，一個黑臉的。若是惹惱了他們性子，統領傾國人馬，一起前來，喏喏喏，使刀的使刀，弄鎗的弄鎗，我們這裏把什麽去抵擋？連老臣也不保得許多。娘娘自作主意罷。老臣告退，老臣告退。（老白）國丈轉來。（監白）國丈轉來。（喬白）千歲。（老白）你這老人家，怎麽這樣性急？（喬白）老臣有罪。（老白）依國丈，怎麽樣好？（喬白）成了親事就好了吓。（老白）怎麽成了親事就好了？（喬白）喏喏喏，金枝玉葉，鳳子龍孫，孫劉結親，兩國和好，有什么不好的呢？（老白）只是妝奩不曾備辦。（喬白）這是小事吓。成親之後，再送過江去未遲。（老白）也要選個吉日。（喬白）今乃黄道上好吉日，有許多的吉星，不用揀選，是第一個上好的吉日。（老白）也無媒妁。（喬白）就是老臣爲媒吓。（老白）怎麽，就是國丈爲媒？（喬白）領旨。（老白）宣主公。（監應介，白）宣主公。（孫上，應白）孩兒在。（老白）我兒，玄德公既承命而來，就把你妹子配與他罷。（孫白）哎呀，娘娘，這是孩兒用的計策，如何使得？（老白）唔，你好差矣。你爲一國之主，豈可失信於人？（孫白）娘娘不必動怒，只是成親，也無有備辦妝奩。（老白）成親之後，再送過江去未遲。（孫白）也無選個吉日。（老白）今朝就是上好的吉日。（孫白）也無媒妁。（老白）就是國丈爲媒。（孫白）怎麽，就是你爲媒？（喬白）娘娘命老臣爲媒。（孫白）哼哼哼，你幹得好事，好事。（下）（老白）國丈，我這裏准備華筵，即刻成親。國丈請回罷。（喬白）老臣告退。喂，豫州、豫州，快來快來。（劉上應，白）老太師，怎麽説？（喬白）

恭喜賀喜，親事成了。（劉白）怎麼成的？（喬白）老夫爲媒，不怕他不成。凡事要謹慎些，改日奉賀。請了。姻緣本是前生定，曾向蟠桃會裏來。（下）（老白）內侍。（監白）千歲。（老白）吩咐宮娥，伏侍公主與皇叔拜堂。（監白）領旨。起樂。（小吹，四侍女扶公主上，同拜介）

【畫眉序】（合唱）兩國結朱陳，龍鳳和諧前世因。喜藍田種玉，繫足赤繩。百歲裏同掌山河，管四海風調雨順。兩朝只此皆秦晉，今後罷却刀兵。

（老白）送入洞房。（衆白）領旨。

【滴溜子】（合唱）祥光裏，祥光裏，銀燭耀輝。宮門內，宮門內，笙歌鼎沸。滿目重重瑞氣，傳杯弄盞，圍珍饈百味。多少歡娛，盡在此時，盡在此時。

【尾聲】文鶯彩鳳相依倚，須信姻緣真個奇，百歲難忘夫婦齊。（衆分下）

（五齣完。下接《催歸》）

## 六齣　催　　歸

（趙雲內嗽上，白）長安雖好，怎得久居。俺趙雲奉軍師將令，保駕過江，成親之後，看黑錦囊。待俺看來。（看念介，白）走則留生，遲則受死。咳，軍師你好悶殺人也。（唱）

【新水令】恨周瑜平地結冤仇，這風波怎生禁受。明爲鶯鳳友，暗設虎狼謀。空室新樓，分明是牢籠彀，分明是牢籠彀。

（白）事不宜遲，就將此錦囊，報與主公知道便了。宮門上那位在此？（丑、監上，白）身在皇宮院，常隨鳳輦行。這是誰呀？（雲白）煩你通稟劉爺，有緊急軍情。快些快些。（監白）那個劉爺，我們稱他是皇叔，又是本朝的駙馬。這裏是公主娘娘的禁地[1]。你是什麼樣人，竟敢在此要見劉爺。快些走開，別叫我打你。（雲白）咳。（唱）

【雁兒落帶得勝令】報軍情，說什麼羞不羞。恁饒舌，只恁的將人鬥。赤緊的會仁兄在何處求，有緊事報劉爺相煩叩。呀，一任你左遮右擋仗吳鉤。拼死的來衝撞，當休的作對頭，也不管憂愁命與數，無推就，報說這緣由。憑着俺赤膽心答漢劉，憑着俺赤膽心答漢劉。

（監白）咦咦咦，說着說着，你怎麼硬進來了？出去罷，你不出去，我就要撐你的懷子骨了。（雲怒介，白）呔。（監逃下）（劉上，白）啊，四弟，怎麼樣了？（雲白）主公，不好了。適纔開看黑錦囊，上寫着"走則留生，遲則受死"。

趁此時，待趙雲保駕，過江去罷。（劉白）有這等事？速備車輛伺候。（雲白）啊，車輛伺候。（下）（內應介）（劉白）夫人快來，夫人快來。（公主上，白）皇叔，你們在此講些什麼？（劉白）啊呀，夫人，事已至此，不得不說了。（唱）

【玉胞肚】災從天降，恨周瑜心懷不良，爲荆州懷忿生波浪。假殷勤要害吾行，暗藏嫉妒如虎狼。使牢籠將誰倚仗，使牢籠將誰倚仗。

（公白）皇叔勿憂。國太娘娘既將奴配與皇叔，那怕周瑜之計。（劉白）不瞞夫人說，孤窮過江之時，已知是美人計。如今弄假成真，恐周瑜另生別計來害，故此要辭別夫人，過江去也。（公白）皇叔執意如此，哦，奴雖不才，情願相隨。若有關津阻擋，只說國太娘娘密旨過江祭祖，就是周瑜也不敢攔阻。（劉白）好。夫人如此，真乃女中之魁首。就請夫人即刻起身。（公白）侍女過來。（侍女上白）有。（公白）速將國太娘娘所賜金劍捧定，隨我過江去者。（侍白）領旨。（劉白）速備車輛伺候。（更衣介）

（雲、衆上，繞場）（潘璋、陳武上，白）呔，你們是那裏來的？（侍白）你們是什麼人？（潘、陳同白）我二人奉周都督的將令，在此把守城門，不許放一人出入。（侍白）哦，你們奉周瑜的將令，我們奉國太娘娘的密旨，護送公主娘娘過江祭祖。（潘、陳同白）祭祖敢自使不得。（侍白）怎麼使不得的？眼前誰大呀？（潘、白）誰大呀，伙計，眼前誰大呀？（陳、白）眼前自然是公主大。（潘白）眼前自然是公主娘娘大呀。（侍白）却又來，你二人好好護送便罷，如若不然，公主娘娘祭祖回來，奏知國太，且慢說你們這倆東西，連周瑜都是該死的。（潘白）夥計，我沒有主意了。（陳白）我有主意。（潘白）有什麼主意？（陳白）你我奉令把守城門，焉敢攔擋公主娘娘呢？有了，把他們娘兒們放過去，把劉備拿住，也算一功吓。（潘白）有理。這個你老請罷。（劉衆同下）（潘白）好劉備吓，打他老婆屁股後頭就趣了，我又沒有主意了。（陳白）我有主意。（潘白）你還有什麼主意？（陳白）你我就把那宮女兒的話回覆周都督，將令交了，這宗差使就完了。（潘白）使得。（陳白）走哇。（虛介，同下）

（二將引周瑜上，周）

【引】事業並桓文，韜略過孫吳。

（入坐介）（潘、陳上，同白）都督在上，我二人叩頭。（周白）命你二人把守城門，爲何擅離汛地？（潘白）這個，我二人奉令把守，正把守的好好的呢，也不知是怎麼個緣故兒，大概是門縫子大呀，把個要緊人走了。（周白）啊，什麼人走了？（陳、潘同白）劉備走了。（周白）啊，爲何放走？（潘白）我二人原本不叫他過去，旁邊兒有個小姑娘兒，他說："哇，是你二人，好好護送便罷,如若不然,公主娘娘祭祖回來,奏知國太娘娘,且慢説是你們倆,連周瑜都是該死的。"(周白)哇,滿口胡説。我如今也不加罪於汝等,賜你二人寶劍一口,趕上劉備,找他的首級回話。快去。(潘白)得(陳白)令。(潘陳同白)走哇。(虛介,分下)

（六齣完。下接《追趕》）

## 校記

[1]公主：底本作"宮主",今據文意改。

## 七齣　追　趕

（劉、衆同上,劉白）一里行來又一里,一程趕過又一程。行過千里許多崖,何時得見過江人。（雲白）主公,我們離城四十餘里,後面難免追兵,還是快快趕行纔是。（劉白）有理。（唱）

【點絳唇】歷日無暇,山水幽雅真堪誇。三五人家,十二連城化,十二連城化。

【混江龍】江東寬闊,昔年創業鎮長沙,官居五馬。東征西伐,誅秦滅楚,受盡波渣。因此上劉關張請諸葛,何時得把干戈罷。今日裏孫劉結髮,猶如那錦上添花。（內喊介。雲回看介）（劉唱）

【油葫蘆】猛聽得呐喊搖旗在天外嘩,叫得來,叫得來,堪比咱覷周瑜似井底蛙。遣精兵十萬吾不怕,料没有呂望埋伏扎。一任他喧天呐喊聲,會使神仙法,施英雄虎略龍駒跨。（內喊介）（劉白）呀,後面追兵到了,這便怎麽處?（雲白）主公但請放心。（唱）保無虞,途路裏慢嗟呀,嗟呀。

（潘、陳又上,同白）呔,那裏走?拿腦袋來。（侍白）你們倆怎麽又來了?（潘、陳同白）吓,又來了。奉周都督的將令吓,有寶劍在此,找劉備的腦袋瓜兒回話,可不知道是怎麽個緣故兒。（侍白）哦,你們那劍是何人所賜?（潘、陳同白)周都督的寶劍,先斬後奏,殺了無論兒吓。（侍白）哦,原來是周瑜的寶劍哪。公主娘娘這裏也有把寶劍,乃是國太娘娘所賜的金劍。若是路上有人阻擋,急用此劍誅之,殺了也是無論。自古以來,自有君劍斬臣,那有臣劍斬君的道理。你二人好好護送便罷,如若不然,用頭來搪搪,還是護送的好。不然還等公主祭祖回來,奏知國太,慢説你們這倆東西,連那周瑜也是該死的。（潘白）好,這套比那套更多了吓。夥計,我又沒了主意了。（陳白）

我倒有個主意。（潘白）又是怎麽個主意？（陳白）咱們拿劉備也拿不着吓，莫若把他們放過去，你瞧那邊兒站着個寬眉大眼的那小子，準是個窩囊廢。（潘白）在那兒呢？（陳白）那不是。（潘白）真各的，這小子穿着一身孝呢。（陳白）咱們把他拿住，或是殺了，回覆都督將令。他要說這不是劉備頭，咱們就說，我們原本不認得劉備麽。這件差使就拉倒了。（潘白）狠好，狠好。這個吓，皇叔、公主娘娘請罷。（劉、衆下）（潘、陳白）吥，拿腦袋來。（雲白）你二人通名上來。（潘白）我是潘爺爺。（陳白）我是陳祖宗。（雲白）原來是潘璋、陳武。（潘、陳同白）胡說，你且報名上來。（雲白）俺乃常山趙子龍是也。（潘、陳同白）哎呀我的媽呀，是你老麽，何不早說？耽誤這麽半天的工夫。你老請罷。（云白）本待將你二人誅之，恐傷兩國和氣。饒你二人的性命，去罷。（下）（潘、陳同白）算你老留了我們了。（潘白）夥計，我又没了主意了。（陳白）無妨吓，我還有看家的主意呢。（潘白）什麽主意？（陳白）你拿着，要是見了都督，他不問我便罷。（潘白）要是問你呢？（陳白）你說我吓，陣亡咧。（潘、陳虛介，同下）（衆將引周瑜上，周唱）設計反成空，却被他愚弄。（潘、陳上，白）都督在上，末將交令。（周白）追趕劉備怎麽樣了？（潘白）趕呢，到趕上了，那個小姑娘兒，（照侍女白傳介，接説）吓，還指望着拿住傍邊兒那個好，你老打量着他是誰？（同唱）他家住常山真定府，姓趙名雲字子龍。也曾在當陽長坂救幼主，單人獨騎敢當先。鎗挑曹兵二萬五，立誅上將五十四員。他本是勇貫三軍無敵將，萬馬營中將魁元。且慢説是我們倆，就是你老碰見他，叫也這麽一鎗攥一個大窟窿。（白）這把劍，我怎麽拿了去的，怎麽拿回來，紋絲兒没動。我算交了令了。（周白）哎，無用的東西，將他押在後寨。（衆應，推潘下）（衆又上）（周白）啊呀，可惱吓可惱，俺周瑜用盡千般妙計，盡被孔明識破。今番美人計又弄假成真，反被劉備逃過江去，可惱吓可惱。衆將官。（衆白）有。（周白）隨俺追趕劉備者。（衆應介，白）小船伺候。（四船夫上）（衆上船，同唱）

【水底魚】劉備奸猾，弄巧成拙法。今番拿回，一命歸泉下，一命歸泉下。（衆繞場下）

（七齣完。下接《二氣》）

## 八齣　二　氣

（張飛上，唱）

【十棒鼓】咱們漁夫真奇妙,弓刀作魚釣。(黃忠、魏延上,接唱)東吳誤入漢劉皇,周郎枉自施謀巧。(四卒同上,接唱)奉軍師將令,埋兵蘆草,身披蓑衣罩,恰似虎狼豹。

(張白)俺張飛是也。(忠白)俺黃忠是也。(延白)俺魏延是也。(張上,白)仗軍師神謀,而得荆州、九郡,又得黃忠、魏延等,如今兵多將廣,正是龍蟠虎踞。曹操聞知失驚,孫權弄假成真。周瑜用美人計賺俺大哥過江,那知又中了俺軍師的妙計,反納爲婿。今日大哥還漢,奉軍師將令,同黃忠、魏延扮作漁人模樣,而分三路,列於江中,在蘆葦埋伏,接應大哥。今夜月明如晝,正好興兵。待二將到來,一同發兵便了。(同見介,張白)啊,二位將軍。(忠、延同白)三將軍。(張白)喜得月明風清,我們就此埋伏者。(衆應介,同唱)

【二犯江兒水】披蓑垂釣,扮漁郎披蓑垂釣,紛紛是些英與豪。(水響介,衆同白)呀。(唱)聽江聲凄慘,看銀河迢遥,想周郎命怎逃。二氣把魂消,銅雀鎖二喬。饒周郎他怎饒,教你挨過今朝,難脱明宵。吓,美名兒在何處討。(張白)船家。(衆應介)(張白)衆將官。(衆又應介)(張唱)恁把船兒慢搖。(衆又接唱)一霎裏把船兒慢搖。周郎年少,可惜恁周郎年少,管叫他喪蘆花魂魄飄。(同下)(劉、雲、衆又上,合唱)

【水底魚】躍馬奔逃,氣喘咽喉燥。離却江南,急奔荆州道,急奔荆州道。

(雲白)主公,適纔開看白錦囊,上寫着"若遇急難奔蘆花,自有接應"。你聽後面有喊殺之聲,定是東吳人馬追來,按錦囊行事。你看江中有一只大船,不免渡過江去。哎,船夫,皇叔到了,快些接過船來。(張衆同上,應介,張白)敢是大哥到了麼?(劉白)呀,原來是三弟在此。(張白)俺三人奉軍師將令,在此接應。(劉白)後面追兵將進,快些搖過船來。(張白)你們上船過江去,俺三人在蘆草中,等那周瑜便了。(劉、衆上船介,下)(張、衆下)(衆引周瑜上,唱)

【水底魚】威風凛高,殺氣透九霄。無謀大耳,恰似鼠竄逃,恰似鼠竄逃。

(衆白)啓都督,來此蘆花深處,恐有埋伏。(周白)那怕埋伏,早道追上者。(衆應介)(張、衆上,張白)吥,周瑜我的兒。(周白)匹夫。(張白)俺老張在此。(周白)張飛,你這匹夫,敢入俺龍潭虎穴,來討死麼?(張白)休得胡説,看鎗。(周白)哎,汝家劉備,敢走無地,虧俺赤壁之勝,而解曹操之危。

今吾主不嫌,編履小兒,而納爲金枝玉葉,隆恩寵待。不思報德,反竊公主私奔,有負俺國太娘娘深恩。俺今率領精兵,要掃蕩荆襄。你這匹夫,尙敢拒抵送死麽?(張白)呔,周瑜我的親兒吓,你且聽者。(同衆唱)

【調笑令】仗奇謀自誇,仗奇謀自誇,猛張飛扮作漁家呀。(忠唱)看俺這旌節魚杆兒手内拿,笑恁那美人計空設虛話。(延唱)只將恁匹夫碎剮,頃刻間狗命歸在一霎。(張唱)俺大哥神龍遭蝦戲,惱得俺怒交加。(周白)呔,張飛,你不見百萬曹兵也不觳你都督一殺哩。(張唱)恁怎能殺他?全虧了東南風天降下,全憑俺扶助中興立朝家,你就是籠中鳥管擒拿。(戰介,周、衆敗下)

(四小漁白)周瑜大敗。(張白)呔,吳兵聽者,俺三將軍要殺周瑜,有何難哉! 恐傷兩家和氣,暫寄驢頭雀頭。爾等呵。(衆唱)

【尾聲】好生傳與吳侯話,謝得你赤壁鏖兵,又成姻婭。空用着周郎小兒謀,今日個賠了夫人,又折人馬。(張、衆下)(衆引周上,合唱)

【水底魚】江東英豪,連次被耻笑。蘆花蕩口埋伏,齊令號,齊令號。(周白)罷了罷了,又中孔明之計。俺如今且回營寨,另定別計,取討荆州便了。衆將官,回營者。(衆應介,唱)(合前)

(四將引關公上,關白)周瑜,你追趕何人?(周白)追趕劉備。(關白)咦,你這廝連死活也不知。某奉軍師將令,有兩句話上覆與你。(周白)那兩句?(關白)軍師說:周郎妙計高天下,賠了夫人又折兵。(周白)呵呀,氣殺我也。看鎗。(戰介,周、衆敗下)(衆白)周瑜大敗。(關白)就此收兵。(衆應,同下)

(衆卒將引張、忠、延、孔明、趙雲、關公上,衆同白)主公受驚了。(劉白)皆賴軍師神機妙算。(迎下,吹打)(衆又引劉、衆上,孔白)恭喜主公,賀喜主公。(劉白)啊呀,慚愧呀慚愧。(張白)大哥,是他來請你的,什麽慚愧?(劉白)左右,後營排宴,與衆位慶功。(衆應介)(孔明白)住了,還是先排喜宴。(張白)住了住了,大哥,還是依我説,功宴也排,喜宴也擺上,待俺老張吃個盡醉方休,就完了。只管的謙叙。(衆笑介)(劉白)後堂排宴。(衆應介)(大吹打排子)(衆下)

(八齣全完)

# 青虹嘯

鄒玉卿 撰

## 解題

傳奇。明鄒玉卿撰。鄒玉卿字昆圃，長洲（今江蘇蘇州）人。生平事迹不詳，約明崇禎元年前後在世。玉卿工於曲，著有傳奇《雙螭璧》《青虹嘯》各一本，有《曲錄》傳於世。清無名氏編《傳奇彙考標目》卷下"明人"劇目中著錄，題《青缸嘯》，注云"缸"，疑是"虹"。《重訂曲海總目》《曲目新編》《今樂考證》《曲錄》著錄。《古本戲曲叢刊二集》卷首題作《青缸嘯傳奇》，長洲鄒玉卿昆圃撰。

據莊一拂《古典戲曲存目彙考》考證，《曲考》《曲海目》《今樂考證》將其誤列爲清無名氏。凡三十折，一名《簪頭水》，主要演繹東漢末年曹操誅戮董承，殺害董、伏二后；董承之子董圓投奔司馬懿，後改名司馬師；高公公救出太子，與董圓妻撫養太子長大成人，並輔助化名高貴卿的太子登基，誅殺曹芳逆黨的故事。全劇旨在宣揚忠孝節義的價值觀念。

版本現存梅蘭芳藏舊抄本、鄭振鐸藏傳抄本、北京圖書館藏德聚堂刊本、《古本戲曲叢刊二集》據傳抄本影印本、《北京大學圖書館藏程硯秋玉霜簃戲曲珍本叢刊》本。

今以《古本戲曲叢刊》本爲底本，參以其他版本，加以校勘整理。

## 第一折 述略

（沁園春）（末上）漢祚衰微。曹瞞秉政，篡逆凌夷。羨董承泣詔，伏完歃血，吉平嚙指，議鳩奸回。悍慶淫英，成奸慮罪，暗首權奸起禍魁。忠王事，極刑拔舌剜目不心灰。堪悲。宮禁多危。伏后屍夷，絞貴妃痛君絕乳。高公存漢，送姑撫養，得認皇姨。忠矣董圓，更名司馬，整旅中興復帝畿。將冤雪，簷頭滴水，毫髮不差移。

## 第二折　謁　陵

（生上）

【喜遷鶯】孤忠霜凜，嘆國社傾危，宗廟流離。寸志難酬，補天無計，空自淚眼愁眉。一片丹心常在，滿腔熱血羞灰。魂夢猶斬奸邪，敢忘漢室？

銀燭朝天紫陌長，禁城春色曉蒼蒼。千條弱柳垂青瑣，百囀流鶯繞建章。劍佩聲隨玉墀步，衣冠身惹御爐香。共沐恩波鳳池上，朝朝染翰侍君王。下官董承，字君茂，官拜車騎將軍，乃當今皇上之國舅也。荊妻早逝，年逾六旬。有子董圓，雖非翰苑之流，頗也頭角稍異。娶媳伏氏，乃國人伏完之次女，今上之姨也，且喜賢淑溫良，堪稱全德。這也不在話下。邇來國事日艱，虎狼當道，始遭十常侍之亂，繼受董卓之傾。二賊雖除，曹瞞復出，恣肆奸雄，威壓天子。我恐炎漢不久被賊所篡，日夕憂煩。今乃春丁廟期，主上命下官代祭廟陵，候祭禮一頒，即便起行。有一契友司馬懿，昔年主上欽點守陵。今日一則奉旨謁陵，二則與彼商議朝政。只是可恨賊臣，掌握朝權，謀臣如市，戰將如雲，上殿不名，入宮劍履，欺君罔上，至此極矣。

【錦纏道】恨奸回，痛群黎宵旰盡疲。懸劍入宮幃，肆鴟張輕將帝后凌欺。不通名御前指揮，假皂宣矯詔偷遺。滿朝文武，賊黨頗多，那個敢言一字？權與勢相隨，布牙爪密藏外內。縱有擎天架海奇，怎敢與奸雄作對，武和文有淚也偷隨。

（四小軍上）川程隨遠水，楚思望青峰。皇上已頒祭禮，請老爺就道。（生）就此起行。

【普天樂】駕驊騮，排車隊，歷秦楚，離燕薊。春風蕩烟柳低垂，斜陽外紅紫爭輝。征塵四起，馬蹄兒趷蹬，一路風馳。（下）

（外上）

【古輪臺】景熹微，繁花一帶浸清溪。前山春色風前遞，一枝鋪翠，數鳥相窺，動是牽情合意。敕守王陵已有年，滿腔熱血恨無邊。匡扶社稷為梁棟，國事縈心鎮日牽。下官司馬懿是也，官拜中散大夫。蒙聖恩敕守王陵，閑居遠佞，甚為可喜。只是朝中宰相專權，聖明失政，下官坐卧欠寧。昨日探報來說，聖上已差董國舅前來祭陵。我想董兄與我交契，別後音信睽隔，此來正好談心。但奸臣用事，朝臣行止艱難。爭如我戀底茅簷，林間曲水，斜門小犬傍疏籬。疏花異卉,最關情笑我朝衣。(生引衆上)山從人面,馬旁雲障,長途滋味,此際助愁悲。名和利,空將情意感恓惶。

(卒通報介)(外出迎介)(生)憶別三秋,每懷渴想。握手一朝,欣安夢寐。(外)睽隔台顔,寸心日待。今復得晤,喜慰生平。(坐介)(生)台兄向來棲止如何?(外)小弟守此王陵,喜遠奸佞,只是不能爲國除賊,於心可愧。敢問國舅,近來朝政如何?(生)吾兄有所不知,目今曹賊柄權,勢傾中外,小弟恨不能爲國除奸。豚兒董圓,望台兄日後提携,使小弟老朽之年,身後亦可瞑目。(外)董兄説那裏話來。小弟與兄至契之交,兄子即我子也,何分彼此。(丑禮生上)餛飩吃不已,跪倒爬不起。身上破藍袍,頭在豬蹄裏。請老爺主祭。(吹打三獻爵拜介)(生)萬歲!萬歲!臣誠惶誠恐,稽首頓首。臣董承上言。

【芙蓉紅】山河半壁頹,景運遭奸宄。滿朝中元宰,忍羞含愧。阿呀,我那先皇呀,近來曹操秉政弄權,早晚恐生禍亂。可憐六宮粉黛愁荆棘,五夜春風泣子規。祈恩庇,王圖永徽,鋤奸佞,誅權勢。

(外)祭祀已完,請吾兄後堂小飲。(生)王命在身,急於覆旨,就此告別。(外)

【前腔】纔停長者車,乍接蘭言契。怎匆匆話別,遽然分袂。(生)松聲杉影牽離思,烏江猿呼送馬蹄。(外)催征騎,教人淚垂,何日再重相會?

聞道長安似弈棋,百年世事不勝悲。(生)君恩罔報心常愧,欲把丹心付托伊。(分下)

## 第三折　議　疏

(净領衆上)

【破陣子】笑握山河盈寸,雄威遠振凌雲。伯業圖王施暴政,喜負雄名壓衆臣,手持乾與坤。

漢王離宫棲露臺,秦川一半夕陽開。青山盡是朱旗繞,碧澗翻從玉殿來。新豐樹裏行人度,小苑城邊獵騎回。聞道甘泉能獻賦,懸知獨有子雲才。下官曹操,字孟德,譙郡人也。位列三臺,官居一品。挾天子之威名,令諸侯之臣服。出將入相,爲詭詐之班頭;罔上欺君,作奸雄之領袖。門下謀士華歆、張緝等,皆堪輔弼之臣;帳前虎賁許褚、樂進輩,盡稱敢死之士。長子曹丕,可受禪位;孫子曹芳[1],定繼大業。可恨孫權、劉備,各霸一方,鼎分三足,令我早晚憂心。我如今先圖漢室,後滅二雄,有何不可?前日已命張緝同曹芳邊上犒軍,施惠士卒,以窺將校動靜,今日料必歸矣。待他來時,再做商議。

(丑上)

【燕歸梁】仗節持麾賞衆軍,今喜得轉都門。(付上)一朝奮發篡謀伸,興魏室,早欣欣。

(丑)爺爺在上,曹芳參見。(付)丞相在上,張緝參見。(淨)你兩個回來了麽?(付、丑)已將丞相所賜之物,分犒各營將士,微露禪漢之意,大小將士,俱各歡呼,願丞相早登九五。(淨)如此甚好。方今孫劉各立,天下鼎分,軟弱漢君,何能爲主?況我身經百戰,德望俱隆,目下雖爲首宰,終爲天下之主。你兩個聽我道來。

【奈子宜春】論炎劉氣數將淪,滿朝中誰不知聞?推輪捧轂,齊心從順。(丑)丞相之意,正合天時。(淨)你細思之,今日也是丞相,明日也是丞相。目下雖然如此,子孫豈能世襲?因此上急圖前進,鎮中原重修揖讓,慢加華袞。

(丑、付)

【前腔】三軍盡輂轂喧騰,歡聲動挾纊知恩。想唐虞讓位,堯傳與舜。(淨)那些將士,也識天時人事麽?(丑付)邊上將士,盡皆歸心。但不知朝中官宰,從順如何?(淨)這個不難。明日叫華歆上疏,奏帝出狩,我自有計探聽人心。論天從人心須順,(合)進篇章請君王春狩,不加兵刃。

漢室衰微文武離,天時人事一般歸。(合)須教明日篇章奏,試探臣心順與違。(下)

## 校記

[1] 孫子曹芳:底本此處作"孫子曹芳",然下文云曹芳對曹操的稱呼相當混亂,或曰"爹爹",或曰"爺爺",考正史中曹芳乃曹操之曾孫,戲義係後人改編而成,與正史中頗不相一致。據戲文中設置的人物角色來看,則曹芳似當爲曹操之孫。爲使全劇中人物關係前後不相矛盾,故將曹操與曹芳的關係統一處理爲爺孫關係,相對應的稱呼直接在下文中改正,不再一一贅述。

## 第四折　彈　　劍

(旦上)

【女臨江】春深翠幕爐烟裊。珠簾捲，綉牀拋。東風何事冷蕭蕭。暗香飛點點，紅雨復飄飄。

　　落紅鋪徑水平池，弄晴小雨霏霏。杏花憔悴杜鵑啼，無奈春歸。柳外畫樓獨上，憑欄手撚花枝。放花無語，對斜暉此恨誰知。妾乃伏完之女，伏后之妹，小字飛瓊。年方二八，于歸董門。才欺蔡女之能，志秉伯姬之操。雅好劍術，彈鋏夜半長鳴，酷愛《春秋》，讀書風前擊節。邇因奸相專權，朝綱紊亂，我相公日坐針氈，牀頭懸一青虹寶劍，志在鋤奸。今早因公公入朝議事，相公放心不下，已往午門探聽，至今未回。悶坐無聊，不免對此寶劍，賞玩一番，以消岑寂。

【綉太平】深閨悄，愁心亂攪。匣中寶劍輕挑，只見嚴霜飛舞，驚人電閃，勢欲屠蛟。可恨身爲女子，難以成志，若爲男子，定當粉身報國，仗此寶劍，誅戮曹賊，以雪天下臣民之忿。魂消，欲將寶劍正天朝。我料曹賊心懷篡逆，禍機巨測，我若不殺身成仁，定當留名砥志。也圖個巾幗忠孝，建功立廟，把鬚眉愧殺，臭名遺誚。

（小生董圓上）

【三學士】懊恨奸雄心太驕，不禁怒氣悲號。（旦）相公回來了，爲何如此煩惱？（小生）夫人不要説起。可恨曹操這賊，邀竊聖恩，不待御筆，擅自升遷。他把一門子侄咸封爵，只恐四海山河半屬曹。（旦）那聖上如何説？（小生）那聖上呵，俛首攢眉聲未阻，施禮陪顔反謝勞。（旦）兩班文武，難道無人劾奏？（小生）懷忠少，但頷顰躬曲，袖手旁瞧。

（外上）欲將寶劍藏秋匣，奈有奸臣願未酬。咱乃穿宮太監高文長是也。適因華歆上疏，奏請聖駕狩獵，意與曹操暗合，故此董娘娘命我往國舅處，令彼父子保駕。來此已是，不免徑入。王姨在上，奴婢叩見。（旦）起來。（外起與小生見介）（旦）高公到此，有何話講？（外）適來華歆上疏，奏請聖上狩獵，恐生不測，故此董娘娘命奴婢前來，欲浼賢喬梓保駕。令公已在公門會過，乞國舅作速前去。（小生、旦）聖上可准奏麼？（外）也不容不准。

【大節高】威行四海振天高，挾官家輕似草，許田巡狩難推掉。（小生、旦）有這等事？如今聖上可曾出禁城？（外）排鸞導，整鳳軺，馳旌旄，隨朝文武都傳到。老瞞做事非輕小，寄語君家莫遲延，赤心保駕應須早。

（小生）

【東甌蓮】心如沸，體似焦，欲斬奸雄難恕饒。（旦）行藏蹤迹還須巧，相機事休輕躁。（外）那操賊手下，兵將頗多，須要小心。恐他牙爪禍先招。

（小生）自古道受王恩，食天祿，忠孝要昭昭。

（外）小監先回復旨。（小生）下官亦就此起行。（外）莫道漢臣皆賊子，也應認取眼前人。（下）

（旦）

【尾聲】義雖豪，情還表。（小生）休將態度學兒曹，（合）保駕還朝不憚勞。

奸雄劫駕到荒郊，保駕寧辭汗馬勞。留取丹心貫日月，青虹一嘯助功高。（下）

## 第五折　畋　獵

（四小軍引末漢帝、淨曹操、生董承、外太監上）（合）

【北醉太平】鸞車坐擁，鑾儀隨從，靜鞭三下震晨鐘。見紫霄禁中，御爐香繞紅雲擁。千門旭日融和拱，建章宮殿鎖重重，正曉光淡濃。

（末）天門日射黃金榜，春殿晴薰赤羽旗。宮柳菲菲承委佩，爐烟細細駐遊絲。雲近蓬萊常五色，雪殘鳷鵲亦多時。侍臣緩步朝青瑣，退食從容出每遲。寡人大漢天子劉協是也，仰承先裔，坐鎮中原，領一統之基，爲萬民之長。後宮伏氏，協理董妃，賢淑純良，並稱德輔。只是國運支離，元奸疊出，十常侍幾覆朝綱，董卓繼而亂政，使寡人每懷宗社之憂，時切危亡之慮。適來華歆上疏，請往畋獵，衆卿以爲何如？（生）臣董承謹奏。（末）卿奏何來？（生）陛下乃萬乘之尊，四海之主，方今烽烟四起，奸佞踵生，只宜深居紫禁，豈可郊野馳遊？望吾皇即刻返駕。（淨）臣聞古之帝王，春蒐夏苗，秋獼冬狩，四時出郊，示武天下。方今干戈擾攘之秋，畋獵甚有利益。聖駕已發，萬無還宮之理。（末）既如此，內侍們排駕，國舅保駕同行。（衆）領旨。（行介）

（合）

【南普天樂】擺鸞儀玄麾動，跨征鞍絲韁縱。雕輪外，雕輪外，繡帶飄風，隊齊齊劍戟蒙茸。呀，看君威騎猛，旌旗蔽遠峰。奮武爭先，馳騁邀取頭功。

（末）這裏是甚麼地方？（衆）已是淡山了。（末）就此打圍。（衆）領旨。

【北朝天子】架鷂兒放空，走犬兒早鬆，投巖奔峻尋幽洞。驚沙走石，駭飛禽避蹤，弩離弦無虛控。胡笳兒向風，畫角兒相弄，嗶崩嗶崩嗶嗶崩。震山林晴嵐疊聲，鳥飛鳴啾啾哢，鳥飛鳴啾啾哢。（下）

（小生上）

【南普天樂】趲程途愁越重，佩青虹心驚恐。旗開處，旗開處，飛馬游龍，鬧嚷嚷笑語相從。遠望見一簇人馬，此必聖駕在內，不免趕上前去。呀，看君威騎猛，旌旗蔽遠峰。奮武爭先，馳騁邀取頭功。（下）

（末衆上）

【北朝天子】愛桃夭柳濃，喜山青澗泓，斜陽影裏烟霞送。（末）這是甚麼地方？（衆）已是許田了。（末）就此駐扎。（衆）領旨。排班鵠立，衆臣僚打躬，持禽獸爭相貢。（小生上）金鉦兒震空，花鼓兒交閧，撲咚撲咚撲撲咚。（見介）臣董圓見駕。（末）卿從何來？（小生）臣一來保駕，二來臣父年邁，特來接候。（末）卿子可謂孝矣。（生）不敢。（衆）前面山凹裏，趕出一鹿，恐驚聖駕，先此奏明。（末）待朕親自射之。（內扮鹿跳上）（末射不中介）（淨）臣欲借陛下雕弓，試臣一射何如？（末）卿可取去，用心技射。（淨射鹿倒介）（衆）萬歲萬萬歲。（淨向前受介）些須小技，不勞衆將稱賀。（小生拔劍欲殺淨）（生袖遮介）（末）天色已晚，就此返駕。（衆）領旨。（合）返皇都凱歌沸湧，馬車聲如雷動，馬車聲如雷動。（下）

（小生）咳，可恨可恨。方纔天子射鹿不中，那操賊奪聖上雕弓射之，各營將士見金鈚玉箭，只道聖上所射，嵩呼萬歲，叵耐遮呼受禮，復言"些須小技，不勞稱賀"，竟把聖上金鈚玉箭，懸挂腰間。我一時忿氣不過，意欲拔劍殺此逆賊。父親見賊牙爪甚多，恐我遭禍，拂袖攔擋。咳，今若不殺國賊，恐早晚生禍也。

【南普天樂】恨奸雄施梟勇，僭君恩邀臣頌。強懸挂，強懸挂，玉箭雕弓，實欺君岡上難容。呀，嘆忠忱氣湧，丹心貫日虹。堪訝隨朝文武，似啞如聾。（下）

## 第六折　書　丹

（老旦上）

【唐多令】上苑廢歌謳，深宮盡日愁。滿懷憂國事難籌。（貼上）忽忽東風天際起，紅雨亂，小窗幽。

（老）鶯啼燕語芳菲節，舊日歡愉歌管徹。一從陵谷罷追遊，畫梁塵黷傷秋月。妾身伏后，漢帝之妻，坐鎮昭陽，身居內苑。嚴父伏完，賴彼匡扶弱漢；西宮董氏，尤喜佐理坤綱。膝下已有二雄，朝中奈無一棟。每念國事，憂心如焚。日來曹操專權，欺蔑君上，滿朝文武，皆其心腹；兩院嬪妃，皆其羽翼。我夫婦笑啼不敢，坐卧不寧。今早華歆奏請出獵，拒順兩難。奸情狡詐，倘有不測，如何是好？（貼）聖上今早駕出畋獵，妾恐奸臣爲禍，已傳旨宣妾兄董承保駕，但未知端的若何？（老）此時亦該反駕，好生令人懸望也。

【桂枝香】敲殘玉漏，愁心如疚，霎時間斗轉參橫，難道是宵征出狩。那期間掣肘，那期間掣肘，恐遭奸咎，使我淚流紅袖。（合）漫追求，萬乘堂堂主，怎身軀不自由？

（貼）妾兄董承保駕，料想無妨。娘娘且免愁煩。

【前腔】奸雄機縠，縱然多有，想宸遊萬目觀瞻，料不敢公然出醜。況忠良左右，況忠良左右，護持元首，何須僝僽？（合前）

（末上，丑、外、太監隨上）

【不是路】步月歸休，踏碎瓊階十二樓。寒宮漏，深沉庭院照清秋。（丑外）聖駕到。（老、貼接介）恕難周，遲來接駕希寬宥，何事長吁面帶愁？（末）遭奸咎，許田射鹿來欺誘，使人心疚，使人心疚。

（老、貼）今日聖駕出獵，有何事故，如此發惱？（末）朕同衆卿遊獵，忽然山左趕出一鹿，朕射之不中，那曹賊奪朕雕弓，一矢射中。各營將士，疑是朕所射，伏地山呼，可恨操賊，橫遮朕前，迎呼受禮。國舅恐生不測，奏朕還都。篡情已露，江山難保。朕與賢卿，必遭毒手矣。（老）公卿食祿，四百餘年，豈無人仗股肱之力，匡扶社稷？（末）文武皆賊心腹，如何是好？（貼）妾兄董承，素性忠義，每懷報國，未遂涓埃。伏乞陛下寫一密詔，臣妾自製新衣一件，玉帶一圍，將詔暗縫帶內，明日宣承入宮，陛下親手賜之，諒承自能會意，召募勤王之士，四方一舉，曹賊可滅也。（末、老）此言甚善。趁此夜深，左右嬪妃睡熟，不免就此書寫。呀，且住。那賊罪惡滔天，勢傾中外，此詔筆墨，怎動臣下忠心。也罷，朕當咬指刺血，也顧不得痛了。（作咬指寫介）

【長拍】嚙指書丹，嚙指書丹，心燃如焚。賊子罔欺君后。那操賊欺君蠹民，毒勝莽卓，言之髮竪。篡同王莽，惡過董卓，嚼民脂蠹國相尤。滿朝文武，盡出其門。間有一二忠良，先遭誅戮。輕視朕如讐，任敕書文武，並由遷授。掌握兵權結私黨，奈夙夜坐針矛。因此懇求親舅，望糾忠合義，早統貔貅。

詔已寫完，卿可縫入帶內。（老、貼）領旨。

【短拍】密度金針，密度金針，輕挑錦繡。曲灣灣一股銀鈎，丹詔暗藏收。還須要密針縫口，莫被奸雄識破，恐惹得機露禍臨頭。

（末）高文長何在？（外）奴婢高文長在此。（末）你明日到董國舅府中，宣他入宮。倘有問及呵。

【尾聲】只説叙親誼消清晝。你行動還須唧溜，（合）可憐滿目飛花點淚流。（外）領旨。

（末）庭前紅雨灑飛花，愁倚湘簾日影斜。（合）一幅丹書藏帶綬，滿懷心事寄卿家。（下）

## 第七折　勘　　帖

（付上）

【梨花兒】諛奉呵脺第一專，人前掇屁捧臀慣。頭上烏紗罩眼睛，嗏，行來好似蛇樣竄。

下官張緝便是。一生凶狠，賦性奸頑。爲人附勢趨炎，作事鏤心刻骨。憑他鐵膽銅肝，難免我唇鎗舌劍。只因有此長技，故蒙曹芳引進，拜投丞相門下，做個心腹，甚得信任，大小事無不商議。目今丞相意欲禪漢，但恐孫劉加兵，未敢造次。又恐細作出入宮闈，走漏消息，因此丞相就命我做個內廷統制。交通內臣，賄結近侍，職受都巡，六宮中咳嗽，便知談吐，滿朝中無不欽仰，威權甚重。我想起來，若非曹蘭卿引進，焉有如此榮華。故此將女兒獻與蘭卿，日後倘得曹公禪漢，東宮定属蘭卿，那時國丈無疑了。兩日只爲縱情花酒，不知宮中消息，作何狀況。倘早晚丞相問起，如何回復？今日閑暇，不免檢閱一番。長隨過來，兩日可有官監報帖麽？（丑暗上應介）報帖頗多，只因老爺貴冗，未及送覽。待小的逐一送閱。（付）這是初一起，文明殿內監云："帖報聖駕午時幸殿，召茂源侍讀議論天下大事。未央殿司禮監帖報。"初二日申時，"聖駕同賈詡在殿飲酒，戌時罷宴"。

【黃鶯兒】文殿駕盤桓，召臣僚，書漫觀，未央宮裏衷腸款。調笙度管，陶情買歡，華宴撤處宵將半。破疑團，星馳飛報，消息已無瞞。（又看介）長樂宮嬪御張花兒報帖："聖駕到宮，沐浴更衣，往太廟哭祭。"呀，這又奇了，難道已曉得曹公要他天下，不然哭泣何事？就是天下，也非一人之天下，難道曹丞相要不得的？這樣癡人。

【前腔】枉却頂朝冠，苦追求，心痛酸，空降淚滴肝腸斷。昭陽殿嬪妃金美人報帖："聖駕遊獵返宮，與伏后、董妃悲泣半夜，恨罵曹公欺罔篡逆。"呀，這就是許田之事了，一發可笑。那日就是曹公受了衆臣嵩呼，亦不爲過，怎麼就生怨罵起來。怨尤怎般，尋瑕索瘢，把大臣污衊言相謾。呵喲，諸事可緩，此件非同小可。萬一皇上結托一人，把此事作話頭，交通外寇，就有許多不便了。莫教寬，還將此事，飛報免生端。如今竟到相府報知，不是小事，須要注意纔好。我這前程，全仗曹公提携，那怕君王后主。不是為人努力，只因處世如此。

## 第八折　賜　　帶

（末上）

【風馬兒】就裏機關淚黯然，空有口怎生言。寡人只為奸臣曹操，欺罔詐凌，大逆不道，一見操賊，如坐針氈，渾身芒刺。前日藐視朕躬，攔受嵩呼，如此行藏，必生篡弒，言之心膽皆裂。可憐高祖創業艱難，光武中興不易，已歷四百餘年，至此一旦盡廢，何面目見祖宗於地下？遍觀臣僚中，止有國舅董承，忠義可嘉。欲與商議，怎奈左右宦嬪侍監，皆係奸賊心腹，寡人行動皆知；又恐事機不密，禍患臨頭，因此夜來候宮嬪熟睡，燈下草成血詔，暗藏帶綬，已着高文長宣召，待他來時，只說陪幸御園便了。（生上）許田中主辱臣遭蹇，忠忱滿腹，都付與啼鵑。

臣董承見駕。（末）國舅少禮。朕因兩日心事欠寧，血脈違和，欲到御園遊玩，因此特召卿家，陪朕遊幸一番。（生）小臣不知聖躬欠寧，失於問候。今蒙宣召，臣當隨侍左右。（末）就此起行。溶溶院落梨花月，（生）淡淡池塘柳絮風。（末）呀，一路進得園來，你看林鳥窺人，殘花冷笑，好一派幽雅景象也。（生）正是。（合）

【梧桐五更】枝頭春事捐，葉底香流遠。烟霧空濛，深鎖垂楊院。鶯兒啼徹傷心怨，燕子還將舊恨牽，東風弄起飛花片。石挂長蘿，階生新蘚。來此已是功臣閣下了。朕同國舅閣上少步一回，何如？（生）領旨。（末）正是：欲窮千里目，（生）更上一層樓。（末）朕因年幼愚昧，未知此閣建自何時，因何而建，望國舅明以告我。（生）昔高祖芒碭斬蛇，興師起義，遂登九五。因念文臣挾策，武臣汗馬，故令畫師繪像，建造此閣，名曰功臣閣。凡有功者無不畢錄，永垂祭祀。此高皇仁澤博施也。（末）咳，朕想高祖如此英雄，子孫怎般懦弱。昔日功臣何多，今日忠臣何少？興言及此，不覺淚下。

（生）

【前腔】龍樓貯俊賢，功烈相遺衍。（背介）只見他短嘆長吁，行止多愁怨。矯詞諷語相規勸，動我愁腸有萬千，還將忠良二字爭誇羨。我欲衷情奏明，爭奈左右皆操心腹，教我進退無門，羞顏難轉。

（末看介）那畫像中間，頭頂冕旒、黃袍玉帶者何人？（生）此乃高祖皇帝。（末）左邊站者何人？（生）此乃韓信。（末）右邊站者何人？（生）此乃張良。（末）日後朕繪卿於左右何如？（生驚介）

【攤破簇御林】心中事，畫裏傳，縷縷柔腸寸寸燃。這其間就裏分明，又何必苦苦相煎？我非不能盡忠爲國，只是操賊勢大，恐一造次，必受其咎。我死不足惜，只恐於國無益。懷忠待死心非倦，司徒計缺連環獻。困迍邅，輸情赴義，報國志尤堅。

（末）朕想昔日西都之功，卿居第一，朕隨身玉帶一圍，錦袍一件，賜卿以酬舊日之功。卿服此袍，繫此帶，如在朕左右也。（生）臣無寸功，何敢當此？（末脫介）

【前腔】綈袍贈，鮮帶懸，親賜卿家如朕穿。想西都舊日功勳，深念着帶礪盟言。（低介）卿可仔細觀之，無負朕意。細觀勿負君恩眷，禍中及早生機變。（生謝恩介）沐恩憐，微臣荷賜，銜結報無邊。

（生）眉間目底傳消息，感我忠心氣不平。（末）一副愁腸聊寫出，此中心事漫推評。（分下）

## 第九折　泣　　詔

（西江月）（丑上）青布袍兒截短，光光髮髻披肩。時興筆管襪新鮮，方舃履鞋可羨。斟酒捧壺常技，煎茶撥檻當先。可恨無妻光棍強來纏，弄得裙拖鐵線。自家乃董府中一名慶童的便是，自小承值書房，掌管一應圖記。只因生性風流，犯了一個相思證候。前日走到園中，遇着雲英姐姐采花，與我甚是有情，兩心火熱，怎奈耳目眾多，不能入手，早晚伺候空隙，完成心事便了。今早大老爺入朝去了，此時昏黑，尚未回來，不免點起燈兒伺候。

（生上）

【鳳凰閣】謎言自況，個裏難猜難想，漫將血淚漬袍裳。白髮蕭蕭千丈，愁心何向，竟日裏如癡似狂。

下官蒙聖恩召入宮中，陪幸御園。遊至功臣閣，問我建閣之意，功臣之像。我想此問，必因操賊許田欺篡而發，感我忠心。咳，聖上聖上，我非不能盡忠王事，只因操賊勢大，雖粉身碎骨，無益於國，因此坐待機會。復蒙聖上恩賜袍帶，臨行時以目示意，似有隱謎之狀。呵喲聖上，我好費推敲也。

【集賢賓】君恩重賜袍帶香，這啞謎難量。垂問張韓遺畫像，將人感動，忠魂熱血盈腔。我想賜袍帶之時，又言"仔細觀之，勿負朕意"，莫非袍上有甚御札否？（看介）心中暗想，多管是別藏機況。恩漫賞，衣帶之間，袍袖之際，毫無一物，早難道聖明欺誑？

適來皇上言詞，眼下暗傳消息，決非無爲而然。已將袍眼細細翻閱，再無一物。呀，尚有御賜玉帶，不免取過來一看。

【集賢賓[1]】殷勤把帶還自商，羨争耀飛霜。明賜謎兒來眼上，好教人費盡端詳。玉帶之中，又無一物。使我窮搜萬狀，絕不見些兒影響。（內打更介）漏聲長，睡魔暗擾，一夢付黃粱[2]。

（睡介）（付扮火神跳上）家住南方一丙丁，赤心赤膽夜熒熒。世人暗處應須照，待我施行號火神。吾神乃祝融是也。今有漢天子劉協，被奸臣曹操弄權，此乃先天大數。漢帝因被欺凌，故書血詔一道，暗藏帶內，密賜董承。然此詔藏於紫錦襯中，董承何由知道，不免報一燈花，燒破帶綬，露出血詔，令彼看見便了。（作指帶敲桌介）大抵乾坤皆一照，免教人在暗中行。（下）（生醒介）

【御袍鶯】揉魔眼，入夢鄉。（看帶驚介）見燈花燒帶旁。忽然禍事從天降，禁不住心旌蕩。可惜，將上賜玉帶，燒成一孔。呀，紫錦襯內，微露黃絹，隱隱血跡，待我取出來看。呀，這是聖上血詔，不免跪讀。（跪介）朕聞人倫之大，父子爲先；尊卑之序，君臣爲重。近者權臣曹操，濫叨輔弼，實生欺罔。朕恐天下將危，夙夜憂惶。卿乃國家之元老，朕之至親，亟糾忠義，殄滅奸徒，朕實幸甚。破指書詔，卿其慎之，萬勿有誤。萬歲萬萬歲！我那聖上呵，拜持血詔，恕臣妄狂，觀情達義，微臣倍傷，教我淚痕點點愁千丈。叩穹蒼，誅奸斬佞，恢復舊金湯。

（小生上）

【猫兒墜玉枝】愁多無寐，輾轉費彷徨，踏破花陰帶月光。爹爹爲何此時尚未就寢，敢是苦吟焦慮綴篇章。（生）我兒，你那裏曉得，今朝蒙聖上召我進宮，將錦袍玉帶賜我，內有血詔一道。因此感情寒夜生惆悵，對殘燈難尋主張，對殘燈難尋主張。

（小生）既有血詔，待孩兒投奔外國，借兵勤王，爹爹意下何如？（生）那操賊非王莽、董卓之比，況你我都在駕前，急難脫身，須緩緩圖之，萬一造次，禍起滅門，反負聖恩了。

【尾聲】覓良圖非輕莽，須把奸雄暗裏防。（小生）可憐我滿腹忠魂泣未央。

（生）一封丹詔費追求，感我忠心涕泗流。（小生）安得上方斬馬劍，管教殺却佞臣頭。（下）

## 校記

［1］賓：底本作"鶯"，今據文意改。
［2］黃粱："粱"，底本作"梁"，據文意改。

# 第十折　歃　血

（外上）
【醉扶歸】蕭蕭白髮愁心寄，憂民爲國強支持。夢裏忠魂倍淒其，稜稜朽骨歸何地。老夫伏完，乃當今皇上之國丈也[1]。只因奸臣曹操，秉政弄權，欺凌帝后。前日許田之事，謀篡已彰，令人咬牙指髮，不勝痛恨。因此易服換冠，往董國舅處，與他商議。許田篡盜露危機，禁不住腮邊淚。

此間已是。有人麼？（丑上）來了。堂堂國戚第，穆穆世勳家。是那個？呀，原來是國丈老爺。（外）老爺可在家麼？說我要會。（丑）老爺有請。（生上）忽聞報客至，倒屣且相迎。（見介）國丈何來？正欲到府相請，共議一事。今賜寵臨，喜出望外。（外）前日聖駕許田之遊，若非國舅賢喬梓保駕，幾被曹賊所算。此功不小，可敬可賀。（生）那日操賊欺罔，國丈已洞悉其奸。昨蒙皇上召承入宮，密賜袍帶，想國丈未詳。（外）願聞。

【降黃龍】（生）御苑陪遊，叨幸功臣，寵賜袍衣。微言冷諷，打動忠良，就裏藏機。（外）皇上恩念保駕之功，賜兄錦袍玉帶，有何藏機在內？（生）愁悲，遺頒血詔。（外）又有血詔，那詔上如何說？（生）爲行篡弒，欺君無禮，轉教人如癡如醉，魂夢俱啼。

（外）

【前腔·換頭】歔欷，奸相弄權，漢室江山，恐難存濟。教我愁心戚戚，血淚斑斑，無計施爲。侍郎張子服、吳子蘭，與老夫有生死之交，此二人每懷報國，志在誅奸，當共商之，同立義狀，協力滅此逆賊便了。（生）若得如此，真朝廷之洪福也。（外）相期，共襄義舉。佇看誅奸，暗圖機會，猛拚得夷身碎首，報國酬知。

（末上）奸雄肆志迷金闕，欲煉丹心作鳳鳴。小生乃曹丞相門下醫生吉平是也。適來與曹操講論軒岐，不想張緝到來，將各官報帖送閱，凡聖上一舉一動，操賊無不知之，意欲早晚謀奪天下。我一時忠心難泯，因此竟到伏國丈府中商議，回說已在董國舅處。來此已是。有人麼？（丑上）是那個？（末）煩你報說，醫生吉平要見。（丑）少待。（報介）醫生吉平在外要見。（生怒介）哎，我與國丈，在此商議朝政，誰許你亂傳？回他不在便了。（丑出介）老爺不在家。（末）有機密事要見，怎麼回我，再去秉知。（丑）小的回他，他說有機密事，一定要見。（生）這廝好生無理。（外）既有機密事，着他進來，看他有何話說。（生）既如此，請國丈暫往書房少坐，待下官迎他進來，看他有何話說。（外）言之有理。縱有人相叩，林間坐看書。（下）（生迎末見介）下官今日多病，因此尊客賜顧，概不接見，希恕希恕。（末）小生因有機密大事，欲共商之，輕造高堂，有罪有罪。（生）先生到此，有何見諭？（末）小生因曹賊欺君罔上，罪大惡極，特來商議共扶漢室，誅滅奸雄，以雪天下臣民之忿。（生起背介）此人乃操賊門下，莫非使來試我？（轉介）吉先生差矣。曹丞相征討有功，賞罰有則，實國家之棟樑，乃將相之奇才。何故輕出怨言，污蔑大臣，罪犯難逃也。（末）呀，國舅差矣。你身食漢祿，世受國恩。

【黃龍滾】只道你懷忠抱負奇，懷忠抱負奇，誰知禽獸衣冠類，顛倒綱常，罔顧廉和恥。（外上）隔墻須有耳，窗外豈無人。你要殺曹公，我當出首。（末怒介）呀，國丈，你身爲國戚，不能爲國分憂，殺戮逆賊，扶立江山，反助奸雄。我今日吉平，何懼一死？但我雖死，骨肉猶香，不比你二人臭名萬代，助紂爲非，心如毒虺。我且問你兩人，腰金紫，享厚祿，心無愧？

（生外背介）觀吉平之言，忠義可嘉，必非操賊所使。（轉介）吉先生，下官與國丈，正爲操賊欺罔，聖上已頒血詔，令我等相機滅賊。適來之言，恐操賊所使，望乞海涵。（末笑介）原來如此。我有心腹友人，長水校尉和輯、議郎和碩，同舉大事何如？（生、外）已有張子服、吳子蘭，今共七人了。我三人先將白絹書立義狀如何？（末）說得有理。（生）慶童，可取文房過來。（丑應介）（末）我咬下一指，對天歃血。（合）

【前腔】神前齧指兮，神前齧指兮，志願除奸宄，赤膽忠心，歃血同聲氣。（生）就神前書名畫押。（畫押介）立狀書名，勿生私意。輸誠悃，敢背盟，神加罪。

（外）歃血已完，恨未有奇計殺賊，如何是好？（末）不勞二位費心，已定下計了。（外、生）計將安出？（末）那曹賊常患頭風，要我用藥。候他病發，我將鴆毒傾在藥內，令彼服之，五臟皆裂，頃刻身亡。（生、外）此計甚妙。

【尾聲】聞言頓覺心中喜,(末)莫教墻外有人窺,(生)不妨,好將滿肚愁心付托伊。

(合)神前盟誓要心牢,滿腹忠心何處消。願得上蒼扶弱漢,管教勵志殺奸曹。(下)

## 校記

[1]國丈:"丈"字,底本作"舅",今據文意改。

## 第十一折　奸　露

(貼上)一自花飛怨杜鵑,青春已過有誰憐。心中無限相思意,少個蕭郎駕彩鸞。妾乃董府中侍兒雲英便是。只因聰俊過人,性耽風月,年逾二八,蹉過良辰,好難消遣。前日往後花園中采花,偶遇慶童,見他生得清秀,且是體態溫存,使我春心難按,眉梢眼角,兩下留情。已約他今夜相會,怎麼這時候還不見來?好生寂寞也。

【駐雲飛】漏轉譙樓,銀漢無聲宿斗牛。約在黃昏後,何事還拖逗,嗏,凝望斷雙眸。面如釅酒,春透酥胸,咬破衫兒袖,懊恨冤家把我丟。

(丑上)

【前腔】情重山丘,緩步巫山帶月遊。我慶童。日聞雲英姐與我相約,怎奈老爺同伏爺、吉爺,在書房歃血飲酒,因此不能脫身。候了半夜,方始席散,纔得空閒。迤邐行來,已是中堂了。那邊黑暗中站的,想是了。不免叫一聲。雲英姐。(貼不應介)(丑摸介)(貼)你來做甚麼?(丑)你約我來的,如何返來問我?雲英姐,望把來遲宥,快解丁香扣,嗏,兩兩事衾裯。天長地久,爲雨爲雲,解放眉間皺。(貼)把人丟下就是了。(丑)我因老爺在書房中,與伏老爺飲酒,故此來遲,非我負心。(抱介)(生上)春酒澆愁鬢,宵深尚未眠。(聽介)(丑、貼)把兩下相思今夜勾。

(生)咳,大膽賤人狗才,做得好事。

【榴花泣】叵耐狂且潑賤,兩兩暗中偷,早做了覆盆水已難收。不禁的沖沖怒氣髮飃飃,恨傷風敗俗罪難留。取板子過來。(打介)齊家始由,這殘生勿想輕寬宥。院子、長隨過來。(小生暗上)(生)與我將這狗才、賤人,鎖在耳房,明日送官處死。(小生帶丑、貼下)(生)可恨家門不幸,今晚寫就帖兒,明日送官一齊處死。今且把鎖禁羈囚,這場事決不干休。(下)

（丑、貼上）牡丹花下死，做鬼也風流。如此怎麼處？（貼）是你累了我，怎麼處？（丑）不妨。此處我都知道，那邊墻角是缺的，和你跳過去，就是大街了。（貼）如此甚妙。和你逃走了罷。（丑）跟我來。（貼）倘或有人追趕，怎麼好？（丑）也罷。人無害虎心，虎有傷人意。我和你徑到曹丞相府中，把結盟謀害事情出首罷。

【尾聲】把他事蹟來呈首，憑翻寸舌起戈矛。（合）圖一個天長和地久。

兩兩水中魚，幾遭命不虞。恨小非君子，無毒不丈夫。（急下）

## 第十二折　投　鴆

（净上）

【卜算子】愁事縈心上，難把眉頭放。叵耐無知敢肆强，使我心中快。我曹操。近因羽翼漸成，宴坐府中，偃武修文，欲圖霸業。前日圍場中，諸文武嵩呼，大快我意。爭奈董承老賊，偏不怕死，見俺多有不平。我欲殺他，奈是國舅，恐被人談議，少不得尋個機會，公道殺之，教他死而無怨。夜來張緝，稱長樂宫報帖，內開老劉還宫，與伏后、董妃哭泣，又宣董承進宫，賜他錦袍玉帶，我想其中必有隱情。怎得一個心腹，到董承處打探消息便好。（小生扮堂候上）稟丞相，昨夜三更時分，有男女二人，說是董府家人，來報機密事，因此小的留他在家，稟明相爺，纔敢引進。（净）他說報機密事的麼？（小生）正是。（净）着他進來。（小生應傳介）（丑、貼上）欲求生富貴，須下死功夫。（進介）（净）你二人是董府來的麼？有甚事情，快稟上來。（丑）小人是董府中慶童。我家老爺，前日聖上召入宫中，聖上賜血詔一道，因此我家老爺呵。

【玉交枝】糾同國丈，列旌旗招賢四方。（净）還有何人？（丑）金蘭押字書名狀，（净）是吳子蘭了。（丑）子服添助爲殃。（净）可是王子服[1]？共有幾人？（丑）一共七人。（净）還有呢？（丑）還有吉平，道丞相爺常患頭風，令他醫治，頭風舊疾須暗防，藥中投鴆歸泉壤。（净）有這等事。還有那兩個？（丑）共圖謀吳碩肆猖，共圖謀种輯肆猖[2]。

（净）吳碩、种輯，曉得了。事完之後，重重有賞。堂候引他到後園，尋一密室，將二人安下，不得有誤。（小生應介）（丑、貼）不是一番寒徹骨，那得梅花撲鼻香。（下）（净）快請張巡御到來商議。（小生應，請介）丞相有請，張巡御後堂議事。（付上）平生專做皺眉事，世上應多切齒人。丞相在上，張緝拜見。（淨）方纔董承家人出首，一共七人，要把我謀害，暗遣吉平下藥鴆我，因此特請你來商議。（付）呀，這董承敢是不怕死的，有這等事？（淨）你可點兵圍住七家，盡行斬首。（付）丞相爺且息怒，待張緝想來，呀，此事未可造次。方纔逃奴之言，未可盡信。莫若丞相詐作頭風，令吉平醫治，他若然行鴆，然後設一宴，請伏、董等飲酒，中間帶出吉平，勘問成招，那時再無詞抵賴了。（淨）此計甚妙。

【玉抱肚】心中還想，料他們結成一黨。背地裏歃血神前，敢胡將鴆毒投腸。教人怒發氣難降，叵耐寒蟲不自量。

（付）小官先回，恐吉平看見，不當穩便。（淨）你可先去。不施萬丈深潭計，（付）怎得驪龍頷下珠。（淨）堂候，快喚醫生吉平見我。（小生）曉得。吉先生，丞相爺喚你。（末上）胸中安國誅奸計，腹有銅肝與鐵腸。醫生吉平，參見丞相。（淨）吉先生，我因頭風復發，一時昏暈，人事不省，令你醫治，快快用藥。（末）原是舊癥，不必診脈，待醫生用藥，驅風補腦湯，一服立效。（淨）如此甚好。（末出藥介）

【五供養】驅風退涼，定氣安神，須理陰陽。丞相，藥已在此。（淨呻吟介）（末背介）我想此賊命合休矣。滿懷心腹事，正好此中藏。趁此無人，不免將毒傾入藥內。東西四望，更沒有一人來往。（放毒介）我待把砒霜進，費彷徨，輕將怨恨付杯湯。

丞相，藥已在此。（淨假胡塗介）（末）丞相請藥。（淨）你可先飲一口。（末）吉平從無此疾。（淨）却不道"君有疾，臣先嘗之；父有疾，子先嘗之"，你在我門下，嘗一嘗何妨？（末）並無他意。（淨）你無他意，必有他心。（末背介）聲氣不好，也罷，一不做二不休，不免灌入他口內罷。（淨）叫左右，與我拿下。（四小軍應上，拿介）（淨）我原無病，特來試你。誰使你來藥我？快快招來。（末）我自爲之，非別人所使。恨你挾天子令諸侯，四海之人，無不欲啖汝肉，寢汝皮。被你識破，唯死而已。（淨）左右與我着實打。（衆打介）

（末）

【月上海棠】心自詳，忠良一旦成虛謊。（淨）你在我門下，安敢大膽鴆我，此必有人唆使。汝若招出，免你一死。（末）只爲你權奸譎詐，秉竊朝綱，挾諸侯四海遭殃，圖篡逆心懷覬覦上。（淨）再若不招，與我夾起來。（衆應介）（末）休閑講，縱使形銷骨碎難降。

（淨）只是不招，左右帶去收監，明日細審。

【尾聲】與我囹圄莫使輕鬆放，明日還須細審詳。（軍應，帶末下）（淨）

教我氣塞胸脯恨滿腔。

吲耐狂夫太不仁,藥中投鴆暗傾人。自古忠臣不怕死,須知怕死不忠臣。(下)

## 校記

[1] 王子服:"王",底本作"張",今改。
[2] 种輯:"种",底本作"和",今改。

## 第十三折　宴　勘

(小生上)門迎朱履三千客,戶列貔貅百萬兵。自家曹丞相府中堂候官便是。領丞相鈞旨,今日請伏國丈、董國舅各位老爺,不知何故設宴在左堂上,着我安排筵席。諸事已備,丞相升堂,不免在此伺候。(四小軍、付、中軍引淨上)(淨)

【北新水令】恨狂夫鴆毒法難饒,肆鴟張妄稱忠孝。胸中無一物,筆下枉千刀。誣衊難逃,幸天公將網羅罩。俺只爲伏、董等七人,使吉平鴆毒害俺,已將吉平拿下。今日特設一宴,請他飲酒之間,帶出吉平審問,看他們如何處理?(小生)啓爺,各位老爺已請過。伏、董二爺,即刻就到,惟有張、王、吳、和四位老爺,托故不來。(淨)他們不肯來麼?可傳我號令,令曹芳領鐵騎三千,圍住四家,不分老幼,盡行斬首。(付應,下)(淨)堂候,今日筵中,點力士百名,可備鐮鉤、煎盤,一應極刑伺候。不得有違。(小生應,下)

(外、生上)

【南步步嬌】機事深藏難猜料,滿腹孤忠抱,奸雄恨怎消。(生)國丈,今日曹賊請我二人,未知何意?(外)此賊作事奸雄,若不去,反道怯他了。只是強對僉壬,頓生潦倒。(合)意緒亂紛呶,心上如砧搗。

(小生)伏、董二位老爺到了。(淨出迎介)山蔬菲席,幸賜寵臨,寶光蓬蓽。(外、生)仰荷隆貺,叨領盛情,靦顏無地。(淨)並無別客,就此請坐罷。(定席坐介)(淨)筵中無以爲樂,學生近得一人,善能侑酒,二位若不嫌棄,喚他出來承應。(外、生)叨擾華筵,已出望外,何以克當?(淨)休得過謙。堂候,快喚那人出來。(小生應介)帶吉平出來。(四小軍帶末上)願得懷忠盡王事,必爲厲鬼殺奸雄。(衆)犯人當面。(外、生驚介)(淨)你怎麼不跪?(末)我爲忠臣,你爲奸賊,我怎肯屈膝與你?(淨)哦,左右與我掌嘴。(衆應介）（淨）我問你，誰使你來行鴆？（末）天使我來殺你，恨你挾天子令諸侯，假仁義專權國政，施譎詐收服人心。前日許田之事，罪惡滔天，四海之人，無不痛恨，非我一人也。

【北折桂令】你恃着握兵符妄肆咆哮，竟把一國君王，視若兒曹。怎容你恃壓諸侯，秉持國政，心抱奸梟？逞雄威許田欺藐，施殘暴懸劍隨朝。你的罪惡滔滔，休得言語曉曉。（淨）二位，你看他十指今缺一指，不知何故？（外、生局促介）（末）我嚙一指誓報朝廷，（淨）叫左右，與我將他九指削平。（眾應砍末指，末倒復醒介）（哭恨介）殺國賊爲斬鴟鴞。

（淨）

【南江兒水】你結黨謀奸宄，神前結誓牢，書名畫押多圈套，毒藥傾人裝成調。天公幸賜幽光照，怎不把哀情來道。與我着實打這厮。（眾應介）（淨）住了。你七人同事，怎不招來？要我寬饒，須把七姓同謀明表。

（末）逆賊，你快殺了我罷。咳，只是皇天不祐，使我不能成功。阿呀，蒼天蒼天，爲何反助逆賊？（淨）老夫口訥刑輕，所以吉平再四不招，煩二位細細與我鞫問，必要根究同謀之人。左右的，與我將吉平送伏、董二位老爺面前，好生用刑。（眾應，帶末向外、生介）（外、生驚介）謹依台命。吉平，你怎麼誣衊大臣，鴆毒丞相？你一身做事，難道還有誰來？（末）可速速殺我，以成我志，不必多問。

（外、生）

【北雁兒落帶得勝令】待問他共同謀恐禍招，待問他投藥餌心先覺，却緣何未成機先露苗，閃得我坐談間含悲悄。只問你負國罪昭昭，誤蒼生應不小，好把你忠名兒還須保，休得要強支吾妨故交。叫左右，踹下去打。心焦，好教我難存靠。悲號，勉加刑動撲敲。

（淨）只是不招，帶過來。（眾應介）（淨）

【南僥僥令】七人誰領袖，主使那唆挑，快快招成休推掉，莫受鞭笞苦苦熬。

恨你聽人主使。左右擡過煎盤來，與我先割兩耳煎起來。（眾應介）（末死又醒介）（末）操賊，你雖割去我耳，還有兩眼，尚可怒賊。（淨）將眼珠子取了。（眾應，末死又醒介）（末）操賊，我還有口可吞賊，舌可罵賊。（淨）左右，與我割去其舌。（眾應介）（末）呀，住了。你要我招也不難，與我解去綁縛，待我招認便了。（淨）既如此，去了綁，不怕你飛上天去。（眾應，放介）（末）

【北收江南】呀，早知道這般樣虛廢呵，枉教我把忠義逐風飄，（望空拜介）聖上呀，我吉平不能爲國除賊了，辜負了君恩罔極枉徒勞。望丹墀拜遙，望丹墀拜遙，好將那幽魂厲鬼殺奸豪。

（撞下）（衆）禀爺，吉平觸階而死了。（净）既如此，還有兩個活口對證。與我喚那兩人出來。（衆應傳介）（丑、貼上）事機親目睹，質證定無虛。（衆）出首人當面。（净）國舅，可認得此二人麽？（生）呀，這是我家逃奴慶童，因與婢女雲英有奸，不想逃在此處。（打丑）（净攔介）不要打他，下官特着他來對證。（生、外）丞相何聽逃奴之言，羅織人罪？（净）如今已着實了。

【南園林好】你因圖功成幸僥，怎知道臨頭禍招。若不是二人來到，險一命喪陰曹，險一命喪陰曹。與我綁了。（衆應介）（生、外）哎，誰敢綁我。呀，你這逆賊，濫叨首輔，恣逞奸雄，漢帝有何虧負，輒生篡逆。聖上呀，臣不能爲國除賊了。

【北沽美酒帶太平令】抱忠肝怨怎消，恨天公助逆梟，多管漢祚將殘氣數凋。嘆黎民福薄，不誅滅這奸豪。可憐我負王家恩深難報，罵奸雄臭名難掃，痛七人苦遭凶暴，事不成頭顧莫保。我呵，咬銀牙恨着罵着，止不過死着，呀，我與你鬼門關將情去告。

（净）左右，與我推出轅門斬了。（衆應，殺生、外下）（净）傳令與張緝，領鐵騎三千，圍住伏、董二家，全家抄斬，並要細搜血詔，不得有誤。（衆）得令。（净）

【南清江引】群奸悖逆應須討，暗裏施奸狡。不顧禍臨頭，只要圖忠孝，怎知我意兒中機械巧。（下）

## 第十四折　搜　詔

（小生上）

【小蓬萊】夢寐連宵顛倒，余愁思日夜煎熬。（旦上）興衰難定，吉凶未卜，心事重挑。

（見介）（小生）心懷耿耿淚雙雙，皓月清風冷繡窗。（旦）人去秋來宫漏永，夜深無語對銀缸。（小生）夫人，今朝父親同岳丈，往曹操處飲宴，怎麼這時還不見回來，未知何故？（旦）我想操賊奸詐多端，必無好意。（小生）你聽譙樓二鼓了，好生盼望也。

【二犯桂枝香】樓頭鼓報，二更來到。看中庭月影風飄，一點點寒鴉聲悄。良宵，枝頭露滴紅碎抛，輕烟淡霧窗外裊，閃殺人魂暗消。亂蛩吟砌，添人寂寥,孤燈慘淡,惱人性焦。暗裏千行淚,無言漬絳綃。

（外上）

【不是路】夜度霜橋,爲報奸雄起禍苗。忙來到,芒鞋踏月步蹊蹺。來此已是。且喜門兒開在此,不免徑入。（小生、旦）高公爲何黃夜至此?（外）不好了。那奸豪,吉平事發非輕小,國舅懸頭魂已遙。（小生、旦）這怎麼說?（外）你家慶童,出首吉平投鴆一事,因此曹操用計,設宴左堂,已將令尊、令岳斬首。如今那曹賊呵,加兵討,急須逃往他方好,莫遭凶暴,莫遭凶暴。（下）

（小生、旦哭介）如此說來,我的父親被曹賊殺了。兀的不痛殺我也。

【掉角兒序】這冤情天高地高,論仇敵不同蒼昊。恨逃奴大惡逆倫,痛嚴親捐生冤抱。閃殺人淚雙垂,腸欲斷,魂飛渺,寸心如攪。（外）整鞭須早,他方遠逃,但得青虹吐氣,報仇舒嘯。

軍聲已近,不宜遲了。（小生）父母之仇,不共戴天,我偷生在世何益?莫若自盡,少盡子情。（外）董兄言之差矣。我聞殺身事小,報仇事大。令尊之仇,不共戴天;令岳之仇,如沉淵海;兄又遭殃,此後世之恨,竟赴東流。莫若潛身遠道,倘得日後報怨雪恨,令尊令岳,九泉瞑目,兄成天地間之大孝,豈不爲美?（小生、旦）深荷教誨。就此出門。（外）小監相送出城便了。（小生）如此便好。快取青虹劍來,待我懸佩,以期日後誅奸之志。（佩劍出門介）

【香柳娘】趁熹微駕輈,趁熹微駕輈。天高月小,清光一片愁心照。這冤情痛遭,這冤情痛遭,忠義等蓬蒿,君恩罔相報。（內吶喊介）（外）你聽金鼓之聲漸近,我和你尋一個幽僻所在,躲過了再行。（合）聽軍聲膽搖,聽軍聲膽搖。相應覓巢,藏身須巧。（下）

（付領四小軍上）

【前腔】統兒郎勇驍,統兒郎勇驍。不分白皂,一家老幼全都剿。（衆）稟爺,前後門俱已圍住,請爺鈞旨。（付）就此殺進去,與我全家抄洗。（衆應,殺入介）（付）你看軍兵已往各處搜捕去了,若搜出血詔,第一大功。此處是書房,你看滿架圖書,四壁名畫,但不知血詔藏於何處?將房中遍瞧,將房中遍瞧,不憚此勤勞,應須圖功犒。（搜出介）呀,此是血詔,我已成此第一功了。（衆提人頭上）看刀紅血包,看刀紅血包,老幼不饒,凱歌歡笑。

稟爺,斬首四百八十級,抄沒金珠二十箱,彩緞五十車,獻上,只不見董圓夫婦。（付）再搜。（衆）各處搜到。（付）既如此,且去回覆丞相,再行定奪。

【尾聲】抄資梟首多喧鬧，論功勞全憑血詔，好教我官上加官仗老曹。

昔將女兒獻了，且喜騙頂紗帽。今朝成此大功，全憑搜出血詔。

## 第十五折　訣　　別

（末上，貼、宮女抱子隨上）

【鵲橋仙】骨銷形瘦，含羞忍恥，一片愁心縈繫。（老上）重重怨恨強支離，（貼）鎮日裏含悲吁氣。

（末）金井墮高梧，玉殿籠斜月。深院寂無人，斂恨堪愁絕。（老）玉爐香燼滅，不是君恩歇。（貼）賊了罔欺君，此恨和誰說。（末）寡人前日，已將血詔賜於國舅，已經半載，毫無動靜，使我度日如年。如何是好？（老）妾謂國舅定存報國之心，決無助奸之意。（貼）但恐曹賊勢大，急切難圖，陛下且免愁煩。（末）御妻你近添一子，使寡人一則以喜，一則以懼，所喜者東宮有後，所懼者奸臣秉政。但不知此子，日後能繼位否？

【園林好】念嬌兒新生笑啼，眼望你成人守基。怕只怕奸臣生計，好教我淚沾衣，好教我淚沾衣。

（丑領眾上）頭戴金盔耀日明，身披鎧甲氣崚嶒。入宮再捉妃和后，不怕君王不順情。自家曹芳是也。奉俺爺爺鈞旨，入宮捉拿伏、董二后。來此已是宮門。你們眾軍校站在外邊，聽我號令，方可進來動手。（眾應下）（丑進見介）萬歲爺，恕臣無禮了。（末）你頂盔披甲，入宮何意？（丑）陛下還不知道麼？因你妄書血詔，污蔑大臣，暗糾伏完與董承等，謀害丞相，被丞相識破，搜出血詔，已將七家抄斬。因伏后乃伏完之女，董妃乃董承之妹，故此令芳入宮，擒拿二人，以正誣蔑大臣之罪。

【前腔】我嚴親特差令旗，要伏后還加董妃。正誣蔑大臣之罪，急須早莫遲違，急須早莫遲違。

丞相立等回覆，臣在宮門外少待，不得有誤。（下）（老、貼）呀，如此說來，我哥哥、爹爹，被曹賊全家殺了，好不痛殺我也。

【江兒水】為國身先喪，遭奸我又危，全家被戮無遺類。懊恨奸雄專權勢，心懷篡逆圖皇位。怨海冤山沉滯，將我子母夫妻，頃刻幽魂欲醉。

（末）

【前腔】未語心先痛，將言淚又垂。我的御妻呀，朕與你恩如深海，愛若丘山,指望與你白頭相守,誰知中途一旦分離袂。朕貴爲天子,不能庇一妻妾。你到陰司,切勿將寡人怨恨,百歲夫妻休懷記。我那貴妃呀,自從你入宮九載,行坐不離,兩相情篤,不意皇天不佑,漢祚衰微,被奸賊所逼。你先到黃泉等候,諒寡人亦在旦夕。你可堅心待朕黃泉會,鏡破釵分簪墜。我的兒呀,你兩個母親,今日被操賊行弒,你在襁褓,誰人看你?可憐沒母孤兒,卻教誰人存濟。

（付上）

【五供養】秉鈞奉催,飛步來宮,將后勾追。遥聞環珮裏,一片慟悲啼。此是宮門,不免徑入。（末）張緝,你來得正好,速速保駕。（付）臣奉曹丞相鈞旨,立要伏、董二后,到相府定罪,刻不可緩。曹公候取,令如獄非同兒戲,恐禍及連臣累,受鞭笞。丞相爺限定午時,臣在午門守候,倘再遲延,抗違軍令罪非宜。（下）

（老、貼）你看操賊三回五次,催逼我和你,料不能生全了。（拜介）望陛下善保龍體。妾今永訣,永無見面之日了。

【玉交枝】寸心如碎,痛訣別永無見期。妾今死後,望陛下將孩兒好好看顧,妾雖在九泉,亦沐洪恩矣。望將此子多方慰,休使饑寒加體。（貼）賤妾入宮九載,叨蒙聖恩,不料奸賊行弒,一旦分飛。妾今永訣。陛下欲見妾面,恩及此子,則妾沐恩萬萬矣。九泉瞑目應感知,深恩念妾教兒被。（合）痛骨肉今朝永離,痛骨肉今朝永離。

（老）呀,兒呀,我做娘的十月懷胎,受無限苦楚,生下你來,如同珍寶。今日做娘的撇你,只爲被奸賊曹操,將我謀弒。今日做娘的被拿去了,我的兒呀,但你還在襁褓,饑時誰與乳食,寒時誰與衣穿,晨昏誰偎,啼哭誰憐?再無見面之日,永不能懷抱你了。

【玉抱肚】含冤泉底,念親兒晨昏仗誰。（貼）我的兒呵,你母舅全家被殺,你可曉得?恨賊臣屠戮一門,你娘親首碎屍飛。（合）今朝一別永無回,除是相逢夢裏時。

（末）朕聽二卿之言,句句魂消,言言腸斷,可不痛殺我也。（倒介）（老、貼）陛下甦醒了。

【川撥棹】[1]哀聲沸,駭得來魂夢飛。望陛下且自寬懷,望陛下且自寬懷,轉教人心中慟唏。（末醒介）（合）爲夫妻,恩切肌,爲嬌兒,情慘淒。

（净上,丑、付戎裝領衆隨上）（净）

【前腔】叵耐狂且尚滯遲,頓教人心轉疑。（净）陛下污衊大臣,當得何

罪？（末）罪雖固有，望卿恕之。（淨指二旦介）那二妃餘孽難遺，那二妃餘孽難遺，肆鴟張將人太欺。（老、貼合前）（淨）

【尾聲】雄威誰許群奸悖，（末）望丞相寬容饒恕。（淨）陛下姑且恕之。左右，把伏、董二妃拿了。（衆應介）（淨）此輩同謀是禍魁。

（末、老、貼）

【鷓鴣天】母子夫妻生別離，寸心刀剡兩情依。嬌兒戀母哀哀哭，血淚斑斑點絳衣。（淨衆捉老、貼下）（末）腸欲斷，痛魂飛，空教眼底尚徘徊。恩情一旦如朝露，今夜燈前惟夢知。（掩淚下）

## 校記

［１］川撥棹："撥"字，底本作"潑"，今據山譜改。

## 第十六折　山　　隱

（小生、旦上）

【山坡羊】淚涓涓沒遮攔的冤海，恨悠悠展不開的愁黛。痛煞煞不共天的深仇，急煎煎無投奔的身尷尬。

（旦）相公，我和你出門數日，未知此處是何地方？（小生）雖行數日，計程不上三百餘里，此處尚是宛陽山下。（旦）如今投托何處，方好棲身？（小生）先君有一故交司馬懿，此人足智多謀，到彼必能安妥。（旦）司馬懿今在何處？還有多少路？（小生）昔日他爲避奸黨，鎮守王陵，遠在桂嶺。此去尚有二千餘里。（旦）呀，奈我鞋弓襪小，寸步艱難，如此長途，焉能遠涉？莫若妾先自盡，相公輕身前去，庶免拖累。（小生）説那裏話。（旦）這綉鞋，途窮步怎捱？幾番拚作黃泉客，隨父魂歸淚自灑。（小生）夫人休得如此。你看前山凹裏，微露村莊，到彼暫歇片時，再行便了。（合）哀哉，怨沉沉泣夜臺。難捱，骨疏疏何處埋。（小生）已到莊門首，不敢敲門。裏面有人麼？

（老上）

【西地錦】兀坐蓬居誰顧，落紅點染臺階。寒霞夾道門凝靄，盡從山鳥銜來。是那個在此？（小生）我夫妻二人，輕造寶莊，借宿一宵，望婆婆容恕。（老）看此二人，必非等閑，我且問他。二位從何處來的？（小生）許都來的。（老）如此請坐。既從許都來，可認得高文長麼？（小生）文長與我世交。婆婆問他何故？（老）文長乃老身姪兒。只爲奸臣曹操弄權，恐我姪兒亦受其咎,時切憂心,故此動問。(小生)原來就是高公的令姑,如此失敬了。(老)不敢。請問足下高姓大名?(小生、旦)聽稟。

【啄木兒】蒙垂問,淚滿腮,奕葉承恩勛世宰。(老)原來是位貴人,老身失敬了。(小生、旦)為只為首輔狼豺,嘆一門盡受飛災。(老)又是那曹賊了。(小生、旦)奸臣篡逆倫常壞,冤深禍慘無如奈。(老)可憐,如今要往何處去?(小生、旦)避迹潛蹤強自排。

(老)

【三段子】聽他語來,為官家含冤受災;看他意態,被奸雄忠良碎骸。(小生、旦)敢問婆婆,宅上還有何人?(老)故夫貧賤身年邁。(小生、旦)可有令郎?(老)膝前未有承歡賴。(小生、旦)如此將何用度?(老)水色山光把歲月捱。

(小生)這也難得。(老)二位抱此大冤,今欲何往?(小生)我夫婦欲往桂嶺,投司馬懿處棲身。(老)此處到彼,尚有二千餘里,夫人焉能遠涉?莫若夫人權住在此,董爺先到彼處,令人接取便了。(小生、旦)若得如此,深感厚恩。恐有追兵,就此分離前去。

(小生)

【歸朝歡】深蒙愛,深蒙愛,悶懷頓開,伊須要衣妝悄改。(旦)分離去,分離去,寸心痛哀,知他日幾時重會?(老)從來否極還應泰,管教日後重逢再,(小生、旦)可憐兩下愁心沒地埋。

(小生)下官一到彼處,令人接取便了。天南地北本相逢,乍見還離類轉蓬。無限心中不平事,一番清話又成空。(分下)

## 第十七折　弒　后

(丑、付上)挂劍懸鞭膽氣英,腰間插箭鬼神驚。寧為相府一力士,莫作劉家文武臣。我乃曹丞相府中勇士是也。今日俺丞相爺勘問伏、董二后,不免在此伺候。呀,道猶未了,丞相爺早已升堂也。

(二刀斧手、四小軍引淨上)

【四園春】富貴由天豈浪謀,一腔心事未能酬。群奸投鴆費追求,血詔偷傳恨未休。不分君與后,冤債結從頭。

我曹操。只為漢室衰微,皇上懦弱,意欲圖位,故此誘帝出獵,以窺臣下之意。不料董承密受血詔,造意興謀,毒藥鴆我。深感上蒼默佑,慶童首報,被我將七家盡行抄斬。可恨董圓夫婦在逃,已着各處關津,用心盤詰,再無下落。但恨伏后乃伏完之女,董妃乃董承之妹,今若不誅,必貽後患。因此前日入宮擒出,今坐他誣蔑大臣之罪,以杜日後報復之禍。左右,與我帶那兩個廢后出來。(眾應,押老、貼上)(老、貼)

【泣顏回】含淚湧泉流,真是掀翻宇宙。堂堂國后,今爲臣子之囚,頭蓬面垢。(淨)將伏后帶過一邊,先帶董妃上來。(眾應介)(淨)董妃,你造惡同謀,誣蔑大臣,該當何罪?(貼)曹操,你罔上欺君,立心篡逆,罪惡滔天,不思自過,反欲責人。逞奸雄篡逆如強寇,一樁樁罪惡滔天,却怎的反將人咎。

(淨)好個利口,左右與我拿下去,帶伏后上來。(眾應介)(淨)伏后,你何故妄書血詔,暗差吉平鴆我?其罪難逃了。(老)唗!

【前腔】奸回性發怒如彪,苦將我血詔衷情追剖。只爲你欺君罔上,因此上赤心誓斬凶酋。(淨)武士們,與我綁起來。(眾應介)(老)唗,你曹賊這逆賊,我爲國后,汝爲臣子,那有弒后之理?滅倫敗理,篡君王弒逆甘爲首。痛紅裙誓死須臾,恨奸雄苦苦相仇。

(淨)

【千秋歲】恨悠悠鴆毒施奸手,憑血詔暗動戈矛,七姓同盟,妄欲把漢室江山匡佑。武士,擒下去打。(眾應介)(老)今日裏遭强寇,想難把殘生宥。(淨)誣蔑加人口,叫武士們,與我把紫荊杖打死了罷,把嚴刑亂棒,莫放生留。

(眾應,打介)禀爺,伏后氣絕了。(淨)與我揣下去。(眾應,扶老下)(貼伏老屍哭介)阿呀,娘娘呀。

【越恁好】痛遭奸宄,痛遭奸宄,魄沉沉赴九幽。看芳魂縹緲,血亂漬,肉飛走。淚涓涓湧流,淚涓涓湧流。見碎紛紛遍身兒都做血球。早玉碎花飛,撫香屍,恨轉深,不共天讐。(淨)武士們,把董妃絞死。(眾應,絞貼介)(淨)與我全屍絞,斷送伊莫想輕寬宥。(貼作醒介)這愁山怨海還向誰訴。

(淨)絞死了罷。(眾應介)(眾)

【紅繡鞋】紅顏一命蜉蝣,蜉蝣,須臾血海渠溝,渠溝。白絹裹,早魂遊,咽喉斷,氣難收,威行滄海共山丘。

(眾)禀爺,董妃氣絕了。(淨)與我將兩個屍首,郊外埋葬。(眾扶貼下)(淨)二后雖除,尚有董圓在逃未獲;太子在宮,日後必爲禍患。武士,與我傳令與曹芳,着他明日入宮,要那老劉加我王位,就令宮中將太子絕食。分付前門後院,好生把守,不許走漏消息。待我親自追尋董圓便了。(眾應介)

【尾聲】從教斬草根須究,天意興曹暗錫麻,待北面稱王願始酬。(下)

## 第十八折 逼 封

(末上)

【金蕉葉】夢枯淚枯,醒將來依然影孤。放不下心中怨呼,這冤情和誰共訴。

千萬恨,恨極在天涯。山月不知心裏事,水風空落眼前花,搖曳碧雲斜。寡人被奸臣曹操妄肆欺凌,將二后慘弑,使寡人孤身隻影,無靠無依,行動如癡,語言如醉。追思前事,好不痛恨也。

【小桃紅】淚痕點點痛沾裾,一似那刀剜却肝腸去也。飲恨銜冤,雙雙瀝血濺昆吾。晨昏裏,念歡娛,坐相同,行相共。鳳幃中同相聚也,恨不得腹剖心屠,誰想到杳冥冥歸黃壤死生殊。

(丑上)欲高門第須爲帝,要蔭兒孫還做王。我曹芳。奉爺爺嚴命入宮,逼帝加封王位。來此宮門,不免徑入。陛下,恕臣狂妄了。(末)卿從何來?(丑)陛下可知人時、天勢麼?(末)卿試言之。(丑)陛下安居紫禁,不知朝政。方今賊寇盈途,孫劉各立,若無我爺爺蕩除征伐,這座江山早歸他人了。

【下山虎】漢家寸土,悉賴匡扶。架海擎天柱,反生怨誣。(末)寡人深知卿祖調護有方,何待多奏。(丑)賞罰乃國家之根本。我爺爺有此大功,今日也是丞相,明日也是丞相,可笑賞罰無方,升遷乏主。(末)任卿家所欲何職,朕當准奏便了。(丑)難道你做得皇帝,我爺爺做不得的?必須一字同肩庶不虛,敕賜封建府,駕鑾車,九錫居。(末)朕之殘喘,悉賴生延,就封卿祖爲魏王,賜以九錫便了。況我殘喘由卿予。苟延病軀,報李投瑤敢忘諸。

(丑)領旨。臣不敢謝恩了。正是:皇帝輪流做,今年到我家。(下)(末)你看這班奸黨,將朕二后行弑,今日又來逼朕封王,好不狠心也。

【山麻楷】痛一死朝和暮,算將來影隻形單,生亦何辜。狂且猶兀自逼封王,僭加鑾輅。閃殺人咎從天降,禍由臣咎,冤及妻孥。

(貼)(宮女抱子上)甘心同國難,清節撫儲君。萬歲爺不好了,適纔曹賊呵!

【五般宜】傳手詔來宮中六嬪震虞,只恐那小儲君命難久圖,惡狠狠絕食將命殂。(末)那操賊又來何意?(貼)適纔曹賊,令曹芳入宮,將乳媼擒歸宅第,慘加箠楚,要把太子口中絕粒,喉間斷乳,敢待是斬草欲除根,漢江山無嗣主。

（末）呀，如此說來，我孩兒不能生了。（抱子哭介）我的兒呀，你母親被弒，你又不能存活，可不痛殺我也。

【蠻牌令】兒母被奸誅，稚子又遭除。賊心施毒手，我命葬溝渠。我的兒呀，爲父的撫育你艱辛受苦，怎舍你生死須臾？心如割，血淚枯。愁山怨海，父子嗟吁。

（外上）屋漏更遭連夜雨，船遲更遇打頭風。奴婢高文長見駕。臣悉知其事。今太子在宮，決難存活。奴婢有一計。（末）卿有何計？與朕解憂。（外）奴婢有一姑娘，住居宛陽山下人迹罕到之處。趁此暮夜無人，奴婢將太子藏出宮中，星夜兼程，送到彼處，撫養長大，中興可望。（末）若得如此，真乃社稷之福也。（付子與外介）

【江頭送別】兒今去，兒今去，寸腸痛呼。臨牽袂，臨牽袂，離情難吐。（合）路途須把寒暄護，勿使他凍餒肌膚。

【尾聲】（外）欽承不用多囑咐，早晚間自當安撫。（末）可憐父子分離淚似珠。（合）

骨肉看看散似星，惟餘寒月伴孤燈。今宵好夢應難得，和淚和愁到五更。（下）

## 第十九折　全　孤

（丑上）

【雙勸酒】鬢長鬢垂，搽脂畫眉。夫人福齊，兒夫作祟。每日間飲酒沉醉，不思量鎮守宮闈。

咱乃張緝妻子便是。自從將女兒獻與曹芳爲妻，遂得位高權重，十分榮耀。只是可恨丈夫，日日在娼妓家飲酒貪花，把正經事體，一些也不放在心上。目今丞相新封魏王，今晚差他巡視宮門，防守内庭，恐走漏宮中消息。你事不是當耍的，不知還在那裏喫酒？你聽漏鼓初傳，還不歸來。阿呀，天殺的呀。

（付醉態上）

【前腔】歡歌醉歸，眼昏四迷。口中吐涎，鼻中流涕。怎顧得行前後退，轉教人四體傾欹。

（丑）天殺的，又喫得這等爛醉了。你今日是張姬請酒，明日是李妓邀宴,日日貪花戀酒,把我不放在心上也罷,連那正事也撇在半邊。(付)有甚正事,直恁大驚小怪。(丑)今晚魏王差你巡視宮門,還不快去。(付)我要睡了。(丑)天殺的,你受曹家大俸大祿,女婿家中事體,一些不管。你若不去,我與你拼個死活。(付)怎麼就説此話。

(丑)

【四邊靜】忘家戀酒迷朝夕,平康妓都識。不顧我妻兒,撇却口邊食。宮門緊急,隄防要密。及早整行儀,方始免差失。

(付)

【前腔】光陰有限休拋擲,白駒過如隙。花底且銜杯,何勞絮聒急。(丑)你這酒鬼,魏王恐細作出入漢宮,令你巡緝,好自在的話。(付)我官尊勢極,你亂言勿逆。閉戶且安眠,何必恁拘執。

(睡介)(丑)你看他竟跌倒在此睡着了,如今怎麼處?(末上)一聲魏府令,神鬼盡皆驚。稟夫人,方纔魏府傳來令箭一枝,命老爺宮門巡緝,十分緊急,刻不容緩。軍士們都已束裝停當,專候老爺出堂。(丑)怎麼處?你看這天殺的,跌倒在地睡了,如今天大的事也不管。過來,我和你扶他出去。(末)夫人又來了。老爺如此爛醉,縱扶起來,也是沒用。(丑)魏王旨意,怎麼違得?呀,有個道理,你權替老爺一行,明日重重賞你。(末)宮門乃是禁地,非比別處,況干係非小,怎生替得?(丑)些須小事,你就推阻起來,要你何用?(末)這是天大一椿事,小的怎麼去得?(丑)你不去麼?取板子過來,打死你這狗才。(末)夫人請息怒,待小的去就是了。(丑)既如此,待我扶他進去,你快快前往。(末應,丑扶付下)(末)酒不醉人人自醉,色不迷人人自迷。(下)

(外抱子上)膽大心肝重,心驚步履輕。欲存炎漢裔,懷抱小儲君。我高文長,一時在萬歲爺面前,許將太子抱出宮中撫養。我想前門後院,必然有人防守,此行吉凶未卜。咳,我高文長既存保孤之心,豈可復生退悔之念,只得大着膽兒,放心前去。

【沉醉東風】戰兢兢行來悄地,懷小鹿此心如沸。吉凶事猶未知,做個程嬰高義,抱儲君喘吁憔悴。爲君痛唏,忠心淚垂,千愁萬恨,只爲權奸禍魁。(下)(四小軍引末上)

(末)

【出隊子】巡邏權替,巡邏權替,插箭懸刀假弄威。魏王嚴令怎生違,恐漏機關出禁聞。來到宮門,小心察稽。

（末）來此已是宫門口。左右的須要小心看守，不可怠玩。（衆）得令。
（外、生）

【前腔】魂驚魄碎，魂驚魄碎，心上如同驚悸癡。（内作兒啼介）（外）千歲爺，來此已是宫門首，怎麽反啼哭起來，可不嚇殺我也。卧龍懷抱早聲啼，呀，又見宫門人暗窺。狹路相逢，怎容奮飛。

（末）是甚麽人？拿過來。（外）咱家司禮監，你是何人，輒敢貪夜深入禁地？（末）我奉魏王鈞旨，誠恐奸細出入宫闈，在此巡緝。你手中抱者何物？（末）此是當今太子，還不接駕？（末）既是太子，怎容你盗出宫禁，魏王正要擒拿。左右，與我快快拿下。（衆應介）（外）哎，太子在此，誰敢阻駕？

【好姐姐】我懷着儲君在體，却怎的亂言逆悖。一味的因奸肆志，諂趨權與勢。（末）你待劫太子到那裏去？（外）奉聖旨，使俺把漢業宗支庇。你攔駕胡言敢妄爲？

（末）

【沉醉海棠】潑天膽太過相欺，盗幼主潛出宫扉。怎花言巧語，暗伏蹺蹊？（外）宫門重地，你頂盔挂甲，貪夜至此，必有反意。（末）俺奉魏府把守宫門，左右的，與我拿見魏王，管教你須臾命斃。（外）呀，且住，要拿就拿，我來者不懼。你這班賊黨，助曹爲奸，豺狼侣，只恐天理難容，鬼神奮擊。

（末）魏王有何過犯，輒敢胡言？（外）呀，有何過犯麽，那曹賊立志篡逆，殺害忠良，把持朝政。誅國丈，殺國舅，夷族千餘；弒君后，絞國妃，立傾二命。既逼天子之封魏，復僭萬乘之冕旗。三尺童子，無不欲啖其肉；四海蒼生，無不思寢其皮。你今日又助紂爲虐，統兵暗伏宫門，劫奪太子。我如今拚得一死，完却忠心。只可憐炎漢宗祧，被你誅戮；儲君幼没，含冤九泉，你是禍首罪魁也。

【撲燈蛾】儲君作冤鬼，殄滅漢宗祀。與你有何仇，輒便將人擒逼也。你是豺狼一輩，只曉得讒諂奸回。（末）汝爲汝主，我爲我主，不必多言。（外）你爲堂堂男子，烈烈丈夫，甘爲無君無父之人，狼心狗行之輩，必欲覆人宗嗣。我死不足惜，只是你有何面目立於天地之間？有何顔甘羞忍耻，怎不思去邪從正尚徘徊？

（末）

【前腔】呀，我聽言心自悔，忠肝頓相類。孤寡苦無依，惻隱心一時難昧也。我聞汝言語，句句忠肝，言言義膽，我何苦助賊爲奸，殄滅漢室？你如今呵，疾忙逃避，做一個金蟬脱衣。（外）你要放我去？（末）我放你。（外哭介）

呀,我只道漢臣盡附奸黨,誰知你尚抱忠肝,只怕你還是假意。(末)呀,你既有存孤之心,我豈無全孤之意?難道你做得個忠臣,我就做不得個義士?早成就臣忠士義,勿相猜放心前去莫狐疑。

(外)我去了。正是:鰲魚脫却金鈎釣,擺尾搖頭再不來。(下)(衆)放不得的,這是天大一椿事體。(末)哎,誰要你們管,我去自首便了。放却東宮去,今朝命可存。忠臣不怕死,怕死不忠臣。(下)

## 第二十折　撫　　稚

(旦上)

【霜蕉葉】衷腸悶損,一任芳姿褪。界面千行淚粉,欲添匀那堪再匀。

黛怨紅羞,掩映畫堂春欲暮。殘花微雨隔空樓,思悠悠,芳菲時節看將度。寂寞共人還欲語,畫羅襦,香粉污,不勝愁。妾身伏氏,避難宛陽,且喜山深徑僻,無人知覺,蒙此間高媽媽十分看顧,頗覺安穩。但不知我相公去投司馬懿,否泰未卜。追思操賊深仇,全家被戮,好不痛殺人也。

【祝英臺】蹙雙蛾,含淚眼,役夢更勞魂。椿樹禍連,姑舅遭誅,報國寸心難泯。孤身。負冤夫婿天涯,一別離情堪憫,悶教我展轉愁縈方寸。

(老上)傷心絮語休教續,恐被猿聞也斷腸。夫人,你爲何在此啼哭?莫非老身侍奉不周,故生煩惱?(旦)高媽媽,説那裏話來。妾因想起舅姑銜冤泉底,夫婿遠奔他方,未知此仇何時得雪。(老)奸臣賊子,何代無之;離合悲歡,世所不免。聞得司馬懿抱負不凡,當世奇士,此去定有機會。

【前腔】休悶。合離間,人世上,天運似車輪。釣渭子牙,伊尹躬耕,都是暫時安貧。須忖。畫眉郎雖困迍邅,終有日團圓雪恨,管抱璧秦廷還趙歡欣。

(外抱子上)南入洞庭隨雁去,西過巫峽聽猿啼。此間已是姑娘門首,不免徑入。有人麽?(老)是那個?呀,原來侄兒回來了。(外)皇姨爲何亦在此?(旦)自從那日,承你送我出城,欲往桂嶺,因妾不能遠涉,故寄樓於此。你手中抱的何人?

【憶多嬌】(外)這是孤稚君,遭賊臣,絶乳垂危盜出門,那操賊呵,削草還教除去根。(合)戰戰兢兢,戰戰兢兢,歷盡程途苦辛。

(旦抱子介)我的兒呀!

【前腔】一國尊,掌上珍,奔走天涯泣斷魂,失國亡家離父親。(合前)

（旦）高公，你送我出城之後，兩宮娘娘近來安否？（外）皇姨還不知道麽，那日操賊，帶領甲士入宮，將伏、董二位娘娘擒去，用白綾絞死了。（旦）被曹賊絞死了？可不痛殺人也。

【鬥黑麻】疊疊風波，寸心似惜；痛切幽魂，玉容碎分。心如割，淚更紛，海樣深冤，天翻地淪。（合）休得愁煩，須將兒撫育勤。念取孤兒，念取孤兒，日後知恩報恩。

（外）一路風霜，且抱太子進去罷。蟄龍暫爾困江皋，欲作甘霖志未超。爲待春雷一聲響，風雲直奔九重霄。

## 第二十一折　割　鬚

（小生上）

【粉孩兒】慌慌的渡千山，涉萬水，戴天仇不共，欲謀無計。忠魂午夜逐雁飛，論爲臣主辱身灰。我董圓。自別妻子之後，行了幾日，來此已是潼關地方了，聞得曹操領兵三十餘萬，星夜追來。咳，未知我生死如何。有一故人馬超，昔年曾有八拜之交。近聞他在關外紮營，除非到彼投見，求他助我一戰，阻住曹賊，方好脫身。不免趲行前去。望宸京烟樹重重，回首處滿眼流淚。（下）

（四小軍引生上）（生）

【紅芍藥】乘駿馬八面英威，旌旗展耀日爭輝。少負才名正無對，丈八矛取人如寄。雙旌漢飛將，萬里獨橫戈。春色臨關盡，黃雲出塞多。小將姓馬名超，字孟起，西涼人士，帶隨行三十餘騎到關內探親。你看此處山明水秀，軍士們，就此權坐片時再行。（衆應介）（小生上）加鞭逃速過前堤，睹峰巒層層疊翠。怯寒雲透袂侵衣，霧漫漫馬遲人悴。

那邊坐着一位少年將官，好似我孟起兄弟。（生）這是董兄呀，爲何這等光景，到此何幹？（生）賢弟呵，只因曹賊欺君罔上，小生全家遭戮，孤身逃難，欲往桂嶺，天遣此地相逢。（生）那操賊把兄全家害了，可恨可恨。（雜）禀爺，曹操親領大軍三十餘萬，殺奔前來了。（生）他到那裏去？（小生）賢弟有所不知，那操賊因我逃出，特來追趕。（生）那操賊來得正好，小弟憑此蛇矛，殺他個片甲不回。（小生）賢弟，那賊衆三十餘萬，弟只有三十餘騎，衆寡不敵，戰則遭擒。我莫若先自刎，賢弟將我首級獻上，必得重用。日後倘有機會破曹，可念八拜之交，代弟報仇雪恨，扶持漢室，豈不是好？（生）仁兄說那裏話來。操賊欺君害民,神人共憤,小弟願與他決一死戰,仁兄作速前往,待小弟一騎擋住,料他插翅也飛不過去。(內吶喊介)(小生急介)

(小生)

【會河陽】金鼓喧天,喊殺如雷,漫山塞野颺旌旗。(生)仁兄,你早行趲向前途,逃生勿遲。(小生)荷蒙指教,只是怎拋撇金蘭誼?(生)追兵將至,作速前行,好歹弟擋住追兵便了。(小生)如此多感厚恩,就此告別。義重難分手,冤深暫惜身。(下)(生)軍士們,就此殺上前去。(衆應介)用機須預伏疑兵計,整師奮身進休生退。(下)

(付文聘、丑許褚、四小軍引净上)

【耍孩兒】統領雄兵飛征斾,不分星月曉,急急的驟足奔馳。(净)我曹操。只爲董圓逃走,提兵追趕。衆將官,前面已是潼關,料他尚未過去,速速追來,擒獲有賞。(衆應介)休遲,恐疏虞漏脫神奸輩。(生衆上)喜得個聊展生平技,正尋着冤家會。

(净)汝是何人,敢阻我去路。(生)我乃西凉馬超便是。因你欺君蠹國,殺害忠良,特來取你頭顱,以雪萬民之恨。(净)這厮好生大膽,衆將官與我拿下。(丑、付與生戰介,丑、付敗下)(生追净下)

(净急上)

【越恁好】棄戈逃遁,棄戈逃遁,嚇得魂亂飛。好個厲害的馬超,果然名不虛傳,殺得我衆將低頭,各軍棄甲。如今叫我逃到那裏去好?(內吶喊介)呀,聽軍聲四起,教我心如刺,足傾欹。(生內喊介)拿長鬚的曹操,快趕上去,找取首級。(净)你聽軍中亂喊拿我,如何是好?(看鬚介)性命要緊,顧不得了。只得把刀來割免人窺,求生無地。(生內喊介)分付軍中,穿紅袍的就是曹操,不可放走,速速拿住碎屍萬段。(净)好不狠也,叫我怎麼處?也罷。(脫衣奔介)轟雷勢且暫把綈袍棄,喧追急且暫往深林避。(下)

(衆隨生上)

【尾聲】奪旗斬將如兒戲,(衆)稟爺,曹操割鬚棄袍走了。(生)走了麼?雖然走了,嚇破曹瞞膽魄離。此時董兄料已走遠,操賊也不敢再追了。我如今竟往劉皇叔處相投,但得相容,統兵討賊便了。少不得把那蠹國奸雄身首夷。(下)

## 第二十二折　投　　誼

(外上)

【步蟾宮】胸中韜略憑誰展,且佇看風雲飛遠。下官司馬懿,欽承敕命守此王陵。春間與董兄一別,不覺寒暑又更,不知朝廷大政近日如何?我想奸相弄權,紀綱必廢。夜觀天象,見紫薇昏暗,客星倍明,漢室江山,必不久矣。昨日京報到來,曹操將伏國丈、董國舅等七家,盡行斬首,又說伏、董二后絞死。我想起來,真是朝廷大變。我與董兄交誼甚深,一聞此信,好生放心不下。意欲差人前去打探,怎奈途路梗阻,又恐操賊知之,反爲不美。咳,正是:好似和針吞却線,刺人腸肚繫人心。(小生上)走天涯愁似塞山川,今喜到故人庭院。

來此已是仲達門首。有人麼?(末院子上)是那個?(小生)相煩通報,説故人之子董圓求見。(末稟介)(外)快請相見。(末)請。(小生入見介)老伯請上,小侄拜見。(外)不須多禮。老夫正在此想及尊翁,未識安否?(小生)老伯聽稟。

【鎖南枝】蒙垂問,淚暗漣,只爲奸雄罔君畋許田。(外)他怎生欺罔?(小生)那曹賊劫駕許田,忽然山左趕出一鹿,聖上連射三矢,不中,叵耐曹賊奪帝雕弓,一箭射倒。各營將士,見是金鈚御箭,疑是聖上所射,嵩呼萬歲,可恨曹賊橫遮駕前,迎呼受禮。父親見賊猖獗,請駕還宫。聖上呵,因此血詔偷頒,感得忠心現。(外)後來怎麽呢?(小生)彼時有一醫生吉平,投藥餌,機露先,痛嚴親,頭顱獻。

(外)如此説來,令尊亦被害了?(小生)一門盡被曹賊殺盡了。

【前腔·換頭】(外)金蘭痛遭變,令人淚潸然。懊恨奸臣施計,欺君蠹國,乖倫篡逆狼心現。令尊與老夫有生死之交,今你令尊,忠王事,負大冤,教我枉偷生,日後何顏見。

(小生)小侄一門屠戮,無處棲身。望老伯俯念先君交誼,救我餘生。此恩此德,没齒不忘。(跪介)(外)請起,賢契説那裏話來。通家子侄,何分彼此?老夫妄自居尊,欲屈賢契嗣我爲子,未識允否?(小生)小侄瓦礫庸流,恐污大望,既蒙不棄,願依膝下。爹爹請上,受孩兒一拜。

【前腔】承荷生餘喘,恩同戴二天。負屈含冤孤子,垂憐收養奚辭,甘作黄香願。(外)你潛身在此,可改名司馬師,須要藏身悄把姓氏瞞,廣招軍,莫生倦。

(小生)謹依嚴命。(外)自恨從前信不通,何期忽爾笑顏同。(小生)今宵剩把銀缸照,猶恐相逢是夢中。(下)

## 第二十三折　癡　擬

（貼上）

**【普賢歌】**鳳頭燕鬢牡丹梳，尺二金蓮高底挪。秋波賣俏睃，見人做作多，天下風流須算我。妾乃雲英便是。因那年與慶童偷奸，被家主董爺看破，鎖禁耳房，百般拷打，被我二人踰墙逃出，投見曹丞相，首他謀叛是實，故此甚得歡心，將我二人配爲夫婦。今早蒙丞相喚去，此時也該回來了。

（丑冠帶上）

**【前腔】**一場富貴逼人呵，頃刻烏紗頭上摩。圓領簇紅羅，皂靴滿地拖，一縣堂尊非小可。

（貼）呀，怎麽這等打扮？（丑）快活殺了，奶奶作揖。（貼）敢是癡了。（丑）不癡呀，方纔魏王喚我過去。（貼）甚麽魏王？（丑）就是曹丞相，如今加封魏王，一應文武，論功升賞。他道我前日出首有功，就賞我做了無終縣知縣，把烏紗圓領，當堂穿戴，叫我擇日到任。我如今是一位老爺，你是一位奶奶了，好不快活。（貼）原來如此，謝天謝地。（付上）熟識九卿六部，伏侍天下官員。自家有名的京中史長班便是。今日慶爺新選了無終縣知縣，不免投見。慶爺、奶奶在上，史長班叩頭。（貼、丑）史大叔請起，客氣客氣。（付）不知慶爺幾時榮任，諸事可曾準備？（丑）就是明日罷。（貼）此是吉事，潦草得緊，也要擇一個上官之日纔好。（付）小的倒與慶爺看過了。出月初六日，景星值日，榮任大利。（丑）就是初六罷。（付）如今慶爺做了官，不比青衣的時候，須要大模大樣，許多官體，也是要緊的。（丑）甚麽官體？（付）如今慶爺出外做知縣，少不得參謁上司，同僚相叙，升堂理事，追比身糧，把這些禮數演熟了纔好，不然到那期間，失宜脫節，倒不好了。（丑）呵喲，太難太難，我去。（貼攔介）那裏去？（丑）我去交還了魏王罷，做不來，做不來。（貼）走來。左右無人在此，史大叔是衙門老成人，這些規矩，他都曉得，何不就煩他演一演？（丑）還是奶奶說得有理，真個有智婦人，實過讀書君子。（付）慶爺須要依我，跪便跪，拜便拜，作揖便作揖，如此方好。（丑）這個自然。奶奶不要笑我。（貼）那個笑你？（付教丑學介）

**【皂羅袍】**上任升堂公座，會同僚須要意氣相合。淺躬深揖笑顏酡，揩檯抹椅寒温坐。（貼）上司怎麽相見？（付）上司相見，跪迎禮多。府官相見，庭參笑呵，還要偷閑比較嚴徵課。

（貼）常言道：生來秀氣，教來臭氣。千聞不如一見。你如今也該試一試。（付）妙妙，奶奶說得是，慶爺也該演一演。（丑）

【前腔】休笑。縣令官箴須大，治黎民未許白鏹輕過。（付）這就貪了。假如紳衿答望，怎生禮數？（丑）官話通文要如何，杯茶獻罷抽身個。（付）升堂理事，也要審個是非曲直。（丑）原呈來告，問他要鵝；被呈來訴，罰他稻禾。（貼）若如此，這官不要壞了？（丑）前程自有曹公護。

（付）既如此，我就去代慶爺準備赴任便了。（丑）你道我這頂烏紗帽，是那裏來的？（付）是那裏來的？（丑）感得丞相曹公親手挈，好似蛤蟆飛上天官闕。從今打點好規模，再不去雙雙提尿鱉。（下）

## 第二十四折　述　　冤

（旦上）

【夜行船】廿載深冤如夢寐，心中事堆砌雙眉。夫婿天涯，皇兒嬌稚，展轉使人心醉。

妾身伏氏，自被曹賊傾害，抄沒全家，逃難出家，棲身於此。可恨曹賊復肆狼心，又將太子謀害，蒙高公盜出，妾身撫養，已經十八載。因念高公全孤之意，隨借高爲姓，更名貴卿。且喜他寬洪厚重，得度汪洋，但身居山僻，暑往寒來，此仇如何得雪？夫主寄棲司馬懿處，音信未通。欲將冤情細說與太子知道，叫他到桂嶺尋取夫君，共商討賊，又恐太子年幼，未諳程途。事在兩難，使我愁腸千縷也。

【步步嬌】一點愁心千行淚，有恨憑誰寄。含冤九地悲，點點丹楓，染成血淚。遙想漢宮闈，縹緲層雲蔽。

（貼扮太子上）

【醉扶歸】風敲竹影山光翠，鳥語蠻音冷熹微。（入見介）母親拜揖。（旦拭淚介）（貼）呀，看他粉臉含愁帶慘淒，教我膝前未有承歡計，莫不是因兒不孝犯慈威。母親呀，（跪介）你須把就裏疑團碎。

（旦）我兒起來。我有海大冤情，一向因你年幼，不曾對你說得，今日不得不說了。（貼）母親有甚冤情，可說與孩兒知道。（旦）兒呀，我非汝母，汝非我子。

【皂羅袍】汝乃炎漢儲君尊位，被權奸篡弒，父子分離。（貼）如今我的父親在那裏？（旦）當朝赫赫鎮邦畿。（貼）我母親在於何處？（旦）沉沉怨魄黄泉滯。(貼)高公者何人？(旦)內臣近侍，賴他保持。(貼)常聞母親說，在桂嶺司馬懿處者何人？(旦)他爲姑表，我爲母姨，一家骨肉遭狼狽。(貼)我爹爹爲一國之主，怎麼反受制臣下？(旦)只爲操賊。

【好姐姐】位高心懷篡逆，覷官家如同兒戲。(貼)那時我爹爹，怎不把逆賊殺了？(旦)我的兒呀，那時聖上無計可施，召汝母舅入宮，密賜血詔一道，令他暗地誅滅操賊。汝外祖伏完，醫生吉平，同盟謀鴆。誰想逆奴慶童，與侍女雲英成奸，被汝母舅識破，欲將他處死，被他逃出來，竟到曹賊處出首。可憐一門被戮，含冤多喪離。(貼)我母舅爲何也死了？(旦)難提起，董因伏氏同根蒂，活絞端門泉夜啼。

(貼)如此，我母后國丈，都被曹賊殺害了？兀的不痛殺我也。(倒介)(旦)我兒甦醒。(貼醒介)(貼)

【香柳娘】痛一家喪亡，痛一家喪亡，幽魂沉滯。深仇誓不同天地。恨奸臣篡竊，恨奸臣篡竊。教我父子兩天涯，姨母兩存濟。(旦)我的兒呀，你姨夫向在司馬懿處，你可前往，早圖報仇雪恨。與姨夫料理，與姨夫料理。急須整裝，早除魑魅。

(貼)孩兒從幼抛離，未識面兒，如何是好？(旦)意欲令高公同你前去，只恐有人認識，反爲不妙。這怎麼好？呀，也罷。昔年因曹賊罔欺君上，你姨夫牀頭，懸一寶劍，名曰青虹，旦夕珍玩，作誅奸之具，今日付汝帶去。他若見此青虹，必然會合。(付劍，貼接介)(貼)只是孩兒深賴母親撫養，一旦遽分，不覺心痛。(旦)我的兒呀，今日我也不忍分離，只因你日後社稷爲重，冤恨未除，也不得不放你前去了。(貼哭介)

【尾聲】別離不忍猶牽袂，(旦)一路行蹤莫浪題。(合)腸斷關河魂夢飛。

三尺青虹付與君，重將往事漫評論。逢人且說三分話，未可全抛一片心。(下)

## 第二十五折　陰　殛

(淨上)

【上林春】一敗潼關險喪了，抱深屙日來難療。平生寧負他人，罔顧千年遺誚。

紫闕俯千官，春風應合歡。御爐香爐暖，馳道玉階寒。寡人魏王曹操，挾炎漢之襃封，僭魏王之稱號，百政聿新，中原威震。不想前日因追董圓，被馬超那廝，半路突出，殺得我垂首喪氣，割髯棄袍而走，因此氣成一病，十分昏亂，沉沉一息，只恐不久了。況又頭風復發，疼痛難支。只因抱此病癥，想起昔年，幾被董承、吉平所鴆。咳，國舅國舅，我的雄心還在，你的忠良何往。

【秋夜月】心莫高，忠義成虛耗。怎做的許遠張巡功垂廟，今日我霸業稱王誰來討。（外扮伏完上）（淨）呀，國丈何來？恕迎遲禮少，望優容量包。（外下）

（淨）好奇怪，方纔明明看見伏完走進來，如今那裏去了？國丈，你一向在那裏？孤因久別，欲與一談，怎麼躲過了。呀，我好差也。那伏完為吉平之事，我已將他斬首，敢是眼花了。

【東甌令】人何在，夢未交，想昔日幽魂已飲刀。咳，我曹操親冒矢石，身經百戰，殺人如草，未聞有鬼。陰陽道理須深查，誰與我相廝較。（末扮吉平上）（淨）吉先生你來得正好，可憐頭風舊癥復生苗，無奈痛連朝。（末下）

（淨）且住，方纔又見吉平到來，怎麼一時又不見了，好生奇怪。

【劉撥帽】吉平到此言詞巧，惡狠狠劈面相遭。且住，我孤身在此，怎生敵得他兩個，不免喚些武將出來。大將文聘，虎將許褚，快來。怎麼再無一人答應？呀，想有甚麼邊疆兵事去了，不免喚我孩兒，曹丕、曹植，孫兒曹芳，快來呀。號呼不應形孤吊，你看陰氣飄飄，嚇得我心兒小。

我想起來，當初主意原差了，只要圖王霸業，為子孫之謀，欺君弒后，誅戮忠良。我今日到此地位，雄將千員，兒孫繞膝，任呼不至，位居極品，不免一死，反落得篡弒之名，我做陰司怎生做得我過。

【金蓮子】枉徒勞，參不破爭名奪利交。（生扮董承、老伏后、貼董妃、丑、付、小兒同上）（淨驚介）見冤魂繞牀前四遭，臣已知罪了，望廣仁慈，恕延殘喘報瓊瑤。（俱高立指介，二鬼上捉淨介）

（淨）

【金錢花】冤魂手執長縧，長縧。鬼卒怒目凶梟，凶梟。可憐一命定難逃。頭目暈，足蹊蹺。（跪介）哀哀告，望權饒。（捉淨奔跌下）

## 第二十六折　劍　　嘯

（貼上）
【玉井蓮】萬水千山，歷盡程途悽愴。

我高貴卿。自別母姨，晝夜兼程，來到桂嶺，尋訪姨夫消息。怎奈司馬懿已死，其子司馬師代掌兵權。但不知我姨夫，尚在司馬帳下否。意欲投見，問取消息。我想素昧平生，何由而入，好生煩悶也。

【園林好】一天愁孤身倍傷，難前進心中忖量。不免將此寶劍，只說要賣，竟到司馬師門首去。姨夫若在，自能會意。但姨夫不在他處，那司馬師既受曹賊僞職，我的衷情，又難與他識破。相見之際，怎下得輸情稽顙。咳，我只要圖見姨夫，做不得志軒昂，須索要賣霜鋩。

說話之間，已到司馬門首。你看雄軍健壯，勇將精梟，如何而入？裏面已有人出來了，我且站在一邊，看他動靜。（二武士上）列戟轅門齊整肅，建牙吹角不聞喧。你看這個人，爲何手持鋒刃，在此探望？若非奸細，定然刺客，好生可疑。

（貼）

【嘉慶子】他惡狠狠劈面來廝搶，我喘怯怯言詞頓改龐。（二將）你這人到此何幹？（貼）旅邸淒涼千狀，持寶劍賣君行，呈壯士望汪洋。

（二將）原來如此。賣劍的麼？俺老爺不在府中。（貼）那裏去了？（將）你不曉得麼？只爲魏王駕崩，新天子即位，欽召俺家老爺進京。今早往校場中點兵去了。（貼）魏王敢就是曹操麼？（將）咦。這廝好大膽。王諱是誰敢叫？（貼）新天子是那個？（將）魏王駕崩，禪位與子，子又宴駕，目今是太子曹芳登位。（貼）漢天子怎麼樣了？（將）漢天子早已廢了。（貼）廢了？你家老爺幾時回府？（將）軍機事情，那裏曉得。（貼）好痛恨也。

【尹令】待訴出胸中景況，又恐露機關色相，其間怕遭魔障。萬恨千愁，有口難言意欲狂。

（内喝道介）（將）老爺回來了。站過一邊。（二武將、四小軍引小生上）
（小生）

【品令】兵雄將猛，擒賊要擒王。卧薪嘗膽，仇深鬢欲霜。（見貼介）何人避往？看他舉止多風朗，形容如識，觸眼頓生悒怏。足下何人？（貼）小生高貴卿便是。（小生）教我覿面依稀，乍覺心頭動意忙。

（貼）特來拜謁。（小生）如此下官失敬了，先生請進。（進見坐介）（小生）敢問先生，那方人氏，到此貴幹？（貼）小生宛陽人氏。

【豆葉黃】爲尋親遠涉，旅次空囊，因此上輕造高堂，奉母命特來尋訪。（小生）令親幾時到此？（貼）廿年冤孽，拆離鳳凰。恨當日遭逢魍魎，恨當日遭逢魍魎。恐禍及池魚，只得寄身異鄉。（小生起背介）

【玉交枝】聽他言詞惚恍,對愁人調唇弄鎗。一腔心事他明向,一句句打入衷腸。令親果係何人,好與先生查問。(貼)是。(背介)深情欲訴尤徜徉,徘徊進退多思想。(小生)叩尊親家居那方,望君家把名細詳。

(貼)小生奉母姨之命而來,他說若認得此劍者,便知冤情姓氏。

【六么令】青虹似霜,姓字冤情,廿載包藏。(小生見劍哭介)(貼)呀,君家何故動悲傷?這就裏要明詳。料咱豈是奸回黨,料咱豈是奸回黨。

(小生)

【江兒水】撫劍愁千丈,心中自忖量,莫非我家荊蓀地謎兒放?(貼)君侯見此青虹,為何痛哭起來?(小生)此劍是下官與家荊收藏,不知何故在於兄處?(貼)令閫何人?(小生)寒荊伏氏,下官董圓。(貼)何又司馬為姓?(小生)那年恐奸賊謀害,寄居於此,蒙司馬公立我為嗣,是以更名司馬。(貼)如此說來,就是姨夫了。(小生)足下何人?(貼)炎漢遺支非虛詑,姨娘伏氏蒙恩養。(小生)原來是太子。為何事出宮?(貼)彼時曹賊呵,篡弒橫加絕餉,那時有個司禮監高文長,賴他盜出宮門,仗義携歸莊上。

(小生)如今曹賊雖死,曹芳僭位。可恨把獻帝廢為山陽公,又遣人中途弒之,竟自篡立,錯認我為司馬懿之子,偽封我為鎮國大將軍之職,宣我入朝輔佐。我想有大仇在身,將差就錯,趁此機會,整兵前去。太子潛在軍中,隨我到京,尋一機會,報仇殺賊,中興可望。

【川撥棹】休悲怏,看此行誅逆黨。(貼)願中興整頓朝綱,願中興整頓朝綱。(小生)管臣民歡迎治漿。(貼)早垂慈成義方,(小生)抱孤忠凜似霜。

(貼)姨母在彼懸望,早賜捷音安慰。(小生)家將施忠何在?(末上)跨鞍金勒馬,劍袖紫貂裘。家將施忠參見。(小生)你可星夜到宛陽山下,接取夫人和高公,徑到許都相會,不可有誤。(末)得令。上將曾分閫,雙旌復入秦。(下)

【尾聲】(貼)急須打點行旌往,莫把前冤撇漾。(小生)自有妙計神謀不可量。

千古興亡未足奇,包羞含恥是男兒。(貼)天道好還渾似轉,捲土重來自可知。(下)

## 第二十七折　鏡　　合

(丑上)

【字字雙】我做無終被人嘲,星照。官箴不曉半分豪,俗套。六房吏典作心交,圓鈔。一字不識認橫挑,休笑。

自家慶童便是。到任之後，不想魏王已死，傳位於子，誰知不久又亡，如今又立了曹芳。昨日京報到來，說是皇上初登大寶，宣司馬師入朝，輔贊國政。如今大兵將次到了，不免備些金銀彩緞，花紅牛酒，迎接上去。正是：做官莫做小，做小受煩惱。又要接官船，又要備官轎。（下）

（四武將、四小軍引小生上）

【碧玉令】埋輪寄迹愁多少，統貔貅震威名表，底事縈腸，日夜夢魂勞。打點起精神把奸雄直搗。

下官自遭國變家亡，日夜憂切。正欲畫策報仇，恰好這賊又來宣我入朝。昨又相遇太子，不勝之喜。已將太子藏匿後營，等待一到都下，相機行事。且喜將已到京，叫軍校速速趲行前去。（眾應介）

【賽觀音】統三軍，飛征纛，整玉勒雙旌蕩飄。想舊日愁思來擾，目斷天涯漢宮遙。

（丑上接介）無終縣知縣，迎接大人，呈遞腳色。（小生看介）無終縣知縣慶童。呀，原來你這逆奴。（丑）呀，主人，小的該萬死。（小生）賤人雲英在那裏？（丑）在縣衙內。（小生）左右的，與我拿來。（雜應介）甕中捉鱉，手到拿來。（雜下，捉貼上進介）拿到了。（小生）與我把二人綁了。（雜應介）

（小生）

【前腔】禍根苗，皆因肇，驀忽地相逢怎饒。想背主趨奸計狡，不勝沖沖氣干霄。

與我拿去砍了。（眾應，殺丑、貼下）

（外、旦、末上，雜車夫隨上）（旦）

【人月圓】乘鈿輦，漠漠沙飛繞。一片黃雲愁四郊。清風紅葉飄前導，又見旌旗林外表。（末）少待，小人先去通報。稟上老爺，夫人與高公到了。（小生）到了麼？（出接介）（合）呀，相逢早，不禁的數行珠淚相拋。

（外）大人為何駐軍於此？何不殺入內庭，盡除賊黨，扶小主中興。（小生）高公有所不知。怎奈張緝逆賊，乃曹芳之皇丈，昔年抄沒我家，近日領三千甲兵，暗守宮門，若一驚動，兩下相持，那曹賊同張緝，必然逃了，反為不妙。（旦）既如此，妾同相公守住宮門，高公到後營，同太子先入皇城，先正大位，然後擒賊便了。（小生）夫人言之有理。

【前腔】嚴斧鉞，迅速加兵討。就裏機謀誰猜料。釜魚豈致潛蹤耗，看此際奸雄魂自渺。憂心悄，把當年山冤海恨重挑。

（小生）叫家將施忠過來。你可領甲兵五千，將各門把守，不許放走一

人。（末應介）

（小生）

【尾聲】須要各門巡視嚴施號，整備相持莫憚勞，（合）拿住奸雄剮萬刀。（下）

## 第二十八折　循　環

（丑）

【搗練子】王運蹇，數當然，（老上）報應循環在眼前。（丑）昔日先王相漢時，欺他寡婦與孤兒。（老）誰知二十餘年後，寡婦孤兒亦被欺。（丑）寡人魏主曹芳是也。不幸武帝駕崩，父王即位，未幾晏駕，朕登大寶。今拜司馬師爲鎭國大將軍，宣他入朝，爲何不來見我？（老）臣妾聞得昨日已到都下，不來朝見，反將兵馬紮住城外，好生奇怪。（丑）已有旨宣國丈去了。待他來時，便知端的。（付上）點點簪頭如滴水，仇人相見事艱難。

（見介）臣張緝見駕。（丑）國丈少禮。看坐。（老）爹爹萬福。（付）願娘娘千歲。（坐介）（丑）朕宣司馬師入朝，輔贊國政。聞他已到都下，爲何不來見朕，反將兵馬圍住禁城，未知何故？（付）臣昨日奉旨出郭，迎接司馬師，有一樁異事。（丑）有甚異事？

（付）

【江兒水】昨睹將軍面，宛如董子顏。（丑）那個董子？（付）就是昔年被武帝抄斬的董承。其子董圓，一向在逃，無從緝獲。（丑）此是司馬懿之子，怎麼是董圓，敢是看錯了。（付）不差的呢。看他行藏舉止多虛幻，微微冷笑呈眉眼。（丑）他有多少人馬？（付）雄兵猛將來千萬。（丑）莫非他有害我之意？（付）見他賦性如狼凶悍，怕魏室江山，頃刻雪消冰散。

（丑）有這等事，如今怎麼處？（老）這都是你先工作下的罪孽。

【五供養】安危旦晚，暗想當年，天運機關。（丑）就是皇祖武德皇帝，也是爲我子孫基業，怎麼怨他？（老）高皇誅董氏，今日禍孫男。汗顏羞赧，無處覓仙槎乘泛。（付）臣想起來，今日司馬師兵強將勇，滿朝文武，盡歸掌握，宛如昔日武帝行事，毫釐不差。爲今之計，莫若皇上寫一密詔，待臣暗與舊日勳臣商議，必能誅此國賊。暗糾忠良輩，斬除奸，復安魏室免摧殘。

（丑）若得如此，真乃社稷之福也。待朕就寫起來。

【玉抱肚】國家危難，被奸雄欺陵岡頑。望忠良整兵相救，早辦取一騎雕鞍。墨痕淚迹兩潸潸,及早來時非等閒。

詔已寫完,國丈收藏何處?(付)正是:前門後院,俱有兵馬守護,如何是好?(丑)當初皇祖抄斬吉平七人,杖殺伏、董二后,正爲此事,國丈可留心安放。(付)皇上何故出此不利之言,司馬師怎及得武帝?我如今將手詔藏在髮內便了。

【尾聲】玉音權寄烏紗燦,恐被那人窺破綻。(合)須要悄出宮門莫膽寒。

禍兮福所伏,福兮禍所倚。試看簷頭水,點滴不差移。(下)

## 第二十九折　獲　奸

(四小軍引小生上)

【步步嬌】賊子奸雄施謀詐,廿載沉冤大,君臣盡被抓。誰識司馬遺支,却是董宗傳化。

下官一到都門,將兵馬紮在城外,太子藏在營中,令家將施忠,領兵圍住禁城,巡視各方,以備便宜行事。且喜文武各官,大半故漢臣子,多有協助之意。方纔聞得曹芳這厮,宣張緝進宮去了。我且坐在此間候他,待他來時,先拿這賊便了。我心事暗中拿,權把真爲假。

(付上)

【前腔】國運蕭條愁無那,一木難撐廈,追思往事差。我張緝身爲國丈,只道久享榮華,誰想董圓更名司馬師,屯兵城外,禍在臨頭。咳,我看起來,武帝誅戮董承、伏完,何等英烈,今日呵,落得篡逆名兒,後人譏罵。適蒙皇上與我手詔一道,召募勤王。只恐宮門有人把守,不知可能脫得否?(見介)呀,狹路遇冤家,底事心頭打。

將軍在上,張緝施禮了。(小生)你是張緝麼?左右與我拿下。(衆應介)(付)下官無罪。(小生)你這奸賊,方纔在密室中所議何事?(付)並無他意。(小生)敢是要謀我麼?(付)下官怎敢。(小生)咦!

【風入松】休將簧口逞伶牙,指鹿藏奸爲馬。(付)下官並無虛詐。(小生)弑君篡逆心懷詐,蔑國法欺凌孤寡。(付)這是武德皇帝,與下官有何干涉?(小生)多是那狼虎一家,提往事淚如麻。

(付)下官雖爲國戚,毫不知情。

【前腔】這都是弓蛇杯影暗相加,念我如同聾啞。(小生)你曾領兵抄没董家,還有何詞強辯?(付)將軍呵,只是我低頭奈在他籌下,遵主命難容干罷。(小生)休得胡説。當日之事,多是你主唆。(付)今日裏下官呵,迎降拜屈膝官家,尋新主再榮華。

(小生)那個要你這奸賊。

【急三鎗】你是個曹瞞黨,奸雄輩,怎説得身無玷,玉無瑕?

(付)

【前腔】雖然是關半子,爲國丈,早晚間,避嫌忌,李和瓜。

(小生)你方纔在密室中,要將我來謀害呀。

【風入松】聚謀密室要除咱,就裏深藏機詐。(付)方纔皇上召我,只不過談論些朝政,怎敢謀害將軍?(小生)我已猜着你了。敢要募兵建義連宵迓,兀自把勤王名挂。(付)這個怎敢?(小生)武士們,與我上下裏滿身遍查,務搜出禍根芽。(衆搜介)

(衆)

【急三鎗】急須把衣冠去,忙搜檢,早見那勤王詔,手中拿。禀爺,搜出手詔一道。(小生)奸賊還敢胡説。

(付)

【前腔】從頭事,作過孽。今日裏望優恕,報無涯。

(小生)

【風入松】豺狼成性口含沙,到此還生欺詐。(付)只求將軍饒我性命。(小生)昔年唆主圖皇駕,難饒你千刀萬剮。不勝得冲冲怒發,喚力士把錘撾。

將這賊監在牢中,待拿了曹芳,一同碎剮。(衆應介)(付)正是:從前作過事,没興一齊來。(下)(小生)與我傳令大營,選鐵騎五百,把張緝家中圍住,不分老幼,盡行處斬。一面傳令施忠,速速進兵,殺入内廷,擒住曹芳,迎立太子,不可有違。(衆)得令。(合)挽弓先挽强,用計常用良。射人先射馬,擒賊先擒王。(下)

## 第三十折　雪　　冤

(生上)

【點絳唇】月落烏啼,未央宫裏朱扉啓。文武班齊,早向丹墀立。

户外昭容紫袖垂,雙瞻御座引朝儀。香飄合殿春風轉,花落千官淑景移。下官乃漢朝黃門官是也。往來紫禁，出入丹墀；傳天上之玉旨，達九重之懿旨。邇年以來，奸臣篡逆，漢祚傾危，幸喜中外匡扶，中興滅魏。目今新天子高貴卿公登極，百度維新，萬方仰賴。昨日皇上傳旨，今早庭勘曹芳、張緝一班奸黨，宮裏就要升殿，不免在此伺候。正是：聖主千秋日，升平萬象新。（下）

（二監二將引貼皇服上）

【北新水令】一朝得雨困飛龍，鎮中興復安炎位。痛先皇遭篡逆，賴忠義滅奸回。可憐俺廿載冤迷，今日裏纔吐得沖霄氣。

鐘鼓鳴宮殿，千官向紫微。回看嘶馬處，未啓掖垣扉。寡人高貴卿是也。向年被奸臣曹操，弒君篡位，此仇不共戴天。今得姨夫整兵，恢復舊業，將曹芳、張緝等，俱已拿下，今日寡人親自廷勘。且待姨夫到來，再作道理。

（小生上）

【南步步嬌】廿載含冤心懷碎，賊子專權貴，忠良九地悲。臣董圓見駕，願吾皇萬歲。（貼）姨夫少禮。今日寡人親勘逆賊，特宣姨夫到來，共正國典。（小生）一班賊黨，臣俱已拿下，發在廷尉司押候了。篡逆欺君，僞朝稱魏。舊事漫歔欷，請旨誅奸宄。

（貼）着廷尉司將逆賊綁來見朕。（衆應，押丑、老、付上）（外上）從前用盡奸雄計，禍到臨頭懊悔遲。臣廷尉司朱慶，押解僞皇一名曹芳，僞后張氏，僞官張緝等，到案繳旨。（貼）帶過一邊。帶張緝上來。（衆應介）（貼）你這逆賊，狠狠爲奸，欺君肆惡，也有今日麼？（付）阿呀，聖上呀，這都是曹操做下的罪，與臣無涉。

（貼）

【北雁兒落】你胸包着黑漫漫心似鴟，腹懷着毒狠狠千條計。助奸雄將帝后欺，肆胡行把忠良廢。

着廷尉司押赴市曹，剜目拔舌，削指鱗剮，以報吉平之冤。（外應，押付下）（貼）帶張后過來。你這賤婢，助夫篡逆，幸父爲非，今日至此，尚有何說？（老）都是我公公、夫主所爲，與妾並無干涉。

【南沉醉東風】念妾身安居綉幃，全不曉外庭謀議。（貼）豈不聞"夫唱婦隨，夫榮妻貴"，推到那裏去？（老）常言道"夫外持，婦主中饋"，這都是欲加之罪。（貼）你丈夫是亂臣賊子，你就是亂臣賊婦了。（老）雖與亂臣共依，並不關情做非。一朝限到，夫妻各自飛。

（貼）姨夫之意，將此婦定何罪？（小生）陛下不聞昔日操賊，將伏董二后，無罪杖絞；今日之罪，正合當日之律。（貼）呀！

【北得勝令】想當日聖母被鞭笞，早難道今日恕饒伊。可知道冤冤相報奇，要懂得遠在兒孫日。着殿前武士，與我寬衣早押赴雲陽市，須知，把他絞屍骸莫待遲。（雜應，押老下）

（貼）姨夫，那曹賊篡國欺君，已蒙天譴；曹芳這賊，罪過惡多，何以處之？（小生）曹芳藉父篡位，廢逐先帝爲山陽公，使人中途行弒，罪惡滔天，真千古大逆也。

【南忒忒令】廢先皇山陽慘淒，行篡逆中途陰弒。千古一逆，算將來無對。（貼）如今定何罪案？（小生）這的是我弒君王，害忠良，篡君位，逆倫理亂悖。

（貼）帶曹芳過來。（眾應介）（貼）你這逆賊，認朕一認，果是高貴卿，這是司馬師否？（丑）只求聖恩寬赦。

【北沽美酒】（貼）俺炎劉恩豈微，俺炎劉恩豈微，錫厚祿怎虧伊。妄肆梟雄竊帝基，握兵符將國母欺，逞狼心敢胡爲。

（丑）

【南好姐姐】念臣心中懊悔，枉造下逆天之罪。君恩溥施，澤垂枯骨回。含羞耻一朝勢敗，難回避，禍到頭來不自知。

【北梅花酒】（貼）痛先皇遭禍危，悼國母與皇妃，生生的慘受鞭笞，活絞無遺，雙雙裏玉碎花飛。泉夜悲淒，爲甚把東宮絕食，慘可可走天涯幾喪失。

着廷尉司，將逆賊押出午門，凌遲碎剮，並夷九族。（眾應，押丑下）

（旦、外上）

【南園林好】喜今朝江山復恢，廿年冤纏得展眉，百忙裏鼎新國計。祥烟繞瑞雲迷，祥烟繞瑞雲迷。

（雜）王母到。（貼）姨母免朝。（外）奴婢高文長見駕，願吾皇萬萬歲。（貼）恩卿少禮。（旦）元凶已除，大恩未報。妾當年若非高姑收留，幾登鬼籙。今姑已逝，奏請褒獎。（外）臣啓陛下，昔年曹賊欲害聖躬，臣懷出宮門，有張緝勇士成志，把守宮門，被臣忠言打動，放臣逃生，因此被操賊所殺。伏乞聖恩優獎。（貼）朕感姨母、姨夫厚恩，撫養長成，整兵恢復先業，誅賊中興，此恩此德，不在桓文之下，特敕封晉王，就將操賊僞王府第，賜卿居住，改名晉府。高公忠心扶漢，救朕水火，特封忠義侯。其吉平等七人，及高姑、成志等，俟朕叙功封獎。諸卿俱在午門候旨便了。（眾）萬萬歲。

（貼）

【北太平令】謝蒼天山河復理，賴卿家漢室重輝。赤瀝瀝滿腔忠義，亂紛紛奸雄何濟。空懷着深機禍機，到頭來難免喪危。

（雜）退班。（貼）內侍，撤御前鼓樂，送皇姨、姨夫歸第。（雜應介）（貼）呀，忠義名萬年不昧。（貼、衆下）

（小生、旦、外合）

【南清江引】人生忠孝天公喜，莫使奸雄計。你去弒他行，人又來弒你，再不信請試看簷頭水。（下）

# 三國志大全

徐文昭　輯

## 解　　題

傳奇。明徐文昭輯。徐文昭,字雲崖,江西臨川人,生平事蹟無考。

《新刊耀目冠場擢奇風月錦囊正雜兩科全集》(簡稱《風月錦囊》),共四十一卷(存二十八卷),收戲文、傳奇及雜劇四十一種,其中有傳奇《三國志大全》。該劇目錄題作《三國志桃園記》,正文卷首題作"精選續編賽全家錦三國志大全二卷",版心署作"三國志"。上圖下文,配圖除前四頁只錄一幅對聯外,其餘均增有橫額,大略可視爲下欄曲文之情節概要。此本所錄三國戲,是對當時南戲舞臺上傳演的三國戲文的摘錄。因所摘三國戲文以《桃園記》爲主,故目錄亦署作《三國志桃園記》。卷首《沁園春》詞,屬於南戲中的"副末開場",交代全劇演出的時代背景和劇情大意,今補署,餘則錄聯語爲題。

今以《續修四庫全書》影印本爲底本,參以《全元戲曲》本及孫崇濤、黄仕忠《風月錦囊箋校》本,加以校點整理。

## 一、副末開場

(沁園春)(末)(白)關羽英雄,張飛勇猛,劉備寬仁。桃園結義,誓同生死;天長地久,意合情真。共破黄巾,三十六萬,功蓋諸邦名譽馨。十常侍貪財賄賂,元矯受非刑。弟兄肅聚山林,國舅將情表聖君,轉受平原縣尹。曹公舉薦,虎牢關上,戰敗如臣。吕布出關,李確報怨,黄允正宏俱受兵。《三國志》輯成詞話,一番新。

## 二、茅簷嗟未達,帝里展經綸

(劉)

【點絳唇】俺是個磊落男兒,頂天立地。時不利,壯志難移,權養浩然氣。

【混江龍】休吾輕視,男兒豈久困塵迷?真個胸吞吳越,氣吐虹霓。膽壯心粗,要斷蛟龍頭上角;手強臂健,欲拔虎狼嘴邊髭。雖則是眼前落泊,終久後名馳。窮通富貴,自有其時。且自織草席,更復編麻履。奚用作書空咄咄,埋怨咨咨。

【油葫蘆】休道英雄苦寒滯,終有日封侯拜將挂緋衣。那時節黃金緊緊腰間繫,名姓在凌烟閣上題。榮妻子光祖,稱耀閭里。我豈肯孜求較刀錐利,且自安貧守分樂便宜。

## 三、迢遞家千里,潸領幾萬重

(關)

【中呂·粉蝶兒】自離家鄉,途路中幾多勞攘,受驅馳無限淒涼。盼家山渺雲漢,有誰堪向?看四圍水色山光,偏動我途中人,愈增情況。

【醉春風】前途且喜近付莊,墻頭張酒幌。杏花村裏,新酒堪賞,好解我情悒怏。流水橋頭,桃花洞口,漁歌牧唱。

【普天樂】柳絲長,荷錢放。聽杜宇聲切,見柳絮癲狂。看燕子兒忙,蜂蝶兒攘,路傍秋千隨風颺。天涯一望,野草芬芳。遍汀洲蒲葦飛,潛沙渚交頸鴛鴦。

【快活三】翠巍巍山堆螺嶂,遠迢迢路走羊腸。碧澄澄遠水漾晴光,一曠野裏麥翻浪。

【脫布衫】路途中仔細端詳,男子漢終有日騰驤。終不然值恁的埋藏。我怎肯抑威風,向人俯仰?

【小梁州】我見幾個英雄名譽彰,咱與你何弱何強?咱平生一點性兒剛,非狂蕩,有日姓名香。磨龍泉三尺護身傍[1],四下裏一恁行藏。休把我來輕視,有朝拜相,千載流芳。

**校記**

[1]磨:底本作"麼",今據文意改。

## 四、沽買新豐酒，方交結義人
## 　　聲名傳萬古，結義重千金

【駐雲飛】萍水相逢，兩意相投喜氣濃。似昔曾相共，此際情偏重。嗟，一飲盡交空，沉醉東風。鑒我鍾情，須盡床頭甕。（合）正是不飲桃花也笑儂。

【又】慚愧孤窮，四海行藏囊一空。帶月披星走，兩足瘦塵□。嗟，邂逅喜相逢，語話從容。兩意綢繆，情比分金重。（合前）

（劉）

【又】不怨天公，自恨時乖運不通。織薦為身供，貨履謀朝饗。嗟，幾度嘆孤窮，嗇必回豐。我匪杯捲，嘗取為時用。不免沽買三杯，以解愁悶。（合）正是不飲桃花也笑儂。

（張）

【又】暫見賢公，好個漢子，容貌非俗，隆準龍額福氣濃。非比俗流衆，敢是公侯種。君子作揖，請坐說話。嗟，今日偶相逢，天與相從。滿飲一杯，毋負區區奉。（合）正是不飲桃花也笑儂。

詩曰：邂逅相逢義氣深，口念相念不忘恩。人情爱保終和始，須上桃園歃血盟。

## 五、共詣丘山
## 　　故人邂逅情無極，花下論文酒一樽

（生）

【八聲甘州】春風旖旎，正時逢不暖不寒天氣。花紅柳綠，喚遊燕語鶯啼。前村幾許羊腸路，一帶清溪分燕尾。（合）迤逶，想桃園徑路，不遠千里。

（外）

【又】前村後巷裏，見牆頭青簾，飛出陳籬。牧童指點，吳妓酒熟多□，相逢不飲空歸去，洞口桃花也笑伊。（合前）

【又】春光正暮時，見殘紅片片，漂泊胭脂。王孫公子，三三兩兩遊戲。紫騮嘶入落花處，見此令人空嘆息。（合前）

【又】橋頭流水急，遠悠悠古今，晝夜東馳。人生百歲，算來有幾多日

子。何須苦苦爭名利，守分安閑無是非。（合前）

【尾聲】行行來到桃園裏，特共盟天與矢地，自古道湛湛青天不可欺。

## 六、桃園結義
### 携友遊觀多少趣，風光一望浩無邊

（淨）

【降黃龍】酒滿金卮，奉向兄前，慎勿推辭。靡不有初，鮮克有終，這言語豈是虛辭？從今兄弟相保取，確守誓盟，堅同金石。（合）久以後榮華富貴，無忘此日。

（生）

【又】思知，世事如棋，歲月如流，人情似紙。蒙君顧盼，一似寒谷回春，枯木重齊。猶疑，相逢夢裏，願從今迭奏箎塤。（合前）

（外）

【又】尋思，我落泊天涯，寄迹江湖，身無依倚。幸然遇賢兄，結爲昆季。何期，今朝到此，似困鳥借得枝棲。（合前）

（末）

【又】恭惟，棠棣聯枝，似漆投膠，如魚得水。僕當賀喜，願從此三人莫生疑慮。怡怡，同歡同坐，毋苟且輕易乖離。（合前）

【六么】君子敬無失，四海皆兄弟。結交若失仁，平池風波起。從前義氣，返成仇隙。（合）任天翻，從地覆，盟不弛。

【又】舉世輕薄兒，宜鑒詩人刺。惡土壞木根，種樹須擇地。桂方君子，槿如小器。（合前）

【尾】常言無友不如己，須學陳雷管鮑子，毋效紛紛輕薄兒。

（末）

【耍孩兒】威風八面搖山嶽，劍氣光芒射斗杓。金戈鐵馬如龍耀，衆貔貅勇敢馳驍。到處猶如風偃草，魍魎潛形神鬼號。（合）弓上弦，刀出鞘，八州黎庶四下奔逃。

【又】雄心蘊虎韜，兵機通三略，運籌決勝誰如我。匣中寶劍明如電，月下鋼刀帶血磨。（合前）

## 七、黃允夫婦桑園同樂
### 相逢話舊歡無極，花下傳杯聽鳥吟

（外）

【叨叨令】春光九十，一半歸塵土。人生一度，百歲如朝露。日月居諸，烏兔催促，鏡裏朱顏非故。且自偷閑，逢時且進杯中物。（合）修短命中拘，榮華天付與。夫唱婦隨，對此韶華，豈容虛度。

（貼）

【又】林中杜宇，似訴春歸去。眼前風物，漸覺深幽處。桑柘盈園，花開連別墅。見緜蠻黃鳥，出谷遷喬，綠陰深處啼布穀。（合前）

（娘）

【又】人情似紙，反覆如雲雨。光陰迅速，瞬息遷寒暑。逝者如斯，百川東去。烏兔東生西没，晝夜循環，少年轉眼成老父。（合前）

（貼）

【又】桑園四顧，富貴如金谷。郊原一望，景致堪娛目。鳳閣龍樓，翬飛突兀，瑞氣凌空映日。且共盤桓，傳杯弄斝傾醽醁。（合前）

詩曰：陰陰桑柘轉黃鸝，如許春光分外奇。不待摧花撾羯鼓，滿園紅紫自相宜。

## 八、三兄弟嗟嘆
### 兄弟三人曾戰敵，徒然幾度費心機

【甘州歌】（生）承恩帝里，嘆英雄，枉自受盡驅馳。東征西討，不避雲濤鋒鏑。黃巾百萬俱滅矣，紫府重瞳尚不知。（合）十常侍，久弄權，貪財賣法把君欺。三兄弟，幾戰敵，徒然幾度費心機。

【又】（外）仁兄且聽啓：且逆來順受，何必憂悒？聖經有語譬，高必自從卑。又云富貴皆由命，却不道文齊福不齊。（合）貧不久，富有時，男兒未必久淹滯。休嗟嘆，莫怨咨，蛟龍得雨起深池。

【又】（净）張飛吃控持受，幾多勞役，辛苦不易。披袍貫甲，幾回戰罷熊羆。豈期不得身榮貴，辜負男兒挂鐵衣。（合）功名事，休挂齒，恰如明月侵波黎。撈不起，捉不得，徒勞用計費神思。

【又】（丑）紅輪已墜西，看山光一抹，暮烟凝紫。程途迢遞，一里又還一里。山程水馹，經多少古木寒鴉驚復棲。（合）去心急，馬步遲，西風占道驟輪迷。風力緊，夜氣微，馹城欹枕聽雞啼。

詩曰：□□□霜轅，長途馬一鞭。雁飛不到處，人被利名牽。

## 九、吕布自嘆英雄
### 志氣揚名真得譽，英雄姓字肯嗟吁

（吕唱）

【耍孩兒】我張開萬丈驪龍口，吐出千年照殿珠。只怕時人不識荆山璞，空交人抱恨唏噓。敢向月中擒玉兔，要捉天邊畢月烏。超北海如平谷，挾泰山如同拾芥，搏猛虎似柳穿魚。要知些兵法。（又）

【四煞[1]】武經八陣圖，黃公六卷書，龍韜豹略俱諳熟。燈前掃就平蠻策，一夜江神滯泗濡。試天時，知風路，運籌帷幄，決勝機謀。（又）

【三煞】論孩兒志氣不孤，托嚴君勢有餘，提兵征進西京路。怕甚麼黃巾百萬如狼虎，怎敵得我忠氣昂藏一丈夫？方見我英雄吕布，管交一掃殄氣消除。（又）

【二煞】仗大人蓋世威，托皇王萬歲福。憑着我王中小范兵機足，敢收伏黃巾衆寇徒。朝聖主，叨天祿，增光祖禰，顯耀門閭。想你行兵自會區處。（又）

【一煞】嚴君忒過譽，奉先心報布[1]。太公曾釣磻溪滸，他曾入非熊非虎非羆夢，一旦出獵文王載後車，伐桀紂，興周祚。老丞相當得與泰伯班列，小吕布敢與吕望同途。

【煞尾】明晨發上都，征進西涼府。俺忠心赤膽扶君父，要使得青史標名傳萬古。

## 校記

[1]四煞：底本無，今從孫黃箋校本補。
[2]奉先："奉先"，底本作"鳳仙"，今據《三國志》《魏書·吕布傳》改。下同。

## 十、貂蟬見呂布
### 夫妻今日重相見，香閣深閨月再圓

（旦）

【耍孩兒】誰想我夫妻今日重相見，恰便似枯樹花開月再圓。想當初烟塵四起遭兵亂，俺間阻不覺三年。往常間香閨深閣重重鎖，今日呵眺眼三春似洞天，相會了神仙伴。覷了他煩煩惱惱，好交我兩淚漣漣。

【又】他如今志氣高，步丹墀文武全，扶王保駕在金鑾殿。我昨宵黃昏月下燒香拜，誰想今日堂中會奉先，怎不交我肝腸斷？須臾見面，頃刻離鸞。

【尾】從今後越添我心中恨，倒不如今日休教我重相見，好似路阻藍橋人漸遠。

## 十一、花燭洞房
### 洞房花燭煌煌夜，衆媛調和瑟與琴

【畫眉序】（旦）春暖武陵源，豈料仙凡有宿緣，致今生再得重成姻眷。堪誇處鳳侶仙儔，恰正是雀屏中選。（合）洞房深處風光好，猶如花柳爭妍。

【又】眉黛少華筵，羞向黃堂配少年。自慚奴家寒，愧乏妝奩。爭誇你武勇文高，勿輕奴體微名賤。（合前）

【又】名君冠才賢，天下英雄孰並肩？喜今朝幸然，得就天緣。自慚奴裙布荆釵，難陪奉王孫天彥。（合前）

【又】月宮謫下嬋娟，嬋娟。藍橋喜遇神仙，神仙。春風花發武陵源，丹山鳳，錦文鴛。（合）情意美，興無邊。百歲裏，效鶼鶼。

【又】顛鸞倒鳳翻，顛鸞倒鳳翻，桃紅李白爭妍。枝生連理並頭蓮，魚得水，玉生烟。（合前）

【尾】洞房深處風光好，便是人間一洞天，琴瑟和諧不斷弦。

## 十二、關羽嘆張飛
### 生擒呂布如翻掌，旌旗按北勢無雙

【桂枝香】（外）征途勞役，風霜不易。一路上帶水沾泥，受了些驚惶滋味。惜關前拒敵,關前拒敵,非伊之罪,本是梁王叛逆。(合)到今日,筆都勾已,何須記舊時。

【又】(丑)將軍忠烈,主公仁義。今日裏新穀既登,舊穀何須提起。自今如始,自今如始,一團和氣,同扶社稷。(合前)

【正宮·端正好】漢張飛是個馳名將,退三軍如虎奔群羊。我則見他生擒呂布如翻掌,我則道黑煞天神降。

【滾繡毬】它使一條沉□□丈八鎗,氣烘烘誰敢當?它騎一匹畢月烏怎生攔擋[1]?戴一頂鐵襆頭甲卧秋霜。旌旗按北方,兵戈晃太陽。它在戰場中一衝一撞,逢遇着的惹禍遭殃。我在中軍帳睜眼望,則見它將呂布活提着,好過那廂。似這等蓋世無雙。

**校記**

[1] 畢月烏:"畢",底本作"璧"。今據文意改。

## 十三、貂蟬見關羽
### 輕衣緩步來相見,只願江山屬漢王

(旦)

【倘秀才】俺這裏聽就裏心中悒怏,莫不是破溫侯陣中猛將?我準備妙語輕言立在傍,定是英雄漢,生得性兒剛,我則索穩重安詳。

(旦)

【滾繡毬】我弓鞋出洞房,金蓮款步忙。我安排着語言的當,到帳前拜見關張。我尊前按五常,怕什麼英雄楚霸王。俺知他兄弟每有些莽撞,我這裏鞠躬,已準備提防。假若有問咱言語,須索將他向,這是我落在他人怎逞強,我待溫儉恭良。

【滾繡毬】俺這裏忙斟琥珀觴,高扳着小叔央。叔叔只飲到日平西,那時歸帳,只願得漢乾坤永遠安康,軍卒罷戰場,黎民樂四方。將奴這兄弟每在朝爲相,誅奸佞定國安邦。那時節千鍾祿同皆享,萬里江山屬漢王,統領三綱。

【倘秀才】想當日舉兵戈鎗刀攘攘,都只爲呂溫侯領兵興將,都是破虜成功百戰場[1]。如今八方收士馬,四海罷刀鎗,黎庶少驚惶。

【尾聲】俺這裏歸來不去迎闖將,緩步金蓮入洞房,準備燈前慶晚妝,心間喜悦無惆悵。若遇英雄我立在傍,我兩人此夜明蟾須共賞。

校記

[1]破虜:"虜"字,底本作"魯",今據文意改。

## 十四、夜讀春秋
### 五夜沉沉明月在,好將書史着留心

【中呂·粉蝶兒】(關)明月如淵,向晚燈前,飽看着《春秋左傳》。正心情想起貂蟬,不由我不生嗔心問,惱汚生滿面。想温侯武藝雙全,也是它遇時乖,遭刑憲,餐了刀劍。

【醉春風】他因誅董卓,起兵戈,出長安,離帝輦,身歸下邳水擁濟,你交他怎生展轉?也只爲着貂蟬,因他白門染患。

## 十五、關羽問貂蟬
### 正是酒淹衫袖濕,果然花壓帽檐低
### 貂蟬誇關張
### 可嘆英雄曾蓋世,賀女變弄巧花言

【脱布衫】貂蟬女聽我良言,我關羽正直無偏。俺想漢乾坤猶如鐵卵,都只爲董梁王虎威椎冠。

【小梁州】(關)倚着那英雄豪傑呂奉先,端的有武藝千般。他那裏虎牢關下破孫堅,龍泉劍將天下量如綿。(又)

【么】想着他英雄獨把諸侯戰,誰肯保漢室周全?若不是曹公舉薦,他則是談笑取中原。(又)

【上小樓】他將那兵機教演,三軍操練。你看他劍戟光輝歷明甲燦,擺列着陣勢圓,殺氣寬。排兵可羡,險些兒摇拽動四方八面。(又)

【么】你道是温侯懦弱,他怎肯把中原侵占?想着他領將興兵,臨垓布陣,馬不停閒。天地間,日月遠,只見他殺得衆諸侯膽寒心顫。

【快活三】想温侯吕奉先,聽着不良言,白門斬首命歸泉,都是你將他陷!(又)

【朝天子】貂蟬近前來,聽關羽語言。你却也無良善,誰知你不賢。其

心不正,你可也天生得你賤。休要怨天,你可也不端,我交你兩口兒重相見。(又)

【四邊靜】想着你唆呂布,全無些諫忠言,你我無緣,你今日遭刑憲[1]。立在我案邊,怎提防我昆吾劍。(又)

【滿庭芳】你道是溫侯弄權,誅了董卓,也只爲貂蟬。那時節不肯把親夫勸,如今不得團圓。我眼前一一將他貶,賣弄你巧語花言。你這般唇舌,使溫侯柔軟,直乃是誑人言。

校記

[1] 遭刑憲:"遭",底本作"曹"。今據文意改。

# 十六、關羽斬貂蟬
## 形魄杳杳歸陰府,四海揚揚名譽傳

【耍孩兒】昆吾劍賽過吹毛劍,出鞘離匣龍吐淵。穆王曾鑄金鑾殿,治家邦伐佞除奸。天下得由三尺取,袖內携來四海安。曾把白蛇斷,在朝內誅了讒佞,關外掃塵烟。

【五煞】昆吾劍氣雄,殺聲似有奸。龍光端射明如電,莫不是貂蟬敢有虧心事,我關羽全無半點冤。咱劍殺聲響亮,在你雙肩。

【四煞】射長空,貫斗牛,倚長空鬼魅潛,英雄得此憑除亂。一條晴電光難掩,□天龍泉今古傳,如素練。想着那安昌侯張禹,也曾交此劍除奸[1]。

【三煞】關羽手內提,要在你貂蟬項下懸,也是你前生註定今日生限。你雖不是江邊別楚虞姬女,我交你月下辭咱命染泉。休埋怨,則爲你花嬌貌美,我惱你是綠鬢朱顏。

【二煞】明晃晃劍離匣,光輝輝龍吐涎。古都都鮮血如紅茜,厮朗朗扯動鐶環響,赤漫漫油頭落粉肩。跳酥酥香肌顫,長舒舒羅衣褊體,蓋撲撲倒在階前。

【一煞】則爲你嬌滴滴貌似花,美孜孜有玉顏,我氣吼吼惡怒心間。恨你三魂杳杳歸陰府,我四海揚揚名譽傳,無瑕玷。你暗地裏口甜心苦,絮叨叨巧語花言。

【煞尾】今日除病根,掃退身邊患。也是我忠心不克行方便,免得你墨翰無功將咱貶。

校記

［1］交此劍除奸："交"，底本作"皎"。今據文意改。

## 十七、江麋二婦下徐州
### 挂印封金辭漢朝，尋兄遙望遠途還

【混江龍】驛舍光寒，四下裏兵戈擾亂，民塗炭。似這等長夜漫漫，待旦何時旦？恨只恨曹操，沒來由將咱盤算。他只道鳩鶯風陷阱，恁摧殘，豈知我有詩書賦廣、禮義關闌。試看我凛凛剛刀扶社稷，明晃晃銀燭照，赤膽忠肝[1]。他有魯男子雅操，我有柳下惠同班。一個個坐懷不亂，一個個閉戶無干。一念兒定下了青白千年案，俺這裏轟轟烈烈要把古人攀。

【駐雲飛】（關）樵鼓初更，忽聽孤鴻他在天外鳴。想他失却同行群，使我心中悶。嗏，淚滴濕衣襟。久別家鄉，一向無音信，交我終日思兄不見兄。

【又】（旦）二鼓敲鳴，思想夫君珠淚零。指望和你同歡慶，誰想分鸞鏡。嗏，提起好傷情。叔叔立國忠良，青史標名姓。交我鎮日思君不見君。（關）三鼓咚咚，又恐風來吹滅燈。常言道嫂叔不通問，恐惹傍人論。嗏，燭盡怎知情。只得破壁爲光，方表雲長信。把火到天明只爲兄。（旦）四鼓頻頻，頓腳捶胸長嘆聲。只爲我兒夫失散徐州郡，曹公把你相欽敬。嗏，難辨假和真。我夫若有些疏危，子母每無投奔，姣獨枕孤眠睡不成。（關）五鼓頻頻，忽聽金雞報曉聲。畫角聲相送，驚動征夫醒。嗏，日出在東生，門外亂紛紛。想是曹公遣將來相問，交我一夜無眠到五更。

校記

［1］赤膽忠肝："忠"，底本作"心"。今據文意改。

## 十八、獨行千里
### 獨行斬將應無敵，刀偃青龍出五關
### 許褚進寶
### 千里尋兄恩義重，刀光挑却錦征袍

【仙呂·點絳唇】（外）創立劉朝，替天行道，誅强暴。我和他水米無交，俺立大節存忠孝。

【混江龍】（關）恰辭了奸雄曹操，休愁我獨行千里路途遥。我丹心耿耿，似水滔滔。昨日在相府修書封府庫，今日來到灞陵橋。（三生叫，雲長不下馬）將刀挑起絳紅袍，曹公失色，戰將魂消。險驚殺許褚，唬殺張遼。憑着我立國安邦三尺鐵，不怕他強兵圍繞五千遭。他若來時，殺得他殘軍敗走，交他有命難逃。

【油葫蘆】（關）憑着我坐下昏紅偃月刀，不怕它武藝高。若遇着英雄□敵豈相饒。縱有暗度陳倉道，準備着大會垓十面將軍擺，他憑着百萬雄兵，我憑着一將驍。俺雖是飄零四海無人靠，我諒奸雄一似小兒曹。

【天下樂】杜宇啼歸客恨消，嫂嫂你休得心焦。過小橋，嘆行人眼盼路遥。望天涯雲漢間，覷長空日影高，若得俺會仁兄，忘了驅勞。

【那吒令】過溪邊小橋，見垂楊樹稍。脱征衣錦袍，解獅蠻素絛。把車兒且住着，聽啼鳥在林中噪，惱恨他絮絮叨叨。

【鵲踏枝】似這等風飄飄，雨瀟瀟，雲慘慘，路迢迢，盼不[1]。

## 校記

[1]盼不：此二字下，原闕。

# 二十、孔明自嘆
## 片時妙論三分定，一席高談自古無

上草茅房[1]，睡的是梅花紙帳，明月照紗窗。

【又】休笑布衣裳。布衣裳，奈久長，織衣怎似布衣樣？破時節補完，舊時節洗漿，寬衫大袖神仙樣。布衣裳，他穿的綾羅錦绣，都一樣過時光。

【又】休笑步行人。步行人，心不驚，平平穩穩身心順。出外去訪人，回家裏掃塵，高車駟馬都是前生定。步行人，看他們行船走馬，終拚了命三分。

【又】休笑淡黄虀。淡黄虀，可療饑，黄虀須淡多滋味。飢時節進取，飽時節收起，菜根咬得常人志。淡黄虀，他吃的是珍羞百味，終有日斷頭時。

## 校記

[1]上草茅房：此四字前闕。

## 二十一、羽赴單刀
藐視吳侯似小兒，單刀赴會敢平欺
魯肅送關王
當年一股英雄氣，今朝獨如在澠池

（羽）

【雙調·新水令】大江東去浪千疊，稱西風駕下小舟一葉。却離了九重龍鳳闕，早來到千丈虎狼穴。大丈夫心別，想着單刀會似賽春社。（周）來到此間，却是赤壁燒潭。（關）卧龍臺上祭東風，鳳雛先進連環策。憶舊水湧山疊，年少周郎何處去也！不覺灰飛烟滅，可憐黃蓋痛傷嗟。破曹的檣櫓一時絕，沉兵江水中炎熱，好交找情慘切！（末）這江水怎麼紅？（關）這是二十年前流不盡英雄血。

（羽）

【那吒令】想古今立勳業，那裏有舜五人、漢三傑？兩朝隔，數年間別。不能彀會也，却又早老也。開懷暢飲，莫負歡悦。（又）

【慶東園】你把真心待，將筵宴設，你這般舉今攬古，分什麼枝葉？我跟前使不得之乎者也、詩云子曰。你這般豁口截舌，有意說孫劉，目下裏翻成吳越！

（羽）

【沉醉東風】想着漢高祖圖王霸業，漢光武秉正誅邪。漢獻帝把董卓誅，漢皇叔把溫侯滅。俺哥哥合當受漢家基業。你吳國孫權和俺劉家分甚枝葉？請一個不克己的先生便自分說！（又）

【雁兒落】只爲你三寸不爛舌，休惱發我三尺無情鐵。飢餐上將頭，渴飲仇人血。（又）

【得勝令】好似一條龍向鞘中掣，恰便似虎向山間歇。今日故友來相訪，休交我兄弟們心間別。魯子敬聽着，你心内休交怯，仗好酒，吾當酒醉也。（又）

【攬箏琶】他那裏鬧吵吵軍兵擺列，休把我擋住着。我交他一劍身亡，目前流血。你便似張儀口，剬通舌，休交躲藏遮。好好送我上船去，慢慢做個分別。

孫仲謀霸江東，暗定下三條計。魯子敬索荆州，關大王單刀會。

今存殘本

# 桃 園 記

無名氏　撰

## 解　題

　　明無名氏撰。《遠山堂曲品》著録。《桃園記》講述關羽一生中最重要的幾件大事，即"關斬貂蟬""五夜秉燭""獨行千里""古城相會"等。此劇後接《草廬記》一段，與其他相關記載基本一致。明人祁彪佳《遠山堂曲品·具品》中有關於《桃園記》的兩條文獻記載，也可約略提供一些線索。其一見"草廬"條下："此記以臥龍三顧始，以西川稱帝終，與《桃園》一記，首尾可續，似出一人手。內《黃鶴樓》二折，本之《碧蓮會》劇。"①其二見"桃園"條下："《三國傳》中曲，首《桃園》，《古城》次之，《草廬》又次之；雖出自俗吻，猶能窺音律一二。"②

　　版本今有中華書局以南京圖書館藏本和首都圖書館藏本合併校刊的《群音類選》影印本和《續修四庫全書》影印本。今以《續修四庫全書》本爲底本，參以中華書局影印本，加以校點整理。

## 關　斬　貂　蟬

　　【耍孩兒】挑燈夜閱《春秋》傳，挑燈夜閱《春秋》傳。把往事傷嗟轉，幾回圖王霸業皆堪羨。昨朝吳國方爲越，昨朝吳國方爲越，笑明日韓邦又屬燕。桑田滄海多更變，纔能殼炎劉一統，承傳得四百餘年。

　　【前腔】嘆三朝，國步艱。嘆連年，黎庶遷。天災地窖侵靈獻，賢良黨錮危方免，賢良黨錮危方免。狐兔黃巾毒蔓延，處處遭塗炭。纔除了狂謀董

---

① 祁彪佳《远山堂曲品》，《中國古典戲曲論著集成》第六册，第 84 頁。
② 同上書，第 85 頁。

卓，又生出奸佞曹瞞。

【前腔】照良宵，何恁圓，吐清輝，何潔然。他在廣寒深處清虛殿，歡娛曾照南樓宴，歡娛曾照南樓宴。寂寞長遭晦蝕纏，嫦娥獨宿無人伴。正好向閑亭佇立，猛可的想起貂蟬。

【前腔】關侯將令傳，學宮妝寶髻偏。想他孤幃寂寞思姻眷，今宵洞房春意十分滿，今宵洞房春意十分滿。魚水恩情另意歡，這番是到老于飛願。學一個溫存幫襯，柔聲氣伏首階前。

【前腔】嘆遭逢，離亂年，痛鄉邦，盡播遷。一家骨肉皆星散，三年失侶空悲怨，三年失侶空悲怨。幸遇亡夫呂奉先，又苦被梁干賺。到今日方披雲霧，得睹青天。

【前腔】看貂蟬，佞舌便，論英雄，誰數先。誰人慣馬能征戰，誰居帷幄能籌算，誰居帷幄能籌算，誰個當鋒敢向前？你為我，言一遍。只許你直言無隱，不許你巧語花言。

【前腔】念奴家，尚幼年，不能知，古聖賢。只聞得今人幾個能征戰，三位將軍是英雄漢，劉關張是英雄漢，那數無名呂奉先。他跟脚，由來賤，他只是馬前走卒，怎上得虎部名班？

【前腔】你今日棄溫侯，來近關，倘或你棄咱每，又近那邊，迎新又要將咱貶。惱得我渾身骨肉兢兢戰，氣滿胸堂口吐烟，罵你個真潑濺。也是你前生注定，這災危難免目前。

【滾】昆鋙賽過吹毛劍，昆鋙賽過吹毛劍，出鞘離匣龍吐涎。穆龍曾鑄金鑾殿，治家邦伐佞除奸。天下何由三尺取，天下何由三尺取，就裏隄防四海傳，曾把白蛇斬。在朝內誅奸除佞，向關外掃滅狼烟。

【前腔】此劍在我手內提，要在你貂蟬頷下懸，也是你前生注定今生限。你就江邊別楚虞姬女，教你目下堪將命染泉，教你目下堪將命染泉。你今日，休埋怨，只為你花嬌美貌，惱得人怒髮衝冠。

【前腔】我腰一捻，氣運旋。他體十圍，轉動堅。既令妾把銀缸剪，千言萬語生機變，千言萬語生機變。兩次三番怕向前，這苦是知難免。若要他心回意轉，除非是地反天旋。

【前腔】明晃晃劍離匣，色輝輝龍吐涎，嘈嘟嘟鮮血如紅茜。厮嘟嘟扯動連環響，赤律律油頭落粉肩，透酥香染羅衣遍。你看他雙眼朦朦合閉，一身倒在階前。

【煞尾】今朝除却身邊患，不枉了漢末英雄史記傳，免使旁人談笑俺。

## 五夜秉燭

【綿搭絮】當時貧守在衡門，淡飯黃虀，早晚夫妻辛與勤，守清貧無事關心。今日功成名就，指望列鼎重裀。誰想地塌天崩，婦北夫南絕信音。

【前腔】二更清冷，指望盡老歡忻。誰想四下干戈，虎鬥龍爭不顧身。逞豪英，各要建立功勳。誰想天不憐念，反害了前程，撇得我無倚無依，舉眼全無半點親。

【前腔】三更人靜，聽得哭聲頻。思念吾兄，坐想行思長淚零，使人聞，展轉傷情。我也不知消息，教我去也無門。若還打聽行藏，萬里程途必去尋。

【前腔】四更時候，悶悶昏昏。枕上燈前，淚眼愁心。憶故人，未知死和存，使我鎮日牽縈。你身居何處，仗托誰親，閃得我冷冷清清，影隻形單常淚零。

【前腔】五更將近，月淡星昏，霧結烟愁。夫婦東西如亂塵，淚雙傾，怎得骨肉相親。不知何年完聚，訴此衷情。創立劉朝，誰想被風吹浪打萍。

## 獨行千里

【新水令】我在桃園結義勝同胞，想初情好傷懷抱。無心歸孟德，有意立劉朝，不憚千里迢遙。尋兄長，存節孝。

【步步嬌】自與兒夫分拆了，一向絕音耗。家鄉萬里遙，舉目無親，有誰相靠。空自淚珠拋，跋涉何時到？

【折桂令】纔離了猛虎狂蛟，不怕千里獨行，路途迢迢。雖曹公待我不薄，待我不薄，還金印綬，與他水米無交。顏良斬，文丑滅，心酬意表。刀尖挑紅錦征袍，驚呆了欺主奸曹，唬倒了愛友張遼。非雲長乘勢過關，笑孟坦棄甲奔逃。

【江兒水】叔叔威名重，膽氣驍，關兵一戰驚呆了。夫婦東西形相弔，幾回魂夢多顛倒，又怕前途人擾。倘有遮攔，吉凶難料。

【雁兒落】憑着俺青龍偃月刀，便有那柳盜蹠何足道？怕甚麼十面埋伏大會垓，就是韓信暗渡陳倉道。呀，有賊兵來犯着，殺得他怎生逃。本待要立炎劉，誅強暴，訪吾兄，怎憚勞。你休焦，路千里終須到。從今會哥哥，團圓直到老。會哥哥,團圓直到老。

【僥僥令】行行過古道,山嶺峻巖高。想念征人今何在,未卜是何時,相見好。是何時,相見好。

【收江南】呀,尋遍天涯並海角,爲兄長,怎心焦。便做奪關斬將有何勞？紛紛的亂葉飄,紛紛的亂葉飄,深秋天氣倍寂寥。

【園林好】過平沙重過小橋,見秋深寒枝盡凋,空惹得離人懊惱。當此際,倍無聊。當此際,倍無聊。

【沽美酒】敬哥哥,和嫂嫂。敬哥哥,和嫂嫂。關雲長,敢辭勞。一自徐州失散了,因思刎頸交,我豈肯頓相拋。不得已暫歸了曹操。見金帛何曾忻要,賜美女何曾歡樂。我呵,將顏良斬了,文丑滅了,呀,歸劉氏,歸劉氏,盡了咱一生忠孝。

【尾聲】不辭跋涉崎嶇道,踏盡紅塵路更遙,方見人倫道義交。

## 古 城 聚 會

【沽美酒】你還說道不降曹,還說道不降曹。到如今,越氣惱。受女納金多快樂,將恩義頓然拋調。撇得俺弟兄每,東零西落。忘了俺桃園中,對天盟告。我呵,每日價好酒飲着,笙歌兒躭着,美女兒摟着,這等樣快樂,呀,罵你個負義忘盟強盜。

【雁兒落】念桃園誓比泰山高,關某心惟有天知道。何須用逞氣驍,聽某家分白皂。

【得勝令】呀,俺本是報國輔劉朝,休看咱絕義忘恩的盜,那曾有受女納金意。斬顏、文假意行公道,因不憚辛勞,會哥哥特來到,你休也波焦,看車輛中是伊家的皇嫂。

# 草廬記

無名氏 撰

## 解題

明無名氏撰。《遠山堂曲品》著録。胡文焕《新刻群音類選》"官腔"卷一二輯録有《草廬記》殘出,《續修四庫全書》收入集部"戲劇類",包括《甘糜遊宫》《舌戰群儒》《黄鶴樓宴》三部分。另,明人祁彪佳《遠山堂曲品·具品》中有關於《草廬記》的兩條文獻記載,參見前文《桃園記》條下解題。今以《續修四庫全書》本爲底本,加以校點整理。

## 甘糜遊宫

【梁州序】蘭湯初試,香雲未理,菱鏡玉臺方啓。輕勻嬌面,丁香扣滿綃衣。閑看鴛鴦並倚,笑擲花枝,驚起相争戲。忽聞來女伴,出幽閨,笑上蓮臺逐和詩。（合）宫柳細,禽聲碎,春來不久仍歸去,休負却,賞花期。

【前腔】龍涎方熾,鳳幛猶蔽,獨擁鸞衾就睡。玉奴催起,薰籠暖透春衣。坐傍緑窗梳洗,忽聽鸚歌,小犬聲聲吠。手忙心更怯,疑是主人歸,立候花陰過檻西。（合前）

【前腔】與卿卿相候移時,携素手同回閨閫。看金徽玉映,翠繞珠圍,自愧今生遭際。一介裙釵,可謂身極貴。願夫成帝業,立王基,贊翊人瞻舊漢儀。（合前）

【前腔】漢春秋四百常規,劉世界萬年恒地。願皇圖鞏固,子孫克繼。早使曹瞞殄滅,破虜潛消,一統歸劉氏。四方烽火熄,偃征旗,萬姓歡騰樂盛時。（合前）

【節節高】君侯有指揮,鎖宫閨,訪賢欲往襄陽去。隆中位,號卧龍,諸葛氏,孔明名亮真經濟,胸中謀略驚神鬼。傳言珍重二夫人,常時休把憂愁繫。

【前腔】劉封與二糜守閨閫,待送齊酒食和糧米。方辭去趙子龍、孫乾輩，由他小館錦雲封，自歸内閣觀神器。又不是洞門深鎖碧窗寒，到做了梨花院落重重閉。

【尾聲】方岳子作晨門吏，親命難教頃刻離，從此隔斷紅塵兩處飛。

## 舌戰群儒

【新水令】東南悠聚德星光，東南悠聚德星光。不辭遙敬瞻文象，俄忘鳩性拙，悞入錦人行。禮貌疏狂，希引進，升函丈。

【步步嬌】《梁父吟》爲先生倡，悠樂天真養，高名四遠揚。畎畝躬耕，管樂相仿。龍既出南陽，如何不慰蒼生望。

【折桂令】你既出言詞便下機搶，我想三顧茅廬恩德難忘。你道咱難得荊襄，則是難得荊襄。他同宗劉表不忍相傷，我這裏易取如同反掌。恨劉琮暗裏投降，致曹瞞得肆倡狂。劉豫州江夏屯兵，這良圖豈爾等參詳。

【江兒水】國蠹曹丞相，心懷久不良。當今惟有他南向，玄德無君曾相抗。近來反恁無家傍，敵愾何期消長。公可席捲中原，大業扶劉重王。

【雁兒落】我隨着奮澠池文鳳凰，那愁他鷹鸇長。緊隨着得雨龍，那愁那吞蛇象。呀，你說道是他強我弱不相當，不記得他博望，不思量他洧水殃。烏江，能勇的身先喪；張良，扶着那能怯的成帝王。

【僥僥令】檄書期會獵，詞句暗機藏。起百萬雄師千員將，直欲卷荊襄、攘四方。

【收江南】呀，再添百萬有何傷，咱隨身有智囊。試看我奮武鷹揚志，可惜這生靈，掉甚麼唇鎗，全不羞怒顏勸主願投降。

【園林好】不通經詞違典章，不據理出言泛常。你作說客，略不謙讓。惟佞舌，學蘇張。

【沽美酒】古賢臣，輔聖王。古賢臣，輔聖王。經百世，譽猶香。稷契皋陶干與逄，讀何書君欽君讓，通何經民懷民仰。你呵，口荒意荒，心忙手忙。呀，看我做拒曹的人望。

【尾聲】吳侯坐候君談講，何故久坐春風笑語香，容頃刻重邀過小堂。

## 黃鶴樓宴

【泣顏回】漢室白雲仍，我胸中常有數萬甲兵。曾把黃巾平定，虎牢關豈不知名。雲長顯能，萬軍中送了顏良命。斬蔡陽、文丑諸英。

【不是路】你休僥幸，將他剝衣散發檢分明，我計方成。擒人坐席非英猛，假手於人諱此名。青鋒勁，霎時座上捐生命，喪形滅影，喪形滅影。

【舞秋風】你何不向滄波中戲萍，何不向天潢上自逞，何不去點額文衡，何不去鼓鬣丹井，何不向禹門引領，何不向桃浪噴腥？學祖就鴻門宴遁迹潛形，莫學那酈食其，將臺前去就人烹。

【尾聲】酒魔不爲深杯醒，如廝重來酒數行，愛聽江南鼓吹聲。

## 玄德合巹

【惜奴嬌】玉洞春濃。正猊爐香爇，玉盞高溶。今夕何夕，喜王孫着意乘龍。匆匆，花燭交輝遙相送。看前後，人呼擁。（合）兩意同，好一似梧桐竹徑，綵鸞丹鳳。

【前腔】吾兄虎踞江東。更修文武，備贊翊王封。當今瞻仰，幸妾家三世英風。明公，爲國爲民聲華重，入廊廟真梁棟。（合前）

【鬥寶蟾】渠儂，帝室華宗。自向時接見，允愜吾衷。兼葭倚玉，好加珍重。英雄，似山間乍出熊，池中未化龍。（合）捧金鍾，直飲到月上梅梢，臉暈桃紅。

【前腔】沖沖，浩氣填胸。直待掃清四海，拱逐群雄。那時節方顯美材良用。難容，曹瞞計未窮，劉張業已隆。（合前）

【錦衣香】夫秀鍾，乾綱永。婦秀鍾，坤維重。天然此對良姻，龍孫虎種，資身自有祿千鍾。尋香粉蝶，共戲花叢。似瑶琴韻美，寶瑟聲同。把《桃夭》誦，歌聲沸湧。百年諧老，一朝新寵。

【漿水令】昔殷勤能施臥龍，歷辛勞得成大功。觀他體度，有祖仁風，喜祿已爵上公。吾家累代建侯封，也直得南面稱孤，中外稱臣。（合）真鸞鳳，豈雁鴻，雲龍風虎喜相從。銀臺上，銀臺上，花燭影紅。花燭下，花燭下，笑口歡容。

【尾聲】珠圍翠繞繽紛從，池酒山肴沸鼎鍾，事涉侯門便不同。

# 十 孝 記

沈 璟 撰

## 解 題

傳奇。《十孝記》第十齣《徐庶見母》，明沈璟撰。沈璟（1553—1610），字伯英，晚字聃和，號寧安、詞隱。江蘇吳江人。明萬曆二年進士。曾任兵部職方司主事、禮部、吏部諸司員外郎、光祿寺丞。著有曲論《南九宮譜》、傳奇十七種及散曲集等。《群音類選》卷三十四存一齣，題《徐庶見母》。《曲品》《傳奇品》《曲考》《曲海目》《今樂考證》《曲錄》著錄。劇述曹操費盡心機，以一封假信招攬劉備手下的謀士徐庶；爲人至孝的徐庶無奈辭別劉備，前往許昌拜見母親。明呂天成《曲品》卷下《新傳奇品·上上品》云："有關風化，每事以三出，似劇體。此自先生創之。末段徐庶返漢、曹操被擒，大快人意。"①祁彪佳《遠山堂曲品·雅品殘稿》"十孝"條下記載："沈□□闡發古孝子事，每事三折，令人於（？）親（？）猛然驚醒。先生不特有功於行孝也已。"②此齣明胡文焕《新刻群音類選》"官腔"卷二十四《十孝記》内收錄，《續修四庫全書》收入集部"戲劇類"。今以《續修四庫全書》本爲底本，加以校點整理。

【綉太平】【綉帶兒】只爲英雄主遭逢不偶，懷寶正當求售。纔運謀要雪恥除凶，未能勾得滅寇興劉。【醉太平】爲書郵，聞親羈寓在皇州，奉慈諭怎生拖逗。是兒疏漏，一時誤落，巨奸機彀。

【前腔】你悠悠，君親事倉皇錯謬，今日枉自投首。可不孤負了魚水雲龍，枉送我在虎穴狐丘。你休憂，他與伏龍雛鳳氣相求，網結就定無逸獸。

---

① 呂天成《曲品》，《中國古典戲曲論著集成》第六册，第229頁。
② 祁彪佳《遠山堂曲品》，同上書，第126頁。

我要做雉經絕脰，且看斬蛇逐鹿，計謀成就。

【東甌金蓮子】【東甌令】兒不肖，重親憂，肯背君親却事仇。從今緘口應無咎，任凌逼，甘心受。居他簷下且低頭。【金蓮子】看取那報國心，望懸懸早晚定須酬。

【前腔】你閑垂釣，謾藏鬮，喫緊奇功須要收。發縱誰復稱功狗，肯落在，蕭何後。你空將陵母苦拘囚。少不得到烏江，眼睜睜豪舉一時休。

# 青梅記

無名氏 撰

## 解 題

傳奇。明無名氏撰。未見著録。《樂府萬象新》卷三收録。劇演"青梅煮酒"事。《樂府萬象新》，全題爲《梨園會選古今傳奇滾調新詞樂府萬象新》，係青陽腔戲曲散齣選本，明安成阮詳宇編，書林劉齡甫梓，版本今有萬曆間刻本，李福清、李平編《海外孤本晚明戲劇選集三種》本，該本係上海古籍出版社1993年據以影印。今以上海古籍出版社影印本爲底本，加以校點整理。

（外扮曹操上）

【引】遣書請劉君，相叙情深闊。

伯業興王志未伸，心中忽忽事難頻。除非滅却梟劉備，他輩衰時吾輩興。曾着人去請劉備，未見回報。（丑）啓伏丞相，皇叔到了。（外）皇叔在家何爲？（丑）只見皇叔青衣小帽，在花園鋤圃。（外）此人志量在於農末，雖在世亦無足爲。即不殺他，亦無害於事也。

（生扮劉備上）

【引】荷蒙相邀怎辭遲，欸進步趨前相見。

昔辱舉薦，不敢叨左。（外）念孤自僭了。

【泣顔回】初夏小梅亭，特邀共飲芳樽。新荷泛緑，迭迭青錢，湧出波心。你看那文鴛交頸在池塘，浴水相肩並，見魚兒戲水相迎。

賢弟，池中你還愛什麽魚？（生）小弟只愛那一尾金色鯉魚。（外）爲他有些好處，蓄養在此。（生）只怕變化去了。（外）他若誠心伏底，魚水相投，我與他全身榮耀；若是他縱橫逞强，生殺之權，由我施爲，霎時間刀下身亡。（生）今日蒙丞相見召赴此會，寵渥極矣。丞相，你看此梅呵。

【前腔】青梅如豆使人欽,這滋味果是無憑。人稱可敬,萬卉中獨逞鮮妍;熬霜甘冷,向龍頭先報陽春。信終有日,御鼎調羹,决不在桃李芳塵。

(外)酒筵無令酒不行。賢弟,請舉一令。(生)令無三不行。(外)我與你對坐論英雄,吃一鍾。請賢弟説來。(生)冀州袁紹、袁術,馬、步兵數十萬,却稱得一個英雄好漢。(外)那袁紹兄弟雖有兵馬數十萬,不能爲人,不日剿滅,保國安民。怎做得好漢?賢弟道差,該罰。(生)荆州劉表,可稱好漢。(外)那劉表雖有二子,長劉琦,懦弱之輩;次子劉琮,展害之徒;劉表去世,荆州必歸於吾。何爲好漢?該罰。(生)江東孫仲謀,有文武臣僚雙全,占了江東八十一州。這個可稱英雄麽?(外)那孫權承父之業,雖有文官三十六,武將四十九,但以言貌取人。不日間擒賊首,江東之地盡屬孤矣,道□□□□。(生)當罰。(外)賢弟,眼前英雄如何不説?(生)眼前是魏相英雄。(外)眼前英雄,惟有孤与使君。(生)不能當此。(外)你兄弟三人破黄巾三十六萬,擒吕布斬華雄,功高蓋世,豈不是英雄?(內)(作雷響介)(生)驚走下檯。(外)賢弟因何懼雷?(生)豈不聞迅雷風烈必變?(關、張並上)

【賺】急走如雲,烈焰騰空似火焚,心懷忿。大哥連叫兩三聲,隻眉睜,輪刀直趕小梅亭。(張)二哥,曹公此會若与大哥,有甚緣由?敢當身,一劍交伊血濺身。(外)二將軍,爲何仗劍忙忙撞入小亭[1]?(關、張)听拜禀。聞君設宴梅亭飲,特來舞劍呈興。(又)

【解三醒】(外)我与伊金蘭之契,二將軍,你休疑比鴻門宴會。你使君乃是漢室宗親,俺也是漢國臣僚,一般都是爲臣子,大凡爲人之臣,當竭力鎮華夷。賢弟,你胸藏錦綉,足稱國家棟梁。君家韜略能經濟,兼有二將軍相爲羽翼,二將軍英雄世所稀。(合)齊盡力,丹心耿耿,殺氣巍巍。(生)

【前腔】丞相,我太祖自登基以來,一匡天下民,到於今受其賜,今日呵,嘆凌夷漢室衰微,你看東有孫權,南有劉表,西有袁紹,各處功臣篡帝基[2]。恨只恨欺君侯國挾權勢,私篡位奪皇畿。丞相,忠與不忠盡在你,説與不説我也知。(合前)(丑)禀丞相,冀州袁術作叛。

(外)既如此,無人爲前部先鋒。(生)我兄弟出此一力。(外)帶多少人馬?(生)只用三千。(外)如此,即請挂甲前去。

【餘文】(劉關張)披挂賽天神,將軍馬如龍。勝似雷戰鼓響琴琴,三人吶喊天關動。(下)(外)在場。(小扮張遼上)主公好没分曉,反把三千人馬與劉備去,因衬致福,落他之計了。(外)若如此,即便與我追轉來。

趕上玄德只一刀,此回斬草不留毫。生擒雲長喂戰馬,活拿翼德祭鋼刀。

## 校記

［1］爲何：底本作"將爲何"，"將"疑衍，今據文意删。
［2］衰微：底本作"微衰"，今據文意改。

# 古　城　記

無名氏　撰

## 解　題

　　傳奇。明無名氏撰。前文已收明刊本全本。《新刻京板青陽時調詞林一枝》收錄有殘曲。《新刻京板青陽時調詞林一枝》四卷，明人黃文華選輯。該書現藏日本內閣文庫，卷一首行署《新刻京板青陽時調詞林一枝》，次行題"古臨玄明黃文華選輯""古臨贏賓郄綉甫令纂""閩建書林葉志元梓"，四卷終署"萬曆新歲孟冬月葉志元綉梓"。則是書出版於明萬曆元年（1573），編選者黃文華、郄贏賓皆爲古臨（今江西臨川）人。該書是"青陽時調"的第一部折子戲劇本選集，封面上層橫署"海內時尚滾調"，下層豎署"刻詞林第一枝"兩行字，下層中間附有出版者葉志元的題識："千家摘錦坊刻頗多，選者俱用古套，悉未見其妙耳。予特去故增新，得京傳時興新曲數折，載於篇首，知音律者幸鑒之。"《刻詞林第一枝》共收錄三國殘曲三種，其中卷二上層收錄有《曇花記‧關羽顯聖》，下層收錄《古城記》兩種，即《關雲長聞訃權降》和《關雲長秉燭達旦》。《關雲長聞訃權降》與明刊本《古城記‧權降》一節內容有交叉，其中除兩支【二犯江兒水】外，兩支【寄生草】係明刊本《關雲長秉燭待旦》的前半部分，二者契合度非常高。而《關雲長秉燭待旦》中的曲詞與明刊本對應內容則同出一源。今以《刻詞林第一枝》本爲底本，參之以明刊本相關內容，加以整理。

## 關雲長聞訃權降

（貼、旦）

　　【二犯江兒水】曾記當初相聚，一心望到老，又誰知雲遮楚岫。水漲藍橋，鐵心腸打開了鸞鳳交。人遠路途遙，音書魚雁杳。地遠天高，望斷魂消。

這冤家何時了,思量起心轉焦,不由人越加惱。誤了奴青春年少,耽擱奴佳期多少,到今日嫂叔三人去降曹,閃得奴有上稍來沒下稍。

(净)

【前腔】惱恨曹瞞奸巧,無端起禍苗。我想桃園結義念頭,亦非小可,指望流芳百世,誰知道臭萬年。空指望把姓名標。誰想曹賊暗設虛營,將我哥弟殺敗,到今日大哥不知去向,三弟不知下落,焉有降曹之禮。嫂,正是殺人可恕,憤理難容。負心的賊,自有天鑒表,(旦)叔休得要讓了田桃尋酸棗。(净)嫂嫂穩言。你看車前車後皆是曹家人馬,倘有小軍聞知,報與曹相知道,劣叔有何顏面見他。嫂。啓告二位皇嫂,俺關某量如日月,氣貫長虹,善與人交。休把定盤星兒錯認了。有日裏龍歸穴,鳳入巢,兄弟相逢在一朝,定要剿佞鋤奸,把漢室江山平定了。玄德哥,翼德弟,到今日屈殺永扶漢英雄蕩蕩飄,兄弟團圓直到老。

(旦、貼)

【寄生草】那堪金蓮小,心急步行遲。露珠濕透幫和底,思之姊妹們,受盡了醃臢氣。有朝夫君相會時,細把從前説教知,管教報復從前事。(衆扮八健將上迎介)[1]

(净)

【前腔】流水漢潭清,暮靄山光紫,只見村深茅屋掩柴扉。(衆)請了。衆等是曹家八健將,奉明公之命,特來相迎。(净)小將有何德能,勞動列位將軍遠來?皇嫂在車,不及下馬,驛中相會。(下)[2](净)暫同驛舍裡安置,真個是路中人,愁殺了有誰知?

## 校記

[1] 衆扮:底本作"聚分",據明刊本改。
[2] 曹家:底本作"夏家",據明刊本改。

## 關雲長秉燭達旦

(净)

【點絳唇】驛舍光寒,(內喊科)四下裏干戈撩亂。可憐民塗炭,是似這等長夜漫漫。丹心無火却有火,日月無光却有光。

(净)

【混江龍】待旦何時旦？我想曹相命張遼說我歸降，他焉有害吾之心？張文遠虎牢關上八拜之交，說吾降曹，決無害吾之意。關某知道了，想是許褚等那八健將[1]，道吾假意歸曹，要壞吾之名節，使吾歸不得漢主，流落在許昌了。想都是許褚這些潑妖蠻，沒來由將咱盤算。倘關某勞倦打睡時，滅了此燈，怎麼了？只待要攖鋒刺股恁摧殘。差了。自古道："身體髮膚，受之父母，不敢毀傷。"怎知道吾詩書富廣武藝周全。吾若真心降曹，忘了昔日桃園結義，久已身遭萬劍之誅也。憑着俺凜凜鋼刀扶社稷，燈，咱關某一點誠心，止有你我知之。還有這一枝明晃晃銀燭，照了咱赤膽忠肝。俺自有魯男子雅操，待學取柳下惠同班，一個坐懷不亂，一個閉戶無干，一任他訂下清白千年案[2]，轟轟烈烈要把那古人扳。（起更鼓介）

（淨）

【駐雲飛】譙鼓初更，（內作鴈鳴科）忽聽孤鴻塞外鳴。想他失散同行陣，惹起我心頭悶。嗏，淚濕透衣襟，細評論，久別仁兄，一向無音信。（合）終日思兄不見兄，終日思兄不見兄。

（驛丞、衆卒上）一更牌誰家收得？放出來，謹慎火燭，謹防奸細。（驛）牢子許爺分付，送一枝銀燭，待燭盡之時，齊叫"嫂叔通奸"，明日大家有賞。（衆卒應科）

（衆）

【鬧更歌】一更一點正好眠，忽聽黃犬叫聲喧[3]。叫得傷情，叫得動情[4]，叫得相思夜冷也思情。小娜問道耍子叫，狗兒汪汪，狗兒汪汪，叫到天明。銅壺滴漏，人人動情，怎不教人悲傷淚零。（內打二更鼓點科）

（二旦）

【駐雲飛】二鼓聲頻，想起夫君珠淚零。指望同歡慶，誰想分鸞鏡。嗏，好教我痛傷情，泪盈盈，若不是二叔維持，姊妹無投奔。（合）終日思君不見君，思君不見君。

（衆又上科）三更牌誰家收得？（照前白介）（驛）三更了，你們到後街去，待我在此間伺候。滅燭之時叫一聲，你們就來。

（衆）

【歌】三更三點正好眠，忽聽得寒蛩叫聲喧。叫得傷情，叫得動情，叫得相思夜冷也思情。小娜問道耍子叫，蟋蟀蟋蟀，蟋蟀蟋蟀，叫到天明。銅壺滴漏，人人動情，怎不教人悲傷淚零。

（淨）

【前腔】三鼓鼕鼕,(遮風介)險被風來吹滅了燈。本欲對皇嫂所說,常言道"嫂叔不通問,惹起旁人論",嗏,燭盡怎支撐,自思尋。(執燭照壁介)原來兩旁俱是蘆柴鍬的泥壁,天從人意,不免打壁下來,以接燈光,待旦天明,以顯大節。(打壁介)我只得破壁爲光,方表雲長性。(合)把火天明只爲兄,天明只爲兄。

(驛子上)原來燭盡了,打下壁來,接光待旦。快去稟過曹爺:關爺秉忠心,把火到天明。報與曹爺道,分外敬此人。(虛下)(內打四鼓科)

(旦)

【前腔】四鼓頻頻,跌足搥胸長歎聲。失散在徐州郡,曹丞相呵,把二叔相欽敬。嗏,二叔秉忠心,暗沉吟。你本是幹國忠良,青史標名姓。(合)孤枕無眠夢不成,無眠夢不成。(內打五鼓介)

【歌】(衆)五更五點正好眠,忽聽烏鴉叫聲喧。叫得傷情,叫得動情,叫得相思夜冷也思情。小娜問道耍子叫,烏鴉啞啞,烏鴉啞啞,叫到天明。銅壺滴漏,人人動情,怎不教人悲傷淚零。

【前腔】(淨)五鼓天明,又聽金雞報曉聲。漸覺東方映,頓起征人悶。嗏,門外亂紛紛,想是曹公遣將來相問。(合)一夜無眠至五更,無眠至五更。

(驛丞叫開門介)(見介)(淨)跪的是誰?(驛)驛丞。(淨)叫左右與我打。(衆打介)(淨)此計是誰教你用的?(驛)是許將軍。(淨)再打。(又打介)(淨)在先二十,打你不小心;後來你二人,寄與用計之人。(應介)(淨)住了。許將軍問你,不要說我怪他,只說關爺多多感戴他。起去。(驛倒戴紗帽出,遇張遼跪介)(遼)調轉來。(驛)調轉來又是二十。(遼)把紗帽調轉來。(驛)打慌了。(遼)打誰?(驛)打驛丞。(遼)爲何事打你?(驛)夜來許將軍分付,送一床鋪蓋、一枝銀燭,待等燭盡之時,高叫"嫂叔通奸"。夜來關爺打下蘆壁來,接光待旦,至於天明。因此事打驛丞。(遼)該打,打少了。怎麼不報與我知道?(驛)報不及了。後問是誰用計,驛丞只得明說,又打二十,說道"寄與用計之人"。(遼)報張爺見。(驛)張爺求見。(淨接見介)(遼)小弟監上造府,是以夜來少陪,多有罪了。(淨)多勞厚情。(遼)請仁兄進新府。(淨)賢弟請回。(遼別下)(關收圍屏,見旦介)新府已完,請二位皇嫂進新府。(旦、二車,關上馬介)

曹丞相枉施奸計,二夫人玉潔冰清。關云長堂堂大節,秉銀燭直至天明。

## 校記

［1］許褚：底本作"許楮"，今據文意改。
［2］一任他：底本作"一恁他"，今據文意改。
［3］黄犬：底本作"黄火"，據明刊本改。
［4］叫得動情：底本無，據明刊本補。

# 連 環 記

無名氏 撰

## 解 題

傳奇。明無名氏撰。《續修四庫全書》集部"戲劇類"收錄有《新刻群音類選》一書,其中卷一收有《連環記·探子》一齣。這齣殘曲與明人王濟《連環記傳奇》卷下第十六折《問探》中的相關曲文非常類似,當爲同一來源。今以《群音類選》本爲底本,参之以《連環記傳奇》本,加以整理。

【黃鐘醉花陰】虎嘯龍吟動天表,黑漫漫風雲亂擾。兵百萬,逞英豪,唬得俺汗似湯澆,緊緊將麻鞋捎,密密悄悄奔荒郊。聲喏轅門,報,報道分曉。

【喜遷鶯】打聽得各軍來到,展旌旗戰馬,連路繞周遭。鬧嚷嚷爭先鼓噪,盡打着白旛旗將義字標。聲聲道,肅宇宙,斬除妖孽,奮風雷掃蕩塵囂。

【出隊子】俺只見先鋒導,猛張飛膽氣高,却似黑煞神降下碧雲霄。手執點鋼長蛇矛晃耀,怎當掣電鋒芒來纏繞。

【刮地風】後隊關云長志勇驍,倒拖着偃月長刀,焰騰赤馬紅雲罩,跳突陣咆哮。劉玄德弓箭奇妙,登時能射雙雕。這壁廂,那壁廂,金鼓齊敲。天聲振,星斗搖,地軸翻騰起波濤。中軍帳號令出曹操,他每展三軍用六韜。

【四門子】亂紛紛甲胄知多少。擺行伍,分旗號,步隊高,把城池蟻聚蜂屯繞。左哨又攻,右哨又挑,滿乾坤烟塵暗了。

【古水仙子】忙忙的挂戰袍,吕將軍領兵須及早。快快騎駿馬,走赤兎,持畫戟,鬼哭神號。緊緊虎牢關緊守着,狠狠看群雄眼下生驕傲,蠢蠢那群雄不日氣自消,嗒嗒截住了關隘咽喉道,望太師來策應助勛勞。

# 三　國　記

無名氏　撰

## 解　題

　　《三國記》今存《張飛私奔范陽》一齣，又名《古城记》《奔走范陽》《翼德外逃》《張飛走范陽》，明無名氏撰。未見著録。此齣演張飛對諸葛亮軍師不滿，話不投機，出走回范陽，劉備、關羽、趙羽追上相勸。張飛爲桃園結義之情，爲扶立炎劉之志而回。此劇現存版本較多。一是《樂府萬象新》本。此書卷三《三國記》中録有《張飛私奔范陽》一劇，劇中插圖題作《飛奔范陽》。《樂府萬象新》最早的版本是萬曆年間刻本，由明安成阮詳宇編、書林劉齡甫梓。李福清、李平所編的《海外孤本晚明戲劇選集三种》據以影印，1993年由上海古籍出版社影印出版。二是《大明天下春》本。該書卷六《三國志》中收録此劇，題作《翼德外逃》。三是《群音類選》本。《續修四庫全書》集部"戲劇類"收録有"北腔類"，其中收有《氣張飛雜劇·張飛走范陽》一齣。此本以【雙調新水令】始，繼之以【駐馬聽】【喬木查】【步步嬌】【折桂令】【攪箏琶】【雁兒落】【慶宣和】【甜水令】【么篇】【得勝令】……【收江南】【園林好】【沽美酒】【餘文】等，與前面兩種版本的内容有同有異。今以《樂府萬象新》本爲底本，以《大明天下春》本、《群音類選》本等爲參校本，加以整理。其中【步步嬌】【折桂令】【攪箏琶】【雁兒落】【慶宣和】等几支曲子，據《大明天下春》本補；【收江南】【園林好】【沽美酒】【餘文】等几支曲子，據《群音類選》本補。

　　按，《三國記》還有殘曲《關雲長訓子》《魯肅計求喬公》，均於《三國記》題目下單獨收録整理。

（净）

【菊花新】[1]三請他綸巾羽扇出茅廬，衆議高談人所知。俺策馬欲東歸，捨不得桃園結義。（净）桃園結義弟兄情，勝如管鮑與雷陳。當初誓願同生死，只爲村夫抱不平。俺老張是也。我兄弟三人三顧茅廬，請那諸葛村夫來此，指望扶助我大哥，成其大事。誰想那村夫好不知進退，鎮日間談天論地，講長道短，今日也操兵，明日也練將，惹得操賊兵起，使趙雲出兵，輸則見功，勝則見罪。待老張與他講理，闖入轅門殺張飛，擅離信地殺張飛，隊伍不整殺張飛，違誤軍令殺張飛。俺張飛那討許多頭，想將起來，和這村夫合不着。俺老張豈是殺得的？不如且走回范陽，又作區處。正是：蓋世英雄漢，反爲逃難人。

【新水令】揚鞭策馬走如飛，想桃園頓生悲戚。丹心昭日月，盟誓對神祇，生死同歸。今日被這村夫呵，相拆散，成虛廢。

【駐馬聽】不憚驅馳，回首關山路徑迷，故鄉迢遞。遠觀家舍白雲低，連天曙色草萋萋，滿堤煙霧柳依依，聽流鶯枝上啼。（內）三弟，且等一等。（净）忽聽得叫聲頻，待咱勒馬遥瞻視。原來是大哥與二哥。（生、外）三弟，你往那里去？（净）你有了那村夫，用我不着，我如今回去，不得相顧。請了。（生）三弟，你不記昔日桃園結義，白馬祭天，烏牛祭地，誓同生死之言乎？

（净）

【喬木查】你道是早忘了白馬烏牛，對天盟咒，只爲咱兄弟們重立了炎劉，這的是誰投。俺指望屯兵聚將，立了炎劉，俺也呵無虛謬，何故苦苦與我相窮究？（生）三弟，我看起來兄之視弟如手足，弟之視兄如寇仇，其理安在？[2]

（净）

【步步嬌】爭只爲着這村夫，呀，兄弟之恩愛反爲讎，致使我手足不相投。大哥呵，你爲人寬洪大度，納諫如流，好着我一片心懷着國家恨，兩條眉鎖着帝王憂。（主）兄弟你既懷國家之憂，如何又私自奔逃？

（净）

【折桂令】這村夫初相見便爲讎，一似相逢話不投。大哥二哥，你教咱拜他爲軍師，咱也罷休。屢受不過，村夫氣實難禁受。到於今閃得我有家難奔，有國難投。（外）翼德兄弟，當初桃園相會，好似管鮑分金之家，到於今反做了孫龐刖足之仇。（净）二哥，你听我老張說着。

（净）

【攬箏琶】你道是分金義做了刖足讎，你道咱因甚的走范陽？塞不住使牛的耕夫口。大哥呵，你是個爭帝圖王，跟着個懶漢狂徒，朝夕里盤桓不休。

俺老張要去，一心心也難留。（外）當初指望和你扶助大哥，成其大事，你今日就是這等模樣回去了？

（淨）

【雁兒落】這的是扶助大哥不到頭，你二人且休憂。今日呵，我回范陽涿州，依舊去宰豬賣酒，守着那兩頃田，看着挂角牛，咱呵，只落得千自在，百無憂。

（主）兄弟，昔日姜子牙開周朝之天下，那張子房創炎劉之社稷。

（淨）

【慶宣和】比不得姜子牙扶周立着周，學不得張子房扶劉立着劉，受不得這潑村夫對人前誇大口，要與我老張不相投。俺指望屯兵聚將立了炎劉，俺也呵無虛謬，何故苦苦與我相窮究。

（小）三將軍休要走，你禍事到了。（淨）子龍，我老張禍事怎麼這等多得緊？（小）我奉軍師將令，帶領五百弓弩手追你，回去便罷，稍若遲延，着我連人帶馬，一齊亂箭射死。三將軍，你會飛，走不脫，但諸葛軍師有鬼神不測之機，定國安邦之策，你怎麼比得他？（淨）子龍，休長村夫之志氣，滅俺老張之威風。別人不知，你也不知我的功勞？說與你聽着！

（淨）

【甜水令】我也曾在戰場上列着貔貅，擺着戈矛，我也曾殺老將陶謙三讓徐州，我也曾破黃巾解了青州，我也曾戰呂布虎牢關，衆英雄誰不拱手。到今日反拜村夫為了軍師參謀，到使我參商卯酉。他自來按兵不動着甚來由，喫咱們的現飯，何苦與我結怨讐。論將來，我比他在戰場上，決殺敵，逞風流，他比我在南陽隴，會耕田，慣使牛。

（小）你是武官，怎出得文官手？徐元直之言，司馬德操之語，"伏龍鳳雛，得一可以安天下"。

（淨）

【么篇】你道我武官出不得文官手，雖是文官把筆定乾坤，我武將也曾持刀安宇宙。他本是臥龍崗一個農田叟，我是個大丈夫怎落在他人後。你是個耕田鋤地一村牛，怎比我開疆辟土金精獸。（生）賢弟請回，不可再三固執。

（淨）

【得勝令】你只管絮叨叨無了無休，又恐怕傷了弟兄情，笑破多人口。夏侯惇正是諸葛亮的對手，他統領兵來怎罷休。大哥、二哥，你省憂愁，你教我回去話兒一筆勾，却把那桃園盟誓成虛謬。我和你平生結義弟兄情，今朝在此一旦丢開手。

（小）三將軍，你好生與大哥回去，待我與衆將在軍師面前保過[3]，日後將功贖罪可也，却不記得桃園結義之言，"一在三在，一亡三亡"。你稍若執性，我決不敢違軍師號令，定叫你死於亂箭之下。（净）罷罷罷。既然衆將肯保，不免與大哥一同回去。

【絡絲娘煞尾】只爲桃園結義，免不得包羞掩恥回歸。（下）

……

【收江南】呀，早知道敗兵逃散呵，俺張飛合受刑憲。只爲我村人莽撞見多偏，無謀執拗怎回言，階前情慘夕陽蟬。

【園林好】你如今聽咱每言，再休頑，定遭刑憲。今後休強來言辨。饒你命，我垂憐，饒你命，我垂憐。

【沽美酒】謝軍師，赦罪愆，謝軍師，赦罪愆。今番受計決交戰，從此英雄不似前。謹領着鬼神機變，再不敢強言來辨，豈敢違神算。我呵，要山河保全，社稷永遠。呀，這的是從人心愿。

【餘文】忠心一點扶危漢，若得功成奏凱還，管取孫曹反掌間。

## 校記

[1] 菊花新：底本作"菊花心"，據《大明天下春》本改。
[2] "三弟……其理安在"句：底本無，據《大明天下春》本補。
[3] 與衆將："與"字，底本無。今依文意補。

# 關雲長訓子

無名氏 撰

## 解　題

　　《關雲長訓子》，又名《雲長訓子》《訓子》，明無名氏撰。殘曲。未見著錄。劇叙魯肅爲收回荆州，設計請關羽單刀赴會，關羽英勇赴會之前向其子關平講述當時魏蜀吳三國鼎足而立對局勢，刻畫出有勇有謀的關羽形象。此劇現存版本有四，一爲《樂府萬象新》本。《樂府萬象新》卷三《三國記》中收錄此劇，題作《關雲長訓子》，收在《飛奔范陽》之後。二爲《大明天下春》本。《大明天下春》卷六《三國志》中收錄此劇，收在《飛奔范陽》《赴碧蓮會》之後，後接《武侯平蠻》。三爲《樂府紅珊》本。《樂府紅珊》卷四收錄有此劇，題作《關雲長訓子》，後接《關雲長赴單刀會》。四爲《綴白裘》本。《綴白裘》全稱《重訂綴白裘新集合編》，清程大衡輯，錢沛思增輯，收入《續修四庫全書》集部戲劇類。該書八集卷二《三國志》中錄有此劇，題作《訓子》，内容與他本稍異，中間多插科打諢的口語化情節。今以《樂府萬象新》本爲底本，以《大明天下春》本、《樂府紅珊》本等爲參校本，加以整理。


（羽）

　　【菊花新】赤膽扶危振紀綱，丹心不改漢雲長。韜略滿胸藏，論英雄蓋世無雙。

　　天下三分鼎足高，荆襄九郡屬吾曹。昔日獨行千里路，今朝又喜赴單刀。自家關羽便是。向日諸葛瑾回吳，道吾阻當荆州不還，今着魯肅屯兵陸口，欲取荆州。昨日遣黄文請某赴單刀會，若不去道吾懼怯，使人起疑，待吾兒關平出來，分付他鎮守荆州，咱自去赴會則個。

（平）

　　【前腔】滿腔忠孝有天知，報國常懷赤膽思。濟弱與扶危，在我頓忘身已。

（見介）敢問父王，漢家天下綿遠至今，不知高祖因何而得？（羽）當時秦始皇無道，焚書坑儒，東鎮大海，西建阿房，南修五嶺，北筑萬里長城。

【中呂·粉蝶兒】那時節天下慌慌，嘆周秦盡屬劉項，昔日高祖與項藉在懷王殿前約定，先入咸陽者為君，後入咸陽者為臣，分君臣先到咸陽。一個呵力拔山，一個呵量寬海，他兩人一時開創。當日裏分指鴻溝，有一個用了三傑，有一個誅了八將。後來九里山前，被韓信七十二陣逼至烏江，楚王羞轉江東，仗劍自刎。

【醉太平】逼得他短劍一身亡，俺漢家靜鞭三下響。先君傳位與兒孫，到今日後人來受享。我想着漢光武親征王莽，傳至那漢獻帝柔弱無剛。那董卓不仁不義，呂布又一衝一撞。

（平）敢問父王，三人在那裡相會來？（羽）

【朱履曲】想當日三兄弟住居涿州范陽，大哥在大樹樓桑，俺關某在蒲州解梁。（平）軍師是那里人？（羽）更有個諸葛軍師住居南陽。我兄弟呵一連三謁臥龍崗，壯士投壯士，英豪遇英豪[1]，提起來實感傷。

那時天下一十八路諸侯，因為黃巾賊反，那一路不動刀槍？

【石榴花】只見擾攘干戈動八方，一霎時英雄起四方，因此上在桃園結義，皇叔與關張。我思想起來，苦征惡戰喜還憂[2]，帶甲披袍二十秋。雙手補完天地缺，一心整頓帝皇州。纔成就鼎足三分漢家的邦，大哥哥稱孤道寡世無雙，三兄弟做了閬中王，俺關某匹馬單刀，鎮的是荊州帶着襄陽，經今起戰場，好一似長江後浪催前浪。

（平）請問父王，今日魯肅請赴單刀會，那書上怎麼樣寫？（羽）

【幺篇】他道是"兩朝相隔漢陽江"，上寫着"魯肅請雲長，安排筵席不尋常，畫堂別是好風光"。（平）啓復父王：江東與我國素相吞謀，今魯肅請赴單刀會，我想他筵無好筵，會無好會[3]，父王何故又許他去？（羽）兒，豈我不知？再休想鳳凰杯泛葡萄釀，必然是暗藏毒藥與砒霜。玳瑁筵擺列着英雄將，休想他開宴出紅妝。

【鬥鵪鶉】他那里準備着打虎牢籠，安排下天羅地網，那里是待賓筵席，倒做個殺人戰場。休想他誠意與誠心，我若不去呵，猶恐後人論講。他既是緊緊相邀，俺合當親身自往。

（平）父王在上。不可以萬金之軀，而陷虎狼之穴，況東吳有長江之險，倘有不測，難以提防。（羽）

【滿庭芳】你道是隔着大江難以提防,急難時怎得相親傍。他若是不説起荆州,也自罷休,他若是説起荆州呵,先下手爲强,後下手爲殃。咱一隻手揪着寶帶,臂展猿猴,劍掣秋霜,好教他躬着身送我在船兒上。

(平)吾聞魯肅雖有長者之風,事急不得不狼心耳,兼且東吴兵多將廣,馬壯人强,不可輕視。(羽)

【上小樓】你道他兵多將廣,馬壯人强,大丈夫敢勇當先,一人能拼命,萬夫也難當。他那里暗暗藏,我這里謾謾防,盡都是狐群狗黨,小可的千里獨行五關斬將。兒,且把我的威風説與你聽着。

【么篇】携親姪訪義主,領嫂嫂覓劉王。我也曾在霸陵橋上氣昂昂,獨坐在雕鞍上,刀挑征袍出許昌,險些兒唬殺曹丞相。我也曾擂鼓三通斬蔡陽[4],血濺在征袍上。

【鮑老催】那怕他馬如龍人似金剛,雄赳赳推乘出戰場,威凛凛兵戈賽虎狼。大丈夫志在孫吴上,今日向單刀會裏,勝似鎖齊王。非是我十分强硬主張,他若是提起那荆州呵,準備着貫甲披袍,仗劍持刀,一個個磨拳擦掌,各分戰場。端的是三分英勇漢雲長,怒開豪氣三千丈。他没有臨潼會秦穆公志量,怎比得鴻門宴楚霸王的行藏。兒,我此去説一個不大不小話兒,好一似白馬坡前誅文醜,百萬軍中刺顔良。魯子敬,教你一場空想。魯子敬,教你一場空想。

志氣昂昂萬丈高,明朝親自赴單刀。覷看魯肅如戲兒,一葉扁舟豈憚勞。

## 校記

[1] 壯士投壯士,英豪遇英豪:底本作"壯士英豪遇英豪",據《大明天下春》本和《樂府紅珊》本改。
[2] 苦征:底本作"若征",據《大明天下春》本改。
[3] 好會:底本作"我會",據《大明天下春》本改。
[4] 擂鼓:底本作"隔鼓",據《大明天下春》本、《樂府紅珊》本改。

# 魯肅請計喬公

無名氏 撰

## 解　　題

　　《魯肅請計喬公》，又名《魯肅求謀》《于敬求謀》《魯子敬詢喬國公求計》，明無名氏撰。今存殘曲。未見著録。劇述東吴有"國公"之稱的老臣喬晉，念念不忘自己"漢國臣僚"的身份，渴望國泰民安的生活。赤壁之戰後，東吴大夫魯肅設計請關羽單刀赴會，意在逼迫劉備歸還荆州，向喬晉問計。喬晉爲魯肅詳細分析了劉關張桃園結義的背景、蜀漢政權在三國鼎立局勢中牢不可破的地位，以及關羽過五關斬六將、挑袍辭曹、千里送皇嫂等英雄事迹，認爲魯肅設單刀會之計不可能成功。此劇現存版本有四，一爲《善本戲曲叢刊》本。卷五收録該劇，題作《魯肅請計喬公》。此書初刻爲明萬曆年間福建書林金魁刻本，後日本尊經閣文庫據明福建金氏刊本影印，《善本戲曲叢刊》本據日本尊經閣文庫本影印，《續修四庫全書》又據《善本戲曲叢刊》本影印，是爲通行本。二爲《樂府紅珊》本。卷九收録該劇，題作《魯子敬詢喬國公求計》。三爲《大明天下春》本。卷六收録該劇，題作《魯肅求謀》，中有插圖題作《魯肅議計》。四爲抄本，題作《魯肅求謀》，中有插圖題作《子敬求謀》。該版本每半頁十二行十字，漫漶不清，勉强可辨二三，從文字異同來看，此本似乎與《大明天下春》同源，簡稱抄本。今以《善本戲曲叢刊》本爲底本，以《樂府紅珊》本、《大明天下春》本、抄本爲參校本，進行整理。


（外）

【生查子】當朝一老臣，解却黄金印。四處滅烟塵，國泰民安静[1]。國正天心順，官清民自安。妻賢夫禍少，子孝父心寬。

　　老夫姓喬名晉，生有二女，長女事吴侯孫權，幼女配都督周瑜，時人呼我爲"國公"。昨日大夫魯子敬着人請我，今日須索走一遭。（外）

【仙吕·點絳唇】俺本是漢國臣僚,只爲那獻皇軟弱興兵鬧,惹起了五路兵刀,因此上誅了董卓吞袁紹。(外)

【混江龍】止留下孫劉曹操,鼎分一國作三朝,不能勾河清海晏,雨順風調,咱只願兵器改爲農器用,旌旗不動酒旗搖。咱只願兵罷戰,馬添驃;殺氣散,陣雲消;改將帥,做臣僚;脫金甲,着羅袍。帳前旗卷虎潛竿,腰間劍插龍歸鞘。往常間人強馬壯,到如今將老兵驕。

昨日魯大夫着人來相請今日赴宴,不知爲着何事?(丑)禀國公爺爺,小人領魯都督言命,特來迎接爺爺赴會。[2](外)你是黃文?又來迎接。既如此,待我就行。

(小見介)有勞太史公下降,未及郊迎,望乞恕罪。(外)大夫,數日未得面會,荷蒙寵召,何以克當?大夫,今日此酒爲着何來?(小)太史公在上。只爲劉玄德兄弟久借荊州不還,下官今設一計,名曰單刀會,請雲長赴會,就席間擒之,特請國公商議,若何?(外)那劉備關張桃園結義,不願同日生,只願同日死。許多兄弟,怎肯干休?左右,看轎來,待我回去。(小)太史公差矣。他兄弟雖多,現今兵微將寡,不能濟事。(外)大夫只知其一,未知其二,聽我道來。(小)請教。(外)

【油葫蘆】你道他兄弟雖多兵將少,不記得博望燒屯之時乎,赤緊的把夏侯惇先困倒。你道他兄弟有勇無謀麽,不想着周瑜蔣幹布衣交。你道我東吳豪傑如雲,就是車載斗量,也不能濟事,怎當他股肱臣諸葛亮施謀略。(小)太史公,不記得周公瑾赤壁鏖兵,曹兵八十三萬[3],燒得十死一生?(外)想當初赤壁破曹之際,闞澤獻詐降書,黃蓋進苦肉計,鳳雛進連環策,諸葛祭東風,你說還虧看那一個,多虧了苦肉黃蓋獻糧草。想當初曹兵百萬下江南,凛凛威風誰敢當,被周郎用下火攻計,把百萬曹兵一掃光。一霎時滿江烈火焚,四岸泣聲聞。哀哉哀哉,百萬曹兵敗,燒得他生的生,死的死,傷的傷,三停兒都在水上漂。(小)太史公,曹操挾天子之威而行無道,故天教周公瑾破於赤壁。(外)也難道天教有道伐無道,那時節險些兒吳國盡屬曹。魯大夫,當初曹操第七子曹植七步成詩,建一銅雀臺,作一詞曰《銅雀賦》,單道他掃平海宇,盡收天下美色韻人,擎杯奉酒。有詩爲證:"聞說曹公志量高,夜來橫槊豈相饒。東風不與周郎便,銅雀春深鎖二喬。"我想他立三朝,這三朝不定交,不聞道,大夫呵,你若是任伯道,爭戰討。(小)太史公,非下官不□□,料那雲長雖是英雄,如今年紀高大,想亦不濟事了。(外)常言道虎瘦雄心在,休欺負關雲長年紀老。大夫,我將雲長英雄說與你知道。他出五關誅六將[4]，古城邊斬蔡陽，收四川白帝城，將我小婿周瑜先喪了。暗傍邊有一個黑臉張飛，他在漢陽江把屍骸兒擋着，那張飛立在船頭上，大喝一聲，險些兒把大夫嚇倒。

（小）太史公，他是武官鹵莽，怎比着我文官志量？（外）

【上馬嬌】難道是武官粗造文官好？那雲長呵，他酒中烈性逞英豪，急攘攘撜定那寶帶，眼睁睁亂舉起鋼刀[5]。（小）太史公，下官有三條計，令他吃酒中間舉金杯爲號，又向江邊擺戰船，鉗着連環扣定，又在兩廊埋伏刀斧手，定要拿了關雲長。（外）大夫呵，三條計決難逃，半步兒豈相饒。你待把荊州地面爭，那雲長必定是惱亂洒下紅袍。他在白馬坡前誅了文醜，官渡營中刺了顏良，辭了曹操，出了許昌，逞着英雄，百萬軍中將他手段驍。華容道上[6]，若不是曹操當初相待好，喜孜孜笑裏藏刀，大夫呵，幸喜得天無禍，多因是人自招。你道是千軍萬馬苦相持，全不想生靈百萬塗肝腦[7]。那雲長呵，五路髭髯腦後飄，龍眉鳳眼綠羅袍，胯下赤兔胭脂馬，背後青龍偃月刀。逢敵手，豈相饒，全憑手段逞英豪。古今多少英雄將，難比關某那把刀。（外）

【後庭花】赤條條五路美髯飄，雄赳赳一丈虎軀腰，上陣時一似六丁神，捧着活神道，那敵兵見他時七魄散五魂消。千員將怎比他赤兔胭脂馬，百萬兵難越他青龍偃月刀。大夫呵，你説向岸邊擺着戰船多，我勸你水面上多搭着几所小浮橋，殺輸了好奔逃。我勸你多穿着幾層甲，多着上幾件襖，吃飽飯好承刀。豈不聞曹孟德把餞行酒于内擎，送行禮盤中討，他在那霸陵橋，險些兒唬死了許褚張遼。他保固姪兒和嫂嫂，那曹操有千般計較，到如今只落得一場好笑。曹孟德心能計巧，那雲長善與人交，力動時提起那青龍偃月刀。三請雲長不下馬，將刀挑起絳紅袍。魯大夫，多謝了。老夫今年九十九，左右，擡轎過來，莫把我老性命來換酒。

## 校記

［1］國泰：底本作"國太"，據《樂府紅珊》本改。
［2］"昨日魯大夫……爲着何事"句：底本無，據《大明天下春》本補。
［3］八十三萬：底本作"十萬"，據《大明天下春》本改。
［4］出五關：底本作"在五關"，據《樂府紅珊》本、《大明天下春》本和抄本改。
［5］鋼刀：底本作"剛刀"，據《樂府紅珊》本、《大明天下春》本和抄本改。
［6］華容道上：底本作"赤壁之間"，據《大明天下春》本和抄本改。
［7］塗肝腦：底本作"遭塗炭"，據《大明天下春》本和抄本改。

# 五關記

無名氏　撰

## 解　題

今存殘齣《曹操霸橋餞別》，又名《曹相霸橋獻錦》，明無名氏撰。未見著錄。《新刻八能奏錦目録》上卷收有《雲長霸橋餞別》，題作《五關記》，正文對應處却題作《曹操霸橋餞別》，僅有【生查子】【玩仙燈】【新水令】等曲。《鼎鐫玉谷調簧目録》云"壹卷下層，《曹操霸橋餞別》"，題作《三國記》，正文中却作《曹相霸橋獻錦》，唱詞不標曲牌名，但卷首内容與《新刻八能奏錦目録》上卷殘齣基本一致，似爲同一文獻來源。劇演關羽知劉備下落，稟告二位皇嫂，不辭而行。曹操聞報，追至霸橋，贈袍餞行。張遼欲用毒酒害羽，被關羽識破。許褚讓關羽下馬接袍，關羽知其計，馬上挑紅袍，揚長而去。今以《鼎鐫玉谷調簧》本爲底本，參之以《新刻八能奏錦》本，加以整理。

（關上，引）

【生查子】兵甲洗黃河，一統山河方可。

百萬雄兵出帝京，威風一陣塞澄清。英雄只挽天河水，一洗中原戰血腥[1]。昨日陣上北兵報道，俺仁兄在冀州牧紹王駕下，不免請二位皇嫂同往古城，与仁兄相見。小校，請皇夫人上堂。（丑）夫人有請。

（旦、貼上，引）

【玩仙燈】頗奈曹瞞太不仁，把我夫妻拆散東西。

（關）尊嫂拜揖。（旦）叔叔萬福。正是：龍逢淺水遭蝦笑，虎落平陽被犬欺。叔叔請我二人出來，有何話説？（關）如今打聽得大哥三弟已在古城，意欲前去尋取仁兄，未知尊嫂意下若何？（旦）叔叔既不忘桃園結義生死之交[2]，妾願同往，只恐曹公知道[3]，追兵趕來，如之奈何？（關）嫂嫂放心。小校，打車輪推車馬過來，請二位皇夫人上車。帶馬取刀來。如今是什麽天

氣？（丑）稟將軍，於今是秋涼時節了[4]。（關）

【轉調貨郎兒】秋風八月，小校，出了關外，打車輪向前，待咱慢慢而行。向郊外，把車輪慢拽，慢拽，遠山遥望，見曉雲遮。

（旦）叔叔，前面紅的紅，綠的綠，莫敢是曹操打營寨？（關）待咱看來。前面紅的紅，綠的綠，乃是那楓稍。那一派楓林赤，這樹到春來略長數根，到秋來凋零數根，到秋來怕聽得雁行斜。舉目望天涯，天涯一望奢。

（丑）稟將軍，錯走了路程。（關）前面有界牌麽？（丑）有。（關）待咱看來。（念介）西望西蜀，南望古城江陵寨，北望冀州。帶轉車輪。千里爲仁兄，豈憚跋涉。

【初轉更】光閃閃晴霞輝照，碧澄澄寒波浩渺，滴溜溜風吹落葉飄，乾柴枝枯苦被霜凋，情慘慘野外連天草。忽聽得結叮噹孤鴻哀叫，急嚷嚷心隨，心隨落口遥。

【二轉更】[5]青隱隱柳垂兩岸。小校，帶住馬，待我下馬看一看。（旦）叔叔，離曹未遠，不可下馬。（關）嫂嫂言之有理。本待下征鞍，遲遲意懶，遠望見數十間茅屋，正可安。小校，你把小車兒權歇住，玉勒子快即栓，向店房收拾幾間，我與你鬆寬些兒馬鞍。馬自許昌到此，人不曾寬甲，馬不曾鬆鞍，馬呵，人和馬，馬和人，何曾得閑？何曾得閑？（丑）稟將軍：二位皇夫人饑餓了。（關）這里是什麼所在？（丑）河北地面。（關）鋪上可有白米飯麽？（丑）只有麵食饃饃。（關）取一吊錢買米，遞上皇夫人。（丑）請夫人麵食。（旦）玉糧自減。不用了。（丑）稟將軍，皇夫人不用。（關）賞與衆軍。嫂嫂，關某未離許昌之時，有言在先，今在途路之上，却不比許昌這般繁華。嫂爲何將玉糧賜減，請尊嫂把米食更加餐。

數日行兵，未曾停息。當此柳陰樹下，不免少坐片時。小校，取胡床過來。

【三轉更】隱迹潛奔不憚勞，四叔覓桃園，咱和他生死相交。猛提起奸雄曹操，他賜我上馬金下馬銀，又賜我壽亭侯爵位高。縱做到極品隨朝，怎當得玄德兄，翼德弟，漢雲長，桃園中切切眼，白馬兒祭天，烏牛兒祭地，難忘生死交。想當初破黃巾，誅强暴，只圖天山挂弓早，又誰知虎落平陽鳳退毛，今日里閃得我兄南弟北、弟北兄南，大哥呵，撇下了子幼妻嬌。從那日海闊大戰虎滅群狼，頭戴着斗牛鳳翅紫金盔，身穿着傲雪經霜錦戰袍，今日里程途上爲大哥不憚勞。

（內）曹兵到了。（關）小校，打點車輪，帶馬取刀過來。

【四轉更】猛聽得一聲高叫,小校,你與我勒住昏紅,待咱回頭覷着。(內)餞行。(關)他道是餞陽關送故交,這就里我猜着,這的是狹路相逢,又冤家來到。(旦)叔叔,怎麼好?(關)請尊嫂且免憂焦。憑着咱關某智量高,怕什麼許褚張遼。任他有萬丈謀高,遇關公難逃三停偃月刀。只見他號色慌張趕至霸陵橋,你看他劍戟叢中簇擁奸曹。他若來時好相待,權恕饒,他若是起歹意,兜轉昏紅馬,輕輪偃月刀。住着住着,看他來時有什麼圈套。

(外上)

【五轉更】因良將返故鄉,尋回舊主氣昂昂,挂印封金以束辭,相趕至中途,餞程禮當。

(張)關將軍請了。(關)文遠弟請了。今日來此,莫非拿我?(張)不敢。(關)莫非擒我?(張)不敢。(關)不擒不拿,到此何幹?(張)將軍為何不辭而別?(關)俺關某有言在先,"先主存則歸,亡則扶"。昨日北兵報道,俺仁兄在冀州牧紹王駕下,故此三辭,丞相未晚先挂酉時牌,不得面別。蒙丞相所賜之資,盡封於府庫,壽亭侯印懸在梁上,修書一封,丞相可曾得見?(許)已見華翰。(關)丞相既見了,小校帶馬前行。(張)丞相難以割捨,親自到此餞別。

(關)前面就是丞相。老相請了。(外)壽亭侯請了。為何不辭老夫?(關)老相,末將本當離鞍下馬鞠躬頓首纔是,怎奈二主母有命,況且行色匆匆,恕羽不顧之罪。小校,引車帶馬。(外)將軍且住。老夫備有絳紅袍一領,魯酒一尊,少伸餞意。(關)欲待不下馬奉陪,又恐慢了老相;欲待下馬奉陪,又恐違了皇夫人嚴命;依關某請,老相不勞下輦,恕關某不消下馬,如此兩得其便。(外)張遼,斟上酒來。(關)張文遠,前面旗槍數隊,為何?(張)都是與將軍餞行的。(關)

【滾】你看他旗槍擺數隊,人人要爭先。你看他眉來眼去眼去眉來,莫不是有什麼樣圈套?(張)不敢。(關)再休想漢雲長俯首歸曹,咱本是春秋大夫,並沒有境外之交。(許)啓將軍,備得有美酒羊羔。(關)說什麼美酒羊羔如蜜香醪,看他們眼去眉來殘口囂囂。

【六轉更】(關唱)餞行酒多勞禮厚,更將皂衣裘免拜留。(張)暮秋天氣,正當用之時。(關)八月盡,秋月初,更遭霜降正逢秋。看玉冷貂裘,老丞相賜來的末將合當領受。厚感恩深,逢瞻頓首。老相到此送行,末將無恩可報,何勞衆位將軍?文遠弟,你與我傳言:拜上衆將軍,叫他免勞台侯。(張)衆將且退。(關)餞行酒若不飲呵,又道是雲長話不投。(合)他那里相談相笑相勸相酬,把美酒連吃上兩三甌。

（內）行兵不飲酒,飲酒不行兵。（關）傳言夫人：知道關某自有智量,不須拄念。（關唱）

【七轉】俺自有寬度量廣機謀,決勝負在今朝。憑着我豹略龍韜偃月鋼刀,隨機應變智廣謀高,你得言三語四絮絮叨叨,俺把那賊見識一樁樁一件件參透了。（合前）

（丑）夫人稟：莫信直中直,須防人不仁。（關）咳,哇,丞相親自在此送行,你那裏傳言遞語不當穩便,若非夫人之命,一刀從頭而下。（關）

【前腔】他那裏好意設筵宴,開杯別芳樽。我若醉了呵,將涼水輕輕噀,眼角兒相吞,你與我把傳情。（合前）

（張）將軍請酒。（關）請了,文遠。此酒氣色不同,敢是藥酒？（張）說那裏話？（關）我自有個道理。將隻杯禱告于天,然後第二杯。（張）請將軍飲了頭杯,第二杯禱告于天。（關）咳,哇,終不然關某大過於天？張遼,咱偃月鋼刀能識奸細,若有毒藥,火起三尺。（關怒介）

【滾調】惱得我怒沖沖似火燒,氣昂昂怒轉高,殺了敗國亡家禍根苗,纔顯得治國安邦虎豹韜。文遠,你曉得我這刀麼？（外）壽亭侯呵,都是老夫之罪,饒他也罷。（關）且看老相面,權恕饒。不想你口兒裏絮絮叨叨,好教你謀不成計不就一場空笑。我是個南山豹,東海鰲,怎比你山禽野鳥癩貓,我今日好似鰲魚脫了金鈎鈎,擺擺搖搖。（關）

【尾】張遼本事高,設毒計害吾曹。（許）請將軍下馬穿袍。（關）手捧袍的,莫非是許褚？（許）是。（關）上橋答話。你曉得俺這刀麼？你那裏一計不行,二計又來。許褚有馬下千斤之力[6],哄咱下馬,三三兩兩,擒咱而去,你怎當我馬上千斤之力？不看老相面,一刀斷下來。（許）將軍降漢不降曹,（關）千里尋兄不憚勞。（許）請將軍穿袍。（關）展開袍來,老相恕末將不顧之罪。三請雲長不下馬,將刀挑起絳紅袍。（下）

（許）丞相,可惡這廝。丞相與我一彪人馬,拿他轉來祭旗。（外）他是個義勇之人,你怎曉得。（許）還要去擒他。計就月中擒玉兔,謀成日里害金烏。

## 校記

[1] 血腥：底本作"血心",據《八能奏錦》本改。
[2] 不忘：底本作"不亡",據《八能奏錦》本改。

［3］只恐：底本作"第恐"，據《八能奏錦》本改。
［4］秋涼：底本作"涼"，據《八能奏錦》本補。
［5］二轉更：底本無，據文意補。
［6］許褚：底本作"許杵"，據《三國志·魏書·許褚傳》改。

# 赤 壁 記

無名氏　撰

## 解　題

存一齣《華容釋曹》，明無名氏撰。《曲海總目提要》著録。劇述關羽奉命鎮守華容道，因感念曹操當年贈印賜袍的恩情，最終放曹操和手下一十八騎過去，却留下"辜負咱半世功勞總是空"的感慨。今存明萬曆刻本《時調青昆》收録《華容釋曹》一齣。今以《時調青昆》本爲底本，加以整理。

【引】（關）軍師敕令守華容，惱得心中怒氣沖。孔明不識英雄將，輕視吾曹蓋世雄。

周倉何在？（周）人馬三呼，請爺上馬。（關）

【新水令】他欺負咱蓋世英雄，兵器顛倒，相欺笑輕視吾曹，激得我心焦燥。一自在河東發脚，習成了文武英豪。飽看了《春秋》韜略，纔磨了立志雄梟。全憑咱兩手擎天扶漢，三停偃刀助劉朝。三人結義，却難忘生死相交。（關）

【雁兒落】咱也曾破黃巾生擒張角，斬張梁張寶齊梟。咱也曾過五關斬六將，行千里匹馬單刀。那日在古城濠邊立斬蔡陽頭，今日在華容道上活捉了奸曹。雖則是軍師計較，這還是咱關某英豪。（又）

（曹）

【滴溜子】休囉唣，（又）悄悄走過華容道。趙雲去了，張飛又到。此處無人，（又）不須驚跳。（又）

（曹）衆軍爲何不行[1]？（衆）禀丞相，不好了，華容道上有關將軍把守。（曹）既如此，衆軍且退一邊，待某親自向前。關將軍請了。一自許昌相別，今日相逢，乃三生有幸。

【折桂令】（關）則見他頂禮躬身問故交。曹操呵，今日在狹路相逢，（又）冤家到了。（曹）君侯差矣。自古道：恩人相見，分外眼明。我与將軍本是故人，説什麽冤家則個。（關）恁道是故人相見喜偏高，咱今日用武時，誰與你喜孜孜空賠笑。

（曹）請問君侯，到此何幹？（關）今日奉軍師將令，特來活捉你這奸雄曹操。（曹）念曹操八十三萬人馬，俱被周瑜、孔明施用詭計，到今日只逃得一十八騎殘兵，伏望君侯可放一條生路，不忘大德。（關）叫周倉与我數來。（周）禀將軍，果然十八騎，一個不差。（關）我看軍師果然神機妙算，明於此，暗於彼。我關某甚等之人，斬上將頭如探囊取物，何况十八騎殘兵？（關）

【滾綉球】你好一似□□□釣金鰲，任你騰空怎走，插翅難逃。（曹）關將軍素愛《春秋》，豈不聞子濯孺子之事乎？（關）那厢你衆口囂囂，絮絮叨叨，惹人心焦。（曹）關□□，不記得上馬□□，下馬□□，黄金馬鐙，美女十人，三日小宴，五日大宴。（關）曹操呵，雖則恁待咱恩厚，咱也曾還你功勞。不記得斬顔良，誅文醜，立功勛，□□□。臨別時府庫封金，以束辭曹，咱明白去了。（又）

（曹）張遼，我看關將軍有放吾之意，只是難掩衆□耳目，□場之中，□和你們走過便了。（關）

【步步高】咱今日奉將令，怎肯相饒？你挾天子，定臣僚，思篡位，亂皇朝，傷害百姓，四海蒼生，教他們恨怎消？這的是天教有道伐無道，一將功成萬國休。赤壁鏖兵，將船亂燒。咱也曾破黄巾血染成濠，不由人怒吼吼，青龍舉起，定要殺却你奸曹。周倉，你与我將五百校刀手擺開，待咱親自擒拿曹操。（周）禀爺，曹操走了。（關）怎麽説？（周）曹操走了。（關）周倉，我的兒，你与我收起青龍偃月刀，脱下了錦戰袍，你向轅門去報道，報道"漢雲長顧人情，賣放了奸曹"，免不得泪灑衣襟，血染鋼刀。七星劍下將頭斬，辜負咱半世功勞總是空。

**校記**

[1] 曹：底本作"關"，據文意改。

# 單 刀 記

無名氏 撰

## 解 題

存殘齣《壽亭侯慶壽》。明無名氏撰。未見著錄。《新刊分類出像陶真選粹樂府紅珊》卷一"慶壽類"收錄。劇演關平、周倉、張飛爲關羽慶壽,劉備送來賀禮、賀詩,諸葛亮也送來賀禮。荆州軍民感激太平,也來給關羽祝壽。該劇《續修四庫全書》收入集部"戲劇類",北京圖書館藏明刊本。《古本戲曲叢刊二集》收錄,上海商務印書館1955年據以影印。今據以整理。


(小)

【霜天時雨】仲夏初臨,梅黄滿樹金。(占)韶華已入朱顔春,長庚光映臺衡。

(揖介)父王壽旦,酒筵已備,爾我同去,請上畫堂慶壽。父王有請。

(末)

【前腔】律紀蕤賓日永纏,東井畫堂鼓樂喧。聲對芳辰,共樂昇平。

(見介)父王壽旦,孩兒具有酒筵,以介□□。(末)你叔父令牌已至,今日必然到此。分付周倉,前往迎接。周倉何在?(丑)殺氣沖霄漢,英風盈世間。匡扶忠義事,培植漢乾坤。吾乃周倉是也。千歲爺爺令旨呼唤,就此進見則個。(末)帶領人馬,迎接三爺。(丑)理會得。要去便去,要來便來。(下介)

(淨)

【滿江紅】祝融司令赫炎蒸,幸驛路薰風解愠。二兄今喜值初辰,效華封三祝慇勤。

霸陵橋上氣勢崢嶸,勢壓曹瞞百萬兵。威震虎牢成偉績,當陽千載播芳名。自家非別,姓張名飛字翼德,源係涿郡人也。鎮守閬中。且喜干戈稍静，今當五月十三日，二兄千秋之日，前往拜壽。幸喜到此，手下通報。（見介）（末）弟兄分別已經年，通問推憑一紙箋。鎮守荆州邊境靜，皆由皇上福齊天。（淨）閬中休息養三軍，百戰曾經天下聞。頗恨魏吳分漢鼎，何時歸盡遂初心。（末）三弟休出此言。諸葛軍師曾道，"孫曹未除，天意有在"，爾我各守封疆，再看天時何如，又作區處。（淨）所言有理。二哥壽誕，小弟不遠千里，來此祝壽，手下看酒上來。（祝天介）炎蒸午夜見長庚，爲兆當今一將星。醲醅黃封堪宴賞，年年此日祝長春。

【錦堂月】壽介長春，時臨仲夏，祥雲壽星輝映。嵩嶽鍾靈，瑞應誕甫生。申須期取，一統乾坤，免被伊三分漢鼎。（合）相歡慶，惟願取，億萬斯年，永應天命。

（丑）一事禀上。千歲爺爺，主上頒有御詩一軸，彩鍛十端，山鹿二對，朝帽一頂，欽賜千歲，加官進祿。（末）禮儀擺列，就將御詩懸挂。（挂詩誦介）毓秀鍾靈應世生，普天感戴欲中興。試看龍虎風雲會，一望孫吳盡掃平。（末）三弟，且喜天下一分，干戈稍靜，但慮歲月如流，韶光易度。逢時對景，且自歡飲。看酒上來。（末）

【前腔】歡幸寵渥恩榮，時逢初度，塤箎迭奏和鳴。對此良辰，棄取玉山酩酊。期吾皇福壽駢臻，取中原干戈戢定。（合前）相歡慶，惟願取，億萬斯年，永應天命。（小、占）

【前腔】家慶海屋壽臻，椿萱並茂，桂蘭芝草盈庭。國祚分爭，何時偃武修文。喜堂上桃貫三千，看膝下歡承五鼎。（合前）相歡慶，惟願取，億萬斯年，永應天命。（末）

【前腔】聽命叨享尊榮，民安國泰，須防統將提兵。虎略龍韜，準備戰勝功成。期萬歲漢祚昌隆，垂千載華夷威震。（合前）相歡慶，惟願取，億萬斯年，永應天命。

（小、占）父王請坐，孩兒拜壽。

【醉翁子】恭慶籛鏗並茂，看靈椿不老，桂蘭芳盛。須信平格壽天增，何必崆峒問廣成。（合）同暢飲，棄齊傾，玉山共倒金尊。

（小、占）孩兒效萊子戲班衣。

【前腔】歡詠論，人子須悅親心。試效取戲彩班衣，歌舞階庭。（淨）諸子歌舞勸酒，何樂如之？各舉杯飲酒，呼"合家歡樂，百歲酒乾"。（呼飲介）（淨）周倉大量，賞他一尊。（丑跪飲呼千歲介）（淨作飲醉介）痛飲北海喜開尊，南極光輝映紫宸。（合前）同暢飲，棄齊傾，玉山共倒金尊。

（丑）諸葛軍師賀禮到了。（末）賀儀收下，遣人去謝。（净）

【僥僥令】華筵開壽錦，歌舞醉醺醺。須信美酒直透英雄膽，百盞與千鍾，任意傾。（末）

【前腔】北闕謝恩命，南山祝壽齡。從教元戎坐鎮三千里，明主端居一萬春，樂太平。

（外、小扮軍民上）共喜干戈静，同沾德澤降。千秋初度日，三祝效華封。（見介）千歲爺爺壽誕，軍民敬具壽軸祝壽。（跪念軸介）漢祚悠悠四百春，喜逢聖主復中興。龍蟠西蜀生靈樂，虎踞荆襄逐寇驚。百戰曾經成偉烈，三分今已着奇勛。千秋共向君侯祝，禄位相傳子及孫。

【駐馬聽】漢世功臣，大節精忠貫古今。爭羨取桃園義重，秉燭天明，却印辭金。五關斬將顯威能，三分鼎足回天運。（合）青史標名，從教萬世人欽敬。

【前腔】義重超群，百戰功成第一人。爭羨取功高吳魏，威震華夷，德並乾坤。龍韜豹略冠三軍，忠肝義膽威諸佞。（合前）青史標名，從教萬世人欽敬。（末）周倉，分付酒筵，犒賞軍民。（衆）軍民叩頭謝賞。（净）小弟就此拜別。（末）多勞遠至了。

遥望祥雲映壽亭，弘開綺席宴簪纓。應期天下人咸祝，共戴君侯濟世恩。

# 四 郡 記

無名氏　撰

## 解　題

存《關雲長趙單刀會》一齣。明無名氏撰。《曲海總目提要》卷四五云："此記未知何人所作。與《古城記》皆以劉備、關羽爲主。古城所演，係劉、關前截，在徐沛間事；四郡所演，係劉、關後截，與孫氏争荆州事。劉、關起手，大略相仿。諸葛亮、魯肅、周瑜等，則皆古城所無也。"莊一拂《古典戲曲存目彙考》據以著録考證，認爲"四郡者，武陵、長沙、桂陽、零陵。闕名有《走鳳雛龐統掠四郡》一劇，本事與此異"。

《關雲長赴單刀會》，又名《單刀記》《單刀會》。該劇演劉備與孫權共破曹操後，用計得荆州，後取益州，復令關羽鎮守荆州，堅拒東吴魯肅來争。《續修四庫全書》中收録了三個版本，一爲《怡春錦》本。卷四收録此劇，題作《四郡記·單刀》，版心則作"怡春錦"，故簡稱怡春錦本。二爲《樂府紅珊》本。卷一一收録此劇，題作《關雲長赴單刀會》。此本中最先出場的人物依次是周倉、關平、關羽，比怡春錦本多了關平【玩仙燈】和關羽【鳳凰閣】的兩段唱詞，詳細交代了魯肅請關羽赴單刀會的背景，文中不再出校。三爲《綴白裘》本。初集卷一收録此劇，題作《三國志·刀會》，與怡春錦本情節基本一致，但也有不少異文。今以《怡春錦》本爲底本，以《樂府紅珊》本、《綴白裘》本爲參校本，加以整理。


（净扮雲長，丑扮周倉上）（净）波濤滚滚渡江東，獨赴單刀孰與同。魯肅若提荆州事，管教今日認關公。魯肅請某赴單刀之會，須索前去走一遭。叫周倉，分付稍水，將四面挂窗開了，待我遥觀江景一番也呵。

（净）

【雙調·新水令】大江東去浪千疊，趁東風駕小舟一葉。纔離了九重龍鳳闕,早來到千丈虎狼穴。大丈夫心猛烈,覷着單刀會,一似賽村社。

你看這壁廂天連着水,那壁廂水連着天。

【駐馬聽】依舊有水湧山疊。可憐那年少周郎何處也,不覺的灰飛烟滅。可憐黃蓋痛傷嗟,破曹的檣櫓一時絶。塵兵江水猶炎熱,好教我心慘切。(丑)大王,好一派江水。(净)周倉,這不是江水,這都是二十年前流不盡的英雄血。

(末扮魯肅帶左右上)(見介)君侯請了。(净)大夫請了。念關某有何德能,敢勞大夫置酒張筵相待?(末)君侯,酒非洞裏之長春,餚乃人間之非儀。念魯肅有何德能,敢勞君侯屈高就降?叫黃文酒來。(净)大夫,某家但是赴會,先將酒祭過刀,某家然後飲酒。叫周倉取刀來。(丑)刀在此。(净)某家今日赴會,少待酒席之間,倘有用汝之處,須勞你一勞,請上此酒。(丟刀介,丑接介)(末)君侯,我想光陰似駿馬加鞭,人世如落花流水,去得好疾也。(净)

【胡十八】想古今,立勳業。(末)舜有五人,漢有三傑。(净)那裏有舜五人,漢三傑?(末)俺與君侯,各事其主,不能會也。(净)兩朝相隔數年別,不能會也,却又早老也。(末)君侯,開懷飲一杯。(净)開懷飲數杯,不覺的盡心醉也。

(末)請問君侯,當日辭曹歸漢,挂印封金,五關斬將,千里獨行,這一節事,下官到忘了,請君侯講說一遍。(净)大夫。某家當日辭曹歸漢,挂印封金,千里獨行,這一節事,只可耳聞,未可目觀,聞則尋常,見則到也驚人。若不嫌絮煩,待俺出席,手舞足蹈,試說一番。你試聽者,某家辭曹而歸時節,剛剛日已西斜,只聽得:

【沽美酒】韻悠悠,畫角絶,韻悠悠,畫角絶。昏慘慘日西斜,曹丞相滿捧着香醪,他將來我在馬上接。那時曹丞相手捧着一杯酒,縶了一件紅錦戰袍,賺某家下馬。那時某家在馬上道:"老丞相,恕某家不下馬。"啐律律刀挑起錦征袍,俺待要去也,某家行到霸陵橋,只見後面許多人馬趕將來。某家在馬上,無計可施。橋畔有一株柳樹,如許之大,被某家提起青龍偃月刀,叱咤一刀,分爲兩段,但有曹兵過橋,依此柳樹爲號。唬得他人喫驚,又早馬似癡呆,趕程途不分晝夜。來到古城,大哥仁德之君,一言不發;三弟破口道:"你那紅臉賊,既歸了曹,到此何幹?"某家百般樣說,三弟只是不聽。噯,天,好教我渾身是口,怎得樣分說。腦背後將軍猛烈,素白旗上明明標寫,"老將蔡陽索戰"。東陵關上秦琪是他外甥,彼時被某斬了,因此提兵前來,與外甥報仇。其時三弟說道："你既不降曹，爲何許多曹兵前來？"其時某家說："三弟開了城門，放二位皇嫂進城。若念桃園結義之情，助某三通戰鼓，立斬蔡陽。"撲咚咚鼓聲兒未絕，撲喇喇征鞍上驟也，啐律律刀過去似雪，骨碌碌人頭早落也，那其間兄弟哥哥纔得個歡悅。

（末）君侯，方纔這是怎麼說？（淨）此乃以德報德，以直報怨。（末）君侯既曉得以德報德，以直報怨，我想借物不還，爲之怨也；君侯熟習《詩》《書》《左傳》，濟困扶危，謂之仁也；待玄德公如手足，覷曹操如寇讐，爲之義也；辭曹歸漢，挂印封金，爲之禮也；坐縛於禁，水淹七軍，爲之智也。我想仁義禮智俱全，只少一個信字，若信字完全，五常之將，不出君侯之右也。（淨）

【慶東源】只道你真心待將筵宴設，怎知你扳今攬古，分什麼枝葉。俺跟前使不得"之乎者也"，說什麼"詩云子曰"。魯大夫，還是吃酒，還是取荆州？（末）君侯，酒也要吃，荆州必定要還。（淨）似這般剡口截舌，只教你有義孫劉，目下番成吳越。

（末）這等說，君侯傲物輕信了。你得軍師曾有言，說拔寨隨還某家荆州，如今尚兀自以德報德，以直報怨。豈不聞論語云："人而無信，不知其可也。大車無輗，小車無軏，其何以行之哉？"既不取信於我，枉做英雄之輩。（淨）

【沉醉東風】想着俺漢高祖圖王霸業，漢光武秉正誅邪，漢獻帝將董卓誅，劉皇叔把溫侯滅，俺大哥合受漢家基業，你吳國孫權與漢家有甚麼枝葉？來來來，請一個不克已的先生和你慢慢說。

（劍響介）（末）什麼響？（淨）是俺的劍響。（末）這劍響，主何吉凶？（淨）主人頭落地。（末）響幾次了？（淨）響三次了。頭一次斬顏良，二次誅文丑，三次檜該大夫了。（末）不敢。（淨）吾劍果有神威不可當，廟堂之處豈非常。若還提起荆州事，魯肅須教劍下亡。

【雁兒落】休賣弄三寸不爛舌，惱犯俺三尺無情鐵。這劍饑餐上，將頭渴飲仇人血，這不是龍在鞘中蟄，你恰似虎向山中歇。今日個故友重相見，休叫俺弟兄們相問別。魯大夫聽者，你心下休喬怯，吾當酒醉也。

【攬箏琶】爲什麼鬧炒炒軍兵擺列，有誰人敢把俺攔擋者，我教他一劍身亡，目前見血。你便有張儀口，蒯通舌，那裏閃藏遮，好生送俺到船兒上，慢慢的和你相別。

【尾聲】承款待，承款待，多承謝，多承謝。兩句話兒須記者，百忙裏稱不得老兄情，急切裏奪不得漢家基業。

# 興 劉 記

無名氏　撰

## 解　題

存殘齣《武侯平蠻》。明無名氏撰。未見著錄。《大明天下春》卷六《三國志》中收錄此劇,收在《關雲長訓子》之後。刘有恒《臺灣出版的昆曲曲譜全目(1949—1996)》將《武侯平蠻》列入《興劉記》。劇演諸葛亮率師南征,文武百官餞行。馬謖獻"攻心爲上"之策,秦宓諫"先仁義而後威武"之言。今以《大明天下春》本爲底本,加以整理。


(净)

(七言句)皇華驛宰半憂歡,冷熱勞閑苦共甘。脾裏肉剜因跑馬,膝頭皮厚爲迎官。館夫褲子先投禮,馬户船丁半折乾。更有一般妻子獻,上床時未脱衣冠。小可乃西川成都府皇華驛馹宰。今日諸葛丞相領將南征,滿朝文武於此餞送,令我整辦筵席,不免在此伺候。(費禕、蔣琬)

【萃地錦襠】蕤賓天氣着戎衣,汗濕征袍戰馬嘶。朝班點罷衆追隨,共餞王師戡遠夷。(馬謖、秦宓)

【哭岐婆】旌旗蔽日,戈矛如蝟,貔貅十萬,人人胄具。英雄談笑請長纓,折衝几席當今日。

(净)皇華驛驛丞迎接爹爹。(衆)筵席齊備否?丞相來此,須要仔細。(净)酒席俱已打點得齊整了。(衆)既如此,起去伺候。丞相到來,禀我知道。(净)理會得。(孔明)

【五供養】三分亂天統。斷京鰲,把天擎捧。(魏延)才過管樂威名重,小蠻邦敢行争衡。(姜維)便犁庭掃,穴殄渠魁,洗兵奏凱齊歌頌。

(净)禀衆老爺,丞相到了。(衆相見介)(亮)亮也不敏,蒙先主三顧之勤。漢賊未滅,中道而殂,托孤之言,洋洋在耳。粗茲丑虜,侵我疆場,擾我黎庶。承天子之威令,討罪於蠻夷。殲厥渠魁,俾無遺類。竊惟將者,三軍司命,眾之死生,國之存亡係焉。今正憂心悄悄、僕夫憔悴之時也,諸公何以教亮,使無忝天子休命,何也?(眾)丞相才過管樂,德並伊周,有鬼神不測之機,定國安邦之策。吾知此行,蠻方不足平矣。竊願丞相洞開誠心,布公道,集眾思,廣忠益,功必賞,罪必聲,若以我輩,敢不盡其愚?將酒過來,各奉贈丞相一杯。(琬舉盞介)琬聞"漢賊不兩立,王業不偏安"。願明公勿以疥癬小蠻為重,當以腹心巨寇為憂;洗磨新日月,恢復舊山川;盔甲藏於府庫,牛馬放於山林;偃武修文,海宇一統。燕山重勒石,滄海不揚波。此琬之所以深望諸丞相者。(亮)謹受命。(琬)

【山花子】將壇千尺雲霄聳,授雕弓八面威風。昔隆中隱比臥龍,今渭濱協兆羆熊。(合)掃乾坤塵氛一空,輿途盡歸聲教中,殊方望風重譯通。看取雲臺,繪列元功。

(禕舉盞介)禕聞"王道以得民為本,將道以得士為賢",是以古之良將,皆垂休光於後世,收顯名於當時者,率是道也。明公此行,願旁招俊彥,延攬英雄,使竹帛垂功,名標鐵柱可也。(亮)謹佩服。(禕)

【前腔】甲兵數萬胸中擁,噓口氣天現長虹。補金甌完如鼎鐘,光耀着那銅柱標封。(合前)

(謖執盞介)謖聞"征伐之道,攻心為上,攻城為下;心戰為上,兵戰為下"。南夷之地,不奉正朔,不遵教化,穴居野處,披髮左袵,犬羊之性,不知仁義。明公此行,願先服其心,神武不殺,德威並行,使蠻眾呼韓稽顙,服吾中朝宣化。(亮)謹遵如命。(謖)

【前腔】天山寶弓,一箭長鯨中,蒼生萬里賴餠幪。任蠻兵聚蟻屯蜂,怎當公電掃雷轟。(合前)

(宓舉酒云)宓聞"兵者,凶器也;戰,危事也",故聖人不得已而用之。仁義為尚,仁者愛人,故惡人害之;義者循理,故惡人亂之。三代之兵所以共時兩者,以其先仁義而後威武也。明公是行,當以自焚為戒,務在平定安輯,使彼樂睹漢室官儀,而甘為南方保障可也。(亮)謹遵至教。(宓)

【前腔】居中發迹,擒狡兔妖狐種,盡都是巨惡元凶。振皇威千古英雄,不枉了草廬中三顧奇逢。(合前)(延揚威武狀)

【大和佛】猛若鷹揚,聲比洪鐘,文戈寶弓。猩袍獅帶,搭撒五花驄,一戰取侯封。(合)領精甲虎士三千作先鋒。(維)

【前腔】我生平膽氣真威猛,視群羊乳狗,誰敢爭雄。叱咤風雷,冠絕三

軍勇。他見我魂飛毛髮竦。(合前)領精甲虎士三千作先鋒。(眾)

　　【舞霓裳】願取平蠻奏虜功,願取平蠻奏虜功,管取歡欣動重瞳,管取歡欣動重瞳。從今擬上昇平頌,試看馬和牛,歸放東風。蓁蓁梧,棲丹鳳,絃歌弄,淨洗甲兵永不用。(眾)

　　【紅綉鞋】今朝餞送人龍,人龍,王師遠舉平戎,平戎。入虎穴,搗蠻蔞,擒綠髮,獻丹楓。(亮)

　　【意不盡】今朝推轂辭南仲,(琬、禕、諼、宓)洗耳遙聽奏凱功。(延、維)蠻邦靖爾,回首中原指顧中。

　　五月驅帥入不毛,月明□水瘴烟高。欲將雄略酬三顧,肯憚征蠻七役勞。

今存劇目

# 借東風

馬佶人 撰

　　馬佶人撰。佶人字吉甫，一字更生，號斐堂，別署擷芳主人。江蘇吳縣人。生活在明崇禎九年前後。清無名氏編《傳奇匯考標目》卷下"明人"記載："馬佶人，字亘生，吳縣人。有《梅花樓》《荷花蕩》《十景塘》。"《傳奇匯考標目》別本著錄有《借東風》："（馬佶人）所著《餐霞館傳奇》五種。"莊一拂《古典戲曲存目彙考》據以著錄，載《餐霞館傳奇》五種存目，即《十錦塘》《白鶴圖》《借東風》《荷花塘》《梅花樓》與《傳奇匯考標目》的記載稍有出入。該劇當演諸葛亮借東風事。

# 荊州記

金成初 撰

　　金成初撰。祁彪佳《遠山堂曲品》著錄。當演關羽事，具體情節不詳。《遠山堂曲品·雜調》下記載："《荊州》：金成初撰。關公之傳，有桐柏先生壯闊宏詞，真足配銅琵琶鐵綽板。若《大江東》及《義勇辭金》二劇，則具體而微耳。此記不知何調爲南北，又何必問其工拙也。"莊一拂《古典戲曲存目彙考》"荊州記"條所加按語云："桐柏爲葉憲祖號，所作關傳，不詳何名，諸家未見著錄。"

# 試劍記

長嘯山人 撰

　　長嘯山人撰。長嘯山人，生平事蹟不詳。考明萬曆年間時人沈元黌，號長嘯居士,工書法,《詩餘畫譜》有其所書,著作收入《中國版畫史圖錄》。未知此長嘯居士,是否即劇作者,待考。《遠山堂曲品》著錄,題《試劍記》,未署作者。《笠閣批評舊戲目》《今樂考證》著錄,均題《試劍記》一本,題作長嘯山人作,當爲此本。另有無名氏《試劍記》一本,詳見下條。一曰:"《試劍》,取先主東吳聯姻一事,僅能鋪叙已耳。"二曰:"此以劉先主爲生者。雜取諸境,便如屠沽小肆,強作富人紛紜,殊增厭賤;不若趙雲作生之《試劍》,猶得附於簡潔。內一折,全抄《碧蓮會》劇。"①則《遠山堂曲品》中記載的兩種《試劍記》,演繹的都是三國時期劉備與東吳聯姻之事,只不過一部以劉備爲主,一部以趙雲爲主。現存京劇《龍鳳配》《回荊州》等劇目,內容、情節亦與此劇相類似。

# 試 劍 記

無名氏 撰

無名氏撰。《遠山堂曲品》著錄,未署作者。《遠山堂曲品·具品》下,著錄以上二本同名傳奇。

# 報 主 記

許自昌 撰

明許自昌撰。《傳奇彙考標目》《曲錄》著錄。《傳奇匯考標目》卷上記載:"許自昌,字玄祐,吳縣人。所著有《梅花墅傳奇》數種,而唯《水滸記》最行於時。有《水滸》,一名《青樓》。"②同書卷下亦有記載:"許自昌,字元祐,吳縣人。有《報主記》《靈犀佩》《弄珠樓》。"其中《報主記》下自注:"趙子龍事。"③據莊一拂《古典戲曲存目彙考》考證,許自昌字玄祐,長洲(今江蘇蘇

---

① 祁彪佳《遠山堂曲品》,《中國古典戲曲論著集成》第六册,第85頁。
② 無名氏《傳奇匯考標目》,同上書,第217頁。
③ 同上書,第234頁。

州)人。許氏是明代著名藏書家、刻書家,曾以校刻《太平廣記》一書而著稱於世。其所居梅花墅,陳眉公有記,係唐人陸龜蒙故居。該劇,佚,當演趙雲救阿斗事。又據鄧長風《明清戲曲家考略會編》[①],許自昌(1578—1623),字玄佑,江蘇吳縣人。嘗居唐人陸龜蒙甫里,聚書連屋,別署梅花墅。工戲曲,所作傳奇傳世者有《水滸記》《橘浦記》《靈犀記》三種,佚五種,又改定明人傳奇二種。

# 保 主 記

## 王 異 撰

　　明王異撰。《遠山堂曲品》《傳奇匯考標目》著錄。王異,一名權,字無功(一作元功),陝西邠陽人。生活在明萬曆、崇禎年間。相傳其青壯年時期屢試不第,於是改名無功,隨其兄王元壽學習戲劇創作;晚年遍遊江浙一帶,不知所終。王元壽字伯彭,明代作品比較豐富的傳奇作家,與祁彪佳是好友,故《遠山堂曲品》關於王異的著錄應較爲可信。《遠山堂曲品》著錄王元壽傳奇劇目23種,王異傳奇劇目8種。《遠山堂曲品·能品》下記載:"《保主》:王元功撰。趙子龍爲生。傳事能不支蔓。但曲有繁簡之宜,未必一簡便屬勝場。如此記,每一人立脚未定,便復下場,何以聳觀者耳目?"[②]《傳奇匯考標目》卷下載:"王無功,名異,邠陽人。有《弄珠樓》《百花亭》《靈犀佩》。"莊一拂《古典戲曲存目彙考》列王異傳奇劇目9種,其中《遠山堂曲品》著錄者凡8種,即《水滸記》《花亭記》《保主記》《看劍記》《瑪瑙簪》《種玉記》《檢書記》《靈犀佩》,《曲錄》著錄《弄珠樓》1種。王異《保主記》與許自昌《報主記》均演繹趙子龍事蹟,二者或有一定關係,暫無可考。

---

① 鄧長風《明清戲曲家考略會編》,上海古籍出版社,2009年,第87—88頁。
② 祁彪佳《遠山堂曲品》,《中國古典戲曲論著集成》第六冊,第60頁。

## 雙 星 記

穆成章　撰

穆成章撰。《遠山堂曲品》有著錄，莊一拂《古典戲曲存目彙考》據以過錄。穆成章，生平事蹟不詳。作傳奇三種，均無傳本。劇演關羽、杜預事。祁彪佳《遠山堂曲品·能品》下記載："《雙星》：仔，穆成章撰。以杜預爲牛星降生，已涉悠謬。且爲預之生也，關公欲生之以滅魏、破吳，豈知玉壘錦江先殘破於鐘、鄧乎？內全抄《漁陽三弄》一出，尤屬無謂。"①

## 胡 笳 記

黄粹吾　撰

黃粹吾撰。黃粹吾，別號盱江韶客，籍貫、生平事蹟不詳，撰有傳奇2種，即《昇仙記》和《胡笳記》，前者存，後者佚。《遠山堂曲品》有著錄，《徐氏紅雨樓書目》著錄，題《續琵琶胡笳記》，未署作者。《遠山堂曲品·具品》下記載："《胡笳》：黃粹吾撰。《琵琶》之妙，在不拾中郎一事，能於空處現神情。此記以蔡琰結局，遂稱《續琵琶記》。白俱學究語，曲亦如食生物不化，是何等手筆，乃敢續《琵琶》乎？"②由此可知該劇演蔡邕之女蔡琰事。

## 玉 佩 記

彭南溟　撰

彭南溟撰。彭南溟，生平事蹟不詳。此劇《遠山堂曲品》《曲考》《重訂曲

---

① 祁彪佳《遠山堂曲品》，《中國古典戲曲論著集成》第六册，第77頁。
② 同上書，第90頁。

海總目》《今樂考證》《曲録》等均有著録,俱列入無名氏作品。劇演徐庶成仙事。莊一拂《古典戲曲存目彙考》略作考證。祁彪佳《遠山堂曲品·具品》下記載:"《玉佩》:彭□□南溟撰。彭將軍序云:'萬曆三年,有仙人自稱徐庶乞封號,上封爲散誕神仙。'故此記以飛升終元直。然其事多屬妄傳,不若《十孝記》載元直仍佐先主,曹瞞被擒,大快人意。"①

## 續緣記

汪宗姬　撰

傳奇。汪宗姬撰。清無名氏編《傳奇彙考標目》卷下"明人"記載:"汪宗姬,字師文。徽州人。有《丹管》。"②同書後列《傳奇彙考標目校勘記》中第八十三條載:"別本第九十六:汪宗姬字師文,號休吾子……有《續緣》,洛神事。"莊一拂《古典戲曲存目彙考》據以過録,並對劇作家汪宗姬的生平事蹟進行了簡單的考證,曰:"字肇郘,一字師文,號休吾子。徽州人。有《儒函數類》,所録故實,皆以數統計。約明萬曆中前後在世。"該劇當演曹植遇洛神事。據陳翔華《三國故事劇考略》云:"植有《洛神賦》,《文選》注謂植先求甄氏(即曹丕妻)不遂,後會甄氏亡魂於洛水云云。劇事當出《文選》此注,故以《續緣》爲之名。"

## 雙忠孝

劉藍生　撰

傳奇。劉藍生撰。劉藍生,里籍、生平不詳。《傳奇彙考標目》著録③,題《雙忠孝》,署作者劉藍生;《曲録》據以著録。《曲海總目提要》載有《雙忠孝》一本,稱"不知何人所撰"。劇寫蜀漢壽亭侯之子關興、西鄉侯之子張苞,

---

① 祁彪佳《遠山堂曲品》,《中國古典戲曲論著集成》第六册,第93頁。
② 無名氏《傳奇彙考標目》,《中國古典戲曲論著集成》第七册,第215頁。
③ 同上書,第232頁。

跟隨先主討伐東吳，爲父復仇之事，故名《雙忠孝》。

## 二喬記

無名氏　撰

　　傳奇。無名氏撰。《祁氏讀書樓目錄》著錄，題《二橋記》，《鳴野山房書目》著錄，作《二喬記》二本。劇演江東二喬事。劇本佚，具體情節不詳。

## 猇亭記

狄玄棐　撰

　　傳奇。狄玄棐撰。狄玄棐，字玉峰，里籍生平不詳。祁彪佳《祁氏讀書樓書目錄》《鳴野山房书目》著錄，均未署作者。《曲品補遺》著錄，署狄玄斐撰。莊一拂《古典戲曲存目彙考》將其收入卷下傳奇類"明清闕名作品"中，謂"此戲未見著錄。《讀書樓目錄》中'樂府傳奇'欄有此本。其他戲曲書簿未見記載。疑演三國蜀漢劉備伐吳事"。劇本佚，具體情節不詳。

## 射鹿記

無名氏　撰

　　傳奇。無名氏撰。《遠山堂曲品》《傳奇匯考》《曲錄》有著錄，《曲海總目提要》有記載。《遠山堂曲品·雜調》下記載："《射鹿》：無名氏撰。曹操之殺董妃，令人憤；馬超之敗阿瞞，令人喜。惜構詞錯雜，遂不足觀。"[1]清末民初無名氏所編《傳奇彙考》卷四有著錄，並對此劇的主要情節進行了簡單概

---

[1] 祁彪佳《遠山堂曲品》，《中國古典戲曲論著集成》第六冊，第113頁。

括:"《射鹿記》,不知何人所作。凡演三國事者,俱各題一事爲主,此則據演義'曹操、許由射鹿'一段以作根柢,而要緊人物則劉備、馬超,謂其初董承、劉備、馬超等合謀圖操,其計不就,演至馬超歸先主以結局。與正史離合參半,不可盡信,亦不爲無本也。"①莊一拂《古典戲曲存目彙考》將其收入卷下傳奇類"明清闕名作品"中,並據上述文獻加以簡要考證。

---

① 無名氏《傳奇彙考》卷四,書目文獻出版社,1993年,第335頁。

图书在版编目(CIP)数据

三國戲曲集成·明代卷/胡世厚主編;楊波校理. —上海:復旦大學出版社,2018.6
ISBN 978-7-309-13344-8

Ⅰ.三… Ⅱ.①胡…②楊… Ⅲ.戲曲文學-劇本-作品綜合集-中國-明代 Ⅳ.I230

中國版本圖書館CIP數據核字(2017)第264484號

三國戲曲集成·明代卷
胡世厚　主編　楊　波　校理
總策劃/張蕊青
責任編輯/王汝娟
裝幀設計/馬曉霞

復旦大學出版社有限公司出版發行
上海市國權路579號　郵編:200433
網址:fupnet@fudanpress.com　http://www.fudanpress.com
門市零售:86-21-65642857　　團體訂購:86-21-65118853
外埠郵購:86-21-65109143　　出版部電話:86-21-65642845
浙江新華數碼印務有限公司

開本 787×1092　1/16　印張 26.75　字數 416 千
2018 年 6 月第 1 版第 1 次印刷

ISBN 978-7-309-13344-8/I·1076
定價:130.00 元

如有印裝質量問題,請向復旦大學出版社出版部調換。
版權所有　侵權必究